suhrkamp taschenbuch 1747

D1387352

Amos Oz, geboren 1939 in Jerusalem, ist einer der wichtigsten israelischen Schriftsteller unserer Tage. Als suhrkamp taschenbuch liegen vor *Im Lande Israel* (st 1066), *Mein Michael*. Roman (st 1589), *Black Box* Roman (st 1898) und *Bericht zur Lage des Staates Israel* (st 2192). Die Romane *Eine Frau erkennen* und *Der dritte Zustand* sind im Insel Verlag erschienen. 1992 wurde Amos Oz mit dem Friedenspreis des Deutschen Buchhandels ausgezeichnet.

Amos Oz
Der perfekte Frieden

Roman

Aus dem Hebräischen
von Ruth Achlama

geklaut von Barbara
durch
Esther!   gan.
Fauh

Suhrkamp

Titel der Originalausgabe:
Menuhah nekhonah
Am Oved, Tel Aviv 1982
Umschlag: Henri Matisse. Laurette in grünem Kleid
vor schwarzem Hintergrund. 1916.
© Succession Henri Matisse, 1990

suhrkamp taschenbuch 1747
Erste Auflage 1990
© Amos Oz 1982
© der deutschen Übersetzung
Insel Verlag Frankfurt am Main 1987
Lizenzausgabe mit freundlicher Genehmigung
des Insel Verlags Frankfurt am Main
Suhrkamp Taschenbuch Verlag
Alle Rechte vorbehalten, insbesondere das
des öffentlichen Vortrags, der Übertragung
durch Rundfunk und Fernsehen
sowie der Übersetzung, auch einzelner Teile.
Druck: Ebner Ulm · Printed in Germany
Umschlag nach Entwürfen von
Willy Fleckhaus und Rolf Staudt

4 5 6 – 95 94 93 92

Erster Teil
Winter

1.

Es kann vorkommen, daß ein Mensch sich einfach aufmacht und von einem Ort an einen anderen zieht. Was er zurückläßt, bleibt hinter ihm und blickt nur noch auf seine Kehrseite. Im Winter 1965 beschloß Jonatan Lifschitz, seine Frau und den Kibbuz zu verlassen, in dem er geboren und aufgewachsen war. Sein Entschluß stand fest: Er würde weggehen, um ein neues Leben zu beginnen.

In seiner Kinder- und Jugendzeit und auch während des Wehrdiensts war ständig ein enger Kreis von Männern und Frauen um ihn gewesen, die sich unablässig in alles, was er tat, einmischten. Dadurch hatte er immer mehr das Gefühl gewonnen, daß diese Menschen ihm etwas vorenthielten, auf das er nicht länger verzichten wollte. Wenn sie öfter auf ihre gewohnte Weise von »positiven Entwicklungen« oder »negativen Erscheinungen« sprachen, begriff er kaum noch, was diese Worte eigentlich bedeuteten. Und wenn er am Ende des Tages allein am Fenster stand und die Vögel in die Abenddämmerung hineinfliegen sah, begriff er mit gelassener Gewißheit, daß diese Vögel letzten Endes alle sterben würden. Wenn der Nachrichtensprecher im Radio von »besorgniserregenden Anzeichen« sprach, sagte Jonatan bei sich: Was macht das schon. Und wenn er nachmittags allein bei den versengten Zypressen am Rand des Kibbuz herumstrich und dort auf einen anderen Genossen stieß, der ihn fragte, was er denn da mache, antwortete Jonatan lustlos: »Ich geh nur so ein bißchen spazieren.« Aber im Inneren stellte er sich dann sofort verwundert die Frage: »Ja, was machst du denn eigentlich hier?«

»Prima Kerl«, sagten sie über ihn im Kibbuz, »aber so verschlossen, halt eine empfindsame Seele.«

Jetzt, mit 26 Jahren und seiner eher verhaltenen, vielmehr nachdenklichen Wesensart, war endlich der Wille in ihm erwacht, allein zu sein, ohne die anderen um ihn herum, und mal selbst zu prüfen, was es denn noch so gab; manchmal überkam ihn nämlich das Gefühl, als liefe sein Leben in einem geschlossenen, verrauchten Zimmer ab, in dem sich unter lautstarkem Stimmengewirr eine endlose Debatte über ein völlig abstruses Thema hinschleppte. Er hatte keine Ahnung, um was es dabei eigentlich ging, und wollte sich auch gar nicht einmischen, sondern nur weggehen an einen anderen Ort, an dem man vielleicht auf ihn wartete, aber nicht auf ewig – und wenn er zu spät käme, dann würde es eben zu spät sein. Wo dieser Ort lag, wußte Jonatan Lifschitz nicht, aber er spürte, daß er nicht länger zögern durfte.

Benja Trotzky, den Jonatan noch nie, nicht mal auf einem Foto, gesehen hatte, dieser Benja Trotzky also, der sich 1939 – sechs Wochen vor Jonatans Geburt – aus Kibbuz und Land abgesetzt hatte, war ein junger Theoretiker gewesen, ein von glühender Begeisterung beseelter Student aus Charkow, der aus innerer Überzeugung eine Arbeit als Steinhauer im Oberen Galiläa angenommen hatte. Er lebte einige Zeit in unserem Kibbuz, und entgegen seinen Grundsätzen verliebte er sich in Chawa, Jonatans Mutter. Er liebte sie auf beste russische Weise: mit Tränen, Schwüren und feurigen Geständnissen. Aber er tat es zu spät, nachdem sie schon von Jolek, Jonatans Vater, schwanger war und auch bereits in seinem Zimmer in der letzten Baracke wohnte. Dieser Skandal ereignete sich Ende des Winters 1939 und ging schlimm aus: Nach diversen Komplikationen, Briefen und einer Selbstmorddrohung, nach nächtlichen Schreien hinter der Scheune, wiederholten Schlichtungsversuchen und der Einschaltung der Kibbuzgremien, die sich bemühten, die Gemüter zu beruhigen und eine vernünftige Lösung zu finden, sowie nach heftigen Gemütsaufwallungen und diskreter ärztlicher Behandlung war eines Nachts schließlich besagter Trotzky für den Wachdienst im Kibbuz eingeteilt worden. Zu diesem Zweck erhielt er die uralte Parabellum-Pistole der Siedlung ausgehändigt und schob auch brav die ganze Nacht über Wache. Erst gegen Morgen fiel er wohl auf einmal völliger Verzweiflung anheim; er lauerte nämlich seiner Chawa neben der Wäschereibaracke auf, stürzte dann urplötzlich zwischen den Büschen hervor und schoß aus nächster Nähe auf seine schwangere Geliebte. Dann begann er – laut winselnd wie ein angeschossener Hund – blindlings auf den Kuhstall zuzurennen, wo er zwei Schüsse auf Jonatans Vater Jolek abgab, der gerade mit der morgendlichen Melkrunde fertig war, und zu guter Letzt feuerte er auch noch auf unseren einzigen Stier namens Stachanow. Als die verblüfften Genossen endlich dem Geschoßlärm entgegeneilten und die Verfolgung aufnahmen, sprang der Ärmste hinter den Misthaufen, um eine letzte Kugel in seine eigene Stirn zu jagen.

Alle Schüsse aber hatten ihr Ziel verfehlt, kein einziger Tropfen Blut war geflossen, und trotzdem floh der tragische Liebhaber aus Kibbuz und Land und brachte es schließlich – nach einigen Irrwegen – zu einer Art Hotelkönig im Ferienort Miami an der amerikanischen Ostküste. Einmal überwies er eine großzügige Spende aus seinem Vermögen für die Einrichtung eines Musikzimmers im Kibbuz und ein andermal schrieb er einen Brief in sonderbarem Hebräisch, in dem er drohte oder sich brüstete oder vielleicht auch nur einfach freiwillig anbot, Jonatan Lifschitz' wirklicher Vater zu sein. In seinem Elternhaus, auf dem Bücherregal, verborgen zwischen den Seiten eines alten hebräischen Romans mit dem Titel »Der Skopusberg« von Israel Sarchi, fand Jonatan als Junge einmal ein vergilbtes Blatt mit einem biblisch anmutenden Liebesgedicht, das offenbar aus der Feder von Benjamin Trotzky stammte. In dem Gedicht hießen der Liebhaber Elasar aus Marescha und seine Geliebte Asuwa, Tochter des Schilchi, und überschrieben war es mit dem Titel »Aber der beiden Herz war nicht recht«. Am unteren Rand des Blattes waren noch einige Worte in etwas anderer, ausgewogen runder Handschrift angefügt, aber die konnte Jonatan nicht entziffern, denn es waren kyrillische Buchstaben. Die ganzen Jahre über bewahrten seine Eltern völliges Schweigen über diese Geschichte von der Liebe und Flucht des Benjamin T.; nur ein einziges Mal, während einer heftigen Auseinandersetzung, benutzte Jolek die Worte »Twoj komediant«, worauf Chawa ihm ebenfalls auf polnisch zischelnd antwortete: »Ty zboju. Ty morderco.« – »Du Verbrecher. Du Mörder.«

Die alteingesessenen Kibbuzmitglieder pflegten manchmal zu sagen: »Das ist ja unglaublich. Aus einem Abstand von höchstens eineinhalb Metern hat dieser Clown doch tatsächlich einen ausgewachsenen Stier verfehlt – eineinhalb Meter! Das war einer.«

Jonatan suchte in Gedanken einen anderen, für ihn passenden Platz, der es ihm erlaubte, nach eigenem Belieben zu arbeiten und sich auszuruhen – ohne eingekreist zu sein.

Sein Plan war, möglichst weit weg an einen Ort zu fahren, der keine Ähnlichkeit hätte mit dem Kibbuz und den Jugendlagern, den Militärstützpunkten und Wüstencamps oder mit diesen Anhalterstationen an den vom glühenden Wüstenwind heimgesuchten Kreuzungen mit ihrem immerwährenden Geruch nach Disteln, Schweiß und Staub und dem säuerlichen Gestank getrockneten Urins. Ja, er mußte eine ganz andere Umgebung suchen, vielleicht eine wirklich große und fremde Stadt, von einem Fluß durchzogen, mit Brücken, Türmen, Tunnels und wasserspeienden Ungeheuern an Brunnen, in denen Nacht für Nacht grün schimmerndes elektrisches Licht aus den Tiefen des Wassers scheint und an denen manchmal eine einsame fremde Frau steht, das Gesicht dem leuchtenden Wasser, den Rücken dem mit behauenem Stein gepflasterten Platz zugewandt – also einen dieser fernen Orte, an denen alles möglich ist, alles geschehen kann: plötzlicher Erfolg, Liebe, Gefahr, eigenartige Begegnungen.

In Gedanken sah er sich leichtfüßig wie ein junges Raubtier durch die teppichbedeckten Korridore eines kalten, hohen Gebäudes streichen, an Türstehern vorbei in Aufzüge treten, von deren Decke runde Lichtaugen strahlten, mitlaufen in einem Strom fremder Menschen, die unterschiedlichen Tätigkeiten nachgingen, jeder nach seinem Belieben, und sein Gesicht würde so unergründlich sein wie alle Gesichter hier.

So kam es ihm in den Sinn, sich aufzumachen nach Übersee, dort für die Aufnahme in die Universität zu lernen und von jedem Gelegenheitsjob zu leben, der sich gerade anbieten würde: von nächtlichem Wachdienst oder irgendeiner Hausmeistertätigkeit oder vielleicht von Kurierdiensten für eine Privatfirma, wie er es in einer Kleinanzeige einer Tageszeitung unter »Stellenangebote« gesehen hatte. Ohne die geringste Ahnung, was unter privater Kurierarbeit eigentlich zu verstehen war, hatte er die innere Gewißheit: Das ist was für dich, mein Lieber. Dabei stellte er sich vor, wie er über eine Vielzahl modernster Geräte regieren würde, eine Welt voller Schalttafeln und aufblitzender Kontrollämpchen, umgeben von selbstsicheren Männern und cleveren Karrierefrauen. Endlich würde er allein für sich wohnen, in einem gemieteten Zimmer ganz oben in einem hohen Haus in einer fremden Stadt, und zwar in Amerika, im Mittleren Westen, wie er ihn aus Filmen kannte. Dort würde er nachts für die Prüfungen büffeln und dann in die Universität aufgenommen werden. Er würde sich einen Beruf aussuchen, um damit geradewegs auf den Ort zuzusteuern, an dem man auf ihn wartete, aber nicht auf ewig – und wenn er zu spät käme, dann würde es eben zu spät sein. Noch fünf oder sechs Jahre, dachte Jonatan, und sein Studium wäre beendet, sei's in Amerika oder anderswo, er erreichte sein Ziel und wäre endlich ein freier Mensch, der sein eigenes Leben lebt.

Am Ende des Herbstes hatte Jonatan genügend Mut gesammelt, um seinem Vater Jolek, dem Kibbuzsekretär, gewisse Andeutungen hinsichtlich seiner Pläne zu machen.

Allerdings war es Jolek, und nicht Jonatan, der das Gespräch eröffnete. Eines Abends zog Jolek seinen Sohn beiseite in einen niedrigen Winkel zu Füßen der steinernen Freitreppe vor dem Kulturhaus und forderte ihn eindringlich auf, die Leitung des Landmaschinenparks zu übernehmen.

Jolek war ein stämmiger, aber nicht besonders gesunder Mann, dessen Körper von den Schultern abwärts in geraden, groben Linien verlief, was ihm ein kantiges Aussehen verlieh, aber sein graues Gesicht hing voller schwammiger Hautfalten, so daß man ihn eher für einen ältlichen Lebemann denn für einen überzeugten Altsozialisten gehalten hätte.

Er brachte sein Anliegen mit gedämpfter Stimme vor, als handle es sich um eine Verschwörung. Der große, schlanke und ein wenig zerstreute Jonatan sprach ebenfalls leise. Über beiden wehte ein feuchter Wind. Das Abendlicht war von Wolken durchzogen, es leuchtete zwischen Regenschauern. Die beiden redeten im Stehen neben einer mit Wasser vollgesogenen Bank, die mit den feuchten Blättern eines Nußbaums übersät war. Dieses Laub hatte bereits einen kaputten Wassersprinkler und einen Stapel nasser Säcke unter sich begraben. Jonatan starrte stur auf die Blätterhaufen, da er seinem Vater nicht ins Gesicht sehen wollte. Aber die Bank, die Säcke und der kaputte Sprinkler schienen ihm irgendeinen dumpfen Vorwurf zu machen, bis er schließlich in einen leisen, schnellen Redefluß ausbrach, wie es stillen Menschen eigen ist: Nein, nein, das käme überhaupt nicht in Frage, den Maschinenpark würde er nicht übernehmen, denn er arbeite schließlich in den Zitrusplantagen, und jetzt sei man doch mitten in der Grapefruiternte, das heißt, solange es nicht gerade regne. »Heute konnten wir natürlich nichts runtermachen, aber sobald es etwas trockner ist, gehen wir wieder raus. Und wieso denn überhaupt Maschinenwartung? Was hab ich denn mit Traktoren zu tun?«

»Das ist ja was ganz Neues«, gab Jolek zur Antwort, »jetzt will sich plötzlich keiner mehr um die Maschinen kümmern. Herzlichen Glückwunsch! Vor ein paar Jahren haben sich die Leute beinah gekloppt, weil jeder nur Mechaniker und nichts anderes sein wollte, und nun ist sich jeder zu fein für solche Arbeit. Skythen! Hunnen! Tataren! Damit bist nicht du persönlich gemeint. Ich sprech nur ganz allgemein. Guck dir doch die Jugendlichen von der Arbeiterpartei an, oder unsere jungen Literaten. Aber das ist ja egal. Dich möchte ich nur bitten, den Maschinenpark wenigstens so lange zu verwalten, bis sich eine dauerhafte Lösung finden läßt. Von dir kann man doch zumindest verlangen, daß du auf eine solche Bitte mit vernünftigen Argumenten reagierst und nicht mit dummen Ausreden.«

»Schau mal«, sagte Jonatan, »weißt du, ich hab bloß einfach das Gefühl, ich würd mich dafür nicht eignen. Das ist alles.«

»Nicht eignen! Gefühl! Fühlt sich geeignet, fühlt sich nicht geeignet«, platzte Jolek heraus. »Ja, was sind wir denn hier, eine Theatertruppe?! Reden wir hier denn davon, welcher Schauspieler sich am besten für die Rolle des Boris Godunow eignet? Würdest du vielleicht die Güte haben, mir ein für allemal zu erklären, was das bei euch heißen soll: Eignung, Selbstverwirklichung, Gemütsverfassung und all dieses verweichlichte Geschwätz? Ist die Arbeit mit den Maschinen denn ein Kleidungsstück oder ein Parfüm? Kölnisch Wasser? Was heißt denn da ›paßt nicht‹, wenn wir von 'nem Arbeitsplatz reden, hä?«

In diesen Spätherbsttagen litten Vater und Sohn an irgendeiner leichten Allergie: Jolek war heiser und kurzatmig, während Jonatans gerötete Augen dauernd tränten. »Schau mal«, sagte Jonatan, »ich sag dir doch, das ist nichts für mich. Was regst du dich denn groß auf. Erstens bin ich nicht für diese Arbeit im Maschinenschuppen geschaffen. Zweitens habe ich zur Zeit gewisse Zweifel, was meine Zukunft betrifft. Und du stehst hier und diskutierst mit mir über die Parteijugend und all das und merkst überhaupt nicht, wie's auf uns runterplatscht. Siehst du, der Regen hat wieder angefangen.«

Jolek hatte etwas anderes gehört, oder vielleicht hatte er auch richtig gehört, er dachte nur, es sei jetzt besser einzulenken. Also sagte er: »Ja gut. In Ordnung. Überleg dir's ein paar Tage und gib mir dann Bescheid. Ich hab ja nicht verlangt, daß du mir auf der Stelle antworten sollst. Bei Gelegenheit werden wir noch mal auf die ganze Sache zu sprechen kommen, wenn du in besserer Stimmung bist. Was halten wir hier denn den ganzen Abend für Stehdebatten und merken gar nicht, wie's uns geradewegs auf den Kopf regnet. Auf Wiedersehen. Hör mal, es wär besser, du würdst dir mal die Haare schneiden lassen: Wie siehst du denn aus. Das ist auch so was Neumodisches.«

An einem Samstag, als Jonatans jüngerer Bruder Amos auf Kurzurlaub vom Militär kam, sagte Jonatan zu ihm: »Was redst du denn bloß so viel vom nächsten Jahr. Du kannst doch jetzt überhaupt noch nicht wissen, wo du nächstes Jahr sein wirst. Und ich auch nicht.«

Zu seiner Frau Rimona sagte er: »Meinst du, ich muß mir die Haare schneiden lassen?«

Rimona blickte ihn an, setzte dann mit geringer Verzögerung ein etwas verlegenes Lächeln auf, als habe man ihr eine heikle oder sogar leicht gefährliche Fangfrage gestellt, und antwortete schließlich: »Langes Haar steht dir gut. Aber wenn es dich stört, ist das was anderes.«

»Nö, wieso denn«, sagte Jonatan und verstummte.

Es tat ihm leid, sich von den Düften, Stimmen und Farben trennen zu müssen, die ihn seit seiner Kindheit begleitet hatten. Er liebte den Geruch des Abends, der sich in den letzten Tagen des Sommers langsam auf die frisch gemähten Wiesen senkt: Bei den Oleanderbüschen balgen sich drei Promenadenmischungen um die Reste eines zerfetzten Schuhs. Ein alter Pionier mit Schirmmütze steht mitten auf dem Fußweg und liest die Zeitung, wobei sich seine Lippen wie im Gebet bewegen. Eine greise Genossin, einen blauen Eimer, randvoll mit Gemüse, Eiern und frischem Brot, in der Hand, geht an ihm vorüber, ohne ihn auch nur mit einem Kopfnicken zu grüßen – Folge einer uralten Auseinandersetzung. »Jonatan«, sagt sie mit weicher Stimme, »schau nur die Margeriten in dem Beet dort am Ende der Wiese, sie sind so weiß und sauber wie der Schnee, der bei uns in Laputyn im Winter gefallen ist.« Flötenklänge dringen aus den Kinderhäusern zwischen dem vielstimmigen Geschrei der Vögel herüber, und fern im Westen, hinter den Zitrushainen, in Richtung der untergehenden Sonne, fährt ein Güterzug vorbei, dessen Lokomotive zweimal tutet. Leid tat es Jonatan um seine Eltern. Um die Vorabende der Sabbate und Feiertage, an denen sich Männer, Frauen und Kinder im Kulturhaus versammeln – fast alle in weißen, frisch gebügelten Sabbathemden – und die alten Lieder singen. Leid tat es ihm auch um den Blechverschlag inmitten des Zitrushains, in den er sich manchmal zwanzig Minuten lang auf Kosten der Arbeitszeit zurückzog, um dort in Ruhe die Sportzeitung zu lesen. Leid tat es ihm um Rimona. Um den Anblick der aufgehenden Sonne, die im Sommer um fünf Uhr morgens so blutrot über den östlichen Felshängen zwischen den Ruinen des verlassenen arabischen Dorfs Scheich-Dahr heraufsteigt. Um all die Sabbatausflüge zu ebendiesen Hängen und Ruinen: er mit Rimona, er und Rimona mit Udi und Anat, oder manchmal auch er ganz alleine.

Bei all diesem Leid fand Jonatan noch Grund, sich zu ärgern oder sogar verbittert zu sein, als würde man ihn immer wieder unter Druck setzen und ihm Verzichtleistungen ohne Ende abverlangen, als würden sich seine eigenen Gefühle mit all den anderen Kräften verbünden, die ihm unaufhörlich Unrecht taten. Mein ganzes Leben lang tue ich die ganze Zeit über nichts anderes, als immer nur zu verzichten. Schon als ich noch ganz klein war, haben sie mir als erstes beigebracht, nachzugeben, Verzicht zu leisten: in der Klasse, beim Spielen. Nachgeben sollte ich und Rücksicht nehmen und einen Schritt auf den anderen zugehen – beim Militär, im Kibbuz, zu Hause und auf dem Sportplatz –, immer zuvorkommend sein und ein guter Kerl, kein Egoist, keine Umstände machen, nicht stören, nicht stur sein, sondern achtgeben, in Betracht ziehen, etwas geben für den Nächsten und für die Gesellschaft, mit anpacken, sich ganz der Aufgabe stellen, ohne kleinlich berechnend zu sein. Und was hat mir all das gebracht? Daß sie über mich sagen: Jonatan, der ist soweit in Ordnung, ein ernsthafter Bursche, mit dem sich reden läßt. Wend dich an ihn, du wirst schon mit ihm zurechtkommen, ein anständiger Kerl ist das, zuverlässig und nett. Genug damit. Schluß mit dem ewigen Verzichten. Jetzt fängt ein neues Kapitel an.

Nachts im Bett konnte Jonatan nicht einschlafen. Er stellte sich beklommen vor, daß jemand auf ihn warte und sich wundere, wo er denn bliebe, und wenn er sich nicht beeilte, würde alles auseinanderlaufen und nicht mehr länger warten. Als er dann frühmorgens die Augen aufschlug und barfuß in Unterhemd und Unterhose auf die Veranda hinausging, um seine Arbeitskleidung und die lehmverkrusteten Arbeitsschuhe anzuziehen, von denen einer einige Tage zuvor sein von rostigen Nägeln strotzendes Maul aufgerissen hatte, hörte Jonatan über das Geschrei der frierenden Vögel hinweg, daß jemand nach ihm rief: Er solle sich doch aufmachen und gehen, nicht in den Zitrushain, sondern an einen ganz anderen Ort, den rechten, an seinen Ort. Es waren dies höchst ernstgemeinte Rufe – und wenn er zu spät käme, dann würde es eben zu spät sein.

Fast jeden Tag erlosch irgend etwas in ihm; er wußte nicht, was es war: vielleicht eine Krankheit oder die Schlaflosigkeit? Und nur seine Lippen sagten ihm manchmal ganz ohne sein Zutun: Genug. Aus. Fertig.

Alle Anschauungen und Denkweisen, die man ihm seit seiner Kindheit anerzogen hatte, wurden nicht etwa durch andere ersetzt, sondern schrumpften in sich zusammen und verblaßten. Wenn sie in der Kibbuzversammlung von immer wieder auftretenden Verstößen gegen den Gleichheitsgrundsatz sprachen, von der übergeordneten Autorität der Gesellschaft, von Gemeinschaftssinn oder barer Anständigkeit, pflegte Jonatan schweigend abseits zu sitzen, hinter der hintersten Säule am Rand des Speisesaals, und einen Zerstörer nach dem anderen auf Papierservietten zu malen. Zog die Debatte sich länger hin, ging er schließlich zu Flugzeugträgern über, wie er sie bisher nur in Filmen oder Illustrierten gesehen hatte. Wenn er in der Zeitung von wachsenden Kriegsdrohungen las, sagte er zu Rimona: »Was soll bloß dieses endlose Gerede, diese Schwätzer, diese« – und wandte sich dem Sportteil zu.

Kurz vor den Hohen Feiertagen legte Jonatan seine Mitgliedschaft im Jugendausschuß nieder. Alle Meinungen und Ideen verblaßten, und an ihrer Stelle kam Trauer auf – eine Traurigkeit, die an- und abschwoll wie eine Kriegssirene. Aber selbst wenn sie etwas abgeklungen war – etwa während der Arbeitszeit oder beim Schachspielen –, bohrte sie wie ein Fremdkörper in ihm herum, in Bauch, Hals und Brust, genauso wie damals: Ich war klein und hatte was angestellt, war aber nicht erwischt worden und hatte keine Strafe erhalten, so daß also nur ich wußte, was gewesen war, und trotzdem den ganzen Tag und noch spätnachts im Bett zitternd dachte: Was wird nur werden, was hast du denn gemacht, du Irrer.

Jonatan sehnte sich danach, dieser Trauer möglichst schnell weit zu entkommen, wie er es in Büchern über jene reichen Europäer gelesen hatte, die vor der Sommerhitze in verschneite Gegenden fliehen und während des Winters milde Regionen aufsuchen. Einmal, als sie gerade zu zweit dabei waren, Säcke mit Kunstdünger von einem Lastwagen abzuladen und in den Verschlag im Zitrushain zu schleppen, sagte Jonatan zu seinem Freund Udi: »Hör zu, Udi, hast du schon mal darüber nachgedacht, was der größte Betrug auf der Welt ist?«

»Die Frikadellen, die Fejge uns dreimal in der Woche zum Mittagessen brät: nichts als altes Brot mit ein bißchen Fleischgeruch.«

»Nein, ich mein's doch im Ernst«, beharrte Jonatan, »wirklich der allergemeinste Betrug.«

»Also gut«, sagte Udi lustlos, »meines Erachtens ist das die Religion oder der Kommunismus oder auch beides zusammen. Warum fragst du denn?«

»Nein«, antwortete Jonatan, »nicht das. Ich mein, die Geschichten, die sie uns erzählt haben, als wir noch ganz klein waren.«

»Die Geschichten?« gab Udi verwundert zurück. »Was hast du denn plötzlich damit?«

»Haargenau das Gegenteil vom wirklichen Leben waren diese Geschichten. Hast du mal Streichhölzer? Wie zum Beispiel damals bei der Kommandoaktion gegen die Syrer in Nukeib. Weißt du noch, wie wir da einen toten syrischen Soldaten, dem's den ganzen Unterleib weggerissen hatte, in den Jeep gesetzt haben, mit seinen Händen am Steuerrad, und ihm eine brennende Zigarette in den Mund gesteckt haben und dann abgehauen sind, kannst du dich daran noch erinnern?«

Diesmal beeilte sich Udi nicht mit der Antwort, sondern zerrte einen Sack aus der äußersten Ecke des Lastwagens, stellte ihn sehr sorgfältig auf den Boden, um ihn als Grundlage für einen neuen Säckestapel zu benutzen, drehte sich dann schnaufend und unter heftigem Kopfkratzen um und blickte etwas schräg auf Jonatan, der an den Laster gelehnt dastand, seine Zigarette rauchte und wohl tatsächlich auf eine Antwort wartete. Udi lachte: »Was philosophierst du mir denn da mitten bei der Arbeit? Soll das eine Art Meditationsübung sein, oder was?«

»Nix dergleichen«, sagte Jonatan, »mir ist bloß plötzlich so ein unanständiges Heftchen eingefallen, das ich mal auf englisch gelesen hab. Da haben sie beschrieben, was diese Zwerge nun wirklich die ganze Zeit gemacht haben, als Schneewittchen bei ihnen lag und geschlafen hat wegen dem Apfel. Es war alles Betrug, Udi, das mit Schneewittchen und Hänsel und Gretel und Rotkäppchen und des Königs neuen Kleidern und all diesen niedlichen Geschichtchen, in denen zum Schluß nur noch Glück und Wohlgefallen herrscht, ›und wenn sie nicht gestorben sind, dann leben sie noch heute‹. Alles Betrug, sag ich dir. Auch die Ideen von denen.«

»Schon gut«, sagte Udi, »hast du dich beruhigt? Können wir jetzt weitermachen? Und wenn wir schon von Betrug reden, würdest du dann mal bitte als erstes meine Streichhölzer wieder aus deiner Tasche ziehen und sie mir freundlicherweise zurückgeben? Ah, so ist's recht. Und nun laß uns mal die restlichen dreißig Säcke abladen, bevor Etan R. kommt. Ja, genau so. Hol mal richtig Luft, reg dich ab, tief durchatmen, und jetzt pack hier mit an. So. Geht's wieder? Dann man los. Ich weiß gar nicht, warum du in letzter Zeit immer mit so 'nem sauren Gesicht rumläufst.«

Jonatan atmete tief und beruhigte sich.

Er war fast überrascht, wie leicht ihm die Entscheidung fiel. Die Hindernisse schienen unbedeutend. Beim Rasieren vor dem Spiegel sagte er sich zuweilen einfach mit tonlosen Lippen und in der dritten Person: »Er machte sich auf und ging.«

Manchmal wunderte er sich über seine gleichaltrigen Kameraden im Kibbuz. Warum machten sie es nicht wie er und gingen? Worauf warteten sie denn eigentlich? Die Jahre vergehen doch – und wer zu spät kommt, kommt zu spät.

Im letzten Sommer, einige Monate bevor Jonatan Lifschitz beschlossen hatte, alles zurückzulassen und sich auf den Weg zu machen, war im Leben seiner Frau ein trauriges Ereignis eingetreten. Allerdings betrachtete Jonatan diesen Vorfall nicht als Auslöser für seinen Entschluß. In seinen Gedankengängen kamen die Worte »Ursache« und »Wirkung« gar nicht erst vor. Gleich dem Durchflug der Zugvögel, den Rimona jeden Herbst und Frühling so gern beobachtete, sah Jonatan seinen Abschied als eine Sache an, deren Zeit nach langem Warten gekommen war. Es sind einige Jahre vergangen, dachte er, und nun ist es eben soweit.

Geschehen war folgendes: Rimona litt an irgendeinem Frauenleiden. Schon vor zwei Jahren war sie schwanger geworden und hatte das Kind verloren. Dann wurde sie wieder schwanger. Und am Ende des letzten Sommers brachte sie ein kleines Mädchen tot zur Welt.

Die Ärzte rieten, vorerst auf einen erneuten Versuch zu verzichten. Jonatan wollte jedoch gar keinen neuen Versuch unternehmen. Er wollte nur auf und davon.

Rund drei Monate waren seit diesem Vorfall vergangen. Rimona hatte angefangen, alle möglichen Bücher über Schwarzafrika in der Bibliothek auszuleihen. Jeden Abend saß sie nun im weichen, warmen Licht der Tischlampe mit ihrem bräunlichen Strohschirm und notierte auf kleinen Karteikarten den genauen Ablauf einzelner Stammesriten: Jagd- und Regenkulte, Fruchtbarkeitsriten und Geisterbeschwörungen. In ihrer regelmäßigen Handschrift hielt sie auf ihren Kärtchen die Trommelrhythmen namibischer Dörfer fest, skizzierte die Masken der Zauberer aus dem Stamm der Kikuju, beschrieb den Ahnenkult unter den Zulus und die Beschwörungen und Amulette, mit denen man im Lande Ubangi-Schari die Kranken heilte. Hier und da zeigten sich helle Flecke auf Rimonas Haut. Sie mußte regelmäßig zweimal die Woche eine Spritze bekommen und rasierte sich auch neuerdings die Achselhöhlen.

All das überging Jonatan mit Schweigen. Inzwischen hatte man die Strohballen von den Feldern in die Scheunen gebracht. Das ganze Land war mit schweren Pflügen hinter großen Raupenschleppern umgepflügt worden. Die weißblaue Sommerglut hatte fahlgrauem Licht Platz gemacht. Der Herbst kam und ging vorüber. Die Tage wurden kürzer und grauer, die Nächte länger. Jonatan Lifschitz überwachte mit gedämpfter Stimme die Zitrusernte, überließ seinem Freund Udi die Aufsicht über die Transporte und wartete.

Einmal schlug Udi vor, sich einen Abend zu zweit bei einer Tasse Kaffee zusammenzusetzen, um die Ladepapiere durchzusehen und eine Zwischenbilanz zu machen. Jonatan meinte, es habe keinerlei Eile damit, die Saison habe ja erst angefangen, was sei da schon groß zu bilanzieren. »Na, entschuldige mal«, sagte Udi, »du hast ja keine Ahnung, was um dich herum vorgeht.«

Aber Jonatan blieb stur: »Es ist noch genug Zeit. Nur keine unnötige Eile.«

Udi, dessen Augen ständig wie von Weinen oder Schlafmangel gerötet waren, schlug vor, er werde sich eben selbst um Bilanz und Buchprüfung kümmern, wenn Jonatan keine Geduld für so was hätte. Jonatan schaute Udi aus seinen allergiegeplagten, sonderbar triefenden Augen an und erwiderte: »Gut, in Ordnung.«

»Und mach dir keine Sorgen, Joni, ich werd dich auf dem laufenden halten.«

»Nicht nötig.«

»Was soll das heißen – nicht nötig?«

Worauf Jonatan Lifschitz antwortete: »Hör mal, Udi, wenn du hier der Boß sein willst, bitte sehr. Mir jedenfalls eilt gar nichts.«

Danach verfiel er wieder in Schweigen. Schweigend wartete Jonatan auf irgendeine Wende, ein Ereignis, das ganz von selbst zu einer Trennung des ehelichen Zusammenlebens führen würde. Aber die grau verhangenen Tage und Nächte glichen einander, und auch Rimona blieb sich immer gleich. Nur hatte sie in einem Laden auf dem Karmel eine neue Schallplatte erworben, auf deren Hülle ein nackter schwarzer Krieger abgebildet war, der gerade einen Büffel mit einem Speer durchbohrte. Darüber stand in schwarzer englischer Flammenschrift »Die Magie des Tschad«.

So begriff Jonatan langsam, daß sein Weggehen nur von ihm

allein abhing. Er mußte die passenden Worte finden, um Rimona zu sagen: »Ich habe beschlossen, den Kibbuz zu verlassen – und dich auch.«

Allerdings mochte er keine Worte und vertraute ihnen auch nicht. Deshalb bereitete er sich sehr sorgfältig und ruhig auf dieses Gespräch vor, zog Tränen, Vorwürfe, Bitten und Anschuldigungen in Betracht. Er versuchte, verschiedene Begründungen zu formulieren, aber so sehr er sich diesbezüglich auch anstrengen mochte – Beweggründe fand er keine, nicht einen einzigen, noch so kleinen.

Schließlich blieb ihm nur eine Möglichkeit: Er mußte Rimona die schlichte Wahrheit sagen, auf irgendwelche zusätzlichen Erklärungen verzichten, was das Gespräch auch einfacher und kürzer machen würde. Diese simple Wahrheit ließe sich vielleicht mit einem einzigen Satz verkünden, wie etwa: »Ich kann nicht immer und ewig verzichten« oder »Ich bin schon spät dran«.

Aber Rimona würde dann sicher fragen: »Wozu bist du spät dran?« oder »Worauf kannst du nicht verzichten?«, und was sollte er auf solche Fragen antworten? Vielleicht würde sie auch in Tränen ausbrechen und schreien: »Joni, du bist ja plötzlich verrückt geworden!« Dann könnte er nur murmeln: »Es ist eben jetzt Schluß« oder »Tut mir außerordentlich leid«, und sie würde ihre Eltern und sämtliche Kibbuzgremien gegen ihn aufhetzen.

Rimona, schau mal, das kann man nicht so in Worte fassen. Vielleicht ist das wie bei deiner Magie des Tschad zum Beispiel. Ich meine – nicht Tschad, auch nicht Magie in dem Sinn. Ich meine, einfach so . . . mir bleibt wirklich keine Wahl mehr, ich steh schon mit dem Rücken zur Wand, wie man so sagt. Sieh mal, ich geh. Ich hab keine andere Wahl.

Schließlich setzte er mehrere Tage im voraus einen Abend fest, an dem er mit Rimona sprechen würde. Falls sie mit Beschuldigungen oder flehenden Bitten anfinge, schwiege er einfach wie die Helden im Kino, dachte er sich und wiederholte nun mehrmals täglich im stillen die Worte, die er benutzen wollte.

In der Zwischenzeit achtete Jonatan – wie ein Untergrund-kämpfer kurz vor dem Aufstand – sorgfältig auf die Erfüllung all seiner regulären Pflichten, damit seine Gefühle nicht entdeckt würden.

Beim ersten Tageslicht stand er auf, trat in Unterhemd und Unterhose auf die Veranda, zog seine Arbeitskleidung an, führte einen müden Kampf mit den Schnürsenkeln, wobei er besonders den grinsenden Schuh haßte, schlüpfte in eine alte, geflickte Uniformjacke und ging zum Maschinenschuppen. Wenn es stark regnete, bedeckte er Kopf und Schultern mit einem Sack und rannte fluchend bis zum Schuppen, auf dessen schmutzigem Betonboden er zwei Minuten lang auf der Stelle trat, bevor er den grauen Ferguson-Traktor startklar machte. Nachdem er Kraftstoff, Öl und Wasser geprüft hatte, ließ er den zuerst tuckernden und fauchenden Motor an, um Udi und seine Schar jugendlicher Erntehelferinnen in den Zitrushain zu fahren. Die Mädchen, die sich zu Beginn der Arbeit um den Blechverschlag im Hain drängten, an dem er ihnen die Ernte-scheren aushändigte, erinnerten Jonatan an irgendeine fast vergessene Geschichte über neun leichtfertige Nönnchen, eine einsame Hütte im tiefen Wald und den Wächter dieser Hütte. Aber da es ein feuchtkalter Morgen war, erstarb die Geschichte in seinem Gedächtnis, bevor sie noch richtig Fuß fassen konnte. Statt dessen begannen die Mädchen, die Früchte zu pflücken und in großen Behältern zu sammeln.

Die Stunden im Zitrushain verbrachte Jonatan meist völlig schweigsam. Nur einmal, als er Udi die Sportzeitung gab, sagte er: »Gut, in Ordnung, du kümmerst dich dieses Jahr um alle Versandrechnungen, aber halt mich trotzdem auf dem lau-fenden.«

Nach der Arbeit kehrte Jonatan in seine kleine Wohnung zurück, duschte, zog trockene, warme Feierabendkleidung an, setzte den Petroleumofen in Gang und ließ sich mit der Zeitung im Sessel nieder. Schon um vier oder Viertel nach vier versank das winterliche Licht hinter den schwärzlichen Wolken. Abendlicher Wind und Dämmerschein schlugen ans Fenster, wenn dann auch Rimona von ihrer Arbeit in der Wäscherei zurückkehrte und Kaffee nebst Keksen auf den Tisch stellte. Mal antwortete er auf Fragen von ihr, mal hörte er sich müde ihre Antworten auf seine Fragen an, wechselte wenn nötig auch mal eine ausgebrannte Glühbirne oder reparierte einen tropfenden Wasserhahn in der Duschecke. Zuweilen nahm er sich vor, sofort nach dem Kaffeetrinken aufzustehen, um die Teller und Tassen abzuspülen.

Eines Tages sprach Rabbiner Nachtigall vor den Nachrichten im Rundfunk über mögliche Wege zur religiösen Erneuerung und benutzte unter anderem die Worte »eine öde Wüste, ein Ödland«. Den ganzen Abend über und noch den folgenden Morgen bis gegen Mittag wiederholte Jonatan unwillkürlich immer aufs neue diese Worte, als hätten sie etwas Beruhigendes für ihn: Magie des Ödlands. Wüste des Tschad. Ödland des Tschad. Zauber der Wüste. Atme nur tief durch, sagte er sich in den Worten seines Freundes Udi, hol ordentlich Luft und beruhig dich ein bißchen. Bis Mittwochabend eilt gar nichts.

Jonatan besaß eine graubraune Schäferhündin namens Tia. In der Winterzeit döste Tia den ganzen Tag über vor dem Ofen. Ihre Jugend war längst vorbei, und jeden Winter schien sie unter Gliederschmerzen zu leiden. Ihr Fell war schütter geworden und wies an zwei Stellen sogar kahle Flecken auf wie ein alter abgetretener Teppich. Manchmal kam es vor, daß Tia plötzlich beide Augen öffnete und Jonatan Lifschitz so sanft und seltsam zweifelnd anguckte, daß ihm die Lider zitterten. Dann fuhr sie mit den Zähnen wild auf eines ihrer Beine oder auf eine Pfote los, um irgendeinen winzigen Schmarotzer auszurotten, kratzte sich wütend und schüttelte sich schließlich derart anhaltend, daß ihr Fellkleid bald zu groß für ihren Körper geraten schien. Danach legte sie die Ohren an, durchquerte einmal das Zimmer, ließ sich wieder müde vor dem Ofen nieder, schloß mit einem Seufzer das erste Auge, und nur ihr Schwanz wedelte noch einen kurzen Augenblick, bis auch er zur Ruhe kam, das zweite Auge ebenfalls zufiel und es zumindest aussah, als schliefe sie.

Wegen Tia war Jonatan gezwungen, seine Unterredung mit Rimona zu vertagen. Hinter den Ohren der Hündin waren nämlich wunde Stellen aufgetreten, die sich zwei Tage später mit Eiter füllten. Man mußte also den Tierarzt konsultieren, der etwa alle zwei Wochen im Kibbuz erschien, um die Kühe und Schafe zu untersuchen. Jonatan, der Tia sehr gern hatte, verspürte keinerlei Lust, sein Leben zu verändern, ehe die Hündin nicht völlig genesen war. Der Arzt empfahl eine Salbe sowie ein weißes Pulver, das man, mit Milch vermischt, Tia eingeben sollte. Sie ließ sich nur schwer bewegen, diese Mixtur zu trinken – also gab es wieder einen Aufschub. Ab und zu rief Jonatan sich die eigens vorbereiteten Worte ins Gedächtnis zurück, um sie nicht zu vergessen. Aber welche Worte waren das denn? Ödland des Tschad? Machte sich auf und ging?

Inzwischen war es richtig Winter geworden. Jolek erkrankte an Grippe und litt zudem unter heftigen Rückenschmerzen. Jonatan ging eines Abends zu seinen Eltern, wobei Jolek ihm vorhielt, daß er nicht öfter kam und daß er nicht bereit war, die Leitung des Maschinenparks zu übernehmen, der mangels eines verantwortlichen Menschen langsam verrotte, und daß die israelische Jugend überhaupt destruktive Verfallstendenzen aufweise. Jonatans Mutter Chawa sagte demgegenüber: »Du siehst müde und traurig aus. Vielleicht solltest du dich ein, zwei Tage ausruhen. Auch Rimona hat Urlaub verdient. Warum fahrt ihr nicht mal nach Haifa, übernachtet einen Abend bei Onkel Pessach, geht zusammen ins Café und ins Kino? Was ist da schon dabei?«

Worauf Jolek hinzufügte: »Und laß dir bei dieser feierlichen Gelegenheit auch gleich mal ein bißchen die Haare schneiden. Guck doch, wie du aussiehst.«

Jonatan schwieg.

Nachts im Traum kamen Etan R. und Udi zu ihm, um ihm mitzuteilen, daß die Polizei endlich die Leiche seines Vaters auf dem Grund des Wadi gefunden habe. Jonatan solle rasch einen Anhänger an den Traktor koppeln und augenblicklich, bewaffnet und mit einer Bahre versehen, zu Hilfe kommen. Aber als sie in die Waffenkammer traten, fanden sie dort nur den Kadaver einer Katze. Jonatan wachte auf, stand lange in der Dunkelheit am Fenster und hörte das Heulen des Windes, durchsetzt mit einem Bellen, das aus weiter Ferne herüberklang, vielleicht von den Trümmern des verlassenen arabischen Dorfs Scheich-Dahr. »Schlafen, Tia«, sagte er leise und schlich ins Bett zurück, ohne Rimona zu wecken.

Es regnete und regnete. Die Erntearbeit mußte vorläufig eingestellt werden, die Erde verwandelte sich in klebrigen Morast. Das Licht des Tages war fahlblaß, das Licht der Nacht verschwand hinter schwarzen Wolken. Dumpfes Donnergrollen zog Nacht für Nacht in matten Wellen von Ost nach West. Feuchter Wind wehte gegen die Fenster des Hauses. Und einmal bebte es sogar: Auf einem hohen Regal schepperte plötzlich eine Vase.

Du wirst dein Leben von Grund auf verändern, wirst ein neues Kapitel beginnen, wirst frei sein. All die Dinge, die du zurückgelassen hast, werden alleine, ohne dich bleiben. Sie können dir nichts anhaben: ein Haufen persönlicher Gegenstände, die du am neuen Ort nicht brauchst. Nahestehende Menschen, die dich immer so behandelt haben, als seist du einer der Ihren und nur ein Werkzeug in ihrer Hand, ein bloßes Instrument zur Verwirklichung eines hehren Plans, dessen Zweck du nicht einsiehst. Verschiedene Gerüche, die dir lieb geworden sind. Die Sportzeitung, die du immer von vorn bis hinten durchgelesen hast. Aber genug. Du wirst sie alle verlassen, und alle werden sie verlassen sein. Genug. Wie lange kann man noch nachgeben? Du mußt dich endlich aufmachen und dein eigener Herr sein, weil du nur dir selbst gehörst und nicht ihnen. Auch wenn dein Zimmer eigentümlich sein wird ohne dich. Leer und fremd werden die Regale an der Wand hängen, die du über dem Kopfende deines Betts angebracht hast. Einsam und verstaubt wird der Schachtisch dastehen, den du den letzten Winter über mit so viel Überlegung und Sorgfalt aus einem Olivenstamm herausgeschnitten hast. Sonderbar wird die Eisenstange im

Garten aussehen, um die du eine Weinlaube hochziehen wolltest. Fürchte dich nicht: Mit der unaufhörlich verrinnenden Zeit werden all diese Dinge schließlich nicht mehr eigentümlich sein, sondern nur noch verlassen. Die Vorhänge werden verbleichen. Unten im Bücherbord wird dein Zeitschriftenstapel langsam vergilben. Hundszahn, Kletterwinde und Brennesseln, die du die ganzen Jahre über bekämpft hast, werden erneut die Herrschaft im Garten hinter dem Haus übernehmen. Und wieder werden sich die Schimmelpilze auf dem Spülbecken ausbreiten, das du ausgebessert hast. Hier und da wird sicher der Putz abbröckeln. Im Laufe der Jahre werden die Gitterstangen der Veranda Rost ansetzen. Deine Frau wird einige Zeit auf dich warten, bis sie endlich einsieht, daß Warten keinen Sinn mehr hat. Hartnäckig werden deine Eltern sie, einer den anderen, den Zeitgeist, die allgemeine Atmosphäre, dich, die neuen Auffassungen beschuldigen, bis schließlich auch sie sich fügen. »Mea culpa«, wird dein Vater in seinem polnisch gefärbten Latein sagen. Deine Schlafanzüge, die Windjacke, Arbeitskleidung, Fallschirmjägerstiefel und die abgetragene Winterjacke wird man allesamt einem Mann schenken, der deine Größe trägt. Nicht Udi. Vielleicht diesem italienischen Mörder, der als Lohnarbeiter in der Schlosserei angestellt ist. Andere persönliche Gegenstände wird man in einen Koffer packen und auf dem kleinen Hängeboden über der Dusche verfrachten. Eine neue Routine wird sich durchsetzen, das häusliche Leben wird wieder in geordnete Bahnen zurückfinden. Rimona wird man auf einen der Kibbuzlehrgänge für angewandte Kunst schicken und ihr dann die Ausschmückung des Speisesaals für Partys und Feste übertragen. Dein Bruder Amos wird aus dem aktiven Militärdienst entlassen werden und seine Freundin Rachel heiraten. Vielleicht wird er's schaffen, in die Schwimmnationalmannschaft zu kommen. Fürchte dich nicht. Inzwischen wirst du dein ersehntes Ziel erreicht und dort gesehen haben, wie anders und richtig und neu alles ist: keine Trauer und Erniedrigung mehr, sondern Begeisterung und Kraft. Und wenn dir eines Tages die Erinnerung an einen altvertrauten Duft oder an ein aus weiter Ferne herüberdringendes Hundegebell kommen sollte oder an prasselnden Regen, der am frühen Morgen in Hagel übergeht, und du auf einmal um nichts in der Welt begreifen kannst, was du getan hast, was nur in dich gefahren ist, welche bösen Geister dich aus deinem Hause bis ans Ende der Welt gelockt haben, dann mußt du solche Gedanken mit aller Gewalt zurückdrängen, damit du nicht plötzlich schwankst wie ein Mensch, dem man aus der Dunkelheit von hinten her über die Schulter blickt. Du mußtest doch gehen. Du konntest doch nicht dein ganzes Leben lang sitzenbleiben und warten, ohne zu wissen, worauf und warum. Es gibt also nichts zu bereuen. Was war, ist gewesen.

In den Zitrushain konnte Jonatan dieser Tage nicht fahren; wegen des aufgeweichten Bodens waren die Erntearbeiten zum Stillstand gekommen. Die fröhlichen jungen Helferinnen wurden in Küche und Kleiderlager geschickt. Der rotäugige Udi erklärte sich freiwillig bereit, die vom Sturm beschädigten Blechdächer der Kuh- und Schafställe zu reparieren, bis der Himmel wieder aufklaren würde und man die Ernte fortsetzen konnte. So kam es, daß Jonatan Lifschitz widerstrebend einwilligte, vorübergehend und völlig unverbindlich die Leitung des Maschinenparks zu übernehmen, worum ihn sein Vater Jolek einige Wochen vorher gebeten hatte.

»Du mußt wissen, daß das keine Dauerlösung ist«, sagte Jonatan. »Es ist nur mal fürs erste.«

Jolek erwiderte: »Ah? So. Gut, in Ordnung. Du kniest dich da erst mal rein, fängst an, ein bißchen Ordnung zu schaffen, und im Laufe der Zeit beruhigen wir uns vielleicht etwas. Wer weiß? Womöglich entdeckst du auf einmal im Maschinenpark verschüttete Quellen der wahren Selbsterfüllung, oder die Mode ändert sich eines schönen Morgens und diese Arbeit steht wieder hoch im Kurs? Warten wir's ab und lassen uns überraschen.«

Jonatan antwortete mit allem Nachdruck, den er aufzubieten vermochte: »Du mußt nur daran denken, daß ich dir meinerseits absolut nichts versprochen habe.«

An die sechs Stunden täglich arbeitete Jonatan nun also im Maschinenschuppen, übernahm jedoch nur die übliche Wartung der Traktoren sowie die nötigsten leichten Reparaturen. Die meisten Landmaschinen standen ja sowieso starr und stumm, tief in ihren Winterschlaf versunken, unter dem windgerüttelten Blechdach. Bei der leichtesten Berührung fuhr einem die metallische Kälte stechend in die Finger. Die Schmiermittel wurden schwarz und verkrusteten. Die Armaturenbretter waren beschlagen. Hier und da hatte man den müden Versuch unternommen, irgendein empfindliches Teil mit dreckigen, verstaubten Sackfetzen abzudecken. Nur ein Verrückter hätte auf die Idee kommen können, diese Ungeheuer aus ihrem düsteren Schlaf zu wecken und sich an ihnen zu schaffen zu machen. Mögen sie in Frieden ruhen, dachte Jonatan, ich bin hier nur wegen der Kälte und des Regens. Bald . . .

Um zehn Uhr morgens pflegte er sich dann seinen Weg vom Schuppen zur Schlosserei zu bahnen, wo er in Gesellschaft des lahmenden Bolognesi Kaffee trank und die Sportzeitung las.

Bolognesi war nicht etwa ein Italiener, sondern ein tripolitanischer Lohnarbeiter mit einem zerfetzten Ohr, das an eine langsam vor sich hinfaulende Birne denken ließ, die jeden Augenblick abfallen und aufplatzen mußte. Er war ein großer, gebeugter Mann um die fünfundfünfzig, mit dunklem stoppligem Gesicht, aus dessen Mund ständig ein leichter Arrakgeruch wehte. Er lebte allein in einer Baracke, deren eine Hälfte früher mal eine Schuhmacherei beherbergt hatte, während die andere nach wie vor einmal im Monat als Friseursalon diente. Fünfzehn Jahre hatte er im Gefängnis gesessen, weil er der Verlobten seines Bruders mit einer Axt den Kopf abgeschlagen hatte. Es war dies eine sonderbare Geschichte, deren Einzelheiten niemand im Kibbuz kannte, obwohl natürlich verschiedene, teils höchst schreckliche Versionen von ihr kursierten. Stets lag ein verkniffener Zug auf Bolognesis Gesicht, wie bei jemandem, der gerade einen verdorbenen Bissen in den Mund gesteckt hat, den er auf keinen Fall hinunterschlucken kann, aber vor lauter Schreck und Höflichkeit auch nicht auszuspukken wagt. Sei es, weil dieser Bolognesi während seiner Haftzeit begonnen hatte, die religiösen Gebote peinlich genau einzuhalten, oder auch aus einem anderen Grund hatte Staatspräsident Ben Zwi beschlossen, ihm die übrigen Jahre seiner lebenslänglichen Gefängnisstrafe auf dem Gnadenweg zu erlassen. Das Komitee für die Betreuung bekehrter Häftlinge hatte sich für ihn und seine ruhige Wesensart in einem Empfehlungsschreiben an das Kibbuzsekretariat verbürgt, und so hatte man ihn für die Arbeit in der Schlosserei eingestellt und ihm auch ein Zimmer in der windschiefen, mit Teerpappe verkleideten Baracke überlassen.

Im Kibbuz redeten einige so und andere anders über Bolognesi. Die Einhaltung der religiösen Gebote jedenfalls hatte er nach seiner Ankunft hier wieder aufgegeben. Dafür wandte er sich in seiner Freizeit feinen Strickarbeiten zu, deren Anfertigung er während seiner Haft erlernt hatte. Tatsächlich machte er wunderbare Pullover für die Kibbuzkinder und strickte sogar komplizierte Kreationen nach der letzten Mode für die jungen Genossinnen. Von seinem Lohn kaufte er sich die neuesten Strickhefte, denen er ständig modische Muster entnahm. Er sprach nur wenig, und dies mit weiblicher Stimme, als sei er stets darauf bedacht, äußerst vorsichtig auf Fragen zu antworten, die ihn in Schwierigkeiten verwickeln oder den Fragenden selbst in Verlegenheit bringen könnten. Einmal, als sie wieder an einem grauen Regentag in der Schlosserei beim Kaffee saßen, fragte Jonatan ihn, ohne die Augen von der Sportzeitung zu heben: »Sag mal, Bolognesi, warum guckst du mich die ganze Zeit so an?«

»Sieh deinen Schuh«, antwortete der Italiener, sich vorsichtig zurückhaltend, fast ohne die Lippen zu öffnen. »Dein Schuh ist offen, und das Wasser kommt drinnen. Auf der Stelle remicht ich dir dein Schuh, bitte?«

»Macht nix«, sagte Jonatan, »nicht weiter wichtig. Danke.« Und damit wandte er sich wieder der Debatte zweier Kommentatoren über den überraschenden Ausgang des Halbfinales um den Landespokal zu. Zwei, drei Minuten später blätterte er weiter und las über einen aus Südamerika eingewanderten

Orthopäden, der gleichzeitig ein vielgerühmter Fußballspieler war und sich nun dem Sportclub Betar-Jerusalem angeschlossen hatte. Auf einmal begann Bolognesi wieder mit zarter Stimme: »Ich nix gemerichtet, du nicht sagen danke«, worauf der Mann in seiner melancholischen Logik flehend fortfuhr: »Wie sagen danke einfach so? Für nix?«

»Für den Kaffee«, antwortete Jonatan.

»Ich noch eingemießen?«

»Nein danke.«

»Hier, bitteschön, was ist das? Wieder du sagst danke für nix? Warum sagst du? Ich nicht eingemießen, du nicht danke. Und auch nicht bemöse werden auf Freund.«

»Gut, is ja schon gut«, sagte Jonatan, »wer wird denn hier böse? Vielleicht bist du mal ein bißchen ruhig, Bolognesi, und läßt einen in Ruhe die Zeitung lesen?«

Und in seinem Innern fügte er hinzu: nicht nachgeben diesmal, bloß nicht nachgeben. Man kann doch nicht immer endlos verzichten und schweigen. Heute abend. Heute abend noch. Oder allerspätestens morgen abend.

Nachmittags, wenn Jonatan von der Arbeit mit den Traktoren nach Hause zurückkehrte, setzte er den Petroleumofen in Gang, wusch sich Hände und Gesicht und setzte sich in den Sessel, um auf Rimona zu warten, die Beine mit einer braunen Wolldecke gegen die Kälte geschützt. Dann schlug er die Morgenzeitung auf, bei deren Lektüre er von Zeit zu Zeit in erhebliches Staunen geriet: Der syrische Staatspräsident Dr. Nur ad-Din al-Atassi, ein ehemaliger Gynäkologe, und sein Außenminister, der Augenarzt Dr. Yussuf Zu'ein, hatten vor einer großen, frenetisch jubelnden Volksmenge in der Stadt Palmyra gesprochen und dabei aufgerufen, den Staat Israel endgültig von der Landkarte verschwinden zu lassen. Der Augenarzt schwor in seinem und der Versammelten Namen, daß er auch den letzten Blutstropfen nicht schonen werde, denn nur mit Blut könne die Schande abgewaschen werden, und der heilige Pfad zur Morgenröte der Gerechtigkeit setze unweigerlich ein Blutbad voraus. In Haifa wiederum hatte sich ein arabischer Jugendlicher vor Gericht verantworten müssen, weil er in unzüchtiger Weise durch ein Fenster im Stadtteil Hadar-Hakarmel gelugt und einer Frau beim Ausziehen zugeschaut hatte. Zu seiner Verteidigung brachte der Junge in fließendem Hebräisch vor, schon König David habe seinerzeit Batschewa beim Bade erblickt. Der Richter Nakdimon Zlelichin hatte, nach Darstellung des Blattes, sein Vergnügen über das stichhaltige Argument nicht verbergen können und den jungen Araber für diesmal mit einem ernsten Tadel und einer Verwarnung laufenlassen. Versteckt in einer der Innenseiten wurde von einem Versuch im Zürcher Zoo berichtet, bei dem man zur Unzeit Licht und Wärme ins Bärenhaus geleitet hatte, um die Tiefe des Winterschlafs zu testen. Ein Bär war davon aufgewacht und hatte den Verstand verloren.

Doch schon bald ließ Jonatan die Zeitung sinken und nickte im Sessel ein, weil der Regen so stetig und monoton in die Dachrinne tropfte. Jonatan übermannte ein leichter, unruhiger Schlaf, der zuweilen mit mattem Grübeln begann und schließlich in wilde Alpträume überging. Dr. Schillinger, der stotternde Gynäkologe aus Haifa, der Rimonas Frauenleiden behandelt und von einem wiederholten Versuch abgeraten hatte, war ein verschlagener syrischer Agent. Jolek drängte Udi, Jonatan und Etan R., sich freiwillig im Auftrag des Geheimdiensts auf eine gefährliche Reise in ein nordisches Land zu begeben, um die Schlange in ihrem Nest mit einem Beilhieb von hinten zu erledigen, aber alle sechs Kugeln, die Jonatan in seiner Pistole hatte, vermochten die Haut des Opfers nicht zu durchdringen, weil sie nur aus nassen Wollknäulen bestanden, worauf der Mann grinsend seine verstümmelten Zähne fletschte und Jonatan »Ty zboju!« zuzischelte. Da schlug er die Augen auf und sah Rimona vor sich. »Viertel nach vier«, sagte sie, »und es ist fast schon dunkel draußen. Schlaf noch ein bißchen weiter, bis ich geduscht habe und uns Kaffee mache.«

»Ich hab gar nicht geschlafen«, erwiderte er, »sondern bloß darüber nachgedacht, was in der Zeitung steht. Hast du gewußt, daß der Diktator von Syrien auch Frauenarzt ist?«

»Du hast geschlafen, als ich gekommen bin«, sagte Rimona, »und ich hab dich geweckt. Gleich trinken wir Kaffee.«

Sie duschte und wechselte die Kleidung, während das Wasser im Elektrokessel zu sieden begann. Schlank, wohlproportioniert und sauber kam sie aus der Dusche, trug Kaffee und Gebäck auf. Mit ihrem roten Pullover, den blauen Kordhosen und ihren langen blonden, frisch gewaschenen Haaren wirkte Rimona, umgeben von dem leicht bitteren Geruch nach Mandelseife und Shampoo, wie ein schüchternes Schulmädchen. Nun saßen sie sich in den beiden Sesseln gegenüber, und Rundfunkklänge füllten die Stille aus. Danach kam Musik von einer ihrer Schallplatten, eine sinnlich erotische Melodie aus den afrikanischen Urwäldern.

Rimona und Jonatan redeten wenig miteinander, nur das Nötigste, denn für einen Streit gab es keinen Grund, und sonstige Gesprächsthemen hatten sie kaum. Rimona war wie immer in Gedanken versunken. Auch ihre Sitzweise symbolisierte die in sich gekehrte Haltung: die Beine untergeschlagen, die Hände wegen der Kälte tief in den Ärmeln des roten Pullovers – wie ein frierendes kleines Mädchen, allein auf einer winterlichen Parkbank.

»Wenn der Regen einen Moment aufhört, gehe ich raus und hole Petroleum«, sagte sie. »Der Ofen ist fast leer.«

Und Jonatan antwortete, indem er seinen Zigarettenstummel vehement am Rand eines kupfernen Aschenbechers ausdrückte: »Geh nicht raus. Ich werde neues Petroleum holen. Ich hab sowieso noch was mit Schimon zu besprechen.«

»Dann gib mir inzwischen deine Jacke, damit ich die Knöpfe nachnähen kann.«

»Aber du hast dich doch erst vor einer Woche einen ganzen Abend lang mit meiner Jacke abgemüht. Was gibt's denn jetzt schon wieder?«

»Letzte Woche war es deine neue Jacke; jetzt bring mir die alte braune.«

»Tu mir einen Gefallen, Rimona, und laß dieses alte Ding in Frieden. Es platzt schon aus allen Nähten. Entweder muß man's endlich wegwerfen oder dem Italiener schenken. Jeden

Morgen macht er mir Kaffee in der Schlosserei und bedankt sich auch noch dafür.«

»Joni, du gibst die braune Jacke nicht weg, ich kann sie ausbessern. Ich brauch sie nur an den Schultern etwas rauszulassen, und schon kannst du sie wieder tragen, damit du's bei der Arbeit warm hast.«

Jonatan schwieg. Er verstreute den Inhalt einer Streichholzschachtel auf dem Tisch, versuchte sich an einer einfachen geometrischen Figur, fegte alles wieder in seine hohle Hand, legte jetzt ein komplizierteres Muster, verwarf auch dieses, schloß einen Moment die Augen und sammelte schließlich alle Streichhölzer fein säuberlich wieder in die Schachtel ein. Dabei sprach er kein Wort. In seinem Inneren schnarrte jedoch eine uralte, gebrochene Stimme, die wie aus trockenen Knochen höhnisch kicherte: So ein Clown. Noch nicht mal einen Stier konnte er treffen, aus einer Entfernung von eineinhalb Metern. Aber ihr Herz, erinnerte Jonatan die einzig mögliche Antwort auf diese grausam schrillenden Worte, aber der beiden Herz war nicht recht.

»Ich werde sie heilmachen«, begann Rimona erneut, »und wenigstens zur Arbeit wirst du sie noch gerne tragen.«

»Sicher«, erwiderte Jonatan sarkastisch, »das wäre mal was Neues. Ich geh im Sportjackett zur Arbeit, vielleicht auch noch mit Schlips und weißem Einstecktuch wie ein Geheimagent im Kino, und mit kurzem Haarschnitt, versteht sich, wie's mein Vater dauernd haben will. Hör mal, Rimona, wie der Wind draußen plötzlich zugenommen hat.«

»Der Wind ist stärker geworden, aber es hat aufgehört zu regnen.«

»Ich geh jetzt mit Schimon reden und Petroleum holen. Man müßte sich auch mal mit Udi zusammensetzen und die Versandrechnungen durchsehen. Was?«

»Nichts, ich hab nichts gesagt, Joni.«

»Gut, auf Wiedersehn.«

»Moment, wart mal. Geh jetzt nicht mit der neuen Jacke. Zieh die alte braune an, und wenn du zurückkommst, werd ich sie weiter flicken.«

»Wenn ich zurückkomm, wirst du gar nichts flicken, denn dann ist sie pudelnaß.«

»Wir haben doch gesagt, daß der Regen aufgehört hat, Joni.«

»Haben wir! Wunderbar, daß wir's gesagt haben. Und was bedeutet das? Bis ich wieder zurück bin, hat's längst wieder angefangen. Da, es geht schon los. Und wie, ein Wolkenbruch.«

»Geh nicht mitten im Regen. Wart's ab. Setz dich inzwischen hin. Ich schenk uns noch eine Tasse Kaffee ein, und wenn du deinem Italiener unbedingt etwas schenken willst, dann gib ihm die Dose Pulverkaffee, die wir nie benutzen werden, weil ich uns lieber richtigen starken Kaffee mache.«

»Hör mal, Rimona, dieser Italiener da. Weißt du, wie er sagt, ›ich gieß dir ein‹? – ›Ich dir eingemießen‹. Und wie er ›Wolkenbruch‹ sagt? – ›Volkenbroch‹. Nein, du hörst nicht zu. Warum? Vielleicht sagst du mir einmal, wie es kommt, daß du nie zuhörst, wenn ich rede, keine Antwort gibst, überhaupt nicht da bist, sondern ganz woanders, weiß der Teufel, wo. Was hat das zu bedeuten?«

»Sei nicht böse, Joni.«

»Jetzt auch du noch. Was habt ihr denn heute bloß? Schon vom frühen Morgen an sagen mir alle, sei nicht böse, reg dich nicht auf, wo ich überhaupt nicht böse bin. Und wenn ich mich nun gerade aufregen möchte, was ist dann? Darf ich's etwa nicht? Ist was dabei? Jeder kümmert sich um mein Seelenheil, fängt den ganzen Tag Debatten mit mir an. Du und Udi und dieser Italiener und mein Vater und Etan R. und alle zusammen. Man wird ja verrückt! Morgens will dieser übergeschnappte Italiener unbedingt meinen Schuh reparieren, und am Abend kommst du mit dieser lumpigen Jacke da, und hinterher wird mein Vater mir wieder Aufgaben zuteilen und meinen Charakter verbessern. Guck doch selber, ich bitte dich. Schau in die heutige Zeitung, da oben steht's, wie diese Syrer in ihren Versammlungen über uns reden, während mein Vater mit ihnen Frieden und Völkerfreundschaft schließen will, eine ganze Verbrüderungsfeier, dabei wollen sie nur eines, nämlich uns abschlachten und unser Blut saufen. Schon wieder träumst du und hörst kein einziges Wort, das ich mit dir rede.«

»Doch, Joni. Was hast du denn, ich bin nicht dein Vater.«

»Du solltest lieber hinhören, was für ein Platschregen jetzt draußen runtergeht. Und du willst mir einreden, es hätte aufgehört zu regnen, und sagst, ich soll dir Petroleum holen. Bitte schön: Geh ans Fenster, du hast doch Augen im Kopf, und schau selbst nach, was draußen los ist.«

Später, als Rimona und Jonatan noch immer einander gegenüber saßen und wortlos den zweiten Kaffee tranken, wurde es draußen noch dunkler, der schwarze Himmel schien die Erde zu berühren, die Baumkronen rauschten, als ginge im Regen eine Axt zwischen ihnen um, und durch den Sturm hörte man das dumpfe Muhen der Kühe, ein zu Tode erschrockenes Klagen, das selbst das Heulen des Windes übertönte. Ohne ersichtlichen Grund tauchte das verlassene arabische Dorf Scheich-Dahr in Jonatans Gedanken auf: wie der strömende Regen in der Nacht die Reste der Lehmhütten zerstörte, Staub zu Staub werden ließ, und wie die Trümmer der niederen Steinhäuser langsam nachgaben. Kein Mensch, ja nicht mal ein winziger Lichtschein war dort, wenn plötzlich ein loser Stein, der bis zu dieser Nacht noch hartnäckig an anderen Steinen festgehalten hatte, in die Tiefe stürzte; zwanzig Jahre hatte er so dagehangen, und nun mußte er endlich aufgeben und rollte in der Dunkelheit zu Boden. Keine Menschenseele ist auf der Anhöhe von Scheich-Dahr in einer Sturmnacht wie dieser, kein streunender Hund verirrt sich dorthin, kein Vogel; nur Menschenmörder wie Bolognesi, wie ich, wie Benjamin Trotzky können dort Unterschlupf finden. Keine lebende Seele gibt es, nur schweigende Finsternis und diese Winterstürme, und das abgeschnittene Minarett der Moschee steht da wie ein krummer Baumstumpf. Ein Mördernest, hat man uns in der Kindheit erzählt, in dem blutdürstige Banden hausten. Endlich können wir beruhigt aufatmen, hieß es, als Scheich-Dahr zerstört war. Nur Ruinen, Dunkelheit und tiefer, klebriger Morast sind jetzt von Scheich-Dahr übriggeblieben, und auf den öden Felshängen gibt es keine Mörder und keine Banden mehr. Das Minarett, von dem aus Scharfschützen in den

Kibbuz hineingeschossen hatten, war auf halber Höhe von einem gezielten Granatwerfergeschoß abgerissen worden, das – wie es bei uns heißt – der Oberbefehlshaber der Palmach höchstpersönlich abgefeuert hatte. Auf all das strömt jetzt dieser schwarze Regen hinab.

Als ich noch klein war, bin ich einmal alleine nach Scheich-Dahr gegangen, um nach dem Schatz von Goldmünzen zu suchen, der angeblich unter dem Haus des Scheichs vergraben sein sollte. Ich begann, die grün bemalten Bodenfliesen herauszureißen und darunter immer tiefer zu graben, da ich ja die Geheimstufen suchte, die in das Versteck hinunterführten. Ich grub angstschlotternd wegen des Uhus und der Fledermäuse und der Geister der Toten: wegen all der Dorfältesten aus den Geschichten, die sie uns Kindern erzählt haben, und all der Gespenster, die da nachts umherirren und einem von hinten lauernd ihre knochigen Finger um den Hals schlingen sollten. Aber ich grub weiter und fand doch nichts außer eigenartigem Staub, der wie Asche nach einem Brand aussah, und in diesem Staub steckte ein breites, verfaultes Holzbrett, das ich aushob, und darunter befanden sich alte Deichseln und ein Dreschschlitten und zerbrochene Teile eines Holzpflugs und, noch tiefer dann, schwarzer Staub. Ich wollte nicht aufgeben, sondern schürfte immer weiter, bis mit einem Mal der Abend hereinbrach und ein schrecklicher großer Vogel mich ankrähte, so daß ich alles hinwarf und floh. Ich lief den Abhang hinunter, verfehlte aber in der Dunkelheit die richtige Abzweigung des Wadi und lief nun zwischen den verfallenden Hütten hindurch in die dornenüberwucherten Felder hinaus und weiter zwischen die verlassenen Olivenbäume, deren Früchte schrumplig waren, wie in dem Spruch: »Die Oliven werden schrumplig mit dem Alter«, wie man's andernorts von den Eicheln sagt. Ich rannte bis zu einem ehemaligen Steinbruch, und von ferne heulten die Schakale und plötzlich auch von nahe, und ich war noch ein Junge, und die toten Alten waren blutdürstig, lechzten nach einem Blutbad wie dieser syrische Arzt, und ich war völlig außer Atem – und was hatte ich aus Scheich-Dahr mitgebracht? Nichts hatte ich dort gefunden, außer einem wilden

Stechen in der Brust und dieser fürchterlichen Angst und Traurigkeit, die an dir nagt und dich bestürmt, dich noch in diesem Moment aufzumachen und zu gehen, um ein Lebenszeichen hinter dem Ödland zu suchen, hinter dem Regen, der nicht aufhört zu fallen dort draußen in der Dunkelheit und auch morgen nicht aufhören wird und übermorgen auch nicht. Und das ist mein Leben, ein zweites hab ich nicht. Das ist mein Leben, das da unaufhörlich vorüberzieht und mich in diesem Augenblick aufruft, mich aufzumachen und zu gehen, denn wer gibt mir meine Zeit zurück? Und wer zu spät kommt, kommt zu spät.

Jonatan stand auf. Im Dämmerlicht des Zimmers fingerte er mit seiner behaarten, von der Sonne des letzten Sommers noch gebräunten Hand nach dem elektrischen Schalter. Als er ihn endlich gefunden hatte, knipste er das Licht an und blinzelte einen Moment lang in die Birne, wie erschrocken oder verwundert über diesen eigenartigen Zusammenhang zwischen seinem Willen, seinem Finger, dem weißen Knopf an der Wand und dem gelben Licht an der Decke. Dann setzte er sich wieder in den Sessel und sagte zu Rimona: »Du schläfst gleich ein.«

»Ich sticke«, sagte Rimona, »und im Frühling werden wir eine schöne neue Tischdecke haben.«

»Warum hast du das Licht nicht angemacht?«

»Ich sah, daß du in Gedanken versunken warst, und wollte dich nicht stören.«

»Viertel vor fünf«, sagte Jonatan, »und schon muß man Licht machen. Wie in Skandinavien. Wie in der Taiga oder Tundra, die wir in der Schule durchgenommen haben. Erinnerst du dich? An die Taiga, die Tundra?«

»Ist das in Rußland?« fragte Rimona vorsichtig.

»Unsinn«, erwiderte Jonatan. »Das ist um den ganzen Polarkreis herum. In Sibirien, Skandinavien, sogar in Kanada. Hast du in der Wochenendzeitung gelesen, daß die Wale am Aussterben sind?«

»Du hast es mir schon erzählt. Ich hab's nicht gelesen, denn wenn du's mir schilderst, kommt es viel schöner raus.«

»Sieh nur den Ofen«, sagte Jonatan verärgert, »gleich geht er aus. Ob es jetzt regnet oder nicht, ich hol Petroleum, bevor er noch zu rußen anfängt.«

Rimona saß im Sessel, den Rücken sanft gebeugt, und hob die Augen nicht von ihrer Stickerei. Sie sah wie ein eifriges Schulmädchen bei den Hausaufgaben aus: »Nimm wenigstens eine Taschenlampe mit.«

Jonatan nahm die Lampe und ging schweigend hinaus. Nach seiner Rückkehr füllte er den Petroleumbehälter des Ofens auf und wusch sich die Hände mit Seife, aber um seine Fingernägel herum klebten noch immer schwärzliche Maschinenölreste von seiner morgendlichen Arbeit in der Werkstatt.

»Du bist naß geworden«, sagte Rimona sanft.

»Macht nichts«, erwiderte Jonatan, »ist schon gut. Und ich hab die alte braune Jacke angezogen, wie du mir gesagt hast. Mach dir bloß nicht so viel Sorgen um mich.«

Er breitete die Zeitschrift »Schachwelt« auf dem Tisch aus und begann, eine knifflige Aufgabe zu lösen. Dabei vertiefte er sich so sehr ins Nachdenken, daß er vergaß, an seiner Zigarette zu ziehen, deren Asche sich nun überallhin verstreute. Zu seinen Füßen schlummerte Tia. Als er die inzwischen ausgegangene Zigarette erneut ansteckte, überlief plötzlich ein kurzer Schauer vom Nacken bis zum äußersten Schwanzende das Rückenfell der Hündin. Für einen Augenblick spitzten sich ihre Ohren, um gleich wieder niederzusinken. Jonatan wußte, daß Tia damit auf Töne oder Gerüche reagierte, die er selbst nicht wahrnehmen konnte, weil sie zu schwach oder zu weit entfernt waren. Auf dem Regal, das er über dem Kopfende seines Bettes im Schlafzimmer angebracht hatte, tickte ein unförmiger Blechwecker vor sich hin, und manchmal kam es vor, daß ein Ohr dieses Ticken hörte – derart zerbrechlich war die Stille zwischen ihnen im Raum, nein, still war es nicht, unaufhaltsam strömte ja das Regenwasser ums Haus.

Rimona war eine schlanke, nicht sehr große Frau mit schmalen Hüften und kleinen festen Brüsten. Von hinten wirkte sie wie ein junges Mädchen, das gerade erst in die Pubertät eingetreten ist. Ihr Körper fiel durch eine zarte, klare Linienführung auf, und ihre Finger und Hände waren lang und schmal. Irgendwie glich sie einem wohlerzogenen Backfisch aus vergangenen Zeiten, dem man irgendwann mal beigebracht hatte, stets aufrecht zu stehen, beim Gehen niemals den Po zu schwenken und im Sitzen den Rücken gerade und die Beine zusammenzuhalten, und nun befolgte sie eben gehorsam all das, was sie einmal gelernt hatte.

Zwar sah, aus der Nähe betrachtet, die Haut an ihrem Hals, unterhalb der Ohren, schon ein bißchen schlaff aus, aber ihre Nackenpartie war hoch und straff, und eine Fülle von blonden offenen Haaren fiel auf ihre Schultern. Ihre asiatisch schrägstehenden Augen schienen ständig in Halbschlaf versunken und standen weit auseinander wie die eines kleinen Tieres, was ihnen einen eigenartigen, starken Zauber gab.

Manchmal staunte Jonatan darüber, wie andere Menschen, vor allem Männer, sie anschauten, wie unerbittlich sie ihre traurige Schönheit zu durchdringen suchten, sei es durch freche Witzchen, sei es durch väterliches Gehabe, als wolle man ihr eine starke Lehne bieten, oder durch deutliche Anzüglichkeiten – wobei diese Männer sich offenbar bemühten, ihr mit geheimnisvoll gedämpftem Ton ein Zeichen zu geben. Dann waren da noch die Burschen, die sich etwas hilflos an sie wandten, als würden sie Rimona um Vergebung und Barmherzigkeit anflehen, oder diejenigen, die zu wispern begannen, als wüßten sie irgendeine verborgene Regel, die sicher auch ihr, ihrer guten Erziehung zum Trotz, wohlbekannt war. Auf verschiedenen Wegen suchten diese fremden Männer nach einer Übereinkunft mit ihr, die keiner Worte oder Taten bedarf, sondern nur eines bewußten inneren Anklangs.

Einmal, an einem glühendheißen Sommertag, erklärte sich einer der Nachbarn bereit, einen Wasserschlauch auszurollen und Rimonas nackte Füße abzuspritzen, die von der Gartenerde schmutzig geworden waren. Mit dieser Handlung hatte er gewissermaßen seinen Teil in dem uralten Abkommen getan, obgleich Rimona ihrerseits, wie ein verzogenes Kind, so zu tun versuchte, als habe sie noch nie von dessen Bestehen gehört. Aber gerade mit dieser Verleugnung erfüllte sie sehr wohl ihren Teil des Vertrags, mit schöner Großzügigkeit sogar, und zwar soweit, daß ein leichter Schreck sowohl den Mann überkam, der ihr da die Füße abspritzte, als auch Jonatan, der in einiger Entfernung zwischen den Myrtensträuchern am Abhang des Gartens stand und mit verbissenem Lächeln zuschaute. Doch er tröstete sich im stillen: Was immer auch kommen mag, sie kann diesen und all die anderen nur täuschen, denn sie hat ja gar nichts; sie kennt kein Spiel, kein neckisches Entschlüpfen und keine Verstellung – nichts. Das ist das Wesen der Einfalt. Das ist das Wesen von Taiga oder Tundra: wunderhübscher Schnee in glühender Sommerhitze. Ohne ihr Wissen oder Wollen zieht sie einen blassen, kühlen Kreis höflicher Verleugnung um sich: Ich verstehe nichts von dieser Sprache der Andeutungen. Entschuldige. Da kann und will ich nicht mitmachen. Irrtum. Tut mir leid.

Gelegentlich steckte Rimona ihr Haar hoch, so daß der helle Flaum auf ihrem Nacken sichtbar wurde. Jonatan geriet dann jedesmal in helle Aufregung und bat sie inständig, den Knoten wieder zu lösen und das Haar fallen zu lassen, weil beim Anblick des Flaums Rimona ihm derart nackt erschien, daß er sich schämte.

Ihre länglichen, schwarzen, ziemlich weit auseinanderstehenden Augen wirkten meist halb verschleiert, und auch die unverwandte Ruhe auf ihren Lippen verlieh ihr einen Ausdruck von schattiger Kühle. Selbst wenn sie sprach, ja sogar wenn sie lächelte, wich dieser kühle Schatten nicht von ihrem Gesicht. Aber Rimona lächelte ohnehin nur sehr selten, wobei das Lächeln nie auf den Lippen, sondern um sie herum begann und sich von dort langsam und zögernd bis zu den Augenwinkeln ausbreitete; dann war Rimona wie ein kleines Mädchen, dem man etwas gezeigt hat, was kleine Mädchen eigentlich nicht sehen dürfen.

Jonatan glaubte, daß Rimona von den meisten Dingen, die sie sah und hörte, kaum berührt wurde. Nichts geht sie etwas an, dachte Jonatan aufgebracht, als würde ich mit einem teuren Gemälde leben, als hätte ich eine Gouvernante, deren Aufgabe darin besteht, mich durch ihr gutes Vorbild zu erziehen, bis auch ich ruhig und zufrieden bin.

Derlei Gedanken versuchte Jonatan mit Hilfe des Ausdrucks »meine Frau« zu unterdrücken. Das ist meine Frau, pflegte er sich tonlos zuzuflüstern. Das ist Rimona, meine Frau. Das ist meine Frau, Rimona. Aber die Bezeichnung »meine Frau« paßte in seinen Augen für reife Familien, für den Film, für Häuser, in denen Kinder lebten, wo es Kinderzimmer, eine Küche und eine Putzfrau gab. Aber dies war Rimona, die sich für nichts interessierte, außer – vielleicht – für die Amulettformen der Stämme im fernen Swaziland, aber selbst das so verschlafen und ohne inneren Drang, weil es für sie eigentlich keinen richtigen Unterschied zwischen den Dingen gab.

Meine Frau. Wieder hat sie sich über meine alte braune Jacke hergemacht, und dabei ist die nun auch noch naß. Einmal im Leben muß man doch schließlich den Mund aufmachen und die schlichte Wahrheit sagen. Wenigstens mir selber will ich sie eingestehen. »Hör mal, Rimona, vielleicht ist's nun endlich genug?«

»Ja. Ich bin fast fertig. Auch die Schultern hab ich dir etwas rausgelassen. Probierst du mal?«

»Unter keinen Umständen, Rimona. Dieses Ding da ziehe ich nicht mehr an. Ich hab dir schon tausendmal gesagt, daß man's in den Mülleimer werfen muß – oder dem Italiener geben.«

»Gut.«

»Was ist gut?«

»Gib's dem Italiener.«

»Und warum mußtest du dann den ganzen Abend daran arbeiten?«

»Ich hab's ausgebessert.«

»Aber warum, zum Teufel, mußtest du's denn ausbessern, da ich dir gesagt hab, daß ich's nie mehr tragen werde?«

»Du hast es doch selbst gesehen: Es war an zwei Stellen ausgerissen.«

Nach den Zehn-Uhr-Nachrichten pflegte Jonatan sich etwas überzuziehen und auf die kleine Veranda hinauszutreten, um allein eine letzte Zigarette zu rauchen. In ihrem winzigen Feuerschein konnte er sehen, wie der Regen niederging: fein und stechend, leicht – und doch stur und geduldig. Jonatan liebte es, schweigend die Kälte auf seiner Haut zu spüren und den Geruch des nächtlichen Windes tief in die Lungen einzuatmen, diesen feuchten Duft, der von der satten Erde aufstieg. Die Erde selbst konnte er bei der Dunkelheit nicht sehen. So stand er da und wartete, ohne zu wissen, worauf und warum. Es tat ihm leid um seinen Bruder Amos, der noch beim Militär war und in einer furchtbaren Nacht wie dieser womöglich mit seinen Kameraden zwischen den Dornbüschen am Eingang eines Wadis nahe der Grenze lag und reglos feindlichen Eindringlingen auflauerte. Leid tat es ihm auch um das Baby, das Rimona Ende des letzten Sommers tot zur Welt gebracht hatte. Niemand hatte ihnen je erzählt, was mit dem Leichnam geschehen war. Irgendwo in dieser Dunkelheit, in diesem dicken Morast, befand sich ein kleiner Körper, dessen sonderbare Bewegungen er noch vor fünf Monaten unter seiner aufgelegten Hand tief im Mutterleib hatte spüren können. Doch da: erneutes Hundegekläff, tief im Herzen der Nacht, und wenn nicht aus den Trümmern von Scheich-Dahr, woher trug dann der Wind dieses dumpfe Bellen herüber? Mit einem Mal begriff Jonatan, was passiert war: Der Zigarettenstummel war ihm unbemerkt aus der Hand gefallen und glühte nun auf dem Fußboden weiter. »Zauber des Tschad«, sagte Jonatan laut und verwundert. Er beugte sich nieder, hob die brennende Kippe auf, warf sie in den Regen, holte tief Luft angesichts des winzigen Lichtscheins, der augenblicklich im dunklen Wasser verlosch, murmelte, »gut, schon gut«, und kehrte ins Innere des Hauses zurück.

Rimona schloß die Verandatür hinter ihm ab, zog die Vorhänge vor und blieb dann zwischen Couch und Bücherregal stehen, wie eine Aufziehpuppe, deren Feder abgelaufen ist.

»Wär's das?« fragte sie, um gleich darauf mit einem halben Lächeln hinzuzufügen: »Ja. Gut.«

Jonatan erwiderte: »Schön. Gehn wir schlafen.«

»Schon.«

Er wußte nicht, ob sie ihm mit diesem Wort etwas versprechen oder aber eine Frage, Verwunderung oder auch ihre Zustimmung ausdrücken wollte. »Am Ende hab ich heute nicht mit Schimon gesprochen und bin auch nicht zu Udi gegangen, um die Rechnungen durchzusehen und die Versandpapiere zu prüfen.«

»Also bist du nicht gegangen«, antwortete Rimona, »macht nichts. Dann gehst du eben morgen. Bis morgen klärt es sich vielleicht draußen auf und regnet nicht mehr.«

Im Doppelbett, jeder in eine dicke Winterdecke eingewickelt, Rimona an der Wand und Jonatan näher zum Fenster hin, lauschten sie beide der Spätmusik aus dem Radio über ihren Köpfen, um nicht das immer stärker werdende Heulen des Sturms draußen zu hören. Dabei unterhielten sie sich flüsternd: »Denk dran, am Donnerstag bist du beim Zahnarzt angemeldet. Vergiß es nicht, Joni.«

»Ja.«

»Morgen wird es aufklaren. Schon drei Tage regnet und stürmt es fast ununterbrochen.«

»Ja.«

»Hör mal, Joni.«

»Was?«

»Hör mal, wie's jetzt zu donnern anfängt. Und der Wind geht so stark. Die Scheiben beben.«

»Ja. Du brauchst keine Angst zu haben.«

»Ich hab keine Angst. Nur, wenn noch Vögel am Leben geblieben sind, dann können sie einem leid tun. Soll ich das Radio ausmachen?«

»Ja. Dreh's aus. Und schlaf. Es ist schon fast elf Uhr, und morgen muß ich um halb sieben aufstehen.«

»Ich hab keine Angst.«

»Schlaf, Rimona. Wir sind doch nicht draußen.«

»Nein. Wir sind drinnen im Haus.«

»Dann versuch jetzt einzuschlafen. Ich bin müde. Gute Nacht.«

»Aber ich kann nicht einschlafen. Du schläfst immer gleich, aber ich kann nicht.«

»Was hast du denn, Rimona?«

»Angst.«

»Brauchst du doch nicht. Genug jetzt. Schlaf. Gute Nacht.«

Beide lagen sie in der Dunkelheit, ohne eine Bewegung, ohne einen Laut, mit offenen Augen nebeneinander, ohne sich auch nur zufällig zu berühren, und sahen zu, wie tiefdunkle Flecken zwischen die Schatten ihrer Möbel krochen. Sie wußte, daß er nicht schlief. Er wußte, daß sie es wußte. Beide wußten es und schwiegen. Lagen stumm da und warteten. Draußen trieben niedrige Wolken auf die Berge im Osten zu. Diese Berge standen da in Frieden, starr und massig, nur sich selbst gehörend und auch sich selber fremd.

Zwei Wochen später war Tia wieder gesund, alle Wunden waren verheilt. Wieder döste sie die meiste Zeit vor dem brennenden Ofen. Eines Abends erschrak Jonatan jedoch, weil sie im Schlaf zu atmen aufgehört hatte und es einen Augenblick so aussah, als sei sie eben gestorben. Aber der Schreck war unbegründet. Und Jonatan beschloß in seinem Inneren: Morgen abend.

2

An ebendiesem Abend traf ein fremder junger Mann im Kibbuz ein. Er war allein zu Fuß die sechs Kilometer von der Hauptstraße gelaufen und hatte das Kibbuzgelände auf einem schlammbedeckten, sonst von Traktoren benutzten Nebenweg betreten, der an den Stallungen und Lagerhäusern vorbeiführt. Da es bereits Abend war und zu dieser Stunde kaum jemand zwischen den Wirtschaftsgebäuden herumlief, mußte er lange weiterwandern, ehe er auf eine menschliche Seele stieß. Nur penetrante Gerüche begrüßten ihn: säuerlicher Dunst aus den Hühnerställen, Schafsgestank, der modrige Geruch nassen Heus, stinkender Kuhmist in grünlichen Wasserpfützen um den verstopften Jaucheabfluß neben den Rinderställen, ätzender Gärduft von langsam vor sich hinschimmelnden Orangenschalen.

Der erste, dem der Gast begegnete, war Etan R. Er war gerade dabei, Grünfutter auf die Krippen der Kuhställe zu verteilen, als er im fahlen Licht der Dämmerung plötzlich ein schwerfälliges Rumoren wahrnahm, ein mühseliges Sichvorwärtsbahnen durch das dichte Gebüsch hinter dem Düngemittelschuppen. Schon wieder ist ein Kalb aus seinem Pferch ausgebrochen, dachte Etan wütend, weil der Riegel wieder kaputt ist und Stutschnik wieder vergessen hat, ihn zu reparieren, und ich vergessen habe, ihn mit Draht festzumachen. Aber diesmal denke ich nicht im Traum daran, mich damit abzugeben, sondern ich gehe jetzt augenblicklich und mit dem größten Vergnügen los und hole diesen Stutschnik aus dem Kulturraum, mitten aus dem Treffen seiner Studiengruppe über jüdische Philosophie, damit er sich in seiner Feierabendkleidung hierher begibt und selber die Suppe auslöffelt, die er sich da eingebrockt hat. Ist mir völlig schnuppe. Das ist das zweite Kalb, das uns diese Woche durchgebrannt ist, und ich gehe jetzt aus Prinzip und hole den lieben Stutschnik da raus, damit er nicht immer nur über die anderen redet, die alles falsch machen, und über die Jugend, die vor lauter Überfluß degeneriert. Aber das ist ja gar kein Kalb! Das ist irgendein Mensch, der mir da herumläuft, und ich sehe schon, daß es hier gleich Unannehmlichkeiten gibt.

Aus dem Gebüsch tauchte nun fuchtelnd und springend der fremde Jüngling auf, erst sein staunendes Gesicht, dann Schultern und Hände, die das feuchte Laub zur Seite drückten, und schließlich keuchend und prustend der ganze Körper, gekleidet in Kordhosen und eine helle Jacke. Er rannte schnell – oder versuchte womöglich im Gegenteil, den Schwung seiner Sprünge aus dem dichten Gebüsch heraus zu bremsen –, so daß Etan R. für einen winzigen Augenblick versucht war, ihm ein Bein zu stellen und über ihn herzufallen. Aber schon stand der Gast sehr naß und bebend vor ihm. Offenbar hatte er einen weiten Fußweg hinter sich gehabt, bevor er sich in dieses Dickicht verirrt hatte. Wegen des Wassers, das ihm aus den unbedeckten Haaren über beide Wangen floß, machte er eine äußerst armselige Figur. Über einer Schulter sah Etan eine dünne, schlaffe Militärtasche hängen, und in der Hand trug der junge Mann einen großen Gitarrenkasten.

Etan musterte den Gast mißtrauisch: ein mageres Bürschchen mit schmalen, stark abfallenden Schultern und so unsicher auf den Beinen, daß man ihn mit einem mittelprächtigen Stoß ohne weiteres hätte umwerfen können. Die anfängliche Besorgnis verschwand also und machte einer leichten Ungeduld Platz. Etan R. war ein breitgebauter, stark behaarter Mann mit blondem Schopf, einer kindlich wirkenden Stupsnase und markigem Kinn. Er nahm seine in schweren Arbeitsstiefeln steckenden Füße etwas auseinander, um einen besseren Stand zu haben, und blickte weiter prüfend geradeaus, bis er schließlich sagte: »Guten Abend?«

Diese Worte betonte Etan fragend und nicht grüßend, denn der fremde Jüngling erschien ihm höchst befremdlich.

Der Gast lächelte plötzlich übertrieben breit, hörte genauso plötzlich wieder damit auf, erwiderte einen erschrockenen Gutenabendgruß, der einen leichten Akzent erkennen ließ, und fragte, wo er jetzt wohl den Leiter des Kibbuz finden könne.

Etan R. beeilte sich nicht mit der Antwort, sondern erwog sie erst ein bißchen, wobei er immer noch mit dem verlockenden Gedanken spielte, im Kulturraum zu erscheinen, um Stutschnik vor aller Augen aus seiner Philosophiestunde herauszuholen. Aber er widerstand dieser Versuchung und stellte in seinem behäbigen Tonfall ruhig fest: »Du meinst den Sekretär. Unser Sekretär ist krank.«

»Selbstverständlich«, erwiderte der Gast mit gebührendem Nachdruck, als hätte er von vornherein wissen müssen, was doch jedem Kind hinreichend bekannt ist: daß sämtliche Kibbuzsekretäre von Natur aus eindeutig kranke Leute sind. Es tat ihm in der Seele weh, eine derart beschämende Frage gestellt zu haben, aber trotzdem, vielleicht blieb ihm doch noch ein klein wenig Raum, um auf seinem Anliegen zu beharren: »Sicher«, wiederholte er, »ich verstehe sehr wohl und wünsche natürlich völlige Genesung, aber im Kibbuz herrscht doch Kollektivverantwortung; gibt es bei euch vielleicht einen Stellvertreter oder einen turnusmäßig Verantwortlichen?«

Belustigt schaute Etan erneut auf den Gast und schüttelte sein schweres Haupt einige Male. Beinahe hätte er sogar gutmütig gelächelt, wenn er nicht für einen Augenblick im Schein der blassen Lampe unter dem Blechdach den Blick des Neuankömmlings aufgeschnappt hätte; es war ein scharfer grüner Blick, der gleichermaßen an Fröhlichkeit wie an Verzweiflung grenzte, und um die Lider herum spielte ein nervöses Zucken. Die ganze Haltung des jungen Mannes hatte etwas Unruhiges, ängstlich Angespanntes, sich Anbiederndes an sich, eine Art verschlagener Unterwürfigkeit.

Etan R. war nun gar nicht mehr belustigt: Der vor ihm Stehende sah unaufrichtig aus. Statt eines Lächelns wählte Etan einen militärisch knappen Ton: »Gut, womit kann ich behilflich sein.« Und diesmal endete der Satz nicht mit einem Fragezeichen.

Der fremde Bursche antwortete nicht sofort. Es schien, als habe er mit einem Schlag Etans Überlegenheitstaktik durchschaut und sie sich selbst zu eigen gemacht: nämlich die Antwort für einige Sekunden aufzuschieben.

Er zögerte, ließ den Gitarrenkasten von der rechten in die linke Hand wandern und streckte dann mit einer entschiedenen Bewegung seine frei gewordene Rechte aus: »Schalom. Sehr angenehm. Mein Name ist Asarja Gitlin. Ich . . . ich bin daran interessiert hierzubleiben, das heißt, bei euch zu wohnen. Nur im Kibbuz gibt's noch Gerechtigkeit. Nirgendwo sonst findet man sie heute. Ich möchte gern hier leben.«

Etan war also gezwungen, seinen Arm auszustrecken und die angebotene Hand mit den Fingerspitzen zu ergreifen. Es erschien ihm sonderbar, hier zwischen den Büschen hinter dem Düngemittelschuppen einen Händedruck mit dieser merkwürdigen Gestalt auszutauschen.

Asarja Gitlin ließ nicht ab von seinen eindringlichen Erläuterungen: »Schau, Genosse, damit du mich nicht schon von Anfang an falsch verstehst. Ich bin keineswegs einer von denen, die aus allen möglichen persönlichen Gründen in den Kibbuz kommen und dort wer weiß was suchen. Im Kibbuz sind die Menschen einander doch noch verbunden, während man jetzt in der ganzen Welt nur Haß, Neid und Roheit sieht. Deshalb bin ich hergekommen, mich euch anzuschließen und meinem Leben eine bessere Wendung zu geben. Eine innere Verbindung zum Nächsten aufzubauen bedeutet meines Erachtens, eine Verbindung zur eigenen Seele zu schaffen. Nun möchte ich bitte mit dem verantwortlichen Menschen sprechen.«

Ein fremder Akzent. Etan gelang es nicht, diesen Akzent einzuordnen, was ihn ungeduldig machte. Die Stelle, an der die beiden am sanft abfallenden Rand der Siedlung standen, war verlassen. Dreißig Meter weiter verlief der Sicherheitszaun, zwischen dessen rostigen Stacheldrahtwindungen eine schwache Glühlampe leuchtete. Der Betonpfad zu ihren Füßen lag unter einer dicken Schlammschicht. Jeder Schritt in diesem klebrigen Morast war von einem platschenden Gurgeln begleitet, das an das faulige Blubbern fermentierenden Düngers erinnerte. Etan R. fiel ein, daß Stutschnik einmal etwas von einem Studenten erzählt hatte, der vor dreißig Jahren im Kibbuz gelebt hatte, in wildem Amoklauf hierhergerannt war und mit der Pistole auf jeden geschossen hatte, der sich ihm zu nähern versuchte. Es wehte ein Wind. Auch die Luft war feucht. Oben auf der Anhöhe hatten sich die von Kälte heimgesuchten Wiesenflächen noch nicht völlig in Dunkelheit gehüllt. Die winterlichen Laubbäume trauerten um ihre Blätter. Im letzten Dämmerlicht erschienen die nahegelegenen Häuser weit voneinander entfernt. Dünne Nebelschwaden zogen zwischen den Gebäuden hindurch. Von unten, aus den Rinnsalen, stieg Dunst auf. In der Ferne lachte ein Mädchen. Dann wurde es wieder still.

Der Gast ließ den Gitarrenkasten von der linken in die rechte Hand zurückgleiten. Ein Geruch von Schweiß, saurer Milch und Dung drang aus Etans Arbeitskleidung, als er sich jetzt vorbeugte und vergeblich versuchte, den Zeigerstand auf seiner Armbanduhr zu erkennen.

»Gut«, sagte Etan, »in Ordnung.«

»Es geht in Ordnung? Ich darf hier bei euch bleiben? Gleich morgen bin ich bereit, mit der Arbeit anzufangen. Mit jeder Arbeit. Ich hab auch Zeugnisse und einen Brief, und ich . . .«

»Sieh mal«, erwiderte Etan R., »wart einen Moment. Schau her. Geh geradeaus diesen Weg entlang, bis du an die Bäckerei kommst. An der Bäckerei steht dran: Bäckerei. Danach weißt du, daß du an der Bäckerei angekommen bist. Hinter der Bäckerei ist eine kleine Weggabel. Du hältst dich links und läufst zwischen den Zypressen weiter. Wenn die Zypressenallee aufhört, siehst du zwei Häuser. Bis hierhin alles klar?«

»Bis hierher prima.«

»Wart einen Moment. Lauf nicht weg. Ich bin noch nicht fertig. Wenn du an die beiden Häuser kommst, geh mitten zwischen ihnen durch. Dann siehst du ein langes Gebäude auf Pfeilern: vier Balkons. Dahinter liegt noch ein Gebäude, ebenfalls auf Pfeilern, und auch da gibt's vier Balkons. Bei der vorletzten Tür klopfst du an. Da wohnt Jolek. Jolek ist der Sekretär. Du mußt mit ihm reden. Er ist der Leiter des Kibbuz, den du anscheinend suchst.«

»Und das ist der Genosse, von dem du gesagt hast, er sei schwer krank?«

»Krank. Nicht weiter schlimm. Wenn er dich sieht, wird er auf der Stelle gesund. Da kannst du dich in Ruhe aussprechen, und man wird dir auch sagen, was du tun sollst.«

»Ich möchte doch sehr um Verzeihung bitten, daß ich zu dieser Tageszeit gekommen bin, wie soll ich's definieren: zu ungewöhnlicher Stunde. Eigentlich hatte ich vorgehabt, mit dem Halb-drei-Uhr-Bus bei euch einzutreffen, aber aus einem persönlichen Grund habe ich mich verspätet und wollte versuchen, mit dem Bus um vier zu kommen, aber wieder hat man mich in irgendeine heikle Aufgabe verwickelt, so daß ich auch den verpassen mußte. Wie in dem Spruch über den verwirrten Fuchs, vielleicht kennst du ihn schon, und wenn ja, dann zögere nicht, mich zu unterbrechen: ›Ein verwirrter Fuchs fragte überall flugs, bis nach viel Gesugs er in die Grube fiel ohne Mucks.‹ Und so bin ich schließlich mit dem falschen Autobus gefahren und an der Kreuzung ausgestiegen und hab mich von da aus zu Fuß auf den Weg gemacht, aber zu meinem Glück laufen ja bei solchem Wetter keine Fedajin in der Gegend rum, so daß ich heil angekommen bin. Verzeihung, womöglich bist du in Eile? Halte ich dich etwa auf?«

»Macht nichts. Das kommt vor«, bemerkte Etan trocken. »Die Hauptsache: Du hast alles behalten? Ich wiederhol noch mal: Bäckerei, links, Zypressen, zwei Häuser, langes Gebäude, vorletzte Tür. Dort kannst du reden, soviel du willst, und kriegst auch Antwort. Bist du sicher, daß du dich nicht verläufst?«

»Gott behüte!« erwiderte Asarja mit bleichem Schreck, als hätte man ihn gerade gefragt, ob man sich auch darauf verlassen könne, daß er nicht im Schutz der Dunkelheit etwas stehlen würde. »In der Armee war ich Anwärter für einen Spähtrupp, einen Spezialkurs für militärische Aufklärung. Es war mir eine Freude, dich kennenzulernen. ›Ein lächelndes Gesicht vergißt man nicht‹, heißt es doch. Mein Name ist Asarja. Du ... Darf ich mich bei dir bedanken?«

Etan R. wandte sich wieder seiner Arbeit im Kuhstall zu. Zweimal zuckte er mit den Achseln: Er fragte sich, ob tatsächlich eine Gitarre in dem großen Kasten war, und dachte zugleich, daß es im Lande Israel ja von allen möglichen Typen wimmelte. In dem Kasten konnte eine Gitarre sein, aber möglicherweise auch was ganz anderes. Wie sollte man das wissen. Etan war ziemlich unruhig, vielleicht weil der Fremde selbst so einen ruhelosen Eindruck gemacht hatte. Auch Stutschniks Nachlässigkeit erweckte seinen Zorn: Bloß reden können sie. Wenn jemand sich verstecken will, gibt es keinen besseren Ort als einen Kibbuz, dachte er. Bei uns ist alles offen, keiner gibt sich damit ab, etwas nachzuprüfen oder Fragen zu stellen. Nirgends findet man heute Gerechtigkeit, nur im Kibbuz ist etwas davon übriggeblieben. Ein komischer Vogel, dieser Typ. Aber wir haben ja schon den Bolognesi, der sich hinsetzt und Kleider strickt. Da können wir gut noch einen verkraften, der hinter der Gerechtigkeit her ist. Wird schon recht sein.

Sicherheitshalber sollte man nach dem abendlichen Melken und der darauf folgenden Dusche hier und da mal rumfragen, sagte sich Etan. Und vielleicht wär's überhaupt besser gewesen, den Mann bis an Joleks Wohnungstür zu begleiten, damit es keine bösen Überraschungen gibt. Wer weiß schon.

Aber später, nachdem er seine Karrenladung Grünfutter auf die Krippen verteilt hatte und sich daranmachte, die Schläuche der Melkmaschine anzuschließen, wobei das uralte Radio, das auf einer mit Spinnweben überzogenen Kiste in der Stallecke stand, mit voller Lautstärke die neuesten Nachrichten ausposaunte, hatte Etan diesen Asarja längst vergessen. Erst am nächsten Mittag fiel er ihm wieder ein.

Inzwischen verblaßte das letzte Licht der Dämmerung. Die Laubteppiche auf den freien Flächen ringsum färbten sich schwarz. Wispernd unterhielt sich der Wind mit den toten Blättern. Ein Geruch von nasser Fäulnis und stehendem Wasser lag in der Luft. Und es war kalt. Entlang des schlammbedeckten Weges verbreiteten die Lampen einen dubiosen Lichtschein, der einer kränklich gelben Masse glich. Auch durch die Fenster der Häuser schimmerte elektrisches Licht.

Wer von draußen hineinschaute, sah nichts als eine wehende Gardine oder die vorüberhuschende Silhouette eines Menschen, denn die Scheiben waren mit Dunst überzogen. Asarja hörte den Schrei eines Kindes, hörte Lachen und Schimpfen, hin und wieder drangen Rundfunkmelodien nach draußen. Wie durch einen bösen Zauber veränderten sich diese fröhlichen Weisen, sobald sie Fenster oder Wände passiert hatten: Hier im Regen nahmen sie einen melancholischen Grundton an. Doch inmitten dieser Trauerstimmung, inmitten von Kälte und Dunkelheit, die noch nicht das Dunkel der Nacht, sondern das Dunkel eines gerade erst angebrochenen wolkenverhangenen Winterabends war, inmitten dieser erstarrten Trübsal konnte er sich im Geiste vorstellen, wie hinter jeder Wand, hinter den beschlagenen Scheiben sich das wahre, warme Leben abspielte: glückliche Familien, Babymatten voller Spielzeug, der Duft frisch gewaschener Kinder, Musik, das bläuliche Feuer der brennenden Petroleumöfen und Frauen in wollenen Morgenröcken – dort drinnen lief gemächlich das wahre Leben ab, das er bisher vergeblich gesucht hatte. Bis ins Innerste seiner Seele sehnte er sich danach, dieses Leben zu erfassen und von ihm erfaßt zu werden, teilzuhaben und nicht mehr fremd und als Sonderling draußen zu stehen in der Dunkelheit, sondern augenblicklich mittels eines Zauberstabs zum Mitglied, Einwohner, Partner und Bruder zu werden, den sie bald kennen und lieben lernten, bis keinerlei Unterschied zwischen ihm und all den andern mehr spürbar wäre.

Wie also konnte er jetzt mit einem Schwung eintreten oder eindringen, hinein in die Gerüche, ins Innere des Hauses, unter die Worte, die dort gesprochen wurden, aber nicht ihm galten, zwischen die Teppiche und Strohmatten, in die Melodien, das Flüstern und Lachen, auf die richtige Stelle der in der Winternacht geschlossenen Vorhänge, wie konnte er zu der angenehmen Berührung mit warmer Wolle gelangen, wie zum Duft von Kaffee, Keksen und feuchtem, mit feinem Shampoo gewaschenem Frauenhaar, wie zu dem Rascheln von Zeitungspapier, dem leisen Scheppern von Geschirr, das im Spülstein abgewaschen wird, wie zu dem Knistern schneeweißer Laken, die mit vier Händen über das weiche, breite Doppelbett im Schlafzimmer gespannt werden beim Licht der Nachttischlämpchen und dem Klang des Regens, der von draußen gegen die geschlossenen Läden trommelt.

Am Fuße des Weges sah Asarja drei Greise im Freien stehen, die wohl zwischen zwei Regenschauern ein wenig Luft schnappen wollten, alle drei auf ihre Stöcke gelehnt und einander zugeneigt, um Geheimnisse auszutauschen oder sich gegen die Kälte zu schützen. Aber als er sich ihnen näherte, merkte er, daß es nur drei feuchte, vom Wind gerüttelte Büsche waren. Der Wind hatte jetzt sehr zugenommen, und die feuchte Kälte war beißend geworden.

Im Speisesaal auf der Anhöhe hinter der Zypressenallee deckte der Küchendienst die Tische fürs Abendessen. Ein kleiner Mann kam von dort angerannt und rief: »Zurück, Amigo, komm zurück, du hast einen Anruf, geh nicht weg.« Und eine Stimme antwortete irgendwo aus dem Dunkeln: »Ich kann dich nicht verstehen.«

Hinter all den geschlossenen Fenstern brach plötzlich die Radiomusik ab, und an ihrer Stelle folgte der tiefe Tonfall des Nachrichtensprechers: Seine Stimme klang ernst, bestimmt und patriotisch, aber die Worte selbst trug der Wind davon. Die ausladenden Baumwipfel hoch über dem Kopf des nassen Fremdlings wurden immer finsterer. Mit aller Macht bemühte er sich, nur ja nicht die Wegbeschreibung zu vergessen, die Etan R. ihm gegeben hatte. Er wollte sich nicht verlaufen und womöglich jemandem zur Last fallen. Bäckerei und Zypressen standen am richtigen Ort, aber die langen Gebäude täuschten ihn, denn es waren nicht zwei, sondern fünf oder sechs, eines hinter dem andern, wie hell erleuchtete Zerstörer in einem neblig dunklen Hafen. Der Weg selber brach plötzlich ab, so daß der Fußgänger auf einmal in Blumenbeeten herumstapfte, bis ein niedriger Zweig ihm einen kräftigen Schlag ins Gesicht versetzte und ihn dabei mit nadelscharfen Tropfen überschüttete. Diese Demütigung löste eine derart beleidigte Wut in ihm aus, daß er im Handumdrehen die Stufen zu einer der Veranden hinaufstürmte, wo er eine Weile zitternd stehenblieb. Dann faßte er sich schließlich ein Herz und klopfte leise an.

Im Dunkel vor der Wohnungstür des Kibbuzsekretärs waren nun endlich die Worte des Nachrichtensprechers zu verstehen: »Infolge dieser Entwicklungen hat der Armeesprecher vor einer knappen Stunde bekanntgegeben, daß unsere Streitkräfte für alle Eventualitäten gerüstet sind. Die nötigen Schritte sind in begrenztem Umfang eingeleitet worden. Israel bleibt weiterhin bestrebt, die Spannungen auf friedlichem Wege zu entschärfen. Der Ministerpräsident und Verteidigungsminister hat heute abend seinen Urlaub abgebrochen und unterhält gegenwärtig in seinem Tel Aviver Büro eine Reihe von Beratungen mit politischen und militärischen Persönlichkeiten. Unter anderem wurden die Botschafter der vier Mächte aufgefordert...«

Asarja Gitlin mühte sich mit aller Kraft, die dicke Lehmschicht von seinen Schuhsohlen abzukratzen, bis er die Sache aufgab und statt dessen beide Schuhe auszog, so daß er nun in seinen nassen Socken dastand, ehe er höflich ein zweites und, nach kurzem Abwarten, ein drittes Mal an die Tür klopfte. Wegen des Radios werden sie es nicht hören, dachte er sich. Er konnte nicht wissen, daß Jolek ein bißchen schwerhörig war.

Die folgenden Ereignisse lösten beiderseits Verlegenheit und einen leichten Schrecken aus: Jolek, im Schlafanzug und darüber einen Hausmantel aus dunkelblauem Wollstoff, öffnete die Tür, um ein Tablett mit den Resten des Abendbrots hinauszustellen, das man ihm wegen seiner Krankheit aus dem Speisesaal gebracht hatte. Auf der Schwelle sah er plötzlich eine dünne, nasse und verängstigte Gestalt in Strümpfen vor seiner Nase stehen. Ein erschrocken funkelndes Augenpaar starrte ihm geradewegs ins Gesicht. Jolek stieß einen leisen Laut der Verblüffung aus, rang sich aber sofort zu einem Lächeln durch und fragte: »Srulik?«

Asarja Gitlin, verwirrt, triefend naß und vor Kälte mit den Zähnen klappernd, während seine Haut unter der Kleidung schweißüberströmt war, konnte gerade noch flüstern: »Verzeihung, Genosse; ich bin nicht Srulik. Ich wollte nur...«

Aber Jolek konnte dieses verzweifelte Wispern nicht hören, weil im selben Augenblick wieder laute Musik aus dem Radio im Zimmer hinter ihm dröhnte. So streckte er einfach seine Arme vor sich in die Dunkelheit aus, umfaßte die Schultern des Gastes und zog ihn unter scherzhaften Vorhaltungen in die Wohnung hinein: »Komm rein, Srulik, nur hereinspaziert. Steh doch nicht draußen in der Kälte rum. Es würde grade noch fehlen, daß du uns auch noch krank wirst . . .«

Dabei hob er seine Augen und siehe – er hatte einen Fremden vor sich. Schnell nahm er seinen Arm von den mageren Schultern, murmelte »Was ist denn hier los?«, faßte sich aber sofort wieder und sagte in seinem liebenswürdigsten und bestmöglichen Tonfall: »Ah. Du wirst mir gütigst verzeihen. Und komm trotzdem herein. Ja. Ich hatte dich aus Versehen für jemand anderen gehalten. Du wolltest zu mir?«

Ohne eine Antwort abzuwarten, fügte er dann mit größter Bestimmtheit, unterstrichen von einer achtunggebietenden Geste, hinzu: »Nimm bitte Platz. Gleich hier.«

Seit etwa zehn Tagen war Jolek krank: Jeden Winter setzten ihm Rückenschmerzen zu, und nun hatte sich eine lästige Grippe hinzugesellt. Und da Jolek jeder Unpäßlichkeit mit großem Mißtrauen begegnete, war er auch noch deprimiert. Es war ein massiger Mann mit starker physischer Ausstrahlung und üppig sprießendem Körperhaar, das ihm sogar aus den Ohren wuchs. Sein graues, faltiges Gesicht wies eine energische Mundpartie auf, über der eine üppige, fast schon unanständig große Nase thronte, die Joleks Zügen den Ausdruck grober Begierde gab, einen Ausdruck, den der lüsterne Jude immer wieder in antisemitischen Karikaturen hat. Auch wenn Jolek seine Gedanken von den praktischen Dingen abwandte, ja selbst wenn er über Begebenheiten aus der Jugendzeit, über den Tod oder über seinen ältesten Sohn nachgrübelte, der sich immer mehr vor ihm verschloß, lag auf seinem Gesicht doch weder Trauer noch Vergeistigung, sondern eine Mischung aus Lust und beherrschter, geduldig abwartender Schläue, die gelassen auf die Stunde des Vergnügens zu lauern schien.

Häufig huschte ihm völlig ungewollt ein kleines, schnelles Lächeln über die Lippen, als sei er in diesem Augenblick irgendeiner verwerflichen Absicht seiner Gesprächspartner auf die Schliche gekommen, die sie dummerweise vor seinem prüfenden Blick zu verbergen gehofft hatten. Er war daran gewöhnt, viel und äußerst scharfsinnig zu reden, sei es bei öffentlichen Ansprachen auf Versammlungen und Kongressen oder während Ausschußsitzungen und Beratungen im engeren Kreis, und es bereitete ihm Freude, seine Worte meisterhaft zusammenzufügen. Mal kleidete er den Kern seiner Gedanken in eine witzige oder paradoxe Bemerkung, mal nahm er Fabeln oder anschauliche Beispiele zu Hilfe. Sechs Jahre lang hatte er seine Kibbuzbewegung in der Knesset vertreten, und sechs Monate war er Minister in einer der ersten Regierungen Ben Gurions gewesen. Unter seinen Kameraden in Partei und Bewegung galt Jolek als nüchtern denkender, weitsichtiger und kluger Geist. »Ein starker Mann«, sagten sie über ihn, »voller Umsicht und Scharfsinn – und dabei von Grund auf fair und ehrlich, von tiefstem Herzen der Idee verschrieben. In jedem Fall lohnt es sich, in den Kibbuz Granot zu fahren, um für ein, zwei Stunden Joleks Rat einzuholen, ehe man eine Entscheidung fällt«, hieß es allgemein.

»Verzeihung«, begann Asarja Gitlin, »ich ... trage ein bißchen Feuchtigkeit herein. Es regnet.«

Worauf Jolek erwiderte: »Ich hab dich doch gebeten, Platz zu nehmen. Setz dich bitte. Warum stehst du denn? Du hast, wenn ich mich nicht irre, mehrmals an die Tür geklopft und keine Antwort erhalten. War es so? Na, so hatte ich's mir auch gedacht. Nun setz dich doch hin, mein Junge. Warum stehst du denn immer noch? Setz dich. Nicht hierher, sondern dort, neben den Ofen. Du bist doch völlig durchnäßt. Draußen gießt es ja.«

Asarja Gitlin stellte den Gitarrenkasten neben den Stuhl, den Jolek ihm angewiesen hatte, und setzte sich höflich mit steifem Kreuz, ohne die Rückenlehne des Stuhls zu berühren, um bloß nicht ungehobelt zu wirken. Plötzlich schien er sich an etwas zu erinnern, sprang, am ganzen Körper bebend, von seinem Platz auf, ließ die Tasche von seiner Schulter gleiten und legte sie mit enormer Behutsamkeit auf den Gitarrenkasten, als befinde sich etwas Zerbrechliches in Tasche, Kasten oder beidem. Dann setzte er sich wieder auf die Stuhlkante, lächelte gequält angesichts der kleinen Wasserpfütze, die sich langsam um seine Füße herum auf dem Boden bildete, und ergriff das Wort: »Verzeihung, bist du der Genosse Jolek? Darf ich dir, wie man so sagt, einige Minuten stehlen? Oder störe ich?«

Jolek beeilte sich nicht mit seiner Antwort. Vorsichtig und behutsam lehnte er seinen schmerzenden Rücken in den gepolsterten Sessel zurück, hob die ausgestreckten Beine äußerst bedächtig auf einen vor ihm stehenden Schemel und schloß den obersten Knopf seiner Pyjamajacke. Dann streckte er die Hand nach einer rechts auf dem Beistelltisch liegenden Zigarettenschachtel aus, entnahm ihr eine Zigarette, betrachtete sie prüfend und legte sie dann, mit einem leichten Augenzwinkern, auf die Schachtel, ohne sie anzuzünden. Erst dann, nach all diesen umfangreichen Vorbereitungen, beugte er sich ein wenig vor, richtete das linke Ohr auf den Gast aus und sagte: »Ja.«

»Ich störe jetzt wirklich nicht? Darf ich, wie man so sagt, jetzt ins einzelne gehen?«

»Bitte schön.«

»Also dann möchte ich mich erst mal für mein unvermitteltes Kommen entschuldigen, für meinen Überfall, würde ich sagen. Zwar ist ja bekannt, daß in den Kibbuzim die formalen Höflichkeitsregeln aufgehoben sind, und dies mit Recht, aber trotzdem muß man um Verzeihung bitten. Ich bin zu Fuß gekommen.«

»Ja«, sagte Jolek.

»Von der Kreuzung aus bin ich zu Fuß gelaufen, und es ist ein Glück, daß in Nächten wie dieser nicht mal die Fedajin über die Grenze vordringen.«

»Ja, ja«, erwiderte Jolek, »und dann bist du also endlich der junge Mann vom zentralen Packhaus. Kirsch hat dich zu mir geschickt.«

»Nicht direkt. Ich bin nur . . .«

»Ah?«

»Ich . . . das heißt, ich bin jemand anderer; ich bin gekommen, um beizutreten und . . .«

»Was, du bist nicht Kirschs Mitarbeiter?«

Asarja Gitlin senkte die Augen: schuldig, ungehörig, gemeiner als Unkraut.

»Ich verstehe«, sagte Jolek, »du bist doch jemand anderer. Entschuldige.«

In der kurzen Stille danach betrachtete Jolek die durchnäßte, erbärmliche Gestalt, die da in Strümpfen vor ihm saß, während ihr das Wasser wie Schweiß an einem glutheißen Sommertag herunterlief. Ihm fielen die sensiblen, mädchenhaft zarten Finger auf, schwächliche Schultern, ein längliches Gesicht mit ruhelosem Ausdruck und grünen Augen, die etwas Verängstigtes, Verzweifeltes an sich hatten. Jolek langte erneut nach seiner Zigarette, verglich mißtrauisch ihre beiden Enden, begann, mit den Fingern auf ihr herumzudrücken, um sie behutsam weich zu kneten, und schob mit der freien Hand die Schachtel dem Gast hin.

Asarja Gitlin griff sich eine Zigarette, steckte sie in den Mund, bedankte sich mit großer Erregung und dankte sofort noch einmal extra für das ihm angebotene Streichholz. Dann begann er, in schnellem Fluß zu reden, verschluckte Endungen, hörte mitten im Satz auf, um sich augenblicklich in einen neuen zu verwickeln, nahm unaufhörlich die Hände zu Hilfe und unterbrach seinen Redefluß nicht einmal, um Rauch einzuziehen. Er stamme aus Tel Aviv, sei Sozialist aus Überzeugung, gesellig, lebe in geordneten Verhältnissen, sei fleißig. Sein Name, vielleicht habe er's schon gesagt, sei Asarja Gitlin. Und jetzt vor wenigen Wochen – drei, dreieinviertel Wochen –, also vor ungefähr 23 Tagen sei er aus dem Militär entlassen worden. Ja. Das heißt, er habe seine Pflichtzeit heil absolviert. Darüber habe er ein Zeugnis der Armee. In schriftlicher Form. Nein, bisher sei er noch nie in einem Kibbuz gewesen, auch nicht auf Besuch, außer einem Mal, als er sich zufällig etwa zwei Stunden im Kibbuz Bet-Alfa aufgehalten habe. »Aber was sind schon zwei Stunden an einem Ort? Das trägt die Katze auf dem Schwanze fort, wie man sagt.« Auch einen guten Freund habe er beim Militär gehabt, und zwar aus dem Kibbuz Ginegar, der sich einmal zu Purim im Versorgungslager habe umbringen wollen, aber er, Asarja, habe sein Leben in letzter Minute gerettet. Übrigens sei das nicht die Hauptsache: alles sozusagen zweitrangige Einzelheiten. Wichtig sei vielmehr, daß er sich sehr für die Geschichte der Kibbuzbewegung interessiert, viel gehört, Gespräche geführt und auch nicht wenig gelesen habe, Aufsätze zum Beispiel, Streitschriften, sogar einen Roman, und natürlich die Broschüre »Der Zukunft entgegen« aus der Feder des Genossen Lifschitz, so daß er also kein völlig Fremder sei und sehr wohl wisse, mit wem er die Ehre habe. Ob er wirklich nicht störe? Absolut zuwider seien ihm nämlich Menschen, die zu den Wohnungen bekannter Persönlichkeiten pilgern, um ihnen ihre kostbare Zeit zu stehlen. Aber er verfolge ja ein prinzipielles und praktisches Ziel mit seinem Besuch: das Leben in der Großstadt zu fliehen – die Einsamkeit, den grausamen Konkurrenzkampf, dazu Materialismus und Heuchelei, da werde doch der Mensch des Menschen Feind: »Lämmchen und Knäbelein, geht nicht zusammen in den Wald hinein, wie ein bekanntes russisches Sprichwort sagt.« All dies sei dem Genossen Jolek sicher sattsam bekannt, warum also solle er, Asarja, lange Worte machen. Was, letzten Endes, sei denn der Mensch? Ein irrender Stern am fernen Himmel, ein verwehtes Herbstblatt, ein Sandkorn unter wandernden Dünen. Familie? Nein, Familie habe er nicht. Das heißt, keine Brüder und Schwestern und gegenwärtig auch weder Frau noch Kinder. Wann hätte er dafür schon Zeit gehabt? Es gäbe da nur irgendwelche entfernten Verwandten, Flüchtlinge, die sogar ... Nein. Ganz sicher nicht. Es seien Menschen, über die man besser nicht spräche, weder im Guten noch im Schlechten, wie man so sage. »Der gerade Weg ist der kürzeste«, und »viele Worte schaden nur«. Von jetzt an – also direkt zum Kern der Sache: Er wolle gern hier in den Kibbuz Granot aufgenommen werden, sich niederlassen, Wurzeln schlagen. Es sei seine Absicht, am Aufbauwerk der Kibbuzbewegung mitzuarbeiten. Und übrigens habe er sich bereits einen Tag nach seinem Abschied vom Militär als Parteimitglied einschreiben lassen. Ja: an Ideen mangele es nicht, belesen sei er und habe auch selbst schon ein wenig geschrieben. Nicht weiter wichtig. Gedichte, ja. Etwas Prosa. Auch mal was Theoretisches. Nein, er habe sich nicht um Veröffentlichung bemüht: Erstens seien es ja schwere Zeiten jetzt, in denen niemand zuhören wolle. Die ganze Jugend befinde sich in einer schweren Krise. Zweitens – und grundsätzlich – müsse er seine Ideen erst am eigenen Leib vorleben, bevor er anderen predigen könne. Das sei doch, ethisch gesehen, die richtige Reihenfolge. Und warum gerade hier im Kibbuz Granot? »Dieses, Genosse Jolek, ist eine schwere, aber treffende Frage.« Einfach und ehrlich könne er diese Frage nicht beantworten. Überhaupt diese spezifischen Antworten ganz allgemein... Wahlfreiheit des Menschen undsoweiter... Die größten Philosophen hätten da ja bekanntlich zwei Seiten gesehen, wie es heißt. Und im Russischen sage man: »Der Fuhrmann mit aller Macht nach vorne drängt, doch das Schicksal ihn leicht wieder rückwärts zwängt.« Das sei keine genaue Übersetzung, aber den Reim habe er gerettet. Ja, er habe einmal eine Broschüre über die heldenhafte Standfestigkeit des Kibbuz Granot während der Unruhen von 1936 gelesen. Aber vor allem habe er gestern abend, nach Mitternacht, ganz allein bei einer Tasse Kaffee am Tisch gesessen und mit geschlossenen Augen seinen Finger über eine Liste mit den Namen sämtlicher Kibbuzim Israels gleiten lassen. Beim Halt des Fingers habe auch er angehalten und sich entschieden: hier. »Das Schicksal regiert, und das Pferd galoppiert.« Spinoza beispielsweise habe schon vor tausend Jahren sehr weise geschrieben, daß die Menschen zwar alle ohne Wissen um die Ursachen der Dinge auf die Welt kämen, daß aber doch in jedem einzelnen von Geburt an der Trieb vorhanden sei, das für ihn Gute zu tun. Und deshalb sei er heute abend gerade hierher gekommen, in den Kibbuz Granot. Allerdings tue es ihm leid, daß er jetzt Umstände mache. Er habe zu sehr viel früherer

Stunde eintreffen wollen, aber die Auskunft in der Buszentrale hätte ihn falsch informiert. Der Genosse Jolek mit seiner reichen ideologischen wie auch politisch-praktischen Erfahrung habe doch sicher schon öfter ein Zusammentreffen verschiedener Ereignisse erlebt, das auf den ersten Blick rein zufällig wirke, bei philosophischer Betrachtung jedoch als unvermeidlich erkannt werden müsse. Auch das sei ein Gedanke Spinozas. Müsse er sich dafür entschuldigen, daß er ausgerechnet diesen Philosophen zitiere, der aus der Gemeinde Israels ausgestoßen worden sei? »Aber verzeih mir bitte, Genosse Jolek, wenn ich dir sage, daß der über Spinoza verhängte Bann ein himmelschreiendes Unrecht war, wie man sagt, wo der Kibbuz doch bekanntlich deshalb gegründet worden ist, dem Unrecht an sich ein Ende zu setzen.« Beruf? Ja, da müsse er ehrlich eingestehen, daß er noch keinen bestimmten Beruf habe. Wie auch? Erst vor 23 Tagen sei er ja aus dem Militärdienst entlassen worden. Sehr, sehr gern würde er hier einen landwirtschaftlichen Beruf erlernen, Bauer oder Winzer werden, um der Gesellschaft Nutzen zu bringen: »Auch eine kaputte Uhr geht zweimal am Tag richtig.« Seine Aufgabe beim Militär? Also, er habe als technischer Unteroffizier fungiert, als Fachmann für Schützenpanzerwagen. Um es genau zu nehmen, sei er nicht eigentlich Feldwebel gewesen, sondern habe nur den entsprechenden Aufgabenbereich ausgefüllt. Nicht weiter wichtig. Übrigens stelle er keinerlei Forderungen: Ein Dach über dem Kopf, ein Bett und ausreichend Nahrung genügten. Und vielleicht auch etwas Taschengeld nach den Gepflogenheiten des Kibbuz. Nein, er hätte keinerlei Bekannte hier, außer einem Genossen – wirklich ein wunderbarer Mann –, der ihm bei seiner Ankunft im Kibbuz begegnet sei und so geduldig den Weg zu Joleks Haus erklärt habe. An den Namen des Mannes könne er sich momentan nicht erinnern. Tatsächlich habe er seinen Namen gar nicht genannt. Ja natürlich wisse er sehr wohl, daß der Kibbuz kein Ferienlager sei. Allerdings habe er auch noch nie an einem Ferienlager teilgenommen. Doch es heiße ja sehr richtig: »Der Hammerschlag bricht das Glas, aber schmiedet und härtet den Stahl.«

Daher möge man ihm erlauben, ganz offen und ehrlich zu sagen, daß er bestens an härteste Lebensbedingungen und sogar an schwere physische Arbeit gewöhnt sei. Schließlich habe er doch gerade erst seinen Militärdienst beendet. Und als Kind habe er in Europa unter den Stiefeln Hitlers gelebt. Keine Arbeit, davon sei er überzeugt, könne dort als schwer empfunden werden, wo alle freudig in Freundschaft und Freiheit an ihre Aufgaben gingen, und das sei doch, soweit er es verstehe, der ideologische Grundgedanke des Kibbuz. Kurz gesagt, er würde bereitwillig jede Arbeit übernehmen. Er sei weder wählerisch noch verwöhnt. Im Gegenteil lasse sich über ihn sagen, er sei hart und gestählt. Während des Krieges habe Stalin dem russischen Volk ganz einfach gesagt: »Wer mit anpackt in der Not, kriegt dafür auch reichlich Brot. Poschalui-sta.«

»Ja, Genosse Jolek, natürlich weiß ich, daß man anfangs eine Probezeit absolvieren muß. Auch der Militärdienst beginnt immer mit der Grundausbildung. Obwohl: ›Ein Vergleich ohne Grund verbrennt einem den Mund‹, wie man sagt. Oh, entschuldige, es tut mir leid, völlig ungewollt habe ich ein wenig Asche auf den Fußboden fallen lassen. Sofort werde ich sie wegmachen. Nein, ich bitte dich, Genosse Jolek, wenn ich sie verstreut habe, muß ich's auch wieder saubermachen. Und auch das Wasser aufwischen, das von meiner feuchten Kleidung abgetropft ist. Verzeih, vielleicht hast du's eilig? Ich weiß, daß ich sehr viel geredet habe und von jetzt an besser schweigen werde, weil ich sonst in einem falschen Licht erscheinen könnte. Im Grunde bin ich doch eher ein stiller, etwas in sich gekehrter Mensch. Es steht dir natürlich frei, Genosse Jolek, mich wegzuschicken. Vor tausend Jahren hat Spinoza schon geschrieben – nach der Übersetzung Klatzkins: ›Nur mit Großmut und Liebe läßt sich das Herz des Nächsten gewinnen.‹ Und jetzt hat der Regen draußen völlig aufgehört. Vielleicht schlägst du vor, daß ich mich jetzt auf die Socken mache und mein Glück in einem ganz anderen Kibbuz versuche, wie man so sagt?«

Jolek rutschte ab und zu auf seinem Sessel hin und her, um eine möglichst bequeme Stellung wegen seines schmerzenden Rükkens zu finden. Taktvoll und geduldig lauschte er jedem Wort des Gastes, ohne dabei seinen leicht verschmitzten Gesichtsausdruck zu verlieren, und warf nur alle paar Sätze mal eine kurze, wohldurchdachte Frage in den Monolog ein. Wann immer es ihm schwerfiel, dem begeisterten Redefluß zu folgen, schob Jolek den Kopf mit einer energischen Bewegung nach vorn, stellte ihn etwas schräg, um besser zu hören, und sagte laut: »Äh?«

Worauf der Gast eilig seine vorherigen Worte wiederholte oder sie auf andere Weise zusammenwürfelte. Jolek wiegte den Kopf bei jedem geflügelten Wort oder Spruch, und von Zeit zu Zeit huschte ihm ein kaum sichtbares Lächeln über die Lippen. Unaufhörlich zog er seine Schlüsse, denen er alle paar Augenblicke neue hinzufügte. Unter anderem gelangte er zu der festen Überzeugung, daß dieser Bursche kurzsichtig sein mußte, und es fragte sich nur, ob er diesen Mangel vor allen verbergen wollte oder nur jetzt bei seiner Ankunft die Brille abgenommen hatte. Keinesfalls, entschied Jolek, durfte man ihm eine Waffe in die Hand geben. Andererseits sagte er sich aber auch, wie immer, daß man keine voreiligen Verallgemeinerungen über das Menschenmaterial treffen dürfe, das heutzutage an die Türen der Kibbuzbewegung klopft: Jeder Fall ist anders und jeder Mensch eine Welt für sich. Insgesamt fand er diesen Musikanten eigentlich recht nett und amüsant – und so grundverschieden von diesen schwerleibigen, wortkargen, verschlossenen Hunnen, Skythen und Tataren, die da im Kibbuz heranwachsen und aussehen, als seien sie die geborenen Bauern aus generationenalten Bauernfamilien, bis sie eines schönen Tages plötzlich bei dir auftauchen und Geld aus der Kasse fordern, damit sie sich auf- und davonmachen und in das versenken können, was sie mit dem häßlichen Wort »Selbstverwirklichung« bezeichnen. Dieser Typ hier jedenfalls versuchte mit Händen und Füßen, in den Kibbuz hineinzukommen, und ähnelte ein bißchen jenen leidgeprüften Einwanderern aus den osteuropäischen Stetls, die – unbeirrt durch Hitze und Malaria – alles aus dem Nichts geschaffen haben. Schwer zu sagen, wer oder was er ist, dachte Jolek, aber eines scheint klar: Ein Schurke ist er nicht.

Als der junge Mann endlich in Schweigen verfiel, nachdem er eben noch angeboten hatte, sich sofort zu trollen und sein Glück in einem anderen Kibbuz zu versuchen, sagte Jolek gütig: »Nun, gut.«

Das Gesicht des Gastes leuchtete auf. Er lachte etwas übertrieben: »Du... Was, ich hab dich überzeugt?«

»Einen Augenblick«, erwiderte Jolek, »erst mal trinkst du jetzt ein Glas heißen Tee. Danach reden wir weiter.«

»Danke, äh...«

»Äh?«

»Danke. Ich habe danke gesagt.«

»Danke ja? Danke nein?«

»Jetzt nicht. Danke, nein.«

»Du trinkst keinen Tee«, sagte Jolek überrascht und enttäuscht. »Schade. Wie du möchtest. Naja. Mit Gewalt wirst du hier nicht zum Trinken gezwungen.«

»Danke«, erwiderte Asarja Gitlin.

»Allerdings muß ich dir zur Vermeidung von Mißverständnissen von vornherein sagen, daß du hier nicht ohne ein Glas heißen Tee wegkommst, und wenn du ihn jetzt nicht willst, wirst du ihn ein Weilchen später trinken, wenn meine Kameradin Chawa zurückkommt.«

»Danke«, murmelte der Gast.

»Und jetzt«, fuhr Jolek fort, »jetzt werden wir mal kurz die Rollen tauschen: Ich erklär dir was, und du hörst mir geduldig zu.«

Joleks Stimme strahlte freundliche Zuneigung aus; diesen Tonfall benutzte er gewöhnlich dann, wenn er auf Partei- oder Kibbuzversammlungen einen besonders verbissenen Gegner umstimmen, seinen Zorn beschwichtigen und ihn auf eine Art Seelenverwandtschaft festlegen wollte, die über jeden Tagesstreit erhaben war. Demgegenüber begann Asarja nun seinen Kopf auf und ab zu wiegen, womit er während der ganzen Rede Joleks nicht aufhörte. Auch rutschte er nun noch weiter auf die

Stuhlkante und beugte sich zudem so angestrengt vor, als habe er in diesem Augenblick Joleks Schwerhörigkeit voll erkannt und befürchtete nun aufgrund einer verschnörkelten Logik, daß es auch ihm schwerfallen könnte, die an ihn gerichteten Worte zu verstehen.

Jolek erklärte dem jungen Mann, wie die Wintersaison in einem landwirtschaftlichen Betrieb aussieht: »Die Erde ist mit Wasser vollgesogen. Auf den Äckern gibt's fast nichts zu tun. Die Traktorfahrer schlafen den ganzen Tag. Die Feldarbeiter werden auf Studientage geschickt, wo man sie mit Judaistik, Marxismus, Psychologie und moderner Lyrik füttert. Sogar die Zitrusernte hat man wegen der winterlichen Witterung vorerst einstellen müssen.« Dazu komme die schwierige Wohnungslage: »Es gibt bei uns jungverheiratete Paare, die sich mit einem einzigen Zimmer ohne eigene Dusche und Toilette zufriedengeben müssen, bis das Neubauprojekt abgeschlossen ist, das momentan ebenfalls ruht.« Zu solch einem Zeitpunkt könne man keine neuen Leute aufnehmen: Es sei keine Arbeit da, keine Unterkunft und auch niemand, der dem Neuling bei der Eingewöhnung helfen könne. Andererseits könne er, Jolek, vielleicht empfehlen, den jungen Mann für eine Probezeit aufzunehmen, obwohl er persönlich nicht viel von dieser Einrichtung halte: »Aus welchem Stoff ein Mensch gemacht ist, erkennt das prüfende Auge bereits bei der ersten Begegnung, und wenn ihm dies nicht gelingt, ist das ein Zeichen dafür, daß man einen sehr verschlossenen Zeitgenossen vor sich hat, aus dem man auch nach zehn Jahren noch nicht schlau wird. Nun gibt es natürlich auch Ausnahmen«, bemerkte Jolek mit dem verschmitzten Lächeln eines gutmütigen Alten, »aber Sonderfälle halten den Kibbuzalltag nicht auf Dauer aus. Dies alles natürlich nur auf ganz allgemeiner Ebene gesprochen. Wenn wir nun zur gegenwärtigen Frage zurückkehren, muß ich dir zu meinem größten Bedauern mitteilen, daß wir jetzt kein neues Mitglied aufnehmen können. Wenn du versuchen könntest, Anfang des Sommers wiederzukommen, in der Hochsaison, wo es viel Unkraut zu jäten gibt und die Bäume geschnitten werden müssen, oder auch mitten im Sommer, während der Erntezeit und zu Beginn der Traubenlese, würde ich meinerseits die Möglichkeiten neu überprüfen. Vielleicht wird bis dahin Wohnraum frei. Vielleicht verlassen uns irgendwelche Zeitarbeiter. Und vielleicht hast du inzwischen einen anderen Kibbuz gefunden oder dir die Sache ganz anders überlegt. Die Dinge ändern sich und wir mit ihnen«, sagte Jolek jovial. »Und beim nächsten Mal, wenn es überhaupt dazu kommt, wäre es besser, du würdest dich vorher schriftlich an uns wenden. Ja. Jetzt ist es schon halb acht, und mir fällt das viele Sprechen schwer: Grippe und auch noch irgendeine Allergie. Bald kommt meine Kameradin Chawa. Die wird dich in den Speisesaal mitnehmen, damit du was zu Abend ißt und nicht mit leerem Magen weggehst; wir wollen dir schließlich nicht deine Begeisterung für den Kibbuzgedanken vergällen. Chawa wird dich auch in den Lieferwagen setzen, der heute abend zu einer Theateraufführung nach Tel Aviv fährt. Nun, und ein Glas heißen Tee trinkst du auf keinen Fall? Nein? Nein. Bitte schön. Wie heißt es doch: ›Der freie Wille ehrt den Menschen‹. Bei uns wird keiner zum Trinken gezwungen. Allerdings mußt du eines wissen, junger Freund: Es gibt Menschen, die ihre Willensausübung ehrt, und andere, bei denen das weniger der Fall ist. Spinoza, ist dir der noch aus der Schulzeit hängengeblieben? Oder hast du ihn aus eigenem Antrieb entdeckt? Darf ich dich da ein klein wenig korrigieren? Also, es sind keine tausend Jahre. Du hattest gesagt: tausend Jahre. Aber Spinoza ist vor rund 300 Jahren in Amsterdam gestorben. Allerdings ist auch das schon eine lange Zeit. Aber trotzdem. Ah? Zu Fuß? Wieso zu Fuß bis zur Kreuzung bei diesem Wetter, und noch dazu im Dunkeln? Ich hab doch schon gesagt, daß der Lieferwagen von hier zum Kameri-Theater nach Tel Aviv fährt, also was nun? Willst du uns irgendwie bestrafen? Mach bitte keinen Unfug. Hier, gleich fängt's wieder an mit dem Regen. Aber was soll das, du wirst doch nicht erwarten, daß wir dich mit Gewalt zurückhalten. Also, wie du willst: Zieh in Frieden. Falls du deine Meinung ändern solltest, findest du den Lieferwagen auf dem Platz vor dem Speisesaal. Übrigens haben unser Maimonides und Ibn-Esra

Spinoza nicht weniger beeinflußt als Aristoteles und Platon und all die anderen. Hör mal: Sei kein Dickkopf. Geh bitte zum Speisesaal, iß irgendwas, fahr mit dem Lieferwagen, dann können wir dich im Sommer vielleicht für eine Probezeit aufnehmen. Schalom und alles Gute.«

Asarja Gitlin war von seinem Sitz aufgestanden, noch bevor Jolek fertig gesprochen hatte. Seine nassen Socken hinterließen feuchte Abdrücke im ganzen Zimmer. Er nahm den Gitarrenkasten in die rechte Hand, schwang sich die Tasche über die linke Schulter und zwang sich noch immer zu einem höflichen, verschüchterten Lächeln, aber seine Augen waren angstvoll, ja verzweifelt, wie die eines auf frischer Tat ertappten Kindes.

Jolek neigte den Kopf ein wenig zur Seite und warf Asarja von seinem Sessel aus einen schrägen Blick zu, als sei ihm gerade in diesem Augenblick etwas aufgegangen, das seine vorherigen Annahmen über jeden Zweifel hinaus bestätigte. Und wie immer bereitete es ihm insgeheim größtes Vergnügen, daß er mal wieder recht behalten hatte.

Der Gast stolperte zum Ausgang, ergriff mit voller Kraft die Klinke und versuchte wütend, die Tür nach innen aufzureißen, die sich jedoch nur nach außen öffnen ließ. Diese Sperre verblüffte Asarja; er murmelte etwas, das Jolek nicht hören konnte, zögerte, setzte den Gitarrenkasten ab, enträtselte endlich das Geheimnis der Tür, blickte – am Ende des beleuchteten Terrains angekommen – noch einmal tieftraurig zurück und sagte zweimal: »Schalom, Schalom. Verzeihung.«

»Einen Moment«, rief Jolek, »wart mal einen Augenblick.«

Der Gast fuhr erschrocken herum. Seine Schulter knallte gegen die Tür. Wilde Angst funkelte in seinen grünen Augen, als sei er im allerletzten Moment doch noch in die Grube gefallen, die er schon sicher umgangen zu haben glaubte.

»Ja bitte.«

»Hattest du Schützenpanzerwagen gesagt?«

»Wie bitte?«

»Was war noch mal deine Aufgabe beim Militär?«

»Nichts weiter. Ich war nur technischer Unteroffizier. Ich

hab ein schriftliches Zeugnis. Kein Feldwebel: Gefreiter auf dem Posten eines Feldwebels.«

»Was ist eigentlich ein technischer Unteroffizier?«

»Zum Militär geh ich nicht zurück, unter keinen Umständen«, rief Asarja herausfordernd und ähnelte dabei einem sich sträubenden Kätzchen, das, in eine ausweglose Ecke gedrängt, nun fauchend die Zähne zeigt. »Das mach ich nicht, und keiner kann mich zwingen. Ich bin vor dreieinviertel Wochen entlassen worden.«

»Langsam, junger Freund, wart einen Moment. Vielleicht bist du so gut und erklärst mir das mal: Was macht denn ein technischer Unteroffizier genau? Ist das womöglich so eine Art Maschinenschlosser?«

Mit einem Schlag gingen alle Lichter auf dem Gesicht des Gastes wieder an, als habe man ihn, nach einem Augenblick der Verzweiflung, von allen Punkten der Anklage freigesprochen und seine vollständige Unschuld ans Tageslicht gebracht. Jolek, der Asarja weiterhin schräg von der Seite musterte, fühlte eine gewisse Neugier in sich aufsteigen: Irgend etwas weckte plötzlich Mißtrauen und Bewunderung zugleich in ihm.

Asarja Gitlin redete in einem Atemzug ohne Punkt und Komma: »Ja, Genosse Jolek, ja sicher, auch Maschinenschlosser, und noch viel mehr, Bewaffnung, Kampfausrüstung, Motorenprüfung, alles, Mechanik, Elektrotechnik, Wartung, Reparaturen, sogar Ballistik und ein bißchen Metallurgie, alles.«

»Äh?«

»Kampfausrüstung und Bewaffnung hab ich gesagt, und auch . . .«

»Gut, schon gut, sehr schön. Aber Motoren reparieren – das kannst du, oder nicht? Kannst du? Ah. Dann wird hier ja schon eine ganz andere Oper gespielt. Hast du meine Anzeige in der ›Jediot Acharonot‹ gesehen? Nein? Wirklich nicht? Auch recht, beschwören brauchst du's nicht. Ich glaub dir, daß du sie nicht gesehen hast. Ich glaub jedem Menschen bis zur ersten Lüge. Wir haben da nur so eine einzigartige Koinzidenz. Nun komm mal als erstes wieder rein ins Haus. Was stehst du denn draußen rum? Ich hab dir doch gesagt, daß ich erkältet bin. Komm rein. Mach bitte die Tür zu. So ist's recht. Und nun folgt das Beste vom Ganzen, die Rosine gewissermaßen: Ich such schon sechs Wochen mit der Laterne nach einem Lohnarbeiter für unseren Landmaschinenpark. Setz dich. Du hättest mir doch gleich von Anfang an sagen können, was du da jetzt erzählst, statt vor mir Spinoza auszubreiten, obwohl ich keine Minute unseres Gesprächs bereue, und auf jeden Fall bist nicht du schuld. Bei uns sind mit einem Schlag zwei Leute aus der Werkstatt weggegangen und haben uns nur noch verbrannte Erde hinterlassen. Der eine, Izik, hat plötzlich ein Mädchen aus dem Kibbuz Misra geheiratet und bringt nun dort den Maschinenpark durcheinander, und Peiko – wirklich ein hervorragender Bursche – hat man uns weggeschnappt, damit er im Hauptbüro der Bewegung arbeitet. Komm, setz dich mal näher an den Ofen. Du zitterst ja. Allerdings, was die im Hauptsekretariat in den letzten ein, zwei Jahren verbrochen haben, kriegt auch ein Mann wie Peiko nicht wieder hin: Da geht alles zum Teufel. Und hier bei unseren Landmaschinen ist es auch bald soweit. Was ist das denn? Wirst du uns etwa krank? Hast du dich erkältet? Du bist ja naß wie ein Küken, das ins Wasser gefallen ist. Und auch deine Augen glänzen so fiebrig. Aber ich hab hier eine Geheimwaffe im Versteck; die wird mit der Krankheit fertig, noch ehe sie richtig zum Ausbruch kommt: Gleich werden wir mal 'nen Kleinen heben, 'nen ganz winzigen – auf den alten Spinoza und auf die Kibbuzidee. Das heißt, wenn du's bei 'nem bißchen Kognak nicht gleich mit der Angst kriegst. Wie heißt du doch noch?«

Asarja Gitlin wiederholte seinen Namen, erst den Familien- und dann den Rufnamen.

»Inzwischen ist auch der heiße Tee da«, fuhr Jolek fort, »und sag mir bloß nicht nein, weil ich ihn schon eingeschenkt hab. Du mußt mich nicht ärgern. Hier hast du Zucker, und hier ist Zitrone. Und von diesem scharfen Bruder hier schütt dir was in den Tee oder trink ein Gläschen nebenher. Und jetzt rühr bitte um. Hast du deinen Personalausweis da? Und deinen Entlassungsschein vom Militär? Nicht gleich springen, junger Mann, ich hab ja nicht drum gebeten, deine Papiere auf der Stelle zu prüfen. Wollte nur fragen, ob du sie bei dir hast. Trink! Sonst wird der Tee kalt, und der Kognak verdunstet. Bei mir sind wir nicht auf der Polizeiwache. Morgen, im Büro, wird man deine Ausweise anschauen und alles Nötige aufschreiben. Nein, im Kibbuz gibt's keine formellen Mitgliedsausweise. Da kommt ja auch Chawa. Darf ich vorstellen: Chawa, das ist Asarja Gitlin. Da fällt mir so ein junger Freiwilliger vom Himmel runter, der vielleicht die Lage im Maschinenschuppen retten kann, und ich bin natürlich mal wieder so schlau und jag ihn von Haus und Hof. Du, Chawa, gib ihm mal bitte ein Paar Socken aus der Schublade. Er ist völlig durchnäßt und wird uns bald noch krank. Nach dem Abendessen werden wir ihn wieder zu uns einladen, ein weiteres Glas Tee zu trinken und mit uns über Himmel und Erde und all ihre Heerscharen zu reden. Das hier ist nämlich ein außergewöhnlicher Vertreter der jüngeren Generation: ein intelligenter Redner, der sich, wie er sagt, auch noch auf die Maschinenschlosserei versteht. Heute muß man doch so einen jungen Menschen, der kein völliger Tatar ist, mit der Laterne suchen.«

»Genosse Jolek, ich...«, begann Asarja, als wollte er eine stürmische Erklärung abgeben, brach aber sofort wieder ab und schwieg, weil nun auch Chawa das Wort ergriff: »Du spielst Gitarre?«

»Ich... äh... ja. Ein bißchen. Das heißt, ich spiele viel. Vielleicht soll ich euch kurz was vorspielen?«

»Vielleicht später«, schlug Jolek weise lächelnd vor, »nach dem Abendessen. Oder nein. Verschieben wir doch Symposion nebst Musik und Gesang lieber auf einen anderen Tag, und heute abend macht Chawa dich – nach dem Essen natürlich – mit Jonatan bekannt. Damit ihr euch kennenlernt. Dann könnt ihr euch über die Werkstatt unterhalten und vielleicht auch über andere Dinge. In der dritten Schublade, Chawa, liegt der Schlüssel für die Friseurbaracke. Ja. Für das Zimmer, in dem der Friseur arbeitet. Neben dem Italiener. Dort gibt's ein Klappbett und auch Decken und einen Petroleumofen. Der Friseur kommt leider nur einmal alle sechs Wochen zu uns.

Und du, mein Junge, kannst auch noch so ein bißchen Pionier-
geist mitkriegen, bis wir eine dauerhafte Lösung für dich
gefunden haben. Äh? Wolltest du was fragen? Frag nur, junger
Mann, frei von der Leber weg, nur keine falsche Scham. Nein?
Vielleicht hab ich mich wieder mal geirrt. Mir war so, als
wolltest du gerade eine Frage stellen. Womöglich hatte ich was
fragen wollen und hab's nun schon wieder ganz vergessen.
Macht nichts. Falls wir uns heute abend nicht mehr sehen,
treffen wir uns morgen früh im Büro. Du wirst uns doch nicht
mitten in der Nacht weglaufen? Äh? Na, du brauchst mir nicht
zu antworten, ich mach nur so ein altmodisches Scherzchen,
und schon fängst du an, dich lauthals zu verteidigen. Nicht
nötig. Laß man. Ja, jetzt fällt's mir wieder ein: Nimm dir noch
ein paar Zigaretten mit, für den Weg, für nach dem Essen und
den Rest des Abends: Bei dir, sehe ich, sind die Zigaretten vom
Regen naß geworden. Übrigens, was hast du da drin? Eine
Geige? Nein? Eine Gitarre? Wir bringen dich demnächst mal
zu Srulik. Der ist bei uns hier der Obermusikant. Und morgen
früh vergiß nicht, bei mir im Sekretärsbüro zu erscheinen.
Nein, nicht wegen der Musik, sondern wegen der formellen
Dinge. Vorläufig hat unser ältester Sohn, Jonatan, die Werkstatt unter sich. Der erklärt dir alles, wenn es dir nur gelingt,
ihn zum Sprechen zu bringen. Und jetzt, Marsch ihr beiden –
geht was zu Abend essen.«

»Gut«, sagte Chawa ruhig, aber mit leicht feindseligem
Unterton, »gehn wir.«

Sanftmut und Verwunderung gleichermaßen ließen Jolek
Lifschitz auf einmal lächeln, wobei er geistesabwesend sagte:
»Asarja.«

»Ja, Genosse Jolek.«

»Ich hoffe, du wirst dich bei uns wohl fühlen.«

»Vielen Dank.«

»Und herzlich willkommen.«

»Vielen Dank, Genosse Jolek. Ich, das heißt, ich meine, ich
werde euch niemals enttäuschen. Nie.«

Chawa machte sich zum Gehen auf, gefolgt von Asarja mit
seiner Umhängetasche, seinem Gitarrenkasten und seiner

feuchten, abgetragenen Uniformjacke. Sie war eine kleine, energische Frau mit männlich kurzgeschorenen graublonden Haaren und fest zusammengepreßten Lippen. Auf ihrem Gesicht lag ein Ausdruck strenger, kompromißloser Gutherzigkeit, nach dem Motto: Das Leben an sich ist eine rauhe, beleidigende und undankbare Angelegenheit. Schurken und Schweine, wo man nur hinblickt. Aber trotzdem bleibe ich auf meinem Posten und tue meine Pflicht ohne Abstriche, in Hingabe an die Ideen, die Gesellschaft und den Nächsten, obwohl keiner seine Mitmenschen besser kennt als ich. Ich weiß haargenau, mit was für einem Wespennest man es zu tun hat, und über die Ideen soll mir keiner etwas erzählen wollen, weil ich davon nämlich schon genug gesehen und gehört und mit der eigenen Nase gerochen habe. Aber, laß man, schon gut.

»Und du heißt Asarja, sagst du? Was ist das für ein Name? Was bist du denn, Neueinwanderer, oder was? Eltern hast du? Nein? Wer hat dich denn großgezogen? Vorsicht, hier ist so'n ekliges Rinnsal, also schau, wo du hintrittst. Geh hierherum. So. Bist du auch noch ein junger Dichter? Nein? Philosoph? Macht nichts. Die eigentliche Frage lautet, ob du ein aufrichtiger Mensch bist. Alles andere interessiert mich nicht. Wir haben hier Gott sei Dank alle möglichen Typen. Als junges Mädchen hab ich mal irgendwo bei Dostojewski gelesen, daß ein wirklich anständiger Mensch vor seinem 40. Geburtstag sterben müsse. Darüber seien sie alle Schurken. Andererseits heißt es aber, Dostojewski sei selber ein Schwein gewesen, dauernd besoffen, egoistisch und kleinlich. Hier kann man sich die Hände waschen. Warmes Wasser gibt's nicht: Der Hahn ist kaputt. Wie üblich. Wie bist du, wenn man fragen darf, bist du ein ehrlicher Mensch? Egal. Wissen kann man's ja sowieso nicht. Und jetzt sieh her: Hier nimmt man sich ein Tablett, hier Geschirr und Besteck, und dort gibt's Tassen. Ei? Ja, sehr schön, aber danach hatte ich nicht gefragt. Ich hab gefragt, ob du ein hartes oder weiches Ei möchtest. Nun setz dich her und iß. Du brauchst dich vor niemandem zu schämen. Hier ist kein einziger was Besseres als du. Ich komm in ein paar Minuten zurück. Wart nicht auf mich, sondern fang inzwischen an zu essen. Übrigens, all das, was dir Jolek gesagt hat, ist schön und gut, aber ich persönlich würde dir raten, erst mal nicht zu begeistert zu sein: Jolek steckt immer voller Ideen am Abend, aber Entscheidungen fällt er nur morgens. Hör mal, du hast nicht zufällig ein bißchen Fieber? Ich hab zwar noch nie was von Aspirin gehalten, aber ich bring dir eins, und du kannst damit machen, was du willst. Iß in Ruhe, du hast keinerlei Grund zur Eile. Heute nacht fährst du nirgends mehr hin.«

Chawa erinnerte sich in ihrem Herzen an das Weinen und Flehen des Burschen, der sie in ihrer Jugendzeit geliebt hatte. In den Sommernächten pflegten sie sich auf der Tenne zu versammeln und unter dem Sternenhimmel zu singen, während die Schakale in der Ferne heulten. »Hell wie das Nordlicht strahlten ihre Augen, und wie der Wüstenwind glühte ihr Herz«, hatten damals die Jungs geschmettert. Und jener da führte im Dunkeln ihre Hand an seine Wange, um ihr zu beweisen, daß sein Gesicht tränenüberströmt war. Ich hätte ihn nicht fragen dürfen, ob er ein ehrlicher Mensch ist. Was ist das denn überhaupt für eine Frage. Und was für eine außerordentliche Dummheit, Dostojewski vor den Ohren eines jungen Mannes, den du überhaupt nicht kennst, schlechtzumachen.

Jolek wartete an seinem Platz, bis die Schritte der beiden draußen verhallt waren. Dann setzte er sich erneut im Sessel zurecht. Er spürte, wie sich der Schmerz über den oberen Teil des Rückens ausdehnte und sich von dort, noch gar nicht heftig, auf Schultern und Nacken vortastete – wie ein Spähtrupp vor dem großen Schlag.

Er beschloß, sich diesmal auf die Worte des Nachrichtensprechers im Rundfunk zu konzentrieren, der eine an diesem Abend schon mehrmals gesendete Meldung über Truppenkonzentrationen an der Nordgrenze verlas, aber wie üblich fiel es ihm schwer, die Hintergründe zu begreifen. Es tat ihm leid um Ministerpräsident Eschkol, der jetzt in einem geschlossenen, verrauchten Raum voller Menschen saß und sich dazu zwang, Müdigkeit und Sorgen abzustreifen, um unbewiesene Fakten und nebulöse Gerüchte abzuwägen. Und er tat sich selber leid, weil er jetzt mit seinen verschiedenen Schmerzen dahockte und sich mit allerhand trivialen Dingen aufrieb, statt mit in jenem geschlossenen Raum zu sitzen und an Eschkols Überlegungen teilzunehmen, ihm dabei zu helfen, voreilige Schritte zu vermeiden und einen gemäßigten Kurs zu steuern. Von allen Seiten umgaben ihn doch hitzköpfige Tataren, Hunnen und Skythen, die zu melodramatischen Handlungen drängten. Diese Schmerzen, dachte Jolek, sind vielleicht gar keine üblichen Rückenschmerzen, sondern ein Warnsignal.

Irgendein Gedanke, eine unklare Besorgnis hatte sich zu dem langsam stärker werdenden körperlichen Schmerz gesellt. Er hatte das dumpfe Gefühl, daß eine äußerst wichtige und sogar dringende Angelegenheit aus seinem Gedächtnis verschwunden war und er sich wieder an sie erinnern mußte, ehe zu großer Schaden entstand. Worum es sich handelte und warum die Sache so eilte, wollte Jolek absolut nicht einfallen. Auf ihm lag die drückende Last vernachlässigter Pflicht, und sein Rücken setzte ihm mehr und mehr zu. Nagend, saugend, bösartig strahlte der Schmerz von den Halswirbeln auf die Schultern aus. Draußen ließen die Hunde ein seltsam fremdes Bellen ertönen. Vielleicht stand irgendwo eine Tür offen, oder der elektrische Wasserkessel war versehentlich noch ans Stromnetz angeschlossen? Aber der Kessel war ausgeschaltet, und alle Türen und Fenster waren fest geschlossen. Nur die Hunde kläfften und jaulten weiter in der Dunkelheit. Jolek setzte sich wieder und begann zu rauchen: mit geschlossenen Augen und unter Schmerzen bot er alle ihm verbliebenen Geisteskräfte auf, wach und besorgt. Und draußen regnete es immer heftiger.

3

Jonatan dachte an die Formulierung »in selbstloser Todesverachtung«, die die Soldatenzeitung »Bamachane« gewählt hatte,
um seine, Jonatans, ausgezeichnete Führung im Nachtangriff
auf Hirbet-Tawfik zu beschreiben. Er erinnerte sich an den
schnellen Rückzug vom Ziel, wie er auf seinem Rücken einen
ihm unbekannten Kameraden geschleppt hatte, verwundet und
blutüberströmt, abwärts über die vom Gefechtshagel erschüt-
terten Hänge, unter dem grausigen Schein syrischen Leucht-
feuers, und wie der schmächtige Verwundete stur und ununterbrochen seine furchterregende Klage gehechelt hatte: Das
ist mein Ende, das ist mein Ende, das ist mein Ende, wobei er
manchmal das letzte Wort in die Länge zog: Das ist mein
Eeendeee, bis es in ein leises Winseln auslief.

Und in einem wirren Augenblick beschloß ich plötzlich, daß
– genug – ich ihn unmöglich auch nur einen einzigen Meter
mehr weiterschleppen konnte, da alle längst wieder im Lager
waren und nur wir zwei hier noch in den Bergen herumirrten
und die Syrer hinter uns her waren und mich gleich fassen
würden; aber wenn ich ihn jetzt hier einfach auf der Stelle
ablegte, diesen armseligen Kerl, damit er hier mit dem Tod
ringen und schließlich seinen Geist aufgeben und in Ruhe
sterben könnte zwischen zwei Felsblöcken, statt auf meinem
Rücken, dann könnte ich mich vielleicht wenigstens selber
retten, und kein Mensch würde je erfahren, was ich da getan
hatte, weil es keinen gab, der mich anzeigen konnte, und ich
würde am Leben bleiben und hier nicht auch noch einfach so
verrecken. Und wie, ich erinnere mich, ich vor diesem Gedanken erschrak: Du bist ja verrückt geworden, du Irrer, du, bist
wohl völlig übergeschnappt. Und wie ich in diesem Augenblick
losgerannt bin wie der Teufel, mit dem sterbenden Soldaten auf
dem Buckel, zwischen all den explodierenden Geschossen,
zwischen den Leuchtraketen und den Granaten, die sie aus dem
anderen, aus dem höher gelegenen Tawfik auf uns abfeuerten,
das, von uns nicht erobert, in den Händen der Syrer geblieben

war. Und dieser Schwerverwundete da, geradewegs in mein Ohr, in meinen Kopf hinein blutete er wie ein aufgeplatzter Gartenschlauch; und klagte dauernd: Das ist mein Eeendee, und sein Atem stockte und setzte aus, und ich hatte keine Luft mehr und rannte, die Lungen voll Brandgeruch: verbranntes Benzin, verbranntes Gummi, verbrannte Dornen, und dieser Blutgeruch obendrein, und wenn ich eine Hand frei gehabt hätte, hätte ich mein Seitengewehr aus dem Gürtel gezogen und ihm die Kehle durchgeschnitten, damit er endlich aufhört zu hecheln und zu jammern, damit er schweigt. Und ich renn und heul wie ein kleines Kind, und nur durch ein Wunder kommen wir heil durch das Minenfeld vor dem Kibbuz Tel-Kazir. Da fang auch ich an zu jammern: Mami, hilf mir, Mami, komm mich retten, ich will nicht sterben, Mami, das ist mein Eeendee. Soll dieser Hund doch ruhig krepieren, aber bloß nicht auf mir, ehe wir den Zaun von Tel-Kazir erreichen, daß er's nur nicht wagt, mich hier allein zu lassen. Und da kommt plötzlich irgend so eine verrückte Granate angeflogen und explodiert vielleicht zwanzig Meter vor meiner Nase, um mir also beizubringen, nicht wie ein Irrer zu rennen, sondern langsamer. Mami, ist der schwer, ich kann nicht mehr, und da seh ich, daß ich zwischen den Stacheldrahtverhauen von Tel-Kazir stecke: ein Geschoß vor mir, ein Geschoß hinter mir und Schüsse, und ich fang an zu schreien: Nicht schießen, nicht schießen, Achtung, Sterbender, Achtung, Sterbender, bis sie's begriffen und uns zum Sammelplatz in ihrem Luftschutzkeller brachten und ihn endlich von mir abnahmen. Er klebte an mir mit Blut und Speichel und Schweiß und Urin, mit all unseren Körperflüssigkeiten, wie zwei kleine Hundchen waren wir, die eben erst geboren sind und immer noch blind und verschmiert zusammenkleben – als hätte man uns aneinandergeschweißt. Als sie ihn von mir runterschälten, steckten seine Fingernägel noch wie Stahlklammern tief in meiner Brust und in meinem Rücken, so daß sie ihn mit Gewalt von mir abziehen mußten, mit kleinen Stückchen von meinem Fleisch, und sofort sank ich wie ein leerer Sack auf dem Boden zusammen. Und dann stellte sich in dem schwachen Licht da im Bunker plötzlich raus, daß ich völlig durchgedreht und alles ein Irrtum war: All sein Blut, das den ganzen Weg über wie aus einem zerrissenen Schlauch auf mich geströmt war, all sein Blut, das mir die Kleidung und die Unterwäsche durchnäßt hatte und mir in Hosen und Socken reingelaufen war, all das Blut stammte nicht von diesem Verwundeten, der gar nicht verletzt war, sondern nur einen Schock oder so was hatte, all das Blut stammte von mir, von einem Granatsplitter, der mir in die Schulter eingedrungen war, was ich gar nicht gemerkt hatte, vielleicht vier Zentimeter über dem Herzen, und sie verbanden mich und jagten mir 'ne Spritze rein und sagten zu mir wie zu einem kleinen Kind: Beruhig dich doch, Joni, schön ruhig, Joni. Aber ich konnte mich um nichts in der Welt beruhigen, konnte einfach nicht aufhören zu lachen, bis der Arzt oder der Sanitäter sagten: Hört mal, dieser Soldat hat auch einen Schock abbekommen, gebt ihm zehn Kubik, damit er sich ein bißchen beruhigt. Und selbst im Lazarettwagen, auf dem Weg zum Krankenhaus, als sie mich ernsthaft baten, ich sollte mich beruhigen, sollte mich doch zusammennehmen und ihnen sagen, wo es genau schmerzen würde, lag ich ihnen auf der Bahre rum, und statt zu antworten, brüllte und lachte ich ihnen ins Gesicht, lachte und brüllte stoßweise, lachte und hechelte, lachte, bis ich fast erstickte: Guckt ihn euch an, das ist sein Ende – den ganzen Weg bis zum Krankenhaus Puria in Tiberias, bis zur Narkose für die Operation. Und über diese Geschichte schrieben sie in der Zeitschrift »Bamachane« nicht mehr und nicht weniger als: »Ein Verwundeter rettete einen anderen Verwundeten in selbstloser Todesverachtung«.

So ein Clown, sagen die Altmitglieder bei uns, wenn sie an ihn denken: eineinhalb Meter! Aus einer Entfernung von höchstens eineinhalb Metern hat der's doch wahrlich fertiggebracht, einen Stier zu verfehlen. Einen ausgewachsenen Stier! Und ein Stier ist keine Streichholzschachtel! Das ist eine riesige Zielscheibe! Aber er hat's fertiggebracht, ihn nicht zu treffen, und ob ihr's glauben wollt oder nicht, heute ist der Typ Alleineigentümer und Direktor der Hotelkette Esplanada in Miami Beach, Florida, und lebt dort wie ein Fürst.

Nach dem Abendessen kehrten Rimona und Jonatan aus dem Speisesaal in ihr Zimmer zurück. Was seine Mutter Chawa von ihm gewollt hatte, als sie gegen Ende der Mahlzeit an den Tisch gekommen war, vermochte Jonatan nicht mehr zu rekonstruieren. Aber er erinnerte sich sehr wohl, daß er ihr mutig geantwortet hatte, heute abend käme gar nicht in Frage.

Als sie wieder im Haus waren, stellten sie sich beide einige Minuten vor den Ofen, um das Stechen der Kälte zu lindern. Sie standen so nahe beieinander, daß Rimonas Schulter Jonatans Arm streifte.

Jonatan war größer und stärker als sie. Wenn er wirklich gewollt hätte, hätte er von oben auf ihr regennasses Haar blicken können, das weich auf ihre Schultern fiel, auf die linke mehr als auf die rechte. Er hätte mit seinen Händen ihre Schultern oder ihren Kopf berühren können. Aber Jonatan beugte sich nach vorn, um die Ofenflamme wegen der Kälte etwas höher zu stellen.

Alles war still, und die Wohnung war, wie immer, in das braunrot gedämpfte Licht der Lampe getaucht. Alle Gegenstände standen ordentlich an ihrem Platz, als hätten die Hausbewohner bereits die Wohnung verlassen, vor dem Weggehen noch alles schön aufgeräumt und hinter sich sämtliche Fenster und Türen verschlossen. Sogar die Zeitung hatte Rimona vor dem Essen fein säuberlich zusammengefaltet und an ihren Ort auf dem untersten Bord gelegt. Ein zarter, sauberer Duft ging von den Fliesen aus. Vor dem Ofen döste Tia. Welche Ruhe – nur aus den Nachbarräumen erklang das Weinen eines Kindes.

»Diese Wände«, sagte Rimona.

»Was hast du bloß«, erwiderte Jonatan.

»Dünn. Als wären sie aus Papier.«

Es war ein leises, einsichtiges Weinen, nicht bockig, nicht trotzig, sondern stumm, als sei dem Kind jenseits der Wände ein geliebtes Spielzeug in den eigenen Händen zerbrochen und als wisse das Kind, daß nur es allein die Schuld daran trägt, so daß es sich bei niemandem beklagen kann. Eine Frau redete bittend und tröstend auf das Kind ein, aber nur der Tonfall ihrer Stimme drang in Rimonas und Jonatans Zimmer; die Worte blieben unverständlich.

Jonatan wartete schweigend, bis das Weinen aufhörte. Auch nachdem das Kind sich beruhigt hatte, ließ die Stimme der Nachbarin auf der anderen Seite der Wand nicht davon ab, liebevoll Trost zu spenden. In dieser Abendstunde, dachte Jonatan bei sich, beginnen echte Menschen, ihr Nachtleben zu leben. In den Großstädten wechselt das Licht der Ampeln, deren Farben sich auf dem nassen Asphalt spiegeln, und bunte Leuchtreklamen blinken. Mit rasantem Start und Reifenzischen überwinden moderne Wagen die Straßenabschnitte von einer Ampel zur nächsten, gesteuert von wahren Menschen auf dem Weg zu jenen Orten, an denen sich das Leben abspielt. Der Wissenschaftler, der Staatsmann, der Schwindler, der Dichter, der Großkapitalist, der Geheimagent – solche Leute sitzen jetzt sicher in völliger Einsamkeit an dunklen, schweren Schreibtischen in ihren hochgelegenen Wohnungen. Vor den Fenstern liegen die Lichter der Stadt im Regen, beleuchtete Häuserzeilen in nebligem Glanz. Auf den Schreibplatten überquellende Ordner, verschiedene aufgeschlagene Bücher davor, Karteikarten in mehreren Farben, vielleicht ein Glas Whisky zwischen den Papieren, Skizzen und diversen Zettelchen: all das verstreut im Schein einer stilvollen Schreibtischlampe, die einen gemütlich warmen, verschwiegenen Lichtkreis auf die Platte zeichnet, während aus den Zimmerecken, aus vollgestopften Regalen heraus, angenehme Begleitmusik ertönt. Ein solcher Mensch sitzt über seinen Schreibtisch gebeugt, streckt, wann immer er will, eine Hand nach dem Glas vor sich aus, um einen Schluck Whisky zu trinken, stopft sich vielleicht ein Pfeifchen und füllt dabei mit lebendigem, stürmischem Herzen Seite auf Seite, schreibt, streicht aus, begeistert sich, verwirft, zerknüllt das nicht gelungene Blatt und wirft's hinter seinen Rücken, versucht's von neuem. Ein ferner Sirenenton oder das Läuten mächtiger Glocken dringt dumpf von draußen herein. Dann endlich kommt die innere Erleuchtung, gepaart mit unbändiger Freude, und der Mensch erreicht sein Ziel. Nun räkelt er sich, erleichtert seufzend, wohlig müde, mit geschlossenen Augen auf seinem guten Stuhl. Nur ein klein wenig erhebt er die Stimme, und schon eilt eine Frau in Morgenmantel oder Kimono ins Zimmer. Das sind die einfachen und starken Dinge, die man in Gang setzen muß: Ohne sie gleicht das Leben einer öden Wüste.

Jonatan fragte Rimona, ob sie jetzt etwas tun müsse. Rimona wollte wissen, warum er denn frage, ob er ihr vielleicht irgendeine Schachpartie zeigen oder erklären wolle? Sie spielte nie Schach mit ihm, aber wenn er sie darum bat, willigte sie stets ein, sich eine halbe Stunde oder länger ihm gegenüber zu setzen, auf die vor ihr aufgestellten Figuren zu gucken und seinen Erklärungen über verschiedene Stile zu lauschen: offensive Eröffnung, defensive Eröffnung, Frontal- oder Flankenangriff, Taktik des wohlkalkulierten Risikos, Opferung der einen oder anderen Figur aufgrund einer vorausschauenden Strategie. Diese Erklärungen gefielen Rimona. Wenn er schon einmal die Figuren aufstellen wolle, werde sie inzwischen Kaffee einschenken und ihr Stickzeug holen, sagte sie.

Jonatan gab keine Antwort, und Rimona ging Kaffee machen. Da fuhr er auf einmal mit wildem Schwung herum, wie ein im Kreuzfeuer eingekesselter Krieger, lief von dem Ofen weg und blieb schließlich mit dem Rücken zum Zimmer vor dem Regal mit Büchern, Zeitschriften und Nippes stehen. Im gleichen Moment fiel sein Blick auf ein altes Bild, das Rimona einmal eingerahmt und zwischen den Büchern aufgestellt hatte: Es war ein verstaubtes Foto von einem Ausflug in die judäische Wüste. Erstaunt stellte Jonatan plötzlich fest, daß er und Rimona darauf nicht allein waren. Hinter Rimona, in der einen Bildecke, zeigte sich ein fremdes, klobiges, behaartes Bein in kurzen Hosen und Fallschirmspringerstiefeln. Aber er hatte doch gerade etwas Wichtiges und sogar Dringendes sagen oder tun wollen. Mit aller Macht versuchte Jonatan sich zu konzentrieren. Dann endlich setzte er an und sagte: »Die Zigaretten. Vielleicht hast du irgendwo meine Zigaretten gesehen?«

Rimona kehrte eben mit einem Tablett zurück, auf dem zwei Tassen Kaffee, Kekse und ein Milchkännchen in bucharischem

Stil mit bläulichen Verzierungen standen. »Setz dich nur ruhig hin«, meinte sie. »Vielleicht gießt du uns inzwischen Milch in den Kaffee, und ich hol dir eine neue Zigarettenschachtel aus der Schublade. Und werd nicht böse.«

»Nicht nötig«, sagte Jonatan, worauf er verächtlich hinzufügte: »Wieso denn eine neue Schachtel? Da sind ja meine Zigaretten. Guck mal: genau vor deiner Nase. Auf dem Radio. Was hattest du gesagt?«

»Du hast geredet, Joni. Ich hab gar nichts gesagt.«

»Ich dachte, du hättst was gesagt. Vielleicht hast du wieder was geredet und dir's dann anders überlegt. Oder vielleicht hast du nur vorgehabt, was zu sagen. Also, ›ich gemieß uns Milch in den Kaffee‹. Bolognesi sagt immer so: ›eingemießen‹. Mir ist dauernd, als würd ich dich unterbrechen. Sogar wenn du schweigst.«

»Sonderbar«, bemerkte Rimona, aber es lag keinerlei Verwunderung in ihrer Stimme.

»Vielleicht hörst du mal auf, mir das ganze Leben lang ›sonderbar, sonderbar‹ zu sagen? Alles findest du sonderbar. Hier gibt's doch gar nichts Sonderbares. Und überhaupt, kannst du dich denn nicht endlich mal setzen, statt die ganze Zeit rumzurennen? Nun sitz schon!«

Als sie ihm gegenüber Platz genommen hatte, blieben Jonatans Augen an ihrer geöffneten Bluse hängen und ergänzten unwillkürlich, was er nicht sehen konnte: diese Brüste einer Zwölfjährigen, den Schnitt ihres kalten, zarten Körpers unter der Kleidung, ihren Nabel, der einem zum Schlafen geschlossenen Auge glich, ihre Scham, die als Vorlage für eine prüde Zeichnung in einem Schulbuch für Heranwachsende hätte dienen können. Aber nichts wird ihr helfen, dachte Jonatan boshaft, gar nichts: weder der hübsche rote Strickpulli noch ihre langen blonden Haare oder das verschämte Lächeln, das dem eines süßen kleinen Mädchens ähnelte, das etwas angestellt hat, aber ganz sicher ist, daß man ihr sofort vergibt, weil man sie liebhat. Aber da irrt sich Rimona. Man wird ihr nicht vergeben, und es wird nicht gut ausgehen. Diesmal ist alles verloren und steuert auf ein schlechtes Ende zu. Man sieht doch schon eindeutig die schlaffe Haut an ihrem Hals, hinter den kleinen Ohren und ein bißchen auch unter dem niedlichen Kinn. Dort überall werden ihre Falten verlaufen. Das sind die Stellen, an denen die Haut austrocknet und rissig wird wie abblätternde Farbe, wie ein alter Schuh. So beginnt das Altern; da gibt's keinen Ausweg, keine Rettung. Unwiderruflich dahin ist der Zauber von Sansibar. Fertig, aus. Ich für meinen Teil hab überhaupt kein Mitleid mit dir, weil niemand auf der ganzen Welt Mitleid mit mir empfindet. Nur um die vergeudete Zeit ist's mir leid, Rimona, das Herz klagt trauernd um die Zeit, die war und vorbei ist, und niemand wird dir und mir das Leben zurückgeben, das hätte sein können und nicht gewesen ist.

»Hast du's vergessen?« fragte Rimona lächelnd.

»Was hab ich vergessen?«

»Ich sitz da und warte.«

»Du wartest?« wunderte sich Jonatan. Er wurde von leichter Panik befallen: Was meint sie denn? Worauf wartet sie? Weiß sie womöglich schon alles? Aber sie kann's doch gar nicht wissen.

»Ich versteh nicht«, sagte er, »worauf wartest du?«

»Ich wart darauf, daß du die Schachfiguren aufstellst, wie wir vereinbart hatten, Joni. Und ich schalt uns jetzt das Radio ein, weil sie eine Fuge von Bach senden. Hier, das Stickzeug hab ich schon da. Und du hast vorhin gesagt, du würdest aufstehen und dir die Zigaretten holen, die Schachtel auf dem Radio. Du wolltest nicht, daß ich sie dir bringe, aber nun hast du es vergessen und dich wieder hingesetzt. Steh nicht auf: Ich hol sie dir.«

Sie saßen sich in den beiden Sesseln gegenüber. Das Radio begann zu spielen. Wegen der Blitz- und Donnerschläge draußen gab es hier und da Tonstörungen, ein heiseres Krächzen, das die Musik unterbrach. Rimona umklammerte wie immer mit beiden Händen die Kaffeetasse, um sich zu wärmen. Jonatan wiederholte im stillen zum letzten Mal die Worte, die er sich längst zurechtgelegt hatte.

»Meinetwegen können wir anfangen«, sagte Rimona.

Einmal, bei einem nächtlichen Patrouillengang auf jordanischem Gebiet in der Nähe des Dorfes Tarkumiyye, hatte Jonatan eine unerklärliche Todesangst befallen. Urplötzlich schien sich die Nacht mit leuchtenden Augenpaaren gefüllt zu haben, und aus dem Dunkel zwischen den düsteren Felsen drangen erstickte, boshafte Lacher: Sie warten auf uns. Auf geheimnisvollem Wege haben sie erfahren, daß wir hier heute nacht durchs Wadi kommen, und nun liegen sie da im Hinterhalt, um uns aufzulauern. Man sieht sie nicht, aber sie sehen dich und lachen sich leise ins Fäustchen, denn die Falle ist schon zugeschnappt.

Jonatan dachte an leere, sonnendurchglühte Weiten voll weißen Sandes im wilden Mittagslicht der Wüste Zin nahe einem ausgedörrten Ort, der auf der Karte als En-Orchot, Karawanenquelle, eingezeichnet war. Bei dieser Erinnerung wurde er von einem nie gekannten Schmerz durchströmt. Überwältigt von der Schärfe dieses Schmerzes, schloß er die Augen und dachte an den Beginn der Liebe zwischen ihm und Rimona. An die Wochen vor ihrer Hochzeit. An die lange Fahrt mit dem Jeep durch die Berge bis ins graue Tal. An den Geruch verglühenden Reisigfeuers in der Nacht. An Rimonas kindliche Brüste, die er wie zwei warme Küken in seinen schweren Händen hielt, als sie im Schlafsack hinter dem Jeep in der nächtlichen Wüste lagen, umgeben vom leichten Rauch des Lagerfeuers. Und an ihre Tränen, als sie ihm leise zuwisperte: Achte nicht drauf, Joni, es ist nicht wegen dir. Mach du nur weiter und achte nicht drauf. Und auch an das Ende ihrer Liebe erinnerte er sich; es war in einer Winternacht vor drei Jahren, als sie ihm sagte: Schau, Joni, das ist bei vielen Frauen so, achte nicht drauf.

Er dachte an ihre erste Schwangerschaft. Und an ihre letzte. An das tote Baby, das er damals im Krankenhaus nicht hatte sehen wollen. Und wieder kam ihm der Gedanke an ihren schönen Körper, an diesen kalten, erlesenen Marmorblock. An seine letzten, demütigenden Versuche, Leben in diesem blassen, edlen Stein zu wecken, und sei es auch nur Schmerz oder Schmach oder Wut. Wie viele Tage und Nächte und Abende und Nächte und Tage. Und diese Entfernungen: ihre Leiden, die er nur ahnen konnte – und nicht einmal das. Seine Einsamkeit. Um drei Uhr morgens auf einem breiten, öden Laken unter einer weißen, öden Zimmerdecke, und alles funkelte wie ein Skelett im Licht des toten Vollmonds vorm Fenster; hellwach war er gewesen und doch wie gefangen in einem Alptraum. Inmitten der öden Polarwüste, auf den Schneefeldern im Herzen der Tundra bleibst du auf ewig allein mit einer Leiche. Und die Schmach der Worte. Die Lügen. Die Öde der unterdrückten Wahrheit. Der Schlaf. Das Wachen. Die Blässe ihrer Fingerkuppen. Das Weiß ihrer Zähne. Der Anblick ihres nackten Körpers im kalten Wasser einer Dusche, zerbrechlich, keusch und lieb. Die Empfindung ihres Schweigens. Seines Schweigens. Der ewig tote Raum zwischen ihrem und seinem. Ihre täuschende, hohle Schönheit. Diese scheinbare Zartheit, die selbst in Augenblicken höchsten Verlangens nicht berührt werden darf. Das Reiben ihrer kleinen, festen Brüste gegen die Haut seines Gesichts, die Muskeln seines Bauchs, die Haare seiner Brust. Das bittere, geduldige Anklopfen, das immer verzweifeltere Suchen nach irgendeiner nicht vorhandenen Öffnung, streichelnd, küssend, schmeichelnd, ruhig oder brutal, im Dunkeln, im Dämmerlicht, im warmen Licht, zu glutheißer Mittagszeit, am frühen Morgen, im Bett, mit oder ohne die Schallplatte von der Magie des Tschad, im Wald, im Auto, im Sand, mit Härte, mit Liebe oder Barmherzigkeit, mit seinen Lippen und mit seiner Zunge, liebevoll, väterlich, haßerfüllt, wie ein Junge, wie ein Wilder, wie ein Affe, verzweifelt und spielerisch und flehend und unflätig und gewaltsam und unterwürfig – egal, umsonst. Das jämmerliche Keuchen seiner Lungen in den Augenblicken einsamer, häßlicher Befriedigung, weit, weit weg von ihr, von ihm selbst, von der Liebe, von all den möglichen Worten – und immer wieder am Ende all seiner Bemühungen ihre erstarrte Stille, ihre stummen Lippen, nicht verwundert, nicht beleidigt, Mutter alles Lebenden, öde Wüste: Mach du nur weiter, Joni, achte nicht drauf. Es ist nicht deine Schuld. Tu mit mir einfach, was du möchtest. Achte nicht drauf. Und ihr Leib ist fast eine

Leiche. Oder das Rascheln des kalten, giftigen Lakens zwischen ihnen, das leise Knistern zerpflügter Seide. Vergeblich bewegen sich ihre Lippen über seine behaarte Brust, umsonst wandert ihre feuchte Zunge seine Leiste hinunter, bis er sie urplötzlich mit beiden Händen packt und sie wild schüttelt, ihre Schultern, ihren Rücken, ihren ganzen Körper – wie eine stehengebliebene Uhr. Und einmal hatte er's sogar mit heftigen Ohrfeigen versucht, dann auch mit der Faust. Umsonst. Immer wieder dieser schleichend fortschreitende Tod, dieses Verlangen und dieses Grauen, die Reue und die Schmach, die Tricks und die Aufwallungen unterdrückten Gifts. Sein langsam in der Tiefe versinkender Schrei, ein Schrei wie unter Wasser. Und später dann, nach alldem, seine Frage. Ihr Schweigen. Ihre Frage. Sein Schweigen. Und unmittelbar danach, stets und unweigerlich, ihre Wasch- und Reinigungswut, als müsse sie einen ansteckenden Schmutz von ihrem Fleisch abschrubben und mit heißer Dusche und Seifenschaum noch den letzten Rest des ihr und ihm eigenen Geruchs vernichten, ehe sie – in dieser verhaßten kindlichen Mandelseifenwolke und von Kopf bis Fuß rosig und frisch gewaschen wie ein Baby oder ein Engelchen auf einem bunten Kitschbild – in das gemeinsame Bett zurückkehrt, um fast auf der Stelle einzuschlafen. Sie schlummert, und von jenseits der Wand schallt Nacht für Nacht das Lachen einer anderen Frau herüber, oder durch die geöffneten Fenster dringt das Flüstern der jungen Paare auf dem sommerlichen Rasen ein. Vielleicht sollte er einmal nur aufstehen und das Brotmesser packen, um ihre zarte Haut zu durchstoßen, hinein in das Gewebe ihres Fleisches zu dringen, hinein in die Blutbahnen und weiter, um alles aufzumachen, hindurch zwischen die dunklen Drüsen und das Fett und den Knorpel in die Tiefe ihrer Höhlungen und Spalten bis ans Mark, bis an die Knochen, in ihr herumzuschneiden, damit sie einmal aus vollem Hals schreit und brüllt, denn so geht es nicht mehr weiter: Winter wie Sommer, Werktag wie Feiertag, Tag und Nacht, morgens und abends immer nur ein Gegenüber – auf Distanz.

So kam es, daß Jonatan die für das Gespräch dieses Abends zurechtgelegten Worte zwar nicht vergessen hatte, aber ihrer und auch anderer und überhaupt aller Worte plötzlich überdrüssig war. Wenn er nur das, was er hatte sagen wollen, in einer Zeichnung ausdrücken oder auf einem Instrument vorspielen oder in die einfachen, klaren Symbole einer mathematischen Gleichung kleiden könnte!

»Es tut mir leid«, sagte er, »ich habe den Kaffee, den du mir gemacht hast, vergessen zu trinken, und nun ist er ganz kalt.«

»Es steht noch heißer Kaffee auf kleiner Flamme in der Küche. Auch ich habe meinen nicht getrunken, weil ich beim Sticken an was anderes gedacht hab. Ich hol uns beiden neuen Kaffee.«

»Woran hast du gedacht, Rimona?« Jonatan blickte auf die blaue Feuerblume hinter dem verchromten Eisengitter des Ofens. Dabei bemerkte er, wie schnelle, nervöse Zuckungen über Tias Fell liefen, die mit ausgestreckten Gliedern vor dem Ofen lag.

»Ich hab gedacht«, sagte Rimona, »morgen würden sie vielleicht endlich den Dampfboiler in der Wäscherei reparieren. All die Tage, an denen der Boiler kaputt war, haben wir's ein bißchen schwer gehabt.«

»Es wird ja nun auch wirklich langsam Zeit.«

»Auf der anderen Seite«, fuhr Rimona fort, »kann man niemandem die Schuld geben. Lipa war krank. Auch dein Vater ist noch nicht wieder gesund.«

»Mein Vater sagt mir andauernd, ich müßte mir endlich die Haare schneiden lassen. Meinst du, ich müßte es wirklich?«

»Du mußt nicht, aber wenn du's gerne möchtest, tu's ruhig.«

»Ich bin den ganzen Winter über noch nicht krank gewesen. Außer meiner Allergie, derentwegen man manchmal meint, ich würde weinen. ›Gelobt sei der Name des Herrn, der die Tränen des Elenden trocknet‹, sagt Bolognesi, wenn sich meine Augen plötzlich mit Tränen füllen. Schau mich bitte an, Rimona.«

»Der Winter ist noch nicht vorüber, Joni, und du läufst den

ganzen Tag ohne Mütze und mit zerrissenen Schuhen zwischen Werkstatt und Schlosserei herum.«

»Stimmt nicht. Nur ein Schuh ist aufgerissen, nicht beide. Und der Italiener hat mir versprochen, die Sohle zu reparieren. Überhaupt ist diese ganze Werkstatt nichts für mich.«

»Aber früher hast du so gerne Motoren repariert.«

»Und wenn schon?!« platzte Jonatan heraus. »Was ist, wenn ich's früher gemocht hab und jetzt nicht? Was versuchst du mir denn überhaupt die ganze Zeit zu sagen und tust's nicht wirklich? Du fängst an und hörst mitten im Satz auf. Genug damit. Sag offen heraus, was du sagen willst, und hör auf, Katz und Maus zu spielen. Bitte schön: nur raus mit der Sprache. Ich werde dich nicht unterbrechen. Ich werde schweigen wie ein Schoßhündchen und geduldig jedes Wort verfolgen. Schieß los.«

»Gar nichts«, sagte Rimona, »werd nur nicht böse, Joni.«

»Ich?« antwortete Jonatan müde. »Ich bin nicht böse. Ich hab nur ganz einfach eine Frage gestellt und möchte gern einmal im Leben eine klare Antwort von dir bekommen. Das ist alles.«

»Dann frag«, gab Rimona verwundert zurück. »Du ärgerst dich über mich, weil ich dir nicht antworte, aber du hast doch gar nichts gefragt.«

»Gut. Also du sagst mir jetzt einmal haargenau, was du vor drei Jahren, vor dreieinhalb Jahren, gedacht hast, als du plötzlich am Samstag abend beschlossen hast, daß wir beide heiraten.«

»Aber es war doch nicht ganz so«, sagte Rimona weich, »und außerdem sag mir mal, warum du fragst.«

»Ich frag – um eine Antwort zu bekommen.«

»Aber warum fragst du jetzt. Du hast mich das noch nie gefragt.«

»Weil mir manchmal scheint ... Wolltest du was sagen?«

»Nein. Ich hör zu.«

»Also dann hör doch nicht dein ganzes Leben nur zu, verdammt noch mal. Mach den Mund auf. Sag's mir. Was ist denn bloß los, daß du nicht fähig bist, eine einfache Antwort herauszubringen. Du wirst mir jetzt antworten, warum du mich überhaupt geheiratet hast, was du von mir gewollt hast, was in deinem Kopf vorgegangen ist.«

»Das kann ich machen, warum nicht«, sagte Rimona nach einer kleinen Pause. Verhalten lächelnd saß sie in ihrem Sessel, alle zehn Finger um die Tasse mit dem neuen Kaffee, der ebenfalls längst abgekühlt war. Ihre Augen schienen in der Luft die Formen der Musik nachzuzeichnen, die aus dem Radio durchs Zimmer strömte. »Das kann ich dir sagen. Es war so: Als du und ich zu heiraten beschlossen haben, warst du mein erster, und ich war deine erste. Du hast mir gesagt, wir würden unser ganzes Leben lang erste sein, nichts von Fremden lernen, sondern alles – unser Haus und unseren Garten und noch andere Dinge – so einrichten, als ob wir die ersten wären und niemand vor uns gelebt hätte. So hast du gesagt. Wir würden wie zwei Kinder im Wald sein, uns fest an der Hand halten und keine Furcht haben. Du hast mir gesagt, ich wäre schön und du gut, und von jetzt an würdest du dich nicht mehr schämen, gut zu sein, denn als du klein warst, hättest du dich geschämt, daß alle dich ein gutes Kind genannt haben. Du hast gesagt, du würdest mich lehren, die Wüste zu lieben, und mich auf Wüstenfahrten mitnehmen, und ich habe tatsächlich gelernt. Von mir würdest du lernen, immer ruhig zu sein und die klassische Musik zu lieben und insbesondere Bach, hast du gesagt. Und auch du hast gelernt. Wir haben gedacht, wir würden zusammenpassen, sogar ohne den ganzen Tag zu reden, ohne ein einziges Wort zu sagen. Und wir, du und ich, haben gemeint, es wäre gut für uns und auch für deine Eltern, wenn wir gemeinsam wohnen würden, zusammenlebten und uns nicht mehr draußen an allen möglichen komischen Orten zu treffen brauchten. Außerdem ging damals der Sommer schon zu Ende, du wirst dich erinnern, Joni, und es begann der Herbst, und wir wußten, daß auf den Herbst der Winter folgt und wir uns im Winter nicht mehr draußen an unseren gewohnten Plätzen würden treffen können, und deswegen haben wir beschlossen zu heiraten, bevor die Regenzeit einsetzte. Weine nicht, Joni, sei nicht traurig.«

»Wer weint denn?« brauste Jonatan auf. »Das ist nur meine beschissene Allergie; mir brennen die Augen. Tausendmal hab ich dir schon gesagt, daß es mir in den Augen sticht und du aufhören sollst, deine Vasen mit Kiefernzweigen vollzustopfen.«

»Verzeihung, Joni. Nur, es ist jetzt eben Winter, und ich hab keine Blumen.«

»Und tausendmal hab ich dir schon gesagt, du sollst nicht den ganzen Tag ›Verzeihung, Verzeihung‹ sagen wie ein Servierfräulein oder Zimmermädchen aus einem Filmhotel. Statt dessen sag lieber, was jetzt ist.«

»Was ist jetzt, Joni?«

»Was ist jetzt noch geblieben, frage ich. Übrigens wär ich dir äußerst dankbar, wenn du mich nicht ständig zurückfragen würdest, sondern so freundlich wärst, dich ein klein wenig anzustrengen und auf die gestellten Fragen zu antworten.«

»Aber was jetzt ist, weißt du doch. Jetzt sind wir schon mehrere Jahre Mann und Frau, du und ich. Was gibt's da zu fragen?«

»Weiß nicht. Ich frag eben, basta. Möchte endlich eine Antwort. Was ist denn? Willst du mich absichtlich verrückt machen, damit ich anfange zu toben? Willst du nicht ein einziges Mal in unserem Leben auf eine Frage antworten? Willst du mich unser ganzes Leben lang wie einen kleinen Idioten ansprechen?«

Für einen Augenblick hob Rimona den Blick von ihrer Stickerei und schaute ihn an. Doch schon einen Moment später suchten ihre Augen in der Luft wieder die Formen der Musik. Tatsächlich schien die Musik jetzt über die Ufer zu treten, flutend gegen starke Mauern zu branden. Aber sofort flaute sie ab, die Melodie beruhigte sich, als habe sie es aufgegeben, Dämme zu überfluten, und sinke nun willfährig ab, um tief unter deren Grundfeste zu spülen. Der Strom des Leitmotivs teilte sich in mehrere schmale Wasserläufe, die scheinbar beliebig dahinsickerten, um dann wieder auf ihr gemeinsames Grundelement zurückzukommen und von dort aus die innere Leidenschaft für ein neues Hochschäumen zu sammeln.

»Joni, hör mal«, sagte Rimona.

»Ja«, antwortete Jonatan, dessen Ärger sich im selben Augenblick legte, in dem sein Herz ängstlich wurde. »Was?«

»Hör mal, Joni. Das ist so. Du und ich, wir sind zusammen. Wir allein. Einander nah, wie du gemeint hast. Du bist gut, und ich bemüh mich, schön zu sein, wie du mir mal gesagt hast, und nicht von Fremden zu lernen, sondern die ersten zu sein. Fast immer haben wir Frieden miteinander. Wenn manchmal was nicht gut ist oder einen ärgert, wie vor einer Minute, als ich zu dir gesagt hab, du sollst nicht weinen, und du dann böse warst, dann macht das gar nichts. Ich weiß, daß du dich danach wieder beruhigst und es wieder gut ist, daß wir zusammen sind. Vielleicht meinst du, es müßten dauernd neue Dinge passieren, aber das stimmt nicht. Ich sag dir nicht, du sollst andere Menschen anschauen, aber wenn du's doch tust, dann wirst du sehen, daß bei ihnen nicht jeden Tag was Neues geschieht. Was soll denn geschehen, Joni? Du bist ein erwachsener Mann. Ich bin deine Frau. Dies ist unser Heim. Das sind wir. Und jetzt ist es mitten im Winter.«

»Nicht das, Rimona«, sagte Jonatan leise.

»Ich weiß: auf einmal bist du traurig.« Rimona streichelte mit einem Finger die Tischplatte. Dann sprang sie ruckartig mit einer kraftvollen, ihr sonst nicht eigenen, fast rebellischen Bewegung auf und stellte sich vor ihn hin.

»Bist du völlig verrückt geworden? Was ziehst du dich denn plötzlich aus?«

Und schon war die Rebellion zu Ende. Rimona ließ beide Arme sinken und wurde blaß im Gesicht: »Ich dachte nur«, sagte sie zitternd.

»Zieh deinen Pullover wieder an. Kein Mensch hat gesagt, daß du dich ausziehen sollst. Ich brauch das nicht.«

»Ich hab nur gedacht«, wisperte sie.

»Schon gut«, sagte Jonatan, »macht nichts. Du bist in Ordnung.« Dabei nickte er mehrmals, als sei er völlig mit sich zufrieden und guten Gewissens. Er redete nicht weiter, und auch sie sagte nichts mehr, sondern setzte sich nur wieder auf ihren Platz – ihm gegenüber. Die Radiomelodie strebte sanft und gelassen ihrem Abschluß zu. Rimona angelte nach der Zigarettenschachtel, entnahm ihr eine Zigarette, zündete sie mit einem Streichholz an und begann zu husten, bis ihr die Tränen kamen, denn sie konnte nicht rauchen. Dann steckte sie ihm die brennende Zigarette mit weicher, vorsichtiger Handbewegung zwischen die Lippen.

»So ist das«, sagte Jonatan.

»Was, Joni?«

»Alles. Du. Ich. Alles. Hast du was gesagt? Nein. Ich weiß, du hast nicht. Dann red doch, verdammt noch mal, sag was, sprich oder schrei's raus, was du denkst, wenn du überhaupt etwas denkst. Was soll weiter werden? Was wird mit dir? Mit mir? Was schwirrt dir überhaupt die ganze Zeit im Kopf rum?«

»Der Winter wird vorübergehen«, sagte Rimona, »und danach kommt der Frühling und der Sommer. Wir fahren in Urlaub. Vielleicht ins obere Galiläa oder ans Meer. Gegen Abend setzen wir uns auf die Veranda und sehen zu, wie die Sterne aufleuchten und wie der volle Mond aufgeht, von dem du mal gesagt hast, er hätte eine dunkle Seite, wohin die Toten gingen. Aber du sollst mir nicht einfach so Angst machen, denn ich glaub dir alles, was du sagst, und lass' nicht davon ab, eh ich nicht ausdrücklich von dir höre, daß es nicht ernst gemeint war. Dann werden sie dich, wie an jedem Sommerende, zum Reservedienst einberufen, und wenn du zurückkommst, ruhst du dich zwei Tage aus und erzählst mir von neuen Menschen und von den Geräten, die sie gebracht haben. Nach dem Arbeitstag kannst du im Sommer bei Anat und Udi auf dem Rasen sitzen und über Politik diskutieren. Und abends kommen sie zu uns zum Kaffeetrinken und Schachspielen.«

»Und danach?«

»Danach ist wieder Herbst. Du fährst zur Schachmeisterschaft der Kibbuzim und erringst vielleicht wieder einen der ersten Plätze. Wenn du zurück bist, werden sie die Felder für die Wintersaat umpflügen. Dein Bruder Amos wird vom Militär entlassen und heiratet im Herbst vielleicht seine Rachel. Die Zitronen- und Grapefruiternte beginnt und etwas später auch die Apfelsinenlese. Du und Udi werden von morgens bis abends damit beschäftigt sein, daß die Ladungen pünktlich rausgehen. Aber ich werde dich trotzdem bitten und du wirst schließlich zustimmen, die Erde im Garten hinter dem Haus durchzuhacken, und ich werde wieder Chrysanthemen und andere Winterblumen anpflanzen. Und der Winter wird erneut kommen, der Ofen wird im Zimmer brennen, und wir werden zusammen drinnen sitzen, während es draußen regnen kann, wie es will: Wir werden nicht naß.«

»Und danach?«

»Sag mal, Joni, was hast du denn?«

Er sprang von seinem Platz auf und drückte mit wilden Bewegungen die Zigarette auf dem Aschenbecher aus, die Rimona ihm gerade erst angesteckt hatte. Dann spannte er den Hals und schob den Kopf schräg nach vorn mit einer Bewegung, die der Joleks glich, wenn er etwas genau hören wollte. Dabei fiel Jonatan eine breite Haarsträhne über die Augen, die er heftig wieder zurückstrich. Seine Stimme klang erstickt und überlaut, fast panikartig: »Aber ich kann nicht mehr. Ich halt's hier nicht länger aus.«

Rimona blickte langsam zu ihm auf, als habe er nicht mehr gesagt, als daß sie doch bitte das Radio ausschalten möchte, und sagte mit ihrer ruhigen Stimme: »Du willst weggehen von hier.«

»Ja.«

»Mit mir oder ohne mich?«

»Allein.«

»Wann?«

»Bald. In ein paar Tagen.«

»Und ich soll hierbleiben?«

»Wie du willst.«

»Gehst du für lange Zeit weg?«

»Ich weiß nicht. Ja. Für lange Zeit.«

»Und danach, was wird dann mit uns?«

»Ich weiß nicht, was mit uns sein wird. Was heißt: mit uns? Was soll schon mit uns sein? Was bin ich denn? Dein Papa, oder was? Schau: Hier kann ich nicht weitermachen. Fertig.«

»Aber zum Schluß kommst du zurück.«

»Soll das eine Frage sein, oder verfügst du einfach über mich?«

»Ich hoffe.«

»Dann hoff nicht. Genug. Es ist nicht nötig.«

»Wohin gehst du?«

»Irgendwohin. Weiß nicht. Mal sehen. Kann dir doch egal sein, oder?«

»Willst du studieren?«

»Vielleicht.«

»Und danach?«

»Ich weiß es nicht. Was fragst du denn so viel? Ich weiß jetzt gar nichts. Wozu also die ganze Fragerei? Du verhörst mich ja wie einen Verbrecher.«

»Manchmal kommst du aber.«

»Willst du?«

»Wenn du manchmal kommen willst, dann komm zu mir, und wenn du wieder weg willst, dann gehst du. Wann immer du willst. Ich werde hier im Haus nichts verändern und mir auch nicht die Haare kürzer schneiden lassen, wie ich's fürs Frühjahr vorgehabt habe. Manchmal wirst du zu mir kommen wollen, und ich werde für dich dasein.«

»Nein. Ich möcht die ganze Zeit weit weg sein. Ohne Unterbrechung. Vielleicht fahr ich überhaupt ins Ausland, nach Amerika oder sonstwohin.«

»Du willst weit weg von mir sein.«

»Ich will weit weg von hier sein.«

»Weit von mir.«

»Ja. Gut. Weit von dir.«

»Und weit weg von deinen Eltern, von deinem Bruder Amos und von all deinen Freunden.«

»Ja. Genau. Weit weg von hier.«

Rimona ließ die Schultern hängen. Bedächtig legte sie eine Fingerspitze an ihre Oberlippe wie eine langsame Schülerin beim Lösen einer Rechenaufgabe. Unwillkürlich beugte Jonatan sich vor, um ihre Tränen zu sehen. Aber es gab keine Tränen. Völlig konzentriert und in sich gekehrt saß sie da –

vielleicht hörte sie ihm gar nicht mehr zu, sondern folgte in Gedanken längst wieder der Melodie aus dem Radio. Das Radio, dachte Jonatan, das Radio und diese Musik sind schuld daran, daß sie nicht begreift, was ihr geschieht. Ganz heimlich, still und leise verliert sie den Verstand. Womöglich ist sie lange schon völlig verblödet, war's immer schon, und ich hab's nur nicht gemerkt. Noch nie hat sie begreifen können, was man mit ihr redet, und jetzt kapiert sie nichts, will nichts kapieren und hört auch gar nicht erst zu, sondern lauscht nur der Musik, und all mein Gerede rauscht im Hintergrund an ihr vorbei wie das Ticken einer Uhr, wie der Regen, der durch die Dachrinne fließt.

»Mach das Radio aus. Ich sprech mit dir.«

Rimona schaltete das Radio aus. Als sei es damit nicht genug, riß Jonatan noch den Stecker aus der Steckdose. Nun war es still. Der Regen hatte aufgehört. Aus der Nachbarwohnung erklang ein kurzes, dumpfes Poltern, als sei ein hoher Turm aus Bausteinen auf der Matte umgekippt. Gleich darauf hörte man ein zweistimmiges Lachen.

»Hör mal«, sagte Jonatan.

»Ja.«

»Hör zu, Rimona. Jetzt müßte ich dir eigentlich alles erklären: Wieso und warum und weshalb, aber das fällt mir schwer.«

»Du brauchst nichts zu erklären.«

»Nein? Hältst du dich für dermaßen klug, daß du alles ohne Erläuterungen verstehst?«

»Jonatan. Schau. Ich versteh nicht, was du hast. Und ich will nicht, daß du anfängst zu erklären. Die Leute reden dauernd von Erklären und Verstehen, als bestünde das ganze Leben nur aus Erklärungen und Lösungen. Als mein Vater sterbenskrank mit Leberkrebs im Beilinson-Krankenhaus lag und ich neben ihm saß und ihm nur schweigend die Hand gehalten hab, ist der Stationsarzt gekommen und hat gesagt: ›Junge Frau, wenn Sie mal einen Augenblick mit mir ins Büro kommen möchten, erkläre ich Ihnen, wie die Dinge liegen.‹ Darauf hab ich ihm geantwortet: ›Danke, Herr Doktor, ist nicht nötig.‹ Der muß gedacht haben, ich sei roh oder minderbemittelt. Und als Efrat geboren war und sie uns gesagt haben, es sei eine Totgeburt, und Dr. Schillinger uns in Haifa alles erklären wollte, hast du, Joni, zu ihm gesagt: ›Was gibt's denn hier zu erklären: Sie ist tot.‹«

»Rimona, ich bitte dich, fang nicht schon wieder damit an.«

»Tu ich ja gar nicht.«

»Du bist in Ordnung«, sagte Jonatan zögernd, wobei eine leicht flüchtige Zuneigung in seiner Stimme mitschwang, »nur daß du eben eine sonderbare Frau bist.«

»Das ist es doch nicht«, erwiderte Rimona. Ihr Gesicht wirkte ruhig und abwesend, als würde die Musik noch immer den gesamten Raum erfüllen, bis sie plötzlich das Ende eines verschwommenen, komplizierten Gedankens entdeckt zu haben schien. Sie schaute Jonatan an und fügte hinzu: »Es fällt dir schwer.«

Jonatan schwieg. Er legte seine breite, häßliche Hand vor sich auf den Tisch, ganz nah an Rimonas dünne Finger, hütete sich aber vor der leichtesten Berührung. Er verglich ihre blassen Nägel mit seinen groben Fingern, den behaarten Knöcheln und den von Maschinenöl geschwärzten Nagelrändern. Dieser Gegensatz gefiel ihm, schien ihn zu erleichtern. Auf geheimnisvolle Weise gewann Jonatan das Gefühl, als sei dies ein berechtigter, wohldurchdachter, sinnvoller und sogar tröstlicher Gegensatz.

»Wann meinst du, daß du damit anfangen willst?« fragte Rimona.

»Weiß nicht. In zwei Wochen, einem Monat. Wir werden sehen.«

»Du wirst mit deinen Eltern reden müssen. Es wird eine Sekretariatssitzung geben. Alle werden sie reden. Sie werden eine Menge Worte machen.«

»Soll'n sie reden. Ist mir egal.«

»Aber du wirst auch reden müssen.«

»Ich hab ihnen nichts zu sagen.«

»Und außerdem gibt's allerhand Dinge, die ich für deine Abreise vorbereiten muß.«

»Ich bitte dich, Rimona, tu mir einen Gefallen und bereite nichts vor. Was muß denn vorbereitet werden? Gar nichts. Ich nehm meinen Rucksack, werf meine Sachen rein und zieh los. Mach mich auf und geh. Das ist alles.«

»Wenn du willst, bereite ich nichts vor.«

»Genau. Was ich mir von dir wünsche, ist, daß du die ganze Zeit über ruhig bei mir bist. Mehr möchte ich nicht. Und wenn's geht, versuch, mich nicht zu sehr zu hassen.«

»Ich hasse dich nicht. Du bist mein. Nimmst du Tia mit?«

»Weiß nicht. An Tia hab ich nicht gedacht. Vielleicht. Ja.«

»Möchtest du, daß wir noch weiter reden? Nein. Du willst, daß wir jetzt aufhören zu sprechen.«

»Stimmt.«

Sie blickte auf ihre Uhr und schwieg erneut. Nein, sie war nicht ruhig, sondern saß verzagt da und lauschte, als würde man jetzt, da die Rederei aufgehört hatte, endlich ungestört und konzentriert zuhören können. Nach einigen Minuten ergriff sie mit beiden Händen Jonatans linkes Handgelenk, sah auf seine Uhr, ließ seine Hand wieder los und sagte: »Sieh mal, es ist schon fast elf Uhr. Wenn du möchtest, hören wir jetzt die Nachrichten und gehen dann schlafen. Du und ich müssen morgen früh zur Arbeit aufstehen.«

Jonatan fühlte ihre Finger um sein Handgelenk und einen Moment später auf seiner Schulter, denn er hatte nicht auf ihre letzten Worte reagiert, und deswegen berührte sie seinen Arm und sagte ihm: Hör mal, Jonatan, was ich sagen wollte, ist, daß wir jetzt fast elf Uhr haben und du die Nachrichten im Radio verpaßt, und außerdem bist du so müde, und ich bin's auch. Wir gehn jetzt schlafen, und du wirst sehen, daß du's morgen vielleicht vergessen hast oder was anderes denken wirst, und auch ich werd dir morgen was zu sagen haben, was ich heute nicht hab, denn du mußt wissen, daß Dinge übrig sind, die wir noch nie in unserem Leben haben sagen können und auch nicht haben sagen wollen, weil es nicht nötig war. Sie sprach zu ihm mit ihrer innersten Stimme, und er war müde und auch traurig und wußte nicht, ob es immer noch ihre Stimme war oder ihre

Stimme in seinen Gedanken, denn er hatte die Augen geschlossen, und die Stimme ließ nicht ab und sprach unverändert weiter: Vielleicht wird es in der Nacht noch aufklaren und morgen plötzlich so ein blauer Tag anbrechen, du weißt schon, einer dieser strahlend blauen Wintertage, an denen die Pfützen aufblitzen vor lauter Licht und die Bäume im grünsten Grün der Welt dastehen und die Hausmütter all die Kleinsten aus dem Kinderhaus holen, um sie in die großen Wäschekarren zu setzen und – in mollige Wollsachen verpackt – über die sonnigen Wege zu rollen, einer der Tage, an denen der ganze Kibbuz alle Fenster aufreißt und man die Decken zum Lüften raushängt und die Vögel außer Rand und Band geraten mit ihrem ohrenbetäubenden Lärm und die Menschen sich nach und nach aus ihren Kleiderschichten schälen, die Ärmel aufkrempeln, die beiden obersten Hemdknöpfe öffnen und fast jeder, der dir draußen begegnet, sich im Gehen ein Liedchen singt. Kannst du dich an solche Tage erinnern, Joni? Und du wirst sehen, daß du plötzlich ganz andere Gedanken hast, denn ich weiß, wie das ist bei dir: ganz, ganz langsam wirst du traurig und leid auf alles, weil du meinst, es sei alles nur Zeitvergeudung, wo man doch die Welt umkrempeln und zum Beispiel eine Untergrundbewegung aufbauen oder Schachweltmeister werden oder den Himalaja besteigen könnte. Ich weiß, aber hör mal, Joni, das ist nur so ein Gefühl und ein vorübergehendes dazu, wie die Wolken vorbeiziehen und das Laub wechselt und die Jahreszeiten einander folgen wie Sonne und Sterne. Wie ich da gelesen hab vom Kikuju-Stamm in Kenia: Wenn eine Mondnacht kommt, schöpfen sie Wasser und füllen Eimer und Schüsseln, um so das Mondlicht im Wasser einzufangen, damit sie's in den dunklen Nächten haben, und hinterher heilen sie Kranke mit diesem Wasser. Die Gefühle kommen und gehen, Joni, wie einmal, erinnerst du dich noch, als du so ein starkes Gefühl hattest: Sie hatten dich um vier Uhr morgens plötzlich zum Reservedienst einberufen, da war dir's so, damals vor dem Sturm gegen die Syrer östlich vom Kinneret, daß du diesmal umkommen würdest. Erinnerst du dich an jenes Gefühl, Joni, und wie du da geredet hast, deinetwegen könnte ich nach einem Jahr jemand anderen heiraten, und wenn ein Kind käme, sollten wir's auf keinen Fall nach dir benennen, erinnerst du dich, und du bist nicht umgekommen, Joni, und das Gefühl ist vorübergegangen, du bist lebendig zurückgekehrt und warst froh mit diesem Granatsplitter, den sie dir aus der Schulter geholt haben. In der Zeitung »Bamachane« haben sie über dich geschrieben, und du hast ein ganz neues Gefühl gehabt und gelacht und das schlechte Gefühl vergessen, denn Gefühle wechseln. Jetzt haben wir wegen mir, weil ich so geredet hab, die Nachrichten verpaßt, aber wenn du willst, kriegst du vielleicht gerade »Noch einmal das Wichtigste in Schlagzeilen« mit.

Rimonas Finger lagen noch immer ruhig auf Jonatans linker Schulter. Er tastete mit seiner rechten Hand nach der leeren Tasse, fand sie schließlich, führte sie an die Lippen, doch sie war leer. Ende des letzten Sommers war Jonatan, nachdem er von der Geburt des Babys erfahren hatte, in seiner Arbeitskleidung direkt vom Zitrushain ins Krankenhaus gefahren. Dort saß er auf einer harten Bank am Eingang der Entbindungsstation den ganzen Nachmittag und den ganzen Abend, und als es Nacht wurde, sagten sie zu ihm: Gehen Sie schlafen, guter Mann, und kommen Sie morgen früh wieder. Aber er weigerte sich zu gehen und saß da mit einer alten Zeitschrift auf den Knien, mit einem Kreuzworträtsel, das sich absolut nicht lösen ließ, weil offenbar beim Druck alle Zahlen für die waagrechten und die senkrechten Begriffe heillos durcheinandergeraten waren. Oder vielleicht gehörten sie ja auch zu einem ganz anderen Rätsel. Gegen Mitternacht kam eine häßliche Schwester mit breiter, plattgedrückter Nase und einem schwarzen, haarigen Muttermal, das wie ein blindes drittes Auge neben ihrem linken Auge prangte, aus der Abteilung heraus, und Jonatan fragte sie: »Verzeihung, Schwester, vielleicht kann ich erfahren, was da vor sich geht«, worauf sie ihm mit einer von Rauch und Kummer verdorbenen Stimme antwortete: »Sie sind der Ehemann, da wissen Sie ja, daß Ihre Frau kein leichter Fall ist. Wir tun unser Möglichstes, aber Ihre Frau ist kein leichter Fall. Wenn Sie schon mal hiergeblieben sind, habe ich nichts dagegen, daß Sie in die Schwesternküche gehen und sich inzwischen eine Tasse Kaffee machen. Im Kessel ist immer kochendes Wasser. Nur daß Sie uns da keine Unordnung hinterlassen.« Um drei Uhr früh erschien erneut diese trostlos aussehende Schwester und sagte ihm, er, Lifschitz, müsse jetzt stark sein. Es hätte durchaus schon glückliche Geburten nach zwei Fehlschlägen gegeben, sogar nach dreien. »Vor zwei Stunden«, fuhr sie fort, »haben wir beschlossen, Professor Schillinger aus dem Bett zu holen. Er ist von seinem Haus ganz oben auf dem Karmel extra runtergefahren und gerade noch rechtzeitig eingetroffen, um Ihrer Frau buchstäblich das Leben zu retten. Jetzt behandelt er sie noch, und wenn er rauskommt, werden wir sehen. Vielleicht wird er sich einige Minuten Zeit nehmen und ein paar Worte mit Ihnen reden, etwas erklären, aber ich möchte Sie doch sehr bitten, ihn nicht lange aufzuhalten, denn morgen – heute – hat er einen schweren Tag, mit Operationen und so weiter, und er ist nicht mehr der Jüngste. Sie können sich einstweilen noch eine Tasse Kaffee aus der Teeküche holen, aber machen Sie bitte keine Unordnung.« Jonatan schrie: »Was habt Ihr ihr denn angetan?!« Doch die ältliche Schwester sagte: »Nun schreien Sie mir mal nicht herum, guter Freund. Was ist denn in Sie gefahren, wirklich. Hier wird nicht geschrien. Hören Sie doch auf, sich wie ein Primitivling zu benehmen. Denken Sie mal logisch nach«, sagte sie, »dann werden Sie verstehen: Die Hauptsache ist schließlich, daß Ihre Frau gerettet ist. Professor Schillinger hat sie Ihnen buchstäblich ins Leben zurückgeholt, und Sie begreifen gar nicht, was für ein Geschenk das ist, und schreien uns noch an. Sie wird wieder gesund werden, und ihr beiden seid noch jung.« Draußen vor dem Krankenhausportal wartete der klapprige, verstaubte Jeep der Ackerbauabteilung auf ihn. Er hatte völlig vergessen, daß die Feldarbeiter diesen Jeep schon gegen vier, halb fünf Uhr morgens brauchten. Nun ließ er den Motor an und fuhr sofort nach Süden, bis ihm gut dreißig Kilometer nach Beer-Scheva das Benzin ausging. Ein vom glühend heißen Wüstenwind durchwehter, mit gelblich verdrecktem Himmel überwölbter Morgen brach an, und die ganze Wüste sah grau aus, eine alte, abgenützte Öde. Alle Anhöhen glichen Abfallhügeln, und die mächtigen Bergketten zogen sich wie riesige Schrotthaufen am Horizont hin. Er verließ den Jeep, ging zwanzig, dreißig Schritte weiter, pinkelte an die fünf Minuten, legte sich nieder und schlief auf der Stelle ein. Zwischen den Dünen, nicht weit von der Straße, schlief er einen schweren, tiefen Schlaf, bis ihn drei Fallschirmjäger weckten, die die Straße entlanggefahren kamen. »Steh auf, du Irrer«, sagten sie zu ihm, »wir dachten schon, du hättest dich umgebracht, oder die Beduinen hätten dich abgeschlachtet.« Jonatan dankte im stillen seinem Schicksal, denn er hatte tatsächlich an diesem Morgen die beiden Möglichkeiten in Gedanken vor sich gesehen. Dann sah er den Dreck der Wanderdünen, die die Luft dieses Sturmtages mit Treibsand erfüllten, und sah die häßlichen Bergkämme in der Ferne und sagte »Scheißdreck« und danach nichts mehr, obwohl die drei jungen Fallschirmjäger nicht aufhören wollten, ihn zu verhören, vor wem er denn geflohen sei, warum er das getan habe und wohin er habe fahren wollen.

Jonatan schaltete das Radio an, aber aus dem Empfänger drang nur der nächtliche Pfeifton. Er machte das Gerät aus, holte Laken und Decken aus dem Bettkasten und ging sich waschen und die Zähne putzen. Als er aus dem Bad kam, sah er, daß Rimona bereits ihr Doppelbett aufgedeckt und den Zeiger des Radios auf die Zwölf-Uhr-Nachrichten des Armeesenders eingestellt hatte. Jemand äußerte ernste Sorgen in bezug auf die Ergebnisse der Zusammenkunft arabischer Armeeführer, die morgen in Kairo stattfinden würde. Es hieß, man erwartete weitere Entwicklungen, die Situation würde sich rapide verschlechtern. Jonatan erklärte, er wolle auf der Veranda noch eine letzte Zigarette rauchen, vergaß es dann aber. Rimona zog sich, wie immer, in der Duschkabine aus und kehrte in einem dicken braunen Flanellnachthemd zurück, das wie ein Wintermantel aussah. Sie weckte die zu Füßen des Tisches schlummernde Tia. Das Tier krümmte den Rücken, streckte und schüttelte sich, brach in Gähnen aus, das in einem dünnen

Winseln endete, und trollte sich zum Eingang, um hinausgelassen zu werden. Nach zwei, drei Minuten kratzte sie von außen an der Tür und wollte wieder rein. Als sie im Haus war, wurde das Licht im Zimmer gelöscht.

4.

Nachts, im Dunkel der Friseurbaracke am Ende des Kibbuzgeländes, verzückt dem Ächzen der alten, sturmgepeitschten Eukalyptusbäume und dem wie mit Fäusten aufs Blechdach trommelnden Regen lauschend, lag Asarja mit offenen Augen da und machte sich fieberhaft Gedanken über sich selbst, seine geheime Mission und die Liebe sämtlicher Kibbuzmitglieder, die er verdiente und auch gewinnen würde, sobald sein wahres Ich erst mal entdeckt war.

Er erinnerte sich an die Männer- und Frauengestalten, deren Blicke ihm gefolgt waren, nachdem er den Speisesaal betreten hatte: diese greisen, sehnigen Pioniere, deren Gesichtshaut auch mitten im Winter die tiefe Bräune edlen Mahagonis aufwies. Und im Gegensatz dazu die stämmigen, etwas schwerfälligen jungen Männer, von denen einige wie verschlafene Ringer wirkten. Dann die jungen Mädchen, die ihn bei seinem Einzug angeblickt und sicher auch miteinander geflüstert hatten: prall-goldene, stets zum Lachen aufgelegte Evastöchter, die trotz ihrer einfachen Kleidung eine fröhlich kecke Weiblichkeit um sich verbreiteten, wohlbewandert in Dingen, die ein junger Mann noch nicht mal im Traum gesehen hat.

Asarja sehnte sich danach, all diese Seelen möglichst schnell und ohne jeden Aufschub für sich zu gewinnen: Reden wollte er und erklären und fesseln, starke Gefühle in ihnen erwecken, in ihre Mitte eindringen und das Leben aller berühren mit ganzer Kraft. Wenn man doch nur diese peinlichen ersten Tage überspringen und mit einem Satz in das Geschehen hineinplatzen könnte, um augenblicklich und mit gebührendem Nachdruck allen Kibbuzmitgliedern zu verkünden, daß er jetzt unter ihnen weilte und die Dinge nicht mehr so sein würden, wie sie vorher gewesen waren. Vielleicht sollte er der ganzen Gesellschaft etwas vorspielen, an einem der nächsten Abende eine Art Konzert im Speisesaal veranstalten, denn die Klänge seiner Gitarre müßten auch das verzagteste Herz wieder aufrütteln.

Anschließend könnte er seine ureigensten Gedanken referieren, die er unter großen Leiden in den Jahren seiner Einsamkeit erarbeitet hatte: neue Ideen über Gerechtigkeit und Politik, Liebe, Kunst und den Sinn des Lebens. Eng um sich scharen wollte er jene jungen Menschen, deren Feuer sich im Einerlei des Alltags und der schweren körperlichen Arbeit abgekühlt hatte. Er würde eine Vortragsreihe halten und in allen neue Begeisterung wecken. Einen Arbeitskreis gründen. Artikel für die Kibbuzzeitung schreiben. Ja, er würde Jolek selbst in verblüfftes Staunen versetzen, schließlich hatte er, Asarja, neue Einsichten in die Regierungszeit Ben Gurions. Debattieren würde er und unwiderlegbare Beweise führen. Schon bald müßte es sich herumsprechen, daß eine außergewöhnliche Seele sich hier niedergelassen hatte. Man würde sich mit Fragen an ihn wenden und ihn um seine Meinung bitten. Flüsternd, im Dunkel der Schlafzimmer, wenn draußen der Regen fiel, würden sie pausenlos über ihn tuscheln. »Ein wunderbarer Bursche«, würden sie sagen, und die jungen Mädchen würden hinzufügen: »Welche Einsamkeit aus seinen Augen spricht.« Kraft seines inneren Feuers wollte er ihre Zuneigung und Bewunderung erwerben. Er würde gewählt werden und sie nach außen vertreten, in ihrem Namen auf Treffen der Kibbuzbewegung erscheinen. Ganz neue Wege würde er weisen, veraltete Konventionen über den Haufen werfen, sie alle mitreißen im Strudel seiner revolutionären Idee. Mauern würden unter der Wucht seiner Worte in sich zusammenstürzen. Fremde Menschen würden an hundert verschiedenen Orten gleichzeitig über ihn reden. Anfangs würde es heißen: »Dieser junge Mann da, dieser Neue, der beim letzten Landestreffen aufgestanden ist und in nicht mal vier Minuten so brillant gesprochen hat, der hat's ihnen aber endlich ein für allemal gegeben. Das hatten sie schon lange verdient.« Später würde man sagen: »Asarja, diese Neuentdeckung, das ist die aufsteigende Nachwuchskraft, den wird man sich merken müssen.« Und noch später: »Es gibt verknöcherte Leute, die wehren sich doch tatsächlich immer noch gegen die neuen Grundsätze, die Gitlin festgelegt hat.« Die

Führer der Bewegung, etwas zurückhaltend noch, aber doch bereits von Zweifel und Neugier zerfressen, würden meinen: »Alles schön und gut. Soll er doch mal reinschauen zu einem ernsthaften Grundsatzgespräch. Warum nicht. Im Gegenteil: Sehen wir ihn uns mal aus der Nähe an und hören, was er zu sagen hat.« Und nach seinem Auftritt würden sie feststellen: »Ja, was gibt's da noch zu reden; der hat uns doch allesamt erobert. Ein echtes Genie.« Schließlich würde auch die Presse hellhörig werden. Und der Rundfunk. Man würde sich für ihn interessieren, im Kibbuzsekretariat um ein paar persönliche Daten nachsuchen und dabei verblüfft erfahren, welch rätselhaftes Geheimnis seine Herkunft und Lebensgeschichte umgab. Wie wenig konnte man von einem Menschen wissen: Aus dem Dunkel kam er in einer Winternacht.

In den Wochenendmagazinen der Tageszeitungen würden die Erzkonservativen mit ihm polemisieren und in langatmigen Aufsätzen vergebens das Feuerwerk seiner Ideen zu löschen suchen. Er würde ihnen in vier, fünf Zeilen eine scharfe, vernichtende Antwort geben – eleganter Ausdruck seines erbarmungslos treffsicheren Intellekts–, doch zum Abschluß diesen Alten auch mit zwei, drei Worten ein wenig auf die Schultern klopfen, wie etwa: »Keineswegs übersehen darf man jedoch den prägenden Einfluß, den meine Gegner seinerzeit auf das Denken ihrer Generation ausgeübt haben.«

Junge Mädchen würden Briefe an die Redaktionen schreiben, um seinen guten Namen zu verteidigen. Langsam müßte sich eine allgemeine Debatte um die neue Richtung entwickeln, deren hervorragender Vertreter Asarja Gitlin war, und bald würde sich auch ein Kräftepotential um ihn gesammelt haben. Hier und da würde man von seiner »Botschaft« oder »Mission« sprechen.

Er selbst wollte stur in dieser Friseurbaracke ausharren und zum Erstaunen aller jedes von der Kibbuzleitung angebotene Zimmer ausschlagen. Von Zeit zu Zeit würden hier in dieser baufälligen Hütte kleine Grüppchen von jugendlichen Aktivisten aus sämtlichen Teilen der Bewegung zusammenkommen und höchst verblüfft feststellen, daß Asarja Gitlin nichts besaß außer einem Eisenbett, einem wackligen Tisch, einer schäbigen Truhe und einem einzigen Stuhl. Aber die langen Bücherregale an jeder Wand und die schräg an sie gelehnte Gitarre würden schweigend Zeugnis ablegen für die in tiefen Gedanken durchwachten Nächte und die Strenge seiner asketischen Einsamkeit. Der schroffe Mensch, der ihm bei seiner Ankunft im Kibbuz zuerst begegnet war – gerade der hatte sich später aus freien Stücken erboten, eines Morgens die Bücherregale an allen Wänden der Baracke anzubringen. Auf dem Boden würden seine Gäste sitzen müssen, um begierig jedem seiner Worte zu lauschen, und nur selten würde einer von ihnen seinen Redefluß unterbrechen, um eine klärende Frage zu stellen. »Was sie auch versucht haben«, würden die hübschen Mädchen einander zuflüstern, »sie haben ihn nicht rumgekriegt, in eine Wohnung oder ein besseres Zimmer umzuziehen. Hier haben sie ihn die erste Nacht reingesteckt, als er aus der Dunkelheit kam, und hier will er unbedingt bleiben: Er hat überhaupt keine materiellen Bedürfnisse. Und manchmal, wenn wir ganz frühmorgens aufwachen, hören wir die Klänge seiner Gitarre wie im Traum von hier herüberschallen.« In einer Pause würde eines der barfüßigen Mädchen aufstehen und sich erbieten, einen Kessel und Gläser von weit her zu holen, um Kaffee für Gastgeber und Gäste zu machen, und er würde ihr mit einem Lächeln danken. Wenn die einen gegangen waren, würden neue kommen, manche auch aus großer Entfernung: um Inspiration zu erhalten, Rat einzuholen, Mut zu tanken. Er seinerseits würde ihnen nahelegen, sich auf ein langes Ringen gefaßt zu machen und die Kräfte entsprechend einzuteilen, denn unter keinen Umständen würde er taktischen Spielchen und abenteuerlichen Winkelzügen zustimmen.

Sicher würde er sich verbissene Feinde machen, mit denen er sich in der Presse auseinandersetzen wollte – zuvorkommend und mit nachsichtiger Ironie, je nach Bedarf Spinoza oder andere für sich zitierend. Generell würde er einen versöhnlichen Ton anschlagen: Diese wütenden alten Hüter alles Gestrigen sind in Wirklichkeit ja jugendliche Heißsporne, um die und deren verletzten Stolz es ihm derart leid tut, daß er lieber weich mit ihnen umgeht, als Salz auf ihre Wunden zu streuen.

Unterdessen würden Studentinnen versuchen, durch persönliche Briefe in Kontakt mit ihm zu treten, junge Dichterinnen seine Bekanntschaft machen wollen, und eine von ihnen würde ihm auch ein Gedicht mit dem Titel »Adlerssehnen« widmen. Prominente Gäste, einflußreiche Denker, Vertreter der Auslandspresse würden ihn aufsuchen, um sich einen Eindruck zu verschaffen oder Gedanken auszutauschen, da man in ihm so etwas wie den geistigen Vertreter und berufenen Sprecher der neuen Generation sehen durfte.

Zu gegebener Zeit, vielleicht schon im kommenden Sommer, würde Ministerpräsident Eschkol seine engsten Berater fragen, wer denn dieses achte Weltwunder sei, von dem alles redete. »Warum holt ihr ihn nicht mal her zu mir, damit wir aus der Nähe prüfen können, wen wir da vor uns haben?« Für seine nun unvermeidliche Einladung ins Präsidium würde die Sekretärin ihm zehn Minuten Besuchszeit zubilligen. Doch nach einer halben Stunde würde Eschkol Anweisung geben, alle Telefonleitungen zu blockieren. Erregt würde er in seinem Sessel sitzen, um wortlos und staunend Asarjas tiefgründigen Lagebeurteilungen und einfachen Folgerungen zu lauschen. Von Zeit zu Zeit würde der Ministerpräsident und Verteidigungsminister eine Frage vorbringen und die Antwort sorgfältig mit einem Bleistift auf kleinen Zetteln notieren. So würden viele Stunden vergehen, bis sich der Abend über die Amtsfenster senkte, aber Eschkol würde nicht mal das elektrische Licht einschalten. Im matten Dämmerschein würde Asarja nun also ein für allemal das zum Ausdruck bringen, was er sich in den Jahren seiner Einsamkeit gedanklich erarbeitet hatte. Schließlich würde Eschkol – noch völlig im Bann des Gehörten – sich von seinem Platz erheben, seine beiden Hände auf Asarjas Schultern legen und sagen: »Jingale, du bleibst mir natürlich ab heute hier. Ab morgen früh um sieben Uhr wirst du hier neben mir sitzen. Dort drüben gibt es ein Zimmer, in das man nur durch mein Büro reinkommt. So kann ich dich bei jeder Frage zu Rate ziehen. Und nun sag mir bitte, was du über

Nassers wahre Absichten denkst und auf welchem Wege wir deines Erachtens unsere Jugend wieder einig hinter uns bringen können.«

Wenn er danach zu später Abendstunde aus dem Zimmer des Regierungschefs käme, würde ein Wispern durch die Reihen all der wohlgeformten Sekretärinnen gehen, während er nachdenklich und mit leicht hängenden Schultern zwischen ihnen hindurchliefe, nicht mit dem Ausdruck triumphierenden Stolzes, sondern mit jener verschlossenen Trauer, die Verantwortung mit sich bringt.

Eines Tages würde Jolek Lifschitz, der Sekretär des Kibbuz Granot, zu seiner Frau Chawa sagen: »Nun? Und wer hat unseren Asarja entdeckt? Ich war's, auch wenn ich ihn in meiner Dummheit fast von Haus und Hof gejagt hätte; mein Leben lang werde ich nicht vergessen, wie uns in einer Winternacht so ein dubioser Bursche zugelaufen ist, triefnaß wie eine ins Wasser gefallene Katze, und jetzt sieh doch mal einer an, was aus dem geworden ist.«

An die Arbeit, die ihn früh am nächsten Morgen in der Werkstatt erwartete, dachte Asarja überhaupt nicht. Er hatte keinen Schalter gefunden, mit dem er das funzlige elektrische Licht hätte löschen können, das von einer nackten, staubigen Birne an der Decke herabschien. Nebel legte sich über seine Gedanken, und es gelang ihm nicht, unter den dünnen Wolldecken warm zu werden; er zitterte vor Kälte. Auf der anderen Seite der trennenden Sperrholzwand setzte irgendwann nach Mitternacht ein monotoner Singsang ein, ein leises Gebet oder eine Beschwörung, vorgetragen mit trauriger, gedehnter Stimme, die einem schwachen Winseln glich, in einer Sprache, die nicht hebräisch, aber auch nichts anderes war und die in den gutturalen Tönen der Wüste aus den Tiefen eines üblen Schlafs zu kommen schien: »Warum tomoben die Heiden und mulurren die Völker so vergeblich wider den Heee-rren und seinen Gesalbten ... Und er war so verlachtet, deshalb habn wir ihn für nix gelachtet ... Und unter den dreißig geehhh-ret, und an die drei kam er nicht heran ... Gering und verlachtet, und unter die Völker milische dich niiicht... Und König David semetzte ihn über seine Leibwache... Asahel, der Bruder Joaaabs... Und Elhanan ben-Dodo... Helez, der Peletiter, und Ira ibn-Ikkesch aus Tetikoa und Zalmon, der Ahoachiter... Und er war verlachtet und hatte keine Gestalalt und Hoooheiiit, und ihn...«

Asarja Gitlin stand auf und schlich barfuß an die Trennwand. Durch eine Ritze in den Brettern sah er einen großen dürren Mann auf einem niedrigen Schemel sitzen, bis über den Kopf fest in eine Decke eingewickelt, in den Händen ein Paar Stahlstricknadeln und auf den Knien ein rotes Wollknäuel, mit dem er eifrig strickte, während er seine rätselhaften Worte murmelte.

Asarja legte sich wieder hin und versuchte, sich in die Decken einzuhüllen. Durch die Ritzen in den Barackenwänden drang pfeifend die kalte Luft von draußen herein. Es war eine langweilige, verhangene Winternacht, und die rauhen Wolldecken kratzten auf der Gänsehaut, während ein feuchter, stechender Windhauch unaufhaltsam seinen Weg ins Innere der Hütte fand. Mit aller Kraft versuchte Asarja, sich an seinen mächtigen Worten festzukrallen, und so lag er halbwach fast bis zum Tagesanbruch da, sehnsüchtig nach der Nähe von Frauen, die kommen würden, ihn zu lieben und zu trösten und ihn voller Bewunderung mit Leib und Seele zu verwöhnen: zwei junge, pralle Frauen, die alles wußten und nicht weiter zaudern würden, wo er doch ihren Fingern so völlig ausgeliefert war, als er da mit geschlossenen Augen und pochendem Herzen auf dem Rücken lag.

Der Morgen war trüb und kalt. Nebel erfüllte die Luft. Der Himmel hing bis zwischen die Häuser hinab und verdreckte alles mit dichten grauen Wattebäuschen. Die Kälte schnitt einem ins Gesicht.

Um halb sieben Uhr morgens erschien Jonatan Lifschitz aufgrund des schriftlichen Auftrags, den er auf einem Zettel unter seiner Tür gefunden hatte, um den neuen Mechaniker zur Arbeit abzuholen. Er fand ihn bereits wach bei leichten

Spring- und Dehnübungen »zur Vorbereitung auf die kommenden Anstrengungen«. Zuerst einmal tranken die beiden Kaffee mit Fettaugen in einer Ecke des Speisesaals, in dem wegen des schummrigen Tageslichts immer noch die Neonlampen brannten. Der Jüngling begann vom ersten Augenblick an ununterbrochen zu reden. Jonatan begriff fast kein Wort. Dafür fand er es reichlich komisch, daß der kleine Mechaniker in sauberer, gepflegter Kleidung und leichten Straßenschuhen zur Arbeit erschien. Auch die Fragen, die er Jonatan beim Kaffeetrinken stellte, waren höchst sonderbar: Wann und wie ist der Kibbuz Granot gegründet worden, und warum hat man ihn unten am Hang gebaut und nicht oben auf der Anhöhe oder mitten in der Ebene? Und überhaupt: Ist es möglich, die schriftlichen Zeugnisse aus den alten Pioniertagen einzusehen? Hat es Sinn, die damaligen Kibbuzgründer zum Sprechen zu bringen und ihre Erinnerungen aufzuschreiben? Werden sie die Wahrheit sagen oder eher ihr gemeinsames Werk verherrlichen wollen? Und die Opfer: sind viele der Gründer den Kugeln der Aufständischen zum Opfer gefallen oder den Leiden von Malaria, glühender Hitze und Schwerarbeit erlegen? Auf fast alle Fragen antwortete der fremde Jüngling gleich selber, stellte Scharfsinn und wohl auch Sachkenntnis zur Schau und formulierte irgendeinen Leitsatz oder Sinnspruch über den ewig tragischen Zusammenprall von erhabenem Ideal mit der grauen Wirklichkeit, von revolutionärem Gesellschaftsdenken mit altbekannten menschlichen Leidenschaften. In diesem Redestrom schnappte Jonatan etwas von »hellen, klaren Begriffen der Seele« auf, und bei diesen Worten regte sich in seinem Herzen die müde Sehnsucht nach einem hellen Ort, irgendeiner abgelegenen, sonnenüberfluteten Wiese an den Ufern eines breiten Flusses, vielleicht in Afrika, aber fast augenblicklich verblaßte dieses Bild in ihm wieder. Statt dessen erwachte nun der Wunsch herauszufinden, was dieser fremde Jüngling denn hatte, was ihn schon am frühen Morgen juckte. Aber auch dieses Verlangen verging rasch. Die feuchte Kälte und seine Müdigkeit ließen Jonatan unter der Kleidung in sich zusammensinken. Der zerrissene Schuh sog das Wasser auf, das seine Zehenspitzen in starre Eisklumpen verwandelte. Warum eigentlich konnte man jetzt nicht aufstehen und auf der Stelle nach Hause zurückkehren, sich ins warme Bett unter der Decke verkriechen und sich krank melden wie sein Vater und der halbe Kibbuz? Einen Tag wie diesen hätte man gesetzlich zum Bett-Tag zu erklären. Aber nein, man muß diesen pausenlos quasselnden Mechaniker in die Arbeit einführen.

»Gehen wir«, sagte Jonatan angewidert und schob mit dem Handrücken die Tasse mit dem Kaffeesatz von sich weg. »Komm, auf in die Werkstatt. Hast du fertig getrunken?«

Asarja Gitlin schnellte von seinem Sitz hoch und entschuldigte sich nervös: »Ich bin schon längst fertig. Stehe voll zu deinen Diensten.«

Dann nannte er Jonatan seinen Zu- und Vornamen, verkündete, daß er schon gestern von Jolek, dem Kibbuzsekretär, erfahren habe, daß Jonatan Jonatan heiße und daß Chawa und Jolek seine Eltern seien, und zitierte zum Abschluß noch ein kleines Sprichwort.

»Hier längs«, sagte Jonatan, »und paß auf, daß du nicht fällst. Diese Stufen sind sehr glitschig.«

»Der Natur der Sache nach«, bemerkte Asarja, »gibt es keinerlei Zufall, kann's keinen geben. Alles beruht auf Notwendigkeit und festen Gesetzen. Sogar ein Ausrutscher oder Sturz.«

Jonatan schwieg. Er liebte Worte nicht und traute ihnen nicht. Aber innerlich wußte er seit jeher, daß die meisten Menschen mehr Liebe brauchen, als sie bekommen, und daraus alle möglichen sonderbaren oder sogar lächerlichen Bemühungen entstehen, mit Hilfe vieler Worte Kontakt zu wildfremden Leuten zu finden und näher an sie heranzukommen. Wie so ein kleiner, verlassener Köter, dachte Jonatan, so ein nasses Hündchen, das nicht nur mit dem Schwanz, sondern mit dem ganzen Hinterteil wedelt, um dir zu gefallen und gestreichelt zu werden. Von wegen: ich und streicheln! Da bist du an den Falschen geraten, mein Lieber, brauchst dich gar nicht erst anzustrengen!

Dieser Gedanke streifte Jonatans Herz jedoch nur flüchtig, denn sein Kopf war schwer. Noch hatte er nicht ganz die Idee aufgegeben, den Burschen in die Werkstatt einzulassen und sich dann wieder krank ins Bett zu legen.

Auf dem Weg kamen die beiden an Lagerhäusern und offenen Schuppen vorbei, setzten über Pfützen und stapften durch Schlamm. Der Jüngling redete unentwegt. Demgegenüber hüllte sich Jonatan in Schweigen, das er nur ein einziges Mal brach, um dem anderen zwei Fragen zu stellen: ob er in Israel geboren sei und ob er irgendwann schon mal die Gelegenheit gehabt habe, den Motor eines Caterpillar D-6 zu reparieren oder wenigstens aus der Nähe zu begucken.

Beide Fragen verneinte der andere: Nein, er sei in der Diaspora geboren (Jonatan war leicht überrascht, daß Asarja das Wort Diaspora benutzte, anstatt Ausland zu sagen oder einfach das betreffende Geburtsland zu nennen); auch der Caterpillar sei ihm nicht bekannt. Aber was mache das schon? Aufgrund seiner Meinung und Erfahrung seien alle Motoren der Welt – und seien sie noch so verschieden voneinander – nichts als Angehörige derselben Familie. Wem es gelungen sei, einen von ihnen ganz zu enträtseln, könne mühelos alle anderen verstehen. »Mensch oder Wurm, was auch immer, das Schicksal wickelt's um den Finger.« So antwortete Asarja Gitlin mit einem Sprichwort, und Jonatan konnte sich nicht erklären, wo sein Vater diese sonderbare Gestalt aufgegabelt hatte.

Die Kälte drang in alle Kleiderschichten. Die Blechwände des Maschinenschuppens verschlimmerten die Sache noch. Jede Berührung mit dem Blech oder einem anderen Metall verursachte einen beißenden Schmerz in den Fingern. Der Fußboden war mit verkrustetem Öl bedeckt. Schimmel, Staub und Dreck breiteten sich in allen Ecken aus, und eine ganze Sippe von Spinnen hatte ihre umgekehrten Kathedralen in Winkeln, an den Deckenbalken, zwischen den Kisten und Kästen und sogar unter den Maschinen gesponnen. Werkzeuge waren um einen abgewirtschafteten gelben Traktor verstreut, dessen Eingeweide offenlagen. Der Motor war mit Schlamm und schwarzem Öl verschmiert. Hier und da – auf dem zerfetzten Fahrersitz, zwischen den Ketten, in den Ritzen der zur Seite geworfenen Motorhaube – rollten Schraubenschlüssel verschiedener Größe, Zangen und Schraubenzieher, Muttern und Eisenstangen umher, und auf dem Boden stand eine halbvolle Bierflasche mit einer schimmligen Flüssigkeit, daneben Gummiringe, Sackfetzen und verrostete Zahnräder. Über allem schwebten beißende chemische Düfte von Schmiermitteln, verkohltem Gummi, Diesel und Petroleum: eine einzige Schlamperei. Jonatan, dessen Stimmung jedesmal auf den Nullpunkt absackte, wenn er morgens die Werkstatt betrat, blieb stur und verbittert stehen und starrte mit geröteten Augen auf die Maschine und auf den neuen Mann, der wie eine Art Grashüpfer in seiner sauberen Kleidung herumhopste, bis er schließlich neben dem Traktorkühler stoppte, sich wie für ein Ehrenfoto in Pose setzte und begeistert verkündete: »Eine neue Zeit, ein neuer Ort, und ich bin hier ein neuer Arbeiter. Jeder Anfang hat etwas von einer Neugeburt an sich, während ein Abschluß, jeder Abschluß, stets vom Geruch des Todes erfüllt ist. Alles müssen wir gelassen und leichten Herzens annehmen, weil das Schicksal mit all seinen Gesichtern unweigerlich auf ewiger Vorbestimmung beruht, gerade so, wie es im Wesen des Dreiecks liegt, daß seine drei Winkel zusammengenommen immer 180 Grad ergeben. Wenn du einen Augenblick über diesen Gedanken nachsinnst, Jonatan, wirst du zu deiner Überraschung feststellen, daß er nicht nur wahr ist, sondern uns auch eine wunderbare innere Gelassenheit verspricht: alles annehmen, alles entschlüsseln und sich mit Seelenruhe fügen. Allerdings möchte ich dir nicht verbergen, daß ich diesen Gedanken aus der Lehre des Philosophen Spinoza weiterentwickelt habe, der selbst übrigens Diamantschleifer von Beruf war. Damit hab ich dir also kurz meine Weltanschauung dargestellt. Und du, Jonatan, wie siehst du die Dinge?«

»Ich«, erwiderte Jonatan zerstreut, indem er gedankenlos gegen eine leere Maschinenöldose trat, »ich bin halb erfroren und werd gleich krank. Wenn es nach mir geht, schütten wir jetzt ein bißchen Benzin unter ein Dieselfaß, werfen ein brennendes Streichholz drauf, veranstalten ein großes Lagerfeuer und verbrennen ein für allemal diesen ganzen Scheiß hier, Werkstatt und Traktoren und den ganzen Dreck zusammen, damit einem endlich warm in den Knochen wird. Schau her: unser Patient. Mit ein bißchen gutem Willen kriegt man ihn in Gang, aber nach ein, zwei Minuten geht er wieder aus. Frag mich nicht, warum; ich weiß nicht, warum. Vielleicht weißt du's? Mir haben sie heute nacht einen Zettel unter der Tür durchgeschoben, auf dem stand, ich solle in der Früh den neuen Mechaniker abholen, der beim Friseur neben Bolognesi wohnt. Wenn du einer bist, guckst du dir vielleicht mal an, was der Patient hat, und ich setz mich inzwischen hierhin und ruh mich aus.«

Asarja Gitlin willigte begeistert ein. Mit spitzen Fingern ergriff er seine Hosenbeine und krempelte sie mit einer derart graziösen Bewegung auf, daß Jonatan an die ihre Rocksäume schürzenden Mannequins in den Kinowochenschauen erinnert wurde. Dann kletterte der Bursche äußerst vorsichtig auf die Raupenkette, um von diesem Aussichtspunkt höchst interessiert in das Motorinnere zu blicken. Ohne seine Augen Jonatan zuzuwenden, stellte er zwei, drei einfache Fragen, die der zu beantworten wußte. Schließlich fügte er noch eine weitere an, auf die Jonatan von seinem Platz auf einer umgestülpten Kiste aus bemerkte: »Wenn ich das wüßte, bräuchte ich dich hier gar nicht erst.«

Asarja Gitlin war nicht gekränkt, sondern nickte drei-, viermal mit dem Kopf, als habe er freundliches Verständnis für die Konflikte seines Gesprächspartners. Darauf machte er eine nebulöse Bemerkung über die Wichtigkeit schöpferischer Interaktion auch in ausgesprochen technischen Bereichen und hauchte sich geduldig in seine zarten Musikerhände.

»Na, was ist?« fragte Jonatan gleichgültig. Doch da bemerkte er auf einmal zu seiner Verblüffung, wie sich ein Ausdruck freundlicher, herzlicher Zuneigung auf dem Gesicht des fremden Burschen ausbreitete. Wem diese Zuneigung gelten sollte – ihm oder dem kaputten Traktor oder Asarja selbst–, das wußte Jonatan nicht zu entscheiden.

»Ich hab eine große Bitte«, sagte Asarja fröhlich.

»Ja.«

»Wenn es dir keine Mühe macht, laß ihn bitte mal an. Ich muß ihn hören – die Ohren spitzen und mir die Sache angucken. Hinterher werden wir sehen, ob wir zu irgendwelchen Schlüssen kommen können.«

Jonatans anfängliche Zweifel hatten bereits zugenommen und sich jetzt zu einem handfesten Verdacht ausgeweitet. Trotzdem kletterte er bedächtig auf den Fahrersitz und versuchte, den Motor zu starten. Wegen der grimmigen Kälte mußte er seine Anstrengungen vier-, fünfmal wiederholen. Endlich machte das abgehackte »Trrtrr« einem fortlaufend heiseren, ohrenbetäubenden Geknatter Platz. Die schwere Maschine begann, sich im Stand so zu rütteln und zu schütteln, als unterdrücke sie mit Gewalt irgendeine dunkle Begierde.

Mit größter Vorsicht, um sich nur ja nicht die Kleidung zu beschmutzen, stieg Asarja von seinem Ausguck auf der Kette herunter und entfernte sich etwas von dem Traktor. Wie ein Künstler, der bis an die Wand seines Ateliers zurücktritt, um einen besseren Überblick zu gewinnen, hatte Asarja sich die äußerste Ecke der Werkstatt ausgesucht: neben den Öl- und Dieselkanistern, flankiert von schmutzigen Reisigbesen und einem Haufen gebrauchter Federn. Hier blieb er stehen, schloß die Augen, setzte eine höchst konzentrierte Miene auf und lauschte dem Brummen des Motors, als trüge ein Chor in der Ferne ihm ein Madrigal vor und als sei es nun seine Aufgabe, unter den zahllosen Stimmen den einen falschen Ton herauszuhören.

Lächerlich und absurd wirkte dieses Schauspiel in den Augen Jonatans, der es von seinem Sitz auf der mit einem Sack überdeckten Kiste betrachtete, aber es ging ihm auch ein wenig zu Herzen, da der fremde Bursche ihm in diesem Augenblick wirklich höchst fremdartig erschien.

Durch das Brummen hindurch ließ der Motor nun auch einen scharfen, hohen Pfeifton vernehmen. Und wie ein Redner, der seine Kehle überanstrengt hat, brach die Maschine in ein heiseres Husten aus, das immer würgender wurde, unterbrochen von kurzen Augenblicken der Stille. Zum Schluß knallte es fünf- oder sechsmal, und der Motor war aus. Nun hörte man plötzlich von draußen das bittere, laut durchdringende Gezeter der Vögel im kalten Wind. Asarja Gitlin öffnete die Augen.

»Das war's?« fragte er lächelnd.

»Das war's«, antwortete Jonatan, »immer das gleiche.«

»Hast du mal versucht, zu starten und sofort den Gang einzulegen?«

»Na sicher«, sagte Jonatan.

»Und? Gleich wieder ausgegangen?«

»Na sicher.«

»Hör mal«, faßte Asarja zusammen, »das ist aber sehr komisch.«

»Und mehr hast du mir nicht zu erzählen?« fragte Jonatan trocken. Jetzt zweifelte er nicht mehr daran, daß dieser Bursche nicht nur ein Sonderling, sondern dazu noch ein Blender war.

»Hast und Eile«, erwiderte Asarja Gitlin sanft, »Hast und Eile haben schon mehr als einen Bären umgebracht. Das kann ich dir in diesem Augenblick erzählen.«

Jonatan schwieg. Zwischen den Strebepfeilern, die das Blechdach trugen, entdeckte er verlassene Vogelnester. Ihr Anblick ärgerte ihn; außerdem haßte er seinen Schuh, der schon seit mehreren Tagen das Maul aufgerissen hatte, so daß ihm jetzt bald die Zehen abfroren.

»Und von diesem Augenblick an«, fuhr Asarja Gitlin fort, »muß ich nachdenken. Laß mir mal bitte ein bißchen Zeit zum Denken.«

»Denken«, grinste Jonatan, »warum nicht? Denk ruhig.« Er stand auf, hob einen zerfetzten, ölverschmierten Sack hoch, setzte sich in seiner klobigen Arbeitskleidung wieder auf die Kiste, umwickelte die offene Schuhspitze mit den Sackfetzen, zündete sich eine Zigarette an und sagte: »Gut. Denk nach. Wenn du fertig gedacht hast, sag: Ich bin fertig.«

Noch bevor er seine Zigarette zu Ende geraucht hatte, hörte Jonatan – nicht wenig überrascht – die höfliche Stimme des Burschen: »Ja. Ich bin fertig.«

»Womit denn?«

»Mit Denken.«

»Und was hast du gedacht?«

»Ich dachte«, begann Asarja zögernd, »ich hab gedacht, wenn du in Ruhe deine Zigarette geraucht hast, könnten wir vielleicht anfangen, an diesem Traktor zu arbeiten.«

Die Reparaturarbeit nahm etwa zwanzig Minuten in Anspruch und wurde von Jonatan alleine ausgeführt, während Asarja Gitlin sauber, aufmerksam und blaß danebenstand und Jonatan ununterbrochen sagte, was er zu tun hatte – als würde er seine Anweisungen aus einem Buch ablesen. Er leitete die Operation gewissermaßen aus der Ferne, wie die gefeierten Schachmeister, über die Jonatan in seinen Zeitschriften gelesen hatte, daß sie »blind«, ohne Schachbrett und Figuren, spielen konnten. Nur einmal während der Arbeit erklomm Asarja vorsichtig die eine Kettenraupe, lugte von dort in die Eingeweide der Maschine und drückte mit der leichten Hand eines Uhrmachers seine Schraubenzieherspitze kurz auf einen der Kontakte, ehe er wieder, auf die Sauberkeit seiner guten Kleidung bedacht, behutsam herunterstieg.

Der Traktor wurde gestartet und ließ ein gleichmäßiges, leises Brummen ertönen, wie das Schnurren eines zufriedenen Katers. Die Gänge funktionierten einwandfrei. Zehn Minuten lang lief der Motor ohne jede Störung. Danach stellte Jonatan die Maschine ab und sagte, ganz laut in der plötzlichen Stille: »Ja. Das war's.«

Er konnte sich nicht recht entscheiden, ob dieser Neuankömmling ein Zauberkünstler und begnadeter Mechaniker war oder ob der ganze Defekt so simpel gewesen war, wie es jetzt, nach der Reparatur, aussah, ob er also die Maschine ohne jede Schwierigkeit aus eigenen Kräften hätte reparieren können, wenn er in den letzten Tagen nicht so müde, zerstreut und verfroren gewesen wäre.

Asarja Gitlin feierte dagegen seinen kleinen Triumph mit überschwenglicher Freude: Immer wieder schlug er Jonatan auf die Schulter, bis dieser es gründlich leid wurde. Dann brach er in einen ganzen Schwall begeisterten Eigenlobs aus, in das er alle möglichen bekannten oder erdachten Spruchweisheiten und geflügelte Worte einflocht. Zuerst erzählte er ausführlich von früheren Fällen, in denen er wahre Wunder vollbracht und alle seine Feinde vor den Kopf gestoßen hatte. Insbesondere ging es dabei um einen böswilligen Major namens Slotschin oder Slotschnikow, um einen weiblichen Soldaten mit widersprüchlichen Gefühlen in der militärischen Bezirkswerkstatt, um einen diplomierten Maschinenbauingenieur vom Technion, den man eigens aus Haifa geholt hatte, der dann ebenfalls nur hilflos herumstand, und natürlich um ihn, Asarja selbst, um seine Geistesblitze, die urplötzlich aus der Tiefe seines Gehirns aufleuchteten. Danach kam er auf das menschliche Hirn im allgemeinen zu sprechen, auf die Nachstellungen, denen er von seiten jenes neidischen Majors Slotkin oder Slotnik ausgesetzt war, der auch nicht vor Lug und Trug zurückschreckte, auf die Verführungskünste jenes bereits erwähnten weiblichen Soldaten sowie auf die revolutionäre technische Lösung, die Asarja gefunden und dann aufgrund eines hinterhältigen Betrugs wieder verloren hatte, wodurch Major Slotschkins Schwager zum Millionär geworden war und sich von diesem Geld eine kleine runde Insel in der östlichen Ägäis gekauft hatte, von wo aus er Asarja Gitlin weiterhin bewundernde und drohende Briefe zugleich schrieb und ihm Geschäftsverbindungen und Beteiligungen anbot. Dem ganzen Gesprudel hörte Jonatan Lifschitz nur mit halbem Ohr zu, während er selbst schwieg, bis endlich auch Asarja verstummte und mit einem Lappen an dem bläulichen Ölfleck herumzuwischen begann, der ihm auf die Schuhspitze gespritzt war.

»Gut«, sagte Jonatan schließlich. »Viertel nach acht. Komm, gehen wir frühstücken. Hinterher kommen wir zurück und schauen, was sich hier heute noch machen läßt.«

Auf dem Weg zum Speisesaal, schwer atmend und wieder von überschwenglicher Redewut getrieben, erzählte Asarja Gitlin zwei Witze über zwei Juden, die in Polen mit der Eisenbahn fuhren, der eine in Gesellschaft eines antisemitischen Priesters und der andere in Begleitung eines vierschrötigen Generals, wobei jedesmal der Scharfsinn der Juden über die Schlechtigkeit und Körperkraft der Gojim siegte. Er lachte allein über seine Witze und machte sich dann nervös über die uralten Späßchen lustig, über die sich nur ihre Erzähler freuen.

Jetzt erst stellte Jonatan mit einiger Verspätung fest, daß der Neue mit leichtem Akzent sprach, der allerdings so gut getarnt war, daß man ihn kaum erkennen konnte: das L etwas weich, das R langgezogen, und das Ch hauchte er manchmal so aus dem Gaumen, als habe er etwas Übelschmeckendes verschluckt. Auch merkte man deutlich, daß Asarja sich sehr darum bemühte, seinen Akzent zu verbergen. Vielleicht vor lauter Anstrengung oder aber wegen seiner Wortfülle verwickelte sich seine Rede zuweilen, erstickte förmlich, worauf er jeweils in der Satzmitte abbrach, jedoch keineswegs verstummte, sondern sich augenblicklich wieder in den Kampf mit den Worten stürzte.

Jonatan dachte: Unmöglich kann man zwei Arten von Einsamkeit miteinander vergleichen. Wenn sich wirklich ehrliche, untrügliche Vergleiche zwischen den Menschen anstellen ließen, könnte man sich wohl auch ein wenig näherkommen. Dieser Typ da bemüht sich nun mit aller Kraft, mich zu unterhalten oder fröhlich zu stimmen, und dabei ist er selbst so unglücklich. Ein krummes Gewächs ist der: feinfühlig und arrogant, heuchlerisch und devot in einem. Manchmal kommen fremdartige Typen in den Kibbuz, die bis zum Schluß fremd bleiben. Einige stecken so voll lärmender Begeisterung und versuchen, sich übertrieben an den Kibbuz anzupassen, Kontakte zu schließen und in der Gemeinschaft aufzugehen, aber nach einigen Wochen oder zwei, drei Monaten wird's ihnen zuviel, und plötzlich sind sie weg, so daß wir sie ganz vergessen oder uns nur mal ab und zu an irgendein lächerliches Ereignis erinnern, das mit ihnen zusammenhängt. Wie etwa bei dieser vollschlanken Geschiedenen, die vor zwei Jahren bei uns war und sich ausgerechnet den alten Stutschnik zum Helden eines Liebesabenteuers auserkor, bis Rachel Stutschnik die beiden im Kulturraum überraschte, wo sie gemeinsam einem Stück von Brahms lauschten, während der Alte auf

118

ihrem Schoß saß. Die einen gehen, andere kommen und machen sich schließlich ebenfalls wieder aus dem Staub. Vielleicht meint er, ich sei der Bevollmächtigte des ganzen Kibbuz und als Sohn des Sekretärs beauftragt, ihn auf Herz und Nieren zu prüfen, und er gibt sich alle Mühe, mir zu gefallen, damit ich ihn auf den ersten Blick liebe. Aber wer kann schon so ein armseliges Geschöpf mögen. Ich schon gar nicht, und erst recht nicht jetzt, wo ich mich selbst kaum leiden kann. Zu anderen Zeiten hätte ich vielleicht versucht, mich mit ihm anzufreunden, und ihm womöglich auch geraten, ein bißchen ruhiger zu werden. Der wird hier noch die Wände hochgehen, bis er müde wird und abhaut. Reg dich ab, Junge, ruhig Blut. Und laut sagte Jonatan: »Du mußt in die Kleiderkammer gehen und die Zuständigen bitten, dir Arbeitskleidung zu geben. In der Kiste hinter den Dieselkanistern stehen Peikos Stiefel. Peiko ist der, der hier die ganzen Jahre über in der Werkstatt gearbeitet hat. Wenn wir vom Frühstück zurück sind, nimmst du sie dir.«

Draußen fiel ein leichter, nadelfeiner Regen. Der Wind schärfte die eiskalten Nadeltropfen und trieb sie wirbelnd in alle Richtungen. Sie tanzten auf den Stromleitungen, die eine sonderbare Melodie summten.

Als sie beide sich an den Wasserhähnen im Eingang zum Speisesaal die Hände wuschen, bemerkte Jonatan, daß Asarja zarte, lange, traurige Finger hatte. Dieser Anblick erinnerte ihn wieder an Rimona. Und im selben Moment entdeckte er sie auch: Sie saß mit ihren Freundinnen an einem Tisch am Ende des Speisesaals – beide Hände hielten sich mit allen zehn Fingern an der Teetasse fest. Er wußte, daß ihre Tasse noch voll war und daß sie sich daran ihre ewig eiskalten Hände wärmte. Einen Augenblick lang fragte sich Jonatan, was sie heute wohl dachte nach der vergangenen Nacht. Aber gleichzeitig tadelte er sich schon selbst: Was scheren mich ihre Gedanken. Ich will sie nicht wissen, ich will nur weit weg von hier, das ist alles.

Während der ganzen Frühstückspause war Asarja Gitlin emsig darum bemüht, Freundschaften zu schließen. Vor allem redete er nahezu pausenlos auf Jonatan und die anderen zwei Genossen ein, die sich mit an ihren Tisch gesetzt hatten: Jaschek und der kleine Schimon aus dem Schafstall. Nachdem er ihnen mitgeteilt hatte, wie er hieß, fragte er, ob auch sie ihm ihre Namen verraten würden. Dann erzählte er ausführlich und mit sonderbarer Freude von der schlaflosen Nacht, die er in der Friseursbaracke verbracht hatte. Wie im Horrorfilm habe sich dort genau um Mitternacht eine heisere gebrochene Stimme erhoben, und – wach oder im Traum, das wisse er immer noch nicht – habe er ein Gespenst gesehen, das sich in einer Art verzerrtem Sprechgesang geübt und alle möglichen Beschwörungen und Bibelzitate in einer uralten toten Sprache gemurmelt habe, vielleicht auf chaldäisch oder hethitisch. Im weiteren kam Asarja auf die gelungene Reparatur zu sprechen, wobei er versuchte, Jonatan Komplimente abzuringen, damit Schimon und Jaschek ebenfalls in bewunderndes Staunen ausbrechen konnten. Erst gestern sei er nämlich im Kibbuz angekommen, und erst nach langem Zögern habe Jolek, der Sekretär, schließlich zugestimmt, daß er für eine Probezeit bleiben dürfe. Obgleich sowohl Jolek als auch Chawa ihn bedrängt hätten, sich doch erst mal ein, zwei Tage auszuruhen, um sich vor dem Arbeitsbeginn ein wenig zu akklimatisieren, sei er seinem sechsten Sinn gefolgt, der ihm gesagt habe, daß er sich nicht aufhalten dürfe, denn jede Stunde könne kritisch sein. Deshalb sei er dann schon heute früh zur Werkstatt gerannt, wo es ihm bereits im ersten Anlauf gelungen sei, wie solle man sagen: zu beweisen, nun, nicht beweisen, zu demonstrieren, nein, auch nicht demonstrieren, es müsse wohl heißen: die Rechtfertigung dafür zu liefern, daß er des in ihn gesetzten Vertrauens würdig sei und alle Hoffnungen erfülle. Das Lob gebühre allerdings eher seiner Intuition denn seiner Intelligenz oder Begabung. Dem Geräusch des Motors lauschend, sei ihm plötzlich ein Geistesblitz gekommen: »Nicht mit Macht, sondern mit List zog Iwan den Wagen aus dem Mist«, wie man so sage. Damit ging er zur lebhaften Schilderung früherer Geistesblitze über, die ihm an verschiedenen Orten gekommen seien, und zwar nicht nur im technischen, sondern auch im politischen und weltanschaulichen Bereich sowie in der Musik.

Wenn einer seiner Tischgenossen mal zerstreut lächelnd auf all diese Reden reagierte, setzte auch Asarja ein breites Lächeln auf und erneuerte seine Bemühungen. Als Jonatan zwei Tassen Kaffee einschenkte und eine davon Asarja gab, bedankte sich dieser erregt und wandte sich Jaschek und Schimon zu: »Eine unsichtbare Hand hat uns vom ersten Augenblick an geleitet, den Genossen Jonatan und mich, damit wir zusammen ein einiges Team werden. Mit welcher Herzlichkeit, welcher Geduld und mit welcher . . . Ja, er hat mich wirklich am neuen Arbeitsplatz willkommen geheißen. Und das feine Taktgefühl dieses Mannes, der niemals über sich selber spricht . . .«

»Laß man schon«, sagte Jonatan

»Warum?« mischte sich Jaschek ein. »Laß doch mal jemanden zur Abwechslung ein gutes Wort über dich sagen.«

Danach zog der kleine Schimon eine zerknitterte Morgenzeitung aus der Tasche, in der er die Sportseite suchte und fand. Die Headline auf der ersten Seite berichtete von einem kurzen, scharfen Gefecht zwischen israelischen und syrischen Panzertruppen im Abschnitt Dardara an der Nordgrenze. Mindestens drei feindliche Panzer waren getroffen worden und in Brand geraten. Auch einige Bagger, die man eingesetzt hatte, um einen Ableitungsgraben auszuheben und Israel das Jordanwasser zu entziehen, waren in Flammen aufgegangen. Auf dem Bild unter den schwarzen Lettern sah man den lächelnden Befehlshaber des Nordbezirks inmitten lächelnder Soldaten im Kampfanzug.

Jaschek bemerkte nur, daß die Sache kein Ende habe. Der kleine Schimon, noch immer hinter seiner Sportseite verschanzt, verkündete mit rauher, leicht angewiderter Stimme, wenn man ihm nur erst die Russen vom Hals nähme, würde er mit den Arabern schon fertig werden: ein, zwei gute Tritte in den Hintern, fertig.

Jaschek erwiderte, die ganze Sache habe schon begonnen, bevor die Russen auf der Bildfläche erschienen seien, und werde sicher auch weitergehen, wenn die Russen morgen ihre

Sachen packten und plötzlich nach Hause gingen. Und Jonatan meinte, mehr zu sich selbst als zu den anderen Gesprächspartnern, mit seiner leisen Stimme: »Bei uns glaubt man, es hinge alles nur von uns ab. Das stimmt nicht. Eschkol ist nicht gerade Napoleon. Und überhaupt, nicht alles hängt von was ab.«

Da aber fiel Asarja stürmisch in die Unterhaltung ein, türmte einen Gedanken auf den anderen, sagte Entwicklungen voraus, warnte vor allgemeiner Kurzsichtigkeit, griff Kommentatoren und Staatsmänner an, distanzierte sich von Ben Gurions Politik einerseits und von Eschkols Richtung andererseits, skizzierte in knappen Linien die finstere Logik der Russen, zitierte Iwan Karamasow und Swidrigailow, bewies, daß die Slawen von Natur aus keine moralischen Skrupel hätten, und stellte das jüdische Schicksal in neuem Licht dar. Dann hob er seine Stimme, nach wie vor bemüht, Jascheks Aufmerksamkeit zu gewinnen, und achtete gar nicht auf die Blicke, die ihm von den Nachbartischen zugeworfen wurden, als er sich jetzt in eine komplizierte Unterscheidung zwischen Strategie, Tagespolitik und nationalem Gedanken stürzte, der ja jeder Zivilisation zugrunde liege. Er prophezeite einen unmittelbar bevorstehenden Krieg, beklagte die allgemeine Blindheit, zeigte mögliche, höchst ernste Komplikationen auf, empfahl scharfsinnige Auswege und stellte schließlich aufgrund des Gesagten zwei grundlegende Fragen, die er umgehend selbst beantwortete. Es lag ein leidenschaftliches, mitreißendes Feuer, gepaart mit nervöser Vorstellungskraft, in seinen Worten, so daß sie trotz ihrer wunderlichen Fremdheit die Aufmerksamkeit seiner Tischgenossen weckten und Jaschek einmal seinen Kopf schüttelte und zweimal sagte: richtig, richtig. Damit regte er Asarja wiederum zu einem wahren Gedankensturm an – diesmal über das Bedürfnis der Vernunft, stets nach der Notwendigkeit und den festen Gesetzen hinter den zahllosen Erscheinungen zu suchen, die man irrtümlich als Zufälle bezeichnete. Plötzlich entdeckte Asarja jedoch, daß alle anderen längst ihre Mahlzeit beendet hatten und nur auf eine kurze Pause in seinem Vortrag warteten, um aufstehen und ihrer Wege gehen zu können. Genau in diesem

Augenblick verwickelte er sich aber hoffnungslos in einen längeren Satz, unterstrich noch einmal eine bestimmte Wortverbindung, um sich gleich darauf zu berichtigen, diesen Ausdruck zu verwerfen und danach wieder eine neue Formulierung zu versuchen, ehe er mit einem Schlag verstummte und sich hastig auf sein Essen stürzte, um die anderen nicht auch noch aufzuhalten. Er begann, alles ohne zu kauen herunterzuwürgen, verschluckte sich und mußte die Zinken seiner Gabel mindestens dreimal in jede Tomatenscheibe hauen, weil sie ihm wie aus lauter Boshaftigkeit immer wieder wegflutschten.

Jonatan schaute Asarja dabei zu, sah, daß er beschämt und innerlich aufgewühlt war, und empfand ein wenig Mitleid mit ihm. Daher lächelte er ihn an und sagte ruhig: »Iß du nur in Ruhe. Die beiden da haben's eilig, weil sie bisher noch nicht mal das Salz in ihrem Salat verdient haben, aber wir haben den Caterpillar schön wieder zugemacht und haben jetzt Zeit. Iß in aller Ruhe und ohne Hast.«

Draußen fiel der graue Regen weiter auf die Beete und die überschwemmten Rasenflächen: nicht mit Macht, nicht in wilden Sturzbächen, sondern mit zäher Dauerhaftigkeit, eisern und stur wie in erstarrtem Wahn.

Gegen Abend – die Winternächte kommen früh und schnell, fast ohne Dämmerung – klopfte Asarja Gitlin an Rimonas und Jonatans Wohnungstür. Frisch gewaschen und rasiert, den gelockten Haarschopf sorgfältig mit Wasser gebändigt, stand er, die Gitarre in der Hand, auf der Schwelle. Beim Eintreten bat er vielmals um Entschuldigung, daß er gekommen sei, ohne eine Einladung abzuwarten. In einem Buch habe er gelesen, daß der Kibbuz – völlig zu Recht – die äußerlichen Formen der Höflichkeit abgeschafft hätte. Zudem habe ihm der Sekretär, Jonatans Vater, schon gestern vorgeschlagen, sich gleich einmal zum Kennenlernen hierher zu begeben. Und dann habe sich auch noch herausgestellt, daß die elektrische Birne in seinem Zimmer – also in jenem Raum, dem man ihm in der Friseursbaracke zugewiesen habe – sehr schwach sei, so daß er nicht einmal eine Zeitung oder ein Buch lesen, geschweige denn sich

dem Schreiben widmen könne. Jenseits der hölzernen Trennwand wandere ein eigenartiger Mensch unablässig hin und her,
aus dessen Schritten zu entnehmen sei, daß dies ein vom
Schicksal geschlagener Mann sein müsse. Dazu murmele er
abgehackte Bibelverse und alle möglichen Liedfetzen in einem
Hebräisch, das kein richtiges Hebräisch sei. Eigentlich habe er
vorgehabt, an dessen Tür zu klopfen, um zu sehen, womit er
ihm behilflich sein könne, denn seinen Grundsätzen zufolge
biete er stets anderen seine Hilfe an, aber diesmal habe er das
nicht tun wollen, ohne sich vorher mit seinem Freund Jonatan
zu beraten. Inzwischen habe sich dann sein, Asarjas, Zimmer
mit Schatten gefüllt, die ihn, es lasse sich nicht leugnen, traurig
stimmten. So habe er schließlich den Entschluß gefaßt, sein
Glück zu versuchen und hierher zu kommen. Ja, danke, er
würde gern eine Tasse Kaffee trinken. Ein altes russisches
Sprichwort sage in etwa folgendes: »Wenn der Mensch sitzt
nur allein, stellt sich bald der Teufel ein.« Das sei zwar keine
ganz wörtliche Übersetzung, aber den Reim habe er jedenfalls
gerettet. Ob er wirklich nicht störe? Also, dann möchte man's
ihm nicht übelnehmen: Er mache keine Umstände und bleibe
auch nicht zu lange. Versprochen. Seine Gitarre habe er
mitgebracht, da Jonatan und seine Kameradin sich womöglich
als Musikliebhaber entpuppen könnten, weshalb er ihnen gern
zwei, drei einfache Weisen vorspielen würde, und wenn die
richtige Stimmung aufkäme, könnte man auch ein wenig zu
dritt singen. Wie nett das Zimmer von Jonatan und seiner
Kameradin doch sei – er sage Kameradin und nicht Frau oder
Ehepartnerin, weil er gestern von dem Genossen Jolek gehört
habe, daß das der hier im Kibbuz gebräuchliche Ausdruck sei,
der ihm auch durchaus passend vorkomme. Die Möbel seien
einfach und bequem, ohne überflüssige Schnörkel, und genau
nach dem richtigen Geschmack angeordnet. Und diese Wärme
sei ja so angenehm für das müde Herz. Das müßten sie nämlich
wissen: Sein Herz sei müde vor lauter Einsamkeit. Er, wie solle
er es ausdrücken, besitze keine Freunde, nicht einen einzigen
auf der ganzen Welt. Und daran sei nur er selber schuld: Bisher
habe er nicht gewußt und auch nicht herauszufinden versucht,

wie man Freunde gewinnt. Aber von jetzt ab sollten die Karten offen auf dem Tisch liegen, wie man so sagt, jetzt fange ein neues Kapitel in seinem Leben an. Verzeihung, daß er so viele Worte mache. Jonatan und seine Kameradin könnten ja meinen, er sei ein großer Schwätzer, aber dies sei irrig: Von Natur aus sei er eher schweigsam und introvertiert. Aber von dem Augenblick an, in dem er seinen Fuß auf den Boden des Kibbuz gesetzt habe, habe er gespürt, daß er sich nun unter Brüdern im Geiste befinde, und sein Herz habe sich weit aufgetan. Überall in der Welt sei eine tiefe Kluft zwischen den Menschen, hier dagegen – Wärme, Großmut und auch Freundschaft ... Hier in der Tasche habe er seinen Personalausweis. Nicht um sich vor ihnen auszuweisen, sondern weil sich zwischen den Seiten, noch aus den Tagen des letzten Winters, ein getrocknetes Alpenveilchen befinde. Dieses Blümchen wolle er nun der Kameradin seines Freundes Jonatan überreichen. Bitte. Man möge ihm's doch nicht verweigern. Es sei ja nur eine kleine, symbolische Gabe.

Rimona schaltete den Kessel ein. Jonatan stellte das Milchkännchen mit dem bucharischen Muster und einen Teller Kekse auf den Tisch. Rimona brachte Apfelsinen. Das Zimmer lag ruhig im weichen Licht der braunen Wandlampe und im Glanz der blauen Flamme, die im Ofen brannte. Tia schlenderte zu dem Gast, berührte mit der Nasenspitze sein Knie, schnüffelte, seufzte und verkroch sich unters Sofa. Nur ihr haariger Schwanz schaute noch hervor und schlug mehrere Male auf den länglichen grauen Teppich unter dem Couchtisch. Auf dem Regal standen vier gleichmäßig und ordentlich ausgerichtete Bücherreihen. Schwere braune Vorhänge verdeckten Fenster und Verandatür. Couch und Sessel waren mit dem gleichen, unauffälligen Stoff bezogen. Der ganze Raum strömte Frieden aus. Auch das einzige Bild an der Wand war beschaulich: Es zeigte einen dunklen Vogel, der auf einem Gatter aus roten Ziegelsteinen ausruhte, während aus dem schattigen Dunst im Hintergrund schamlos ein schräger Sonnenstrahl hervorstieß, um gleich einem goldenen Speer Dunst und Schatten zu durchqueren und eine blendende Lichtblume auf einem verblüfften Stein am Ende des Gatters in der unteren Ecke des Bildes zu entfachen, fern von dem müden Vogel, dessen Schnabel – wie Asarja auf den zweiten Blick feststellte – wie dürstend ein wenig aufstand, während die Augen geschlossen waren.

Der elektrische Kessel pfiff, das Wasser kochte. Rimona brachte Kaffee, Jonatan fragte, wieviel Milch er dem Gast einschenken solle. Asarja bat, seinen Kaffee, falls es gestattet sei, ohne einen einzigen Tropfen Milch trinken zu dürfen. Von draußen hörte man ununterbrochen das Heulen des feuchten Windes in den nassen Baumkronen, aber der Regen hatte schon seit einigen Stunden aufgehört.

Rimona hatte von Jonatan bereits von der gelungenen Reparatur des Traktors gehört und wollte Asarja Gitlin ein gutes Wort sagen: »Offenbar gefällt dir die Arbeit. Jonatan hat mir erzählt, daß du deine Sache fein gemacht hast.«

Asarja – sorgfältig bemüht, ihrem Blick auszuweichen – ließ sie wissen, wie froh er sei, daß er in Jonatan seinen ersten Freund im Kibbuz gefunden habe. Einfach wunderbar sei dessen ruhige Freundlichkeit. Dabei sei es doch bekannt, daß die erste Begegnung an einem neuen Ort schicksalhaft werden könne: Menschenkinder und Bergeshöhen würden sich einander nur nähern, wenn die Erde bebe. Übrigens habe er einmal einen fesselnden Aufsatz über die Frauenfrage im Kibbuz gelesen. Dabei habe er jedoch nicht dem Geschriebenen zustimmen können, sondern sich vielmehr eine eigene Meinung gebildet. Wie denke Rimona darüber? Er seinerseits habe das Gefühl, daß die Frage noch offen sei.

»Schade«, sagte Rimona, »daß du gerade mitten im Winter zu uns gekommen bist und nicht zu Anfang des Sommers. Im Winter sieht doch alles eher traurig und verschlossen aus. Aber im Sommer blühen die Blumen in den Beeten, der Rasen ist grün, die Nächte sind viel kürzer und weniger dunkel und die Tage so lang und voll, daß jeder Tag manchmal wie eine ganze Woche erscheint, und von der Veranda aus kann man auch den Sonnenuntergang sehen.«

Jonatan sagte dazu: »Aber bis zum Sommer hätten wir

jemand anderen für die Werkstatt gefunden, und dann hätten sie ihn vielleicht nicht bei uns aufgenommen. Du bist zufällig genau im richtigen Zeitpunkt angekommen. Und zufällig hast du ein Gefühl für Maschinen, während ich wie ein Vollidiot schon drei Tage lang dasteh und guck und mit eigenen Augen eine verstopfte Benzinleitung vor mir seh und nicht begreif, daß es weiter nichts ist als so ein einfaches Pfröpfchen. Zufällig bist du gerade rechtzeitig eingetroffen.«

»Und ich möchte«, begann Asarja Gitlin, »mit eurer Erlaubnis eine völlig gegenteilige Meinung äußern. Ich persönlich glaube nämlich nicht an Zufälle und Zufälligkeit. Hinter jedem Zufall stehen bestimmte Kräfte, die uns unbekannt sind. ›Der Fuhrmann mit aller Macht nach vorne drängt, doch das Schicksal ihn leicht wieder rückwärts zwängt.‹ Hierzu ein Beispiel: Ein harmloser Bürger, von dem wir einmal annehmen wollen, daß er Jehoschafat Kantor heißt, Mathematiklehrer, ledig, Briefmarkensammler und Mitglied des Gebäuderats in seinem Wohnhaus, tritt gegen Abend auf die Straße, um zehn Minuten frische Luft zu schnappen, wobei er jedoch augenblicklich von einer irrenden Kugel getroffen wird, die sich, sagen wir, aus der Pistole eines Privatdetektivs gelöst hat, der gerade auf seinem Hinterbalkon saß, um seine Waffe zu reinigen und zu ölen, und diese Kugel zerfetzt nun den Kopf dieses besagten Kantor. Ich persönlich sage euch, ohne zu zögern: Sämtliche Natur-, Sozial-, Geistes- und Seelenwissenschaften zusammengenommen wären außerstande, das Zusammentreffen Hunderter, Tausender oder Abertausender von Einzelereignissen zu rekonstruieren, die mit höchster Präzision zusammengewirkt haben, um einen solchen Unfall zu verursachen. Wir haben hier doch einen ungeheuer komplizierten Geschehensablauf vor uns, bei dem es um Tausendstelsekunden und Tausendstelmillimeter ging, bei dem unzählige Faktoren von Zeit, Entfernung und Willen im Spiel waren, dazu Irrtümer, Umstände, Entscheidungen, Meteorologie, Optik, Ballistik, Alltagsgewohnheiten, Erziehung, Genetik, kleine und große Willensentschlüsse, Störungen, Bräuche, die Länge der Nachrichtensendung, Streckenführung und Fahrzeiten eines vorbeikommenden Busses, der Sprung einer Katze zwischen den Mülleimern, ein Kind, das seine Mutter in einer der naheliegenden Gassen geärgert hat und so weiter und so fort, ohne Ende. Und jedes einzelne dieser Ereignisse besitzt wieder seine eigene, vielfach verzweigte Ursachenkette. Es hätte schon ausgereicht, daß ein einziger dieser Millionen Faktoren um Haaresbreite von diesem Zusammenspiel abgewichen wäre – und die Kugel wäre an der Nase unseres erdachten Helden Jehoschafat Kantor vorbeigeflogen oder durch seinen Ärmel oder zwischen seinen Haaren hindurch, und womöglich hätte sie den Kopf von ganz jemand anderem zerfetzt: meinen zum Beispiel oder einen von euren, Gott behüte. Oder sie hätte eine Fensterscheibe zerschmettert und sich damit begnügt. Jede dieser und noch anderer Möglichkeiten, deren Zahl schier astronomisch ist, hätte wiederum eine Kette neuer Ereignisse in Gang gesetzt und völlig andere Ergebnisse gezeitigt, deren Ausgang gar nicht abzusehen ist. Bis ins Endlose nämlich. Aber was machen wir in unserer großen Weisheit? Vor lauter Unwissenheit, Verwunderung und Furcht oder vielleicht auch aus lauter Faulheit und Arroganz sagen wir: Durch einen tragischen Zufall ist das und das geschehen. Mit dieser dummen Lüge, dieser krassen Entstellung setzen wir die ganze Sache von der Tagesordnung ab, wie man so sagt. Ich habe schon lange nicht mehr einen derart starken, anregenden Kaffee getrunken, und wenn ich etwas zuviel geredet habe, mag das mit auf diesen Kaffee zurückzuführen sein. Außerdem habe ich mehrere Jahre fast völlig geschwiegen, weil ich niemanden hatte, mit dem ich mich hätte unterhalten können. Der Bibellehrer, auf dem ich meine Theorie aufgebaut habe, den gibt's zwar nicht und hat es nie gegeben, aber das Herz füllt sich doch, wie man so sagt, mit Trauer über den Tod eines ehrlichen, engagierten Menschen, der in seinen Bibelstunden vielleicht nicht gerade Berge versetzt, aber auch sein Leben lang niemandem geschadet hat: der Gesellschaft nicht, dem Staat nicht – und seinen Mitmenschen nicht. Die Kekse sind wirklich wunderbar. Hast du sie selber gebacken, Genossin Rimona?«

»Das sind ganz gewöhnliche aus der Packung«, erwiderte Rimona.

Und Jonatan bemerkte: »Schon heute morgen habe ich festgestellt, daß er leicht über alles in Begeisterung gerät.«

»Es tut mir um den Lehrer aus deiner Geschichte leid«, sagte Rimona.

Asarja setzte von neuem an: »Jonatan hat einen scharfen Blick, wie man so sagt. Es läßt sich wirklich vor euch nicht verbergen, daß ich oft in Staunen und Bewunderung gerate. Aber häufig bereue ich meine Begeisterungsausbrüche, und für meine Voreiligkeit muß ich büßen. Man kann leicht einen falschen Eindruck von mir bekommen. Aber diesmal nehme ich nichts zurück: Solche süßen Kekse hat mir meine Kinderfrau gebacken, als ich noch klein war. Ich werde euch jetzt nicht mit der Geschichte von meiner Kinderfrau aufhalten, aber wenn eure Kinder kommen, werd ich ihnen noch und noch erzählen, da werdet ihr sehen, wie gern mir die Kleinen überall zuhören. Sie werden mich nicht gehen lassen, ehe der Abend vorüber ist. Kleine Kinder haben mich schrecklich gern. Es gibt eine alte Sage über einen jüdischen Hausierer, der allein in ein Dorf von Judenmördern geriet, mit dem Zauber seines Flötenspiels alle Kinder anlockte und sie im Fluß ertränkte. Kleine Kinder folgen mir durch dick und dünn, denn ich erzähle ihnen süße Geschichten und auch ein wenig angsterregende.«

»Zufällig«, begann Jonatan mit langsamer, verschlafener Stimme, »haben wir keine Kinder.«

Asarja hob die Augen und sah, wie ein tiefgründiges, bitteres Lächeln Rimonas Mund umspielte, ohne die Lippen zu erreichen, während es sich für einen Augenblick bis zu ihren schrägen Augen ausbreitete, um dann wieder zu verschwinden. Ohne Asarja oder Jonatan anzublicken, sagte sie: »Schau: wir hatten ein kleines Mädchen und haben's verloren.« Und einen Moment später fügte sie hinzu: »Ob zufällig oder unzufällig, wie du meinst, weiß ich nicht, aber ich wüßte gern, warum es so gekommen ist.«

Nach diesen Worten war es wieder still. Jonatan stand auf, sammelte die leeren Kaffeetassen ein und wandte sich – groß

129

und schlank – der Küche zu, um sie dort in den Ausguß zu stellen. Als Jonatan wegging, hob Asarja den Blick, sah Rimonas helle Haare über ihren Rücken und mehr auf die linke Schulter denn auf die rechte fallen, sah ihren gertenschlanken Hals, die Linien ihrer Stirn und ihres Kinns. Sie war schön in seinen Augen, und Jonatan war schön in seinen Augen, und er liebte sie beide wie aus innerster Tiefe und beneidete sie auch beide, und sein Herz verkrampfte sich, weil er in ihrer Gegenwart Kinder erwähnt und ihnen sicher damit weh getan hatte, und im selben Augenblick schämte er sich auch über sich selbst, weil er sich fast gefreut hatte zu hören, daß die beiden keine Kinder hatten. Ich muß ihnen Freude machen, jetzt und immer, dachte er, muß ihnen so nahe kommen, daß sie nicht mehr ohne mich sein können. Wie schmerzlich ist doch Rimonas blasse christliche Schönheit. Nie darf sie entdecken, wie gemein ich bin.

Matt begann Asarja Gitlin zu hoffen, daß diese Frau ihn verletzen, beleidigen, ihm irgendein himmelschreiendes Unrecht antun möge, da sie dann verpflichtet wäre, ihn mit all ihrer Sanftheit zu versöhnen. Doch wie?

Jonatan kehrte ins Zimmer zurück, und Asarja senkte die Augen. Jonatan klappte das Buch »Zauberer und Zaubermedizin« zu, das offen auf der Couchecke gelegen hatte, und stellte es an seinen Ort auf dem mittleren Regal.

»Darf man hier rauchen?« fragte Asarja höflich.

Jonatan zog die teure amerikanische Zigarettenschachtel aus der Brusttasche, die Asarja selbst ihm am Nachmittag, nach dem Arbeitstag in der Werkstatt, geschenkt hatte, und hielt sie ihm hin.

»Im antiken Griechenland«, begann Asarja, »hat es Philosophen gegeben, die meinten, die Seele würde im Leib wohnen wie der Schiffer auf seinem Schiff. Diese faszinierende Vorstellung muß unbesehen zurückgewiesen werden, wie man so sagt. Ein anderer Grieche, ebenfalls ein Philosoph, hat einmal geschrieben, die Seele säße im Körper wie die Spinne in ihrem Netz, und nach meiner bescheidenen Ansicht ist dieses Bild weit treffender. Mit dem sicheren Blick, den ich in den Jahren meiner leidvollen Wanderschaft entwickeln konnte, habe ich schon vor einer guten Viertelstunde festgestellt, daß man bei euch das Schachspiel schätzt, und wenn ich mal raten dürfte, würde ich dich und nicht deine Kameradin für den Schachliebhaber halten.«

Rimona fragte erst Asarja, ob er gerne mit Jonatan, und dann Jonatan, ob er jetzt gerne mit Asarja spielen wolle. Jonatan holte das Schachbrett und stellte die Figuren auf, während Asarja etwas vor sich hinmurmelte, was an Angeberei grenzte. Sofort nahm er jedoch alles zurück, distanzierte und entschuldigte sich: Nicht der schnellste Mann in Griechenland sei Sieger der Olympischen Spiele, habe ein großer Philosoph gesagt, sondern der schnellste der Teilnehmer.

Inzwischen hatte Rimona ihre Stickmappe geholt und sich ans Radio gesetzt, die ungeöffnete Mappe auf den Knien. Schweigend, in sich versunken und vollkommen gelassen schien sie so aufs Zuhören konzentriert, als spielte man ihr aus weiter Ferne, was morgen und was in den folgenden Tagen sein würde – und in ihrem Lauschen war weder Trauer noch Freude, noch Überraschung.

Jonatan Lifschitz und Asarja Gitlin rauchten und spielten wortlos. In Jonatans Augen standen Tränen, die er aber nicht wegwischte. Er hatte keine Lust, sich vor dem Gast mit Erklärungen über seine Allergie und Rimonas Kiefernzweige zu rechtfertigen, die trotz allem noch in der Vase standen, weil sie andere Blumen im ganzen Kibbuz nicht gefunden hatte.

Nach sechs oder sieben Zügen machte Asarja einen groben Fehler. Er lächelte angestrengt und verkündete, nun sei das Spiel schon beinahe beendet, bevor es richtig angefangen habe, aber für ihn sei es ja auch nichts weiter als ein erster Versuch gewesen.

Jonatan schlug vor, von vorne zu beginnen. Aber Asarja versteifte sich plötzlich, war fast beleidigt, schob den Grund seiner augenblicklichen Konzentrationsschwäche auf das Gewitter draußen und forderte, wie höflich verärgert, das Spiel bis zum bitteren Ende fortzusetzen: »Wer nie wurd mit demütigender Niederlage beladen, ist auch nicht wert der Erlösung

Gnaden.« Als er das sagte, drückte Rimona ihre Stickmappe an sich und blickte auf den jugendlichen Gast. Sie sah die unzähligen winzigen Fältchen, die unruhig um seine Augen spielten, und die Augen selbst, die vor Angst flackerten und flackerten, weil sie Rimonas Blick wahrgenommen hatten. Längst hatte der Gast mutterseelenallein sämtliche Kekse auf dem großen Teller weggefuttert, bis auf einen einzigen Überlebenden, einen letzten Anstandskeks, den er immer wieder zerstreut nahm und zurücklegte, einmal sogar bis an die Lippen führte, um ihn dann, erschrocken über seine Nichtswürdigkeit, mit leicht zitternder Hand erneut auf dem Teller zu plazieren. Rimona öffnete die Mappe und begann zu sticken. Dabei sagte sie: »Der Mann, von dem du erzählt hast, er hätte eine Kugel in den Kopf gekriegt – der war auf der Stelle tot und hatte nicht mehr zu leiden? Hat er nicht Jehoschafat geheißen?«

»Sicher«, erwiderte Asarja lebhaft, »ich fürchte, ich hab nur Spott ausgelöst. Immer red ich das Gegenteil von dem, was mir nützen könnte.«

»Du bist dran«, sagte Jonatan.

Asarja schob plötzlich vehement seinen verbliebenen Läufer in einer langen Diagonale fast von einem Ende des Brettes zum anderen.

»Nicht schlecht«, meinte Jonatan.

»Paß auf«, strahlte Asarja, »jetzt geht's erst richtig los.« Und tatsächlich: Nach einigen Zügen, bewundernswerter Risikobereitschaft und der Opferung eines Springers und zweier Bauern hatte der Gast sich offenbar aus einer schier hoffnungslosen Situation befreit und bedrohte jetzt sogar Jonatans König.

»Habt ihr das gesehen?« fragte er siegestrunken. Damit aber schien seine Inspiration auch verpufft zu sein. Unachtsam verlor er einen weiteren Bauern und ließ Jonatan in seine Angriffsposition zurückkehren. Jonatan agierte geduldig, umsichtig, äußerst präzise und wohldurchdacht. Demgegenüber verspielte Asarja immer wieder seinen eben noch genial gewonnenen Vorteil, weil er nach jedem Geistesblitz vor Übermut oder Ungeduld strotzte und Fehler beging, die selbst einem Anfänger die Schamröte ins Gesicht getrieben hätten.

Rimona stand auf, um das Fenster zu öffnen und die von Zigarettenrauch verpestete Luft rauszulassen. Auch Tia erhob sich, krümmte ihren Rücken und ließ sich dann nahe am Tisch nieder. Mit weit geöffnetem Maul, aus dem ihre rosa Zunge heraushing, atmete sie schnell und kurz, ohne die Augen von Jonatan zu lassen. Beide Ohren hatte sie steif nach vorne gerichtet, um nur ja keinen Laut zu verpassen. Dadurch wirkte sie wie eine verständige, ordentliche Schülerin, die sich mit ganzer Kraft bemüht, aufmerksam zu sein und einen guten Eindruck zu machen. Asarja brach in ein kurzes Lachen aus: »Im Laufe der Zeit«, sagte er, »werd ich euerm Hund das Schachspielen beibringen. Es gibt solche Hunde, die ganz verblüffende Dinge lernen – als wir damals im Übergangslager lebten, hab ich der Ziege eines Jemeniten beigebracht, ›Hawa nagila‹ zu tanzen.«

Rimona schloß das Fenster, kehrte auf ihren Sofaplatz zurück und sagte, er sei doch sicher traurig, so viele Stunden in der Friseursbaracke verbringen zu müssen. Im Unterschrank, meinte sie, befinde sich noch ein kleiner Elektrokessel, den sie fast nie benutzen würde. Ihn könnte man Asarja gerne leihen. Auch etwas Kaffee und Zucker würde sie ihm mitgeben, bevor er ginge, und etwas von den Keksen, die ihm so gut geschmeckt hätten.

»Schach«, sagte Asarja mit kalter, boshafter Stimme.

»Wozu das denn?« gab Jonatan verwundert zurück. »Ich kann doch hierhin und dahin ziehen, und auch dorthin.«

»Um nicht den Angriffsschwung zu verlieren«, erklärte Asarja. Er lachte nervös und fügte hinzu: »Vielen Dank, Rimona. Aber wie kann ich gerade jetzt, wo du mich so großzügig und freundlich behandelst, nun Jonatan weh tun und ihm, wie man so sagt, eine Niederlage beibringen?«

»Du bist dran«, bemerkte Jonatan.

»Ich schlage zum Zeichen der Freundschaft vor, daß wir die Partie jetzt unentschieden enden lassen.«

»Einen Moment mal«, sagte Jonatan. »Vielleicht guckst du vorher mal genauer hin, was mit deinem Turm passiert. Du sitzt in der Klemme.«

»Ich«, sagte Asarja in merkwürdigem Singsang, »habe schon vor zehn Minuten jegliches Interesse an diesem banalen, sich ewig wiederholenden und – mit Verlaub – langweiligen Spiel verloren.«

»Du«, sagte Jonatan, »hast verloren.«

»Na, wenn schon«, erwiderte Asarja, krampfhaft bemüht, eine gutmütig lachende Miene aufzusetzen.

»Und ich habe gewonnen.«

»Ist recht«, gab Asarja zurück. »Ich bitte euch, schließlich bin ich erst gestern hier angekommen. Und damit ihr es wißt: Ich hab die ganze letzte Nacht nicht geschlafen vor lauter Nachdenken und Aufregung.«

»Da«, sagte Rimona, »das Wasser kocht schon wieder.«

Sie tranken erneut Kaffee, und Asarja verputzte einen weiteren Teller Kekse. Und dann beschloß er, sein erstes Versprechen einzulösen, obwohl Rimona und Jonatan nicht danach gefragt hatten und sich vielleicht gar nicht erinnerten: Er zog eine abgegriffene Gitarre aus ihrer schäbigen Hülle, entfernte sich vom Tisch, von Jonatan und Rimona und fand schließlich einen Platz auf dem braunen Schemel neben der Verandatür. Tia folgte ihm und beschnupperte erneut seine Schuhe. Zuerst zupfte er zwei, drei einfache, wohlbekannte Weisen und summte leise mit. Dann überkam ihn jedoch plötzlich ein Gedanke: Er krümmte sich auf seinem Hocker und begann eine melancholische, leicht eintönige Melodie zu spielen, die Rimona und Jonatan unbekannt war.

»Das ist ein trauriges Stück«, sagte Rimona.

Asarja erschrak: »Hat es euch nicht gefallen? Ich kann alle möglichen Sachen spielen. Ihr müßt mir nur sagen, was.«

»Es war schön«, sagte Rimona.

Jonatan sammelte nachdenklich und langsam die Figuren ein, die noch auf dem Brett vor ihm standen, ordnete die Überlebenden, schwarz und weiß, in zwei parallelen Reihen auf dem Tisch an und sagte: »Es war in Ordnung. Ich kenn mich in der Musik nicht aus, aber ich hab gesehen, daß du dieses Stück mit besonderer Vorsicht spielst, als bestünde die Gefahr, in

Ekstase zu geraten und die Saiten kaputtzumachen. Als du gespielt hast, mußte ich daran denken, wie du heute morgen auf Anhieb begriffen hast, daß an dem Caterpillar nichts weiter kaputt war als eine verstopfte Benzinleitung. Wenn du willst, werde ich Srulik von dir erzählen; der ist bei uns für die musikalischen Aktivitäten verantwortlich. Aber jetzt sollten wir uns vielleicht lieber in Richtung Speisesaal begeben, zum Abendessen.«

Asarja sagte: »Auch dein Vater, der Genosse Jolek, hat gestern von diesem Srulik gesprochen. Und was noch interessanter ist: Als ich reinkam, hat er sich geirrt und mich Srulik genannt. Meines Erachtens kann es auf der Welt einfach keine Zufälle geben. Alles hat seine Ordnung.«

Bevor sie zum Speisesaal aufbrachen, gab Rimona Asarja Gitlin den Elektrokessel und dazu einen Beutel Zucker, eine Dose Kaffee und eine Packung Kekse. Jonatan fand in einer der Schubladen eine neue Glühbirne, damit Asarja die matte Funzel in seinem Zimmer auswechseln konnte. Aber es stellte sich dann heraus, daß diese Birne nicht stärker war als die in der Baracke.

Beim Abendessen im Speisesaal hielt Asarja seinen Gastgebern wieder einen Vortrag über die internationale Lage. Seine komplizierten Erwägungen führten ihn zu dem notwendigen Schluß, daß bald ein großer Krieg zwischen Israel und Syrien ausbrechen werde. Alle syrischen Provokationen, die sich jetzt fast täglich abspielten, seien nichts als eine Falle: »Wenn Eschkol sich dadurch zu einem Sturm auf die Golanhöhen, den Hauran und den Dschebel-Drus verleiten läßt, schnappt die Falle zu, und wir liefern den Russen eigenhändig einen wunderbaren Vorwand, uns ihre Streitkräfte auf den Hals zu schicken und uns vernichtend zu schlagen. Darauf muß man Eschkol unbedingt aufmerksam machen. Man legt einen Köder vor uns aus, damit wir Machmud nachjagen, bis uns am Ende der Gasse, um die Ecke, Iwan mit seinem Hackebeil überfällt.« Asarja zufolge mußte man eine Art Denkschrift in dieser Sache verfassen und sie dem Genossen Jolek Lifschitz übergeben; der könne dann ja völlig frei entscheiden, ob er das Dokument an den Regierungschef weiterleiten oder aber die – wie alle anderen Verantwortlichen – Gefahren übersehen wolle.

All dieses Gerede erschien Jonatan längst widerlegt und einigermaßen ermüdend. So kaute er stumm an seiner Brotscheibe und verdrückte einen Berg Salat nebst einem doppelten Rührei. Rimona lauschte jedoch andächtig jedem Wort und einmal fragte sie auch, was Asarja denn jetzt tun würde, damit es nicht zu einer Katastrophe käme. Damit war Asarjas Begeisterung derart entfacht, daß er das rohe Gemüse vergaß, das Rimona ihm auf den Teller gelegt hatte, und statt dessen auf der Stelle einen listenreichen Plan entwickelte, dem zufolge die Großmächte aufeinander losgelassen werden sollten, so daß Israel sich dann selbst still und unbeschadet aus der Affäre ziehen und dabei noch erhebliche Vorteile einheimsen konnte.

Etan R. blieb einen Augenblick an ihrem Tisch stehen und sagte lachend zu Asarja: »Na, ich sehe, daß du zum Schluß doch noch gut angekommen bist. Ich wohne im letzten Zimmer neben dem Schwimmbad, und falls du zufällig die Gerechtigkeit finden solltest – dann melde dich augenblicklich bei mir, damit wir sie beseitigen können, solange sie noch klein ist.«

Auch Chawa, Jonatans Mutter, winkte ihnen von ferne zu, und der kleine Schimon gesellte sich mit einer Tasse in der Hand zu ihnen und fragte, ob Jonatan ihm den neuen Mann nicht für ein oder zwei Tage ausleihen wollte, damit er auch im Schafstall mal ein paar Zeichen und Wunder vollbringen könnte.

Jonatan rauchte eine amerikanische Zigarette und bot auch Asarja eine an.

Beim Verlassen des Speisesaals lud Rimona Asarja ein, doch auch an anderen Abenden zu ihnen zu kommen; man könne sich unterhalten, ein wenig musizieren und Schach spielen. Dabei berührte sie fast unmerklich seinen Ellbogen. Dann verabschiedeten sie sich und gingen ihre getrennten Wege.

Auf dem Weg zu seiner Wohnbaracke dachte Asarja an das Bild, das in Jonatans und Rimonas Zimmer an der Wand hing: ein dunkler, dürstender Vogel, auf Ziegelsteinen hockend,

Dunst und Schatten, schräger Dolch aus Sonnenlicht und eine flammende Wunde in einem der Steine in der Ecke des Bildes. Ich bin eingeladen, an einem anderen Tag wiederzukommen, zum Musizieren, Unterhalten und Schachspielen. Sie wird mich mit all ihrer Kraft versöhnen müssen, damit ich ihr vergebe. Ein kleines Mädchen hat sie geboren, das ihr gestorben ist, und nun hat sie nichts mehr.

Bevor er sich der Behausung von Anat und Udi zuwandte, um die Versandrechnungen durchzugehen, sagte Jonatan zu Rimona: »Er ist ein großer Schwätzer, ein Betrüger und Aufschneider und ein eingebildeter Schmeichler obendrein, aber sieh nur, wie es ihm trotz alledem gelingt, eine gewisse Sympathie zu wecken. Ich geh jetzt mit Udi über den Obstversand reden. Ich bleib nicht lange weg.«

Draußen war es undurchdringlich dunkel. Es regnete nicht, aber die Luft war kalt und naß, und der beißende Wind wollte sich nicht legen. Das ist komisch, sagte sich Rimona und lächelte sich in der Dunkelheit zu.

In den folgenden Tagen reparierte Asarja Gitlin verschiedene landwirtschaftliche Geräte, wichtige und unwichtige. Seine Energie kannte keine Grenzen. Er ölte, bastelte, festigte, nahm auseinander und setzte wieder zusammen, tauschte verbrauchte Batterien aus, zog Keilriemen fest, schmierte und putzte. Für all diese Anstrengungen küßte Rimona ihn in seinen nächtlichen Träumen auf die Stirn. Außerdem leitete er eine allgemeine Reinigungs- und Aufräumaktion in dem verwahrlosten Maschinenschuppen ein: Er arrangierte die Werkzeuge nach logischen Prinzipien, brachte eine breite Holztafel an, an der er, nach Größe geordnet, die Schraubenzieher, Schlüssel und Zangen aufhängte, etikettierte jede Schublade und jedes Bord, schrubbte mit starken Reinigungsmitteln den verdreckten Fußboden, veranlaßte Jonatan Lifschitz, nach oben zu klettern, um die Vogelnester und Spinnweben zwischen dem nackten Gestänge und dem Blechdach zu entfernen, legte eine Art Ersatzteilverzeichnis an und nahm das ganze Inventar auf. Zum Schluß schnitt er aus einer illustrierten Wochenschrift das große Konterfei des Wohlfahrtsministers aus und hängte es in der Werkstatt an die Wand. Ab jenem Morgen blickte nun Dr. Burgs rundes, joviales Gesicht mit sattem Lächeln auf alles herab, was Jonatan und Asarja so taten.

Allmorgendlich stand Asarja schon früh als erster vor der Werkstatt und wartete auf Jonatan mit den Schlüsseln – in seiner neuen, sauberen, dunkelblauen Arbeitskluft, die ein bißchen zu groß für ihn war. Wenn Jonatan dann verschlafen, unwirsch und manchmal auch mit allergisch tränenden Augen ankam, gab Asarja sich alle Mühe, ihn aufzumuntern und seine Stimmung zu heben, indem er ihm die Lebensgeschichten der berühmten Schachgenies vergangener Generationen, wie etwa Alechin, Lasker und Capablanca, erzählte, gegenüber denen Botwinnik oder Petrosian gewissermaßen bloße Epigonen seien, über die man besser nicht viele Worte verlieren solle. All diese Kenntnisse erwarb Asarja aus den von Jonatan ausgeliehenen Zeitschriften, die er nachts im Bett bis ins Detail studierte.

Eines Abends tauchte Asarja in Joleks und Chawas Wohnung auf. Von acht Uhr bis kurz vor Mitternacht überschüttete er sie mit seinen Gedanken über die zyklisch zwischen Zerstörung, Erlösung und erneuter Zerstörung verlaufende Geschichte des jüdischen Volkes. In all diesen Fragen besaß er seine ureigenste Theorie, hielt es jedoch für richtig, aus den alten Aufsätzen von Jolek Lifschitz selbst zu zitieren, die Asarja in den Bänden der Parteizeitung im Kulturraum aufgestöbert hatte. Auch hinsichtlich der Stellung des schöpferischen Individuums im Rahmen der Kibbuzgesellschaft hatte Asarja Gitlin seine persönliche Theorie entwickelt, die er nun enthusiastisch seinen Gastgebern vortrug. Obwohl er dabei zwar große Begeisterung, aber nur wenig Sachkenntnis an den Tag legte, gelang es ihm doch hier und da, einen originellen oder sogar verblüffenden Satz zu formulieren. Nachdem er gegangen war, sagte Jolek zu Chawa: »Hör auf mich, Chawa, in diesen Dingen täusche ich mich höchst selten, und ich sage dir mit Sicherheit, daß dieser Junge einen Funken in sich hat. Wenn der ein vernünftiges Mädchen findet, wird vielleicht noch mal was aus ihm.«

Worauf Chawa erwiderte: »Sonderbar und sehr traurig. Meines Erachtens wird das nicht gut enden. Du mit deinen Entdeckungen.«

Asarja verlor die letzten beiden Schachteln amerikanischer Zigaretten, die er eigentlich mitgebracht hatte, um sie den neuen Freunden im Kibbuz zu schenken. Er landete nämlich eines Tages in Etan R.s Zimmer, dem letzten vor dem Schwimmbad, stellte sich Etan noch einmal vor, lernte die beiden Mädchen kennen, die seit Anfang des Winters mit in dessen Zimmer lebten, redete über Zitrusfrüchte, behauptete, die Grapefruit sei im Grunde nichts weiter als eine Kreuzung zwischen Apfelsine und Zitrone, bot eine Wette an, ernannte die beiden Mädchen zu Schiedsrichterinnen, beugte sich bedingungslos deren Urteilsspruch und legte die beiden Packungen auf den Tisch. Vor dem Weggehen versprach er, nächstes Mal den einschlägigen Band der »Encyclopaedia Britannica« mitzubringen, um schwarz auf weiß zu beweisen, daß es tatsächlich eine Zitrusfrucht gebe – wenn auch vielleicht nicht gerade die Grapefruit –, die auf einer Kreuzung beruhe: die Klementine vielleicht oder die Mandarine. Dann ging er weiter zur Wohnung von Srulik, dem Musikanten, wo er an die zehn Minuten auf seiner Gitarre spielte. Mit seinem glühenden Gesicht, dem ewigen Lächeln und den ständig zwinkernden Augen wirkte er wie ein kleines Kätzchen, das zu gerne gestreichelt werden möchte. Und tatsächlich wurde er zur Probe in das Kibbuzquintett aufgenommen.

Zwischen zwei Regenschauern machte sich Asarja erfolgreich auf die Suche nach den Unterkünften der Schulmädchen. Er stellte sich als Musiker und Mechaniker vor, den man damit beauftragt habe, den Niedergang im Maschinenpark aufzuhalten. Ferner sei er persönlich mit dem Kibbuzsekretär, dessen Sohn Jonatan und dem Genossen Etan R. befreundet. Die Mädchen scharten sich um ihn und wollten mit eigenen Augen sehen, ob er es wohl fertigbringen würde, ein kaputtes Radio wieder zum Leben zu erwecken. Asarja willigte ein, forderte absolute Ruhe und hielt einen kurzen Vortrag über die Wissenschaft der Telekinetik und die geheimnisvolle Kunst der Beherrschung unbelebter Gegenstände durch die Ausstrahlungskraft des menschlichen Geistes. Langsam hörten die Mädchen zu kichern auf und begannen zu staunen, doch dann brach Asarja plötzlich in Lachen aus und gestand, daß er sie prima gefoppt hätte, denn die Reparatur könne er nicht durch Willenskraft, sondern nur in einer Vollmondnacht ausführen. Statt dessen bat er um Spielkarten und verblüffte sie mit einigen mathematischen Tricks im Kombinationenraten. Bis zu später Stunde hielt er sich bei ihnen auf, trank den angebotenen Kaffee, beschrieb wortgewaltig die Gottvorstellung des Philosophen Spinoza und erweckte Neugier, gemischt mit spöttischer Nachsicht und etwas Zuneigung, welch letztere er voll für sich in Anspruch nahm und auch reichlich aufbauschte, als er Jonatan Lifschitz am folgenden Morgen in der Werkstatt alles erzählte.

Am Donnerstag kam er wieder zu Rimona und Jonatan, gab dankend einen Teil des Zuckers und Kaffees zurück, den er von ihnen erhalten hatte, und sagte, daß ihm diese Gebrauchsgüter nun direkt aus dem Verpflegungslager des Kibbuz zugeteilt würden – auf Anweisung des Sekretärs. Rimona überreichte er einen selbstgeflochtenen Korbschirm zur Verschönerung der Tischlampe. Dies sei, so sagte er, nur eine symbolische Gabe.

Am Freitagabend besuchte den Kibbuz ein Wanderredner im Auftrag der Gewerkschaftsleitung, der im Speisesaal über das unglückliche Schicksal der Juden in der Sowjetunion referierte. In seiner Mappe hatte er haufenweise alte, zerfledderte Briefe mitgebracht, die ihn auf Umwegen durch den Eisernen Vorhang erreicht hatten und aus denen er nun seinem Publikum – nur die alten Mitglieder saßen da, die jüngeren waren anderweitig beschäftigt – herzzerreißende Passagen vorlas. Srulik, der Musikant, wußte später zu erzählen, der neue Bursche habe neben ihm gesessen und während des Vorlesens geweint. Danach habe Asarja sich offenbar entweder zusammengenommen oder sei in andere Stimmung verfallen, da er dem Redner eine Frage gestellt und sich dann nicht mit der Antwort begnügt, sondern mit einer weiteren Frage eine ganze Diskussion ausgelöst habe. Wer es nicht mit eigenen Augen gesehen hatte, wollte Srulik, dem Musikanten, seine Geschichte einfach nicht abnehmen.

Wie dem auch sei – Asarja Gitlin machte einen sonderbaren Eindruck auf die meisten Genossen und Genossinnen, die ihn kennengelernt oder von anderen über ihn gehört hatten. »Joleks Spinoza« nannten sie ihn hinter seinem Rücken, und die Schuljugend überbot das noch und sagte »Schimpanosa«. Etan R. wiederum gelang es wunderbar, Asarjas Gestik und Akzent nachzuahmen, wie er da so knietief im Matsch versunken war und – am ganzen Körper triefend – große Reden über die Gerechtigkeit geschwungen hatte, die sich heutzutage nur noch im Kibbuz finden ließe, dessen »Leiter« er dringend zu sprechen wünschte. Trotzdem stimmte Etan R. mit einem Achselzucken dem kleinen Schimon zu, der behauptete, der Bursche sei imstande, eine geschlagene Stunde so über Politik zu reden, als sei es ein Krimi oder spannende Science-fiction, weshalb es einem nie langweilig würde, ihm zuzuhören, vorausgesetzt, man hätte eine Menge Zeit.

Abgesehen von mäßiger Neugierde und einem Grinsen hier und da, fiel es niemandem ein, Asarja Gitlin zu kränken: Schließlich können einander nicht alle gleich sein. Es gibt solche und solche. Wenn im Kibbuz ein sonderbarer Vogel auftaucht, ein armer Schwätzer und Philosoph, was schadet das? Fleißig war er doch, ging brav seiner Arbeit nach und verstand – nach Aussage mancher – sogar ein wenig von Mechanik. Außerdem sah man doch sofort, daß er Schweres durchgemacht hatte. Es gibt im Kibbuz andere – Überlebende aus den Lagern –, die alle möglichen Greuel erlebt haben und hart geworden sind. Aber der neue Jüngling war nicht hart. Man gewöhnte sich an seine Anwesenheit. In Ausschußsitzungen wurde Jolek allerdings hin und wieder während einer Debatte milde verspottet, indem er hören mußte: »Paß auf, Jolek, du redest schon ein bißchen wie dein Spinoza da.«

Insgesamt galt das allgemeine Interesse jedoch weder Asarja Gitlin noch den Pressemeldungen, sondern den Überschwemmungen, die die schweren Regenfälle auf den niedriger gelegenen Feldern angerichtet hatten. Es bestand erhebliche Gefahr für die Wintersaat, die vor lauter Feuchtigkeit zu verfaulen drohte. So hoffte man eben, daß der Regen bald aufhören würde.

Jonatan aber verfiel wieder in Schweigen. Auch Rimona kam nicht mehr auf ihr Gespräch zurück. Sie beschäftigte sich nun mit einem indischen Büchlein in englischer Sprache, das die Tiefe des Leidens und die Höhen der Reinheit beschrieb. Asarja hatte es ihr geliehen und an den Rändern speziell für sie mit Bleistiftnotizen in seiner aufgeregten Handschrift versehen. Jeden Abend setzte sie sich hin und las. Der Ofen brannte weiterhin Abend für Abend mit seiner bläulichen Flamme, und das Radio spielte ruhige Weisen. Stille war zwischen Rimona und Jonatan.

5

Und auch im Land war es still. Alle Felder hatten sich mit Regenwasser vollgesogen, und wenn die Wintersonne zwischen zwei Schauern hervorkam, stieg Dunst von der Erde auf. Frühmorgens, als der Genosse Jolek den ersten Autobus bestieg, um zu einer Sitzung der Parteileitung nach Tel Aviv zu fahren, sah er sauber gewaschene Kiefern, die im Winde wisperten und ringsum einen Hauch von Ruhe und Frieden verbreiteten. Auf dem Weg durch die Küstenebene säumten weiße Wohnviertel mit roten Ziegeldächern die Landstraße. Sie waren geradlinig, mit gleichen Abständen zwischen den Häusern nach einem logischen Plan angelegt – wie auf der Zeichnung eines klugen Kindes. Und zwischen diesen Häusern hatten die Siedler Wäscheleinen gespannt, Schuppen und Lagerräume errichtet, Zäune hochgezogen, Bäume und Sträucher gepflanzt, Rasen angesät, Gemüse- und Blumenbeete abgesteckt.

Das sind doch genau die Dinge, die wir uns in der Jugend vorgenommen hatten, dachte Jolek. Nur benutzten wir damals hochfliegende theoretische Ausdrücke dafür, um uns nicht untereinander lächerlich vorzukommen: Wir waren angetreten, »das Land aus seiner tausendjährigen Verödung zu erlösen, seine Weiten zu kultivieren und es zu versöhnen, damit es uns eine Heimstätte sei«. Und nun hat das Werk seine theoretische Verbrämung gesprengt und sich in Baumwipfel und Ziegeldächer umgesetzt. Dummes Herz, wie lange willst du dich deiner poetischen Gefühle noch schämen? Wir müßten uns doch alle noch heute geschlossen in der Scharonebene oder im Jesreeltal versammeln: nicht um eine Sitzung oder Beratung abzuhalten, sondern um einen schmetternden Gesang anzustimmen – als großer Chor der alten Pioniere, so wie wir sind: mit unsern brüchigen Stimmen, unserer faltigen Haut, den gebeugten Schultern. Und wenn wir uns damit lächerlich machen, machen wir uns eben lächerlich und lachen selber herzhaft mit, und wenn die Tränen kommen, sollen sie ruhig rollen. Wir haben getan, was wir versprachen: Da liegt es vor unseren Augen. Warum so kühl, du altes Herz?

Am Abend zuvor hatte Ministerpräsident Eschkol in einer Rundfunkansprache allen Bürgern versichert, daß die Lage sich bessern werde. Er sprach im Futur, sah Fortschritt und Aufschwung voraus, ließ eine humorvolle Bemerkung fallen, der zufolge sich große Anstrengungen am Ende auszahlten, warnte vor Ungeduld, forderte statt dessen Weitsicht, verschwieg auch nicht die Gefahren, die immer noch lauerten, kehrte dann aber zu seinem optimistischen Grundton zurück und endete mit einem Bialikzitat: »Laßt nicht sinken euren Mut.« Nach der Ansprache sendete der Rundfunk ein Programm über die wieder zu alter Fruchtbarkeit erweckte Ta'nach-Region, dem altbekannte hebräische Lieder zu russischen Weisen folgten. Ein paar Stunden danach gingen schwere Regenfälle im Norden des Landes nieder und breiteten sich langsam nach Süden aus.

Am Morgen hatte es aufgehört zu regnen, aber der kalte Wind vom Meer her wurde stärker. An jeder Haltestelle nahm der Bus immer mehr Menschen in dicker Arbeitskleidung auf. Von Zeit zu Zeit blinzelte die Sonne durch die schweren Wolken, worauf die Berge und Täler ringsum sich augenblicklich enorm veränderten: Sobald das Licht auf einen der Hänge fiel, erstrahlte alles in tiefem, fast schon unverschämt lebendigem Grün. Auf einem neuen Zaun in einem neuen Dorf stand ein nasser Vogel, während zu seinen Füßen zwischen den Mülleimern, deren Deckel der Wind fortgetragen hatte, eine Katze umherstrich und so tat, als sähe sie nichts. Viele Kinder waren unterwegs zur Schule, billige Kunstlederranzen auf den Rücken. Für den Besuch einer fabelhaften Riesenparty warb ein blaurotes Plakat von einer am Busfenster vorbeifliegenden Anzeigentafel. Mitte der sechziger Jahre, faßte Jolek seine Gedanken zusammen, und wir haben einen langen, regenreichen Winter zwischen den Kriegen. Die Einwohner füllen ihre Lungen prall mit den Düften der feuchten Zitrushaine und dem süßen Aroma ihrer Früchte. Sie kümmern sich um Haus und Hof, und mir obliegt es, mich über unser Geschick zu freuen und alle Menschen mit dieser Freude anzustecken. Sei nicht müde, mein dummes Herz, sondern heiter und froh. 1965, Zwischenkriegswinter: All die Alpträume, die Erinnerungen an die vergangenen Leiden, die seelischen Wunden – sie alle müssen verheilen, damit Freude aufkommen kann. Aber dies ist ein neues Blatt unserer Geschichte. Vom »Ufer der Verheißung« pflegten wir in unserer Jugend zu sprechen.

Sogar das Wüten des Windes hatte sich jetzt gelegt; nur noch sanft wehte er von West nach Ost, als wolle er ein Glas Tee abkühlen. Jolek öffnete das Fenster einen kleinen Spalt, weil das Innere des Busses von Zigaretten verqualmt war. Nun atmete er die frische Luft ein und bestürmte wieder sein Herz, nicht müde zu werden. Ga'asch, Rischpon, Schefajim und das ältere Städtchen Ra'anana – all diese Siedlungspunkte entlang dem Weg erschienen ihm wie unwiderlegbare, letzten Endes gültige Argumente in der Debatte, die er in Gedanken mit seinen alten Gegnern führte.

Fieberhaft, als komme es auf jede Minute an, gruben sich die neuen Siedler in den ebenen Boden des Küstenstreifens, in die Dünen, zwischen die Felsvorsprünge der Berge ein. Mit Hilfe schwerer Maschinen trugen sie Schutthügel ab, ebneten das Gelände und gossen Fundamente aus Beton. Andere brannten Dornen ab, bauten Straßen, um ihre neuen Dörfer miteinander zu verbinden, oder setzten jeden Morgen starke Motoren in Gang, um hinauszutuckern und welliges Gelände zu begradigen. In den Werkstätten schmolzen sie Eisen und schütteten es in Gußformen. Viele Menschen fuhren tagtäglich von einem Ort zum anderen, um zu kaufen und zu verkaufen, den Ort zu wechseln und gleichzeitig ihr Glück zu wenden. Den Pulsschlag des Handels, neue Möglichkeiten wollten sie spüren. Unablässig tauschten sie eine Wohnung gegen eine andere, nutzten die Gunst der Stunde, ließen sich etwas einfallen, griffen die Gelegenheit beim Schopfe. Viele Zeitungen lasen sie, hebräisch und in fremden Sprachen. Sogar der Busfahrer war wohl ein junger Iraki, der es schon ganz schön weit gebracht hatte. All diese verängstigten Flüchtlinge, dachte

Jolek. Wir haben sie gesammelt und hergebracht aus allen Enden der Welt und jetzt müssen wir einen Weg finden, sie für die große Idee zu gewinnen, sie vielleicht sogar mitzureißen mit ihrem Klang. Laß nur jetzt das müde Herz nicht kühl werden in dieser guten Zeit, die wir in schlechten Jahren herbeigesehnt haben. Schiffe auf hoher See legen vollgeladen an und laufen vollgeladen wieder aus. Neue Dörfer entstehen an den Grenzen. Brachland öffnet sich erstmals dem Pflug. Eschkol hat gut daran getan, gestern im Radio von der Ta'nach-Region zu sprechen. Hier in den Küstenstädten gehen Grundstücke von Hand zu Hand. Der Staat Israel selbst scheint förmlich überzuschäumen vor Aktivität. Warum also soll nicht auch das müde Herz in Überschwang geraten? Wir haben das letzte Wort noch nicht gesprochen. Mit diesem Satz werde ich meine Rede auf der heutigen Parteisitzung beginnen. Ohne Gefahren zu verleugnen und ohne schwere Mängel zu vertuschen, werde ich die Partei auffordern, doch die Augen aufzumachen, um sich zu blicken und sich ein für allemal zu freuen. Schluß mit Griesgram und Gejammer.

Aber in diesen Winternächten kommt es manchmal vor, daß die stürmischen Winde sich in den Wadis und Bergspalten austoben und man sie vom Zimmer aus urplötzlich in verzweifelter Klage heranstürzen hört, als wären sie von den Schneefeldern der Ukraine bis hierher getrieben worden und hätten auch hier keine Ruhe gefunden. Dann legt der Regen zu, an einigen Stellen treten die Bäche über die Ufer, und schon reißen sie die Ufersäume ein und schwemmen niedrig gelegene Teile weg auf ihrem Weg zurück ins graue Meer. Eine knappe Stunde vor Sonnenaufgang durchkreuzt manchmal ein Düsenjägergeschwader gleich einem Rudel grimmiger Hunde in wilder Geschwindigkeit das niedrige Himmelszelt.

In der Tel Aviver Buszentrale sah Jolek die alten Zores, die uns immer noch nicht verlassen, sondern weiter ihre Unbilden mit uns haben: Ein ungarischer Einwanderer war auf der Abfahrtstation der ins Jesreeltal fahrenden Busse offenbar bei einem kleinen Diebstahl erwischt worden. Als er des näherkommenden Polizisten gewahr wurde, begann er mit fürchterlicher Stimme zu brüllen wie ein Ochse, der zur Schlachtbank geführt wird, und schrie auf jiddisch: Gewalt, Gewalt, ihr Jidden, Gewalt.

Verärgert kaufte Jolek eine Abendzeitung und setzte sich in ein kleines Café unweit der Zentralstation. Die Überschriften berichteten von der Zusammenkunft arabischer Generalstabschefs in der ägyptischen Hauptstadt Kairo, bei der eine Reihe geheimer Beschlüsse gefaßt worden war. Eine Zusammenfassung der Rede des Ministerpräsidenten stand auf der letzten Seite, wo in einem anderen Artikel auch von einer Massenschlägerei unter Neueinwanderern in einem Außenbezirk des Städtchens Nes Ziona die Rede war. Jolek sah dieses Handgemenge im Geiste vor sich, eine tätliche Auseinandersetzung zwischen nicht mehr jungen, geschwächten Männern, die an Asthma, Magengeschwüren oder hohem Blutdruck litten – eine mickrige, schlaffe Gewalt, kraftlose Schläge im Taumel wachsender Hysterie.

In der Kleinstadt Bet-Lid hatte man mit schweren Stricken zwei Einwohner mittleren Alters fesseln müssen, die mit Beil und Hacke aufeinander losgegangen waren. Der Hackenschwinger war ein Bäcker aus Bulgarien und der gegnerische Beilbesitzer ein Goldschmied aus Tunis. Ferner wußte die Abendzeitung von einem Siedler in der Lachisch-Region zu berichten, der Haus und Familie verlassen hatte – zwei Frauen und neun Kinder, darunter auch zwei Zwillingspärchen –, um, wie er in seinem Abschiedsbrief schrieb, die verlorenen zehn Stämme ausfindig zu machen. Bisher fehlte von ihm jede Spur. Dagegen war ein persischer Magier aus dem Moschaw Ge'ulim angeklagt, er habe unfruchtbaren Frauen in betrügerischer Absicht Amulette verkauft, ihnen dann ein Rauschmittel eingeflößt und sich während der Wirkungszeit der Drogen an den Frauen vergangen.

Jolek dankte der Kellnerin, bezahlte den Kaffee und ging seiner Wege. Schön war die Stadt Tel Aviv in seinen Augen nicht, aber wunderbar in grundsätzlicher Hinsicht. Hier versuchte man, den erst jetzt erbauten Straßen eine Dimension historischer Tiefe zu geben. Sogar grüne Bänke hatte man hier und da aufgestellt, als sei man in Krakau oder Lodz. Er ließ sich für ein Weilchen auf einer dieser Bänke nieder, weil er leichte Schmerzen hatte und die Sitzungen der Parteileitung doch nie zur festgesetzten Zeit begannen. Ein Passant erinnerte sich an Joleks Gesicht, vielleicht von einer längst zurückliegenden Versammlung her oder von einem Zeitungsbild aus den Tagen, in denen Jolek als Vertreter seiner Bewegung dem Kabinett angehört hatte. Er wünschte Jolek einen guten Morgen und leitete zögernd ein kleines Gespräch ein: »Na, Genosse Lifschitz, sind Sie nicht besorgt in diesen Tagen?«

»Besorgt worüber?« wunderte sich Jolek.

»Allgemein. Wegen der Lage, wie man so sagt. Sie... unterstützen all diese Dinge?«

Jolek antwortete fröhlich und schlau mit einer Gegenfrage, wie er es gerne machte: »Und wann ist es den Juden besser gegangen?«

Daraufhin entschuldigte sich der alte Mann eilig und änderte flugs ein klein wenig seine Meinung: »Ich meine... Ja, ja doch, nur daß es um Himmels willen nicht schlimm ausgeht.« Nachdem er noch ein paar höfliche Worte angefügt hatte, verabschiedete er sich und ging weiter.

Auf dem Innenblatt der Abendzeitung fand Jolek eine Notiz über einen Mann, den er vor Jahren oberflächlich gekannt hatte, nämlich einen Ingenieur namens Schaltiel Hapalti, Anfang der zwanziger Jahre zu Beginn der dritten Einwanderungswelle aus dem Städtchen Nowosibkow ins Land gekommen war. Dieser Hapalti behauptete nun, es sei ihm – in groben Umrissen und in prinzipieller Hinsicht vorläufig – gelungen, eine Art geheime Riesenrakete zu erfinden, die Israel ein für allemal vor jedem feindlichen Angriff schützen könne. Nachdem all seine Briefe und Memoranden an verschiedene Regierungsstellen unbeantwortet geblieben waren, war der Mann dieser Tage mit einer alten italienischen Pistole in der Hand in den Geschäftsräumen des Jüdischen Nationalfonds erschienen, wo er in wütendem Zorn eine junge Schreibkraft leicht verletzte und sich beinahe in dem im Kellergeschoß gelegenen Vervielfältigungsraum umgebracht hätte.

Ein bunt zusammengewürfelter Haufen unterschiedlichster Charaktere, die sich bemühen, den Anschein eines Volkes zu erwecken, schloß Jolek. Sie sind bestrebt, dieselben Ausdrücke zu verwenden, tauschen unablässig alte Lieder gegen neuere ein, tragen schriftlich und mündlich alle möglichen Hoffnungen, Klagen und Sehnsüchte vor, als könne bloße Redseligkeit die leise innere Stimme zum Schweigen bringen: Warum nur, warum ist es so kühl, das erschöpfte Herz.

Leute nehmen mit großem Bedacht Briefkontakt zu entfernten Verwandten in Übersee auf, sparen und wechseln ihr Geld – legal oder illegal – in Devisen um, legen sich Reserven im Ausland an. Die Keller der neuen Gebäude bauen sie so, daß sie als Luftschutzräume gegen Bombenbeschuß dienen können. Die militärische Führung verstärkt die Schlagkraft der Armee. Vielleicht hat man sich nicht böswillig über die Einfälle des Ingenieurs Schaltiel Hapalti hinweggesetzt, sondern im Gegenteil deswegen, weil man längst insgeheim eine ähnliche Rakete gebaut hat. Ben Gurion hat sich immer begeistert für wissenschaftliche Ideen dieser Art interessiert, und auch Eschkol zeigt sich nicht knauserig, wenn es darum geht, große Summen für Forschungs- und Verbesserungsprojekte auf militärischem Gebiet bereitzustellen. Wer weiß, welche Berechnungen da im Dunkel der Nacht angestellt werden, welche Lagebewertungen, welche schwindelerregenden Möglichkeiten die Feldherren und die Experten flüsternd diskutieren, ebenso wie es Mann und Frau im nächtlichen Schlafzimmer tun: Was wird werden? Was ist, wenn sich, Gott behüte, das Blatt wendet, wenn doch alles noch einen schlechten Ausgang nimmt? Sogar zwischen die Klänge der fröhlichen Melodie, die in diesem Augenblick aus allen Radiogeräten, aus den Fenstern und von den Balkons herunterschallte, hatte sich irgendein trauriger Ton eingeschlichen.

Alles liegt im Bereich des Möglichen. Alles läßt sich verschieden auslegen. Der Aufschrei und das Lachen, die Flüche und Zwiste, die Alpträume und die furchtbaren Erinnerungen

149

und auch die Kriegsdrohungen aus Kairo – alles ist unterschiedlich interpretierbar. Auch darüber sollte ich ein paar Bemerkungen fallenlassen, sobald auf der Parteiversammlung das Wort an mich kommt. Eschkol für seinen Teil hat gestern dem ganzen Jischuw versprochen, daß unsere Träume in Erfüllung gehen, wenn auch nur langsam und schrittweise. Demgegenüber bombardieren uns einige unserer gelehrten Flüchtlinge mit ihren historisch tiefschürfenden Zeitungsartikeln über das sich zyklisch wiederholende jüdische Schicksal und all das. Offenbar scheint es nur so, als dämmere das Land im Winterschlaf, während sich in Wirklichkeit die Bürger unter ihrer winterlichen Decke von einer Seite auf die andere wälzen und sich den Kopf zerbrechen, debattieren, die uns bedrängenden Alptraummassen abwehren, Berechnung über Berechnung durchdenken. Da sagt dann ein Mann leise zu seiner Frau: »Besser, man ist vorbereitet. Wer weiß. Sicher ist sicher. Für alle Fälle.« Junge Menschen, Jonatan und seine Kameraden etwa, benutzen vielleicht Ausdrücke wie: »Solange es noch möglich ist«, »wer weiß, was kommen wird.«

Auf der Chen-Allee hinter dem Nationaltheater kam Jolek an einem Grüppchen alter, verhärmter Juden vorbei, die mit ihrem ewigen Ausdruck von Abscheu, Verzweiflung und bitterem Hohn fast ein wenig der Schablone antisemitischer Karikaturen glichen. Gewiß müde von einer langen Diskussion, drängten sie sich auf einer Bank zusammen, kauten ihren Tabak und starrten schweigend vor sich hin, als sähen sie das Kommende voraus und beugten sich seinem Urteil.

Ein frommer Mann namens Awraham Jizchak Hacohen Jetom hatte seine kleine Waschmaschinenvertretung geschlossen, seine Handelsgeschäfte im Stich gelassen und war vor dem Eingang der Stadtverwaltung in Hungerstreik getreten. Auch davon hatte Jolek in der Zeitung gelesen. Der Mann drohte, bis zum Tode zu fasten, wenn nicht ein für allemal der grausame Bann aufgehoben würde, der seinerzeit – völlig zu Unrecht – über den verstorbenen Philosophen Baruch Spinoza verhängt worden war. Auf Veranlassung des Oberbürgermeisters hatte sich ein Beamter hinunterbegeben, um mit dem Demonstranten zu verhandeln, bis der einsetzende Wolkenbruch beide ins Innere des Gebäudes trieb.

Weit draußen, östlich von hier, dehnt sich still und gelassen die große Wüste aus. Gen Osten, gen Süden und auch gen Südosten. Stumm geht ihr Atem. Und aus der Ferne blicken die Berge wie zu uralter Zeit.

Nachts versuchen die Wachen in den Grenzsiedlungen, mit den Augen das Schwarz der Dunkelheit zu durchdringen, aber hinter der nahen Finsternis sieht man nichts als fernes Dunkel. Wenn sich die Wachen zwischen aufgetürmten Sandsäcken im Schatten des Blechverschlags hinsetzen, um gemeinsam den nächtlichen Tee zu trinken, kann es sein, daß sich mit leisen Stimmen in etwa folgendes Gespräch ergibt: »Diese Stille. Wer hätte das geglaubt.«

»Vielleicht wär's das endlich.«

»Wer weiß.«

»Vorläufig ist alles ruhig. Warten wir ab, wie's weitergeht.«

Die Sitzung der Parteiführung eröffnete Ministerpräsident Eschkol mit folgenden Worten: »Wir, liebe Genossen, sind vielleicht die verrücktesten Abenteurer der gesamten jüdischen Geschichte. Aber gerade deswegen müssen wir mit ganzer Kraft vorwärtspreschen – und doch sehr, sehr langsam und mit größter Vorsicht.«

Mit größter Vorsicht, dachte Jolek Lifschitz. Darum ist ja das Herz so kühl und wird nur immer noch kälter werden, bis wir bald alle sterben, jeder für sich in seiner Ecke, ohne daß einer von uns sehen und erleben wird, wie alles ausgeht.

Als er an der Reihe war, sprach Jolek Lifschitz über den Zusammenhang zwischen der äußeren und inneren Lage, flocht einen feinen Seitenhieb auf die Jugend ein, bekundete seine Zuversicht, daß jede innenpolitische Krise erfolgreich gemeistert und auch jede Bedrohung von außen letztendlich abgewehrt werden könnte, meldete aber tiefe Besorgnis im Falle einer möglichen Situation an, in der eine interne Krise gleichzeitig mit einer externen Zwangslage über Israel hereinbrechen sollte. Dann schloß er mit dem Aufruf zu Wachsamkeit und nüchternem Weitblick, wobei er von den jungen Mitgliedern und der Jugend überhaupt forderte, daß sie lernen müsse, die aktuellen Geschehnisse aus historischer Sicht zu betrachten: Hinter eurem Rücken stehen die Jahrtausende jüdischer Geschichte mit ihren Leiden, Sehnsüchten und Tränen und blicken euch an.

Warum nur, überlegte Jolek erschrocken, als er den Saal wieder in Richtung Busbahnhof verließ, warum breitet sich die Herzenskühle erbarmungslos weiter aus, bis sie alles umfaßt? Nicht bloß, daß wir bald sterben, sondern mehr noch: So ist es gut für uns, denn unsere Zeit ist ja vorüber.

Er hatte es von vornherein gewußt: Diese Sitzung würde lediglich mit dem Beschluß enden, einen engeren Ausschuß zur erneuten Überprüfung einer Reihe von Themen zu bilden, aber weder eine Wende einleiten noch irgendwelche Entscheidungen bringen.

Aber er traf eine eigene höchstpersönliche Entscheidung: nämlich erstens mit dem Autobus um 19 Uhr zurückzufahren und bis dahin, sollte es nicht wieder regnen, durch die Straßen Tel Avivs zu schlendern und die Meerluft einzuatmen, und zweitens morgen die ganze Geschichte mit diesem fremden Burschen, diesem Gitlin, den man ohne ausreichende Nachforschung für die Arbeit in der Werkstatt aufgenommen hatte, noch einmal richtig unter die Lupe zu nehmen. Schließlich ließ sich ein militärisches Entlassungszeugnis ja auch fälschen, solche Fälle hatte es schon hier und da gegeben.

Jolek ging langsam nach Nordwesten, in Richtung Meer, wobei seine Füße ihn an einen ihm unbekannten Ort trugen. Vor einem Jahr, im Winter 1964, war hier ein neues Wohnviertel eingeweiht worden: Menschen hatten ihre gesamten Ersparnisse investiert, gegen Zinsen Geld geliehen, Hypoteken aufgenommen, komplizierte Berechnungen angestellt, und nun saßen sie endlich in hohen, weißen Häusern, in modernen, vielleicht sogar luxuriösen Wohnungen. Sollte der reiche Geldsack aus dem Stetl sich doch im Grabe rumdrehen, der sie damals vor dreißig Jahren wegen ihres spinnerten

Idealismus verspottet hatte, als sie alles stehen- und liegenließen, um sich praktisch mittellos nach Erez-Israel aufzumachen. Vergebens, dachte Jolek einsichtsvoll, ist der langwierige
Versuch gewesen, ein neues Leben auf ganz anderer Grundlage
zu beginnen: vergebens die kooperativen Speisegaststätten, die
Zelte, die Hochschätzung körperlicher Arbeit, verblaßt das Bild
vom barfüßigen, sonnenverbrannten Idealisten in weiten
Lumpen, umsonst die Hirtenlieder, die nächtelangen Grund-
satzdiskussionen. Hier kehrt alles zum alten zurück: Ehema-
lige Pioniere legen einen Groschen auf den anderen, sparen und
leihen, und nun haben sie sich eben ein eigenes Heim gekauft
und darin ein repräsentatives Wohnzimmer eingerichtet, in
dem auch eine Anrichte steht, und in dieser Anrichte hinter
den Glastüren sicher auch ein gutes Service – um zu zeigen, daß
man es zu etwas gebracht hat, wie Eschkol heute in seiner
Ansprache sagte.

In der Erde, die man von weit her auf Lastwagen herange-
karrt hat, um die Sanddünen damit abzudecken, stecken ein
paar bläßliche Setzlinge. Der Bürgermeister hat sicher ein Band
durchschnitten und mit hochtrabenden Worten eine leuchten-
de Zukunft entworfen. Da oben fährt ein kleiner Junge mit seinem Fahrrad am Ende eines neuen Sträßchens, und der Wind
weht ihm wie mir den Geruch von Kalk und frischer Farbe zu.

Gegen vier oder kurz danach setzt langsam der Abend ein, der
Tel Aviv so etwas wie eine Atempause gönnt. An der Jarkon-
mündung zu Füßen des Reading-Kraftwerks legen drei Angler
ein Netz aus. Eine alte Frau, die allein den Kiosk an der
Endstation des Autobusses betreibt, sieht sich mißtrauisch
nach rechts und links um, und wenn es niemand sieht,
genehmigt sie sich ein Glas Sprudel aus dem Zapfhahn.
Zwischen den Feuer- und Blutwolken beginnt sich die Sonne
nach Westen zurückzuziehen, während über dem Meer am
westlichen Horizont dicke Wolkengebilde in Form von Kroko-
dilen, Drachen, Leviathanen, Schlangen bei lebendigem Leibe
verglühen, und vielleicht sollte man sich auch selber dorthin
aufmachen, solange die Zeit noch nicht abgelaufen ist.

Aber nur Kindergeschrei dringt aus den fernen Häuserzeilen. Im kühlen Wind erzittern die Hecken, und die Hibiskussträucher geben Tropfen ab, die sich seit dem letzten Regen in ihnen versteckt haben. Bald wird der Mond aufziehen und bald die rechteckigen Dächer verzerren, komplizierte weiße Schemen schaffen, die Laken auf den Wäscheleinen entlang der Straße silbern färben. Dann werden sich die im mittleren Alter stehenden Überlebenden aufmachen, um in Hut und Mantel, einen Schal um den Hals gewickelt, auf der Allee spazierenzugehen: mit den unsicheren Schritten eines Kosmonauten, der sich auf einem Stern mit unbeständiger Gravitation bewegt, und mit Gesichtern wie im Traum. Fällt der Blick dieser Flüchtlinge auf ein modernes Bürohaus, sehen sie es einstürzen. Fährt ein Auto vorbei, hören sie Bomben. Aus dem Radio erklingt Musik, und schon erstarrt ihnen das Blut in den Adern. Sie sehen einen Baum, da steht er in Flammen.

Tel Aviv an einem Winterabend zwischen den Kriegen: gezwungene Fröhlichkeit bis in die letzten Vororte der Stadt. Es gibt da einen fleißigen Schreiner, Munja Liberson aus Krakau, der bis zu später Stunde beim Licht der Neonlampe arbeitet. Die Brille achtlos auf der Nasenspitze, er selbst ganz ins sorgfältige Nachmessen oder die Berechnung der Regalabstände vertieft, spricht er manchmal leise mit sich selbst: Das Aufblühen bildhübscher jüdischer Mädchen draußen vor seinem Fenster erscheint dem Schreiner Munja Liberson als eine äußerst ernste Sache, die nicht gut ausgehen wird. Und diese Musik, der allabendliche Lärm in dieser Stadt, mit dem die äußere Stille erstickt wird: Wohin soll all das nur führen? Und warum stehen diese riesigen Hotelkästen an der ganzen Strandlinie? Sie sind wie eine Art Befestigungsmauer zwischen der Stadt und dem großen Wasser, damit nichts Schlechtes über sie kommt. Hinter dieser Westmauer kauert sich die ganze Stadt, zusammengeduckt aus Furcht vor der offenen Weite. Genauso kehrt ein Mensch seinen Rücken gegen den starken Wind, duckt sich, krümmt den Buckel, zieht den Kopf so weit er kann zwischen die Schultern ein und wartet auf den bevorstehenden Hieb.

6.

Dann hörten die Winterregen auf. Der Nebel trieb über Nacht in Richtung Osten ab, und mit dem Morgen brach ein blauer Samstag an. Die überlebenden Vögel begannen schon mit dem ersten Licht, noch bevor die Sonne über den Trümmern von Scheich-Dahr aufgegangen war, mit ungeheurer Aufregung die neue Lage zu diskutieren, und als die Sonne dann ganz auf der Bildfläche erschien, schrien und zwitscherten sie, als hätte sich ihr Geist verwirrt.

Das Sabbatlicht war kristallklar und warm. Jede Pfütze, jedes Stückchen Metall, jede Fensterscheibe blendete die Augen. Die glänzende Luft füllte sich mit Summen und floß so träge dahin, als sei sie aus Honig. In jeder Ecke des Kibbuz standen die Maulbeer-, Feigen-, Granatäpfel- und Olivenbäume in winterlicher Blöße neben den blätterlosen Weinlauben – und Vögel, Vögel über allem. Dazu wehte den ganzen Morgen über ein frischer Wind vom Meer, der sogar den Geruch der See mitbrachte.

Die Kindergartenkinder ließen einen einzigen Drachen steigen, der beharrlich immer mehr Höhe gewann, bis er weit oben wie ein fliegender Seraph oder eine sich windende Schlange in der blauen Luft stand. Glaub nicht daran, das ist eine Falle, dachte Jonatan Lifschitz, als er auf die Veranda hinaustrat, nachdem er sich angezogen und den Kessel mit Kaffeewasser eingeschaltet hatte. Wieder versuchen sie, deinen Tod mit Liebesfarben zu verzieren, und wenn du nicht abhaust wie ein läufiges Tier, werden sie dich mit Listen aufhalten, bis du dich beruhigt hast und dein Leben vergißt; »wer vergißt, gleich dem Mörder ist«, so zitiert doch dieser arme Kerl eines seiner russischen Sprichwörter. Rimona schlief, auf dem Rücken liegend, die Haare über das Kissen verstreut. Auf ihrer Stirn leuchtete ein heller Sonnenfleck, der durch die Ritzen der Jalousie drang, und ihre schlummernde Schönheit wirkte abwehrend wie das Glas eines gerahmten Bildes. Als das Wasser pfeifend kochte, sagte Jonatan zu ihr: »Steh auf und sieh, was für ein Tag draußen ist – genau wie du's mir vorausgesagt hast, du Zauberin. Steh auf, Kaffee trinken, heut machen wir einen Ausflug.«

Sie wachte ohne einen Mucks auf, saß wie ein Baby im Bett, rieb sich mit ihren kleinen Fäusten lange die Augen und sagte überrascht: »Joni, du bist's. Ich hab geträumt, ich hätte eine Schildkröte gefunden, die die Wand hochklettern kann, und lange Zeit hab ich ihr erklärt, das könnte doch nicht sein, und dann bist du gekommen und hast gesagt, ich und die Schildkröte würden beide Unsinn daherreden, und du würdest uns was Neues zeigen, und da hast du mich aufgeweckt. In dem Plastikbeutel neben dem Kaffee ist frisches Sabbatbrot von gestern.«

Alles, was Rimona Jonatan vorausgesagt hatte, trat jetzt ein: Schon um neun Uhr morgens standen sämtliche Fenster des Kibbuz weit offen. Federbetten, Kissen und Decken waren zum Lüften über die Fensterbänke gebreitet, und das fließende Licht vertiefte die Farben von blauen Bettbezügen und rosa Nachthemden so sehr, daß es aussah, als loderten sie in hellen Flammen.

Leuchtend weiß standen die kleinen Häuschen in diesem blauen Lichtsturm, und von den jetzt so tiefroten Ziegeldächern stieg feiner Dunst auf. Fern im Osten schienen die Berge schwebend mit dem Glanz zu verschmelzen, als seien sie nur noch Schatten.

»Schau nur«, sagte Asarja Gitlin zu seinem Nachbarn, dem Lohnarbeiter mit dem zerrissenen Ohr, »sieh – guten Morgen hab ich vergessen zu wünschen –, was für einen totalen Sieg der Frühling mit einem einzigen betäubenden Schlag errungen hat.«

Und Bolognesi, der alles Gesagte lange abwägte, um sich vor ausgelegten Fangnetzen zu hüten, blickte Asarja angestrengt an, als versuche er, ihm hinter seine listenreichen Schliche zu kommen, und antwortete schließlich in demütigem Ton: »Gelobt sei der Herr.«

Schon hatten die Hausmütter den Kleinsten Hemdchen und Turnhosen angezogen und sie jeweils zu viert in die breiten

Wäschekarren gesetzt, um sie so durch den Kibbuz spazieren-zufahren. Von seinem Fenster aus blickte Jolek – noch in dickem Schlafanzug und warmen Filzpantoffeln – auf die vor Menschen wimmelnden Rasenflächen hinaus und bemerkte: »Ein richtiger Karneval.« Worauf seine Frau Chawa durch die Klotür hindurch erwiderte: »Wieder hab ich die ganze Nacht nicht geschlafen, und um fünf Uhr früh mußten mich doch diese Vögel in einer Weise wecken, daß ich dachte, es sei Fliegeralarm. Jedesmal was Neues.«

Männer und Frauen schälten sich aus einem Kleidungsstück nach dem anderen, krempelten die Ärmel hoch, öffneten ein oder zwei Hemdknöpfe, und einige gingen sogar soweit, halbnackt aus dem Haus zu treten, mit dichtem Haar, golde-nem Flaum oder auch einem ergrauten Lockenteppich auf der Brust. Das honigartige Licht verwöhnte die winterlichen Schultern und die mit Wasser vollgesogenen Gartenflecken, brach sich tausendfach an den blechernen Regenrinnen, strei-chelte die in den Frostnächten verblaßten Rasenflächen, tauchte in das Dunkel der großen Zypressen.

Es war wie ein Wunder: In welchen Unterschlüpfen hatten sich die stürmisch herumsummenden Fliegen und Bienen den ganzen Winter über vor Kälte und Wind versteckt? Und woher waren diese weißen Schmetterlinge da zwischen den hellen Glanzlichtern heruntergeflattert, wenn nicht von den Schnee-kuppen, die sich vor vier Nächten in feinen Flocken über die östlichen Berggipfel gelegt hatten? Wie die Bienen, die Vögel und die Schmetterlinge hatte auch die Haushunde ein stürmi-scher Geist erfaßt: Sie rannten jetzt in wilden Kreisen über den Rasen, als wollten sie einem flüchtigen Sonnenstrahl nachja-gen. Sonnenflecken sprenkelten Wiesen und Fliederbüsche, die gleißenden Bougainvilleas und die Hibiskussträucher, und der leichte Seewind wiegelte diese Lichtblasen noch zusätzlich auf, nun alles zu versuchen. Sie sausten von Pfützen über Fenster-scheiben zu Abflußrohren, tanzten und verloschen, nur um darauf neu zu erstehen, flossen auseinander und wieder zusammen oder zersprangen in funkelnde Scherben. Jeder, der einem auf den Fußwegen entgegenkam, sang sich ein Lied. Der allgegenwärtige Duft der regensatten Erde, vermischt mit dem Seegeruch des Windes, weckte in jedem ein dringendes Bedürfnis, noch in diesem Augenblick etwas zu tun, sofort etwas zu verändern: ein verrostetes Geländer zu streichen, mit der Hacke einem Büschel Unkraut zu Leibe zu rücken, eine Hecke zu stutzen, ein Rinnsal abzuleiten, am Abflußrohr aufs Dach hinaufzuklettern, um einen zerbrochenen Ziegel auszuwechseln, ein kreischendes Baby in die Luft zu werfen, oder umgekehrt: auf alles zu verzichten und sich augenblicklich auf die Erde fallen zu lassen, um dort reglos liegenzubleiben wie eine Eidechse in der Sonne. Du warst mir sehr lieb, mein Bruder Jonatan, sagte Asarja sich im stillen und sprang über eine Pfütze auf dem Weg zu Jonatans und Rimonas Haus, wo er ihnen mit allem Nachdruck einen großen Sabbatausflug anempfehlen wollte. Wenn Joni müde wäre, würde vielleicht Rimona einwilligen, die ihm nachts im Wald seine Wunden verbunden hatte. Da war sein Traum so unwahrscheinlich süß geworden, daß ihm die Ohren aufgingen – indes nur um die murmelnden Lippen seines Nachbarn zu hören, der seine – vielleicht chaldäischen – Sätze oder Beschwörungen herunterbetete.

»Stell dir mal vor, so was geschieht, zum Beispiel, im Kino«, sagte Jonatan. »Die Frau schläft, der Ehemann weckt sie morgens auf, und was sind ihre ersten Worte? ›Du bist's, Joni‹ fragt sie ihn. Ja, wen hattest du denn erwartet? Marlon Brando etwa?«

»Jonatan«, sagte Rimona sanft, »wenn du mit dem Kaffee fertig bist und nicht mehr trinken möchtest, dann laß uns jetzt nach draußen gehen.«

Jolek Lifschitz, Sekretär des Kibbuz Granot, ein weder junger noch gesunder Mann, bückte sich seufzend und zog aus dem kleinen Lagerraum zwischen den Tragepfeilern seines Hauses einen Liegestuhl hervor. Vorsichtig staubte er ihn ab, schleppte ihn zu dem gepflasterten Quadrat am Ende seines Vorgartens, klappte ihn in sorgfältigem Bemühen auf, sich nicht etwa die

Finger dabei einzuklemmen, prüfte mit leichtem Mißtrauen die Festigkeit der Stoffbahn, setzte sich hinein und streckte seine nackten Füße aus, über die sich ein Netz böser Venen und blaugeschwollener Krampfadern zog. Die dicke Freitagszeitung legte er aus der Hand, ohne auch nur eine einzige Zeile gelesen zu haben, weil seine Brille in der Tasche des Hemdes geblieben war, das er zu Ehren des neuen Lichts noch vor Verlassen des Zimmers ausgezogen hatte. So schloß er die Augen und versuchte, seine Gedanken auf zwei, drei Themen zu konzentrieren, die er zum Abschluß bringen wollte: Die Zeit war knapp. Nachts im Traum hatte Eschkol ihn beauftragt, mit den Syrern zu reden, ihnen die Überschwemmungsschäden zu erklären, aber nur nicht zu begierig zu erscheinen, sondern den Eindruck zu vermitteln, daß es bei uns gar nicht so schlimm wäre und wir noch viel aushalten könnten. Uns brenne nichts an. »Aber ganz unter uns gesagt, Jolek, darfst du nie vergessen – es brennt. Und wie!« Als er aus Eschkols Zelt heraustrat, stürzte, von einem arabischen Brunnen her, mit rotem, furchtbarem Gesicht Ben Gurion auf ihn zu und schrie ihn wütend mit der schrillen Stimme einer irrsinnigen Frau an: »Das gibt es nicht und kann es nicht geben, und wenn getötet werden muß, wirst du töten und schweigen, sogar mit dem Griff einer Hacke wirst du zuschlagen, wie König Saul seinen eigenen Sohn getötet hat.«

Das Geschrei der Vögel und das Streicheln der blauen Sonne lenkten Jolek von seinen Gedanken ab. Überrascht stellte er fest, daß Vögel nicht jubilierten, wie Bialik geschrieben hatte, sondern geradezu brüllten. Insbesondere staunte Jolek über das Gezeter der Tauben zwischen seinen Dachbalken: Lautstarke Auseinandersetzungen wurden da ausgetragen, mit sich überschlagenden Baßstimmen, in glühendem Pathos und mit rasender Wut. »Scha, scha«, rief Jolek ihnen auf jiddisch zu, »was ist denn, warum toben die Völker. Nichts ist passiert. Ben Gurion spielt Theater wie üblich, aber wir werden uns deswegen nicht aufregen.« Damit zerstreuten sich seine Gedanken, und er nickte ein. Seine beiden schweren Hände ruhten auf dem Bauch, der Mund stand leicht offen. Um die Glatze herum sträubte sich das graue Halbrund seines Haares im Wind, das in diesem Zauberlicht einem Heiligenschein glich. Die Tauben hörten nicht auf, ihre Reden zu schwingen. Aber aus Joleks häßlichem, schlauem Gesicht, aus diesen Zügen eines ebenso scharfsinnigen wie traurigen Gemeindevorstehers oder Hofjuden in der Diaspora, den man nicht an der Nase herumführen konnte, schwand endlich der Ausdruck mißtrauischer Ironie, gemischt mit der Vorsicht seiner uralten Rasse: Jolek schlummerte friedlich.

»Schläft wie ein Bär, unser Jolek«, lachte Srulik, der Musikant, der in sorgfältig gebügelten Khakihosen und himmelblauem Sabbathemd mit dem Ball der Nachbarskinder in der Hand des Weges kam. Chawa mochte weder seinen öligen deutschen Akzent noch sein Lächeln, das ihr unberechtigt intim erschien. Jetzt reißen die auch schon ihr lautes Mundwerk auf. Man könnt grad meinen, dachte sie bei sich.

»Laßt ihn doch schlafen«, fuhr sie ihn bösartig an, »wenigstens am Sabbat laßt ihn mal in Ruhe schlummern. Sogar der Wächter im Irrenhaus kriegt ab und zu ein bißchen Freizeit. Ganze Nächte durch kann er nicht schlafen wegen euch. Warum darf er sich denn jetzt nicht mal ein wenig ausruhen?«

»Soll er gern, mög's ihm wohl bekommen«, lachte Srulik in seiner gutmütigen Art, »möge er ruhig schlafen, der Wächter Israels.«

»Sehr lustig«, stieß Chawa zwischen den Zähnen hervor, während sie auf der Wäscheleine Flanellschlafanzüge, Bettwäsche, einen Morgenrock und dicke Pullover aufreihte. »Ihr sollt wissen, daß ihr ihm das Leben verkürzt, und hinterher bringt ihr dann einen Gedenkband heraus und schreibt, Jolek hätte nie Müdigkeit gekannt. Egal. Ich mach niemandem Vorwürfe. Das hab ich schon längst aufgegeben. Nur daß ihr dann wißt, was ihr getan habt.«

»Aber wirklich«, erwiderte Srulik geduldig und gutmütig, »es ist eine Sünde, an solch einem schönen Morgen böse zu sein, Chawake. Was für ein Licht! Und dieser Duft überall! Fast würd ich's wagen, dir ein Blümchen zu pflücken!«

»Sehr komisch«, gab Chawa zurück.

Srulik warf die Arme in die Höhe, als wollte er ihr den Ball zuwerfen. Wieder lächelte er und hätte ihr fast zugezwinkert, besann sich jedoch eines besseren und ging davon. Chawa warf ihm einen bitterbösen Blick nach, wobei ihre Augen etwas von einer Eule hatten, die von einem scharfen Scheinwerfer geblendet wird. »Schoin, gut«, sagte sie abschließend zu sich selbst.

Allnächtlich im Bett neben diesem langsam fetter werdenden Mann: die Gerüche seiner Krankheit, der verhaßte Zigarettengestank, sein Schnarchen, die blassen Umrisse der überladenen Bücherregale an der Wand gegenüber im Schein der Klolampe, die nicht ausgeschaltet werden darf, seine Souvenirs auf der Kommode, an der Wand, am Kopfende des Bettes – wie ein großes Plakat beispielsweise: Ich bin eine landesweit bekannte Persönlichkeit, ich war Minister. Ja, du warst Minister, bist eine landesweit bekannte Persönlichkeit, und ich war dein Putzlumpen, mein Herr, deine alten Socken, die du unter den langen Unterhosen trägst, und auch deine langen Unterhosen war ich, mein Lieber. Bleib uns gesund, tu Großes. Sollen sie dich in die Regierung zurückholen, meinetwegen sogar zum Präsidenten machen, doch ich wünschte, ich wäre damals unter Binis Kugeln gestorben! Mit einer Pistole zielen konnte er nicht, aber die Flöte wußte er zu spielen auf der Weide, wenn er mit der Herde allein an den Rand des Wadi wanderte, damals in unserem Herbst, und sich auf einen Felsen stellte in seinem schwarzen Russenkittel, mit tiefschwarzem Haar, aufrecht und traurig, und die Flöte spielte er auf ukrainisch, bis zu den Bergen, bis zum Himmel hinauf, bis ich ihn anflehte, damit aufzuhören, weil ich sonst hätte weinen müssen, und er hat aufgehört. Aus Liebe hat er nicht weitergespielt, und ich hab dennoch angefangen zu weinen. Und später dann, an jenem Abend, als ich ihn durch eine Ritze in der Trennwand auf seiner verschwitzten Matratze liegen sah – nackt lag er da auf dem Rücken und spielte mit denselben Fingern, mit denen er vorher geflötet hatte, nun mit seinem Dingsda und weinte, und neben mir schnarchte der Minister. Aber ich hab ihn geweckt und ihn flüsternd gezwungen, ebenfalls durch die Ritze zu gucken und zuzusehen, wie Bini sich da drehte und wand, bis es ihm kam. Hinterher hat der Minister einen Ausschuß einberufen, um die Sache diskret zu beraten. Die Zeit sollte die Wunden heilen, und ich war in anderen Umständen, und seitdem die Schüsse gefallen sind, bin ich dein Haushund, ty zboju, ty morderco! Mich hast du im stillen ermordet, ihn hast du im stillen ermordet, und jetzt ermordest du ganz still und leise deinen ältesten Sohn, von dem ich dich niemals wissen lassen werde, ob er dein Sohn ist oder nicht. Wie dieser aufdringliche Musikant gesagt hat: Möge er in Ruhe schlafen, der Wächter Israels. Macht nichts, Chawake, macht gar nichts, mußt dir nichts daraus machen, sagte sie tonlos zu sich selbst, als wollte sie ein Kind in sich trösten.

»Chawa«, meinte Jolek, »du wirst es nicht glauben: Mir scheint, ich bin ein wenig eingenickt.«

»Schlaf dich ruhig gesund. Ich glaube, Srulik hat dich gesucht.«

»Äh?«

»Srulik. Ich hab gesagt, Srulik ist dagewesen.«

»Stimmt«, sagte Jolek, »du hast recht: Der Frühling ist wirklich da.«

»Wohl bekomm's«, knirschte sie zwischen den Zähnen hervor und ging ihm ein Glas Tee machen.

Wegen des tiefen Schlamms konnten sie nicht den kurzen Weg nehmen, den der Regen in einen grundlosen Sumpf verwandelt hatte. So mußten sie weit nach Norden ausholen, über das schmale Asphaltband der sonst unbenutzten, noch von den Briten erbauten Straße, die den Hügel in zwei weiten Kreisen umspannt, ehe sie in die Ruinen von Scheich-Dahr einmündet. Von Winter zu Winter bröckelte der ausgedörrte Asphalt weiter ab, so daß wildwuchernde Pflanzen wie Brennesseln, Prosopis und dornige Pimpinellen sich bereits Risse und Spalten geschaffen hatten und das trockene Gerippe mit einem stacheligen Dickicht durchlöcherten. Die wolkenbruchartigen Fluten hatten die Bankettsteine umgestürzt; einige Straßenabschnitte waren eingebrochen und völlig weggeschwemmt worden. Einschlaglöcher von Minen und Granaten aus dem Befreiungskrieg klafften düster zwischen dem üppig sprießenden Pflanzenwuchs an den Stellen, an denen Blut geflossen war, und in einer der Kehren ragten die Überreste eines ausgebrannten Kleinlasters empor, aus dessen leeren Schweinwerferhöhlen starke Farne wuchsen. Asarja mußte unwillkürlich an den Begriff vom Fluche Gottes denken.

Um zehn Uhr morgens, nach dem Kaffeetrinken, waren Anat und Udi mit Jonatan, Rimona und Asarja zu einem Spaziergang in das zerstörte Dorf aufgebrochen. Udi hatte nämlich mit Sicherheit angenommen, daß die letzten Sturzregen uralte behauene Steine freigelegt hätten, die zu den Überresten einer jüdischen Siedlung aus biblischer Zeit gehörten und von den Arabern im 8. Jahrhundert zum Bau ihres Dorfes wiederverwendet worden waren. Es drängte ihn, solche Steine in seinem Vorgarten zu sammeln, und zwar einmal wegen ihrer antiken Schönheit und zum anderen, weil Udi das Gefühl ausgleichender Gerechtigkeit, späten Sieges oder biblischer Erfüllung empfand, wenn er sie sammelte oder »befreite«, wie er zu sagen pflegte. Sobald der Feldweg abgetrocknet wäre, wollte er einen Karren hinter den Traktor spannen, um die Funde »heimzuführen«. »Heute«, schlug er vor, »werden wir sie ausfindig machen. Und wenn uns irgend so ein malerischer arabischer Trödel aus Holz oder Metall in die Hände fällt, nehmen wir den mit nach Hause, füllen ihn mit Erde und pflanzen was rein, das ihn schnell überwuchert.«

Anat wiederum hatte vermutet, daß an den felsigen Hängen, zu Füßen der vom Jüdischen Nationalfond angepflanzten Kiefern, Pilze in Massen wachsen müßten.

Asarja Gitlin hatte sich bereit erklärt, für die Verpflegung des Trupps zu sorgen. Frühmorgens hatte er sich in der Kibbuzküche gebratene Hähnchenkeulen und Reis von den Resten des Freitagabendmenüs geben lassen und alles schön eingewickelt. Dazu hatte er rohe Kartoffeln, Gemüse für den Salat, Apfelsinen, Käsebrötchen und gekochte Eier eingepackt. Zu Ehren des erwachenden Frühlings hatte Asarja seine besten Sachen angezogen: ein blaurot gestreiftes Hemd und dazu eine Gabardine-

163

hose mit scharfer Bügelfalte. Die Hose war ein wenig zu kurz, so daß ein Stückchen seiner dünnen weißen Beine zwischen Bügelfalte und grünen Wollsocken hervorblitzte. Dazu trug er seine dandyhaften Stadtschuhe mit modisch schmalen Spitzen, während die Absätze schon etwas schiefgelaufen waren. In ebendiesen Schuhen war Asarja an seinem ersten Arbeitstag in der Kibbuzwerkstatt erschienen, wo es ihm gelungen war, ein kleines Wunder zu vollbringen, einen verloren geglaubten Traktor zu retten – und dadurch etwas von seinen begnadeten Kräften zu zeigen. Nach längerer sorgfältiger Überlegung hatte er beschlossen, diesmal die Gitarre nicht mitzunehmen: »Wer ständig nur nach Ruhm begehrt, nimmt auch dem Teuren seinen Wert.« Dafür hängte er sich die Feldflasche an den Gürtel, die Etan R. ihm geliehen hatte. Fröhlich und energiegeladen beharrte er auf seinem Vorsatz, von heute an alle Attribute der verschlafenen Überlegenheit einzusetzen, die er Etan R. abgeguckt hatte. Nie mehr würde er als empfindsamer, ängstlicher Jüngling auftreten, sondern so, wie er wirklich war: als gestandener Mann, der viel gesehen, große Leiden durchgemacht und alle Mühsal schweigend zu ertragen gelernt hat. Im Handumdrehen hatte sich Asarja auch Udi Schneors Gangart angewöhnt: Mit weit ausholenden, lässigen Schritten, die Daumen in den Gürtel geklemmt, schlenderte er dahin. Er hatte sich fest vorgenommen, der kleinen Ausflugsgesellschaft so hilfreich und nützlich wie möglich sein zu wollen: Wenn unterwegs eine unvorhergesehene Situation eintreten sollte, wenn Gefahr drohte und die anderen gewissermaßen außer Fassung gerieten, würde er nicht zögern und keinen Augenblick an seine eigene Sicherheit denken.

Gerade beobachtete er scharf die Bewegungen der Hündin Tia, die ab und zu von der löchrigen Straße abwich, um sich einen nicht sichtbaren Weg durch das Dickicht der Gräser, Dornen und wildwachsenden Oleandersträucher zu bahnen und tief in das feuchte Herz des dunklen Gestrüpps einzudringen. Dem Auge entschwunden, raschelte sie mal hier, mal dort auf dem verdeckten Erdboden herum, witterte vielleicht etwas, scharrte mit den Pfoten, jagte einer unsichtbaren Beute nach, ließ ein ängstliches Bellen vernehmen, das sich gleich darauf in Wolfsgeheul verwandelte, wich mit wütendem Schreck zurück, umrundete irgendein Tier oder schnitt ihm den Fluchtweg ab – einer Feldmaus vielleicht oder auch nur einer Schildkröte oder einem Igel – und brach dann auf einmal wieder wie neugeboren aus dem modrigen Blätterschoß hervor, das Fell gespickt mit Farnrispen und Dornen, um sich sofort wieder in diese Tiefen zu stürzen, dort raschelnd und stampfend herumzurumoren und erneut ihr kurzes Bellen abzugeben, das in erschrockenem Winseln endete.

»Ich sage euch, sie hat was entdeckt«, warnte Asarja. »Ich sage euch, daß sie irgendwelche Spuren gefunden hat und uns aufmerksam machen will. Und wir haben nicht mal eine Waffe bei uns.«

»Schon gut«, grinste Udi, »beruhig dich. Das sind nur Indianer, die uns skalpieren wollen.«

»Schon um acht Uhr morgens hab ich Bolognesi zum hinteren Tor laufen und von dort allein in Richtung Brunnen gehen sehen«, stellte Asarja fest, worauf Rimona sagte: »Bolognesi ist ein guter Mensch. Und auch du bist gut, Asarja. Und dieser Samstag ist für einen Ausflug wie geschaffen.«

»Dies«, fügte Udi Schneor mit seiner rauhen, abgehackten Stimme hinzu, »ist ein echt schöner Sabbat. Was Recht ist, muß Recht bleiben. Und dieser Winter hat's nun wirklich schon ein bißchen zu toll getrieben.«

»Ich weiß nicht recht«, bemerkte Rimona.

»Was?«

»Ob der Winter schon vorbei ist.«

»Uff, hört doch endlich auf, vom Winter zu reden«, mischte sich Anat ein. »Dann sprecht doch lieber über die skalpierenden Indianer.«

Danach wanderten sie eine Weile schweigend weiter, bis Tia wieder hechelnd und schnaubend zwischen den Sträuchern hervorstürmte und Jonatan mit beiden Vordertatzen ansprang, wohl um ihn aufzuhalten oder seinen Schritt zu verlangsamen. Sowieso gingen sie nur gemächlich. Aus der Ferne schallten drei weiche Schüsse herüber, als seien sie unter einer dicken

Steppdecke abgefeuert worden, und ein Vogelschwarm schwang sich in rundem Bogen zu neuen Höhen auf.

»Wenn so ein strahlend blauer Samstag nach wochenlangem Wind und Regen daherkommt«, sagte Rimona, »möchte man am liebsten die Hand ausstrecken und was Lebendiges pflücken, nichts Getrocknetes. Wenn's dann wieder anfängt zu regnen, hat man doch wenigstens eine Erinnerung – vielleicht Zweige wie die da von dem Olivenbaum, wo die Blätter auf der einen Seite ganz dunkelgrün sind und auf der andern mattsilbern, denn gegen Kiefernzweige ist Joni allergisch, da laufen ihm die Tränen runter, und das ärgert ihn. Aber wie kann man heute Ölbaumzweige pflücken, die doch noch voll mit Regentropfen sind, und wenn man sie nur mal anfaßt, kriegt man gleich eine kalte Dusche in den Ausschnitt und in die Ärmel von all dem Wasser, das noch auf ihnen sitzt.«

Sie hatte noch nicht ausgesprochen, da war Asarja bereits mit einem Satz von der Straße die lose Böschung hinunter, bahnte sich unten einen Weg durch den Morast, zwängte sich zwischen niedrigen Terebinthen hindurch, tauchte einen Augenblick später wieder auf und überreichte ihr einen Strauß feuchter Ölzweige, wobei er bescheiden lächelnd versprach: »Ich kann noch mehr pflücken, so viel du möchtest.«

»Aber du bist ja ganz naß«, stellte Rimona bewundernd fest, wobei ihre Mundwinkel ihm zulächelten. Sie fuhr sich über die Wange, als sei sie selber naß geworden, und wischte sich dann mit dem Handrücken das Wasser von der Stirn, ehe sie mit beiden Händen die Zweige nahm: »Danke, du bist gut.«

»Das war noch gar nichts«, rechtfertigte sich Asarja.

»Und auch unterm Kragen bist du naß geworden«, sagte sie. »Gib mir ein Tuch, ich reib dich ab.«

Wegen der Berührung und dem Klang ihrer Stimme begann Asarja, fieberhaft in seinen Taschen herumzuwühlen. Dabei fand er ein Taschenmesser, aber kein Taschentuch und auch keine Zigaretten, bis Joni schließlich begriff, was er wollte, und ihm eine anbot, worauf er sich selbst eine anzündete. Sämtliche Knochen werd ich dir brechen, du kleiner Grashüpfer, dachte Jonatan, aber dann besann er sich und dachte: Macht nichts, morgen geh ich und lass' sie hier zurück. Nimm sie, wenn du willst. Sie hat ja sowieso nichts, du dämlicher Grashüpfer, das ist doch nur eine Schaumgummipuppe, und ich bin sowieso schon gar nicht mehr hier.

»Von morgens an haben sie im Radio so russische Lieder gesendet«, sagte Anat, »wie ›Wanja, mein teurer Sohn‹ und ›Schon schlagen aus die Birnen und die Äpfel‹. Aber ihr mit euren Zigaretten verpaßt all die herrlichen Düfte der Natur.«

»Das«, sagte Asarja, indem er seine Stimme rauher zu machen versuchte, »ist ein echt guter Vorschlag. Ich drück sie auf der Stelle aus. Und das ist auch eine echt schöne Gegend.«

»Schau einer her«, wandte Udi sich an Jonatan, »schon in aller Frühe sagen einem die Weiber, was man zu tun und zu lassen hat: Rauchen und Spucken verboten. Aber sieh mal her, Joni, was das Wasser da unten im Wadi für eine Kraft gehabt hat. Die arabischen Terrassen sind abgeschwemmt. Nur die unterste Steinbrüstung, die unsere Urväter zur Zeit des Zweiten Tempels, wenn nicht noch vorher, erbaut haben, hält immer noch. Der kann keine Überschwemmung was anhaben.«

»Einmal haben sie bei uns über einen kleinen Staudamm am Eingang des Wadi gesprochen«, erwiderte Jonatan. »Das war eine Idee von Jaschek, und mein Vater hat ihm ins Gesicht gelacht. Wir sind hier nicht in der Schweiz, hat er gesagt, und haben kein Geld für fantastische Träume von majestätisch ihre Bahn ziehenden Schwänen und mandolinespielenden jungen Mädchen an den Ufern wie auf einer Pralinenschachtel. Nach zwei, drei Tagen hat mein Vater natürlich wie immer angefangen, die Sache ernsthaft zu überdenken: vielleicht war doch was dran. Er hat sogar mich und den kleinen Schimon gebeten, als Prüfungsausschuß zu fungieren, als ad-hoc-Komitee, wie er so was nennt. Etan R. hat das gleich als Lach-dich-tot-Komitee verulkt. Dabei hat sich rausgestellt, daß das Wasser jedes Jahr höchstens bis Ende April oder Anfang Mai stehenbleiben würde, weil der Boden porös ist. Jaschek hat zugegeben, daß alles nur ein Hirngespinst war. Aber nun mußte sich ausgerechnet mein Vater auf die Sache versteifen; er meinte, im

Prinzip könnte man durchaus 6000 - 8000 Quadratmeter Boden mit einer Plastikplane abdichten, und wir würden unseren See hier kriegen. Jetzt korrespondiert er mit einem Professor vom Weizmann-Institut, der seiner Meinung ist, und mit einem Professor aus Jerusalem, der genau das Gegenteil behauptet. Aber nun hör zu, Udi, nach zwei- bis dreihundert Metern beginnt jetzt der Plattenweg, wo Abu-Hanis Obstgarten gewesen ist; erinnerst du dich an diesen Pfad? Wo früher dieser Rhinozeros-Baum gestanden hat? Wenn wir den finden, können wir gerade auf Scheich-Dahr zulaufen, ohne im Schlamm zu versinken, und genau dort hast du eine gute Chance, biblische Überreste zu finden: vielleicht den Stein, mit dem Kain Abel erschlagen hat, oder die Knochen eines zermalmten Propheten. Pssst, Tia. Dummes Vieh. Komm her. Guck doch, wie dreckig du dich gemacht hast. Geh mir bloß vom Leib!«

Die ganze Zeit über sind die so ein Vierergespann, dachte Asarja, und ich bin das fünfte Rad am Wagen, das keiner braucht, außer daß ich mich da im Gebüsch zerkratzen und wie ein Hund im Schlamm tummeln kann, um Rimona einen Strauß Olivenzweige zu holen. Sie hat mich berührt, hat mir die Tropfen abgewischt, so wie ein menschliches Wesen ein anderes berührt, nicht als Frau, aber er ist eifersüchtig geworden, so sehr, daß er sich eine Zigarette angezündet und das Streichholz weggeschleudert hat, als würde er mich ohrfeigen wollen. Er ist mein Freund, der einzige Freund, den ich auf der ganzen Welt und im ganzen Kibbuz hab. Seine Allergie läßt ihn Tränen vergießen, die ihn ärgern, aber mir hat sie mit der Hand die Tropfen aus dem Gesicht gewischt. Noch nie hab ich gesehen, daß sie ihn berührt hat, aber diese Anat faßt ihren Udi schon an, kitzelt ihn unter dem Hemd. Mit Rimona ist das nicht so wie bei einem menschlichen Wesen, mehr wie bei einer Mutter, obwohl sie nicht Mutter ist, im Gegenteil: Die hatten so eine winzige Tochter, und die ist ihnen gestorben, vielleicht an einer Krankheit – Herz, Nieren, Leber. In einer neunstündigen Operation kann man heute innere Organe vom Spender auf den Kranken übertragen und ihn retten. Ich hätt ihnen unaufgefordert ihr Baby gerettet, aber sie hätten's nicht haben wollen aus meinem Körper mit seiner dreckigen Begierde, und überhaupt, was bin ich denn für sie: weder Bruder noch Freund, vielleicht der Hofnarr. Die haben mich auf ihren Ausflug mitgenommen, damit ich sie zum Lachen bringe, und das werd ich auch tun, ich und ihr altes Hundevieh. Wer hat mich eigentlich gebeten, mit ihnen diesen Spaziergang zu machen? Wozu müssen all diese Geliebten und Gefragten die Knochen eines zermalmten Propheten hinter sich herschleppen? Tausendmal hab ich mir schon gesagt, daß die Zeit meiner Offenbarung noch nicht gekommen ist; es muß noch viele Jahre gelitten und geschwiegen werden. Bolognesi hat sein Morgengebet gesprochen, hat ›Gelobt sei der Herr‹ gesagt und ist allein losgezogen. Mit dem hätt ich gehen sollen oder auch nicht mit ihm, sondern allein für mich bis zur Grenze, bis zur Waffenstillstandslinie, hätte übers Niemandsland hinblicken und den ganzen Weg über die Erde lieben sollen. Oder vielleicht in Richtung Obstgärten, und vielleicht sag ich ihnen jetzt in diesem Augenblick: Ihr müßt mich entschuldigen, Schalom. Sie werden warten, bis ich mich ein bißchen entfernt habe, und dann ›Gelobt sei der Herr‹ sagen. Und ich werd jetzt schweigen, bis mir endlich ein neuer Gedanke kommt, ein Gefühl, eine ganz besondere Stimme von weit her, die nur erschallen will, wenn ich allein bin, ohne Menschen, ohne die bösen Begierden, ohne meine Manie, dauernd Eindruck zu schinden, zu fesseln und zu verblüffen, Wind zu machen. Es ist doch schon das Wunder geschehen, als ich still war, als ich mich beruhigt hatte und gesagt hab, mein Gott, was bin ich denn überhaupt, wozu hast du mich am Leben gelassen, wozu werd ich denn gebraucht, daß sich dann in so einem Augenblick eine einfache Antwort ergibt – aus der Stille des Lichts und des Erdbodens, von den Bergen her und aus dem Wind, und die Antwort ist: Hab keine Angst, Kind, hab keine Angst. Nur ein Hund läuft ständig bettelnd dem Applaus der Menge und der Gnade der Gesellschaft hinterher, denn aus den Begierden entsteht die Reue, und von der Reue kommt die Sorge, und aus der Sorge folgen die Leiden, hat Spinoza gesagt, und damit hat er recht gehabt. Die Juden haben ihn weggejagt, und die Frauen haben ihn angewidert verhöhnt, so daß er allein geblieben ist mit den Sternen und den Winden und den Diamanten, die er im Kerzenschein geschliffen hat, und mit der Antwort: Hab keine Angst, nur keine Angst, Kind. Bald, wenn wir da angekommen sind, wo wir hingehen, und uns zum Essen und Trinken auf den Stein setzen, mit dem Kain Abel getötet hat, werd ich ihnen russische Lieder beibringen, die sie noch nicht mal vom Radio her kennen, die sie im ganzen Leben nicht gehört haben. Was bin ich nur für ein blöder Dummkopf, daß ich meine Gitarre nicht mitgebracht hab. Aus lauter Rücksichtnahme und vor lauter Scham. Nur aus reiner Angst, daß andere Menschen uns auslachen könnten, tun wir doch das Gegenteil von dem, was wir machen sollten, und deshalb würde das Weltall selber uns auslachen, wenn es nur Zeit und Muße für unsere nichtigen Dummheiten hätte. Wie dieser Joni, der nur aus lauter Scham und Rücksichtnahme und so weiter nicht von hier abhaut. Rimona hält ihn doch gar nicht stärker zurück, als der Erdboden diesen Stein festhält, damit er nicht wegfliegt. Du fliehst mit aller Kraft vor dem Lug, und um die Ecke rum erwartet dich der Trug. Da kletterst du, wie von bösen Tieren verfolgt, auf einen Baum, wo dir der Schwindel entgegengrinst. Also schwingst du dich wie wahnsinnig aus den Höhen herab, doch schon mitten im Sprung packt dich der Bluff. Dieser Udi zum Beispiel – wenn der mal alle Karten offen auf den Tisch legen würde, müßte er zu mir sagen: Hör mal, Fremdling, eh du getötet hast mit einer Handgranate, mit einer Maschinenpistole aus eineinhalb Metern Entfernung oder mit dem Seitengewehr in den Bauch von so einer Arabuschit rein, weißt du nicht, was das Leben ist, spürst du nicht diese Lust im Bauch, für die wir geboren sind. Oder Rimona – wenn die sagen würde, was sie doch so gut wie die Erde selber weiß, müßte sie zu Anat sagen: Hör mal, Anat, wir, du oder ich, müssen ihn einmal richtig ficken lassen. Dazu braucht er nur einen kleinen Moment, dann wird er sich beruhigen, aus seiner Armseligkeit rauskommen und plötzlich ein guter Mensch werden, besser als alle anderen. Aber Rimona hat sich noch nicht bereitgefunden, Frau zu sein, während diese Anat ohne weiteres, wenn nicht die Gesellschaft und all das wär, hier mitten auf dem Feld am hellichten Tag mit uns allen dreien bumsen würde – einer hübsch nach dem anderen oder auch alle auf einmal, sogar mit mir, wo ich doch nur so ein kleiner Stinker bin, wie Major Slotkin gesagt hat und Etan R., und wie es die Deutschen gesagt haben. Nur daß ich besser verlieren kann als sie alle und leiden und weil ich besser auf den Tod vorbereitet bin als sie und ihnen am besten zu übersetzen weiß, was sie wirklich von uns wollen – der Himmel und die Erde und die ganzen Heerscharen, wie es heißt, denn hier ist doch alles Heer und Militär, das ganze Volk Armee, das ganze Land die Front. Ich bin hier der einzige Zivilist unter denen, ich und Eschkol, und deswegen begreifen wir zwei als einzige, wie ernst die Lage wirklich ist, nur daß er noch nicht weiß, daß ich so bin wie er und ihm helfen könnte. Das sind die Dinge, über die man reden müßte, statt tote Worte daherzuquatschen: »ein echt schöner Sabbat«. Was heißt das denn überhaupt? Tote Worte über reißende Überschwemmungen, die am Eingang des Wadi gewesen oder nicht gewesen sind – und wenn schon? Wo schwemmt denn nichts weg? Unser ganzes Leben ist doch nur so ein reißender Strom, und dieser Augenblick, der nicht wiederkehrt, schwimmt auch auf und davon. Na und? Gleich werden Udi und Jonatan ein bißchen weggehen, um ihren biblischen Nippes zwischen den Trümmern zu suchen, und ich bleib mit den Frauen zurück, und da werd ich – so wahr ich lebe – versuchen, einmal im Leben kein gelogenes Zeug daherzureden.

»Warum schweigt ihr denn alle?« fragte Asarja.

Und Udi sagte: »Da sieht man das verstunkene Dorf aus der Nähe.«

Auf dem Gipfel der Anhöhe, aufragend zwischen blauen Wolken, erheben sich die Ruinen von Scheich-Dahr: zertrümmerte, rußgeschwärzte, verlassene Wände – durch das leere Bogenfenster bohrt sich das Licht wie ein Bauch und Rücken durchdringendes Schwert, während sich zu Füßen der Wände der Schutt des eingestürzten Daches häuft. Hier und da hat sich ein unnachgiebiger, verwilderter Weinstock verzweifelt an einer ausgebrannten Mauer festgekrallt. Und ganz oben reckt sich schlank das abgeschnittene Minarett in den Himmel, das – wie man sich erzählt – der Oberbefehlshaber der Palmach im Befreiungskrieg eigenhändig mit einem wohlgezielten Granatwerferschuß umgelegt hat. Über das eingefallene Haus des Scheichs vor der Moschee rankt sich eine flammende Bougainvillea, als loderte noch immer das Feuer in diesem Mördernest, das – Jolek Lifschitz' Worten zufolge – einen so grausamen Blutzoll von uns gefordert hat.

Jonatan erinnerte sich an das Wort Blutzoll, aber kein Laut drang von Scheich-Dahr herüber, nicht mal das Bellen eines Hundes; nur tiefe Stille stieg von der Erde auf, während eine andere, gedämpftere von den Bergen herunterwehte: die Stille der Tat, die nicht mehr rückgängig, und des Unrechts, das nicht mehr gutzumachen ist. Auch diese Worte mußte er von seinem Vater gehört haben, oder hatte er sie aus einer Zeitschrift? Die Ausflügler verfielen in Schweigen. Sogar Asarja hielt seine Zunge im Zaum. Das Geräusch ihrer Schritte hallte von dem abgesunkenen Steinpfad wider, und in dem morastigen Feld stöberte die Hündin herum, als suchte sie Anzeichen geheimen Lebens. Feuchte Oliven- und Johannisbrotbäume hörten nicht auf zu wispern, als sei das letzte Wort noch nicht gesprochen, nach dem sie all die Jahre gesucht hatten, und drei Raben auf einem Zweig schienen darauf zu warten, welches Ergebnis dieses erstickte Flüstern zeitigen werde. Fern am Himmel schwebte ein Raubvogel – ob Falke, Habicht oder Geier, konnte Jonatan nicht erkennen. So ging er schweigend weiter, und auch die anderen redeten nicht, bis Udi mit seinem scharfen Späherblick einen guten Speisepilz unter den jungen Kiefern entdeckte und Anat ausrief: »Da ist noch einer, und da gibt's ganz viele«, worauf Udi in einem Ton, als sei er sein eigener Befehlshaber, meinte, das seien natürlich Steinpilze und nun habe man wohl das Ziel erreicht. Fertig.

Er hielt an, ohne die anderen zu Rate zu ziehen. Zwischen zwei grau glänzenden Steinen breitete er eine weißrote, von der Arabischen Legion erbeutete Kefiyah aus. Die beiden Frauen nahmen Asarja Gitlin den Picknickkorb ab. Jonatan befahl Tia, sich neben ihn auf den Boden zu legen. »Asarja?« sagte Rimona, und schon war der Angesprochene auf und davon, um Reisig fürs Lagerfeuer zu suchen, auf dem sie Kartoffeln rösten wollten. Sein Taschenmesser hatte sich bereits Anat angeeignet, um Gemüse für den Salat zu schneiden.

Anat war eine rundliche, kräftige Frau mit auffallenden Brüsten und stets bedeutungsvoll lächelnden Augen, als hätte man ihr gerade eben einen pikanten Witz erzählt, den sie ohne weiteres auf der Stelle mit einem noch viel pikanteren hätte kontern können, wenn sie nicht daran dächte, ihn noch etwas aufzusparen, um so das Vergnügen zu steigern. Der Seewind bauschte ihre braunen Haare auf; als derselbe Wind sich auch am Saum ihres blumenbedruckten Rocks zu schaffen machte, hatte es Anat nicht gerade eilig, den Stoff mit der Hand wieder auf die Schenkel zu drücken, obwohl Asarja einen ganz starren Blick bekam. Dafür sagte sie zu ihrem Mann Udi: »Komm her, du mußt mir unbedingt den Rücken kratzen, da und da, es juckt fürchterlich, oisch, da doch nicht, du Dussel, hier und dort. So ist's gut.«

Nun machten sie sich daran, ihr Ausflugsessen zuzubereiten. Wegen der Feuchtigkeit gelang es ihnen zunächst nicht, das Feuer in Gang zu bringen. Jonatan stellte das von Asarja gesammelte Reisig vorsichtig zu einem lockeren Gebilde auf, das an einen Indianerwigwam erinnerte, errichtete darin ein Dreigestell aus Streichhölzern, zündete es an und hielt mit dem eigenen Körper den Wind ab – vergebens. Nun trat Udi auf den Plan: »Laß mal, du mit deinen Spielchen.« Er knüllte ein Stück Zeitungspapier zusammen, zündete es wieder und wieder unter saftigen arabischen Flüchen an, bis kein einziges Zündholz mehr in der Schachtel war. Alles umsonst. Und weil Asarja Gitlin ihm so läppisch und schadenfroh vorkam, der eben eines seiner platten russischen Sprichwörter über einen Iwan zum besten gab, der den Karren nicht mit Macht, sondern mit List aus dem Mist gezogen hatte, brüllte Udi ihn verärgert an: »Vielleicht hältst du endlich mal die Klappe, du Schimpanosa. Wir kommen auch ohne Feuer aus. Ist ja alles patschnaß hier. Und wer hat denn überhaupt Lust auf Kartoffeln. Ist doch bloß Scheiß.«

Daraufhin sprang Asarja Gitlin auf, schlug über dem nächstbesten Stein den Kopf einer Sprudelflasche ab, beugte sich, mit dem Rücken zu den anderen, über das verlorengegebene Feuer und fummelte zwei, drei Minuten sehr konzentriert mit einer kleinen Glasscherbe herum, die er schließlich so ausrichtete, daß er die Sonnenstrahlen gebündelt und mit voller Wucht auf die Zeitungsfetzen richten konnte. Erst stieg feiner Rauch auf, dann züngelten kleine Flammen hoch, und schließlich brannte das Feuer. Zu Udi gewandt, sagte Asarja: »Du hast mir Unrecht getan.«

»Wir bitten um Verzeihung«, sagte Rimona sanft.

»Keine Ursache«, erwiderte Asarja.

Als ich ein Junge von sechs oder sieben Jahren war, kam einmal der Dorfscheich zu uns – Haj Abu-Zuheir hieß er –, und mit ihm drei Dorfälteste. Ich kann mich noch an sein weißes Gewand und an die graugestreiften Gewänder der drei anderen erinnern, wie sie da in Vaters Einzimmerwohnung auf weiß gestrichenen Stühlen um den weißen Tisch saßen, auf dem Chrysanthemen in einem Joghurtgläschen wuchsen. »Hada ibnak?« (Ist das dein Sohn?), lächelte der Scheich mit seinen maisgelben Zähnen, und Vater antwortete ihm: »Hada waladi wa'illi kamaan waahad, zeghir.« (Das ist mein Junge, und ich habe auch noch einen jüngeren.) Der Scheich strich mir mit seiner wie Erde gefurchten Hand über die Wange, ich spürte seinen Mundgeruch, und sein von Tabak verwüsteter Schnurrbart berührte fast meine Stirn. Vater bat mich, meinen Namen zu sagen. Abu-Zuheir ließ seine müden Augen von mir zum Bücherbord und von dort zu Vater wandern, der der Mukhtar des Kibbuz war, und sagte dann behutsam, als spiele er seine bescheidene Rolle bei einer würdigen Zeremonie: »Allah karim, ya Abu-Joni.« (Allah ist groß, o Vater des Joni.) Dann wurde ich aus dem Zimmer geschickt, wo irgendwelche Verhandlungen geführt wurden, bei denen der kleine Schimon übersetzte, denn Vaters arabischer Wortschatz war sehr begrenzt. Aus der Küche brachten sie eine große Kanne Kaffee und auch Matzen: das Ganze muß wohl in der Pessachwoche stattgefunden haben. Nicht einmal ein Hund ist in Scheich-Dahr übriggeblieben, und all die Felder, auch die umstrittenen und die, die ihnen gehört haben, ihre Hirse- und Gerstenäcker gegenüber unserem Luzerneanbau, all das ist jetzt in unserer Hand, und von den Arabern sind nur noch diese ausgebrannten Mauern oben auf der Anhöhe – und vielleicht auch ein schwebender Fluch.

Jonatan ging allein zu den Olivenbäumen hinüber, stellte sich mit dem Rücken zu den anderen und pinkelte, wobei er den Kopf schräg und den Mund leicht geöffnet hielt, als würde er gerade ein kniffliges Schachproblem zu lösen haben. Seine Augen wanderten um Scheich-Dahr herum zu den Bergen im Osten, die im fließenden Honiglicht gewissermaßen in Rufweite lagen. Von mattem Stahlblau waren diese Berge, blau wie das Meer an einem Herbsttag, und wäßrige Gebilde türmten sich da gleich mächtigen Wogen im Osten auf, die jeden Augenblick sich gen Westen zu brechen drohten, so daß Jonatan von dem starken, rätselhaften Verlangen gepackt wurde, ihnen auf der Stelle entgegenzulaufen, um sich mit gebeugtem Kopf wie ein beharrlicher Schwimmer in die Brandung zu stürzen. Tatsächlich begann er plötzlich mit aller Kraft wild in gerader Richtung loszurennen, hinter ihm seine alte Hündin wie eine kranke Wölfin: mit entblößten Zähnen, hechelnder Zunge und triefendem Speichel. An die dreihundert Schritte rannte er, bis seine Schuhe tief im schlammigen Morast versanken und das Wasser ihm gurgelnd in die Strümpfe drang, so daß er seinen Lauf verlangsamen mußte. Mit Mühe bekam er seine Füße frei, sank aufs neue ein, kletterte von Stein zu Stein, wobei seine Sohlen enorme Lehmklumpen mitschleppten. Während er so im Elefantengang aus dem Schlamm herausstapfte, begann er sich innerlich selbst zu verspotten – mit den Worten des alten biblischen Liedes »Aber ihr Herz war nicht«.

»Nimm ein Messer«, sagte Rimona, »und kratz dir den

Schlamm von den Schuhen ab, wenn du mit Rennen fertig bist.«

Er sah sie einen Augenblick lang müde lächelnd an, sah ihre ruhige Treuherzigkeit und setzte sich dann gehorsam auf einen Stein, um sich zu säubern. Dabei beobachtete er, wie die zwei Frauen sich mit dem Tranchieren der Hühnerteile abmühten und wie der neue Mann in seinen guten Hosen und dem Streifenhemd sich über das kümmerliche Feuer beugte, das er hatte entzünden können, nachdem alle Hoffnung bereits geschwunden war. »Ich bin gerannt wie ein Idiot«, sagte Jonatan. »Hallo, Asarja, ich red mit dir. Ich wollt mal sehen, ob ich's noch nicht verlernt hab vor lauter Winter. Kannst du rennen?«

»Ich«, sagte Asarja überrascht und etwas wichtigtuerisch, »bin schon genug gerannt. Schließlich bin ich hierhergekommen, um mit dem Rumrennen aufzuhören.«

»Komm, wir laufen um die Wette«, schlug Joni vor und staunte im gleichen Moment über das, was ihm da rausgerutscht war, »dann können wir mal sehen, ob du darin genauso gut bist wie im Schachspielen.«

»Bei dem rennt nur die Zunge«, bemerkte Udi bissig.

Asarja sagte ruhig: »Ich hass' das Rennen. Bin schon fertig damit. Und ohne mich habt ihr auch bald kein Lagerfeuer mehr und kriegt keine Kartoffeln.« Damit begann er umsichtig, die Kartoffeln dorthin zu rollen, wo die Zweige bereits verkohlt und zu glühender Asche geworden waren. Währenddessen schaute er auf Anat, um nicht in Rimonas Augen blicken zu müssen, die er von dem Moment an auf seinem Gesicht ruhen spürte, in dem Joni ihm das Wettrennen angeboten hatte. Er wußte, daß sie konzentriert, von Wimpern beschattet, offen und ohne jeden Zweifel waren, auch wenn sein Fleisch unter diesem Blick brannte, denn Rimona sah ihn nicht so an, wie eine Frau einen Mann oder überhaupt ein Mensch einen anderen anschaut, sondern wie eine Frau, die einen leblosen Gegenstand betrachtet – oder sogar so, als ob einen plötzlich der Gegenstand selber anblickt.

Rimona trug Kordhosen, die, ohne etwas zu betonen oder zu

176

vertuschen, die Linien ihres kindlich schlanken Körpers zur Geltung brachten, eines Körpers, der einem gerade erst in die Pubertät eingetretenen Mädchens zu gehören schien. Die Bluse hatte sie zu einem neckischen Knoten über dem Nabel gebunden, so daß man ein Stück ihres flachen Bauchs und ihrer schmalen Hüften sehen konnte. Sie lügt auf diese Weise, dachte Jonatan, der jedoch umgehend seinem Gedächtnis auf die Sprünge half: Aber was interessiert das denn.

Die erste, die sich an Asarja heranmachte, war die Hündin Tia. Er streichelte sie überschwenglich mit beiden Händen, und tröstliche Gelassenheit senkte sich über ihn. Nachsicht und Vergebung erbat er innerlich von Etan R., von Anat, von Udi: Mit welchem Recht stelle ich mich denn über sie, ich dreckiger Kerl und ausgemachter Schwindler obendrein. Sie haben mir alles gegeben – Heim, Freundschaft und Vertrauen –, und ich besudel ihnen ihre Frauen jede Nacht und schon morgens früh, als allererstes, fang ich an zu lügen und hör den ganzen Tag nicht wieder auf; sogar wenn ich schweige, hintergeh ich sie. Wir sind Menschenbrüder, hätte Asarja gerne laut verkündet, riß sich aber zusammen und schwieg, um sich bei ihnen nicht lächerlich zu machen.

Jonatan kamen die Finger des Jünglings in Tias Fell so dünn vor, daß es aussah, als würde das Licht sie durchdringen und sogar aus ihnen herausscheinen. Mit solchen Fingern kann er musizieren und vielleicht eine Frau verwöhnen, und es ist schön, sie mit Ölzweigen zu berühren. Kleiner Grashüpfer. Ist den ganzen Tag bemüht, sich beliebt zu machen. Streng dich nicht so an, denn obwohl ich keine Lust hab und weder Geduld für dich noch für jemand anderen aufbring und obwohl ich noch nicht mal imstande bin, mich selbst gern zu haben – dich mag ich ein bißchen, insbesondere weil ich weiß, daß die Indianer dich eines Tages skalpieren werden, du armer kleiner Grashüpfer. Und so griff die Stille des Ortes auch auf Jonatan über, der sich, von seinem Lauf erholt, die Schuhe fertig abgekratzt hatte und nun fragte, womit er helfen könne.

»Ruh dich aus«, sagte Anat, »das Essen ist gleich fertig.«

In den Lichtbündeln zwischen dem Dunkel der Olivenbäume

schwirrten Schmetterlinge; sie umkreisten auch die jungen Kiefern, und unter den weißen Faltern war ein ganz weißer, runder, der unbeweglich auf der Stelle stand wie ein Schneeflöckchen, wie eine Zitrusblüte im fließenden, blaßblauen Licht, denn an jenem Sabbat hatte der Mond vergessen, sich in sein nächtliches Versteck zurückzuziehen, dieser volle Mond des Monats Schwat, dessen Gespinst sich im Astwerk des Ölbaums verfangen hatte wie Absaloms Haar in der Terebinthe. Es war ein Tagesmond, staunend und ängstlich, fast kränklich wirkend – umstellt und eingeschlossen von den rauhen Ölzweigen wie ein blasser jüdischer Fiedler, gefangen in einem Kreis roher Bauern in einem Land der Diaspora.

»Von abends bis morgens der Hund nur bellt, während der Mond schweigend das Firmament erhellt«, brachte Asarja plötzlich einen seiner Sprüche an, obwohl Tia den Mond überhaupt nicht anbellte, sondern still auf der Seite lag und sich ausruhte.

»Gleich wird gegessen«, sagte Anat.

Das Schweigen der Felder und das Honiglicht umgaben die schöne Rimona und Jonatan, ihren Ehemann, der wie ein alter Beduine neben ihr auf den Fersen kauerte und beim Zwiebelschneiden half. Anat spielte wieder mit ihrem Kleid, das mal mehr, mal weniger ihre festen Schenkel freigab. Und Asarja bemerkte: »Die ganze Zeit hab ich das Gefühl, es ist jemand in der Umgebung und sieht uns zu. Vielleicht sollte einer die Wache übernehmen.«

»Ich«, sagte Udi, »sterbe bald vor Hunger.«

»In Asarjas Feldflasche ist Limonade«, sagte Anat, »ihr könnt schon einschenken. Und gleich geht's los mit dem Essen.«

Sie tranken aus der Verschlußkappe der Feldflasche, die von Hand zu Hand kreiste, und aßen Huhn, guten, feingeschnittenen Salat, geröstete Kartoffeln und Käsebrötchen und schälten Apfelsinen zum Nachtisch.

Das Gespräch drehte sich darum, was vor dem Befreiungskrieg in Scheich-Dahr gewesen war: die Verschlagenheit des alten Haj, das, was die Araber uns anzutun imstande gewesen wären, und das, was man nach Udis Vorstellungen im nächsten Krieg mit ihnen machen sollte. Jonatan beteiligte sich nicht an der Diskussion zwischen Asarja und Udi. Ihm fiel plötzlich ein Bild ein, das er einmal in einem von Rimonas Alben gesehen hatte: Ausflügler bei der Mahlzeit auf einer schattengesprenkelten Lichtung im dichten, farnbewachsenen Eichenwald. Alle Männer auf dem Bild waren bekleidet, und unter ihnen saß eine Frau, nackt wie am Tag ihrer Geburt. Ihr hatte er insgeheim den Namen Asuwa, Tochter des Schilchi, gegeben. So ein Clown, pflegten die Alten im Kibbuz grinsend zu sagen, aus einer Entfernung von höchstens eineinhalb Metern... Und ein Stier ist keine Streichholzschachtel, das ist schon ein Mordsding!

Jonatan malte sich in Gedanken einen nächtlichen Anruf seines zweiten Vaters, des großen Hotelmanagers in Ostamerika, aus, ein Gespräch, das ihm sofort einen Haufen neuer Aussichten an neuen Orten eröffnen würde, an denen alles möglich, alles wahrscheinlich war: Katastrophen, überwältigender Erfolg, plötzliche Liebe, erstaunliche Begegnungen, Einsamkeit, Todesgefahr – weit weg von all den Orten hier, von den Ruinen des bösen Dorfes mit den wilden Alpenveilchen zwischen den Felsen und dem vorsintflutlichen Ziegenkot. Paß, Flugkarte und Geld liegen in einem Umschlag im Büro des Flughafendirektors für dich bereit. Du, lieber Johnny, brauchst nur zu sagen, daß du Benjamins Boy bist; sie haben schon ihre Anweisungen. Es wartet auch ein passender Herrenanzug auf dich, in dessen rechter Innentasche du die nötigen Informationen findest.

Auf dem Bergkamm wuchs eine einsame Palme, und daneben stand ein winterlich nackter Birnbaum, krumm und krank wie ein blinder Alter, der ins feindliche Lager geraten ist. Die Traurigkeit, dachte Jonatan, die von dort ausgeht – was kann sie anderes sein als eine verschlüsselte Botschaft von den Toten, die einmal auf diesem schlammigen Boden gelebt haben und nicht nachlassen in ihrem unaufhörlichen Sehnen? Auch jetzt hauchen sie uns still und unsichtbar an, wie Asarja gesagt hat, und bestehen beharrlich darauf, an allem teilzunehmen, und wenn du nicht jetzt in diesem Augenblick losgehst, kommst du nie an den Ort, an dem man vielleicht auf dich wartet, aber nicht endlos warten wird – und wer zu spät kommt, kommt zu spät.

Laut sagte Jonatan: »Laß mal einen Augenblick die Arabuschim nebst deiner Bibel beiseite. Erinnerst du dich, Udi, wie damals, als wir noch ganz klein waren, der Wind aus Scheich-Dahr den Rauchgeruch von ihren Öfen ins Kinderhaus geweht hat, wenn wir allein in der Dunkelheit waren nach dem Zubettbringen, nachdem die Eltern schon gegangen und die Lichter gelöscht waren, und wir wach unter unseren Decken lagen und uns gefürchtet haben, einander zu sagen, wie sehr wir uns fürchteten? Durchs Ostfenster kam dieser Rauchgeruch, wenn die Dorfbewohner Reisig mit getrocknetem Ziegenmist verfeuerten. Dazu das Gebell ihrer Hunde aus der Ferne, und manchmal hat der Muezzin von der Spitze des Minaretts herunter zu jammern begonnen.«

»Auch jetzt«, sagte Rimona zögernd.

»Was ist jetzt?«

»Stimmt«, sagte Asarja, »auch jetzt hört man aus der Ferne eine Art Jammern. Vielleicht hat sich dort jemand versteckt. Und wir sind ohne Waffe losgezogen.«

»Die Indianer!« wieherte Anat.

»Es geht ein bißchen Wind«, sagte Rimona, »und der Rauchgeruch stammt, glaube ich fast sicher, von dem Lagerfeuer, das du uns gemacht hast, Asarja.«

»Es ist noch Huhn übrig«, fiel Anat ein. »Vielleicht möchte es jemand. Und es gibt auch noch zwei Apfelsinen. Joni, Udi, Asarja? Wer will, soll essen, und wer satt und müde ist, kann seinen Kopf auf unsere Knie legen. Wir haben Zeit genug.«

Udi kehrte nicht mit leeren Händen von seiner Suche auf dem Hügel zurück: Er hatte eine rostige Wagendeichsel zwischen den Felsen gefunden, dazu Reste eines ledernen Zaumzeugs und einen Pferdeschädel, der seine gelben Zähne zu einem boshaften Grinsen zu fletschen schien. Die Funde sollten seinen Garten bereichern, ihm eine Eigenschaft verleihen, die

Udi gern als »Charakter« bezeichnete. Außerdem hatte er sich in den Kopf gesetzt, einmal – nicht heute, sondern erst, wenn man mit dem Traktor herfahren könnte – auf dem verlassenen Friedhof ein ganzes Gerippe auszugraben, das Skelett von einem Arabusch, das er, mit Draht verstärkt, im Vorgarten aufstellen wollte, damit es dort als Vogelscheuche diente und dazu noch den ganzen Kibbuz ärgerte.

Joni fiel sein nächtlicher Traum wieder ein. Als Rimona ihm am Morgen erzählt hatte, sie hätte von einer Schildkröte geträumt, die die Wand hochklettern konnte, hatte er ihr sagen wollen: Rimona, ich hab was noch Eigenartigeres geträumt. Doch hatte er sich nur noch daran erinnern können, daß ein toter Araber vorgekommen war. Erst jetzt, als Udi von seiner Vogelscheuche redete und Asarja warnte, gib acht, Udi, daß einer der Vögel, den deine Vogelscheuche vertreibt, nicht die Seele des toten Arabers ist und dir ein Auge aushackt, erst da kehrte der Traum in sein Gedächtnis zurück. Joni wußte, was geschehen war: Ich bin in einem ringförmigen Beobachtungsposten am Hang, in einer bequemen Mulde zwischen dem Basaltgestein, mit weitem Blick über den Obstgarten, die ebenen Flächen mit den gegenüberliegenden Anhöhen und den Eingang des Wadi. Der klare Befehl lautet, das Feuer auf die syrischen Kommandos zu eröffnen, die sich noch im Gelände aufhalten. Ein leichter Geruch von verkohltem Gestrüpp und altem Kot liegt in der heißen, staubigen Luft. Mit dem Feldstecher in der Hand suche ich gründlich die Gegend ab: erst die Hügel, dann den Eingang des Wadi, den Obstgarten und wieder den Eingang des Wadi, den ich besonders in Verdacht habe. Aber alles ist still und verlassen. Nur die grünen Fliegen setzen mir grausam zu, bis ich den Kopf schütteln und meine Haltung ändern muß. Ich blicke mich um, und das Blut erstarrt mir in den Adern: Genau hinter mir, im Abstand von vier, fünf Schritten, nicht mehr, steht seelenruhig ein syrischer Kämpfer und lächelt mich verschmitzt und naiv an, als wollte er mir sagen: Siehst du, jetzt hab ich dich doch reingelegt. Nein, Mann, du hast mich nicht reingelegt, quetsche ich, vor Wut schäumend, zwischen den Zähnen hervor, deine erhobenen

181

Hände sind geballt. Wer weiß, was du darin verbirgst und was du im Schilde führst. Außerdem hab ich völlig eindeutige Befehle erhalten. Tut mir leid.

Hinterher muß ich zu der durchlöcherten Leiche gehen, sie mit der Schuhspitze umdrehen, irgendein Souvenir suchen, vielleicht einen Ausweis oder ein Foto, damit sie mir glauben, daß ich dich umgelegt habe, und auch damit ich dich über die Jahre nicht vergesse. Aber eigentlich ist das gar nicht nötig, ich kann dich ohnehin nie vergessen: das wilde Haar, die hohe Stirn mit dem harten Kinn und die vielen winzigen Fältchen in den Augenwinkeln – Jonatan Lifschitz, den ich vom Rasieren aus dem Duschraumspiegel kenne. Ich muß jetzt in meine Grube zurückkehren und den Eingang des Wadi beobachten. Vielleicht laufen da immer noch welche rum, die ich zu töten habe. Ich bedecke deinen Kopf mit einem alten Sackfetzen. Dein Schuh ist an der rechten Sohle eingerissen und streckt mir so ein nagelbestücktes Maul entgegen, als würde er mich auslachen.

Ich stehe verstört auf, über und über von kaltem Schweiß bedeckt. Es ist drei Uhr morgens. Draußen hat der Regen aufgehört. Barfuß und verwirrt steige ich aus dem Bett, gehe ans Fenster. Ich mache kein Licht an, damit Rimona nicht aufwacht. Ich blicke aus dem Fenster in die große Dunkelheit und lausche, auch mit meiner Haut. Berge im Mondlicht. Tatsächlich haben sich die Wolken verzogen, es ist klar. Zypressen werfen Schatten im Garten. Frösche, Grillen und ein leichter Wind. In der Ferne das gleichmäßige Geräusch der Dampfpumpe. Die Scheinwerfer am Sicherheitszaun leuchten fahl wie der Tod. Alles wie immer. Es gibt absolut nichts Neues. Noch bin ich hier, habe mich nicht aufgemacht, bin nicht gegangen. Nichts Neues. Mein Vater ist seiner Gewohnheit nach offenbar zu genau dem gleichen Schluß gekommen. Danach bin ich wieder ins Bett und hab geschlafen wie ein Toter bis zum Morgen, und da war es sonnig, und wir beschlossen, einen Ausflug zu machen.

Noch gut ein halbes Stündchen blieben sie so sitzen. Udi und dann auch Asarja zogen Hemd und Unterhemd aus, um Sonne zu tanken, während Jonatan sich in Schweigen hüllte. Als drei Düsenflugzeuge von Nord nach Süd über sie hinwegdonnerten, erhob sich eine kleine Debatte darüber, ob das Supermystères oder nur einfache Mystères seien. Joni brach sein Schweigen und erzählte, sein Vater habe im Kabinett einmal gegen diese ganze Verbrüderung mit Frankreich gestimmt – oder sich vielleicht auch nur der Stimme enthalten. Jetzt gäbe er jedoch zu, daß er sich geirrt habe und Ben Gurion im Recht gewesen sei.

»Wie immer: ihr ganzes Leben lang haben sie von morgens bis abends nur recht, unsere Alten. Mein Vater schafft es doch bei jedem Thema, selbst wenn er gestehen muß, daß er sich geirrt und Ben Gurion recht behalten hat, daß es zum Schluß so aussieht, als ob seine Auffassung richtig und deine falsch sei, weil du noch jung bist. Sie haben eine eiserne Logik und unfehlbare Sinne und all das, während du in ihren Augen unsicher und verwöhnt bist, zu langsam oder zu oberflächlich im Denken. Du kannst ruhig dreißig Jahre alt sein – sie reden mit dir trotzdem so, wie ein geduldiger Erwachsener mit einem Kind sprechen muß, das er aus pädagogischen Gründen behandelt, als sei es ebenfalls schon erwachsen, damit es sich akzeptiert fühlt und so weiter. Wenn du sie – nehmen wir mal an – nach der Uhrzeit fragst, antworten sie dir ausführlich mit guten Argumenten, nach Absätzen gegliedert, erstens, zweitens, drittens, viertens, und erinnern dich daran, daß jede Medaille zwei Seiten hat und daß man die Lehren aus der Vergangenheit einbeziehen müsse. Dann, als so ein didaktisches Zugeständnis, fragen sie dich, was deine Meinung dazu sei, aber ehe du noch den Mund aufmachst, beantworten sie auch diese Frage selber, schön gegliedert und alles, und erklären dir, daß deine Auffassung nicht fundiert sei, weil deine Generation oberflächlich sei und so weiter. Keinen Stein auf dem anderen lassen sie bei dir, und all das, ohne daß sie dich ein einziges Wort hätten reden lassen. Sie setzen dich schachmatt, nachdem sie selber auf beiden Seiten des Bretts gespielt haben, auch mit deinen Figuren, denn du hast gar keine, du hast nur heikle psychologische Probleme. Und zum Schluß sagen sie dir, daß du noch einiges lernen mußt und noch nicht reif bist.«

»Du«, sagte Rimona, »hast kein Mitleid mit ihnen.«

»Ich«, sagte Joni, »hasse Mitleid.«

»Aber ein bißchen Selbstmitleid hast du schon.«

»Hör auf damit«, brauste Jonatan auf.

»Gut«, sagte Rimona.

Udi kam einem neuen Schweigen zuvor, indem er wieder von Flugzeugen anfing. Er begeisterte sich für die modernen Mirages, die sie bei der Luftwaffe jetzt gerade in Betrieb nähmen. Das sei die richtige Antwort auf die Migs, die Rußland den Ägyptern und Syrern liefere. Udi versah im Reservedienst die und die Aufgabe und wußte zu berichten, daß es einen phantastischen Plan gäbe, den Schwarzen einen saftigen Präventivschlag reinzuhauen, wenn sie es nur wagten, ihre schwarzen Köpfe zu heben.

Das brachte ihm den scherzhaften Verweis seiner Ehefrau Anat ein, hier keine militärischen Geheimnisse auszuplaudern, wobei sie erneut mit einer großzügigen Geste den Rock hochwarf, um ihre Knie zu bedecken. Da zeigte sich Asarja auf einmal beleidigt und begann höflich, aber bestimmt darauf hinzuweisen, daß man in seiner Gegenwart durchaus über militärische Einsatzpläne sprechen dürfe. Schließlich sei er kein Agent, sondern habe in der Armee ebenfalls die Aufgaben eines technischen Unteroffiziers erfüllt und sich mit streng vertraulichen Themen beschäftigt. Wenn man schon über Geheimnisse rede, sei auch er bereit, ein fesselndes Beispiel aus dem technischen Bereich beizusteuern – und was man ihm da erst über das revolutionäre Konzept von General Tal mitgeteilt habe ... Übrigens hätten gerade diese Alten, über die Joni sich so ärgerte, mehr Verstand im kleinen Zeh als all diese arroganten Alleswisser von der Palmach oder die Absolventen der elitären Kaduri-Schule im Kopf, weil die Alten nämlich die Leiden der Diaspora durchgemacht hätten, während wir hier, wie rohe Eier in Watte gepackt, aufgewachsen seien, ohne jemals den Kopf in den Wind zu strecken. Allerhöchstens hätten wir vielleicht mal nachts den Ofenrauch aus den arabischen Dörfern geschnuppert oder hier und da einen einzelnen Gegner umgebracht. Daher kämen unser beschränkter Horizont und diese Wehleidigkeit. Damit wolle er um Himmels willen nicht etwas über einen der Anwesenden gesagt haben. Er rede höchstens von sich selbst. Aber das Thema sei sozusagen allgemein. Und jetzt sähe er es als seine Pflicht an, sich zu entschuldigen, vor allem bei Joni, den er ungewollt vielleicht gekränkt hätte. Übrigens sei der Ausdruck »Leiden der Diaspora« unglücklich; er nähme ihn zurück und verspräche, einen besseren zu suchen.

Im selben Augenblick geriet er erneut in Verwirrung wegen Rimonas Augen, die mit stummer Sehnsucht auf ihm ruhten. Ihre Mundwinkel lächelten ihn an oder taten es jedenfalls in seiner Phantasie, als wollten sie ihm sagen, genug, Kind, ist ja genug, bis Asarja mit seiner Rede durcheinandergeriet, sie mit einer scherzhaften Bemerkung zu beenden suchte, sich dabei nur noch mehr verhaspelte, um sich schließlich mit letzter Kraft zu rechtfertigen: »Das war kein Witz, sondern . . . im Gegenteil, das heißt . . . Ganz im Ernst hab ich gemeint, wie soll ich sagen . . . Ich wollte niemanden kränken, nur die Situation ist eben, wie sagt man . . . ein bißchen traurig, nein, nicht traurig, sondern . . . nicht gut.«

»Dann versuchst du vielleicht, uns einen anderen Witz zu erzählen«, grinste Udi, der unentwegt kleine Steinchen gegen einen der krummen Baumstämme warf.

»Asarja«, sagte Rimona, »wenn du reden möchtest, dann rede, und wir werden zuhören. Aber du mußt nicht.«

»Natürlich, warum nicht«, murmelte Asarja, »wenn, das heißt, falls es euch langweilt und ihr lieber wollt, daß ich euch aufheitere – ich kann auch Leute zum Lachen bringen sozusagen. Und es macht mir auch nichts aus.«

»Schieß nur los«, drängte Udi, wobei er Jonatan zuzwinkerte, der aber das Blinzeln nicht erwiderte, sondern damit beschäftigt war, mit flinken Fingern Dornen und Lehmklümpchen aus Tias Fell zu picken.

»Also dann nehmt mal zum Beispiel ein Baby«, begann

Asarja, indem er die Hände ausbreitete, als würde er die Größe eines Säuglings abmessen, »ja, stellt euch ein Baby vor, das heißt, noch bevor es geboren ist, im Mutterschoß, wie man so sagt. Einmal hab ich so eine Idee gehabt, daß alle toten Familienangehörigen, Tanten, Großväter und Großmütter, Cousins und sogar die entfernten Vorfahren, sich bei dem Baby versammeln, wie man sich am Bahnsteig von jemandem verabschiedet, der – sagen wir mal – von einem Kontinent zum anderen reist. Und jeder möchte nun, daß das Baby was mit auf den Weg nimmt, wie etwa Augen, Haar, Ohrform, Fuß, Muttermal, Stirn, Kinn, Finger, etwas von den Verstorbenen, weil jeder Tote dem Baby ein Geschenk oder ein Souvenir oder ein kleines Zeichen der Erinnerung und Verbundenheit für die noch lebenden Verwandten mitgeben will. Das Baby ist also ein Tourist oder ein glücklicher Auswanderer, der nicht einfach nur von einem Land ins andere fährt, sondern einen eisernen Vorhang durchqueren darf, während die Verwandten genau wissen, daß sie selbst nie die Ausreisegenehmigung erhalten werden. Deshalb laden sie dem Baby soviel wie möglich auf, damit sie dort in jenem glücklichen Land wissen, daß es uns noch gibt und daß wir, wie soll man sagen, voller Sehnsucht und Zartgefühl sind und niemanden vergessen. Nur muß sich das Baby so was wie strengen Gepäckbeschränkungen unterwerfen; es darf nur das Nötigste mitschleppen – ihr müßt bedenken, daß es noch so klein ist: höchstens einen Gesichtszug des Onkels, eine Falte der Großmutter, jemandes Augenfarbe oder allenfalls einen besonders dicken Daumen kann es mitbringen. Am Ende seiner Reise, bei seiner Geburt also, warten hier bei der Ankunft, im Hafen gewissermaßen, all die Angehörigen, die es auf dieser Seite gibt. Sie herzen und küssen das Baby, sind ganz aufgeregt und fangen gleich an zu debattieren, wer wem was geschickt hat. Das Kinn beispielsweise sei eindeutig von Opa Alter, und die kleinen, fest am Kopf angeklebten Ohren seien von den zwei Zwillingstanten, die seinerzeit im Ponarwald ermordet wurden, die Finger aber stammten von Vaters Cousin, der im Budapest der zwanziger Jahre ein berühmter Pianist gewesen war. Das ist natürlich alles nur ein Beispiel, versteht sich, ich hätte euch auch eine ganz andere Kombination schildern können, nach dem Baukastensystem, wie man so sagt. Meine Hauptthese geht jedenfalls dahin, daß es Zufälle weder gibt noch geben kann. Das Wort Zufall ist der typische Ausdruck von, pardon, Vollidioten. Bei jeder Sache sind ganz genaue Gesetze am Werk. Vielleicht müßte ich jetzt erklären, daß mein Beispiel mit dem Baby sozusagen ein Witz war. Aber die Schlußfolgerung ist es nicht. Das heißt . . . Am Ende sollte es schon nicht mehr zum Lachen sein. Im Ernst.«

»Das war sicher ein rumänischer Witz«, spottete Udi, »lang und kein bißchen lustig.«

»Laß ihn doch in Ruhe«, sagte Jonatan, »ruhig Tia. Nur noch hinter den Ohren und fertig. Ruhe.«

»In Ordnung«, erwiderte Udi, »soll er bis übermorgen so weiterreden. Und das wird er auch. Ich beispielsweise geh jetzt gleich in das Scheißdorf da rauf.«

»Ich«, meinte Rimona, »glaub ihm wirklich, daß er einmal zwei Zwillingstanten gehabt hat, die jetzt tot sind. Und wenn man seine Finger anschaut, sieht man, daß er auch, was den Pianisten aus den zwanziger Jahren betrifft, die Wahrheit sagt. Aber du, Asarja, red jetzt nicht mehr über dein Leben. Nicht jetzt. Jetzt wollen wir noch fünf Minuten still dasitzen und lauschen, was man hört, wenn man schweigt. Wer will, kann hinterher ins Dorf raufgehen, und wer sich ausruhen möchte, kann ruhen.«

Was hört man, wenn man schweigt? Viele Vögel ringsum – die nicht singen. Sie tauschen vielmehr kurze, scharfe Laute unter sich aus: keine Freude, keine ruhige Gelassenheit, sondern ein fieberhaft lebendiges Vibrieren wie zur Warnung vor einer stummen, jeden Augenblick bevorstehenden Gefahr. Etwas Panikartiges liegt in diesem Vogellärm: Als würden diese Vögel ihr letztes Wort sprechen und wissen, daß sie sich beeilen müssen, weil ihre Zeit abgelaufen ist. Hinter dem Vogelgeschrei flüstert der Wind wie ein Verschwörer mit den bläulichen Wipfeln. Und hinter dem Wind sind die Klänge von Erde und Stein, das Gären der schwarzen Tiefe, ein mattes, kaum wahrnehmbares Tönen, und etwas weht von den Ruinen des Dorfes herüber, von den östlichen Bergen, leicht wie die Finger des Mörders am Hals vor dem Ersticken. Heimlich wie das Rascheln von Seide betäubt ein Todesgerücht das Mark des Lebens. Still, Kind, nur still, sag kein Wort. Wenn du schläfst, kannst du hören, und wenn du hörst, wirst du ewig schlafen. Wer sich ausruht, wird ruhen, und wer laut ist, versäumt's.

Joni spürte eine zunehmende Veränderung am westlichen Horizont, zog es aber vor zu schweigen. Auch Asarja erkannte, was vor sich ging, und wußte, daß in drei, vier Stunden der Honig wieder ödem Winter Platz machen mußte. Doch er beschloß bei sich, die anderen diesmal nicht zu warnen, weil sie es nicht verdienten.

Einmal, in seiner Kindheit, als sie sich im schwarzen Keller eines verlassenen Bauernhofs versteckt hatten – irgendwo am Anfang, noch vor dem großen Treck nach Usbekistan, vielleicht nachdem sie aus der Stadt Kiew geflohen waren –, kochten und aßen sie eines Nachts eine kleine gelbe Katze. Wassily ben-Abraham, der Konvertit, hatte das Kätzchen mit einem Schlag auf den Kopf getötet, als es sich an sein Bein schmiegte, um gestreichelt zu werden. Wegen der Schneefälle draußen und der modrigen Luft im Keller ging das Feuer mittendrin aus, und so aßen sie die Katze halbroh. Sorsi, der Heulfritze, wollte nicht essen, obwohl er hungrig war, und als Wassily zu ihm sagte: »Wenn du nicht ißt, wirst du nie groß und kräftig sein wie Wassily«, weinte das Kind so sehr, daß Wassily ihm mit seiner roten, sommersprossigen Hand den Mund zuhielt und ihn leise anknurrte: »Wenn du nicht ruhig bist, mach ich dir buuuumm wie der Katze. Warum? Weil wir so hungrig sind, darum.«

Von plötzlicher Abscheu vor all seinen kleinen und großen Lügen gepackt, gestand Asarja sich ein, daß er schließlich ebenfalls von dem Fleisch der Katze gegessen hatte. Infolge dieser Erinnerung oder vielleicht infolge dessen, was Rimona über die Zwillingstanten Annette und Laurette gesagt hatte, steigerte Asarja Gitlin sich in eine neue Predigt hinein: »Ein Bursche wie du, Udi, sollte zum Beispiel nicht die ganze Zeit nach biblischen Zeichen zwischen den Dörfern suchen. Wenn ihr bloß in den Spiegel schaut, seht ihr die Bibel so etwa von Josua bis 2. Könige vor euch. Aber die Propheten und Schriftwerke, Psalter, Hiob und all das oder der Prediger, die werden hierzulande erst in 100 bis 200 Jahren ankommen. Das ist nicht das Gegenteil von dem, was ich vorher gesagt habe, obwohl vielleicht doch ein bißchen, weil sich die Geschichte bei uns sowohl kreisförmig vorwärts bewegt als auch, wie soll man sagen, im Zickzackkurs, wie sie uns das beim Militär beigebracht haben: Wenn du im Zickzack läufst, und sie schießen auf dich im Zick, bist du schon im Zack, und umgekehrt. In der Diaspora und noch davor haben die Juden nämlich angefangen, die ganze Nachbarschaft und die ganze Welt zu belästigen, weil sie der gesamten Umgebung beibringen wollten, wie man zu leben hat, was erlaubt und was verboten ist, was als gut und was als Sünde gilt, und damit sind wir allen auf die Nerven gegangen. Wie mein Onkel Manuel zum Beispiel, der Musiker, von dem ich euch erzählt hab. Der gehörte dem Königlichen Orchester an und war auch Professor und zudem noch ein guter Freund von König Carol, bis der König sich nicht mehr zurückhalten konnte und ihm eine goldene Medaille verliehen hat. Da mußte dieser Manuel doch mitten in der Feierstunde den Mund aufmachen und losdonnern wie ein zorniger Prophet gegen Luxus und Korruption und darüber, daß sie Jesus jeden Tag neu kreuzigen und sich dann noch Christen nennen. Deswegen hatten und haben die Gojim in allen Ländern der Diaspora einen tödlichen Haß auf uns, damit wir endlich aufhören, ihnen Moral zu predigen und sie mit all unseren Reinheitsgeboten und Erlösungen verrückt zu machen, wie man so sagt. Uns selber haben wir doch auch schon verrückt gemacht, und hassen tun wir uns ebenfalls. Jeder redet über den anderen und über sich selbst wie Hitler, nur haben wir nicht aufgehört, uns ständig selber zu bemitleiden, was für arme Schlucker wir doch sind, und was das überhaupt für eine Welt ist, und wo denn die Gerechtigkeit bleibt – entweder soll sie sofort auftauchen oder aber spurlos verbrennen, und das hat nicht irgendein Psychopath geschrieben, sondern Bialik höchstpersönlich. Heulfritzen waren wir, und Heulfritzen sind wir geblieben, sogar hier in Erez-Israel: ›Du kannst Sergej ruhig in einen neuen Anzug kleiden, zwischen Ehre und Schande wird er trotzdem nicht unterscheiden‹, sagt man auf russisch. Nur in den Kibbuzim sieht man jetzt schon mal ruhigere, wie soll ich sagen, ein bißchen langsame Typen ich möcht euch natürlich um Gottes willen nicht kränken –, solche, die anfangen, das Geheimnis des pflanzlichen Lebens und die Kunst der seelischen Ruhe zu erlernen. Und wenn sie was Grobes an sich haben, so gibt es das doch auch, sagen wir mal, in diesen Olivenbäumen hier. Daraus folgt, daß man leben soll und wenig reden – und wenn schon reden, dann wie Udi, der uns einfach gesagt hat, das sei ein echt schöner Sabbat. Sehr gut, Udi. Ohne Moralpredigten und Heilsversprechen. Einfach leben und seine Pflicht tun. Hart arbeiten. Der Natur näherkommen. Sich dem, wie soll man sagen, Pulsschlag des Kosmos anpassen. Nehmt euch ein Beispiel an diesen Olivenbäumen. Laßt euch jede Sache Vorbild sein: die Anhöhe, die Felder, Berge und Meer, die Wadis, die Sterne am Himmel. Nicht ich, sondern bereits Spinoza hat uns diesen Vorschlag gemacht, in einem Wort – zur Ruhe kommen.«

»Dann beruhig dich doch«, lachte Anat los, als hätte man sie an der richtigen Stelle gekitzelt.

»Ich«, rechtfertigte sich Asarja mit einem schwachen Lächeln, »fange erst an zu lernen, wie man zur Ruhe kommt. Aber wenn du meinst, ich soll aufhören, euch zu langweilen, dann bin ich schon still. Oder soll ich euch jetzt vielleicht zum Lachen bringen?«

»Nein, Asarja«, sagte Rimona, »jetzt ruh dich aus.«

Woraufhin Udi genüßlich und wohlgezielt ein kleines Steinchen schleuderte, damit aus sechs, sieben Metern Entfernung die leere Feldflasche umwarf und dazu bemerkte: »Gut. Gehn wir.«

Tia hatte bereits die Hühnerreste aufgeknabbert. So vergruben sie nun die Abfälle in der Erde, schüttelten das Legionärstuch, das ihnen als Tisch und Decke gedient hatte, sorgfältig aus, um es dann zusammenzulegen, und die beiden Frauen pickten sich gegenseitig trockene Blätter und Grasstoppeln vom Rücken.

»Wer weint hier?« erregte sich Jonatan auf einmal, obwohl keiner etwas zu ihm gesagt hatte. »Das ist wieder meine verdammte Allergie, die jedesmal anfängt, wenn irgendwas ein bißchen zu wachsen beginnt. Ich müßte mich am besten in die Wüste verziehen, wie Asarja es empfohlen hat.«

»Ich hab so was nicht empfohlen, entschuldige mal.«

»Also dann wie dein Onkel gemeint hat, dieser Manuel, oder wie er sonst geheißen hat.«

»Gehn wir«, sagte Asarja knapp und äußerst sachlich. »Mein Onkel Manuel ist umgekommen, und heute veranstalten wir eine Wanderung und keine Heiligengedenkfeier. Gehn wir und fertig.«

Die Wanderer teilten sich in zwei Gruppen auf: Anat und Rimona wandten sich dem Wäldchen zu, um Steinpilze zu sammeln, während die Männer mit Tia den Hügel hinaufkletterten, um zwischen den Trümmern des Dorfes herumzusuchen. Innerhalb kürzester Zeit hatte Udi einen verzierten Tonring entdeckt, der einmal den Hals eines großen arabischen Kruges gebildet hatte. Diesen Fund schenkte er Asarja zur Versöhnung, aber unter der ausdrücklichen Bedingung, daß er keine neue Rede schwingen werde. »Du kannst ihn mit Erde füllen«, sagte Udi, »ihn auf einen Glasteller stellen und einen Kaktus hineinpflanzen, den ich dir geben werde.« Asarja überreichte Udi als Gegengabe einen Schleifstein, und Joni stieß auf ein Mühlsteinfragment, das man vorerst an Ort und Stelle belassen mußte, bis die Wege trocken genug sein würden, um es mit Traktor und Wagen abzuholen. Die Ruinen von Scheich-Dahr zeigten auch siebzehn Jahre nach dem Tod des Dorfes noch Anzeichen von Leben und schenkten, gleich einem verlassenen Obstgarten, alles dem, der zu nehmen bereit war. Doch Asarja erschrak auf einmal und packte Udi am Hemd: »Vorsicht«, flüsterte er, »Gefahr! Hier ist jemand. Man spürt Rauchgeruch.«

Nach kurzer Stille sagte Jonatan leise: »Er hat recht.

Irgendwo gibt's hier Rauch, ich glaub, er kommt aus der Moschee.«

»Seid vorsichtig«, riet Asarja, »es könnte mein Nachbar sein, Bolognesi. Ich hab ihn heut morgen alleine weggehen sehen.«

»Sei einen Augenblick ruhig.«

»Oder irgendein Wandersmann, so ein Naturfreund oder ein Archäologe – oder jemand, der die Einsamkeit sucht.«

»Sei ruhig, hab ich gesagt. Laß einen doch mal hören.«

Aber es waren nur die Geräusche des Kibbuz, die der Wind aus weiter Ferne herübertrug. Die ganze Freude über das Licht war ihnen unterwegs abhanden gekommen, so daß diese Laute hier sonderbar traurig ankamen, als würde ein Grab unter den Bäumen des Friedhofs gegraben: rhythmisches Pochen, mattes Blöken, dumpfes metallisches Klopfen, das heisere Tuckern eines Motors.

»Gut«, sagte Udi mit tiefer Bauchstimme, »paßt auf. Man kann nicht wissen, wer sich hier rumtreibt, und wir sind unbewaffnet. Vielleicht ist er gefährlich.«

»Wer?«

»Der da, vor dem sie uns gewarnt haben, weil er vor einer Woche aus dem Gefängnis entflohen ist. Der Würger.«

»Bolognesi?«

»Red doch jetzt keinen Quatsch. Joni, hör mal. Statt mit eingezogenem Schwanz das Weite zu suchen, sollten wir ihn vielleicht lieber fangen!«

»Laß doch«, knurrte Joni, »hör auf, Räuber und Gendarm zu spielen. Wir holen jetzt unsere Frauen da unten ab und gehen zusammen nach Hause. Genug für heute.«

»Wart mal einen Augenblick. Warum nicht? Du mußt bedenken, daß wir zwei, drei sind, und er ist allein. Ohne weiteres kriegen wir den, wenn wir's nur gescheit anstellen. Hauptsache, wir nutzen den Überraschungsmoment. Ich wette, dieser Dreckskerl liegt in dieser verfallenen Moschee und pennt.«

»Ich schlage vor...«

»Du schlägst gar nichts vor. Du beruhigst dich jetzt, oder ich schick dich zu den Frauen runter. Na, Joni: Action?«

»Meinetwegen«, sagte Joni achselzuckend, als würde er einem fußstampfenden Kind nachgeben. Und Asarja schloß sich an mit den Worten: »Ich meld mich freiwillig, als erster reinzustürmen.«

»Hier wird nicht gestürmt«, befahl Udi ruhig. »Wir haben keine Waffe. Er vielleicht schon. Aber unser Vorteil besteht darin, daß er nicht weiß, ob wir welche haben und wie viele wir sind. Womöglich schläft er überhaupt. Asarja, hör gut zu. Du bleibst hier. Rühr dich nicht vom Fleck. Heb mit beiden Armen einen anständigen Stein hoch – da, den da – und warte an der Ecke hinter der Wand. Ohne Bewegung und ohne einen Laut. Wenn er zufällig hier längs rennt, läßt du ihn vorbeilaufen und gibst ihm eins von hinten drauf. Auf den Kopf. Bis hierher alles klar?«

»Bis hierher prima.«

»Joni, geh mit deiner Hündin dort runter und schneid ihm den Weg von dieser Seite ab. Aber in aller Stille. Ich schleich mich allein zum Eingang vor, geh in Deckung und brüll ihn an, er solle mal schön artig mit erhobenen Händen rauskommen. Ihr paßt auf: In dem Augenblick, in dem ich schreie, macht ihr einen Mordskrach, als wären hier ganze Heerscharen aufgezogen, und die Hündin soll mitbellen, damit er denkt, da hätten mindestens zwei Kompanien Aufstellung genommen.«

»Fabelhaft«, kicherte Asarja in leiser Bewunderung.

»Also folgendermaßen: Wenn er schießend herausstürmt, fallen wir alle flach auf den Bauch und lassen ihn ungehindert entfliehen. Aber wenn seine Hände leer sind, hau ich ihn um, und ihr kommt mir zur Hilfe gerannt. Fertig? Los.«

Wir sind Menschenbrüder, schoß es Asarja mit wilder Freude durch den Kopf, Brüder mit Leib und Seele, und wenn wir uns gleich in unserem Blute winden, macht es nichts, gar nichts. Wunderbarer, viel wunderbarer auf deinen Höhen, das ist die Liebe, das ist das Leben, und wenn wir sterben, sei's drum.

Und Joni murmelte lautlos vor sich hin: Meinetwegen. Sicher. Was macht das schon.

Fern von der Anhöhe herunter hörten Anat und Rimona, wie ein langgezogener, gräßlicher Schrei die Honigstille zerriß. Eine lebende Seele fand sich nicht in der zerstörten Moschee. Kalt, dunkel und feucht war der Innenraum. Nur rauchende Aschenreste bemoosten Reisigs gab es dort, es stank säuerlich nach Urin, und einige ziemlich neu aussehende Zigarettenkippen lagen herum. Udi entdeckte beim Herumstöbern ein von grünen Fliegen umwimmeltes Kothäufchen. Der Vogel war ausgeflogen. Gleich würde der Todeszauber nachlassen; ein schales, fades Gefühl breitete sich im Herzen aus. Nichts. Weg war er. Alles still. Wieder ergriff Jonatan ein mattes Sehnen. Er legte Asarja die Hand auf die Schulter, sagte nachdenklich: »Das wär's«, und fügte auch noch hinzu, »mein Freund.« Aber Udi Schneor trieb sie an, schnell nach Hause zurückzukehren, um Etan R., der für die Sicherheit des Kibbuz verantwortlich zeichnete, unverzüglich mitzuteilen, was sie in Scheich-Dahr entdeckt hatten. Trotzdem vergaßen die Ausflügler nicht, die gesammelten Pilze, die anderen Kostbarkeiten und auch eine kleine Schildkröte mit nach Hause zu nehmen, die Asarja Gitlin bei der Erstürmung des Gebäudes gefunden und aus lauter Liebe mit dem Namen Klein-Jonatan belegt hatte, was er aber keinem Menschen anvertraute.

Etan R. rief die Polizei an, die wiederum das Bezirkskommando der Streitkräfte und die Grenzschutztruppen verständigte. Der Samstagstumult begann. Bei Abendanbruch durchkämmten Sicherheitskräfte das Dorf und seine Umgebung, die Obstgärten des Kibbuz und die drei Wadis. Wegen des schlammigen Bodens kam die Suchaktion nur schleppend voran, und bis zum Einsetzen der Dunkelheit hatte man keine weiteren Anhaltspunkte gefunden. Selbst die Spürhunde konnten nicht viel ausrichten. Etan schlug vor, die Aktion auch während der Nacht fortzusetzen und dabei Leuchtraketen abzuschießen. Auf Udis Rat wurde die Wache verdoppelt und der große Suchscheinwerfer auf dem Wasserturm in Betrieb gesetzt. Vor Einbruch der Dämmerung hatte man sogar von einem leichten Aufklärungsflugzeug gesprochen, das das Gelände von oben überprüfen sollte.

»Ich«, sagte Asarja, »bin auf diese Spuren gestoßen. Und bedenkt, daß ich euch schon gleich beim Abmarsch gewarnt hab.«

»Mit ein bißchen Glück hätten wir den ohne weiteres fangen können«, sagte Udi.

»Gut, erledigt«, sagte Jonatan.

Und Rimona fügte hinzu: »Jetzt seid ihr müde. Jetzt werden wir uns ausruhen.«

Um drei Uhr nachmittags, noch bevor die ersten grünlichen Jeeps eingetroffen waren, saßen die Ausflügler in der Wohnung von Anat und Udi zum Kaffeetrinken vor dem samstäglichen Mittagsschlaf. Wortführer war Udi: Er rekapitulierte seinen Einsatzplan, dessen zügige Verwirklichung – das Ganze hatte seiner Ansicht nach weniger als vierzig Sekunden gedauert – und stellte Vermutungen darüber an, was alles hätte passieren können. Rimona lauschte, als verfolge sie einen anderen Gedankenfaden, nicht den aktiven Handelns jedenfalls, und so ließ ihre Aufmerksamkeit nach und kehrte sich nach innen. Schweigend und in sich versunken, saß sie mit gekreuzten Beinen auf der Matte, mit den Oberschenkeln an Jonatan und mit den Schultern an Asarja gelehnt, der insgeheim bemüht war, sich ihren langsamen Atemzügen anzupassen. Anat kümmerte sich um die Bewirtung.

Aus Geschoßkapseln sprossen hier mächtige Dorngewächse, das von Kugeln durchlöcherte Fell einer Hyäne war zum Schmuck über eine Wand gespannt, arabische Kaffeekannen in groß und klein, flach und bauchig, aus versilbertem oder verrußtem Kupfer, standen auf verschiedenen Regalen herum, eine altehrwürdige Wasserpfeife zierte den Kaffeetisch, und in einem verkohlten Stahlhelm wuchs eine verästelte Tradeskantie, im Volksmund auch »Wandernder Jude« genannt. An der Rückwand der Tür waren orientalische Krummsäbel angenagelt. Von der Zimmerdecke baumelte am Patronengürtel eines Maschinengewehrs ein Leuchter mit drei Glühbirnen, deren Fassungen in drei Handgranaten steckten. Die Möbel waren aus geflochtenem Korb: niedrige Hocker, eine Matte, dazu ein

195

Kupfertablett mit eingravierten arabischen Buchstaben, das, auf eine Munitionskiste gestellt, als Tisch diente. Der Kaffee in den schwarzen Tontäßchen verströmte den Geruch von Kardamom. Udi hatte die Absicht, sich gleich an der Treibjagd zu beteiligen, die jetzt in der ganzen Gegend einsetzen würde. Allerdings sah er Schwierigkeiten voraus und hegte Zweifel, was den erfolgreichen Ausgang betraf. Wenn es der entflohene Häftling gewesen war, hatte der sicher längst die Landstraße erreicht und war von dort nach Haifa getrampt. Und wenn es sich um Fedajin gehandelt hatte, waren die sicher noch vor Tagesanbruch zurück über die Grenze geschlüpft, um sich dort wieder in ihre schwarzen Löcher zu verkriechen. »Und da verlaßt euch man auf diesen Nebbich, diesen Eschkol, daß ihnen dort absolut nichts passiert und sie jetzt dasitzen und uns auslachen mit ihrer schwarzen Lache.« Danach sprach er über die Einkünfte aus der letztjährigen Baumwollernte und über den Kuhstall, der ständig Verluste machte, aber bloß wegen des alten Stutschniks nicht abgeschafft werden durfte. Vielleicht wisse Asarja ein Sprichwort für diesen Irrsinn. Nein?

Statt dessen erbot sich Asarja plötzlich, die Stimmung durch ein Zauberkunststück zu heben, wobei er einen Teelöffel tief in den Mund schob, um ihn dann, verschämt lächelnd, wieder aus den Krempen seiner guten Gabardinehose zu ziehen, die im Schlamm schmutzig geworden war.

»Er hat eins«, sagte Rimona.

»Was?« fragte Anat.

»Er hat ein passendes Sprichwort«, erwiderte Rimona, worauf sie leise und ohne den Blick zu heben deklamierte: »Wer nie wurd mit demütigender Niederlage beladen, ist auch nicht wert der Erlösung Gnaden.«

»Genug jetzt mit diesem Zauber des Tschad«, sagte Joni. »Wir legen uns ein bißchen schlafen. Asarja kann mit zu uns kommen, statt wieder bis zu seiner Baracke zu traben. Soll er sich bei uns ausruhen. Auf der Couch. Rimona wird sicher nichts dagegen haben. Gehn wir.«

»In Ordnung«, sagte Rimona, »ihr habt's beide gewollt.«

Sie machten sich vor vier Uhr auf den Weg, doch schon hatte sich das warme hellblaue Licht verzogen; schmutziges Grau legte sich drückend über die Dächer der weißen, symmetrisch angeordneten Häuser. Wind kam in kurzen, scharfen Böen von Nordwesten her auf. Alle Fensterläden waren bereits fest geschlossen, die Bettwäsche war eilig von den Leinen eingeholt worden. Weder Mann noch Frau, noch Kind zeigten sich im Dorf, als um Viertel vor vier der Himmel mit fernem Donner zu grollen begann. Irgend etwas Dünnes, Durchsichtiges lastete über allem. Wieder hallte ein Donner wie ein böser Vorbote durch die Luft, dann zuckte mit wildem Feuerschein ein glühender Blitz von Horizont zu Horizont, und der letzte Rest Stille erstickte im Donnerhagel. Die ersten Tropfen fielen; gleich darauf prasselten Wassergüsse nieder, als sollte die Erde gepeitscht werden. Schwer atmend und triefend naß stürzten sie ins Haus. Joni drückte die Tür auf, warf sie hinter ihnen zu und sagte: »Wir haben's geschafft.«

»Ich hab's euch ja gesagt«, prahlte Asarja. »Macht nichts. Soll's eben. Seid nicht weiter traurig, denn ich hab euch ein Geschenk mitgebracht: eine kleine Schildkröte. Da, nehmt sie.«

»Jonatan, der kleine Mann, hat offengelassen die Türe, und nun brummt der Kopf dem armen Tropf, als ob ihm Schnupfen gebühre«, zitierte Rimona lächelnd ein Kinderlied.

»Tia, kusch dich«, rief Jonatan. »Daß du die Schildkröte nicht anrührst. Auf der Veranda habe ich einen leeren Karton für sie, Rimona. Jetzt wollen wir uns ausruhen.«

»Starker Regen draußen«, sagte Rimona. Die Läden schlugen gegen die Fensterkanten, und das Wasser spritzte über die Scheiben. Ich, dachte Jonatan Lifschitz bei sich, könnte jetzt unterwegs sein. Vielleicht in einer Sturmbucht der Biskaya. Und im selben Augenblick beschloß er: Die Hündin bleibt bei ihnen.

Das Abendbrot aßen die drei im Haus, denn der Regen wollte nicht aufhören. Rimona stellte Joghurt, Rührei und Salat auf den Tisch. Durch die nassen Scheiben sah man bis über den

Kopf in Regenmäntel gewickelte Menschen, die, Kinderbündel im Arm, gebückt im trüben Licht vorbeirannten. Von all den morgendlichen Vögeln lärmte nur noch einer mit lautem, schnellem Tschirpen, als würde irgendwo ein automatisches Signal Notalarm geben. Asarja wollte jetzt keine Minute länger die Last der Lüge tragen: Noch in diesem Augenblick mußte er alles eingestehen, und wenn sie ihn dann verachteten, mußten sie es tun, und wenn sie ihn aus dem Haus warfen, waren sie völlig im Recht, und er würde dahin zurückkehren, wo er hingehörte – zu Bolognesi, in die heruntergekommene Baracke. Ja, er hatte sie angelogen heute morgen. In bezug auf die Katze. Welche Katze? Von der er ihnen erzählt hatte – aus seiner Kindheit im russischen Winter, auf einem verlassenen Bauernhof – von seiner Katze, die Wassily, der Konvertit, Abram ben-Abram, gekocht hatte und die alle außer ihm gegessen hatten. Nur Schwindel. Es stimmte schon, daß er damals geweint hatte wie niemals sonst in seinem Leben und daß Wassily ihm gedroht hatte, ihn umzubringen, daß sie alle hungrig gewesen waren und er auch, so daß sie das Moos von den Kellerwänden abgekratzt und gekaut hatten, bis ihnen der Speichel aus dem Mund troff; auch hatte Asarja von dem Katzenfleisch unter Heulen und Würgen nur drei oder vier Bissen gegessen, aber was er heute morgen gesagt hatte, war eine infame Lüge gewesen, denn er hatte wie alle gegessen.

»Stimmt nicht«, sagte Rimona, »du hast uns nicht von dieser Katze erzählt.«

»Vielleicht hab ich's nur erzählen wollen und dann Angst gekriegt. Das ist noch abscheulicher.«

»Er weint«, sagte Jonatan, blaß geworden, und fügte einen Augenblick später hinzu: »Du mußt nicht weinen, Asarja. Wir können ja ein bißchen Schach spielen.«

Rimona beugte sich plötzlich mit einer flinken, wohlberechneten Bewegung zu Asarja, wobei ihre kühlen Lippen leicht die Mitte seiner Stirn streiften. Da nahm er den Salatrest und das Rührei vom Teller, stürzte damit in den Regen hinaus, rannte lautlos wimmernd davon, taumelte und fing sich wieder, setzte über Pfützen, trat Büsche nieder, versank im Matsch und befreite sich erneut, bis er in seine Baracke kam und dort Bolognesi laut schnarchend unter den rauhen Armeewolldecken vorfand. Er stellte den mit Regenwasser getränkten Teller ab, schlich sich auf Zehenspitzen wieder hinaus, rannte den ganzen Weg zurück, zog an der Tür seine dreckverschmierten Schuhe aus und verkündete mit Siegermiene: »Ich hab euch die Gitarre mitgebracht. Jetzt können wir spielen und singen, wenn ihr möchtet.«

»Bleib hier«, sagte Jonatan Lifschitz, »draußen gießt es.«

Und Rimona sagte: »Ja, du kannst spielen.«

Draußen wütete den ganzen Abend über der Sturm, und von Zeit zu Zeit zog wieder ein Gewitter auf, bis schließlich der Strom ausfiel. Die Sicherheitskräfte mußten ihre Suchaktion einstellen und kehrten durchnäßt in ihre Stützpunkte zurück. Asarja spielte, bis die Lichter ausgingen, und auch noch später im Dunkeln – unermüdlich.

»Und unsere Schildkröte«, sagte Jonatan mit Nachdruck, »werden wir morgen früh in die Freiheit entlassen.«

In derselben Nacht, gegen ein Uhr morgens, nachdem er endgültig die Hoffnung aufgegeben hate, doch noch Schlaf zu finden, und spürte, daß es sein Bett war, das ihm diese stummen Todesahnungen eingab, stand Jolek, der Kibbuzsekretär, auf, hüllte sich in seinen Flanellmorgenrock und schlüpfte ächzend in die Hausschuhe. Wut erfüllte sein Herz, weil Chawa das Nachtlicht in der Toilette gelöscht hatte. Als er merkte, daß der Strom wegen des Gewittersturms ausgefallen war, legte sich sein Zorn durchaus nicht, sondern er häufte nun leise, polnische Worte des Hohns über sich und sein Leben. Unter erheblichen Anstrengungen gelang es ihm, die Petroleumlampe zu finden und anzuzünden, ohne seine Frau dabei zu wecken. Nun setzte er sich an den Schreibtisch, stellte den Docht höher und dann wieder niedriger, ärgerte sich über den Ruß und die Notwendigkeit, das Rauchen zu lassen, setzte die Brille auf und verfaßte bis drei Uhr morgens in stürmischer Stimmung einen langen Brief an Levi Eschkol, den Ministerpräsidenten und Verteidigungsminister.

7

Mein lieber Eschkol,

Du wirst Dich sicher über diesen Brief wundern und erst recht über einige Punkte seines Inhalts. Vielleicht wirst Du sogar böse auf mich werden. Aber ich bitte Dich: Tu's nicht. Öfter hast Du bei Auseinandersetzungen zwischen uns – wenn Dir die sachlichen Argumente ausgegangen waren – die alte Spruchweisheit zur Verteidigung herangezogen: »Beurteile deinen Nächsten nicht, bis du an seine Stelle gekommen bist.« Heute möchte ich, mit Deiner Erlaubnis, dieses Argument einmal selbst für mich in Anspruch nehmen. Bitte hab Nachsicht mit mir.

Diese Zeilen schreibe ich unter Schmerzen. Und Du, der Du stets ein offenes Ohr für die Sorgen eines Genossen hast, wirst vielleicht etwas überrascht, aber doch nicht ungehalten sein. Erst vor einigen Tagen, auf der Parteitagung in Tel Aviv, hast Du Dich plötzlich auf einem leeren Stuhl zu meiner Rechten in der sechsten oder siebten Reihe niedergelassen und mir etwa folgende Worte ins Ohr geflüstert: »Hör mal, Jolek, du alter Renegat, du fehlst mir jetzt nach Strich und Faden.« Und ich in meinem Starrsinn habe Dir ungefähr so geantwortet: »Aber sicher – ich hätt dir jetzt gerade noch gefehlt«, worauf ich flüsternd hinzufügte: »Unter uns gesagt, Eschkol, wenn ich zu solchen Zeiten in die Dinge eingeweiht wäre, würde ich mal ordentlich dreinhauen auf diese Halunken, die um dich herumschwirren und dir nur Unheil bringen.« »Nu?!« hast du schmunzelnd bemerkt und dann seufzend, mehr zu Dir als zu mir gewandt, angefügt: »Nu, nu.«

So ein Ton herrscht zwischen uns nach über dreißig Jahren. Sechsunddreißig, beinahe siebenunddreißig sind es schon. Übrigens, ich hab's nicht vergessen: Im Oktober oder November 1928 bin ich in meiner Verzweiflung zu Dir gekommen – da haben wir uns das erste Mal getroffen. Du warst damals Schatzmeister des Kibbuzverbands Chewer Hakwuzot, und ich hab Dich buchstäblich angefleht um eine kleine Spende für unsere Siedlergruppe, die gerade aus Polen eingewandert war und nun einsam und mittellos irgendwo in Galiläa saß. »Keinen Piaster kriegt ihr von mir«, hast Du gebrüllt und Dich gleich darauf mit dem Satz gerechtfertigt:»Die Armen deiner eigenen Stadt gehen vor.« Damit hast Du mich zum Siedlungsbeauftragten Harzfeld geschickt. Naja. Harzfeld hat mich natürlich sofort zu Dir zurückgeschickt. Du hast Dich schließlich erweichen lassen und uns was geliehen, was Du scherzhaft als »Schweigegeld« bezeichnet hast. Ich habe es nicht vergessen. Und auch Du – spiel bitte nicht den Unschuldigen – hast es nicht vergessen. Kurz gesagt, das ist immer schon der Ton zwischen uns gewesen. Siebenunddreißig Jahre. Übrigens: Viel Zeit bleibt uns nicht mehr. Die Rechnung ist fast beglichen. Dabei schulden wir einander noch manches für Sünden, die wir hier und da begangen haben – »mit verleumderischer Zunge und beschämender Rede«. Naja. Verzeih und vergib mir alles. Denn auch ich hab Dir vergeben (abgesehen von der Pardes-Chana-Affäre, die ich Dir nicht einmal im Jenseits verzeihen werde). Mir wird weh ums Herz. Unsere Zeit ist vorüber, Eschkol, und – möge meine Zunge nicht sündigen – unser Opfer ist umsonst gewesen. Da ist nichts mehr zu retten. Was nach uns kommt, versetzt mich in Zittern und Beben, um nicht zu sagen, in Angst und Schrecken: Skythen, sag ich Dir, Hunnen, in der Partei, in der Verwaltung, beim Militär, im Siedlungswesen; von allen Seiten rücken die Tataren vor. Und dann erst diese simplen Halunken, die sich bei uns so erschreckend vermehrt haben. Kurz: Wer weiß besser als Du, welch böser Wind im ganzen Lande weht. Und Du? Du trägst das Joch der Verantwortung, knirschst sicher auch mal insgeheim mit den Zähnen – und schweigst. Oder seufzst höchstens mal in Deinen Ärmel rein. Dabei könnten wir mit unserer letzten Kraft vielleicht noch etwas tun, könnten uns mit unseren alten Rücken standhaft der Flut entgegenstemmen. Naja, dieser Brief soll ja keine Polemik eröffnen. Wir sind schon alt, mein teurer Freund und Gegner, leben sozusagen vom noch vorhandenen Rest des Kapitals, sind – pardon – so langsam am Verlöschen. Ich brauche nur einen Blick auf Dein Gesicht zu werfen, um zu sehen, wie Dich dieser üble Wind da martert und verfolgt. Auch mir macht er eine Gänsehaut. Übrigens vergib mir, wenn ich mit der Bibel sage, daß Du in letzter Zeit auch wirklich erschreckend dick und fett geworden bist, in körperlicher Hinsicht, meine ich. Paß auf Dich auf! Bedenk doch, daß nach uns, wie die Franzosen sagen, nur noch die Sintflut kommt.

Na. Ich bin ein bißchen abgeschweift. Hör zu. Von jetzt ab werde ich mich äußerst kurz fassen. Ich muß endlich zum Kern der Sache kommen. Aber was, in Gottes Namen, ist der Kern der Sache? Gerade darüber zermartere ich mir den Kopf. Es ist Nacht jetzt, Winter, nach Mitternacht, und draußen peitscht der Regen und richtet die Winterernte zugrunde, die sowieso schon auf dem Halm verfault vor lauter überschüssigem Segen. Zu allem Ärger ist der Strom bei uns ausgefallen. Ich schreibe Dir beim Licht der rußenden Petroleumlampe. Und diese Lampe bringt unwillkürlich verschiedene Erinnerungen ins Rollen, die mich – zugegebenermaßen – in Deine Nähe versetzen. Ich hab Dich doch schlicht und einfach geliebt damals. Und was war daran schon Besonderes: Wer hat Dich nicht geliebt in jenen Tagen? Du warst, mit Verlaub, einmal ein sehr schöner Bursche. So ein großer, dunkler, kräftiger Typ – der einzig Große in einer ganzen Sippschaft von kleinen Untersetzten – halb feuriger Zigeuner, halb stämmiger Ukrainer, ein Herzensbrecher und dazu noch ein begnadeter Tenor. Unter uns gesagt, ich will nicht leugnen, daß wir Dich damals sehr beneidet haben. Einen erotischen Typ nannten Dich unsere Mädchen mit schmachtendem Blick. Und Harzfeld pflegte Dich hinter Deinem Rücken als Kosaken zu betiteln. Ich selbst, warum sollte ich es verhehlen, bin nie ein Valentino gewesen. Schon seinerzeit hatte ich eben diese Visage eines bösartigen Intelligenzlers. Wie hat mich das wütend gemacht.

Aber jetzt hat der Himmel uns Gerechtigkeit widerfahren lassen. Du bist, mit Verlaub, ein beleibter, glatzköpfiger alter Sünder und ich desgleichen: fett und mit schütterem Haar. Wie zwei wohlhabende, greise Spießbürger, einer wie der andere bebrillt. Noch sind wir ein wenig sonnenverbrannt, aber die Krankheiten zehren uns rapide aus. Kein Knochen wird bei uns auf dem anderen bleiben. Wir liegen in den letzten Zügen, und an unserer Stelle kommen die Skythen. »Visage eines bösartigen Intelligenzlers« ist übrigens ein Ausspruch meiner Kameradin Chawa. Eine harte, äußerst gewiefte Frau ist sie, aber auch hingebungsvoll bis zum letzten. Ihr Herz – ich weiß nicht, ob wir darüber mal gesprochen haben – galt in ihrer Jugend irgendeinem kriminellen Schwachkopf. Aber ihr klarer Verstand hat sie aus seinen Klauen gerettet, während ihr starker Ehrgeiz sie zu mir führte. Ich habe ihr, wie es meine Art ist, alles verziehen. Nur ist sie sozusagen bis auf den heutigen Tag nicht fähig, mir meine Vergebung zu verzeihen. Warum soll ich es vor Dir verbergen: Ich bin ein schlechter Mensch. Von Grund auf schlecht bis ins Mark meiner alten Knochen. Dabei aber vielleicht einer jener sechsunddreißig völlig Schlechten, auf denen unsere Welt beruht: Einer von denen, die ihre Seele hingegeben, sie ganz wörtlich und real auf dem Altar der Idee geopfert haben, der wir in unserer frühen Jugend verfallen sind. Einer von denen, die ihre Schlechtigkeit dazu geführt hat, »an unserer Lehre und unserem Dienst und auch an unseren guten Taten« festzuhalten, wie es schon weiland Schimon der Gerechte in den »Sprüchen der Väter« gefordert hat. Hör auf mich, mein lieber Eschkol, wir haben doch in unserer Schlechtigkeit so manche guten Taten vollbracht, die uns selbst der Teufel nicht mehr nehmen kann. Nur daß die Schlechtigkeit auch stets mitgemischt hat – in Form unserer Durchtriebenheit, die unsere verrückten Hasser jetzt als verschlungene Altmännerlist bezeichnen. All unsere arglistigen Ränke und Pläne haben wir schließlich nicht etwa zur Jagd nach materiellem Gewinn und nach den Freuden des Fleisches geschmiedet, sondern für gute Taten. Allerdings haben wir, um ehrlich zu sein, Amt und Ehren nie gescheut, weder damals noch heute. Aber insgesamt betrachtet, waren wir, wenn man so will, »Schlechte im Namen des Himmels«, deren Schlechtigkeit geradezu religiöse Prägung besaß. Wir haben der Sache sozusagen mit unserem schlechten und guten Trieb gleichzeitig gedient. Damit ist unsere Schlechtigkeit Welten von der Gemeinheit dieser neuen Schufte entfernt, die sich jetzt in Deinem und meinem Umkreis vermehrt haben, wohin man nur blickt. Naja. Alles fertig, Ende. Du bist, mit Verlaub, ein alter, aufgeschwemmter Fettwanst, schlimmer, verzeih mir, als auf den häßlichsten Karikaturen, und ich bin ein krummbuckliger, mürrischer Tattergreis, der auch ein bißchen schwerhörig ist. Und sehr krank noch dazu.

Aber auch das ist nicht die Hauptsache. Diesmal schreibe ich nicht etwa, um mit Dir zu streiten. Das haben wir schon mehr als genug getan, Du und ich. Im Gegenteil sollten wir uns lieber ein bißchen aussöhnen, wir beiden, von unseren Wüsteneien der Einsamkeit aus. Deswegen will ich mit Dir nicht noch einmal die Lavon-Affäre mit ihrem ganzen Drum und Dran abhandeln. Alles, was ich darüber zu sagen hatte, habe ich bereits gesagt – sowohl in Deiner Gegenwart als auch in der Presse. Und tief im Innern weißt Du sehr wohl, daß sie Dich wegen Deiner hübschen Taten in dieser Affäre noch schön langsam auf kleiner Flamme in der Hölle braten lassen. Machen wir also einen Schlußpunkt. Der Kern der Sache liegt darin, daß wir besiegt worden sind, mein lieber Eschkol, ein für allemal besiegt. Die Hand weigert sich, dies niederzuschreiben, aber die Wahrheit hat den Vorrang. Aus und vorbei ist unser schwieriges Kapitel, mein Lieber. Und jetzt ist es schon ein Uhr morgens. Morgen ist der 15. Schwat, Neujahrsfest der Bäume, Frühlingsanfang – eigentlich schon heute, nicht erst morgen –, und der Regen fällt und fällt wie ein Fluch. Umsonst war also unsere Hingabe, umsonst haben wir geträumt, vergebens all unsere jahrelang mit feiner List gesponnenen Komplotte, das Volk Israel – na unsere Jidden eben – aus ihren eigenen und der Gojim Klauen zu befreien. Alles für die Katz. Der üble Wind reißt jetzt das Ganze wieder raus. Mit Stumpf und Stiel. Ein Herzensopfer, sag ich Dir: in Stadt und Land, in den Kibbuzim und besonders natürlich in der Jugend. Der Teufel hat seinen Spaß mit uns getrieben. Wie ruhende Krankheitserreger haben wir die Keime der Diaspora mit uns hier eingeschleppt, und vor unseren Augen wächst nun eine neue Diaspora heran. Aus dem Regen in die Traufe, sag ich Dir.

Du mußt entschuldigen. Donner und Blitz wüten hier vor meinem Fenster, und der Strom ist, wie gesagt, ausgefallen. Schluß und vorbei. Die Augen brennen mir, aber das Herz drängt mich beharrlich zum Weiterschreiben. Übrigens hab ich's sehr schwer. All diese Zigaretten rauben mir das letzte bißchen Atem, und ohne sie verlier ich beinahe den Verstand. Aber ein Gläschen Kognak, so ein klitzekleines auf das Wohl des Teufels, werd ich jetzt trinken, da kannst Du sicher sein. Lechajim!

Mein lieber Eschkol, hört man auch bei Dir, in Jerusalem, aus der Tiefe, aus dem Bauch von Sturm und Unwetter das Heulen eines Güterzugs in der Dunkelheit? Nein? Vielleicht doch? Dann würdest Du nämlich besser die Stimmung verstehen, aus der heraus diese armseligen Zeilen geschrieben werden. Ich, teurer Freund, erinnere mich plötzlich an die Verse Rachels, die Du einmal in Schmerz und Erregung zu deklamieren wußtest: »Und vielleicht hat es die Dinge nie gegeben. Warst du, oder hab ich nur geträumt einen Traum.«

Na. Und wie es Dinge gegeben hat: Träume, loderndes Feuer in der Brust, selbstlose Hingabe und auch Listen, Alter und bittere Enttäuschung. Ja, das hat es gegeben. Und jetzt ist es für uns an der Zeit zu sterben, oder wir sind bereits – Gogol möge mir vergeben – tote Seelen. Du bitte verzeih mir, daß ich all diesen Kummer bei Dir ausschütte. Und was, wenn ich fragen darf, machen Deine Töchter? Naja. Ich hab nicht gefragt, und Du brauchst nicht zu antworten. Mit Söhnen wie den meinigen kann man keine Dynastie begründen. Im Gegenteil. Der eine ist ein Phlegmatiker und der andere ein Melancholtschik. Flausen hat er im Kopf: Selbstverwirklichung, Nabelschau, nervöses Getue, weichliche Anwandlungen, die große Welt, verbaute Chancen, der Teufel weiß, was noch. Übrigens wirst ja auch Du das kennen. Und diese langen Haare: alles Künstler sozusagen. Eine ganze Generation von Künstlern. Alle immer so halb im Schlaf. Und ohne jeden Widerspruch dazu auch sportversessen: Wer den Ball gekickt hat, wer ihn verfehlt hat und so weiter und so fort. A groisse Sach. Ben Gurion hat einmal in einem seiner überschwenglichen Momente gesagt, uns sei es gewissermaßen gelungen, menschliche Spreu in ein Volk zu verwandeln; das Würmlein Jakobs hätten wir zum herrlichen Gazellenbock Israels gemacht. Demzufolge sind wir also die Spreu und das Würmlein, während die da mit ihrem langen Haar und beschränkten Verstand das ersehnte Bild des herrlichen Gazellenbocks verkörpern. Wie hat Altermann doch geschrieben? »So wundersam wie die Geburt des Schmetterlings aus dem niederen Wurme.« Wer das hört, muß sich einfach krank lachen, sag ich Dir. Hier haben wir doch ein Amerika der armen Leute vor uns: klein, stickig, häßlich und von schwächlicher Banalität zerfressen.

Übrigens bist auch Du schuld daran. Da hilft Dir nichts. Wenn ich jetzt an Deiner Stelle wäre, würd ich mit eiserner Hand all dies Gejaule im Radio zum Schweigen bringen – einschließlich der Reklameliedchen. Von morgens bis abends wird das Land doch von so einer Negersexmusik überflutet, zur Abstumpfung der Sinne mit absolut mörderischen Untertönen: Trommelwirbel aus dem Dschungel, Jazz und Rock 'n Roll, als ob wir alle in dieses Land gekommen wären, um die Wälder Afrikas hierher zu verpflanzen und uns endlich in Kannibalen zu verwandeln. Als ob es Chmjelnizki une Petljura und Hitler und Bevin und Abd el-Nasser nie gegeben hätte. Als ob die verbliebenen Reste des jüdischen Volkes sich nur dazu aus den vier Enden der Erde hier versammelt hätten, um nun mal eine richtige Orgie zu veranstalten.

Naja. Wir wollen jetzt nicht abrechnen. Auch Du bist es schon müde geworden, gegen den üblen Wind anzukämpfen. Da kommt doch mein älterer Sohn dieser Tage und teilt mir mit, die Werkstatt sei nichts für ihn. Und der Kibbuz auch nicht. Und Erez-Israel sei ja nun, bei aller Achtung, nur ein abgelegenes Eckchen in dieser großen weiten Welt. In diese weite Welt müsse er hinausziehen, um etwas zu erleben und Erfahrungen zu sammeln, ehe er sich entscheiden könne, wie er seinen Lebensweg zu gestalten habe. Philosophische Erleuchtung ist ihm da plötzlich aus den Höhen zuteil geworden, und so hat er die weltbewegende Entdeckung gemacht, daß man nur einmal lebt. Und daß das Leben kurz ist. Nicht mehr und nicht weniger. Und sein Leben würde ur ihm selber gehören, nicht dem Staat, nicht dem Kibbuz, nicht der Bewegung und nicht den Eltern. Na. »A guten Schabbes wünsch ich, mein kluger Sohn«, hab ich zu ihm gesagt. »Wo hast du dich denn soweit philosophisch gebildet? Aus der Leichten Welle? Aus der Sportpresse? Im Kino?« Na. Da hat er mit den Achseln gezuckt und sich ausgeschwiegen wie ein Holzklotz.

Ich will mich übrigens nicht selber von Schuld reinwaschen. Mea culpa. Ich habe sehr wohl gesündigt an ihm und seinem jüngeren Bruder Amos. Während ihrer ganzen Kindheit war ich mit großen Dingen beschäftigt, habe Welten im Reich von Partei und Bewegung versetzt und die beiden dabei der Kollektiverziehung im Kibbuz überlassen. Aber Du brauchst nicht zu lachen: Bei Dir ist ja offenbar auch nicht alles bestens. Wir haben Wind gesät und ernten nun Sturm, wie es geschrieben steht. Der wahre Schuldige ist aber trotz allem Ben Gurion und kein anderer: Er mit seinem kanaanitischen Stich, daß uns hier eine Generation von Nimrods, Gideons und Jiftachs heranwachsen würde, ein Rudel von starken Steppenwölfen statt schwächlichen Talmudschülern. Kein Marx, Freud oder Einstein mehr, kein Yehudi Menuhin und kein Jascha Heifetz, auch kein Gordon und kein Borochov, von nun an sollten es nur noch sonnenverbrannte, einfache, ungebildete Kriegsmänner sein, wie Joab und Abisai, Söhne des Zeruja, Ehud, Sohn Geras, und Abner, Sohn des Ner. Und was ist bei diesem Hokuspokus herausgekommen? Nabal der Karmeliter, sag ich Dir, mit all den anderen Pißbrüdern. Du bist doch jetzt selber von solchen Rowdies umringt, wilden Kulaken, die Ben Gurion aus dem Boden der Moschawim gestampft hat, löwenstarken Neandertalern, Steinzeithelden, jüdischen Holzköppen, beschnittenen Kosaken gewissermaßen, beduinischen Reiterknaben direkt aus der Bibel, Tataren mosaischen Glaubens. Um nicht von den Halunken aller Art zu sprechen, von diesen diplombehangenen jungen Spitzbuben mit ihrem geschniegelten Auftreten und ihrer arroganten amerikanischen Eleganz, in Schlips und Anzug mit silberner Krawattennadel: mondäne Schurken angelsächsischen Zuschnitts. Wie weit sind die doch entfernt von den provinziellen Schelmen, den sendungsbewußten jüdischen Gaunern, den in die Ideen verliebten Traumwandlern, die Du und ich einmal gewesen sind. Na. So ein Ton zwischen uns. Aber werd nicht böse: Ich schreibe Dir mit brodelndem Herzen.

Doch habe ich nicht die Absicht, einen Streit mit Dir anzufangen. Wir haben uns schon mehr als genug gestritten. Obwohl ich, warum sollte ich's verhehlen, Dich nicht etwa beneide. Zwar wäre es der Sache vielleicht dienlicher, wenn ich an Deiner Stelle säße: Du bist nachgiebig und versöhnlich, während ich dank der mir innewohnenden Schlechtigkeit jetzt erbarmungslos diesem ganzen wilden Zirkus ein Ende machen würde. Aber ich beneide Dich nicht. Im Gegenteil: mein Herz fühlt mit Dir. Ich kann mich glücklich preisen, daß ich von diesen undankbaren Geschäften befreit bin und jetzt sozusagen unter meinem Weinstock und meinem Feigenbaum sitze, wie es geschrieben steht. Nur sagen mir meine Sinne, daß auch bei Dir in irgendeinem privaten Eckchen das kranke Herz noch weint beim Gedenken an die alten Lieder vom Kinneret. Das Herz weiß es und will es nur nicht dem Mund verraten, daß wir eine vollständige Niederlage erlebt haben, unwiderruflich und für alle Zeiten. Alles ist verloren, Eschkol. Aus und vorbei.

Doch nun Schluß mit dem Rumgerede. Ich muß endlich zum Kern der Sache kommen, die mich bedrückt: mein Sohn.

Hör zu: Du weißt doch wie kein anderer, daß Jolek Lifschitz Dich niemals in all diesen Jahren um einen Gefallen gebeten hat. Ganz im Gegenteil habe ich Dich nicht selten mit bitteren Kräutern gefüttert und Dir Essig zu trinken gegeben. Zu Zeiten der großen Spaltung habe ich einen Artikel gegen Dich verfaßt, in dem das harte Wort »Jongleur« auftauchte. Und jetzt während der Lavon-Affäre habe ich geschrieben, daß Du, Levi Eschkol, Deine Seele verkauft hättest. Auch werde ich, beim Heil meiner Seele, nichts davon zurücknehmen. Möge der, von dem es weder Leichtsinn noch Spott gibt, uns vergeben, mein lieber Eschkol, denn wir sind doch wirklich alle Jongleure gewesen! Haben offen und ehrlich unsere Seelen verkauft! Allerdings ganz sicher nicht für schnöden Gewinn oder weichliche Freuden und Genüsse. Wir haben, wenn ich das mal so ausdrücken darf, unsere Seelen zum Wohl des Himmels verkauft. Wie ich schon gesagt hatte: Wir waren die sechsunddreißig vollkommen Schlechten, auf denen die Welt beruht. Na. Jetzt bin ich doch wieder abgeschweift.

Laß uns also, mit Deiner Erlaubnis, zu meinem Sohn zurückkehren. Das heißt, zu dem älteren: Jonatan. Und Du wirst mir gestatten, eine sehr lange Geschichte kurz zu machen: Da ist doch dieser Bursche hier herangewachsen im Kibbuz Granot, hat brav seine Vitamine gefuttert und genug Sonnenschein getankt und ist doch so ein sensibler, scheuer Typ geworden, ein Feinschmecker, wie er im Buch steht. Alles übrige kannst Du Dir selber denken: Der Vater ein politischer Funktionär mit Prinzipien und so weiter, und die Mutter – nu, Chawa. Eine gebrochene Seele mit einem ganzen Hornissennest drinnen. Übrigens werden wir für das, was wir unseren Kameradinnen angetan haben, sicher noch alle schön langsam auf niedriger Flamme in der Hölle brutzeln müssen. Auf ihrem Rücken haben wir nämlich all unsere Revolutionen und Erlösungstheorien ausgetobt, und sie haben mit ihrem Schweiß und Blut für das Höllenfeuerchen bezahlt.

Zu allem Unglück hat der Bursche sich auf einmal in so ein eigenartig apathisches Mädchen verliebt, das – und hier möchte ich Dich um äußerste Diskretion bitten – vielleicht auch ein bißchen geistig zurückgeblieben ist. Sie haben also eine Familie gegründet. Nun versteh ich ja absolut nichts von moderner Liebe heutzutage. Hinterher haben sie dann eine gynäkologische Tragödie erlebt. Lassen wir die Einzelheiten weg: Was könnten wir in diesen Dingen auch helfen?

Kurz gesagt: Kinder gibt's keine, die große Liebe ist es nicht, und besonders glücklich sind sie offenbar auch nicht miteinander. Und jetzt sucht der Junge, wie soll man sagen, irgendein Lebensziel. Das heißt, er möchte wohl in die weite Ferne reisen, um »sich selbst zu finden« oder »sich selbst zu verwirklichen«, oder was auch immer. Begreif's der Teufel. Ich war ganz außer mir: Der Junge ist verloren, auch der noch. Du wirst Dir selber denken können, daß ich nicht so schnell aufgab. Ich hab viel mit ihm diskutiert, hab es mit harten und sanften Worten versucht, mich mit meinen letzten Kräften an ihn geklammert. Und unsere Kräfte, Eschkol, sind doch fast schon aufgebraucht. Du weißt es selbst und kannst es bezeugen. Was sind wir denn in ihren Augen: rebellische Greise, alte Knacker, die ins Grab gehören, machtversessene Despoten. Um es kurz zu machen: Der Junge beharrt auf seinem Standpunkt. Er ist felsenfest entschlossen, sein Leben von Grund auf zu ändern.

Du wirst fragen, aus welchem Holz der Junge geschnitzt ist. Und ich werde Dir darauf eine ganz einfache Antwort geben: Er hat ein gutes Herz, einen gescheiten Kopf und eine feine Seele – nur der Funke fehlt. Bitte lächle an diesem Punkt nicht Dein übliches, listig fröhliches Lächeln, als wolltest Du sagen: »Nu. Zeugnis eines direkt Betroffenen. Der Vater erbarmt sich seiner Söhne« und so weiter. Ich bin fähig, unparteiisch über meinen Sohn zu schreiben. So viel mußt Du mir schon noch zutrauen. Und verzeih mir auch, denn ich schreibe all dies mit blutendem Herzen. Ja. Das hatte ich noch vergessen zu sagen: Schachspielen kann er auch und hat es dabei sogar zu einiger Meisterschaft gebracht. Das heißt, dumm ist er nicht. Nicht irgend so ein grober Klotz.

Mein teurer Eschkol. Du bist doch ein weiser Mensch. Bitte verachte mich jetzt nicht. Meine Hand bringt dies nur zitternd zu Papier. Es ist furchtbar für mich, nach all diesen Jahren bei Dir angelaufen zu kommen, um Dich um einen persönlichen Gefallen anzugehen. Dich sozusagen am Ärmel zu zupfen und flehentlich zu bitten: Gedenke, was über den geschrieben steht, der eine einzige Seele rettet und so weiter. Ich gebe meinen Erstgeborenen in Deine Hand. Das und das ist sein familiärer Hintergrund. Das und das sind die Verdienste seiner Väter. Und nun sei Du bitte so gut und verschaff ihm irgendein passendes Amt.

Tief beschämt stehe ich vor Dir. Wie eine leere Hülle. Wir sind doch alte Leute, sind schon reichlich mit Schande und Speichel eingedeckt worden, haben gesündigt und gefrevelt, aber er – das heißt Jonatan, mein Sohn – ist kein Halunke. Das garantiere ich Dir. Mit der Hand auf der Bibel, wenn Du möchtest. Nein, er ist kein Schuft. Ganz im Gegenteil. Er wird Dich nicht enttäuschen. Wird Dich weder hinters Licht führen noch hinter Deinem Rücken untreu werden. Du hast doch selbst einmal zu mir gesagt: »Der Mensch ist doch nur ein Mensch und auch das – nur selten.« Also, nimm Dich des Jungen an, er wird uns keine Schande bereiten. Womöglich wird noch was aus ihm – ein Mensch, meine ich. Ihn hat nicht ganz der üble Wind davongetragen, der seine Generation sonst so zugerichtet hat. Also – ich bitte Dich.

Es ist Nacht jetzt, mein teurer Freund und alter Rivale, Sturm und Wind toben draußen. Die Naturgewalten selber scheinen aufgewühlt, uns die schwere Nachricht zu überbringen. Der Tod lauert schon hinter der Wand. Wir haben Welten in Bewegung gesetzt, und nun sagt man uns hier: scha, still. Er kommt näher und näher, tippt uns bereits auf die Schulter, der gestrenge Ordner, und wird uns allem Anschein nach höflich und bestimmt auffordern, uns unauffällig von unseren Plätzen zu erheben und auf Zehenspitzen den Saal zu verlassen. Also werden wir gehen. Aber nicht auf Zehenspitzen. Im Gegenteil. Aufrecht und mit festen Schritten werden wir abtreten, soweit Dein massiger und mein zerschundener Leib es erlauben. Und nicht in Schmach und Schande: Wir haben in unserem Leben zwei, drei anständige Dinge getan, die unsere Väter sich nicht hätten träumen lassen. Du weißt es.

Übrigens schäme ich mich nicht zuzugeben, wie schwer mir das Herz wird bei dem Gedanken, daß Ben Gurion offenbar noch nach uns leben wird. Vergib mir bitte diese Schlechtigkeit: Ganz unter uns gefragt – womit hat er es denn verdient? Er war doch der Urauslöser dieses üblen Windes. Egal. Wir wollen uns nicht wieder streiten. Ich weiß, daß Du Dich standhaft weigerst, mir in diesem Punkt zuzustimmen. Wir seien bloße Grashüpfer im Vergleich zu ihm und so weiter. Wie Du meinst. Ich habe in meiner letzten Broschüre (»Der Zukunft entgegen«, Verlag des Exekutivausschusses, 1959) geschrieben, daß Ben Gurion Israel seinen unverkennbaren Stempel aufgedrückt hat, zum Guten und zum Bösen. Und Du hast mich dafür öffentlich getadelt: »Zieh deine Schuhe von deinen Füßen, Jolek, denn der Ort, wo du stehst, ist heiliger Boden.« Lassen wir die alte Auseinandersetzung. Inzwischen hast auch Du seinen Stachel zu spüren bekommen. Es tat mir leid um Dich, aber insgeheim, warum sollte ich es leugnen, genoß ich auch süße Schadenfreude. Laß uns über Ben Gurion nicht mehr streiten. Du alter Gauner bist doch irgendwo tief in Deinem Innersten derselben Ansicht wie ich.

Ich will Dir was Kurioses erzählen. Vor einigen Wochen taucht da so ein sonderbarer Jüngling bei mir auf, ein zartbesaiteter Typ, Musikant, Philosoph, und möchte gern im Kibbuz arbeiten. Ich habe ein wenig gezögert: Fehlt es mir denn an Sonderlingen? Aber auf den zweiten Blick beschloß ich, das Risiko einzugehen und ihn bei uns aufzunehmen. Solches Menschenmaterial findet man sonst gar nicht mehr hierzulande: ein ausgesprochener Träumer und Ideologe ist er, dabei ein bißchen durcheinander, wie einer von uns, der sich in eine andere Generation verirrt hat. »Lämmchen und Knäbelein, geht nicht zusammen in den Wald hinein«, deklamiert er mir und zitiert unablässig aus Spinozas Werken. Doch auf einmal verkündet er mir mittendrin, Ben Gurion hätte den Verstand verloren. Nicht mehr und nicht weniger. Ich brauche Dir wohl kaum zu sagen, daß ich ihn gehörig abgekanzelt habe. Aber innerlich hab ich mir doch – mit Deinen Worten – gedacht: »nu, nu«. Übrigens, um von einem Thema aufs andere überzugehen und doch beim Thema zu bleiben: Vor einigen Tagen fand ich eine eigenartige Zeitungsmeldung, in der es hieß, der Ingenieur Schaltiel Hapalti hätte Euch eine Denkschrift über irgendeine revolutionäre Militärrakete zukommen lassen, die er offenbar erfunden hat. Vielleicht solltest Du wissen, daß dieser Schaltiel Hapalti kein anderer als unser alter Bekannter Schunja Plotkin ist, der einmal Hilfspolizist in Nes Ziona war. Auch einer der allerletzten von der alten Garde. Und sicher ist sein Herz schon krank und müde wie Deins und meins. Bitte, antworte Du ihm wenigstens mit freundlichen Worten. Wer weiß? Womöglich ist doch was dran an seinen Phantastereien? Vielleicht sollte man die Sache mal prüfen? Antworte mir nun nicht mit der Frage: »Ja, fehlt es mir denn an Verrückten?« Mit

Deiner Erlaubnis, ich möchte Dir sagen, was mich die Erfahrung gelehrt hat: Entweder ist jemand ein bißchen verrückt oder – ein ausgemachter Halunke. So oder so. Und an Halunken mangelt es uns ja nicht. Es ist jetzt Zeit, mit kameradschaftlichem Gruß zu schließen. Ägyptische Finsternis und Sturm draußen, und bei mir flackert und rußt die Petroleumlampe. Als würde unser Tod mit den Fäusten gegen die Fensterscheibe trommeln und weder Hinhaltetaktiken noch Aufschub mehr dulden. Ich werde jetzt ein kleines Gläschen Kognak auf das Wohl des Teufels trinken und dann, mit Deiner Erlaubnis, ins Bett zurückkehren. Schreib mir bitte bald im Hinblick auf meinen Sohn. Ohne weiteres wirst Du etwas für ihn finden, sei es nun »von der Tenne oder von der Kelter«, wie es heißt. Ich verlass' mich drauf. Übrigens: Alles, was ich auf der Parteiversammlung in Tel Aviv gesagt habe, mußt Du bitte nicht persönlich nehmen. Du bist mir lieb und wert. Und das gilt erst recht, wo über Deine Schultern bereits diese Tataren lugen.

Ja. Noch etwas. Ob nun wegen des Kognaks oder wegen des Lampenrauchs, der mir die Sinne verwirrt – es ist mir noch eine Idee gekommen. Ein Vorschlag. Auch bei Dir in Jerusalem herrscht doch bestimmt so eine grausige Nacht. Auch Du findest jetzt sicher keinen Schlaf. Und deswegen hör bitte zu: Wenn irgendwas Wahres dran ist an dieser Geschichte mit der kommenden Welt, über die unsere Vorväter gesagt haben, sie sei vollkommen gut, möchtest Du dann vielleicht dort mit mir zusammenwohnen? Ich meine, wenn Du damit einverstanden bist, könnten wir beide um ein gemeinsames Zelt bitten. Jeden Morgen machen wir uns dann in aller Frühe an die Arbeit. Wir werden die Erlaubnis erhalten, ein Stück felsiges Brachland von Steinen zu befreien, Brunnenlöcher zu graben, Reben zu pflanzen, Wasserrinnen auszuheben, gemeinsam hinter einem Esel herzuziehen, um Wasser in Blechkanistern zur Bewässerung herbeizuschleppen. Und wir werden uns nicht mehr streiten, Du und ich. Im Gegenteil: Abend für Abend können wir dann in unserem Zelt ein oder zwei Kerzen anzünden und von Mensch zu Mensch miteinander reden. Wenn sich dabei eine Meinungsverschiedenheit ergibt, werden wir sie geduldig ausdiskutieren, und wenn wir davon genug haben, spielst Du Deine Garmoschka, und ich setz mich im Unterhemd hin und verfasse ein politisches Konzept. Sicher werde ich Dich von Zeit zu Zeit zu Rate ziehen, und wenn ich nicht all Deinen Empfehlungen folge, wirst Du das mit guter Miene akzeptieren. Vielleicht gibt's dort auch so eine Art Aussichtsterrasse, von der man gegen Abend auf die Erde runterschauen kann. Da werden wir dann beide barfüßig im Abendwind stehen und sorgfältig die Schritte unserer Kinder überwachen. Wer weiß, vielleicht gelingt es uns auch, irgend etwas auszurichten durch geschicktes Antichambrieren, schlaue Manipulationen oder sanftmütiges Auftreten. Einen Strafaufschub werden wir zu erwirken versuchen, eine gewisse Abmilderung des Urteils, einen gnädigen Richterspruch. Denn der Urteilsspruch wird fürchterlich sein – möge meine Zunge nicht sündigen. Die Hand weigert sich, dies niederzuschreiben, aber Du, Eschkol, Du weißt es ja so gut wie ich. Oder womöglich hat sich mein Geist verwirrt. Die körperlichen Leiden machen mich kaputt, und auch Du scheinst Dich nicht gerade guter Gesundheit zu erfreuen. Paß gut auf Dich auf, sei tapfer und stark. Zögernd und schmerzlich

Dein Jolek

Er legte die Feder zur Seite und blieb in Gedanken versunken sitzen. Die Furchen, die Ironie und Güte, Leiden und Zorn, List und Schläue in sein Gesicht gegraben hatten, rangen auf seinen alten Zügen miteinander im Schein der schwächer werdenden Lampe.

Doch auf einmal hatte er sich's anders überlegt. Er riß vorsichtig die Seiten seines Briefes aus dem Block, versah sie mit einer Büroklammer und schob sie ans äußerste Ende seiner Schreibplatte. Dann griff er wieder zur Feder und formulierte alles neu.

Lieber Eschkol,

ich muß Dich in einer ausgesprochenen Privatangelegenheit um Deine Hilfe bitten. Es geht um meinen Sohn. Könnte ich in nächster Zeit mit Dir zusammenkommen, um die Sache unter vier Augen zu besprechen?
Mit kameradschaftlichem Gruß

Dein Jisrael Jolek Lifschitz

Mit schmerzlichem Stöhnen erhob er sich von seinem Stuhl, schlurfte zur Regalwand und öffnete ein kleines Türchen zwischen den Buchreihen. Den Text seines ersten Briefes schob er da mit bebender Hand in einen dicken braunen Umschlag mit der Aufschrift »Privatdokumente/Nachlaßmaterial«. Die berichtigte Fassung faltete er zusammen, steckte sie in einen einfachen Briefumschlag, den er zuklebte und dann mit der Adresse versah: An den Ministerpräsidenten und Verteidigungsminister, den Genossen Levi Eschkol, Regierungsviertel, Jerusalem.

Danach löschte er die in den letzten Zügen liegende Lampe, kehrte in sein Bett zurück und lag wach und kummervoll da. Und der Regen fiel weiter ohne Unterlaß.

8

Jetzt schlafen sie beide. Das ist sogar lustig. Einer ist nämlich auf der Couch im großen Zimmer eingenickt, hat den Kopf tief ins Kissen vergraben, damit er da eine Höhle hat, und der zweite gerade umgekehrt. Der schlummert im Schlafzimmer auf dem breiten Bett. Noch nicht einmal die Tagesdecke hat er runtergenommen. Da liegt er auf dem Bauch – Arme und Beine in alle vier Richtungen gestreckt. Wach zu sein und andere schlafen zu sehen, das weckt Barmherzigkeit. Wer einschläft, wird nämlich dem Kind ähnlich, das er einmal gewesen ist. In dem Buch über Menschenopfer im Kongo steht: Der Schlaf wird uns von einem Ort her geschickt, an dem wir vor unserer Geburt gewohnt haben und an den wir zurückkehren, wenn wir zu leben aufhören.

Beide Türen stehen offen. Das Haus ist still, und wir sind still. Ich kann die zwei liegen sehen. Der eine dünn und lang und der andere dünn und klein. Jetzt sind sie beide in derselben Stille. Gewinnen nichts und verlieren nichts. Noch nicht mal beim Schach. Die Stille kommt von mir. Auch Efrat hab ich schon schlafen gelegt, und nun bin ich ganz allein. Tief dunkel ist es draußen vorm Fenster und ein bißchen dunkel in den beiden Zimmern, in denen sie schlafen: ohne Eifersucht, ohne Lüge, ohne Bewegung. Das schwache Licht bekommen sie von mir, aus der Kochnische. Ich stehe jetzt an der Marmorplatte in der Küchenecke und presse Grapefruits aus. Ein bißchen von meinem Licht rieselt durch die offenen Türen über die zwei. Und sie sind schwach und gut, denn jeder, der einschläft, ist schwach und ist gut.

Ich habe meinen Flanellmorgenrock an. Den braunen. Und es ist jetzt Winter draußen. Auf der Plattenhülle von »Magie des Tschad« ist ein schwarzer Krieger abgebildet, der einen Büffel mit dem Speer erlegt. Jeder, der kämpft, erlegt nur sich selber. Der tote Büffel wird noch laufen wie der Wind bei Nacht; zu seiner Weidestelle, in den Wald wird er rennen, bis nach Hause kommt. Denn wir haben ein Zuhause.

Da steh ich an der Marmorplatte und presse Grapefruitsaft. Ich hab geduscht und mir die Haare gewaschen, um schön für sie zu sein. Mein Haar ist feucht und offen. Wer aufwacht, kriegt Saft zu trinken, denn beide sind krank von vorgestern, haben hohes Fieber und Husten, und der Kopf tut ihnen weh. Seit Winteranfang wohnt Etan in seinem Zimmer, dem letzten vor dem Schwimmbad, mit zwei Mädchen. Ich wohne seit vorgestern nacht mit Joni und dem Jungen.

Nicht nur ich bin hier wach. Auch Tia am Ende des Teppichs in dem Zimmer, in dem Asarja liegt. Sie schnappt still nach dem, was sie in ihrem Fell sticht. Schnappt zu, aber kriegt es nicht, weil sie nicht hinkommen kann. Gibt aber auch nicht auf. Einen Augenblick hat Efrat in der Ferne geweint und ist gleich wieder eingeschlafen. Jetzt hat sich die Stille noch verstärkt, denn der Motor des Kühlschranks hat zu brummen aufgehört und schweigt.

Ich werde aufhören in der Küche und mich in den Sessel setzen zum Sticken.

Bei den Nachbarn kommen aus dem Radio schon wieder Nachrichten. Durch die dünne Wand hört man, daß Damaskus droht. Das sind die Worte, die die beiden gern hören. Ernste Entwicklung. Lageverschlechterung. Daß die Spannung gestiegen ist. Wenn es solche Meldungen gibt, gehen bei Joni die Augen ein bißchen zu und werden dunkler, und die Zähne preßt er zusammen. Und Saro – bei dem fangen die Augen an zu funkeln, er wird erst blaß und dann rot, und es kommt ihm ein Haufen Worte ohne Punkt und Komma. Bloß von dem Gerücht oder dem Geruch von Krieg werden beide augenblicklich gefährlicher und schöner für mich, einfach leidenschaftlicher und lebendiger. Als würde die Begierde in ihnen erwachen und danach die Scham. Wenn Joni es nicht mehr halten kann und sich zu ergießen beginnt, schlägt er mit der Faust aufs Laken und beißt mich in die Schulter. Sein Brüllen dröhnt in so einem heiseren Baß wie das Echo aus einem verlassenen Haus. Bei Saro kommt ein kurzes, scharfes Jaulen wie bei einem verwundeten Hund. Spucke fließt ihm aus dem Mund und Schleim aus der Nase – und hinterher Tränen. Ich akzeptiere sie beide, sie sind mein. Von mir haben sie jetzt ihren Schlaf. Der Büffel schläft, der Speer schlummert, und der schwarze Krieger ist eingeschlafen. Wer schläft, ist schwach und ist gut. Und wenn ich so meine blauen Kordhosen und meinen roten Pulli trage und meine Haare blond und gewaschen sind und ich den Duft von Mandelseife und Shampoo an mir hab ...

Was Damaskus genau droht, kann man aus dem Radio der Nachbarn nicht hören, weil ihr Assaf jetzt anfängt, auf seinem Kinderxylophon zu spielen: tin-tin. Pause. Tin-tin-tin. Pause. Und wieder. Kälte, Wind und Regen gibt's auch in Damaskus heute abend.

Und ich? Ich hab hier ein Insekt mit Flügeln, das fliegt. Es kann ein Nachtfalter sein. Immer um die Lampe an der Decke rum. Er stößt an und flieht, will oder muß jedoch unbedingt weitermachen. Da kommt er wieder und – bumm. Er will, was er nicht hat und auch nicht braucht. Sein Schatten flattert die ganze Zeit über die Marmorplatte, über den Kühlschrank, über das Geschirrfach und über mich. Lieber Falter, dicht am Licht, hör auf mich und ruh dich aus.

Die Grapefruits, die ich mit dem Messer durchschneide und auspresse, brennen auf dem Kratzer an meinem Finger. Ich steck ihn in den Mund, damit es nicht brennt. Spucke desinfiziert und heilt Wunden. In einem Buch steht, weiße Forscher in Mosambik hätten von Ärzten in den Dschungeldörfern gelernt, Wunden mit Speichel zu heilen. Einmal hab ich Jonis Mutter am Ende eines blauen Sommertags allein auf der Veranda sitzen und an ihrem Daumen lutschen sehen. Wie Efrat. Schlaf nur, Efrat. Mami ist da und wacht.

Im Schlaf sagt er in seiner Höhle, die er sich unter dem Kissen gemacht hat, irgend etwas, in dem rrrrr vorkommt. Tia antwortet ihm rrrrr. Still, Tia. Es ist nichts.

Und das ist witzig, denn eben hat auch die Schildkröte Jonatan in dem Karton auf der Veranda angefangen, mit den Krallen an der Schachtel zu scharren und zu kratzen. Vielleicht hat sie die Gurke aufgefressen, die ich heute morgen reingelegt habe, und möchte jetzt gehen. Hab keine Angst, kleiner Schildkrötenmann: »Hast's doch warm und gut, nun sei frohgemut.« Und du auch, kleine Efrat. Denn auch mir ist warm und gut.

Es weht Wind draußen, es regnet nicht. Man soll gehorchen. Also gehorchen wir willig und haben unsere Ruhe. Kalt und naß draußen. Gut, daß wir alle drinnen sind. Nur die Zypressen im Garten kann man nicht reinholen, so daß sie ganz krumm werden im Wind. Wenn sie sich gerade mit Mühe aufgerichtet haben, krümmt der Wind ihnen mit Macht wieder den Rücken. Und das ist der verwundete Büffel. Der nicht aufgibt, weil er noch nicht zu Hause angelangt ist.

Im Winter müssen alle drinnen eingeschlossen sein. Dann kommt wieder der Sommer, und wer will, kann auf der Wiese liegen; und wer lieber schwimmen will, geht ins Schwimmbekken. Joni wird zur Schachmeisterschaft der Kibbuzim fahren, und sie werden ihn auch zum Militär einberufen, und wenn er wiederkommt, erzählt er lauter neue Dinge. Saro wird mir ein Lied dichten und sich auch in die Politik stürzen und berühmt und wichtig werden. Es ist kalt und traurig, ein junger Mann zu sein, besonders im Winter. Sie haben irgend so was, das ständig hungrig und durstig ist, sie von innen her aussaugt und krank macht. Das ist nicht nur ihre Begierde, sondern was anderes, das schwerer und einsamer ist. Mit der Begierde ist es einfach: Die ist vorbei, wenn der Same sich ergossen hat. Sie ist wie eine Wunde, die sich mit ein bißchen Spucke heilen läßt. Aber dieses zweite ist grausam. Das läßt sie fast nie los. Höchstens, wenn sie eingeschlafen sind. Und auch, wenn das Gerede von einer ernsthaften Entwicklung anfängt und Kriegsgeruch in der Luft liegt. Der Geruch von Tod verschafft ihnen so was wie eine Entschädigung oder eine Art Genuß. Aber was ist das bei ihnen, das immer hungrig und durstig ist, das jedesmal einen Büffel mit dem Speer erlegen muß, als hätte man ihnen etwas versprochen und nicht eingehalten? Das ist das Versprechen eines bösen Zauberers, das nicht erfüllt wird und nicht erfüllt werden kann. Das sind nicht nur Saro und Udi und Joni, sondern auch Jolek und mein Vater, bis er gestorben ist, und Ben Gurion, der im Radio schreit, und das ist sogar Bach, dessen Tränen in der Musik ich gern hab. Schlecht und traurig fühlt sich Bach, weil man ihm das Versprechen nicht erfüllt hat. Ich hör, sagen wir, die 106., worin Bach ein Kind in einem dunklen, verlassenen Haus ist, das nicht ihm gehört, ohne Mama, im Wald, in einem leeren Land, wie es in der Taiga und Tundra ist – nach Joni. Einen Augenblick lang fleht er: Komm zurück zu mir, warum habt ihr mich hier allein gelassen. Hinterher schämt er sich, daß er gebettelt hat, und prahlt auf einmal: Was macht's mir schon. Ich werd allein fertig. Ich bin groß und stark, werd einen Büffel mit dem Speer erlegen. Und am Ende gibt's eine Stelle, wo Bach sich wie ganz schwach selbst berührt und wispert: Weine nicht, nur nicht weinen, nichts ist umsonst. Gleich ist Papa da und erklärt, gleich kommt unsere Mama zurück.

Ich hab Petroleum geholt. Hab den Ofen angemacht. Jetzt brennt er hübsch blau in dem Zimmer, in dem Saro schläft. Er hat auch wirklich so ein angenehmes Knistern, genau wie man es uns in der Reklame versprochen hat, dies wär der »wispernde Ofen«.

Asarja wühlt mit den Händen in der Höhle, die er sich gegraben hat. Er hat es gern, wenn man ihn Saro nennt. Im Schlafzimmer, wo Joni schläft, gibt es keinen Ofen. Zu ihm kommt viel weniger Wärme hin. Ich werd eine Decke über ihn legen und leicht seine Stirn berühren. Warm. Trocken. Auch Saro hat einen dicken Schnupfen. Mir ist ein bißchen kalt. Ich hab so die Angewohnheit, beide Hände in die Ärmel reinzuziehen, damit sie nicht kalt werden. Wenn Efrat ihr Fläschchen verliert und es im Schlaf sucht, kommt eine schwarze Zauberin und steckt es ihr ganz, ganz sanft wieder in den Mund. Meine kleine Efrat wird schlafen.

Den Saft gieß ich in zwei hohe Gläser, deck jedes mit einem Glastellerchen ab und schneide den Hefekuchen auf, den ich gestern gebacken habe. Wer aufsteht, kann essen und trinken. Wenn er will. Denn es ist genug da.

Und morgen wird's auch genug geben. Ich hol eine Glasschüssel. Schütt eine Tasse Zucker rein. Leise, um niemand aufzuwecken. Öffne vier Eier und verrühr sie mit dem Zucker in der Schüssel. Gieß langsam eine halbe Tasse Öl dazu und hör nicht auf zu rühren, dann eine halbe Tasse Sauermilch aus dem Kühlschrank und hör nicht auf zu rühren. Nun reib ich die Schale einer Zitrone rein und hör nicht auf zu rühren und vor mich hinzuwispern, ohne einen Laut. Jetzt, nicht auf einmal, zweieinhalb Gläser aus der Mehltüte und rühr weiter und ein Beutel Backpulver, daß mir dieser Teig aufgeht, und rühr kräftig und leise, bis keine Klümpchen mehr da sind, und jetzt schütt ich es langsam und ohne Spritzer in die Backhaube, die ich mit Margerine eingefettet hab, und steck den Stecker in die Steckdose und stell auf mittlere Hitze. Und jetzt vierzig Minuten, bis es braun wird.

Ich hab Joni die braune Jacke ausgebessert, und Joni hat mir von Taiga und Tundra erzählt und sich dann von mir verabschiedet, ist dann aber gar nicht weggefahren. Joni, hab ich zu ihm gesagt, ich hör zu und sticke, und im Radio senden sie ein Konzert. Und ich hab beiden aus dem Buch erzählt, wie sie im Stamm der Kikuju, wenn nachts der Mond scheint, sein Spiegelbild in einem Wasserkrug einfangen und aufheben, damit sie's haben, wenn schwarze Nächte kommen.

Inzwischen hab ich das Geschirr gespült und abgetrocknet und in den Schrank eingeordnet. In den neuen Kuchen hab ich ein Streichholz reingesteckt, aber es ist nicht trocken gewesen, als ich es rauszog. Also wart ich noch und geh inzwischen nachschauen, wen man zudecken muß. Das ist gut, das haben sie verdient, daß sie jetzt krank mit Fieber sind. Und daß sie liegen müssen. Und diese Stille akzeptieren. Wie in dem Lied: »Jonatan, der kleine Mann, hat offengelassen die Türe«. Denn vorgestern, am Samstag, als wir mit Anat und Udi spazierengegangen sind, haben sie das Dorf angegriffen oben auf dem Berg. Die kaputte Moschee haben sie erobert, aber keine Räuber gefaßt. Da haben sie alle die Grippe gekriegt. Jetzt ist der Kuchen fertig. Anat hat mir erzählt, daß Udi auch krank ist. Ich setz mich hin zum Sticken. Leg eine leise Platte auf, damit sie nicht aufwachen, und wenn sie's doch tun, ist Saft und Kuchen da, und wer will, kann essen und trinken. Vielleicht Albinoni. Nein, nicht Albinoni. Vielleicht Vivaldis »Vier Jahreszeiten«. Oder noch mal Bach.

Gestern war Neujahrstag der Bäume. Chawa, die Mutter von Joni, ist vorbeigekommen und hat sich abreagiert: Was das denn wär, nicht einmal hätten wir reingeschaut, um zu fragen, wie es Jolek ginge, wo der doch unter so starken Schmerzen litte. Zwei Spritzen hätt er vom Arzt gekriegt. Eine wär leicht gewesen, aber die andere, sagt Chawa, hätte ihn völlig umgehauen. Als sie Asarja sah, hat sie sich aufgeregt, was denn die Leute sagen würden. Er ist krank, hab ich ihr gesagt, genau wie Joni. Und wenn sie im Kibbuz reden – das tun sie doch auch über dich, wegen Dingen, die passiert sind, bevor wir auf der Welt waren, als du eine Liebe mit tragischem Ausgang gehabt hast. Du bist nicht ganz bei Trost, Rimona. Entschuldige mal, Chawa. Meinst du, wir leben hier im Dschungel? Entschuldige, Chawa. Sieh mal. In seiner Baracke ist es kalt und feucht, und er hat keinen, der sich um ihn kümmert. Und es heißt, nach Tu-beschwat kommt der Friseur, der, solange er da ist, dort in der Baracke im Zimmer neben Bolognesi wohnt. Und es regnet draußen. Joni hat Asarja eingeladen, weil Asarja ihm eine kleine Schildkröte geschenkt hat. Du bist nicht ganz normal, Rimona. Dann hat sie die Tür zugeknallt und ist gegangen. Und die Schildkröte kratzt wieder an der Schachtel und will, will, will.

Ich nehm Schrubber und Lappen und putz den Boden, wisch den Staub vom Regal und koch mir Kaffee. Beide schlafen tief, sind schwach und gut. Ohne Büffel und Speer. Das ist komisch, daß ich die zwei am liebsten zusammen ins Doppelbett im Schlafzimmer packen würde, um hier allein im Zimmer auf der Couch zu sein. Oder nachts zwischen ihnen zu liegen und sie beide zu berühren.

Das war ein Tu-beschwat ohne irgendwelche Feiern. Man hat auch keine neuen Bäumchen gepflanzt. Bloß Regen ist den ganzen Tag gefallen, und von den Bergen kam der Wind, der die Zypressen im Garten niederdrückte, und die haben solche langen Klagen ausgestoßen, als wären sie durstig und wollten reinkommen.

Wenn sie nachts weint, werd ich sie beruhigen, damit sie die beiden nicht aufweckt. Ich nehm sie und leg sie zusammen mit dem Milchfläschchen auf meinen Bauch. Irgendwo hab ich mal gelesen, die Herzschläge der Mutter beruhigen Babys und bringen sie zum Einschlafen. Denn das haben sie noch von der Gebärmutter in Erinnerung, diesen Herzrhythmus. So werden sie auch zum Rhythmus von Trommeln in Namibia geboren. Und ihr Körper kriegt Wärme von meinem. Mein Zicklein ist matt, und sein Name ist Efrat, nun schlaf, mein Kleines, ruhig und satt, ich und du auf einer Statt.

Zehn oder zwanzig Kinder hat Bach gehabt, hab ich mal gelesen. Alle wohnten in einem kleinen roten Backsteinhaus in Deutschland. Vielleicht hat Frau Bach zu ihm gesagt: Sei nicht traurig, es wird schon alles in Ordnung werden. Darauf hat er ihr ja, ja geantwortet, aber es nicht geglaubt. Oder nur selten. Und hat ihr geholfen, Kohlen zu schleppen, das Herdfeuer zu hüten und Windeln zu waschen, und er hat ein krankes Baby in den Schlaf gesungen und gewiegt. Büffel und Speer haben ihm zugesetzt, wenn er nachts allein wach lag und der deutsche Regen fiel. Er wollte eine Umarmung oder wenigstens eine Berührung oder ein gutes Wort, was alles Frau Bach ihm nicht geben konnte, auch wenn sie es versucht hätte. Seine Mama wollte er wiederhaben – sie sollte zu ihm zurückkehren und ihn vom Kreuz abnehmen und seine Nagelwunden waschen. Und was ist gekommen? Wie immer: Krieg. Krankheit.

Jetzt kocht das Wasser wieder. In die große Thermosflasche und auch in die kleine tu ich ihnen heißen Tee mit Zitrone und Honig, damit sie beide was für die Nacht haben, wenn ihnen die Kehle brennt. Schwarzer Regen die ganze Zeit im schwarzen Fenster. Hurra, hurra, Tu-beschwat ist da, und Tu-beschwat ist schon vorüber. Als ich klein war, hab ich am Tu-beschwat Bäumchen gepflanzt und einmal auch einen kleinen schwarzen Gummiball. Der Ball hat nie ausgeschlagen, aber auch die Bäumchen sind vertrocknet. Ich bin Rimona Lifschitz, ich bin Rimona Vogel, mein Baby heißt Efrat, der Ehemann Joni und der Freund Saro.

Wegen meiner Patienten bin ich viel früher von der Arbeit nach Hause zurückgekehrt, weil Lipa uns den Dampfboiler in der Wäscherei repariert hat, der kaputtgegangen ist, als Lipa krank war. Jetzt ist er gesund und der Boiler heil. Er hat mir einen Witz erzählt, auf jiddisch. Hinterher in der Dusche hab ich mein Haar hoch aufgesteckt, damit man meinen langen Nacken sieht. Aber dann hab ich wieder gedacht, lang und offen ist es besser.

Nein, sie wachen nicht auf. Der eine aufgerollt wie ein Embryo auf einem Bild in »Gesunde Schwangerschaft«, und der andere hat sich seufzend rumgeworfen und schläft jetzt auf dem Rücken, wie der gekreuzigte Bach, der auf der Plattenhülle von der »Matthäuspassion« abgebildet ist. Die Arme seitlich ausgestreckt, die Fäuste fest geschlossen. Ein Büffel, der von mir wegfahren will in die Taiga, in die Tundra, um Walfische zu fangen, von denen es in der Zeitung heißt, sie seien am Aussterben. Und zurücklassen will er mir Efrat und Asarja, der mir ein gepreßtes Alpenveilchen geschenkt hat. Und Tia. Daß wir alle auf ihn warten.

Deshalb werd ich statt des Morgenrocks ein Kleid anziehen. Ein einfarbiges blaues. Ich werde schön sein.

Wer aufwacht, kriegt Saft zu trinken und Kuchen zu essen, und saure Sahne und Brot sind auch da. Und die Temperatur messen muß er. Und ein Aspirin nehmen. Wenn sie wollen, spielt Saro uns was vor, oder wir machen zu dritt ein Spielchen.

Das ist das Spiel mit Joni: Wir sagen, er wär jemand anders, der heldenhaft über die Südsee segelt, um Wale zu jagen oder ein Wüsteneiland zu finden. Ich muß zu Hause auf ihn warten und ihm vertrauen. Bis er mit einer Schußwunde in der Schulter zurückkommt und sie in der Zeitung wieder über ihn schreiben. Er wird zurückkehren und gleich wild mit mir schlafen wollen. Und ich sag dann: komm.

Mit Saro ist das wie bei Mutter und Kind. Und weil er sich schämt, muß ich ihm helfen, ohne daß er spürt, daß man ihm hilft. Vom ersten Streicheln an bis zum Jaulen am Ende bring ich ihm bei, daß man sich nicht wie so ein kleiner Strauchdieb beeilen muß, weil das kein Diebstahl ist und man keine Angst zu haben braucht.

Was ich heute für Asarja getan hab, ist, daß ich ihm seine Gabardinehose und sein Hemd schön gewaschen und gebügelt habe, nachdem vom Sabbatausflug alles dreckig vor Schlamm war. Und was ich für Joni getan hab, ist, daß ich seinen Schuh, der so weit offen klaffte, zur Schuhmacherei getragen und Jaschek gebeten hab, er soll ihn heil machen, und Jaschek hat das getan, und nun wird dieser Schuh Joni schon nicht mehr auslachen und ärgern.

Efrat spielt mit runden Kieselsteinchen auf einer Matte mit anderen Kindern an dem Ort, wo man eine Waldlichtung am Ufer des blauen Flusses sieht, wie's in »Der blaue Nil« steht. Dort krabbelt sie auf allen vieren, und der goldene Sand streichelt sie warm und sauber. Das Mondlicht webt ihr eine silberne Windel. Dort dringt auch leise Musik aus der leeren Weite. Und da gibt's Negerfrauen in schlohweißen Kleidern, die den Kindern Lieder ohne Worte in einer Sprache vorsingen, die Amharisch heißt. Und sie schneiden hohles Schilfrohr an einer seichten Stelle im blauen Nil. Mitten unter den schwarzen Frauen, auch er in weißen Kleidern, steht der Lehrer Jehoschafat, den eine Kugel in den Kopf getroffen hat, und schlägt eine Art Trommel mit ganz, ganz sanfter Bewegung. Das ist der Rhythmus des Herzens: ruh, nur ruh. Im Fluß schwimmt träumend ein Tier namens Gnu. Ruh, nur ruh, mein Kindelein, schlafe süß, schlaf ein. Papi ist zur Arbeit gegangen, weg, weg, weg. Kommt zurück, wenn der Mond am Himmel schwimmt, bringt dir was Hübsches mit bestimmt. Schlaf nur dein Schläfchen. Schäfchen, Rehlein, Löwen und Straußen, schlaft nur schön draußen, schlaf ein, schlaf ein. Nicht traurig sein, sagt der Lehrer Jehoschafat, denn das ist ein Rechenfehler, den ganzen Tag zu fordern, es sollen neue Dinge passieren: noch ein Büffel, noch ein Speer, ein neuer Krieg, weitere Wanderungen. Wer müde ist – der ruhe. Und wer schon geruht hat – der lausche. Wer lauscht, der weiß, wie Nacht draußen ist und Wind. Unter dem Regen wohnt die Stille der feuchten Erde und darunter die Ruhe starker, schlummernder Felsen. Auf die nie ein Lichtstrahl fällt, für immer und ewig. Und es gibt eine andere Stille oben hinter Wolken und Luft. Stille zwischen Stern und Stern. Und am Ende der Sterne eine andere letzte Stille. Was will man von uns? Daß wir nicht stören, nicht lärmen, daß auch wir still sind, denn wenn wir's sind, werden wir überhaupt nicht leiden.

Ohne böse Absicht hat Wassily, der Konvertit, Abram Ben Abram die Pistole gereinigt und geölt, die den Lehrer Jehoschafat getroffen hat. Jetzt ist er gekommen, um Liebe und Vergebung zu erbitten, weil er nichts Schlechtes im Sinn gehabt hat. Ein Alpenveilchen hat er mir gegeben, das getrocknet zwischen den Seiten seines Personalausweises lag. Und ein kleines Buch hat er mir gebracht, auf englisch, ein indisches Büchlein über die Tiefe des Leidens und die Höhe des Lichts.

Beide schlafen jetzt. Ich akzeptiere sie. Daß der eine nur wenig redet, weil er traurig darüber ist, wie alle zu sein, und der zweite immerzu redet, weil er traurig ist, ein bißchen anders zu sein. Ja, ich akzeptiere sie.

Den ganzen Abend über, als der Strom ausgefallen war nach dem Ausflug, hat er für uns gesungen und gespielt, gespielt und gesungen, hat nicht gewagt, auch nur einen Augenblick innezuhalten. Denn er hat Angst gehabt, sobald er aufhörte, würden wir ihm sofort danke und auf Wiedersehen sagen, gute Nacht. Fast geweint hat er beim Spielen. Bis ich zu ihm gesagt hab: Saro, jetzt werden wir uns ausruhen; morgen können wir weitermachen. Und Joni hat gesagt: Er kann hier auf der Couch schlafen. Macht nichts. Joni, Saro, jetzt wird geschlafen, hab ich gesagt. Und wegen des Stromausfalls hab ich eine Kerze in der Küchenecke und noch eine neben dem Radio angezündet. Joni ist gleich in voller Kleidung aufs große Bett gefallen und eingeschlafen, und ich bin mit dem Jungen zurückgeblieben. Entschuldige, hab ich gesagt, jetzt werde ich mich zum Schlafen ausziehen. Da ist er erschrocken und hat mich flüsternd um Verzeihung angefleht und sich selbst als Dreck bezeichnet. Bist du doch nicht, hab ich zu ihm gesagt, du bist gut, sagte ich, mußt nicht traurig sein.

Er hat sich zur Wand umgedreht und schlaflos dagelegen bis zum Morgen, auf der Couch hier im Zimmer, und sich selbst gehaßt wegen etwas, an dem er nicht schuld ist. Auch ich wollte nicht schlafen. Dann, plötzlich gegen Morgen, ist Joni vor lauter Blitz- und Donnerschlägen aufgewacht, weil Tia rauswollte. Er ist aufgestanden und hat gesehen, wie ich im Nachthemd wach auf dem Stuhl gesessen und nachgedacht hab. Du bist ja verrückt, hat er gesagt. Tia kratzte an der Tür, weil sie wieder reinwollte, und Joni hat ihr aufgemacht, und Saro lag reglos da und hat kaum geatmet vor lauter Scham und Furcht. Da hat Joni mich an beiden Schultern gepackt und mich wie einen Sack aufs Bett geworfen und es ganz plump und falsch mit mir gemacht, richtig boshaft, daß es schmerzhaft war. Leise hab ich ihm gesagt: Joni, hör doch auf, er ist wach und hört es und leidet darunter. Aber Joni hat flüsternd geantwortet: Na und, soll er ruhig leiden. Das ist sowieso das Ende, denn morgen mach ich mich auf und fahr weg von hier. Wie kannst du wegfahren, du bist doch krank, sieh nur, wie du glühst vor lauter Fieber. Morgen mach ich mich auf und fahr. Du bist eine verrückte Frau. Wenn du willst, kannst du meinetwegen deinen Spaß mit diesem Verrückten da haben. Mir langt's. Joni, du begreifst nicht, daß du ihn schon ein bißchen gern hast. Aber ich schlaf doch, Rimona, ich bin überhaupt nicht wach. Steh auf und geh zu ihm rüber, noch naß von meinem Samen. Mir ist das egal. Ich hab genug und fertig. Also bin ich zu ihm rübergegangen, noch naß von Jonis Samen, hab mich neben ihn auf den Boden gesetzt und gesagt, ich wär gekommen, ihm ein Lied zu singen. Und ich hab mit der Hand seine Wange berührt: er glühte auch schon vor Fieber. Red jetzt nicht, Kind, gib mir die Hand und sieh, was ist, aber red jetzt kein Wort. Bis so ein schmutziges Licht durch die Ritzen der Läden gedrungen ist und Tu-beschwat angefangen hat. Ich hab heiß geduscht und mich langsam in der Duschecke angezogen und bin zur Arbeit in die Wäscherei gegangen. Als ich absichtlich früh zurückgekommen bin, haben sie beide schon krank, vor hohem Fieber glühend, dagelegen. Ich hab ihnen Aspirin und Tee mit Zitrone und Honig gegeben und sie zum Schlafen zugedeckt. Schwarze Frauen in Weiß auf amharisch werden Efrats Windeln wechseln.

Jetzt wachen sie bald auf. Der eine windet sich, und der zweite dreht sich von einer Seite auf die andere. Genug mit dem Sticken, denn es ist schon Nacht. Gute Nacht, Efrat, gute

Nacht, Herr Bach, Frau Bach und Herr Lehrer Jehoschafat. Von mir, Rimona Vogel, die da sagt: Habt keine Angst, alles wird gut ausgehen. Jeder, der traurig ist, wird Freude erfahren. Es gibt noch Barmherzigkeit hinter all diesem Regen. Und der Kühlschrank brummt jetzt, weil der Strom wieder da ist. Wir werden gut sein.

9

Im Winter 1965 hatte Jonatan Lifschitz beschlossen, seine Frau und den Kibbuz zu verlassen, in dem er geboren und aufgewachsen war. Seine Entscheidung stand fest: Er würde weggehen und ein neues Leben beginnen. Bisher hatte ihn stets ein enger Kreis von Männern und Frauen umgeben, die nicht aufhörten, ihn zu beobachten, zu beraten und zu belehren. In all den Jahren seiner Kindheit und Jugend, während seiner Militärdienstzeit und auch noch in seiner Ehe und bei der Geburt des toten Babys hatte man ihm unablässig gesagt: dies darfst du und das nicht. Dabei war er stets mit dem Gefühl herumgelaufen, daß diese Leute eine geheimnisvolle und vielleicht sogar wunderbare Landschaft vor ihm verbargen und er nicht endlos weiter verzichten durfte.

Sie redeten dauernd wie üblich von negativen Erscheinungen, besorgniserregenden Entwicklungen, drohenden Gefahren, doch Joni begriff kaum mehr den Sinn dieser Worte. Wenn er gelegentlich gegen Ende des Tages in der Abenddämmerung allein am Fenster stand und zusah, wie die Sonne versank und die bittere, tiefe Nacht sich über die Felder breitete, um die Erde unheilvoll bis zum Rand der östlichen Berge einzuhüllen, pflegte sein Herz gelassen zuzustimmen – diese Nacht hatte recht.

Wenn sein Vater Jolek streng oder sanft auf ihn einredete: über den Ernst der Stunde im allgemeinen und im besonderen, über die historische Bedeutung, über die vergangenen und noch folgenden Generationen und über die Verpflichtung der Jugend, duckte Joni sich wie vor einer drohenden Ohrfeige zusammen, wußte aber nichts zu antworten. Er war ein stiller Mensch. Worte mochte er nicht und schenkte ihnen auch kein Vertrauen.

Was wollen sie denn von mir? Sie denken, ich gehöre ihnen. Bezeichnen mich als menschlichen Faktor oder Arbeitskraft oder als Phänomen. Ich bin keine Arbeitskraft. Ich bin nicht ihre Munition. Und ihr ganzes feierliches Gehabe berührt mich überhaupt nicht. Ich muß mich jetzt nur aufmachen und gehen. Irgendwohin. Völlig egal. Rio. Ohio. Bangkok. An irgendeinen anderen Ort, an dem man allein sein kann, an dem Dinge ohne Plan geschehen, Dinge, die kein Glied in irgendwelcher Kette sind – und auch kein positives oder negatives oder ernstes Stadium. Und da ein freier Mensch sein.

Er hatte auch eines Nachts seiner Frau Rimona erzählt, daß er beschlossen habe, sich auf- und davonzumachen. Und in seiner Aufrichtigkeit setzte er hinzu, sie hätte keinen Grund, auf ihn zu warten: Das Leben muß, wie man so sagt, weitergehen.

Erstmal wartete Jonatan auf eine Pause in den Regenfällen, ein Nachlassen der militärischen Spannungen, ein Abflauen der Gewitterstürme, eine Ablösung in der Werkstatt, also auf irgendeine klare Veränderung, die es ihm endlich ermöglichen würde, Abschied zu nehmen und sich auf den Weg zu machen an einen fernen Ort, an dem man auf ihn wartete und wartete, aber endlos nicht warten würde.

So war das Jahr 1965 vergangen, und 1966 hatte begonnen.

Ein langer, schwerer Winter herrschte im Land. In scharfem, dünnem Strahl peitschte der Regen schräg auf die sumpfige Erde, während die Stürme prüfend an den Jalousien rüttelten, in den Baumkronen lärmten und die Stromleitungen in Unruhe versetzten, so daß die ihrerseits eine öde Melodie der Einsamkeit erklingen ließen. Nachts wurden die Wachen wegen der immer wieder über die Waffenstillstandslinie eindringenden Fedayin verstärkt. Im Rundfunk sprach man von Kriegsgefahr und von den Drohungen, die in den arabischen Hauptstädten zu hören waren.

Jolek Lifschitz hatte bereits in der Generalversammlung des Kibbuz verkündet, daß er demnächst von seinem Sekretärsamt zurücktreten werde und man sich daher tunlichst nach einem Nachfolger umschauen solle. Beispielsweise könne man mal bei Srulik, dem Musikanten, vorfühlen. Böse Zungen wollten wissen, daß Jolek wieder eine gewichtige Position in der Bewegung, in der Knesset und im Kabinett anstrebe. Manche nahmen sogar an, er hätte gewisse Hintergedanken in Erwartung einer Krise, eines Diadochenkampfes, einer tiefen politischen Kluft, bei der sein Name als möglicher Kompromißkandidat auftauchen müßte, so daß man ihn – wie einst König David – von seiner Herde wegriefe, damit er die Situation retten und die drohende Spaltung verhindern könnte. Stutschnik hielt Jonatan Lifschitz einmal auf dem Pfad zwischen Werkstatt und Schlosserei auf und fragte ihn mit durchtriebener Liebenswürdigkeit umständlich aus, ob Joni vielleicht wüßte, worauf es sein Vater jetzt eigentlich abgesehen hätte. Joni erwiderte nur achselzuckend: »Laß doch, um Gottes willen. Enkelkinder möchte er haben, der Alte. Damit er eine Dynastie hat oder was.« Aber das legten dann Stutschnik und mit ihm einige andere prompt als Bestätigung ihrer heimlichen Vermutungen aus.

Amos, Jonatans jüngerer Bruder, ein kräftiger Bursche mit Krauskopf, der voller Schalk und Humor steckte und dazu noch ein erfolgreicher Sportschwimmer war, hatte an einer Vergeltungsaktion teilgenommen und dafür eine Tapferkeitsauszeichnung vom Oberkommandierenden der Fallschirmjägertruppe erhalten, weil er in einem Schützengraben zwei jordanische Legionäre im Nahkampf mit dem Seitengewehr erstochen hatte. In jenem Winter kam man nämlich nicht darum herum, alle zwei, drei Wochen eine Kommandoaktion auf feindliches Gebiet zu starten, um Vergeltungsschläge für die Untaten der mörderischen Fedayin auszuführen, die fast allnächtlich über die Grenze drangen. Joni dagegen wartete schweigend weiter auf irgendeine Wende, eine Veränderung oder ein Zeichen, daß von nun an eine neue Zeit anbreche. Aber die Tage vergingen in regnerischem Einerlei, und auch Rimona blieb sich gleich. Fast täglich verging etwas in Jonatan und erlosch, ohne daß er gewußt hätte, was es war – eine Krankheit vielleicht oder Schlaflosigkeit –, und nur seine Lippen sagten ihm manchmal: Das wär's. Jetzt ist Schluß und aus.

Inzwischen war eines Nachts ein sonderbarer Bursche im Kibbuz aufgetaucht, den man mit Joni zur Arbeit in die Werkstatt geschickt hatte, wo er eine kleine Revolution veranstaltete und mit Begeisterung neue Gewohnheiten einzuführen suchte. Alles hatte er aufgeräumt und geputzt und an die Wand noch das farbige Konterfei des Wohlfahrtsministers gehängt, das er aus einer Zeitschrift ausgeschnitten hatte. Dr. Burg blickte nun mit seinem runden gutmütigen Gesicht und stillvergnügtem Blick auf alles herab. Dann fing der neue Bursche an, fast jeden Abend in Jonis Haus zu kommen, bis er sich schließlich angewöhnte, auf der Couch im großen Zimmer zu übernachten – aber Jonatan dachte nur: Na, wenn schon. Was schert es mich. Ich bin sowieso nicht mehr hier. Rimona ist ja keine ganz richtige Frau. Und er ist nur ein Waisenjunge, der niemanden auf der Welt hat. Meinetwegen. Außerdem kann er ein bißchen Schach, wobei er meistens verliert, und spielt Gitarre. Und manchmal kümmert er sich um Tia. Jeden Donnerstag hilft er Rimona, das Haus sauberzumachen, und das ganze Geschirr spült er auch an meiner Stelle. Egal. Wenn der Winter vorüber ist und ich wieder gesund bin, kann man ihm immer noch ohne weiteres an die Gurgel gehen oder ihm ein paar Knochen brechen. Soll er einstweilen hier sein. Auch ich bin ja nur einstweilen hier. Weil ich noch müde bin.

Aber sein Herz setzte ihm zu: Warum hältst du dich noch auf? Du mußt dich aufmachen und gehen. Es gibt Gebirgszüge auf der Landkarte, Pyrenäen, Apenninen, Appalachen, Karpaten, dazu große Städte an Flüssen mit Plätzen und Brücken und dichte Wälder und kühne, fremde Frauen, und zwischen alldem gibt es irgendeinen Zielpunkt, an dem man in dieser Minute auf dich wartet und dich aus der Ferne beim Namen ruft, mit großem Ernst, und wenn du zu spät kommst – ist es zu spät. Wie heißt doch dieses russische Sprichwort, das unser armseliger Knabe zitiert? »Auch eine kaputte Uhr geht zweimal am Tag richtig.« Und: »Wer vergißt – gleich dem Mörder ist.«

Jonatan Lifschitz fing beinahe an, diesen Burschen zu mögen, weil er die Gitarre zu spielen wußte, bis diese ewige, wie eine Kriegssirene auf- und abschwellende Traurigkeit etwas nachließ. Doch auch dann, wenn beispielsweise der Rundfunk ein Fußballspiel direkt übertrug, legte sich die Traurigkeit nicht ganz, sondern war eher wie Regen, der schwächer wird und in schmuddeliges Nieseln übergeht.

Manchmal setzte sich das Gitarrenspiel im Haus von Rimona, Joni und Asarja bis tief in die Nacht fort. Von draußen drangen das Ächzen des Windes und das dumpfe Muhen der Kühe herein, und im Haus brannte das Feuer wie eine blaue Blume im Ofen. Rimona saß dann auf dem Sessel, aufgerollt mit untergeschlagenen Beinen, die Hände in den Ärmeln ihres Morgenrocks. Jonatan pflegte mit geschlossenen Augen zu rauchen oder legte und zerstörte Streichholzfiguren auf dem Tisch. Und der Junge saß krumm vornübergebeugt am äußersten Ende der Couch, auf der er nachts schlief, und spielte und spielte und sang manchmal leise dazu. Als gäb's hier einen Wald, dachte Jonatan. Ich hatte ihr ein Kind versprochen, und ein Kind hab ich ihr gebracht; nun kann ich gehen. Etan hat zwei junge Mädchen, Semadar und Brigitte, bei sich im Zimmer, und was im Kibbuz geredet wird, schert ihn kein bißchen. Udi bringt im Frühjahr aus dem Friedhof von Scheich-Dahr das Skelett von einem Arabusch und verstärkt es mit Draht, damit er eine Vogelscheuche im Vorgarten hat; soll'n sie doch explodieren vor Wut – was geht's ihn an. Und wir drei Freunde hier haben bei klarem Verstand beschlossen, eine Kommune in der Kommune zu gründen. Na und? Wo steht denn, das so was verboten ist? Soll sie doch spotten, soviel sie will, diese uralte Stimme da, dieser Clown, der noch nicht einmal einen Stier treffen konnte. Aber unsere Herzen sind jetzt im Recht, und alles übrige interessiert uns nicht. Mich sieht man bald sowieso nicht mehr, und wer sich dann beschweren will, muß mich hunderttausend Kilometer weit suchen. Wie dieser Bursche sagt: »Von morgens bis abends der Hund nur bellt, während der Mond schweigend das Firmament erhellt.« Und: »Du kannst Sergej ruhig in einen neuen Anzug kleiden, zwischen Ehre und Schande wird er trotzdem nicht unterscheiden.«

Solche Sprüche, die der Junge mitgebracht hatte, benutzte Joni nun fast unwillkürlich, wenn er mit sich selber sprach, oder auch im Umgang mit Udi, Jaschek und dem kleinen Schimon aus dem Schafstall.

Infolge der Regenfälle und des tiefen Schlamms ging man kaum noch zur Arbeit auf die Felder. Alle Wege waren versumpft. Die niedrig gelegenen Äcker standen unter Wasser. Die Winterernte drohte zu verfaulen. Viele junge Männer waren vom Kibbuzsekretariat zu verschiedenen Fortbildungsseminaren geschickt worden: über Judentum, Zionismus, Sozialismus, modernen Gesang, Agrartechnik, fortschrittliche Rinderzucht und sonstige Themen. Andere wurden in den Dienstleistungssektor versetzt, in Kinderhäuser oder Küche, damit auch die jungen Frauen zu Studientagen fahren konnten. Die Kibbuzkinder blieben den ganzen Tag über in ihren gut geheizten Kinderhäusern eingesperrt und kamen erst gegen Abend in die Häuser ihrer Eltern. Von Zeit zu Zeit fiel die Stromzufuhr aus, so daß man zuweilen den ganzen Abend bei Kerzenlicht oder dem Schein der Petroleumlampe in den Wohnungen saß. Dann gleicht der Kibbuz einem Dorf in einem anderen Land: Niedrige Hütten scheinen zwischen windgetriebenen Nebelfetzen zu schwimmen, fahle Lichter flackern hinter kleinen Fenstern, dichte Wipfel tropfen vor Wasser. Kein Mensch, nur starres Schweigen im leeren Rund, kein Mensch, nur wispernde Stille über nahem und fernem Ackergrund. Nichts regt sich, nichts bewegt sich zu Füßen der Berge. Winteröde im Friedhofshain, Grabsteine sinken ein, von Farn überwuchert. Teppiche toten Laubes rascheln zwischen den Obstbäumen, ohne daß ein Fuß sie betritt. Fäulnis, Rost und Schimmel zerfressen die Gerippe der im Krieg ausgebrannten Panzerwagen. Niedrige Wolken segeln zwischen den Ruinen des verlassenen Dorfs Scheich-Dahr dahin, das einst darauf sann, ein Blutbad im Kibbuz anzurichten, doch jetzt ist es verwüstet und voller Trümmer, mit einstürzenden Wänden und wild wuchernden Reben und üppig sprießender Vegetation, die sich kraftvoll zwischen die Steinritzen zwängt. Von Scheich-Dahr scheint jeden Morgen eine unsichtbar hinter Nebel- und Wolkenwänden verborgene Sonne mit müdem, schmutzigem Licht um sieben Uhr früh.

In den kleinen, von winterstarren Gärtchen umgebenen Häusern läutet dann der Wecker. Man muß aufstehen, sich lustlos murrend aus den warmen Decken schälen, muß die Arbeitskleidung anlegen und alte battle dresses oder verblichene Jacken anziehen, die für nichts anderes mehr taugen als für die Arbeit.

Zwischen sieben und halb acht Uhr laufen die Bewohner des Kibbuz müde und gereizt durch die Regenvorhänge und kommen ziemlich außer Atem im Speisesaal an, um dicke Brotscheiben mit Marmelade oder Quark zu essen und fettigen Kaffee zu trinken. Dann geht jeder an seinen Arbeitsplatz: Der kleine Schimon zum Schafstall, Lipa zur Elektrobaracke, Jolek Lifschitz in sein schäbiges Büro, in dem man sogar während der Morgenstunden das elektrische Licht einschalten muß. Rimona ins Wäschereigebäude. Anat Schneor ins Babyhaus, um Milchfläschchen zu wärmen, Windeln zu wechseln und feucht gewordene Bettwäsche abzuziehen. Joni und Saro zum Maschinenschuppen, wo sie den selbstgefälligen Blicken des Wohlfahrtsministers hoch über dem Ersatzteilregal ausgesetzt sind. Etan R. und der alte Stutschnik, die bereits zweieinhalb Stunden früher zum morgendlichen Melken der Kühe aufgestanden sind, trotten wieder nach Hause – umgeben von säuerlichem Schweiß- und Dunggeruch, beide mit unwirschem Ausdruck auf den von schwarzen Bartstoppeln übersäten Gesichtern. Bolognesi verbirgt sich in der Schlosserei hinter der grauen Metallmaske mit dem gläsernen Guckfenster und lötet eine Röhre an eine Eisenstange. Im Kleiderlager macht Chawa die drei Petroleumöfen an und sortiert Kleiderstapel zum Bügeln und Zusammenfalten. Die Speisesaalleute räumen die Frühstücksreste von den klebrigen Tischen, wischen jeden einzelnen erst mit einem feuchten, dann mit einem trockenen Lappen ab und stellen die Stühle mit den Beinen nach oben auf die Tischplatten, damit der Boden geputzt werden kann. »Erlöst das Land« empfiehlt ein Pappschild, das noch von Tubeschwat da hängt.

An einem solchen Wintermorgen benutzt man kaum Worte, außer den allernotwendigsten: Komm her. Was ist? Wo hast du's hingetan? Hab ich vergessen. Dann geh suchen. Na, mach schon.

Schweigen und schläfrige Trübsal in allen Ecken des Kibbuz. Und das Kreischen der Vögel in der Kälte. Und Hunde mit ödem Gebell. Jeder Mensch ist seinem Mitmenschen eine Last. Es hat ferne Zeiten gegeben, in denen hier alles mit ungeheurer Willenskraft, Zielstrebigkeit und zuweilen sogar Selbstaufopferung getan wurde. Jahre sind vergangen, kühne Träume wurden verwirklicht, felsiges Ödland verwandelte sich in ein gepflegtes, aufstrebendes Dorf. Aus den Zelten schwärmerischer Pioniere hat sich der freie hebräische Staat entwickelt. Die zweite und dritte Generation ist sonnenverbrannt und mit Maschine wie Waffe wohlvertraut aufgewachsen. Warum also ist die Welt verblaßt, sind die Träume so sonderbar verblichen? Warum erkaltet das müde Herz? Winterliches Schweigen im ganzen Kibbuz: als harrten hier Exilanten im Land der Verbannung oder erschöpfte Häftlinge in einem Zwangsarbeitslager. Kommt schon mal ein Gespräch zustande, so dreht es sich meist um Klatsch oder hämische Schadenfreude.

Gegen Abend, im Schatten eines tränenden Paternosterbaums, auf dem Weg zur Studiengruppe über jüdische Philosophie im Kulturhaus, sagte Stutschnik kummervoll: »Alles ist in Auflösung begriffen, mein Freund. Mach bitte die Augen auf und sieh, was um dich herum vorgeht. Du wirst doch nun bald Kibbuzsekretär sein und dann versuchen müssen, dich mit diesem fortschreitenden Ruin auseinanderzusetzen. Nicht wie Jolek, der außer schönen Reden hier überhaupt nichts getan, nicht einen Nagel versetzt hat. Alles geht vor unseren Augen den Bach runter. Der Staat. Der Kibbuz. Und die Jugend. Es heißt, Tausende junger Menschen machen sich einfach auf und verlassen das Land. Die Korruption wütet sogar unter unseren eigenen Leuten. Und die Kleinbürgerlichkeit vernichtet alles Gute mit Stumpf und Stiel, wie man so sagt. Familien brechen auseinander. Die Anarchie feiert fröhliche Urständ. Auch hier, bei uns, vor unserer Nase. Und keiner krümmt deswegen einen Finger. Eschkol ist mit Intrigen beschäftigt, Ben Gurion verbreitet Haß, die Revisionisten hetzen den Mob auf, die Araber wetzen die Säbel – und die Jugend ist eine öde Wüste. Und dann: Zügellosigkeit in Reinkultur. Ohne jetzt mit gemeinem

Klatsch anzufangen, den ich mein ganzes Leben wie die Pest gemieden hab: Guck dir doch bloß mal an, was mit dem Sohn des großen Mannes da passiert. »Denn etwas Neues erschafft der Herr im Land: Die Frau wird zwei Männer umgeben«, wie es frei nach der Bibel heißt. Totale Anarchie. Und sieh, was unter den Lehrern vorgeht oder was sich in unserem eigenen Lenkungsrat zusammenbraut. Sieh dir unsere Regierung an. Die Situation wird von Tag zu Tag schlimmer, Srulik. Waren die Fundamente von Anfang an irgendwie verrottet, oder kommen jetzt einfach all die inneren Widersprüche wieder hoch, die wir die ganzen Jahre über, wie soll man sagen, unter den Teppich gekehrt haben? Du schweigst, mein Guter. Sicher. Das ist der einfachste und bequemste Weg. Bald werde auch ich schweigen. Ein Herzinfarkt hat mir gelangt. Absolut. Um nicht noch den Rheumatismus zu erwähnen oder überhaupt diesen deprimierenden Winter. Hör auf mich, Srulik, ich sag dir, Hand aufs Herz: Wo man nur hinschaut, sieht man nichts als abgrundtiefen Greuel.«

Srulik nickte immer wieder freundlich mit dem Kopf. Von Zeit zu Zeit lächelte er, und als schließlich eine kleine Pause eintrat, sagte er: »Du übertreibst gern ein bißchen. Siehst, wie man so sagt, alles durch die schwarze Brille. Gottlob haben wir schon sehr viel schlimmere Zeiten erlebt und sind doch noch hier. Es gibt keinen Grund zu verzweifeln. Krisen hat es immer gegeben und wird es weiter geben, aber das heißt nicht, daß wir am Ende sind, Gott behüte.«

»Na, du ausgemachte Heiligennatur. Red mir jetzt bloß nicht so, wie du zu den kleinen Kindern auf der Schulfeier gesprochen hast. Ich brauch keine Propaganda. Im Gegenteil. Ich halt die Augen offen, und das solltest du künftig auch lieber tun. Was ist denn überhaupt mit dir los, bist du verrückt geworden? Hast du keine Mütze? Wer läuft denn mitten im Winter so durch die Gegend?«

»Ich lauf nicht durch die Gegend, alter Kumpel, ich bin unterwegs zum Gruppentreffen. Und vergiß nicht, daß in unserer Anfangszeit hier auch nicht alles so rosig ausgesehen hat, wie du jetzt meinst. Es hat Fehlschläge gegeben, unrühmliche Affären, sogar Skandale. Gehn wir. Was stehn wir denn hier im kalten Wind, wir erkälten uns ja noch. Laß uns lieber nachsehen, ob sie nicht etwa vergessen haben, den Heizofen anzumachen, und ob der Vortragende schon da ist. Heute soll, glaube ich, über Martin Buber gesprochen werden. Also komm. Schau nur, wie dunkel es um halb fünf schon ist. Wie in Sibirien.«

Abend für Abend treffen sich etliche Bewohner des Kibbuz in verschiedenen Studiengruppen. Andere nehmen an Sitzungen teil, wo sie Fragen der Finanzen, Erziehung, Einwandereraufnahme, Gesundheitspflege und Wohnungsvergabe diskutieren. Dabei suchen sie gemäßigte Wege, um langsame Veränderungen einzuleiten und nicht irgendwelche Erschütterungen auszulösen. Wieder andere beschäftigen sich abends mit ihren verschiedenen Hobbys: Briefmarkensammeln, Malen oder Sticken. Manche besuchen ihre Nachbarn, bekommen dort Kaffee und Kekse angeboten und reden über Klatsch und Politik.

Um zehn Uhr abends gehen eines nach dem anderen die Lichter in den Fenstern der kleinen Häuser aus, und die feuchte, niedrige Nacht senkt sich über das Dorf. Hoch auf dem Wasserturm dreht sich der Suchscheinwerfer. Die Lampen am Sicherheitszaun verbreiten ihren dunstigen Strahlenkreis, in dem sich die schrägen Fäden des Regens verfangen, wie um im Glanz des bläulichen Lichts ihren Reigen zu tanzen. Die in Jacken und Regenmäntel gewickelten Wächter drehen – mit alten Maschinenpistolen bewaffnet – ihre Runden, die Schlauchmützen aus Wolle tief über die Ohren gezogen. Schafe schmiegen sich wärmesuchend aneinander. Die Hunde beginnen wie gewöhnlich mit wütendem Bellen, das in ein durchdringendes Winseln mündet. Fern am westlichen Horizont flammen stumme Blitze in gedämpftem orangenem Schein wie Signale auf.

In den Zimmern der Ledigen und in den Wohnungen der jungverheirateten Paare bleiben dagegen manche noch länger auf, lassen eine Flasche kreisen, spielen Karten oder Backgammon und erzählen sich Zoten, die mit Kriegserinnerungen durchsetzt sind. Bei einer solchen Gelegenheit sagte Udi zu Etan R.: »Nur zu. Soll'n sie doch ruhig. Warum nicht? Sogar die Bibel ist doch voll von solchen Geschichten. Und unsere Alten erst: Als die noch die Sümpfe bewässerten und die Wüste trockenlegten und all das, da haben sie nackt geduscht, Männlein und Weiblein bunt durcheinander unter derselben Brause, ehe sie so ungeheuer positiv und pädagogisch geworden sind. Das Leben besteht nun mal nicht aus Kindergartengeschichten. Joni hat mir selbst mal gesagt, der allergemeinste Betrug auf der Welt, das wär Schneewittchen mit den sieben Zwergen – und sie haben uns nach Strich und Faden belogen, als wir noch klein waren, was diese Zwerge nun wirklich mit Schneewittchen gemacht haben. Also, was wollen sie denn von Rimona, die gerade eben erst zu zwei Zwergen gekommen ist? Soll'n sie doch ihren Spaß haben. Vielleicht bringst du, Etan, mal einen Abend deinen privaten Harem zu ihnen mit, ich und Anat schließen uns der Feier an, und wir toben uns bis in den frühen Morgen mal richtig aus?«

Etan antwortete: »Ich hab schon vom ersten Augenblick an, als er gerade angekommen war und ich ihn da nachts beim Kuhstall geschnappt hab, das Gefühl nicht loswerden können, daß die Sache nicht gut enden kann. Der ist doch kein normaler Typ. Und auch Rimona nicht so ganz. Wer mir leid tut, ist Joni Lifschitz. Der war mal so ein echt guter Bursche und nun wird er selbst so ein kleiner Schimpanosa und läuft den ganzen Tag herum, als hätt er eins mit dem Holzhammer über den Kopf gekriegt. Gib noch mal den Arrak rüber. In der zweiten Flasche ist noch ein Schluck. Und halt die Klappe, denn die Brigitte versteht schon so 'n bißchen Hebräisch. Also wechseln wir das Thema. Wenn Eschkol ein richtiger Mann wär und nicht so 'ne alte Jente, würden wir mal die Gelegenheit ergreifen, wo Abd el-Nasser sich da im Jemen verwickelt hat, und würden diese Schurken frisch in die Pfanne hauen, diese Syrer, mein ich. Damit hätten wir auch ein für allemal unser Wasserproblem gelöst. Eine halbe Stunde lang hat dieser Asarja mir gestern das Hirn vollgequatscht über Eschkol und Chruschtschow und

Nasser, alles natürlich mit Sprüchen und Philosophien vollgestopft, aber im Prinzip gibt's keinen Zweifel, daß der Junge eigentlich recht hat. Überhaupt hat der einigen Verstand im Kopf, nur ist eine Schraube bei ihm locker. Ein kluger König hört immer zu, was ihm der Hofnarr sagt, und das ist eben Joleks Narr, von dem der Stutschnik behauptet, daß sie ihn vielleicht nach Eschkol zum König ausrufen. Nur, daß Eschkol selber ein Narr ist, das ist unser Unglück. Hör bloß mal, was für ein Scheiß da draußen los ist.«

Mit trockenen Augen und trockener Stimme wandte sich Chawa eines Abends zu dem inzwischen weitgehend genesenen Jolek: »Warum schweigst du bloß, warum? Tu was. Misch dich ein. Fahr mal laut dazwischen. Oder liebst du diesen Hanswurst schon mehr als deinen Sohn? Oder war ich es etwa, die ihm alle Türen geöffnet hat, damit er sich wie ein böses Tier in dieser ganzen Irrenanstalt austoben kann? Wart einen Moment. Hol nicht schon zu deiner Antwort aus. Ich bin noch nicht fertig. Warum mußt du mich jedesmal unterbrechen, heh? Warum stopfst du jedem das Maul? Warum hast du augenblicklich schon deine ganzen vernünftigen Antworten parat, fix und fertig mit allen ausgewogenen Argumenten und so weiter, bevor du auch nur den Anfang von dem gehört hast, was man dir sagen will? Selbst wenn du deine tolerante Politikermiene aufsetzt und aufmerksam den Worten deiner Gegner zu lauschen scheinst, hörst du in Wirklichkeit überhaupt nicht erst hin, sondern legst dir im Kopf bereits die passenden Stichworte für deine vernichtende Antwort zurecht, mit erstens, zweitens, drittens, und gespickt mit schlagfertigen Sprüchen und Zitaten. Einmal in deinem Leben halt nun mal den Mund und hör zu, denn ich red mit dir über Leben und Tod von Joni und nicht über die Zukunft der Histadrut. Und sag mir jetzt nichts darauf. Ich kenn deine Antwort schon auswendig, die du jetzt für mich fertigmachst, ich kenn dein ganzes Repertoire und wär ohne weiteres fähig, dir Wort für Wort deinen gesamten Text runterzubeten, einschließlich der Pausen für den Applaus und den abgenützten Witzen, wenn das nicht so ungeheuer erbärmlich und abstoßend wäre. Diesmal verzichtest du besser auf deine geheiligte Redeerlaubnis und sagst kein einziges Wort, weil alles nämlich schon deutlich auf deinem Gesicht zu lesen ist, das ganze Plädoyer des abgefeimten Advokaten. Darin bist du König. Was heißt König – der liebe Gott höchstpersönlich. Aber daß Jonis Leben vor deinen Augen zugrunde geht, das ist dir egal, mein lieber Göttergatte, das hat dich noch nie interessiert und wird dich auch nie interessieren. Im Gegenteil. Du hast das so geplant. Kaltblütig. Joni ist ein Fleck auf deiner weißen Weste: ein bißchen durcheinander, wortkarg und ein Nihilist obendrein. Aber dieser Harlekin, den du in sein Leben reingebracht hast, das ist ein einfallsreiches, geistvolles Genie, das du langsam ›aufbauen‹ wirst, wie man bei euch sagt, bis du ihn für deine Zwecke benutzen kannst. Und Joni würdest du bei dieser Gelegenheit auch gleich noch los. Ja, selbst wenn Joni und ich und Amos schon in unseren Gräbern liegen sollten, würdest du dich im Handumdrehen mit bewundernswertem Mut wieder erholen, um das Joch der öffentlichen Verantwortung erneut auf dich zu nehmen. Sogar einen erschütternden Aufsatz für die Zeitung würdest du vielleicht über uns schreiben, um damit politische Pluspunkte aus dem Unglück herauszuschlagen, das dich ereilt hat. Schließlich könnte keiner so frech sein, einen vom Schicksal gezeichneten Mann anzugreifen, der Frau und Kinder verloren hat. Im Trauerglanz wärst du noch heiliger als vorher – und außerdem könntest du diesen kleinen Mistkäfer auch noch regelrecht adoptieren. Hauptsache, es ist alles deiner Ehre förderlich und den aufgeblähten, hochtrabenden Ideen und deinem Platz in der Geschichte des zionistischen Aufbauwerks und den schönen Worten, mit denen du begeisterst und trauerst und attackierst. Ein durch und durch schlechter Mann, der zusieht, wie man seinen Sohn ermordet, und noch nicht einmal auf die Idee kommt...«

»Chawa, worauf willst du eigentlich hinaus?«

»Schweig einen Moment und laß mich wenigstens einmal in unserem Leben einen einzigen Satz ganz zu Ende bringen, bevor du zu einer abendfüllenden Rede ausholst. Du hast schon genug Reden geschwungen in unserem Leben. Wir haben dich mehr als genug gehört. Und die Geschichte ebenfalls. Fünfzig Jahre lang redest du nun ununterbrochen auf sie ein, und auch ihr hast du nie gestattet, mal den Mund aufzumachen, hast nie auch nur einen Moment zugehört, was sie wirklich will. Aber mir wirst du diesmal zuhören, wie es sich gehört. Markier jetzt bloß nicht den Tauben, ich weiß, daß du nicht zuhören willst. Und komm mir auch nicht mit den Nachbarn. Die sind mir völlig egal. Im Gegenteil. Sollen sie's ruhig hören, die Nachbarn und dieser ganze verrottete Kibbuz nebst Knesset, Partei, Regierung, Histadrut und der ganzen Uno. Ist mir ganz wurscht, wenn sie's hören. Du bist doch schon so taub wie der Herrgott persönlich, da muß ich ja laut sprechen, aber ich schreie nicht, und wenn ich's täte, könntest du mich auch nicht dran hindern. Ich werd schreien, bis die Leute kommen und mit Gewalt die Tür aufbrechen, um nachzusehen, wie du mich hier ermordest. So schreien werde ich, wenn du jetzt nicht ruhig bist und mich einmal im Leben ausreden läßt.«

»Chawa, bitte schön, red. Ich werde dich nicht stören.«

»Schon wieder unterbrichst du mich, wo ich dich anflehe, mich doch wenigstens dieses eine Mal ausreden zu lassen, bis ich einen Satz fertig habe, denn es geht hier um Leben und Tod, und wenn du mir noch einmal mittendrin ins Wort fällst, schütt ich im selben Augenblick Benzin aus und halt ein Zündholz dran und brenn das ganze Haus nieder, einschließlich der Briefe, die du von Ben Gurion und Berl und Erlander und Richard Crossman und wer weiß wem gekriegt hast. Also schweig jetzt und hör sorgfältig und genau zu, denn das ist mein letztes Wort. Ich verkünde dir, daß du bis morgen mittag Zeit hast, den Kibbuz und Jonis Leben ein für allemal von diesem abartigen Psychopathen zu befreien, den du kaltblütig und in vorgefaßter Absicht hier reingebracht hast, damit er das Leben deines Sohnes kaputtmachen soll. Und dem Aufnahmeausschuß hast du ihn auch noch empfohlen, und in mein Haus hast du ihn eingeladen, um über Gerechtigkeit und Ideologie zu reden und dir Lieder vorzuspielen. Bis morgen mittag hast du ihn entweder hochkant von Haus und Hof gejagt, oder ich tu dir so eine schwarze Sache an, daß du es noch bitter bereuen wirst. Du wirst es bereuen, wie du noch nie in deinem aufgeblasenen Leben etwas bereut hast – mehr noch als deinen glorreichen Rücktritt damals, über den du dich heute noch vor Gram verzehrst und hoffentlich auch weiter verzehren wirst, bis nur noch die Knochen von dir übrigbleiben, ty zboju, ty morderco!«

»Chawa, das ist etwas, das man nicht einfach so mir nichts dir nichts tun kann. Das weißt du doch selbst.«

»Nein?«

»Man muß einen Ausschuß einberufen. Eine Sitzung abhalten. Nachforschungen anstellen. Es geht schließlich um ein menschliches Wesen.«

»Aha. Natürlich, ein menschliches Wesen. Du begreifst doch noch nicht einmal den Sinn dieser Worte, hast ihn noch nie verstanden. Ein menschliches Wesen. Dreck ist das.«

»Entschuldige mal, Chawa. In deiner Wut widersprichst du dir selbst und merkst es gar nicht. Schließlich hast du mir bis auf den heutigen Tag nicht verziehen, daß ich damals deinen Komödianten hier rausgeschmissen habe, der vor dreißig Jahren mit der Pistole um sich geschossen hat und den halben Kibbuz umbringen wollte, darunter auch dich und mich.«

»Schweig, du Mörder! Gut, daß du wenigstens endlich zugibst, daß du ihn seinerzeit rausgeschmissen hast.«

»Das hab ich nicht gesagt, Chawa. Im Gegenteil. Du wirst dich sicherlich erinnern, mit wieviel Geduld, Nachsicht und Toleranzbereitschaft ich versucht habe, ihm beizustehen und ihm soziale und psychologische Hilfe zu verschaffen, vor seinem Anfall und sogar noch danach. Und wer weiß besser als du, daß er selbst wie ein Wilder davongerast ist nach jener Nacht der Schüsse. Ich habe damals meinen ganzen direkten und indirekten Einfluß geltend gemacht und unter keinen Umständen zugelassen, daß man die britische Polizei in die Sache eingeschaltet hat. Auch vor einem internen Disziplinarverfahren der Haganah wegen Mißbrauch von Verteidigungswaffen hab ich ihn bewahrt und ihm zusätzlich noch die Demütigung und Schande erspart, die ihn in der Generalversammlung des Kibbuz erwartet hätte, wo ohne jeden Zweifel einstimmig seine unehrenhafte Ausweisung beschlossen worden wäre, wenn man ihn nicht sogar dem Gesetz oder einer Nervenheilanstalt ausgeliefert hätte. Und danach habe ich ihm sogar noch geholfen, insgeheim das Land zu verlassen.«

»Du?«

»Ich und kein anderer, Chawa. Jetzt ist der Zeitpunkt gekommen, dir das zu verraten, was ich die ganzen Jahre über tief in meinem Herzen bewahrt habe, trotz all der Kränkungen, die ich von dir einstecken mußte. Ja, ich habe diesem bedauernswerten Wirrkopf geholfen, das Land unbehelligt zu verlassen. Es hat Mitglieder gegeben, die unbedingt die Polizei einschalten wollten: ›Sollen wir denn jedem Tobsüchtigen das Privileg einräumen, in aller Ruhe auf jeden mit der Pistole zu schießen, der ihm in die Quere kommt?‹ Und ich, Chawa, ich und kein anderer, habe mit tausend Listen Ausschußsitzung, Generalversammlung und die Haganahleute hingehalten, bis es mir gelungen war, ihm durch Beziehungen und unzählige Interventionen einen Platz nach Italien auf einem unserer Schiffe zu verschaffen. Habe ich denn für all das Mißgunst verdient? Nachdem dieser Mann es geschafft oder versucht hat, meine Frau zu verführen? Der beinahe sie und mich und dein liebes Söhnchen ermordet hätte, das damals noch in deinem Leib war? Und du, die du bis auf den heutigen Tag einen so giftigen Groll gegen mich hegst, weil dieser Irrsinnige nicht hiergeblieben ist, kommst mir nun plötzlich mit der Forderung, ich soll einen jungen Burschen wie einen Hund aus dem Kibbuz verjagen, der überhaupt nicht . . .«

»Du?! Du hast Bini rausgeschmissen? Aus diesem Kibbuz? Und aus dem Land?«

»Das hab ich nicht gesagt, Chawa. Du weißt so gut wie ich, daß er die Beine in die Hand genommen und schnellstens Reißaus genommen hat.«

»Du? Durch Beziehungen? Durch Interventionen?«

»Chawa. Mir wirfst du vor, ich könnte nicht zuhören, während du selbst stets genau das Gegenteil von dem hörst, was ich sage.«

»Du armer Irrer. Du armseliger Idiot. Sag bloß mal, was mit dir los ist: Hast du jetzt vollständig den Verstand verloren? Kapierst du, daß das auch sein Kind sein kann? Hast du daran ein einziges Mal gedacht in deinem ganzen verlogenen Leben? Ist dir mal aufgefallen, wie Joni aussieht und Amos und du selber? Wie kann ein Ideologe und Minister bloß derart dumm sein? Schweig. Das hab ich nicht gesagt. Leg mir bloß keine Worte in den Mund und unterbrich mich nicht schon wieder, denn du hast heute bereits genug gequatscht, mehr als genug sogar. Laß mich endlich auch mal ein Wort sagen, du mit deinen tausend Listen und Beziehungen und Interventionen. Ich hab nicht gesagt, daß Joni der Sohn von irgend jemand ist; das hast du dir selbst längst in den Kopf gesetzt, damit du einen Vorwand hast, auch ihn zu ermorden. Gesagt hab ich nur eines: daß du nämlich bis morgen mittag diesen Spinner hier in hohem Bogen rausfliegen läßt. Debattier jetzt nicht mit mir und überrenn mich nicht das ganze Leben lang wie ein Bulldozer mit deiner berühmten Rhetorik. Ich bin weder dein Ben Gurion noch dein Eschkol und auch nicht die Kumpels von der Bewegung oder deine Bewunderer und Verehrer. Ich bin überhaupt niemand, eine Null, eine schwer Geisteskranke, ein psychischer Mühlstein an deinem teuren staatsmännischen Hals. Mehr bin ich nicht. Noch nicht einmal ein menschliches Wesen, sondern nur ein altes, böses Scheusal, das zufällig genau, aber haargenau bis in alle Einzelheiten weiß, wer du wirklich bist. Und ich warne dich: Wag bloß nicht, mir jetzt zu antworten. Das laß dir gesagt sein: Wenn ich einmal den Mund aufmache und nur zwei Bruchteilchen von dem auspacke, was ich über dich weiß und was wir beide über dich wissen und was du, lieber Göttergatte, sogar selber nicht weißt, wenn ich das alles mal erzähle, dann ist das ganze Land entsetzt, und du gehst ein vor Schande. Was heißt entsetzt – vor Lachen biegen werden sich die Leute, bis sie sich vor Ekel übergeben: Das also ist der teure, hochverehrte Lifschitz? Die Zierde unserer Häupter? So sieht er aus? Und ich, mein Herr, das solltest du nicht vergessen, bin schon ein altes Scheusal, ein toter Kadaver, ich hab nichts mehr zu verlieren – und ich werd dir den Garaus

245

machen. Bloß werd ich dabei Erbarmen walten lassen und es mit einem Schlag tun, nicht wie du, der mir ein ganz langsames Ende bereitet hat, Tag für Tag, Nacht für Nacht. Dreißig Jahre lang hast du mich ermordet, in aller Stille. Und nun hast du auch für deinen Sohn, von dem du niemals wissen wirst, ob er überhaupt dein Sohn ist, so einen kleinen Mörder rangeholt, der ihn stückchenweise um die Ecke bringt. Ganz langsam, still und leise, wie du mich umgebracht hast und Bini, mit deinen Listen, Interventionen und guten Beziehungen. Und immer ohne Skandale, ohne Lackschäden an deiner vielbewunderten Fassade, du lebendiges Gewissen der Arbeiterbewegung – rein wie ein Babypopo. Nein, mein Herr, ich weine nicht. Du wirst nie im Leben in den Genuß kommen, Chawa weinen zu sehen. Das Vergnügen werde ich dir nicht bereiten, wie du es damals ausgekostet hast, als Bini vor deinen Augen geweint und gefleht und deine Füße mit seinen Tränen gewaschen hat, bis du...«

»Chawa. Bitte! Laß endlich die Sache mit Benja Trotzky ruhen. Wer weiß besser als du, daß du seine Liebe damals gar nicht erwidert, sondern dich aus freien Stücken entschieden hast...«

»Das ist eine infame Lüge, Jolek Lifschitz. Gleich wirst du noch anfangen, dich damit zu brüsten, wie du mir damals vergeben und verziehen hast vor lauter Edelmut. Guck doch einmal im Leben in den Spiegel und sieh, was für ein Geschöpf du bist, und versuch dich ehrlich daran zu erinnern, wer Bini war, den du mit tausend Listen um die Ecke gebracht hast. Das waren deine eigenen Worte: tausend Listen. Erst vor ein paar Minuten hast du das gesagt, streite es nun bloß nicht ab. Genau wie du mich umgebracht hast und Joni, von dem du die ganze Zeit lieber nicht reden willst; immer wieder weichst du absichtlich auf das Thema Bini aus, um mich verrückt zu machen, aber das wird dir nicht gelingen, das lass' ich nicht zu. Du wirst jetzt gefälligst über Joni sprechen, statt historische Abhandlungen von dir zu geben. Wir sind hier weder auf einem Kibbuzseminar noch auf einer Parteiversammlung. Hier wirst du mir nicht den Heiligen spielen. Ich kenn dich und deine Heiligkeit mit all ihrer salbungsvollen Weihe aus erster Hand; ich spucke auf deine moralische Standfestigkeit und auf deinen historischen Beitrag, genauso wie du all diese Jahre mein Grab bespuckt und zertrampelt hast. Gib mir jetzt keine Antwort. In deinem eigenen Interesse – versuch's nicht. Entweder hast du bis morgen mittag diesen Dreckskerl hier rausgeschmissen, oder dir wird was passieren, an dem die gesamte Landespresse und der Rundfunk obendrein ihre helle Freude haben werden: Wer hätte gedacht, daß ausgerechnet die Frau des Genossen Lifschitz sich selbst in Brand stecken oder – umgekehrt – unsere nationale Symbolfigur verbrennen würde. Und ich sage dir, Jolek, das ist das Ende. Nicht meines, denn mein Ende ist schon längst gewesen, sondern deines. Das ganze Land wird sich vor Lachen ausschütten, und alle werden sie sagen: Was, das war dieses große Vorbild, dieser Ausbund an Tugend? Der moralische Weigweiser? Ein kaltblütiger Mörder, weiter nichts? Und ich warne dich: Danach wird deine Partei dich nicht einmal mehr aus der Ferne sehen wollen, um sich ja nicht an dir zu infizieren, denn du wirst zum Himmel stinken, dafür sorge ich eigenhändig, du Mörder. Dann kannst du bis ans Ende deiner Tage hier rumsitzen und Strümpfe stricken wie der italienische Mörder, bis du genauso jämmerlich krepierst wie ich. Wie ein räudiger Hund wirst du bei mir eingehen, wie ich bei dir schon längst gestorben bin, noch bevor du hier und da angefangen hast, mit allen möglichen Flittchen auf Konferenzen und Kongressen zusammenzuleben. Ich will keine Namen nennen, aber du sollst nicht denken, man hätte mir nicht eilfertig zugetragen, mit wem Seine Heiligkeit zwei Wochen verbracht haben, mit wem zwei Nächte und mit wem eine halbe Stunde, wie ein Tier zwischen Beratung und Abstimmung. Ich brauch weiter nichts als ein bißchen Säure für deine berühmte Visage oder – umgekehrt – ich trink sie selbst oder futter einfach Schlaftabletten. Daß du es nicht wagst, mir zu sagen: Chawa, schrei nicht. Wenn du das nämlich noch einmal sagst, werd ich schreien. Oder vielleicht auch nicht; ich geb einfach in aller Ruhe ein Interview, zum Beispiel diesem linken Boulevardblatt ›Haolam Hasé‹, etwa unter der Überschrift

›Genosse Lifschitz in Pantoffeln‹ oder ›Das Gewissen der Arbeiterbewegung mal ganz privat‹. Du hast Zeit zum Entscheiden und Handeln bis morgen. Punkt zwölf. Denk dran, ich habe dich gewarnt. Und versuch jetzt nicht, mir zu antworten, denn ich hab momentan keine Zeit, Vorträge bis zum frühen Morgen anzuhören. Wegen dir komm ich jetzt schon zu spät zur Sitzung des Erziehungsausschusses. Also, statt jetzt eine Antwort zu formulieren, tust du besser daran, Jolek, dich heute abend in aller Ruhe hinzusetzen und sehr gründlich nachzudenken, wie du das so ausgezeichnet kannst, wenn du meinst, du hättest dich in eine politische Sackgasse manövriert. Im Kühlschrank in der blauen Flasche ist deine Medizin. Vergiß nicht, um halb elf zwei Teelöffel einzunehmen, aber daß die Löffel auch voll sind – und nicht nur so halb. Im Arzneischrank in der Duschecke findest du Optalgin gegen Schmerzen und auch Perkudantabletten, falls es noch schlimmer werden sollte. Und denk dran, du mußt viel Tee trinken. Ich bin um halb, allerspätestens Viertel vor zwölf zurück. Du brauchst nicht auf mich zu warten. Leg dich einfach ins Bett und lies die Zeitung, bis du einschläfst. Nur denk vorher ordentlich nach, nicht wie du mir antworten sollst – ich weiß, ich hab vielleicht ein bißchen übertrieben –, sondern wie du das ausführen kannst, was ein richtiger Vater, der ein Herz für das Leid seines Sohnes hat, schon längst getan hätte. Ich bin sicher, du machst das wie üblich mit Umsicht, Entschiedenheit und Takt – in einer Weise, die keinerlei Unannehmlichkeiten mit sich bringt. Gute Nacht, ich bin jetzt aber wirklich spät dran. Und daß du es nicht wagst, an die Kognakflasche zu gehen. Denk, was der Arzt dir gesagt hat – keinen Tropfen. Und daß du es weißt: Ich hab den Pegelstand außen an der Flasche markiert. Am besten, du legst dich mit der Zeitung ins Bett. Schade, daß du so viel geraucht hast. Auf Wiedersehen. Ich lass' das Licht in der Dusche an.«

Sowie Chawa weg war, stand Jolek etwas umständlich auf, schlurfte in Hausschuhen zum Bücherregal und griff vorsichtig und sanft nach der Kognakflasche. Einen Augenblick lang untersuchte er das Etikett mit scharfem, verschmitztem Blick, dachte einen weiteren Moment mit geschlossenen Augen nach und setzte dann ein ganz leises traurig-spöttisches Lächeln auf. Er füllte ein Glas bis zum Rand, setzte es auf dem Schreibtisch ab und nahm dann die Flasche mit in die Küche, wo er sie bis zu Chawas Bleistiftstrich mit Leitungswasser auffüllte. An den Schreibtisch zurückgekehrt, beugte er sich über seinen Kalender und notierte: »Die Sache Gitlin klären. Satzung bezüglich Zeitarbeitern prüfen: Entschädigung? Versicherung?« Weiter fügte er hinzu: »Udi S. – vorerst in die Werkstatt?« Danach zündete er sich eine Zigarette an, nahm einen tiefen Zug und atmete wieder aus. Dann nippte er ein wenig an seinem Glas, um gleich darauf zwei kräftige Schlucke folgen zu lassen, und setzte mit sicherer Hand einige Zeilen auf einen Briefbogen, dessen rechte obere Ecke den bescheidenen Aufdruck trug: »Jisrael Lifschitz, Kibbuz Granot«.

An Herrn B. Trotzky, Miami, Florida, USA

Schalom Benjamin,

was Deinen bereits mehrere Wochen zurückliegenden Brief betrifft, möchtest Du bitte verzeihen, daß sich die Antwort verzögert hat. Ich bin hier mit einigen Schwierigkeiten – öffentlicher und anderer Art – konfrontiert worden: daher der Aufschub. Hinsichtlich Deines Vorschlags, eine bestimmte Summe für die Errichtung eines Gemeinschaftsgebäudes im Kibbuz Granot zu spenden, möchte ich Dir erstens in meinem und der anderen Mitglieder Namen für das großzügige Angebot an sich sowie für die gute Absicht danken, die sich dahinter verbirgt. Zweitens möchte ich Dir, mit Deiner Erlaubnis, unumwunden eingestehen, daß diese Idee das eine oder andere Problem mit sich bringt, darunter auch einige grundsätzlicher Art. Sicher wirst Du Dir vorstellen können, daß es da noch so gewisse Erinnerungen, Empfindlichkeiten und Zweifel gibt, die sowohl auf Deiner jetzigen Stellung als auch auf jenen alten Affären beruhen, die natürlich der fernen Vergangenheit angehören und besser mit dem Mantel des Vergessens zugedeckt bleiben sollten. »Und dem Weisen genügt die Andeutung«, wie es ja heißt. Die Sache ist die, Benjamin, daß es unter uns einige hartnäckige Naturen gibt, die – Du wirst mir verzeihen, wenn ich das sage – immer wieder Vergessenes aufwärmen oder in alten Wunden bohren müssen. Darüber hinaus, warum sollte ich Dir die Wahrheit verbergen, bin ich auch selbst noch ein wenig uneins mit mir, auf meinem Buckel ist die Sache ja ausgetragen worden. Angesichts dessen sollte man das Ganze vielleicht noch einmal neu überdenken.

Hör zu, Benja. Lassen wir, mit Deiner Erlaubnis, diese Sache einen Augenblick beiseite und versuchen, ehrlich miteinander zu reden. Sei doch bitte so gut und sag mir – in zwei, drei Zeilen, auf einer Postkarte, eventuell sogar per Telegramm: Hab ich mich an Dir versündigt, ja oder nein? Mein Gott, was hab ich Dir denn Schlechtes angetan? Auf welche Art und Weise hab ich Dich sozusagen hintergangen? Welche Intrigen hab ich gegen Dich angezettelt? Sicher ohne jede böse Absicht hattest Du Dich ein bißchen in meine Kameradin verliebt. Und wer kann schließlich die Launen und Wallungen des Herzens ergründen oder gar beherrschen? Und sie, das will ich nicht bestreiten, hat bittere Leiden ausgestanden, bis sie ihre Entscheidung getroffen hat. So ist es gewesen. Ich habe sie nicht mit Gewalt festgehalten. Ja, wäre ich denn überhaupt imstande gewesen, sie an mich zu binden, wenn sie Dir den Vorzug gegeben hätte? Hand aufs Herz, Benja: Bin wirklich ich der Schurke, während Du und sie sozusagen die gefolterten Heiligen und Märtyrer seid? Was, um Gottes willen, habe ich verbrochen? Und dieser wilde Haß, womit hab ich den verdient? War ich denn gewissermaßen der böse Kosak – und Ihr die unschuldig Verfolgten? Und wer von uns zweien, wenn ich mal so fragen darf, hat sich der Pistole als letztem Argument bedient? Ich etwa? War ich der Mörder? War ich es etwa, der sie aus Deinen Armen gerissen und Eure Liebe zerstört hat? Bin ich hier im Sturm erschienen, mit Hirtenflöte und gesticktem Russenkittel und flammender Leidenschaft und wildem Haarschopf und erotischer Baßstimme? Warum werde gerade ich mit Flüchen und Beleidigungen überschüttet? Wofür werde ich mein Leben lang bestraft? Wofür mißhandelt Ihr mich unablässig – sie und Du und der Junge? Dafür, daß ich mich bemüht habe, anständig und vernünftig zu handeln? Dafür, daß nicht auch ich Messer und Pistole gezückt habe? Daß ich andere daran hinderte, Dich der britischen Polizei auszuliefern? Oder vielleicht für die sechs Palästinapfund, die ich Dir im letzten Augenblick in Deinen auseinanderbrechenden Koffer gesteckt hab, den ich Dir mit einem Tau verschnürt habe, bevor Du Dich auf den Weg machtest? Wofür also? Vielleicht einfach wegen meines Gesichts, diese Visage eines bösartigen Intelligenzlers, die mir das Schicksal nun mal verpaßt hat?

Benja, hör zu. Leb mir wohl, wo immer Du bist. Ich will keine Abrechnung mit Dir halten. Nur laß mich, in Gottes Namen, in Ruhe. Laß uns in Ruhe. Ein für allemal. Und vor allem – streck Deine Hand nicht nach dem Jungen aus. Wenn Gott noch einen Platz in Deinem Herzen hat, dann sende mir sofort ein Telegramm mit nur einem einzigen Wort: »Dein« oder »mein«. Damit ich nicht noch bis zum Tode unter diesem schrecklichen Zweifel leiden muß. Aber eigentlich nützt auch das nichts, denn als poetischer Lügner und erfahrener Herzensbrecher bist Du ja von Geburt an unübertroffen. Sollte aber doch irgend etwas Wahres an dem sein, was unsere Vorväter über die kommende, durch und durch gute Welt gesagt haben, Benja, dann gibt es dort sicher auch eine Auskunftsstelle, wo man mir auf meine Anfrage mit absoluter Wahrheit antworten wird, wer von uns beiden der Vater ist. Aber in Wirklichkeit ist auch das alles nur nichtiges Geschwätz, denn wenn es gerecht zugeht, gehört Joni ausschließlich mir, und Du hast keinerlei Anspruch auf ihn, denn was, zum Teufel, liegt schon dran, wer den stinkenden Tropfen abgegeben hat – ein schmieriges bißchen Samenfeuchtigkeit macht nicht den ganzen Menschen aus. Und falls doch, dann ist wirklich alles nur nichtiger Wahn.

Benja, hör jetzt gut zu. Der Junge ist mein Sohn, und wenn Du Dich inzwischen nicht in einen Unmenschen verwandelt hast, mußt Du das klar sagen. Ja, per Telegramm.

Übrigens, alles in allem betrachtet, ist es praktisch egal. »Mein ist dein, und dein ist mein«, wie wir hier einmal zu deklamieren pflegten. Was für ein schrecklicher Unfug. Was für ein blödsinniger Witz. Er gehört nicht wirklich mir und schon gar nicht Dir und auch nicht der armen Chawa, ja zur Zeit noch nicht mal sich selbst so richtig. Nur solltest Du eines wissen: Wenn es Dir zufällig, nach vorheriger Absprache mit der vom Dybuk besessenen Chawa, in den Sinn kommt, meinen Sohn nach Amerika zu locken, ihm da alle möglichen Glicken zu versprechen und ihn so zu korrumpieren, daß er zu einem geldgierigen Itzig wird, dann wißt, daß ich diesmal mit allen Mitteln kämpfen werde, bis Euer Spinnennetz restlos zerfetzt ist; ich kann Euch versichern, daß ich den einen oder anderen Kniff in meinem Leben gelernt habe. Falls Du eine Andeutung brauchst, werd ich Dir eine geben, damit Du Dich in Deinen Berechnungen nicht irrst: Chawa ist keineswegs gegen eine ärztliche Untersuchung gefeit, der zufolge ein schriftliches Attest ihre wahre psychische Verfassung bescheinigen würde. Und Du selbst brauchst Dich auch nicht in der vermeintlichen Sicherheit zu wiegen, Dein Amerika befinde sich gewissermaßen hinter den dunklen Bergen: Wir werden uns die Mühe machen, ein bißchen in Deinen Geschäftspraktiken herumzustochern, um herauszubekommen, wie Du Deine Goldberge zusammengerafft hast, und dann finden wir vielleicht auch ein geneigtes Ohr, dem wir eine nette kleine Episode aus Deiner stürmischen Jugendzeit zuflüstern können. Und dem Weisen genügt ... Du weißt schon. Ich werde es nicht zulassen, daß mein Sohn sich aufmacht und zu Dir fährt – selbst wenn Du ein goldenes Flugzeug herschickst, denn es heißt ja, Du würdest in Geld schwimmen. Sicher besitzt Du doch auch einen Spiegel. Wenn Du da mal einen Augenblick reinschauen möchtest, siehst Du darin ein abscheuliches Geschmeiß, einen menschlichen Abschaum, wie er im Buche steht. Du Blutsauger und Blutvergießer, möge Gottes Fluch auf Dich niedergehen. Du und Deinesgleichen – Ihr habt doch hier alles verdreckt und besudelt. Wir haben mit dürstender Seele unser Herzblut darangesetzt, die Erde des Landes zu bewässern, sie zu bestellen und zu bewahren, Israel und die jüdische Seele aus den Trümmern zu erheben, und was habt Ihr getan? Ihr habt herumgespielt mit Clownerien, leichten Flirts. Mal habt Ihr mit Plechanow, Lenin und der Oktoberrevolution geliebäugelt, dann mit dem zionistischen Gedanken, gefolgt von einer kleinen Liebelei mit Erez-Israel und einem bißchen Pionierleben aus jugendlichem Abenteuerdrang, und schon habt Ihr allem wieder den Rücken gekehrt, um Euch erneut dem Goldenen Kalb zuzuwenden. Nicht Hitler oder Nasser, sondern Du und Deinesgleichen, Ihr seid es, die jetzt ganz real die Zerstörung des Dritten und letzten Tempels über uns bringen. Es gibt weder Sühne noch Vergebung für jenes törichte Mitleid, das mich davon abgehalten hat, Dir schon seinerzeit ein schwarzes Ende zu bereiten, als Du noch nichts weiter als ein kleiner, schwächlicher, von Leidenschaften und bitteren Tränen überströmter Sandwurm warst. Ihr niedrigen Geschöpfe seid die bösartige Krankheit, die das jüdische Volk über Generationen vergiftet hat. Ihr seid der Fluch der Diaspora. Euretwegen haßten und hassen uns die Völker mit ewigem, abgrundtiefem Abscheu. Ihr mit Eurer Geldgier, Eurem Goldenen Kalb, Eurer geifernden Wollust, Ihr, die Ihr es so vorzüglich versteht, ahnungslose Gojim und unschuldige Frauen mit Eurer glatten Zunge zu verführen, jede erdenkliche Untreue zu begehen und Euch auf Euren ekligen Dukaten zu wälzen. Wie ein verseuchter Bazillus rollt Ihr von Land zu Land, von Diaspora zu Diaspora, von Handel zu Handel – entwurzelt, ohne Heimat und Gewissen –, bis Ihr uns zum Schandfleck und Gespött aller Völker gemacht habt. Und jetzt streckt Ihr Eure klebrigen Pfoten aus, um – wie voher unsere Frauen – jetzt auch unsere Söhne zu verführen, sie mit süßen Verlockungen in den Dreck hinunterzuziehen, damit sie so verkommen wie Ihr.

Aber warum soll ich es leugnen, Benja? Die Schuld liegt bei mir. Mea culpa. Ich bin an allem schuld, weil ich nicht so gehandelt habe wie jeder anständige ukrainische Goi, der seine Frau mit so einem jiddischen Hausierer auf der Tenne überrascht und der mit einem gezielten Axthieb die Affäre aus der Welt schafft. Ich bin schuld, weil ich vergessen habe, was schon unsere Vorväter schrieben: »Wer barmherzig gegen Grausame ist, wird schließlich grausam gegen Barmherzige sein.« Ich hab Dich geschont, Benja, hab mich wie ein beschwipstes Kalb benommen – als der gute, mitfühlende Tolstojaner, der ich damals war. Wirklich und wahrhaftig das Leben gerettet hab ich Dir, Dir noch mit knapper Not die Flucht ermöglicht, und jetzt betitelt Chawa mich als Mörder. Und das bin ich auch tatsächlich, denn Du mit Deinem Eifer und sie mit ihrem Spinnengift, Ihr versucht jetzt, meinen armen Sohn zu hypnotisieren, damit er zu Dir nach Florida fährt. Du schickst ihm sicher ein Ticket und einen Sack Dollars und holst ihn in Dein Business rein, damit er Geschäfte macht wie Du. Und danach wirst Du Dich kugeln vor Lachen, wie Du aus Joleks Sohn einen biederen Geldsack gemacht hast, genau wie es Chawas Vater im Stetl gewesen ist, ein reicher Hausbesitzer, seine zwei Daumen links und rechts vom Schmierbauch im Hosenbund vergraben. Und das ist dann mein Joni, von dem ich mir die Erfüllung meiner Träume erhoffte, der eine neue Generation von Juden begründen sollte, die dann Enkel und Urenkel hervorbringen und dem krankmachenden Exil ein Ende bereiten würden. Doch nun kommt das Exil in der Gestalt des reichen Onkels zurück. Du Verräter Israels, Du. Ausgelöscht sei Dein Name, Trotzky, möge der Fluch Gottes auf Dich niedergehen. Und was Deine Spende anbetrifft, lautet die Antwort: nicht nötig. Vielen Dank. Schmutziges Geld fassen wir nicht an.

Diesen Brief zerriß Jolek in winzige Fetzen, die er in die Kloschüssel warf, um darauf zweimal sorgfältig die Spülung zu betätigen. Übrigens, dachte er sich, pflegten sie schon im alten Rom zu sagen, daß Geld nicht stinkt. Wenn er spenden will, soll er doch. Gelder zum Aufbau des Landes haben wir von allen möglichen und unmöglichen Leuten angenommen, ohne große Nachforschungen anzustellen. Auch von den Nazis haben wir schließlich Wiedergutmachungsleistungen akzeptiert. Jolek zog seinen Wintermantel an und setzte eine Schirmmütze auf den Kopf. So ging er zwischen zwei Regenschauern hinaus, um seine Seele bei einem Spaziergang abzukühlen.

Auf halbem Weg beschloß er dann plötzlich, sofort zu Jonatans und Rimonas Wohnung hinüberzugehen. Doch fast im selben Moment fiel ihm Asarja ein, der bei ihnen ja übernachtete, und so wandte er sich achselzuckend wieder ab. Statt dessen schlug er nun den abschüssigen Pfad ein, der zu den Hühner- und Kuhställen führte. Diese Gegend war still und leer, wie es nur Dorfausläufer in Winternächten sein können. Der Regen hatte aufgehört, der Wind war abgeflaut.

Zwischen Wolkenfetzen blinzelten drei, vier kühl funkelnde Sterne hervor. Für einen Augenblick erschien es Jolek, als seien die Sterne nichts weiter als winzige Mottenlöcher in einem schweren Samtvorhang. Und als breite sich jenseits des schweren Samtvorhangs jetzt ein riesiger, furchtbarer Glanz aus, ein Strom blendender Glut – und die Sterne seien nur eine winzige Andeutung des Lichtsturms, der hinter dem Paravent tobte. Jolek fand Trost in diesem Bild. Er ging langsam und nachdenklich, atmete kräftig durch. Die Luft war frisch und scharf. Tief sog er die Gerüche des Hofes ein: Die mit schwerer Sinnlichkeit erfüllten Gerüche der Landwirtschaft berührten ihn wie mit streichelnder Hand. Wann hatte er ein Streicheln gespürt? Lange Jahre waren seitdem vergangen, wenn man einmal von gewissen Verehrerinnen absah, verwitweten oder geschiedenen Parteiaktivistinnen, die ihn mit Bestimmtheit oder fast schon sanfter Gewalt zu sich geholt hatten. Selbst das war schon einige Zeit her. Die Natur selber nimmt sich sozusagen jeder Menschenseele an und schenkt ihr ein paar Jahre Mutterliebe, auch einem bösartigen Intelligenzler. Das alles ist eigenartig und sogar ein wenig deprimierend, sagte sich Jolek im stillen, als er an seine Mutter dachte. Seitdem hatte es kein Streicheln mehr gegeben. Das Sternenlicht in einer Winternacht ist sicher ein gutes Zeichen, aber die Lage ist von Grund auf beschissen.

Schwerer, säuerlicher Dunst drang aus dem Hühnerstall. Die Schafe rochen nach warmem Dung. Und von Dunkelheit zu Dunkelheit rann der faulige Ausfluß naßgewordenen Heus. Habe ich mich denn auch an meinem Sohn versündigt? Leidet er etwa meinetwegen? Welcher Dybuk hat dem Jungen ausgerechnet Rimona zugeführt? Wollte er vielleicht jemanden bestrafen? Sich selber? Seine Mutter? Oder mich? Gut, soll es so sein, dachte Jolek, jeder wird seine Strafe abbüßen. So ist das nun mal. Und was das Streicheln betrifft, das ist doch lächerlich bei einem Mann von meinem Alter und Stand. Aber trotzdem: Ohne dieses Unglück damals könnte ich jetzt Großvater sein. Jeden Nachmittag um halb vier würd ich mich am Kleinkinderhaus einfinden, um dort den Eltern zuvorzukommen und ihnen den Jungen wegzuschnappen. Ich würde ihn mir auf die Schultern setzen. Ihn zu den Schaukeln tragen. Aufs Feld. In den Obstgarten. Auf die Wiesen. Zu den Hühnern, Schafen und Kühen im Stall. Zum Pfauengehege am Schwimmbad. Süßigkeiten würd ich ihm von allen Seiten zustecken, um ihn richtiggehend zu bestechen, und ihn mit Schweigegeld überhäufen, trotz aller Prinzipien. Ohne die geringste Scham würde ich ihm vor aller Augen die kleinen Füße küssen, einen Zeh nach dem anderen. Und wie ein Jüngling sommertags mit ihm über alle Wiesen tollen. Wasser aus dem Gartenschlauch würd ich über ihn spritzen und dafür das Doppelte an Vergeltung von ihm einstecken. Und ihm lustige Grimassen schneiden, wie ich es nie bei meinen beiden Söhnen getan habe, wegen der Prinzipien damals. Muhen und miauen und bellen würd ich für ihn – und all das nur um den Lohn eines Streichelns von seiner kleinen Hand. Opa. Geschichten würde ich unermüdlich für ihn erfinden, über Tiere, Geister und Gespenster, Bäume und Steine. Und nachts, wenn seine Eltern bereits schliefen, würd ich mich wie ein Dieb ins Kleinkinderhaus schleichen, um ihn auf den Kopf zu küssen. So könnte ich Tag für Tag meine schlechten Taten sühnen. Ja, auch vor der Schlechtigkeit müßte sich irgendein Tor öffnen. Wie bei diesem Menschen Bolognesi, der ein grausamer Mörder gewesen ist und nun Buße tut, indem er dasitzt und Pullover strickt. »Schwarzgelockt und vernünftig«, wie es in einem von Rachels Liedern heißt. Ein kleines Kind. Mein Enkel.

Aus weiter Ferne blinkten die Lichter von den Bergen jenseits der Grenze. Jolek Lifschitz betrachtete sie, schlug den Mantelkragen hoch gegen die Kälte und zog die Mütze tiefer ins Gesicht. An die zehn Minuten blieb er so stehen, entleert von all den alten Leidenschaften und den starken Grundsätzen, die ihn das ganze Leben lang geleitet hatten. Kühl, stumm und still dehnte sich die Nacht vor ihm aus, Himmel und Erde umfassend. Jolek stand da und wartete. Bis eine Sternschnuppe fiel. Da bat er um Barmherzigkeit.

Im selben Augenblick grinste er sich eins und trat den Rückweg an. Klar und selbstverständlich reifte die Entscheidung in seinem Herzen: Der Bursche Asarja Gitlin bleibt hier. Er wird auf keinen Fall weggeschickt, solange er nichts Schlechtes verbrochen hat. Das ist meine endgültige Entscheidung, zu der ich stehen werde, was immer auch kommen mag.

Aus dem Kühlschrank holte er das Fläschchen und schluckte seine Medizin. Zwei volle Teelöffel. Dann nahm er eine Tablette gegen heftige Schmerzen, obwohl ihm überhaupt nichts weh tat. Bevor er sich auszog und ins Bett kletterte, strich Jolek auf einem der Briefbogen den Aufdruck »Jisrael Lifschitz, Kibbuz Granot« aus und schrieb mit schräger, bestimmter Handschrift: »Chawa, ich muß um Verzeihung bitten. Bitte, vergib mir. Das Wasser im Kessel hat bereits gekocht. Du kannst Dir ein Glas Tee einschenken. Die Wärmflasche habe ich eben gefüllt und unter Deine Decke gepackt. Es tut mir leid, was gewesen ist. Gute Nacht.«

10.

An der Wand über dem leeren Sofa hängt ein Bild: Auf einem
Gatter aus roten Ziegelsteinen ruht ein dunkler Vogel. Dunst
und Schatten erfüllen das Bild: nicht Dämmerstimmung, eher
eine Art feuchter Schleier. Doch ein schräger Sonnenstrahl
durchbricht wie ein Speer Dunst und Schatten. Und entfacht
einen glänzenden, fast blendenden Kringel auf irgendeinem
verblüfften Backstein am Ende des Gatters im unteren Teil des
Bildes, weit weg von dem müden Vogel, dessen Schnabel, wie
Joni plötzlich entdeckte, dürstend geöffnet war. Aber die
Augen hatte er geschlossen.

Tia liegt, lang hingestreckt, unter dem Sofa. Nur ihr haari-
ger Schwanz schlägt von Zeit zu Zeit auf den Teppich. Vier
Reihen Bücher, gleichmäßig und wohlgeordnet, stehen auf den
Regalen. Rimona ist nicht im Zimmer. Die schweren braunen
Vorhänge verdecken Fenster und Verandatür. Alles ist ruhig.
Der Ofen brennt, die Leselampe über der Couch leuchtet.

»Asarja, sag mal: Was ist das für ein Buch, das du jetzt schon
den ganzen Abend liest?«

»Die Briefe. In englisch. Das ist ein Philosophiebuch.«

»Briefe? An wen?«

»An alle möglichen Leute. Briefe, die Spinoza geschrieben
hat.«

»Fein. Lies weiter. Ich wollte dich nicht stören.«

»Du störst nicht, Joni. Im Gegenteil. Ich dachte, du wärst
eingenickt.«

»Ich? Wieso das denn? Nur während der Arbeitszeit, wenn
du dein Zeichen und Wunder in der Werkstatt vollführst – da
mach ich schon mal ein Nickerchen. Jetzt hab ich gerade an den
Springer gedacht und eine einfache Lösung gefunden.«

»Was für ein Springer?«

»Na, deiner eben. Aus der Partie, die du gestern verloren
hast, nachdem du einen Turm mehr als ich hattest. Bald kommt
sie zurück.«

»Ist sie auf eine Sitzung gegangen? Oder zur Chorprobe?«

»Sie hat heute Dienst im Klub. Serviert denen vom jüdischen Philosophiekurs Kaffee und Kuchen. Stutschnik und Srulik und Jaschek und all denen. Was steht da in deinem Buch?«

»Philosophie. Ideen. Anschauungen. Briefe, die Spinoza geschrieben hat. Joni?«

»Was?«

»Flasche. So haben sie mich beim Militär genannt. Meinst du, ich bin eine Flasche? Oder ein Betrüger? Oder ein bißchen zurückgeblieben?«

»Sag mal, Asarja, hast du noch nie Lust gekriegt, dich einfach aufzumachen und ins Ausland zu fahren – und ganz allein in einer fremden Großstadt rumzulaufen, wie Rio de Janeiro zum Beispiel oder Shanghai, wo du in der ganzen Stadt keinen einzigen kennst und völlig fremd und ungebunden bist? Tagelang nur schweigend durch die Straßen zu bummeln, ohne irgendeinen Plan und sogar ohne Uhr?«

»Darüber sagt man auf russisch: ›Wenn der Mensch sitzt nur allein, stellt sich bald der Teufel ein.‹ Sieh mal, Joni. Ich bin schon genug schweigend und allein rumgelaufen. Erst in der Diaspora und dann hier. Und immer wollten sie mich umbringen. Nicht bloß Hitler. Sogar hier am Anfang, im Übergangslager, und auch die, die mich beim Militär gehaßt haben. Man kann nie wissen. Du möchtest mich vielleicht auch töten, obwohl du, wie man auf russisch sagt, mein großer Bruder bist und ich für dich ohne Zögern durchs Feuer gehen würde.«

»Was hast du nur für ein Feuer im Kopf? Hör mal, wie draußen der Regen runterprasselt. Würdest du nicht in diesem Augenblick rausgehen wollen und, sagen wir, nach Manila fahren wollen? Oder Bangkok, falls du überhaupt von der Stadt je gehört hast?«

»Ich? Auf keinen Fall. Bloß friedlich an einem Ort sitzen, wo man mich nicht dauernd umbringen will. Selbst wenn wir Abd el-Nasser ein paar Konzessionen machen müssen. Egal. Nur das ganze Leben lang bei guten Freunden sein. Unter Juden. Unter Brüdern. Und Gitarre spielen, damit wir uns alle wohl fühlen. Und Gedanken und Anschauungen aufschreiben, die

Trost oder Nutzen bringen können. In Ordnung sein. Damit man mich endlich ausstehen kann, mich nicht für eine Flasche hält. Und daß ich niemanden störe, denn solange ich das tue, bin ich ein Schuft geblieben, und auch das Kibbuzleben kann meine Seele nicht heilen. Dann wär's besser, ich würd sofort verschwinden und ganz allein in irgendeiner Hütte in den Bergen leben, mich von Pilzen und Wurzeln ernähren und Wasser aus dem Bach oder geschmolzenen Schnee trinken. Ach – obwohl ich Angst hab zu fragen, sagt Rimona mir jedesmal: Saro, bleib hier, du störst überhaupt nicht, weder mich noch Joni.«

»Das stimmt. Zumindest, was mich anbetrifft. Im Gegenteil: Es ist mir ein Genuß, wie meine lieben Eltern beinah zerplatzen wegen dieser Geschichte. Sie und der ganze Kibbuz. Udis Anat beispielsweise hielt mich doch vorgestern an und fragte mit süßer Stimme, ob ich nicht ein bißchen eifersüchtig wär. ›Danke, worauf sollte ich?‹ hab ich ihr geantwortet. Auch so eine Dämliche. Meinetwegen kannst du hierbleiben, bis du Moos ansetzt. Mich störst du nicht.«

»Danke, Joni. Vielleicht erlaubst du, daß ich dir auch mal eine, wie man sagt, persönliche Frage stelle. Nur eine einzige. Du brauchst nicht zu antworten. Es gibt da so einen Kinderreim: ›Ein verwirrter Fuchs fragte überall flugs, bis nach viel Gesugs er in die Grube fiel ohne Mucks.‹ Ach, ich schweig besser. All mein Gequatsche richtet immer bloß Schaden an.«

»Nun frag schon und hör auf zu faseln.«

»Joni, sag mal, du... bist schon mein Freund, so ein bißchen?«

»Weiß nicht. Vielleicht. Hab noch nicht drüber nachgedacht. Eigentlich schon. Ja. Warum nicht. Bloß nützt dir das nichts, weil ich schon längst nicht mehr im Lande bin. Und außerdem krieg ich manchmal Lust, dich und Rimona gleichzeitig zu erwürgen. Einfach so, mit bloßen Händen, langsam und gründlich. Oder euch mit dem Seitengewehr aufzuspießen, wie es mein Bruder mit den zwei Legionären gemacht hat. Aber gut, wir sind Freunde. Und nicht nur so gerade eben: Ich zum Beispiel lass' dir meine meisten Klamotten hier, außer denen, die in einen kleinen Koffer reingehen. Nicht Koffer. In einen Rucksack. Und das Schachspiel mit allen Zeitschriften. Und meine Eltern kriegst du obendrein geschenkt. Und die Schraubenzieher, den Hammer, die Kneifzange und Rechen und Hacke, damit du Rimona im Sommer ein Blumenbeet im Garten anlegen kannst, wie sie's gerne hat. Wohl bekomm's. Keine Ursache. Und sogar Tia. Und vielleicht auch mein Rasierzeug, weil ich Lust hab, mir einen Bart wachsen zu lassen. Was möchtest du noch von mir? Du brauchst es nur zu sagen. Meine Zahnbürste vielleicht?«

»Danke.«

»Und denk an das Sprichwort, daß du mir selber tausendmal gesagt hast: Wer vergißt, gleich dem Mörder ist.«

»Joni, hör mal. Ich... das heißt... du mußt ganz im Ernst wissen, daß ich euch nie enttäuschen werde. Niemals.«

»Laß man, Philosoph. Hör auf, mir hier einen Holocaustgedenktag zu veranstalten. Geh lieber zum Kessel und mach uns ein Glas Tee. Quatsch. Wieso denn Tee. Steh auf, geh zum dritten Bord, lang hinter die Bücher und schenk uns ein bißchen Whisky aus der Flasche ein, die Rimona bei der Verlosung auf der Chanukkaparty gewonnen hat. Wir heben jetzt einen, bevor sie zurückkommt. Liebst du sie?«

»Schau, Joni, das ist so: Ich... das heißt, wir...«

»Laß man. Ich hab keine Antwort von dir verlangt. Überhaupt wird's langsam Zeit, daß du mal ein bißchen die Klappe hältst, Asarja. Von morgens bis abends redest du ununterbrochen. Um sechs Uhr früh hast du schon in der Werkstatt angefangen, über Gerechtigkeit zu referieren: Wo es sie noch gibt, was Gerechtigkeit ist und was alle möglichen Philosophen darüber geschrieben haben. Genug damit. Ich werd dir ein für allemal sagen, wo die Gerechtigkeit sitzt: Sie ist von der Regierung zurückgetreten und aus der Knesset ausgezogen, und jetzt legt sie auch ihr Amt als Kibbuzsekretär nieder. Und verzehrt sich Tag und Nacht. Was zwischen dir und ihr ist, weißt du, das ist schon nicht mehr meine Angelegenheit. Ich zieh morgen los. Du hast richtig gehört. Mach mich auf und fahr. Fertig. Was steht da in deinem Buch?«

»Hab ich dir doch schon gesagt, Joni. Es sind Briefe. Gedanken. Anschauungen. Theorie. Dinge, die du nicht ausstehen kannst. Zum Beispiel über Gott und sein wahres Ziel. Und über die Fehler, die Menschen wegen ihrer Affekte begehen. Also wegen ihrer Triebe und Gefühle. Solche Sachen.«

»Auch Bolognesi redet jetzt manchmal so, wenn ich in die Schlosserei komm, um was in Ordnung zu bringen, über ›den Herrn, gemelobt sei sein Name, der die Tränen des Elenden trocknet‹. Und mein Vater hält mir endlose Vorträge über Lebensziel und all so was. Und Uri sagt, es komme allein auf Macht und Stärke an. Und ich? Soll ich dir mal was sagen? Ich hör mir alles in Ruhe an und verstehe nichts. Rein gar nichts. Hör mal, wie die Schildkröte, die du uns mitgebracht hast, draußen auf der Veranda in ihrem Karton rumkratzt. Und Tia spitzt die Ohren. Nichts begreif ich. Sogar eine simple Blockade in der Benzinleitung krieg ich nicht mehr auf die Reihe, so daß sie einen Hungerknochen wie dich ranschaffen müssen, der erkennt, daß das nur so ein einfaches Pfröpfchen in der Leitung ist. Ich verblöde ja zusehends. Im ganzen Hirn. Gieß ein, und wir trinken Lechajim: die Flasche und der Depp. Prost. Jetzt lies mir ein Stück vor, damit man mal 'nen Eindruck kriegt.«

»Aber es ist englisch, Joni.«

»Dann übersetz es mir. Das ist doch kein Problem für dich.«

»Nur, das ist jetzt so aus dem Zusammenhang gerissen. Der Brief bezieht sich nämlich auf eine Debatte, die er mit irgendeinem Gelehrten gehabt hat, und es ist schwer zu verstehen, worum es überhaupt geht, wenn man nicht weiß, was er unter Lemmata und Axiomen versteht und auch . . .«

»Nun lies schon und hör auf zu quatschen.«

»In Ordnung. Werd aber nicht böse auf mich, Joni. Denk dran, daß alles nur nach deinem Willen geschieht und daß ich ohne Zögern auf ein einziges Wort von dir . . .«

»Lies endlich, hab ich gesagt.«

»Ja. Gut. Also dann: ›An den hochverehrten Herrn Hugo Buxhall. Wie schwierig ist es doch für zwei von ganz verschiedenen Grundsätzen ausgehende Männer, sich zu einigen und ihre Auffassungen auch dann miteinander zu vergleichen, wenn sie von zahlreichen anderen Dingen abhängig sind . . .‹«

»Nu. Red schon. Ohne große Einleitung.«

»Ich rede ja, Joni. Es dauert ein bißchen, bis man's übersetzt hat. Hör weiter: ›Sagt mir nun bitte, hochverehrter Herr Buxhall, wenn es Euch genehm ist, ob Ihr einmal Philosophen gehört oder gesehen habt, die der Auffassung sind, daß die Welt aufgrund eines Zufalls entstanden ist, wie Ihr dafürhaltet, das heißt, daß Gott, als er die Welt erschuf, sich zunächst ein klares, festes Ziel setzte und es dann trotzdem verfehlte, dieses prädestinierte Ziel?‹«

»Begreif ich nicht. Was will er denn überhaupt sagen? Erklär mal.«

»Daß es auf der Welt eine notwendige, festgefügte Ordnung gibt und daß diese Ordnung . . .«

»Ein Scheißdurcheinander, Asarja. Was habt ihr denn für eine Ordnung im Kopf. Wo Ordnung. Was Ordnung. Einmal, bei einer Kommandoaktion östlich des Kinneret, haben wir ein paar syrische Soldaten umgelegt. An einer unübersichtlichen Stelle haben wir ihnen eine Sperre gebaut, und da sind sie mit ihren Jeeps und Panzerwagen uns wie die Fliegen auf den Leim gegangen. Hinterher haben wir dort einen toten Syrer – der nicht einfach nur tot war, sondern dem die ganze untere Hälfte weggesprengt war – auf dem Fahrersitz im Jeep gelassen, seine Hände aufs Lenkrad gelegt und ihm eine brennende Zigarette in den Mund gesteckt und das alles noch als Witz bezeichnet. Bis heute gilt das hier als gelungener Gag, über den man jedesmal lacht, wenn man daran nur denkt. Was hätte beispielsweise dein Spinoza dazu gesagt? Daß wir Dreck sind? Wilde Bestien? Mörder? Der Abschaum der Menschheit?«

»Du wirst dich wundern, Joni: Ich nehme an, daß er in aller Ruhe bemerkt hätte, daß ihr so gehandelt habt, weil ihr in Wirklichkeit gar keine andere Wahl hattet. Und die Syrer übrigens auch nicht.«

»Natürlich! Was denn sonst? Das ist doch haargenau das, was sie uns seit ewigen Zeiten vorbeten, von null Jahren an: die Lehrer und die Hausmütter und der Kibbuz und der Staat und das Militär und die Presse und Bialik und Herzl, alle in schöner Eintracht. Sie schreien immerzu, daß wir keine Wahl, sondern zu kämpfen und das Land aufzubauen hätten, weil wir nämlich mit dem Rücken schon gegen die Wand gedrückt wären, wie sie sich ausdrücken. Und jetzt auch noch du und Spinoza. Guten Morgen, wünsche, wohl geruht zu haben. Besser, du teilst noch etwas Whisky aus. So. Gemieß mal ein. Danke. Das langt mir erst mal. Also, was schlagt ihr vor?«

»Wie bitte?«

»Ich hab gefragt, was ihr zwei vorschlagt. Du und dein Spinoza. Wenn keiner eine Wahl hat und der Rücken immer gegen die Wand steht, was wollt ihr denn dann empfehlen? Wozu hat er sich überhaupt hingesetzt, um sein Buch zu schreiben, und wozu sitzt du jetzt da und büffelst wie ein Esel, wenn doch alles vergebens ist?«

»Schau, Joni. Nicht vergebens. Das sagt Spinoza nicht. Im Gegenteil. Bei ihm taucht durchaus der Gedanke der Freiheit auf. Wir besitzen die Freiheit, die Notwendigkeit zu erkennen, sie mit Gelassenheit akzeptieren zu lernen und sogar die mächtigen, stummen Gesetze zu lieben, die sich hinter dem Unvermeidlichen verbergen.«

»Sag mal, Asarja.«

»Was?«

»Liebst du Rimona tatsächlich?«

»Schau, Joni: Ich...«

»Ja oder nein?«

»Gut, in Ordnung. Ja. Und dich auch. Obwohl ich eine Flasche bin.«

»Und du liebst den ganzen Kibbuz?«

»Ja, den ganzen Kibbuz.«

»Und den Staat?«

»Ja.«

»Und dieses beschissene Leben? Und diesen Gammelregen, der schon ein halbes Jahr auf uns niederprasselt wie Allahs Pisse?«

»Joni, entschuldige. Sei nicht böse, daß ich dich darauf aufmerksam mache, aber bald kommt sie zurück, und deshalb bitte ich dich – oder schlage vor, wie man so sagt –, daß du jetzt mit dem Whisky aufhörst, weil du nämlich nicht ans Trinken gewöhnt bist.«

»Willst du mal was hören, Asarja-Schätzchen? Ich sag dir was.«

»Aber werd nicht böse, Joni.«

»Wer ist denn böse, zum Teufel noch mal. Alle Welt sagt mir dauernd, sei nicht böse, wo ich nicht im Traum daran denke, böse zu werden, und wenn ich's doch mal tun wollte, würd ich keinen um Erlaubnis fragen. Auch bei deinem Spinoza steht doch: Es lebe die Freiheit. Hör zu. Meiner bescheidenen Meinung nach bin nicht nur ich ein Depp, sondern du nicht minder. Du und Spinoza und sie – ihr seid alle drei total verdreht. Komm her, rück ein Stück näher, mach schon, so, noch ein bißchen, laß mich mal eine ordentliche Gerade in deine armselige Fresse haun. Glaub mir, uns beiden täte das enorm gut, und außerdem wär's ein Mordsspaß. Komm.«

»Entschuldige, Joni, ich hab dich schon für alles um Vergebung gebeten. Jetzt nehm ich meine Sachen hier und verschwinde noch in diesem Augenblick aus dem Haus und dem Kibbuz. Sie werfen mich hier ja sowieso bald raus. Wie immer. Weil ich so ein kleiner Stinker bin, den man erledigen muß, wie sie mir beim Militär gesagt haben und wie sie sicher auch hier hinter meinem Rücken reden. Sie ist ja mehrere Jahre älter als ich und schön und heilig und hat so 'ne Art christliche Schönheit, und ich weiß, daß ich selber völlig besudelt bin. Bloß daß ich wirklich von ganzem Herzen glaube, daß es Gerechtigkeit gibt und daß man gut sein kann und muß, daß der Kibbuz etwas Wunderbares ist, ein Wunder, das den Juden nach allen Leiden und Verfolgungen widerfahren ist, und daß es ein Wunder ist, daß es den Staat gibt und das Militär und alles. Nur müssen wir uns versöhnen, Joni, nur langsam versöhnen mit diesem guten Land und den Bäumen und Bergen und Wiesen und mit den Arabern und mit jeder Eidechse und sogar mit der Wüste und überhaupt – uns versöhnen. Auch einer mit dem anderen. Wir alle. Joni, bitte, schlag mich nicht.«

»Nein, Habibi. Nur keine Angst. Ich bin ja nicht so ein Nazi. Obwohl man's nicht wissen kann. Ist mir bloß plötzlich auf den Wecker gefallen, daß ihr jetzt auch noch anfangt, mir Moralpredigten zu halten, ich hätte keine Wahl und so. Ich beispielsweise werde es jetzt euch allen zeigen, daß ich sehr wohl eine Wahl habe und daß mein Rücken noch nicht an der Wand steht. Und dein Spinoza kann mich kreuzweise. Jetzt aber genug, Philosoph, hör auf so zu zittern, hier haben sie dich nicht zu ermorden versucht. Du brauchst keine Angst vor mir zu haben. Gib die Hand, Philosoph: Freunde? Prima. So. Dann gieß uns noch einen Tropfen ein. Und trink mit, wenn du ein wirklicher Freund bist. Lechajim. Jetzt bist du noch Philosoph, aber wenn du erst erwachsen bist, wirst du auch Minister und verbesserst uns das Land und die Gerechtigkeit und schließt Frieden mit allen, damit der Wolf mit dem Lamm zusammenwohnt wie wir hier, du und ich. Nur tu mir jetzt einen Gefallen: red nicht mehr. Auf die Dauer gehst du ein bißchen auf die Nerven. Vielleicht spielen wir statt dessen Armdrücken? Oder ein kleiner Boxkampf gefällig? Am besten vielleicht, du holst uns aus der Küchenecke zwei gute Messer, und wir sehn mal, was für ein Mann du bist.«

»Alles, was du sagst, Joni. Aber trink keinen Whisky mehr. Du weißt, daß ich dich sehr lieb hab und dich innigst um Vergebung für all das Unrecht bitte, das ich dir angetan hab. Und wenn du gern hättest, daß ich auf die Knie falle, guck: schon bin ich auf den Knien. Und wenn du mich gern schlagen möchtest – dann schwör ich dir, es macht mir nichts aus. Ich bin sowieso schon daran gewöhnt, was abzukriegen.«

»Auf, Jesus, stell dich wieder auf die Füße. Du Clown, du. Und hol mir 'ne Zigarette. Schau nur, wie du Tia nervös gemacht hast mit deinem Theater. Steh auf wie ein normaler Mensch und setz mal deine Psychopathenmiene wieder ab und hör mit den Tränen auf, denn es hat dich ja kein Mensch berührt. Was spielst du also den ganzen Tag so begeistert das elende Opfer und erinnerst mich, daß wir Brüder sind und all das, und flennst wie ein Kind. Geh, wasch dir schön die Visage ab, damit man nicht sieht, daß du geheult hast. Und bei der

Gelegenheit kannst du auch gleich unsere Gläser abspülen. Tausendmal hab ich dir schon gesagt, daß das bei mir keine Tränen sind – das ist nur meine blöde Allergie. Da kommt sie. Ruhe. Tia, was ist denn, was hast du bloß, das ist doch nur Rimona.«

Asarja schwieg. Rimona brachte Kuchen und Tee, öffnete für einige Minuten Fenster und Tür, um den Zigarettenqualm rauszulassen, und machte die Betten zum Schlafen fertig.

Kerzengerade auf seinem Bett sitzt Bolognesi, der Metallarbeiter. Eines seiner Ohren ist gespalten, und seine Lippen bewegen sich wie im Gebet. Zwanzig Jahre ist es nun schon her, daß er der Verlobten seines Bruders mit dem Beil den Kopf abgeschlagen hat. Niemand im Kibbuz kennt die Einzelheiten der Tat. Es gibt nur verschiedene Vermutungen, die einander widersprechende und teils recht grausige Versionen enthalten. Aber Bolognesi ist ein ruhiger, höflicher und nützlicher Mensch. Nicht einmal einer Fliege hat er etwas zuleide getan seit dem Tag seiner Ankunft hier. All seine Pflichten erfüllt er still und beflissen. Nur sein Gesichtsausdruck ängstigt Frauen und Kinder wegen der fest zusammengepreßten Kinnladen – wie bei einem Menschen, der irrtümlich in einen verdorbenen Essensbrocken gebissen hat, den er nicht schlucken kann, aber vor lauter Schreck und gutem Benehmen auch nicht auszuspucken wagt. Im Gefängnis hatte Bolognesi die religiösen Gebote einzuhalten begonnen, weshalb der Staatspräsident Ben Zwi ihm den Rest seiner lebenslänglichen Haftstrafe erließ. Das Hilfskomitee für gebesserte Häftlinge übergab Bolognesi ein Empfehlungsschreiben und verbürgte sich auch dem Kibbuzsekretariat dafür, daß er ein ruhiger, verträglicher Mann sei. Und so wurde er bei uns aufgenommen. Inzwischen hat er die Religion wieder aufgegeben und widmet sich nun feinen Strickarbeiten, einer Tätigkeit, die man ihm offenbar während seiner Haftjahre beigebracht hat. Bolognesi strickt wunderbare Pullover für die Kibbuzkinder und komplizierte Kreationen für die jungen weiblichen Mitglieder aufgrund von Vorlagen in Zeitschriften. Noch nie hat er um einen Tag Urlaub gebeten. Noch nie ist er krank gewesen. Sondervergütungen weigert er sich anzunehmen. An klaren Tagen schlendert er allein durch die Felder. Kein Mensch von außerhalb hat ihn jemals hier besucht, und niemand von uns begibt sich ohne offiziellen Grund in sein Zimmer oder wechselt mehr als drei, vier Höflichkeitsformeln mit ihm: »Guten Abend, wie geht's, was machst du so, vielen Dank für den Schal – er ist wirklich wunderbar geworden.« Worauf Bolognesi mit seinem eigenartigen Blick eine Art Schriftvers oder Beschwörung erwidert, wie etwa: »Ströme gemingen über unsere Seelele, hoch über uns hinweg, fast verschlämengen sie uns lebendig; warum sagen danke, wenn nicht meine Seelele still und ruhig geworden ist?« Jeder zuckt darauf mit den Achseln und geht seiner Wege. In den Winternächten jetzt sitzt er allein in seinem Zimmer in der halb abgesunkenen Baracke, deren Wände mit Teerpappe verkleidet sind. Und der Regen prasselt aufs Dach. Man hat ihn schon gebeten und bestürmt, doch in ein kleines Junggesellenzimmer umzuziehen, aber er lehnt stets murmelnd ab. Also hat ihm der Ausschuß für die Betreuung Alleinstehender einen Petroleumofen, ein uraltes Radiogerät und ein gebrauchtes Bild von van Gogh zugesprochen: in der Sonne lodernde Sonnenblumen. Dazu einen Elektrokessel nebst einem Beutel Kaffee und einer schwarzen Plastiktasse. Bolognesi sitzt da und strickt eine leuchtendrote Stola in spanischem Stil für Udis Anat. Die Stricknadeln fliegen ihm nur so durch die Finger. Das Radio schweigt. Wie immer. Und der Petroleumofen wispert vor sich hin. Bolognesis Lippen psalmodieren in leisem, monotonem Singsang: »Wie ich so ruhelos klage und heulele . . . überfielilen mich die Schrecken des Todes . . . Es erbebeten Berge und Hügel, Furcht und Zittern ist über mich gekomommen . . . und Grauen hat mich überfallalen, wie Wasser das Meer bedecket, Sela . . . Die Blutgierigen und Falschen werden ihr Leben nicht bis zur Hälfte brimingen . . . Arglistige und Heimtückische bis zum Halse im Blute stemehen . . . Und ob ich schon wamanderte im finstern Tal, fürchte ich kein Unglück . . .«

Und dann öffnen sich erneut die Schleusen des Himmels.

Die Regenmassen prasseln auf das Blechdach nieder und peitschen gegen die ächzenden Holzwände. Ein Donner jagt den nächsten, als seien in einer anderen Welt ungeheure Panzerschlachten im Gange, deren Echo durch die dicke Wolkendecke zu uns hinuntergrollt.

Bolognesi erhebt sich von seinem Sitz, geht mit zarten Porzellanschritten ans Fenster und trommelt mit den Fäusten ganz, ganz vorsichtig und verzweifelt gegen die Scheibe.

11

Frühmorgens, zehn nach zwei, erwachte Jonatan aus einem nervösen Schlaf voller Demütigungen und Schrecken. Auf einer bluttriefenden Militärbahre hatte man ihm eine gesichtslose, zerfetzte Leiche an seinen Arbeitsplatz im Maschinenschuppen gebracht, wobei der Bezirkskommandant ihn sanft an der Schulter gefaßt und erklärt hatte: »Das ist dein Vater, Habibi, mit dem Dolch erstochen von menschlichen Bestien.« »Aber mein Vater ist ein alter, kranker Mann«, versuchte Jonatan sich rauszureden oder heil den Rückzug anzutreten. »Dein Vater ist mit blutiger biblischer Grausamkeit ermordet worden«, fauchte der Kommandant, »und statt hier herumzuquatschen, ergreif lieber einmal in deinem Leben die Initiative: Nimm ein Werkzeug in die Hand und sieh zu, daß du ihn wieder zusammenflickst.«

Die Worte »biblische Grausamkeit« wurden Jonatan mit brodelndem Zorn entgegengeschleudert, so daß Jonatan erschrocken in sich zusammensank, »in Ordnung, in Ordnung« murmelte und: »Nur werd nicht böse auf mich, Vater, du weißt, ich tue, was ich kann.« Aber Jolek hörte gar nicht erst auf dieses Flehen, sondern ließ seine Prophetenstimme wie einen Gong erdröhnen: »Böser Same seid ihr, verdorbene Tatarensöhne, sündenbeladene Generation. Augenblicklich und ohne Rücksicht auf Verluste werdet ihr jetzt zum Gegenangriff ausrücken und Scheich-Dahr von neuem erobern – aber richtig. Und bringt ein für allemal in euren Dickschädel rein, daß dies ein Krieg auf Leben und Tod ist: Wenn sie uns besiegen, werdet nicht nur ihr wie die Hunde krepieren, sondern das ganze Volk Israel wird sterben. Und ihr Burschen müßt dafür sorgen, daß dann diese ganze schlechte Welt mit untergeht, denn unsere Augen sind auf euch gerichtet.« Jonatan entgegnete: »Vater, entschuldige, daß ich so rede: Aber du bist doch tot.« Worauf der blutüberströmte, gesichtslose Leichnam Joleks plötzlich von der Bahre hochschoß und mit ausgebreiteten Armen auf ihn zuging.

Verwirrt stand Jonatan – in Unterhose und grauem Arbeitsunterhemd – von seinem Lager auf der Couch im großen Zimmer auf. Er war müde und benommen, der Kopf wog wie Blei, und der Atem war noch halb erstickt von den vielen Zigaretten. Einmal hatte er im Kino gesehen, wie man zum Tode Verurteilte frühmorgens aus ihren Zellen in die Hinrichtungskammer führt, und jetzt – kaum wach, erstarrt vor Kälte und tief verstört – spürte Jonatan, daß sein Tag gekommen war.

Er ging barfuß ins Bad, stellte sich zum Pinkeln hin, spritzte aber daneben, so daß er nicht nur den Rand der Kloschüssel, sondern auch noch den Fußboden beschmutzte. Idiot, sagte er sich, wie bist du bloß auf die Idee gekommen, so viel Whisky zu saufen und so dummes Zeug zu quatschen, und warum hast du wie ein Toter auf der Couch gepennt.

Im Schein des elektrischen Lichts, das er in der Duschecke eingeschaltet hatte, sah Jonatan durch die geöffnete Schlafzimmertür seine Frau auf dem Rücken schlafen, während der jugendliche Gast auf dem Boden zu ihren Füßen schlummerte – auf dem Läufer wie ein Fötus in der Gebärmutter, den Kopf tief unter einem Kissen vergraben. Hurensohn, verdammtes Hurenhaus, fluchte er leise, während er sich hastig abmühte, eine khakifarbene Militärhose und ein graues Flanellhemd anzuziehen. Benommen und wütend zugleich wühlte er sich in seinen geflickten Arbeitspullover hinein, verhedderte sich mit den Ärmeln, fuchtelte einen Augenblick, bis er wieder draußen war, und schlüpfte mit verhaltenem Grimm erneut in den Pullover.

Immer noch barfuß und verwirrt trat er auf die Veranda hinaus, um die saubere Nachtluft einzuatmen. Tia folgte ihm. Regen fiel nicht, Sterne waren auch keine zu sehen. Feuchte, schwarze Stille lag über dem Kibbuz. Er begann, eine letzte Zigarette in der Dunkelheit zu rauchen.

Rund um die brennenden Lampen des mit dem Gelände langsam abfallenden Sicherheitszauns sammelten sich zitternde Dunstkreise von sonderbar kränklichem Glanz. Ein Frosch quakte in einer der Wasserlachen. Und hörte wieder auf. Hoch, kühl und dürr fuhr der Seewind in die Kiefernwipfel. Jonatan Lifschitz spürte in seinem Herzen die Tiefe der ihn erwartenden Nacht, das Grauen der ungeheuren Weite: die Einsamkeit nackter Obstbaumreihen, die Einsamkeit des verlassenen Dorfes, die Einsamkeit der Stellungen, Gräben, Unterstände, Bunker, Minenfelder, verrußten Panzer, aufgegebenen Polizeistationen und des brachliegenden Niemandslands in dieser Winternacht.

Die Erde faltet sich drohend erst in sanften Hügeln, dann in rundgewellten Buckeln, gefolgt von höher aufragenden Bergen und zu kühnen Spitzen hochstrebenden Gipfeln, Bergketten, urweltlichen Kammlinien, wilden Felstürmen, Wadis, Schluchten, von Dunkelheit überfluteten Erdrissen. Und dahinter die erste Wüste und die lang hingestreckte Jordansenke und dann wieder Täler und Gipfel: Edom und Moab, Ammon und Gilead, Haran und Golan und Basan. Von da aus weiter überzieht eine Hochwüste nach der anderen die dürren Tafelberge mit ihrer Wildnis von Sand und Steinen. Und über allem wölbt sich die Finsternis der großen Stille: Ein einsamer Felsbrocken liegt dort und noch einer und noch einer – seit Erschaffung der Welt bis zum Weltende unberührt, verlassenes Ödland in den Klauen heulender Winde. Es folgen Berge mit verschneiten, ewig sturmgepeitschten Gipfeln, die keine menschliche Seele je gesehen hat, verborgene Felsspalten, unberührt von Menschenhand, von tosendem Wasser ausgewaschene Klamms, Ungeheuer aus schwarzem Basalt, Granitformationen, unendliche Steppen – und nirgendwo ein Mensch. Gewaltige Ströme wälzen sich schweigend durch die Dunkelheit, fressen ihre Ufer wie mit Zähnen an, gesäumt von dichten Urwäldern, in denen Lianen die üppigen Kronen mächtiger Bäume verbinden, dann kommen wieder weite Senken – aber kein Mensch. Tiefe, weite Nacht liegt über der ganzen Erde. Lodernder biblischer Zorn ergoß sich einst vor langen Zeiten wie ein glühender Lavastrom über die Welt und alles, was in ihr ist, doch längst hat sich dieser Zorn gelegt, die Bibel ist aus und vorbei, und nur brütende Stille breitet sich über die ganze Erde, die sich schweigend sträubt wie ein riesiges Tier. Da räkelt sich also die große Erde, und nichts kümmert sie: wir, unsere Häuser, unsere Frauen, die Kriege auf Leben und Tod, die wir unaufhörlich anzetteln, all unsere Worte – nichts kümmert dieses gleichgültige Erdentier, diesen schweigend vor sich hindösenden Planeten, diese erstarrte Erdenleiche, die weder haßt noch liebt, der unsere Leiden völlig fremd sind, auf immer und ewig. Nur ein Depp kann sich da aufmachen, um am Ende all der stummen Weiten vergebens nach einem Lebenszeichen, nach Nähe und Wärme oder gar der Magie des Tschad zu suchen. Alles ist umsonst. Kalt ist es auf der Welt. Und leer. Und falls es andere Welten geben sollte, so liegt sicher auch in ihnen nur der Tod abwartend auf der Lauer. Ende dieser Zigarette. Tia, rein. Es wird Zeit, die Sachen zu packen und loszuziehen.

Jonatan schleuderte die glühende Kippe zwischen die feuchten Büsche, stieß ein arabisches Schimpfwort aus, drehte sich wild auf der Stelle um, als wäre er in ein Kreuzfeuer geraten, und ging ins Zimmer zurück.

Mit vorsichtigen Bewegungen, um die Schlummernden nicht zu wecken, kletterte er auf einen Schemel und holte aus dem Wandschränkchen über der Duschecke ein Paar ausgetretene Fallschirmspringerstiefel mit dicker Gummisohle. Dann begann er, immer noch halb verschlafen, grob durcheinander ein Päckchen Unterwäsche, Taschentücher und Socken, ein Lederetui mit Landkarten im Maßstab 1:100000 und einige noch detailliertere Blätter in seinen Armeerucksack zu packen. Wütend stopfte er zwei olivgrüne Uniformhemden, eine starke Feldlampe, Erkennungsmarken und einen Kompaß obenauf und steckte schließlich noch ein Verbandspäckchen ein, das er von einer lange zurückliegenden Reserveübung übrigbehalten hatte.

Dann ging er in die Dusche und fegte mit einer weit ausholenden Handbewegung sein Rasierzeug und die Allergietabletten zusammen, wobei er achtgab, nicht etwa Asarjas Rasiersachen oder Rimonas Zitronenshampoo anzurühren. Plötzlich fuhr er jedoch erschrocken vor der Mörderfratze zurück, die ihn aus dem Spiegel anstarrte: ein finsteres, knochiges Gesicht, übersät mit Bartstoppeln, graue Schatten unter den geröteten, verkniffenen Augen, deren verzweifeltes Flackern von gelegentlichem Aufblitzen verborgener Gewalttätigkeit unterbrochen wurde, und alles gekrönt von einem wild wachsenden Haarschopf, der wie ein angriffslustiges Horn nach vorne stieß.

Beim Verlassen der Duschecke murmelte er wieder einen arabischen Fluch, worauf er im Garderobenschrank zu stöbern begann. Zähneknirschend, aber geduldig suchte und suchte er, bis er endlich seine Windjacke mit den aufgeplatzten Ärmelrändern gefunden hatte, die er grob vom Bügel zerrte. In die Jackentaschen stopfte er ein Paar Lederhandschuhe, eine sonderbare Wollmütze, ein zusammengelegtes Klappmesser, eine Rolle Flanellband zum Waffenreinigen und ein Päckchen Toilettenpapier. Aus einer kleinen Schublade zog er die Plastikbrieftasche, die Rimona ihm im Herbst gekauft hatte, und kehrte in die Duschecke zurück, um dort unter der Glühlampe den Inhalt der Brieftasche zu prüfen. Er fand seinen zerfledderten Personalausweis, seinen Truppenausweis als Reserveoffizier, ein Foto von seinem Bruder Amos und ihm, beide klein und sorgfältig gekämmt, in Ausfahrkleidern-zu-den-Verwandten-in-der-Stadt: kurze Latzhosen, weiße gebügelte Hemden. Dann fiel ihm noch ein undeutliches Foto in die Hände, das Jonatan im Kampfanzug zeigte; es war aus einem vergilbten Blatt der Soldatenzeitung »Bamachane« ausgeschnitten. Im Geldfach fand er neben einigen Münzen sechzig Pfund in Zehnerscheinen, auf die ein bebrillter Chemiker zwischen Reagenzgläsern im Labor aufgedruckt war, und einige Einpfundnoten mit dem Abbild eines bärtigen jemenitischen Fischers mit Netzen über der Schulter vor dem Hintergrund der Wasser des Kinneret. Jonatan steckte die Brieftasche in seine Gesäßtasche.

Zu guter Letzt bückte er sich, um den verschlossenen Metallkasten unter dem Schrank zu öffnen. Er entnahm ihm das bei einem Kommandounternehmen erbeutete Sturmgewehr Marke Kalaschnikow, drei Magazine und ein Seitengewehr und legte alles auf den Rucksack neben der Badezimmertür. Schwer atmend und müde hielt er inne, goß sich ein Glas

Wasser mit Himbeersirup ein, schüttelte den Trank hinunter und wischte sich mit dem Handrücken über die Lippen.

Noch einmal blickte er auf und sah die beiden im fahlen Licht schlafen. Der Bursche auf der Matte zu ihren Füßen. Der Strahlenkranz ihrer blonden Haare wie goldener Wellenschlag auf dem Kissen. Der kleine Kerl völlig zusammengerollt, unter dem Kissen vergraben wie ein nasses Hündchen. Jonatan zitterte plötzlich und bekam eine Gänsehaut, während er mit ganzer Kraft versuchte, die Erinnerung an das zu ersticken, was er ihr auf dem breiten Bett vor zwei, drei Stunden angetan hatte. Der Schweiß, die Scheußlichkeit, die Wut, der Same, der aus tiefster Brust kommende Schrei, das kindliche Schluchzen, die sanften Faustschläge, das Schweigen der ergebenen Frau – wie die Erde in Erwartung des Pfluges.

Eine Woge brennenden Abscheus, des Ekels vor biblischer Unreinheit und die Stimme seines Vaters Jolek wallten plötzlich in ihm auf und blieben ihm in der Kehle stecken, als er darum rang, diese Erinnerung weit weg zu verbannen. Jolek und all die toten Vorväter waren ausgezogen, Jonatan von innen her mit einem Hagel schwerer Brocken zu steinigen.

Eigentlich bräuchte ich nur eine klitzekleine Salve – tak-tak-tak – aus der Kalaschnikow abzugeben, um die beiden da von unten bis oben aufzuschlitzen, und dann mich selber und diesen ganzen Scheißdreck.

Zu Tia gewandt sagte er leise: »Genug. Gehn wir. Fertig.« Dabei beugte er sich zu der Hündin hinunter, streichelte sie rauh und sonderbar, gegen den Strich, und patschte ihr danach zweimal auf den Rücken. Wenn schon keine Salve, dann müßte ich ihnen wenigstens einen Zettel mit ein paar Worten zurücklassen.

Aber welche Worte sind denn möglich?

Gut. Nehmen wir lieber an, ich sei plötzlich umgekommen.

Er bückte sich, lud Rucksack und Gewehr auf, rückte die Riemen zurecht und sagte hastig wispernd, fast sanft: »Das wär's. Auf geht's. Tia, du nicht. Du bleibst hier.«

Schalom, Asuwa, Tochter des Schilchi. Schalom, Flaschenbaby. Jonatan macht sich jetzt auf und fährt. Sein Leben beginnt. Was er am meisten braucht, ist Ernst. Von jetzt ab wird er ernst sein.

Draußen setzte fahl die Morgendämmerung ein, als dunstiger Schein kam sie aus Richtung der östlichen Berge am Horizont. Die kleinen Häuser, die Gärtchen, die winterlich schmutzigen Rasenstücke, die ihrer Blätter beraubten Bäume, die Ziegeldächer, die Chrysanthemenbeete und die Steingärten mit ihren verschiedenen Kaktusarten, die geschlossenen Jalousien, die Veranden, Wäscheleinen, Buschgruppen – alles überzog sich von Augenblick zu Augenblick mehr mit einem blaßblauen versöhnlichen Glanz. Eine kühle Welle guter, harter Wintermorgenluft durchspülte Jonatans Lungen. Er atmete tief durch. Was war, ist gewesen, und jetzt fängt das Leben an.

Er durchquerte das südliche Wohngebiet mit langen, schweren Schritten, ein wenig gebeugt unter seiner drückenden Last, die eine Schulter leicht gekrümmt. Den vollgestopften Rucksack trug er über der rechten Schulter, über der auch das Gewehr an seinem abgewetzten Gurt baumelte.

Als er am Haus seiner Eltern vorbeikam, blieb er stehen, fuhr sich mit der freien Hand in die wuchernde Haarpracht und begann sich heftig zu kratzen. Ein Vogel ließ kurz und scharf seine Stimme in der Morgendämmerung hören, und dieses Zwitschern drang in die Tiefe der Dunkelheit und löste sie langsam auf. Irgendein Hund knurrte in der Nähe, zu Füßen einer Veranda, überlegte sich's jedoch anders und verzichtete auf sein Gebell. Matt klang die Beschwerde der Kühe mit dem Rattern der Melkmaschine von den Stallungen herüber. Vater und Mutter, Schalom. Für immer. Ich werde nie eure guten Absichten vergessen. Furchtbar und gut seid ihr zu mir gewesen, seit ich ein Baby war. Ihr habt Lumpen getragen, habt Oliven mit trockenem Brot gegessen und vom Morgengrauen bis in die Nacht hinein geschuftet wie Sklaven, um dann ekstatisch eure Lieder in den Nachthimmel hineinzuschmettern. Aber mir habt ihr ein blütenweißes Zimmer gegeben, mit einer Hausmutter in reinweißer Schürze, habt mich mit weißem Rahm gefüttert, damit ich ein sauberer, fleißiger, ehrlicher Junge werde, aber auch zäh und eisern. Ihr armseligen Helden, Erlöser des Landes, Eroberer der Wüste, Bezwinger der schrecklichen Triebe, Erretter Israels, meschuggene Irre, besessene Wirrköpfe, redewütige Tyrannen, eure Seele ist in mir eingebrannt wie ein Mal, aber ich gehöre nicht euch. Mir habt ihr alles gegeben, aber das Doppelte genommen – wie Zinswucherer. Also gut, ich bin ein Lump, Verräter, Deserteur. Was ihr auch sagt, ihr habt die Gerechtigkeit auf eurer Seite, denn ihr habt sie erobert und gepachtet, und nun ist sie euer auf ewig. Möget ihr nicht länger leiden, ihr wunderbaren Menschen, ihr Erlösungsungeheuer, aber laßt mich ganz still und leise zum Teufel gehen. Haltet mich nicht zurück, stellt mir nicht wie heilige Totengeister bis ans Ende der Welt nach. Was kümmert's euch, wenn hier ein Dreckskerl oder Schandfleck weniger ist? Der euch liebt, aber mit den Kräften am Ende ist. Schalom.

Jonatan.

Wer ist da. Was ist los.

Dein Vater. Komm sofort her.

Was ist denn.

Komm her, hab ich dir gesagt. Wie siehst du bloß aus. Auch so was Neues. Wohin geht's, wenn ich fragen darf?

Weg.

Was ist denn jetzt passiert? Was soll das nun schon wieder?

Meine persönliche Angelegenheit.

Ah?

Rein privat. Betrifft meine persönliche Intimsphäre.

Und das heißt?

Ich mach mich auf und geh.

A gut Schabbes, mein genialer Sohn, ist es dir nicht mehr gut genug hier?

Vater, hör mal. Alles ist hier schön und gut. Ich hab nichts zu beanstanden. Alle Achtung, sag ich euch. Ihr seid die Krönung der Menschheit. Mit zehn leeren Fingern habt ihr das Land aufgebaut und das jüdische Volk gerettet. Da gibt's gar keine Diskussion. Bloß, daß ich . . .

Du? Du wirst arbeiten und den Mund halten. Wo kämen wir

denn, mit Verlaub gesagt, hin, wenn jeder verdrehte Jüngling sich hier seinen Schabbes machen würde, wann er will?

Geh weg, Vater. Ganz schnell. Eh ich ein Magazin reinschiebe und durchziehe und anfange, genau das zu tun, was ihr mich gelehrt habt. Ihr braucht mir bloß einen Befehl zu geben, und schon renn ich los wie ein Golem, wie eine Marionette, und zerstör euch noch mal ganz Scheich-Dahr oder greif mir eine Hacke und stürz mich damit auf jede Wicke, jedes Hundszahngras, jede Brennessel von Elat bis Metulla, bis kein Unkräutchen mehr übrig ist. Sterbt mir nur alle in Frieden, und schon saus ich wie ein Besessener auf irgendein Stück Ödland zu, das ihr mir aus pädagogischen Gründen mitten in der Wüste Paran übriggelassen habt, und ich pflanz Setzlinge an, soviel ihr nur wollt, heirate Neueinwanderinnen, damit Juden aller Länder zu einem einig Volk verschmelzen, mach euch zwanzig eisenharte Enkel, nehme euch Felsen oder Meer untern Pflug, wie ihr nur wollt, bloß sterbt mir endlich weg und guckt, wie ich augenblicklich den Befehl übernehme. Wie mitten im Gefecht, wenn alle Befehlshaber umgekommen sind und irgendein armseliger Feldwebel plötzlich die Führung übernimmt und die ganze Schlacht rettet. Verlaßt euch drauf, daß alles ausgezeichnet und haargenau nach euren Plänen laufen wird, auf meine Garantie, bloß seid so gut und sterbt und laßt mich endlich leben.

Er kehrte der dunklen Wohnung den Rücken zu, bückte sich, um vorsichtig einen Wollstrumpf seines Vaters aufzuheben, hängte ihn auf die Wäscheleine, rückte sein Gepäck zurecht und ging. An der Bäckerei beschloß Jonatan, sich nach links zu wenden, um den schlammigen Abkürzungsweg zum Kibbuztor einzuschlagen.

Als er die überdachte Busstation an der Straße draußen erreichte, fiel ihm plötzlich ein, daß er vergessen hatte, Zigaretten einzustecken. Ach, wer braucht schon Zigaretten. Von jetzt ab rauche ich nicht mehr. Fertig. Ohne jede Reue.

An die zwanzig Minuten stand Jonatan wartend am Straßenrand. Vielleicht würde ein frühes Auto, ein Lastwagen, ein

Armeefahrzeug oder Jeep vorbeikommen. Er blickte um sich und entdeckte erste Anzeichen des Sonnenaufgangs hinter der Anhöhe von Scheich-Dahr. In kindlichem Übermut hob er das Gewehr gen Osten, um die Sonne mit einer langen, schönen Salve niederzumähen, sobald sie nur ihre rote Nase zwischen den Ruinen des Dorfes herausstrecken würde. Hinter ihm brach ein Hahnenchor in begeistertes Krähen aus, wußte sich gar nicht zu retten vor überschäumender Freude über den neuen Tag, neuen Tag, neuen Tag. Ruhig, ihr da, rief Joni laut und lachte auch für einen Moment, seid still, liebe Freunde, euch haben wir schon mehr als genug gehört. Die Nacht ist vorüber, der Morgen ist da, und wer ein braves Kind ist, kriegt jetzt nach dem Pipimachen und Händewaschen ein Glas Kakao. Und wer fehlt hier, Kinder? Der kleine Jonatan. »Jonatan klein, was fällt dem ein, läuft schon morgens in den Garten rein, klettert schnell auf den Baum, ist ganz aus dem Zaum.«

Die Sonne stieg feuerrot wie auf einer Kinderzeichnung hinter den Hügeln auf, aber Jonatan schoß nicht auf sie, sondern verneigte sich mit spöttischer Ehrerbietung tief vor ihr und fragte höflich, womit man ihr zu Diensten sein könnte.

Da war die Nacht vorüber, und es brach ein klarer, schöner Wintertag an, ein Tag voll Milch und Honig. Die Eule, der Steinkauz, der Uhu und die Fledermaus beendeten nun ihre Arbeit in Scheich-Dahr, und die Füchse in dieser Gegend oder jenseits der Waffenstillstandslinie schlichen jetzt ebenfalls zu ihren Felsritzen, Höhlen oder verlassenen Schützenständen, um ihren wohlverdienten Schlaf zu halten. All die Toten, die nachts in Scheich-Dahr regieren, hatten bereits die Anweisung erhalten, hastig den Rückzug anzutreten, zusammen mit den letzten Nebelfetzen, die noch im kalten, süßen Wind dahintrieben. Gute Nacht, ihr Füchse, gute Nacht, ihr Toten und ihr Käuze, Jonatan fährt jetzt los, um sich endlich ein schönes Leben zu machen.

Jonatan schaute vorsichtshalber nicht mehr zurück. Ein unbestimmtes Gefühl hinderte ihn daran, seine Augen noch einmal auf den Ort zu richten, in dem er geboren und aufgewachsen war, auf dieses Dorf, das seine Eltern auf einem verfluchten Felsenbuckel errichtet hatten und das nun ein kleines grünes Paradies unter schattigen Bäumen geworden war. Immer noch schlafen dort fast alle. Sollen sie noch ein bißchen weiterschlafen. Und es schlummern teure Genossen in allen Kibbuzim der Umgebung, traute Hausmütter, glatzköpfige, gutmütige Funktionäre, Feldarbeiter im besten Alter, Geflügelzüchter, Gärtner, Hirten, Menschen, die hier aus hundert armseligen Stetls zusammengekommen sind, um dieses Fleckchen Himmel und Erde umzustülpen und ihre eigene Haut erst recht. Und weiter entfernt von hier schlafen Menschen in allen Ecken und Winkeln des Landes, das ich sozusagen mit eigener Hand verteidigt und bestellt habe. Sie sind so sanft, wenn sie schlafen. Wie die, die meine Frau gewesen ist. Die ist immer sanft, weil sie nie wach ist.

Das Schöne am Schlaf ist, daß jeder endlich für sich allein ist. Jeder befindet sich auf einem kleinen Stern, in seine Träume versunken, eine Million Kilometer entfernt von allen anderen, sogar von dem, der neben ihm im Doppelbett schläft. Im Schlaf gibt es keine Ausschüsse und keine Aufgaben, keine ernste Lage und keinen Befehl der Stunde und keine Gefahr, die es kühn zu meistern gilt. Und auch kein Gesetz, dem zufolge man im Schlaf Rücksicht auf den lieben Mitmenschen zu nehmen hat. Jeder ist für sich allein. Jeder ist auf sich selbst gestellt. Wem eine Reise bevorsteht, der fährt im Schlaf an den Ort, an dem man auf ihn wartet – nach Hause oder umgekehrt. Wer Liebe verdient hat, bekommt sie im Traum, und wer eher Einsamkeit – der kriegt Einsamkeit. Wem Angst, Reue und Strafe gebühren, der wird bestraft und wälzt sich seufzend im Schlaf. Selbst die Alten, die schon ein oder zwei Infarkte hinter sich haben und voller Rheumatismus und Hämorrhoiden stecken, sind im Schlaf plötzlich wieder junge Burschen, »Kavaliere«, wie es bei ihnen heißt, und sogar die lieben Kinder ihrer Mama. Wer auf Genuß aus ist, der nimmt sich mit vollen Händen, und wer Leiden braucht, kriegt sie genau nach Maß. Alles ist gratis und in Fülle vorhanden. Wer gern in vergangene Tage zurückversetzt werden möchte, der lebt – schwupp – wieder in der Vergangenheit. Wer sich nach Orten sehnt, die er längst verlassen hat, oder in eine Gegend möchte, die sein Fuß noch nie betrat, wird postwendend, per Expreß und kostenlos, an sein ersehntes Ziel befördert. Wer sich vor dem Tod fürchtet, kriegt eine kleine Portion Furcht ab, damit er gefeit ist und keine Angst mehr hat, und wer gern einen Krieg haben will, der kriegt ihn, de luxe mit Feuerwerk. Auch die Toten braucht man nur zu rufen, und schon sind sie im Schlaf gegenwärtig.

In diesem Augenblick müßte ich eigentlich zurückgehen, Asarja aufwecken und ihm sagen: Habibi, das ist die Antwort, nach der dein Spinoza und Herr Hugo Buxhall und all diese Schildbürgergelehrten vergeblich gesucht haben – all die, die dauernd fragen, ob denn noch ein bißchen Gerechtigkeit in der Welt übriggeblieben ist, und wenn ja – wo? Guten Morgen, Asarja, wach auf, und auch du, Rimona, geh Wasser aufsetzen. Ich bin weggegangen und wiedergekommen und hab entdeckt, wo es Gerechtigkeit gibt: nur im Traum. Gerechtigkeit für alle in Hülle und Fülle, für jeden Menschen nach seinem Vermögen und seinen Bedürfnissen, denn dort gibt es den wahren Kibbuz, wie er sein soll. Nicht einmal der Generalstabschef kann dir im Traum befehlen, was du zu tun und zu lassen hast, denn er ist auch nicht Herr über sich selbst, sondern schläft wie ein Kater ohne Uniform, ohne Rangabzeichen und ohne alles. Geht schlafen, Freunde, die Gerechtigkeit erwartet euch alle.

Und nur ich alleine werd wach sein. Ich will nicht schlafen, ich will einen draufmachen. Ich such keine Gerechtigkeit, ich such Leben. Was – so mehr oder weniger – das Gegenteil von Gerechtigkeit bedeutet. Ich hab schon genug geschlafen, und von nun an werd ich wach sein wie der Teufel. Endlich bin ich den Händen dieser verrückten Greise entschlüpft, ihrer Besessenheit, bin ein für allemal lebendig ihrem Traum entstiegen, denn ich gehöre nicht ihnen. Ich hab ihre kindische Manie hinter mir gelassen und die Gerechtigkeit sowieso. Sollen sie mir gesund bleiben. Sollen sie bis morgen weiterschlafen. Ich jedenfalls bin allein und hellwach, und gleich geht die Fahrt los.

Bei diesen Gedanken wandte Jonatan den Kopf und blickte zu seinem Haus hinüber. Die Lampen am Zaun waren bereits ausgeschaltet. Der ganze Kibbuz schien in milchgrauem Dunst zu schweben. Der von grünem Efeu umrankte Wasserturm. Die Scheune. Die Kuhställe. Die Unterkünfte der Jugendlichen und der Block mit den Kinderhäusern. Die spitzen Zypressen um den weißen Speisesaal. Die kleinen Häuser mit ihren geschlossenen Jalousien und den roten Dächern. Die Kronen der hohen Bäume. Die abfallenden Wiesen um das Schwimmbecken. Der Basketballplatz. Der Schafstall. Das alte Wächterhaus. Die Handwerksbaracken. Hüte dein Herz vor den sanften Kräften der Sehnsucht, damit du nicht schon wieder hängenbleibst.

Jonatan kniff die geröteten Augen zusammen und empfand eine Art ängstliche Abwehr, wie ein kleines Tier, das die Schritte der Jäger nahen hört. Paß auf dein Herz auf. Das ist eine Falle. Listig aufgestellte Netze, fein wie ein Spinnennetz. Aber hier habe ich nachts auf der Wiese gesungen, Rücken an Rücken mit einem Freund oder einem der Mädchen. Hier haben sie mich, in Trikothemd und Trainingshose verpackt, im Herbst spazierengeführt und dabei von den heldenhaften Verteidigern des Kibbuz erzählt, von der ersten Herde, die Räubern zum Opfer fiel, von der Fruchtfolge und davon, wie das Obst reif wird. Hier haben sie einen geliebt und geküßt und getadelt und gelehrt, wie man mit Kühen und Traktoren umgeht. Und hier leben gute Menschen, die, falls mir etwas zustoßen sollte, sofort einen Ausschuß bilden werden, der mir aus der Patsche hilft. Wenn ich stehle oder morde oder beide Beine verliere, bestimmen sie einen turnusmäßigen Besuchsdienst, der zu mir ins Gefängnis oder Krankenhaus kommt und mich vor allem Bösen beschützt. Hüte deine Seele, mein Freund, da stellen sie dir schon nach, noch ehe sie gemerkt haben, daß du abgehauen bist.

Zehn Minuten sind schon vorbei, und ich hab immer noch Hoffnung. Was passiert, wenn sie mich sehen? Komisch ist dieses Licht über den Hügeln: bläulich, rosa und grau auf einmal. Ein sauberes, richtiges Licht. Und da kommt ein Güterzug, der jetzt nach Süden fährt, und seine Lokomotive kreischt um ihr Leben, als wollte man sie ersticken. Die

Kibbuzhunde bellen durch den Zaun. Denken, ich wär der Feind. Bin ich ja auch. Eine Salve, tak-tak-tak, und fertig.

Aber irgendwas fährt da doch auf der Straße. Ein Laster. Dodge. Alt. Er hält an. Reue gibt's keine.

»Steig ein, mein Junge. Wo geht's denn hin?«

Der Fahrer ist ein dicklicher, bärtiger Mann mit rot glühenden Wangen und freundlich funkelnden Brillengläsern.

»Egal. Wo du hinfährst, ist's recht.«

»Aber wohin willst du denn fahren?«

»So südliche Richtung.«

»Fein. Nur schlag die Tür richtig zu. Mit 'nem ordentlichen Knall. Und drück den Knopf neben dir runter. Sag mal, du ... Was ist, haben sie dir 'n bißchen Reserve aufgebrummt?«

»So ähnlich.«

»Gut, gut, nur keine Geheimnisse preisgeben. Fallschirmjäger?«

»So ungefähr. Spähtrupp.«

»Und bereiten sie da mal 'ne anständige Aktion vor?«

»Weiß nicht. Vielleicht. Warum nicht.«

»Hattest du südliche Richtung gesagt?«

»So ungefähr.«

»Gut. Verrat mir nichts. Ist besser so. Obwohl du mir glauben darfst, daß ich schon zwanzig Jahre in der Mapai bin und zwei Jahre Bezirkskommandant bei der Haganah war. Schweigen kann ich wie ein Fisch, und Geheimnisse kenn ich, die du noch nicht mal im Traum gesehen hast. Na, egal. Hauptsache – die Gesundheit. Nur keine Sorge. Nach Süden, hast du gesagt?«

»Wenn's geht.«

»Und was, wenn ich fragen darf, ist das Ziel?«

»Keine Ahnung.«

»Hör mal, mein Junge, mit Konspiration und so weiter, alles schön und gut. Zu Haganahzeiten ist bei uns so 'ne Anekdote über Schaul Awigur umgelaufen, der damals 'n großer Kommandant und außerordentlicher Konspirator gewesen ist. Einmal, als sein Fahrer aus dem Untergrund gekommen ist, um ihn abzuholen – wisch doch mal bitte da über die Windschutzscheibe, so, danke –, da hat Awigur zu ihm gesagt: Fahr, so schnell du kannst. Wir haben keine Zeit. Wohin? fragt der Fahrer. Das ist streng geheim, antwortet Awigur und hüllt sich in Schweigen. Vielleicht hast du den Witz schon mal gehört? Macht nichts. Die Hauptsache, ihr gebt ihnen eins aufs Haupt, wie sie's verdient haben, und vielleicht noch etwas mehr, bis auf die Knochen, und kommt uns heil und gesund zurück. Warum sollte ich leugnen, daß einem ganz warm ums Herz wird, wenn wir euch so sehen und uns dran erinnern, was früher war und wie weit wir's jetzt gebracht haben. Was wir mit riesigen Anstrengungen und endlosen Debatten erreicht haben, das schafft ihr heute leicht und in aller Stille, mit dem kleinen Finger. Moische Dajan hat das ganz richtig ausgedrückt, als er sagte, alle Großtaten des ›Haschomer‹ aus den Zwanzigern könnte ein einziger Zug unserer heutigen Armee über Nacht erledigen. Daß ihr uns nur gesund bleibt. Aber vielleicht sagst du mir wenigstens, wo ich dich absetzen soll?«

»So weit südlich wie möglich.«

»In Elat? In Äthiopien? In Kapstadt? Egal. Das war nur ein Scherz. Noch nicht mal so ins Ohr flüstern würdst du mir, wo ihr's ihnen heute nacht gebt? Ich versprech auch, es auf der Stelle wieder zu vergessen.«

Jonatan lächelte und schwieg. Von Augenblick zu Augenblick vertiefte sich das Blau des Himmels. Niedrige Hügel erstrahlten in hellem Grün. Das zarte Licht der Felder mit ihren prallen Ähren. Das geheimnisvolle Leuchten der Zitrushaine. Die Helligkeit der noch nackten Obstbäume. Schafherden mit Hirten in Khaki, die Schirmmütze auf dem Kopf. Schön und still zeigte sich ihm das Land. Hübsch mit weißen Dörfern gesprenkelt, von Feldwegen durchzogen, im Schatten der östlichen Berge, vom Seewind gekühlt, voll Schönheit und Verlangen, von Füßen betreten zu werden. Man muß lieben und vergeben, sagte Jonatan bei sich, man muß gut sein. Und wenn man es verläßt, muß man es tun, ohne zu vergessen und ohne Furcht vor den Netzen der Sehnsucht. Zum Teufel noch mal, wohin denn nur, wohin flieh ich bloß im Namen sämtlicher Geister und Gespenster? Was hab ich getan?

»Na, Junge, bist du ein bißchen eingenickt?«

»Ganz im Gegenteil, wach wie der Teufel.«

»Bist du aus Kibbuz Granot?«

»Und wie.«

»Wie ist es da?«

»Wunderbar. Großartig. Magie des Tschad.«

»Wie bitte?«

»Nichts. Nichts weiter. Mir ist bloß gerade so eine schöne Bibelstelle eingefallen.«

»In der Mitte, auf dem Sitz zwischen uns, steht 'ne Thermosflasche. Die nimm mal und mach sie auf und trink ein bißchen guten, heißen Kaffee. Wenn du willst, kannst du mir unterwegs die ganze Bibel aufsagen. Gehörst du zufällig zu dieser Gruppe von denen, die gern in der Natur rumlaufen oder so was?«

»Ich? Vielleicht schon. Warum nicht. Und vielen Dank: Der Kaffee ist wirklich ausgezeichnet.«

Im selben Augenblick breitete sich wie ein lautloses Feuer eine starke, bohrende Freude in Jonatan aus, wie er sie seit seiner Verwundung an der Schulter im Kampf am Ostufer des Kinneret nicht mehr gekannt hatte: eine wilde, süße, kaum noch zu bändigende Freude, die wie starker Wein von Sekunde zu Sekunde weiter in jede Zelle seines Körpers bis in die feinsten Nervenenden vordrang, ein angenehmes Zittern in den Knien, ein warmer Kloß in der Kehle, ein scharfes Strömen in der Brust, bis sich seine Augen wegen der Allergie mit Tränen füllten – eine vor Glück überquellende, durchdringende Freude, denn er hatte in diesem Augenblick begriffen, wohin er jetzt ging, wo man schon längst auf ihn wartete, welcher Ort ihm da bevorstand und warum er Feldausrüstung und Waffe mitgenommen hatte, warum es gen Süden ging, jenseits von Bergen und Wüsten, von denen alte Legenden berichten, es gebe dort einen Ort, von dem noch kein Mensch lebend zurückgekehrt sei, aber er würde es tun, würde lebendig und begeistert, trunken vor Siegestaumel wiederkommen, um sich auf Adlersflügeln übers Meer zu schwingen nach seiner Rückkehr von dieser Expedition, die sein mußte, die ihn aus den Tiefen seiner Seele rief. Ja, schon längst hätte er sich allein aufmachen, die Grenze überqueren, die feindlichen Horchposten umgehen, den blutdürstigen Beduinen geschickt ausweichen müssen, um nach Petra zu gelangen und den roten Felsen zu sehen.

Und hinterher würde er in die weite Welt hinausziehen und sich ausländische Städte erobern.

»Schau bloß, wie schön«, sagte Jonatan zu dem Fahrer, »sieh nur, wie schön das ist. Alles.«

Zweiter Teil
Frühling

1.

Mittwoch, 2. März 1966, 22.15 Uhr

Kein Regen heute. Und kein Wind. Ein klarer, schöner Wintertag. Dabei ist es sehr kalt draußen. Obwohl das Zimmer fest verrammelt ist und der elektrische Heizofen brennt, dringt der Geruch des Winters herein: nasses Laub, feuchte Erde, Moder. Das sind die Gerüche meiner Kindheit. Trotz der sechsunddreißig Jahre, die ich nun schon im Kibbuz lebe, bin ich im Grunde Europäer geblieben. Zwar bin ich jetzt sonnengebräunt, habe die kränkliche Hautfarbe meines Vaters abgelegt, der ein mittlerer Bankbeamter in Leipzig gewesen ist, aber immer noch leide ich sehr unter dem hiesigen Sommer und fühle mich nur während der regnerischen Zeit einigermaßen wohl. Auch die ständige unmittelbare Nähe zu Männern und Frauen von recht impulsivem Temperament stört mich nach wie vor erheblich, worüber ich nicht wenig beschämt bin.

Aber ich bereue nichts. Das nicht. Fast alles, was ich in meinem Leben getan habe, geschah mit reinem Gewissen. Also was ist es dann? So ein Anflug von Fremdheit. Sehnsucht. Eine Art Kummer, der keine Adresse hat. Als wäre auch das hier Diaspora. Ohne Wald und Fluß, ohne Glockenklang. Aber trotzdem besitze ich die innere Fähigkeit, eine kalte, präzise Rechnung aufzumachen – in historischer, ideeller und auch persönlicher Sicht. Alles führt zu demselben Ergebnis: Es liegt kein Irrtum vor. Wir dürfen ein gewisses Maß an bescheidenem Stolz für das empfinden, was wir hier erreicht haben. Nach zähem Ringen haben wir ein schönes neues Dorf aus dem Nichts geschaffen. Wie verständige Kinder nach einem Baukastenmodell. Und immer sind wir bemüht gewesen, das Gesellschaftssystem auf unblutige Weise und fast ohne Einschränkung der Freiheit des einzelnen zu verbessern. All das gefällt mir noch heute sehr gut, selbst dann, wenn ich es mir isoliert und aus innerer Distanz betrachte. Wir haben keine schlechte Arbeit geleistet. Und wenigstens bis zu einem bestimmten Grad haben wir das Herz der Menschen verbessert.

Aber was wissen wir denn überhaupt von Herzensdingen? Gar nichts. Absolut nichts verstehe ich davon. Und jetzt, an der Schwelle zum Alter, noch weniger als in meiner Jugendzeit. Darüber hinaus scheint mir, daß kein Mensch etwas davon versteht: die Philosophen nicht, die Wissenschaftler nicht und auch nicht die Führer der Kibbuzbewegung. Über das Menschenherz wissen wir noch weniger als die Gelehrten über die Geheimnisse der Materie, die Erschaffung der Welt oder die Quellen des Lebens. Rein gar nichts. Einmal hatte ich samstags beim Mittagessen Dienst im Speisesaal. Ich teilte die Getränkekannen aus, und Rimona Lifschitz servierte das Essen. Höflich wie ich bin fragte ich sie, ob es nicht zu schwer für sie sei und ob sie vielleicht Hilfe bräuchte. Worauf sie mit einem schönen, rätselhaften Lächeln erwiderte, man müsse nicht traurig sein, denn alles würde sich zum Guten wenden. Diese Worte haben mich beinahe wie ein Streicheln berührt. Manche bei uns sagen, sie sei ein außergewöhnlicher Typ, andere halten sie für phlegmatisch. Und wieder andere benutzen noch schlimmere Begriffe. Ich jedenfalls habe mir seit jenem Sabbat insgeheim vorgenommen, jedesmal ein kleines Lächeln mit ihr auszutauschen, wenn wir zufällig aneinander vorbeilaufen. Und nun ist heute früh ihr Jonatan verschwunden, ohne eine Nachricht zu hinterlassen. Und es ist meine Pflicht zu klären, was mit ihm passiert und was zu unternehmen ist. Wo und wie soll man ihn suchen? Womit anfangen? Doch was versteht ein Mann wie ich – als überzeugter neunundfünfzigjähriger Junggeselle mit festen Gewohnheiten, dem alle hier ein gewisses Maß an Vertrauen und vielleicht auch Achtung entgegenbringen –, was also verstehe ich von Herzensfragen?

Nichts, rein gar nichts, ich bin völlig unbeleckt von jeglichem Verständnis.

Auch was die Probleme der Jugend betrifft: Gelegentlich betrachte ich mir (von ferne) diese jungen Menschen, Männer, die Kriege geführt und geschossen und getötet und dazu noch zahllose Hektar Ackerland umgepflügt haben, aber eher wie tief in Gedanken versunkene Ringkämpfer wirken. Schweigsam sind sie. Zucken mit den Achseln. Sagen »ja«, »nein«,

»schon möglich« und »ist doch egal«. Wortkarge Bauern? Stahlharte Krieger? Tumbe Erdklumpen? Nicht unbedingt: Wenn man spätnachts an einer der Rasenflächen vorbeikommt, kann es sein, daß man dort vier bis fünf von ihnen singen hört wie ein Rudel Wölfe, das den Mond anheult. Wozu? Oder es zieht sich einer in den Kulturraum zurück und hämmert wild auf dem Klavier herum. Die Melodie ist zwar einfach und ein bißchen schwerfällig, aber man hört ein sehnsüchtiges Verlangen heraus. Sehnsucht nach wem oder was? Nach den regnerischen Ländern des Nordens, aus denen ihre Eltern stammen? Nach fremden Städten? Nach dem Meer? Ich weiß es nicht. Neun Jahre lang bin ich der Buchhalter des Kibbuz gewesen (nachdem ich auf ärztliche Anordnung hin die Arbeit im Hühnerstall aufgegeben hatte). Und nun fällt mir ganz plötzlich eine neue Aufgabe zu, vor der ich mich ein wenig fürchte. Warum habe ich dann zugestimmt? Eine gute Frage. Ich werde mich nicht um die Antwort drücken, aber ich brauche einige Zeit, um sie einer Lösung zuzuführen.

»Lösung« habe ich geschrieben: sonderbar, dieses abgedroschene Wort. Unser ganzes Leben lang beschäftigen wir uns damit, eine Lösung nach der anderen zu finden: für das Problem der Jugend, der Araber, der Diaspora, der alten Leute, für das Boden- und Wasserproblem, das Bewachungsproblem, das Problem der Erotik, das Wohnungsproblem – und was nicht noch alles. Als müßten wir uns unaufhörlich damit abmühen, kluge, treffende Schlagwörter zu formulieren, um sie dann in den Wind zu schreiben. Oder als müßten wir emsig danach streben, die Sterne des Himmels in Dreierkolonnen auszurichten.

Jetzt werde ich die Ereignisse des Tages notieren. Es wird langsam spät, und morgen steht ein schwerer Tag bevor. Die Musizierstunde unseres Quintetts, die für heute abend vorgesehen war, habe ich eigenmächtig und ohne Angabe von Gründen mittels eines Zettels abgesagt, den ich um halb acht ans Schwarze Brett am Eingang zum Speisesaal gehängt habe. Mir scheint nämlich, daß keiner von uns heute abend fähig gewesen wäre, sich auf die Musik zu konzentrieren. Der ganze

Kibbuz steht kopf. In diesem Augenblick, während ich hier schreibe, gehen die Mundwerke im Klubraum, in den Wohnungen, in den Zimmern der Ledigen, und alle hecheln das Ereignis durch. Jeder gibt seinen Senf dazu. Und alle erwarten von mir, daß ich das Nötige in die Wege leite. Aber was ist zu tun? Wenn ich das nur wüßte.

So oder so wird die Musik auf einen anderen, ruhigeren Abend warten müssen. Jetzt ist doch jeder mit seinen Gedanken beschäftigt.

Berichtigung: Ich persönlich bräuchte jetzt Musik; aber für mich alleine. Und zwar Brahms. Meine Zimmertür ist schon fest verriegelt. Über meinen Schlafanzug habe ich den alten Pullover gezogen, den mir Bolognesi vor sechs oder sieben Jahren gestrickt hat. Ich habe mir ein Glas Tee mit Zitrone aufgegossen, und nun will ich wie üblich einige Seiten in meinem privaten Tagebuch füllen. Danach werde ich mich ins Bett legen und einzuschlafen versuchen. Ich muß hier die wichtigsten Tagesereignisse und auch einen oder zwei Gedanken notieren: wie in einem schriftlichen Rechenschaftsbericht. Vor sechzehn Jahren ungefähr habe ich mir vorgenommen, jeden Abend einen vollständigen Bericht abzulegen, obwohl ich nicht die geringste Ahnung habe, wer im Kibbuz, im Staat, in der Welt, in den nachfolgenden Generationen, in anderen Welten einen Rechenschaftsbericht von mir erwartet. Ich weiß es wirklich nicht.

Formell ist Jolek Lifschitz übrigens immer noch Sekretär des Kibbuz – nicht ich. Meine Amtszeit beginnt offiziell erst nach der Abstimmung, die am Samstagabend in der Generalversammlung stattfindet. Aber praktisch fungiere ich schon seit mehreren Tagen als eine Art Stellvertreter auf Verlangen der Allgemeinheit und vielleicht auch auf Geheiß irgendeines inneren Gefühls, dem ich Folge leiste, ohne ihm genau auf den Grund zu gehen. Nichts und wieder nichts verstehe ich von dem Bereich der inneren Gefühle, gleich ob es sich um meine eigenen oder die meiner Mitmenschen handelt: Sie sind mir ein Rätsel. Zeichen und Wunder. Obwohl ich viel gelesen habe in meinen einsamen Jahren, hat all das, was ich in der wissenschaftlichen wie in der schöngeistigen Literatur fand, doch nur neue Rätsel aufgegeben und das Mysterium vertieft. So und so, sagt Freud. Schön. Jung kontert mit dem und dem. Ebenfalls höchst einleuchtend. Und dann kommt Dostojewski, um uns wiederum diese und jene Abgründe aufzuzeigen. Alle Achtung: nur so weiter. Ergo? Ich persönlich bin nicht sicher. Nicht im Hinblick auf den oder jenen oder all die anderen. Woher sollte ich es auch wissen? Und woher sie? Ich für meinen Teil zweifle fast an allem. Wer von ihnen kann mir denn zum Beispiel verraten, wo in dieser großen Finsternis sich in diesem Augenblick Jonatan Lifschitz aufhält, der heute morgen das Haus verlassen hat, ohne eine Nachricht zu hinterlassen. Schläft er jetzt in irgendeinem Haus, einer Baracke? Oder einer Ruine? In einer der großen Städte? Auf der Matratze in einer verlassenen Wachhütte? In einer entlegenen Anhalterstation? Im Zelt eines Armeelagers? Oder fährt er, hellwach und verzweifelt, in einem Fahrzeug dahin: Auto? Flugzeug? Panzerwagen? Oder überquert er müde zu Fuß schlammige, dunkle Felder in menschenleeren Gegenden? Übernachtet in einer Höhle in einem Wadi? Sucht nach einem Straßenmädchen in den Gassen Süd-Tel Avivs? Schlägt sich allein, mit Hilfe der Sterne, in der judäischen Wüste durch? Oder im Negev? Schlendert ziellos durch die Außenbezirke einer Kleinstadt? Verbirgt sich zwischen den Trümmern von Scheich-Dahr, unweit von hier? Redet pausenlos auf sich ein oder schweigt bereits das Schweigen einer Winternacht – nach allem, was gewesen ist? Ist er durcheinander? Oder meint er es ernst? Will er jemanden zum Narren halten? Rache üben? Ist er verzweifelt? Oder bloß ein verwöhnter Junge? Ist er ein Dummkopf? Oder ein frecher Kerl? Sucht er etwas? Oder hat er wild die Flucht ergriffen? Wovor?

Mir fällt jetzt die Verantwortung zu. Aller Augen sind auf mich gerichtet. Es ist meine Aufgabe, zu entscheiden und zu handeln: Polizei? Abwarten? Diskretion wahren? Nachbarsiedlungen einschalten? Ist höchste Sorge angebracht? Oder Kaltblütigkeit?

Nichts verstehe ich von alledem, absolut nichts. Wer sind

diese jungen Leute, was geht in ihnen vor? In der landwirtschaftlichen Arbeit kennen sie sich bestens aus. Dinge, die wir unter physischer und intellektueller Anstrengung und großen Leiden mit zusammengebissenen Zähnen zuwege gebracht haben, schütteln unsere Söhne nur so aus dem Ärmel. Auch auf dem Schlachtfeld erweisen sie sich als erstaunlich mutige und gewandte Krieger. Aber immer sind sie von einer sonderbaren Traurigkeit umgeben. Wie die Abkömmlinge eines anderen Stammes, eines fremden Volkes. Weder Asiaten noch Europäer. Weder Gojim noch Juden. Keine Weltverbesserer, aber auch keine raffgierigen Karrieristen. Wie sieht das Leben für sie aus, die in dieser Sturmzeit der Geschichte herangewachsen sind? An einem Ort, der erst einer werden sollte, in einem Dorf, das kein Dorf im herkömmlichen Sinn war, in einem neuen Land auf dem Reißbrett, ohne Opa und Oma, ohne altmodisches Elternhaus mit rissigen Wänden und dem Duft vergangener Generationen. Ohne Religion und ohne Revolution und ohne Wanderjahre. Vielleicht überhaupt ohne Sehnsucht. Ohne einen ererbten Gegenstand: mit keinem Medaillon, keiner Truhe, keinem Kleidungsstück und keinem alten Buch. Nichts. Ihre Kindheit war vom Geruch frischer Farbe geprägt, von künstlichen Wiegenliedern und modernen Volksmärchen. Weder im Dorf noch in der Stadt sind sie aufgewachsen, sondern in dem, was wir damals »Hof« genannt haben oder »Siedlungspunkt«. An einem Ort, der wesentlich erst aus feurigen Proklamationen und atemloser Hoffnung bestand, überströmt von einer Flut guten Willens, in allen Lebensbereichen ein neues Kapitel anzufangen. Keinen Baum gab es, sondern nur bläßliche neue Setzlinge, kein Haus, sondern nichts als Zelte und Baracken nebst zwei, drei weiß übertünchten Betongebäuden. Auch alte Menschen gab es nicht unter all den jungen begeisterten Pionieren, die schwitzten und den Kopf voller Parolen hatten. Sicherheitszäune, Suchscheinwerfer und allnächtlich heulende Schakale gehörten dazu. Und Schüsse in der Ferne. Aber weder in einem Keller noch in einem Dachboden hätte man sich verstecken können. Was hast du, Jonatan, was ist los mit dir? Was ist passiert?

Gott, wenn ich das nur wüßte.

Auf mir lastet jetzt die Verantwortung. Mehrere Tage versehe ich hier praktisch schon das Amt des Sekretärs. Wie wenig ich doch heute tun konnte. Und auch das nur wie im Nebel. Vielleicht habe ich ein wenig die Gemüter besänftigt. Hier und da jemanden getröstet. Beruhigend gewirkt. Ein paar Schritte eingeleitet, die ich meiner bescheidenen Meinung nach für geboten hielt. Alles habe ich nun ganz allein auf dem Hals, nach eigenem Ermessen, denn es gibt keinen, mit dem ich mich beraten könnte. Stutschnik beispielsweise ist für mich ein wertvoller Mensch. Mehr oder weniger auch ein Freund. Zugänglich, warmherzig, manchmal fast zartfühlend. Aber dafür übertreibt er dauernd mit Zornesausbrüchen, kindischen Freudestürmen, lautstarkem Pathos, jähzornigen Anfällen und überschwenglichen Gefühlen. Wie ein unreifer Jüngling, der er früher, zu Zeiten der Jugendbewegung, war. Er hat sich seitdem absolut nicht geändert. Sicher, sein Gesicht ist faltig geworden, seine Hände zittern etwas, aber er redet immer noch wie vor vierzig Jahren: »'s is gurnischt« oder »'s is a grauslich Sach« oder höchstens noch »'s wär vielleicht besser, man tät sich endlich mal bemühn, a bissel praktisch zu sein«. Aber das schlimmste ist seine Rechthaberei – und daß er nicht zuhören kann. Vielleicht lauscht er auch seinen eigenen Worten längst nicht mehr. Nie hat er ein einziges Mal einen Irrtum zugegeben. Keinen, und sei es den winzigsten. Sechs Monate lang hat er einmal nicht mit mir gesprochen, weder im Guten noch im Bösen, weil ich ihm anhand der Enzyklopädie bewiesen hatte, daß Dänemark nicht zu den Benelux-Staaten gehört. Nach Ablauf der sechs Monate hat er mir dann ein Zettelchen geschickt, auf dem er unverfroren mitteilte, daß mein Atlas ja nun »wirklich längst überholt« sei. Aber trotzdem hat er sich mit mir ausgesöhnt und mir ein Lammfell als Bettvorleger geschenkt.

Was den guten Jolek betrifft, ist es nicht an mir, seinen Beitrag zur Partei- und Landespolitik und so weiter zu beurteilen. Das muß ich größeren Geistern überlassen. Die Meinungen gehen darüber ja auseinander. Seine Feinde behaupten gehässig: Er redet wie ein zorniger Prophet und handelt wie ein kleinlicher Politiker. Worauf seine Anhänger erwidern: Listig und mit allen Wassern gewaschen ist er schon, aber auch ein Mann voller Dynamik und Vision.

Dazu möchte ich hier folgendes notieren: Was nützt mir Dynamik oder Vision. Mein ganzes Leben ist wie unter begeisterter Marschmusik an mir vorbeigezogen. Als gäbe es weder Berge noch Meer, noch Sterne am Himmel. Als habe man den Tod abgeschafft, das Alter mit seinen Gebrechen ein für allemal von der Erde vertilgt und Leiden und Einsamkeit endgültig in Schimpf und Schande zum Kibbuztor hinausgejagt, so daß das gesamte Universum nun ein einziger großer Schauplatz ideologischer Auseinandersetzungen zwischen den einzelnen Splittergruppen, Strömungen und Fraktionen der Arbeiterbewegung ist. Was soll ich also mit Dynamik und Vision anfangen, wo ich es schon längst aufgegeben habe, Jolek und seine alten Streitgenossen zu Barmherzigkeit zu bewegen. Denn von allen Märschen ist mir nur das geblieben: Barmherzigkeit. Allerdings nicht endlos. Nur bis zu einer bestimmten Grenze. Aber eben doch – Barmherzigkeit. Die wir alle brauchen und in deren Abwesenheit Dynamik und Vision den Menschen aufzufressen beginnen.

Deshalb habe ich beschlossen, jetzt, in meinem neuen Amt als Kibbuzsekretär, dem Grundsatz der Barmherzigkeit zu folgen. Ich möchte keinesfalls zusätzliche Schmerzen bereiten. Von all den vielen Geboten, die in der Bibel verzeichnet sind, und all den anderen alten und modernen Verhaltensregeln, einschließlich der von Staat und Kibbuzidee diktierten, ist mir nur ein einziges verblieben: Es gibt mehr als genug Schmerz um uns herum, und man darf keinen weiteren hinzufügen. Lieber sollte man, wo immer möglich, ihn zu verringern suchen. Nicht noch Salz auf offene Wunden streuen. Kurz gesagt: »Du sollst keinen Schmerz bereiten« (übrigens auch nicht dir selber, wenn es geht).

Soweit zu diesem Thema.

Und nun zu den Geschehnissen des Tages, zum eigentlichen Rechenschaftsbericht.

Nach der anhaltenden Regenperiode, die bereits ernste Befürchtungen wegen möglicher Fäulnis der Wintersaat auf den niedrig gelegenen Feldern heraufbeschworen hatte, ist heute ein klarer Morgen aufgezogen. Sehr kalt, aber strahlend blau. Soweit ich mich auch zurückbesinne – selbst bis in meine Jugendzeit in Europa –, ich kenne keinen herzerfrischenderen Anblick als unsere glasklaren Wintertage in Israel. Selbst ein Mann meines Alters fühlt sich dann leicht beschwipst vor purer Lebensfreude. Das geht so weit, daß sich heute, als ich die Schlagzeile der Morgenzeitung über die Truppenkonzentration an der Nordgrenze las, doch tatsächlich so ein kindliches Phantasiebild in mir geregt hat, eine Art Verlockung, einfach aufzustehen und mich noch heute morgen dorthin zu begeben – nach Damaskus, meine ich – und ihnen da gut zuzureden, endlich diesen ganzen Humbug zu lassen. Lieber könnten wir uns doch alle zusammen in ein nahegelegenes Wäldchen aufmachen, dort gemütlich lagern und gemeinsam alle Streitigkeiten für immer aus der Welt schaffen.

Statt dessen bestand meine Aufgabe darin, in die Buchhaltung zu gehen, die Lampe anzuknipsen (um halb sieben Uhr morgens gibt es dort sonst noch nicht genug Licht!) und die verworrenen Ladepapiere durchzusehen, die Udi Schneor mir gestern abend in den Briefkasten gestopft hatte. Von sieben bis neun Uhr habe ich also versucht, ein wenig Ordnung in die Geschichte zu bringen und zu enträtseln, was da in den Zitrushainen schiefgelaufen ist. Danach wollte ich mich mit einigen Briefen befassen, die seit dem Beginn von Joleks Erkrankung auf seinem Schreibtisch liegen. Aber nur mit den dringendsten: Ich empfinde nämlich keinesfalls das seelische Bedürfnis, mich augenblicklich in Sachen hineinzuknien, die einen Aufschub vertragen. Sollen sie ruhig warten. Vielleicht werden sie dann gegenstandslos oder regeln sich von selbst. Außerdem bin ich ja, formell gesehen, noch nicht der Sekretär des Kibbuz. Ich habe also Zeit.

Um neun Uhr etwa kam Chawa Lifschitz grußlos ins Zimmer gestürzt – mit zusammengepreßten Lippen, giftigem Blick, offensichtlich nur mühsam zurückgehaltener Wut, im blauen Arbeitskleid, ihre ergrauenden Zöpfe nach Art der frühen Jahre zu einem Kranz um den Kopf gelegt, so daß sie ihre hohe Stirn umkrönten. Mit feindseliger, didaktisch leiser Stimme schleuderte sie mir vier Worte entgegen: »Schämst du dich nicht« (ohne Fragezeichen am Ende).

Ich legte den Bleistift auf den Tisch, schob die Lesebrille hoch, wünschte ihr »guten Morgen« und bat sie, sich doch an meiner Stelle auf meinen Stuhl zu setzen. (Jemand hatte mir ein, zwei Tage vorher den zweiten Stuhl aus meinem Büro weggeholt und nicht wieder zurückgebracht.)

Chawa weigerte sich. Es sei ihr kaum begreiflich, sagte sie, wie eine derartige Herzlosigkeit überhaupt möglich sei. Obwohl sie eigentlich schon gar nichts mehr überraschen könnte. Sie forderte von mir, ich sollte unverzüglich handeln oder »mich ins Bild setzen«, wie sie sich ausdrückte, »und zwar ein bißchen plötzlich«.

»Entschuldige mal«, sagte ich, »aber was ist denn dieses Bild, in das ich mich augenblicklich versetzen soll?«

»Srulik«, zischte sie zwischen ihren Zähnen hervor, als sei mein Name ein grobes Schimpfwort. »Srulik, sag mal, bist du wirklich ein Idiot oder tust du nur so? Oder ist das vielleicht dein kranker Humor?«

»Möglich«, sagte ich, »kann alles sein. Aber das kann ich dir erst beantworten, wenn ich weiß, was du meinst. Deswegen würde ich vorschlagen, daß du dich jetzt doch erst mal setzt.«

»Willst du damit sagen, daß du gar keine Ahnung hast? Nichts gehört und nichts gesehen? Der ganze Kibbuz redet seit dem frühen Morgen nichts anderes mehr, und nur Seine Majestät sitzt noch hinterm Mond?«

(Majestät oder nicht: Ich war natürlich aufgestanden, obwohl Chawa sich partout nicht setzen wollte, sondern mit feindseliger Nervosität vor mir stehenblieb und mühsam ein Zittern unterdrückte. So standen wir uns, diesseits und jenseits des Tisches, in eigenartig peinlicher Pose gegenüber, bis ich ein wenig lächeln mußte.)

»Ein Unglück ist geschehen«, sagte Chawa – immer noch mit unterdrückter Bosheit, aber nun in anderem Ton.

Ich bat sofort um Verzeihung, wobei ich Chawa erklärte, wirklich und wahrhaftig keinen Schimmer einer Ahnung zu haben. Es tue mir leid. Ich müsse ihr gestehen, daß ich schon seit einigen Jahren auf das Frühstück im Speisesaal verzichte und mich bis zum Mittagessen hier im Büro mit Tee, Keksen und Dickmilch begnüge. Ja, aus einem bestimmten Pflichtgefühl heraus. Deswegen wisse ich wirklich nicht, was denn dieses Ereignis, dieses Unglück sei, von dem der ganze Kibbuz schon seit heute früh rede. Sei etwa, Gott behüte, Jolek etwas zugestoßen?

»Das kommt erst noch«, sprudelte Chawa giftig, »ein Unglück kommt selten allein. Aber diesmal ist es Joni.«

»Chawa«, sagte ich, »meine Besorgnis wächst von Minute zu Minute, aber ich habe kein großes Talent, Dinge aus dem Zusammenhang heraus zu erraten. Also bitte erklär mir endlich, was genau geschehen ist.«

Mit einem jähen scharfen Ruck, als wollte sie sämtliche Papiere vom Tisch fegen oder mir eine Ohrfeige versetzen, stürzte sie zu dem von mir geräumten Stuhl und ließ sich auf ihn fallen. Mit einer Hand bedeckte sie ihre Augen. »Ich versteh's einfach nicht«, flüsterte sie wie ein zu Unrecht getadeltes Kind, »man muß doch eine Mördernatur sein, um plötzlich so etwas zu tun.«

Ich vermochte ihren Worten nicht zu entnehmen, wer nun der Mörder war: ihr Sohn, ihr Mann oder ich selber. Auch begreife ich nicht, was mich dazu veranlaßt hat, ihr die Hand auf die Schulter zu legen und sanft ihren Namen zu nennen.

»Srulik«, sagte sie mit trockenen Augen und schmollenden Lippen, »du wirst helfen.«

»Natürlich«, erwiderte ich. Und obwohl mir schon seit Jahren (aus persönlichen Gründen) jede körperliche Annäherung schwerfällt, nahm ich meine Hand nicht von ihrer Schulter und berührte – möglicherweise – für einen Augenblick sogar ihr Haar. Dessen bin ich nicht sicher. Aber ich meine doch, es berührt zu haben.

Mitten in der Nacht, erzählte sie nun, hätte Joni das Haus verlassen. Ganz plötzlich. Offenbar unter Mitnahme einer

Waffe. Nein, er hätte vorher mit niemandem gesprochen. Nein, auch keinen Zettel hinterlassen. Aber seiner schwachsinnigen Ehefrau sei jetzt eingefallen, daß er ihr vor längerer Zeit mal was von einer geplanten Reise nach Übersee erzählt habe. Aber in den letzten Wochen habe er nicht mehr davon gesprochen. »Wer weiß besser als ich, daß man sich auf kein einziges Wort verlassen kann, das dieses beschränkte Mädchen über die Lippen bringt. Und was ist das auch für ein Quatsch: Wenn es wirklich um eine Reise geht, wer fährt denn ohne Papiere und alles, aber dafür uniformiert und bewaffnet ins Ausland? Srulik. Du weißt ja, daß ich hier mit keinem reden kann. Außer mit dir. Du bist der einzige. Alle anderen sind nichts weiter als kleinliche, engstirnige Egoisten, die sich insgeheim ins Fäustchen lachen, weil sie wissen, daß das Jolek den Rest geben wird, dem sie schon lange den Tod wünschen. Ich komme zu dir, weil du vielleicht kein großer Geist bist, aber ein aufrechter Mensch. Ein Mensch, kein Unmensch. Da hat der doch wahrlich ein Mittel gesucht und gefunden, wie er seinen Vater umbringen kann. Denn Jolek hält das nicht durch. Schon jetzt liegt er mit Druck auf der Brust und Atemnöten im Zimmer und gibt sich selbst die Schuld an allem. Und diese dumme Ziege, Rimona, die einen kleinen Mörder ins Haus gebracht hat, damit er Joni fertigmacht, sagt mir doch mit der Gelassenheit einer kaltblütigen Verbrecherin: ›Er ist gefahren, weil er unglücklich war. Er hat gesagt, er würde wegfahren, und nun ist er eben gefahren. Man kann nicht wissen, wohin. Vielleicht kommt er zurück, wenn ihm besser ist.‹ Zwei Ohrfeigen hätt ich ihr auf der Stelle verpassen sollen. Mit dem Mistkäfer habe ich gar nicht erst gesprochen. Sicher weiß er alles, dieser dreckige Mephisto. Der ist bestens informiert und lacht sich innerlich über uns kaputt, ohne daß er was sagen würde. Du, Srulik, wirst noch in diesem Augenblick zu ihm gehen und aus ihm herausholen, wo Joni jetzt steckt. Bevor es zu spät ist. Mit allen Mitteln wirst du das tun. Und wenn du die Pistole nehmen mußt. Ist mir ganz egal. Nun geh schon. In Gottes Namen, Srulik, begreif doch, was man dir sagt. Ich brauch jetzt weder ein Glas Kaffee noch schöne Worte von dir.

Du weißt, ich bin ein äußerst widerstandsfähiger Mensch. Nur eines brauch ich von dir: daß du jetzt gehst und augenblicklich anpackst, was getan werden muß. Ja. Laß mich ruhig hier. Allein. Mir wird nicht schlecht. Los, geh endlich.«

Aber inzwischen kochte das Wasser im Kessel. Ich goß Chawa ein Glas mit schwarzem Kaffee auf, entschuldigte mich und bat sie, vorerst hier im Büro zu bleiben, auf meinem Stuhl, um ein klein wenig zur Ruhe zu kommen.

Ich warf mich also in Mantel und Mütze und lief los, um Rimona zu suchen, wobei ich allerdings erst bei der Krankenstation haltmachte und Schwester Rachel auf Joleks Zimmer schickte, um nachzuschauen, wie es ihm ging, und – falls nötig – so lange bei ihm zu bleiben, bis auch ich dort sein würde. Verschiedene Leute versuchten, mich unterwegs aufzuhalten, um mir entweder Geschichten zu erzählen und entsprechende Ratschläge zu geben oder von mir die neuesten Nachrichten zu erfahren. Allen sagte ich, es täte mir leid, aber ich hätte es jetzt eilig. Außer Paula Lewin, die ich bat, doch bitte auf mein Zimmer in der Buchhaltung zu gehen und zu schauen, ob Chawa etwas fehlte.

Mit aller Macht versuchte ich, mich zu konzentrieren, meine Gedanken zusammenzuhalten. Nur, wo sollte ich anfangen? Selbstverständlich hatte ich manches von dem gehört, was hier in den letzten Wochen über diesen Jüngling Asarja geredet wurde, der bei Rimona und Joni eingezogen war: alle möglichen sonderbaren Andeutungen, Gerüchte, bedeutungsvolles Gekicher, Dinge, die fast an Obszönität grenzten. Bisher hatte ich keinerlei Veranlassung gesehen, dazu Stellung zu nehmen.

Eine aufgeklärte, geordnete Gesellschaft, die sich bemüht, nach gerechten Grundsätzen zu leben, muß – meiner bescheidenen Meinung nach – an der Schwelle des Gefühlslebens haltmachen und darf diese auf keinen Fall überschreiten. Was zwischen Mann und Frau, Mann und Freund, Frau und Freundin vor sich geht – all das ist, meine ich, Teil des Privatbereichs; Eintritt verboten. Ich, der ich in den Jahren meiner Einsamkeit nicht weniges an theoretischer und schöngeistiger Literatur gelesen habe, weiß, daß ich keine Ahnung habe: Sexualbeziehungen, Gefühlsbeziehungen und die Querverbindungen zwischen diesen beiden Bereichen – all das ist und bleibt mir ein Rätsel, völliges Neuland. Herzensdinge, Triebe, der Weg des Mannes bei der Maid, nichts begreif ich davon. Da bin ich absoluter Ignorant. Als Jüngling, in Leipzig, bin ich mal einige Zeit in eine verträumte Gymnasiastin verliebt gewesen, die mir allerdings irgendeinen Tennisstar vorzog, der zu den Bewunderern Hitlers gehörte – so einen Typ, den man als »blonde Bestie« bezeichnete. Also habe ich einige Zeit gelitten und dann aufgegeben. Genau in jenen Tagen ist es mir auch passiert, daß das Dienstmädchen mal um fünf Uhr morgens hereingekommen ist – in mein Zimmer und in mein Bett. Wenig später schloß ich mich einer zionistischen Pioniergruppe in Polen an, mit der ich dann ins Land kam. Hier war ich schließlich, vor fünfundzwanzig Jahren, in P. verliebt; und auf meine Weise bin ich's vielleicht noch heute. Ohne daß ich sie das je hätte wissen lassen. Sie hat jetzt vier Enkelkinder. Und ich bin ein überzeugter Junggeselle. Abgesehen davon hat es gelegentlich erniedrigende, unangenehme Geschlechtsbeziehungen mit verschiedenen Frauen gegeben: traurige, höchst unästhetische Affären, die ich nur bereuen konnte. Bei all diesen Dingen steht, meiner Erfahrung zufolge, ein ganzer Berg von Schmerz und menschlicher Entwürdigung einigen wenigen Augenblicken – zugegebenermaßen sehr heftigen – Genusses gegenüber, der aber zu kurz und bedeutungslos ist, als daß er sich auszahlen würde. Freilich muß ich hier notieren, daß meine Erfahrung doch recht begrenzt ist, so daß sich daraus nur schwer verallgemeinern läßt. Trotzdem erlaube ich mir, hier eine grundsätzliche Bemerkung anzufügen. In erotischen Dingen gibt es eine tiefe, feststehende Ungerechtigkeit auf der Welt, die sich nicht beheben läßt, sondern statt dessen all unsere zähen Bemühungen um eine Verbesserung unserer Gesellschaft mit Hohn und Spott zunichte macht. Allerdings müssen wir, meiner bescheidenen Ansicht nach, diesen Spott übersehen und dürfen nicht von unserem Streben ablassen. Nur dürfen wir dabei nicht selbstgefällig vorgehen, sondern müssen im Gegenteil höchst bescheiden handeln. Demütig und behutsam. Jetzt werde ich die Platte umdrehen, weil Brahms mir heute abend guttut.

Weiter.

Rimona wußte zu berichten, daß sie gestern Dienst im Klubraum gehabt hatte, wo sie den Teilnehmern am Arbeitskreis für jüdische Philosophie Erfrischungen servierte. (»Um welche Zeit bist du zurückgekommen?« – »Spät.« – »Wann?« – »Etwa nach dreiviertel von dem Regen, der runtergegangen ist.«) Nach ihrer Rückkehr hatte sie die beiden noch wach gefunden. Ein bißchen müde. Und richtig nett zueinander, »wie zwei Buben, die sich gestritten und dann wieder ausgesöhnt haben«. Und waren auch nett zu ihr später, und noch später sind sie eingeschlafen. Auch sie ist eingeschlafen. (Ich bin nicht weiter in sie gedrungen hinsichtlich der Nettigkeit, die sie zwischen den beiden festgestellt hat, und habe auch keine diesbezüglichen Vermutungen angestellt. All dies ist für mich, wie ich bereits schrieb, ein absolut rätselhafter Bereich.)

»Und wann ist Joni weggegangen?«

»In der Nacht.«

Ihren Worten zufolge war Asarja morgens aufgewacht und hatte gesagt, es würde geschossen. (Oft würde er so aufwachen und meinen, es schieße jemand, so daß es ihr schon manchmal vorkäme, als fielen tatsächlich Schüsse.) Dann bemerkten sie, daß Joni weg war. »Er ist gleich überall hingerannt.«

»Wer?«

»Saro. Nicht Joni. Joni geht ziemlich langsam. Joni rennt nie.«

»Woher weißt du das?«

»Joni ist müde.«

Asarja ist dann offenbar tatsächlich rumgerannt und hat in der Werkstatt, im Speisesaal und überall sonst gesucht: Doch Joni war nicht da.

Und was tat Rimona, während Asarja »überall hingerannt« ist? Sie sah nach, was Joni mitgenommen und was er zu Hause gelassen hatte. Dabei dachte sie, alles sei so, wie wenn sie mitten in der Nacht kämen, um ihn zu seiner Einheit einzuberufen, zum Spähtrupp, wenn es eine Aktion gibt.

Und woher wußte sie, daß sie ihn nicht auch heute nacht zum Militär einberufen haben?

Darauf hatte sie keine klare Antwort. »Diesmal ist das was anderes.«

Und dann hat sie sich gesetzt und gewartet. Sich angezogen. Bett und Zimmer aufgeräumt. Zur Arbeit in die Wäscherei ist sie nicht gegangen, sondern hat dagesessen und gewartet. Hat Tia, seiner Hündin, ihr Frühstück gegeben. Und hat weiter gewartet. Gewartet? Worauf denn eigentlich genau? Daß es Viertel nach sieben wird. Weil das die Zeit ist, zu der Jolek und Chawa jeden Morgen aufstehen. Und dann ist sie gegangen, es ihnen zu sagen. Daß Joni in der Nacht weggefahren ist. Und daß sie sich nicht aufregen sollen.

Und was ist dann geschehen?

Nichts. Wie? Nichts. Chawa hat angefangen, wütend auf Rimona einzureden. Und sie? Sie hat Chawa angeguckt und sich dabei wieder einmal gewundert, wie sehr sich Chawa und Joni doch ähnlich sehen, wenn sie sich plötzlich ärgern. Denn so, ohne Ärger, würden sie sich überhaupt nicht ähneln.

Was hat Jolek gesagt? Und was hat er getan? Er hat, still im Sessel sitzend, nur beide Hände vor sein Gesicht geschlagen. Und Chawa ist schweigend dagestanden und hat zum Fenster rausgeschaut. Und da ist auch Rimona still weggegangen, um nach Saro zu sehen.

»Rimona«, sagte ich, »ich möcht dich was fragen. Und versuch bitte, dich zu konzentrieren und mir eine genaue Antwort zu geben, denn das ist jetzt eine wichtige Frage. Hast du irgendeine Vorstellung oder eine Ahnung oder eine Vermutung, wo Joni in diesem Augenblick ist?«

»Weggefahren.«

»Ja. Sicher. Aber wohin ist er deines Erachtens gefahren?«

»Irgendwas suchen.«

»Suchen?«

Kurze Pause. Dann lächelte sie mich plötzlich an. Mit einem herbstlichen, ruhigen Lächeln, als wollte sie sagen, wir beide wüßten, was die ganze Welt sich nicht träumen läßt. Seit einigen Monaten pflegen sie und ich bei jeder zufälligen

Begegnung ein Lächeln auszutauschen. Auch diesmal erwiderte ich ihr Lächeln: »Rimona. Ich bitte dich. Nimm es ernst.«

»Ich denke nach«, gab sie zur Antwort und schien ein wenig zu grübeln, ohne dann jedoch weiterzureden.

»Was denkst du?«

»Daß er weggefahren ist, weil er mir schon längst mal was von einer Fahrt gesagt hat.«

»Was für eine Fahrt? Wohin?«

»Rumwandern«, sagte sie und fügte dann hinzu: »Vielleicht.«

Anfang der vierziger Jahre war der Kibbuz eine feste Verbindung mit einem aus Lodz stammenden Zahnarztehepaar eingegangen. Beide, Mann und Frau, behandelten unsere Mitglieder für eine Gebühr, die viel niedriger war als die der Gewerkschaftskrankenkasse. Wenn nötig, fuhren wir in die ärmliche Praxis in der nahegelegenen Stadt. Dr. Vogel und Dr. Vogel: Hebräisch haben sie nie richtig gelernt. Dann ist die Ärtzin bei irgendeinem Stromunfall umgekommen, und der Arzt hat sich eine tödliche Krankheit zugezogen. Daraufhin haben wir ihre einzige Tochter gegen Bezahlung als Auswärtige in unsere Kindergesellschaft aufgenommen: eine niedliche, ziemlich in sich gekehrte Kleine, äußerst sauber und ordentlich, aber langsam und in dauerndes Schweigen gehüllt. Als sie zum Militär einberufen werden sollte, hat Jonatan Lifschitz sie geheiratet. Sämtliche Staatsminister und Parteigrößen sowie zahlreiche Knessetabgeordnete waren bei dieser Hochzeit zugegen. Danach hat sie angefangen, in der Wäscherei zu arbeiten. Dann ist sie schwanger geworden. Es hat da, scheint mir, Schwierigkeiten gegeben. Hier und da wurde über sie gesprochen. Ich habe nicht hingehört: Was hab ich mit diesem Geklatsche zu tun. Oder mit hübschen Mädchen. Oder mit Seelenforschung.

»Rimona«, sagte ich, »noch eine Frage. Und diesmal bist du nicht verpflichtet, mir zu antworten, denn es geht um etwas Persönliches. Hat Joni gelitten, sich beschwert, ist er, wie man bei uns sagt, verletzt gewesen wegen der . . . wegen dieser Verbindung, die da zwischen dir und Asarja Gitlin entstanden ist? Du brauchst mir nicht unbedingt zu antworten.«

»Aber sie lieben doch.«

»Was?!«

»Das Leid.«

»Entschuldige, das hab ich nicht begriffen. Wer leidet gern?«

»Diese Menschen. Nicht alle. Aber es gibt solche. Wie Jäger, die einen Büffel mit dem Speer töten.«

»Ich versteh immer weniger. Wer sind die, die gern leiden?«

»Joni. Und Saro. Mein Vater war einer von denen. Oder Bach. Und auch Jolek – ein bißchen. Es gibt noch viele.« Nach einigem Nachdenken kam wieder ihr langsames, leises, seltsam unbewußtes Lächeln, und sie fügte hinzu: »Du nicht.«

»Fein. Lassen wir das. Nun wüßte ich gern, was wir jetzt deiner Meinung nach unternehmen sollen. Wo sollen wir anfangen zu suchen? Was sollen wir tun?«

»Alles Nötige.«

»Also was?«

Darauf hatte sie keine Antwort.

»Warten?«

»Warten.«

»Oder anfangen, ihn zu suchen?«

»Suchen. Weil Joni manchmal gern in Gefahr ist.«

»Rimona, ich brauche eine klare Antwort: Warten oder suchen?«

»Suchen und auch warten.«

»Na gut: Und wo gehst du jetzt hin?«

»Nachschauen, ob Saro schon gefrühstückt hat. Und darauf achten, daß er ißt. Weil er nämlich die ganze Zeit rumrennt und sucht, immerzu. Jetzt ist er gerade nach Scheich-Dahr gelaufen. Gleich kommt er zurück. Wohin ich dann gehe, weiß ich nicht. Vielleicht zur Wäscherei. Oder lieber nicht.«

Asarja fand ich schließlich nach vielem Rumfragen ganz alleine im Kulturraum. Er erschrak ein wenig vor mir: Man möge ihm verzeihen, aber er sei heute einfach nicht imstande, zur Arbeit in die Werkstatt zu gehen. Doch darauf gebe er sein Ehrenwort, daß er morgen und übermorgen Extrastunden einlegen und das Versäumte restlos nachholen werde. Inzwischen hatte er schon alle Ecken und Enden des Kibbuz abgesucht, war durch den Obstgarten bis zu den Trümmern von Scheich-Dahr gelaufen, ohne irgendwelche Spuren zu finden. Jetzt, so sagte er, wolle er sterben, weil er an allem schuld sei. Und dazu wußte er auch ein aus dem Russischen übersetztes Sprichwort. »Srulik, vielleicht holst du den kleinen Schimon her? Denn der ist hier doch für die Beseitigung räudiger Hunde verantwortlich, und das sollte man jetzt mit mir machen. Aber laßt mich ihn erst finden. Das kann nur ich und kein anderer. Und noch vieles andere zum Wohle der Gesellschaft. Wenn ihr mir nur, wie man sagt, eine zweite Chance gebt, werd ich hier noch viel Gutes leisten.«

Ein vom Schreck geweiteter Grünschimmer glühte in seinen Augen, die den meinen auswichen, und angsterfüllte, ruhelose Fältchen spielten um seine Mundwinkel: ein schmaler, nervöser Bursche, der sich bis an den Rand seiner Kräfte bemüht, Anklang und ein bißchen Gefallen zu finden. Joni würde noch heute abend zurückkehren. Spätestens morgen oder übermorgen oder bald danach. Das würde Asarja seine Intuition sagen, die ihn noch niemals enttäuscht hätte. Jonatan würden nämlich nur zwei Dinge fehlen. Erstens: Liebe. Zweitens: Irgendeine Idee. So ein jüdischer Funke, wenn man heute noch so reden dürfe. Etwas sei in seiner Seele erloschen, und deshalb sei es Jonatan nun kalt im Leben. Demgegenüber habe er, Asarja, beschlossen, sein Leben dem Kibbuz, der Bewegung und auch dem Staat ganz allgemein zu widmen.

»Asarja«, sagte ich, »hör mal zu. Wenn du wirklich ein bißchen helfen möchtest, habe ich eine Bitte an dich: Erstens, beruhige dich. Versuche, soweit wie möglich, derartige Reden zu vermeiden. Das führt jetzt zu nichts. Und zweitens möchte ich dich bitten, daß du so gut bist, ins Telefonzimmer zu gehen und dort den Morgen über sitzen zu bleiben. Deine Aufgabe besteht darin, jedem, der zum Telefonieren kommt oder einen Anruf erwartet, in meinem Namen auszurichten, daß er sich doch bitte kurzfassen oder – wenn möglich – ganz verzichten möchte. Damit die Leitung weitgehend frei bleibt: Vielleicht läuft eine Nachricht ein.«

»Srulik, verzeih, daß ich dir das sage. Vielleicht sollte ich dir lieber nicht verraten, daß ich ... dich sehr schätze. Nicht schätze. Schätzen ist ein lächerliches Wort. Im Gegenteil: Ich hab große Achtung vor dir und wünschte, ich wär wie du. Zurückhaltend und seelisch beherrscht. Obwohl ich nämlich seit jeher mit Spinoza fast in allem übereinstimme, ist es mir nie so richtig gelungen, seinen Anforderungen gerecht zu werden. Immer wieder ertappe ich mich bei einer häßlichen Lüge, nicht häßlich, vielmehr: überflüssig, und niedrig dazu, bei so einer Lüge, mit der ich auf alle einen guten Eindruck machen will. Und dabei kommt immer ein schlechter raus – kein schöner, wenn man so sagen kann, und schon gar kein israelischer. Aber du sollst wissen, daß ich an mir arbeite. Nach und nach ändere ich mich. Das wirst du noch sehen. Und wenn Joni zurückkommt ...«

»Asarja, bitte. Erlaub, daß wir darüber ein andermal sprechen. Ich muß mich jetzt beeilen.«

»Ja. Natürlich. Verzeihung. Du mußt wissen, daß ich, wie soll man sagen, völlig zu deiner Verfügung stehe. Und zu der des Kibbuz. Tag und Nacht. Nur ein Wort – und schon mach ich's. Alles. Sogar vom Dach runterspringen. Vielleicht bin ich eine Flasche. Ja, sicher bin ich das. Aber kein Parasit und kein Blutegel. Und ich werd sie heiraten.«

»Was?!«

»Denn das will Joni, glaub mir. Und wenn das auch Jolek guttut, der wie ein Vater zu mir ist, und Chawa und dir, und wenn es für den ganzen Kibbuz gut ist, vom gesellschaftlichen Standpunkt aus gesehen, dann heirate ich sie. Und jetzt werd ich das Telefon hüten, wie du gesagt hast, damit die Leitung Tag und Nacht frei bleibt. Um jeden Preis sogar. Srulik?«

»Ja. Was nun noch?«

»Du bist ein wahrer Mensch. Wenn man so sagen darf.«

Dies sagte Asarja mit dem Rücken zu mir und rannte dann los.

Ich habe bereits über Joni, Udi, Etan und diese ganze Clique geschrieben, daß sie mir wie ein fremder, sonderbarer Stamm vorkommt. Diesem Burschen wird es nie gelingen, sich da völlig zu assimilieren. Und in meinen Augen wirkt er überhaupt nicht sonderbar, sondern vertraut, ja fast ein bißchen verwandt mit mir. Er hat gar keine Chance, sich zu assimilieren. Noch nie habe ich wirklich geglaubt, daß ein Jude sich restlos zu assimilieren vermag. Deswegen bin ich Zionist.

Danach kehrte ich ins Büro zurück, um (unter großen Schwierigkeiten) Jonatans Militäreinheit anzurufen: Nein, man habe ihn in dieser Nacht nicht abgeholt. Und es habe auch sonst keine Einberufungen gegeben. Was sei denn eigentlich los – seit wann würden solche Dinge am Telefon erörtert? Nur als besonderes Entgegenkommen und völlig außer der Reihe sei man bereit, mir zu versichern, daß Jonatan Lifschitz sich nicht im Stützpunkt aufhalte. Ja. Die junge Soldatin am anderen Ende der Leitung war »hundertzwanzigprozentig sicher«. Sie seien alle wie eine kleine Familie, in der man sehr wohl wisse, wer wann eintreffe. Ich dankte, ließ aber nicht ab: ob ich mit einem Soldaten beziehungsweise einem Offizier namens Tschupke sprechen könne? (Rimona erinnerte sich, daß dies der Name von Jonis Befehlshaber im Spähtrupp war.) Ich solle bitte einen Augenblick warten. Dann war die Leitung plötzlich unterbrochen. Beharrlich nahm ich erneut den Kampf mit der Wählscheibe auf, rang mit all den Teufelchen zwischen den verschiedenen Schaltstellen und kam schließlich wieder durch. Nun berichtete mir die Soldatin unwirsch, daß dieser Tschupke den Stützpunkt schon morgens verlassen habe. Wohin? Warten Sie einen Moment. Klick – Leitung weg. Ich stürzte mich ein drittes Mal ins Gefecht, mit der Geduld, die ich von klein auf beim Flötenspiel gelernt habe. Wieder kriegte ich dieselbe Dame dran, der die Sache nun langsam zu bunt oder verdächtig oder lästig wurde: »Wer sind Sie denn überhaupt, mein Herr? Mit welcher Befugnis stellen Sie solche Fragen?« Worauf ich ihr, ohne mit der Wimper zu zucken, drei Lügen auf einmal hinknallte: Daß ich Jonatans Vater sei. Daß mein Name Jisrael Lifschitz laute. Und daß Lifschitz immer noch Knessetmitglied sei. »Ja, junges Fräulein, hier spricht der Knessetabgeordnete J. Lifschitz. Würden Sie bitte so gut sein, mir zu verraten, wo besagter Tschupke hingefahren ist?« Aus Achtung für Joni oder die Würde des Parlaments willigte sie ein, mir nun auch dieses militärische Geheimnis anzuvertrauen: Er sei auf dem Weg nach Akko, in Akko, oder auf der Rückfahrt von Akko. Dort sei er nämlich hingefahren, um an der Beschneidungsfeier für den Sohn eines unserer Soldaten teilzunehmen.

Also setzte ich mich sofort mit Großmann in Akko in Verbindung (einem alten Freund noch aus der Leipziger Zeit, der bei der Elektrizitätsgesellschaft arbeitet). Auf meine Bitte hin teilte mir Großmann nach einstündigen Nachforschungen mit, daß besagter Tschupke »sich ein wenig aufs Ohr gelegt hätte, vermutlich im Haus seiner Schwester im Kibbuz En-Hamifraz«.

Inzwischen hatte ich mit diesen Telefonscharmützeln knapp zweieinhalb Stunden zugebracht und dabei auch das Mittagessen im Speisesaal verpaßt. Aber Stutschniks Frau Rachel muß mich in positiver Erinnerung gehabt haben, denn sie brachte mir aus eigenem Antrieb einen Teller mit Frikadellen, Zucchinis und Reis ins Büro.

Um Viertel vor zwei gelang es mir – nach langen Mühen –, das Sekretariat von En-Hamifraz an den Apparat zu bekommen. Jemand dort versprach mir, sein Bestes zu versuchen (auch diesmal stellte ich mich als Jolek vor, um meine Chancen zu steigern). Kurz vor vier Uhr hatte ich dann endlich Tschupke am Wickel, der mir auf meine Frage hin antwortete, er hätte keine Ahnung, wo unser Jonatan sei. Am besten, ich würde im Stützpunkt nachfragen. Und falls sich herausstellen sollte, »daß es da 'n echtes Problem mit Joni« gäbe, könnte ich mich darauf verlassen, daß er und die anderen Kumpels »die Sache voll in die Hand nehmen« würden. Der Spähtrupp fände mir den verlorenen Sohn am »Bab-Allah«. Mag sein, daß ich ihn zum Grinsen gebracht habe, als ich ihn fragte, wo dieser Ort liege. Außerdem wollte ich von ihm wissen, ob Jonatan seiner Meinung nach fähig wäre, irgendeine, wie soll man sagen, Dummheit zu begehen? »Muß mal das Gehirn einschalten«, erwiderte er mit heiserer, abgespannter Stimme, um dann festzustellen: »Wie soll ich das wissen? Jeder kann plötzlich was Dummes anstellen.« (Übrigens hat er damit meines Erachtens recht.) Wir einigten uns also, miteinander in Verbindung zu bleiben. Ich bat ihn, vorerst Diskretion zu wahren.

All diese Stunden über, die ich mit telefonischer Detektivarbeit zubrachte, durchkämmten Udi Schneor und Etan – auf meine Veranlassung hin – das umliegende Gelände, soweit der tiefe Morast ein Fortkommen mit dem Jeep erlaubte. Sie fanden keine Zeichen. Wiederum auf mein Anraten führte Etan R. die Schäferhündin Tia an der Leine durch die Gegend, um Spuren ihres Herrchens zu suchen.

Vergebens.

Ich konnte mich nicht entscheiden, die Polizei einzuschalten. Die Argumente dafür lagen klar auf der Hand. Das Gegenargument lautete folgendermaßen: Wenn der Junge heute nacht, morgen oder übermorgen wieder auftaucht und sich herausstellt, daß alles nur eine vorübergehende Laune war, wird er sicher gekränkt und ärgerlich über uns sein, die Polizei in die Sache reingezogen und alle Welt in Bewegung gesetzt zu haben.

Um siebzehn Uhr kam ich endlich zu der Überzeugung, daß mir kein Stein aus der Krone fallen würde, wenn ich mich mit Jolek selbst beriet. Aus irgendeinem Grund hatte ich den Besuch bei ihm von Stunde zu Stunde aufgeschoben. Vorher noch empfahl ich jedoch Chawa, alle Bekannten und Verwandten anzurufen, bei denen Jonatan vielleicht Unterschlupf gefunden haben könnte – auch die, bei denen sie das für unwahrscheinlich hielt. Ich verließ mich darauf, daß Chawa es schon verstehen würde, auf unverfängliche Weise und mit dem nötigen Takt zu handeln, um nirgends Verdacht oder Sorge zu wecken.

Chawa willigte ein, wobei ihre Miene allerdings unterdrückten Abscheu verriet (mir gegenüber? Oder wegen der Verwandten und Bekannten?). Ohne es ausdrücklich zu sagen, gab sie mir das Gefühl, daß das zwar alles törichte Schritte seien, wie man es schließlich von einem derart Unbedarften wie mir nicht anders erwarten könne, sie sich aber eben aufgrund ihrer strengen Grundsätze doch an die Anweisungen halten würde.

Nur forderte sie mich nachdrücklich auf, noch heute ein Transatlantikgespräch mit Benja Trotzky in Miami anzumelden: Vielleicht wüßte der etwas. Obwohl ich keinerlei Sinn in ihrem Anliegen sah, beschloß ich, ihm auf der Stelle zu folgen, ohne sie meinen Vorbehalt heraushören zu lassen. Wenn sie wollte, daß ich anrief, würde ich eben anrufen. Mit Vergnügen. Keine Ursache.

Neununddreißig Jahre bereits sind seit dem Tag vergangen, an dem ich Jolek das erste Mal getroffen habe. Schon damals hatte er etwas an sich, das mich unweigerlich niederschmetterte und mir ein Gefühl der Unterlegenheit einflößte. Er war ein untersetzter, vorsichtiger und scharfsinniger Mann ohne jede Jugendlichkeit, selbst damals in unseren jungen Jahren; als sei er schon fix und fertig erwachsen auf die Welt gekommen. Bis heute bin ich in seiner Gegenwart bedrückt und niedergeschlagen. Übrigens ist er derjenige, der mir mal beigebracht hat, wie man ein Pferd anschirrt.

Ich hatte eigentlich gedacht, daß Jolek mit seinem »mea culpa« anfangen würde, was so eine Art Dauerspruch bei ihm ist, aber diesmal verzichtete er darauf. Statt dessen dankte er mir für meine Bemühungen, während er aufrecht und bestimmt in dem großen Sessel saß, offenbar ganz aufs Rauchen konzentriert und den Blick auf einen Punkt hoch an der Wand gerichtet. Sein Gesichtsausdruck erinnerte mich lebhaft an die Zeit wichtiger staatspolitischer Entscheidungen: Wie schon damals signalisierte seine mächtig vorspringende Nase mit den leicht bebenden Flügeln abgrundtiefe Verachtung und Ironie. Er sprach nur wenig, und das höchst trocken. Als habe er bereits einen kühnen, unumstößlichen Schritt beschlossen, nur aber sei die Zeit noch nicht reif, ihn seiner nächsten Umgebung mitzuteilen. Hochmütige Einsamkeit, die ihn gewissermaßen über das einfache Volk zu heben schien, trennte ihn momentan von den übrigen Sterblichen, die vorerst noch in falschen Illusionen befangen waren, ja nicht die geringste Ahnung von den enormen Veränderungen besaßen, die ausbrechen würden, sobald nur er, Jolek, den Augenblick für gekommen hielt, das bisher noch tief in seinem Herzen Verborgene in die Tat umzusetzen. Und dieses verborgene Wissen nun überströmte seine Züge mit der Trauer des bereits verrauchten Zorns – er glich einem Feldherrn oder Staatschef, der eben den letzten Geheimbefehl gegeben und damit eine schicksalsschwere Linie überschritten hat. Noch darf niemand in seiner Umgebung ein Sterbenswörtchen davon wissen. Noch dreht sich kein Rad, fällt kein Schuß, heult keine Sirene auf, aber das Kommando ist bereits unwiderruflich von ihm ausgegangen. Und nun sitzt er da und wartet, strahlt fast so etwas wie Gelassenheit aus, wenn er nur nicht ununterbrochen qualmen und dabei mit seinen kleinen, harten Augen die Rauchkringel in der Luft aufspießen würde, als wolle er irgendeine innere Ordnung oder Richtung entdecken.

»Jolek«, sagte ich, »du sollst wissen, daß wir mit euch sind. Der ganze Kibbuz.«

»Das ist gut«, erwiderte Jolek, »danke. Ich spüre das sehr wohl.«

»Und daß wir tun, was wir können.«

»Natürlich. Daran habe ich nie gezweifelt.«

»Wir haben die gesamte nähere Umgebung durchgekämmt. Haben auch beim Militär nachgeforscht. Und jetzt prüfen wir auf diskrete Weise bei den Verwandten und Bekannten. Bisher alles ohne Ergebnisse.«

»Du machst das völlig richtig. Und gut, daß du vorläufig noch mit der Polizei wartest. Srulik?«

»Ja.«

»Ein Glas Tee? Oder ein Gläschen was Scharfes?«

»Danke, nein.«

»Hör mal. Man muß sich um ihn kümmern, damit er keine Dummheit begeht. Seine Lage ist nicht so gut.«

»Wer?«

»Asarja. Mit Luchsaugen müssen wir hinter ihm her sein. Das ist ein wertvoller Jüngling, der vielleicht noch zu Großem bestimmt ist. Auch nachts muß man auf ihn aufpassen. Weil er sich selber beschuldigt und die Gefahr besteht, daß er sich etwas antut. Was Chawa betrifft, kannst du nach deinem

Gutdünken handeln. Dazu werde ich keine Meinung äußern.«

»Und das heißt?«

»Sie wird dir einen Skandal machen, wird dich auffordern, Asarja mindestens wieder in seine Baracke zu verbannen. Vermutlich wird sie ihn überhaupt aus dem Kibbuz rauswerfen wollen.«

»Und was soll ich ihr darauf antworten? Was meinst denn du?«

»Daß du ein ausgezeichneter Bursche bist, Srulik, und dazu ein begnadeter Buchhalter. Ein Weiser würde nicht fragen. Du solltest lieber mal ein bißchen nachdenken. Übrigens, Joni ist ein Dussel, so leid es mir tut, aber kein Schuft. Nicht irgend so ein hergelaufener Grobian.«

Ich bat sofort um Verzeihung. Jolek winkte müde ab und versicherte, daß er nichts gegen mich hätte: Ich machte sicher, was ich könnte. Wie alle. Nebenbei, auch er war der Ansicht, daß man sich mit Trotzky in Verbindung setzen und einmal nachprüfen sollte, welche Rolle er bei dieser Sache spielte und was er eigentlich wollte. Dies, so meinte Jolek, müßte vorsichtig und möglichst auf indirektem Wege geschehen: Schließlich habe man es ja mit einem ausgesprochenen Lügenbold, weltbekanntem Gauner und skrupellosen Betrüger zu tun. Vielleicht wäre es möglich, einen unserer eigenen Dunkelmänner einzuschalten, um zu klären, inwieweit Trotzky wirklich seine Pfoten im Spiel hätte. Andererseits hätte auch eine direkte, offene Anfrage ihre Vorteile.

Ich mußte gestehen: »Das begreif ich nicht.«

Doch Jolek verzog nur das Gesicht, als sei meine Begriffsstutzigkeit eine schwere Qual für ihn. Dann fügte er eine sonderbare Betrachtung über die Bibel an und zitierte einen Ausspruch unserer Weisen bezüglich des Fluches, der über allen künftigen Erbauern Jerichos laste – siehe Josua und so weiter.

Ich schwieg. Schließlich stand ich auf, um zu gehen. Es ist nicht leicht für mich mit diesem Mann.

Als ich Jolek bereits den Rücken gekehrt und die Hand auf der Türklinke hatte, holte mich erneut seine gebrochene, gebieterische Stimme ein, die einen förmlich zum Gehorsam zwingt. Er sei eher froh, daß heute ein klarer Tag sei. Es wäre doch schrecklich, sich ausmalen zu müssen, wie Joni in menschenleerem Gelände herumirrte, womöglich an der Grenze, und das mitten in Gewitterstürmen, Regengüssen und Hagelschlag. »So ein Dussel. Vermutlich hockt er in diesem Augenblick an irgendeinem verwahrlosten Ort rum, in einer Ruine oder einer kleinen Tankstelle; wie damals, als er noch ein kleiner Junge war: wälzt sicher wirre Gedanken, ist böse auf die ganze Welt, der Teufel weiß was, und bemitleidet sich aus tiefstem Herzen. Vorausgesetzt, er sitzt nicht im Flugzeug nach Amerika. Wenn er plötzlich zurückkommen sollte, müssen wir die Sache wieder stillschweigend übergehen, viel Takt beweisen und so, um ja nicht die zarte Seele zu verletzen. Eine böse Angelegenheit. Wie dem auch sei, Tankstelle oder Amerika, der Junge wird zurückkommen, und das vielleicht schon morgen oder übermorgen. Danach werden wir ihn jedenfalls ein wenig aus dem Haus rausholen müssen. Für ein, zwei Jahre etwa. Man könnte ihn im Außendienst der Bewegung einsetzen, zur Fortbildung schicken oder ihm einen kleinen Job zum Zwecke der glorreichen Selbstverwirklichung verschaffen. Wenn es ausgerechnet in Übersee sein muß, organisieren wir ihm auch was in Übersee. Man kann bloß hoffen, daß der Zug noch nicht abgefahren ist. Ein verwöhnter Dummkopf ist das, der nichts als Flausen im Kopf hat. Diese lahmen Seelen. Alles Künstler gewissermaßen, mit dem Kopf hoch in den Wolken. Es muß irgendeine genetische Degeneration bei ihnen eingetreten sein. Dabei habe ich – wenn du mir versprichst, das für dich zu behalten – bereits vorgehabt, ihm ein bißchen entgegenzukommen, etwas für ihn zu unternehmen, denn ich hab ja gesehen, wie miserabel es ihm ging. Sogar an Eschkol hab ich geschrieben. Das muß bitte unter uns bleiben. Was die für Kinkerlitzchen im Kopf haben: Sport, ferne Länder, primitive Sexmusik. Was haben wir bloß falsch gemacht, Srulik? Warum ist so ein armseliger Haufen bei uns herangewachsen?«

Innerlich ergänzte ich Joleks Worte um den bekannten Kehrreim: Skythen, Tataren und so weiter. Dann verabschiedete ich mich mit dem Versprechen, ihn baldmöglichst wieder zu besuchen.

Liebt er seinen Sohn? Verabscheut er ihn? Oder beides? Betrachtet er ihn als Lehm in der Hand des Töpfers? Versteht Jolek sich als König mit mißratenem Thronfolger? Als Rabbi, der von einer Dynastie träumt? Als Despoten, der jede Rebellion von vornherein verhindert?

Nichts begreife ich davon. Wie ich schon schrieb: absolut nichts.

Bialik fragt in einem seiner Gedichte, was Liebe ist. Wenn er's nicht weiß – wie soll ich's dann wissen?

Wieder will ich hier eine mehr oder weniger religiös gefärbte Anmerkung notieren: über Vater und Sohn, jeden Vater und jeden Sohn. König David mit Absalom. Abraham und Isaak. Jakob mit Josef und seinen Brüdern. Jeder von ihnen versucht, so etwas wie ein furchtbar wütender biblischer Zornesgott zu sein. Da grollen die Donner und zucken die Blitze. Rache und Vergeltung, Feuer und Schwefel entladen sich, und die Steine hageln nur so von den Höhen herunter. Zudem habe ich auch keine Ahnung, wer dieser Jonatan ist. Aber jetzt, wo ich dies schreibe, habe ich plötzlich Angst um ihn. Daß er völlig am Ende seiner Kräfte sein könnte. Daß er jetzt mutterseelenallein irgendwo umherirrt und es ihm denkbar schlecht geht.

Vielleicht ist es ihm sehr ernst mit allem. Gott behüte. Vielleicht ist es ein Wahnsinn von mir, daß ich nicht sofort, noch um neun Uhr morgens, die Polizei hinzugezogen habe. Vielleicht geht es ja um Leben und Tod.

Umgekehrt: Man muß schweigend abwarten. Der junge Mann wünscht sich eine Bedenkpause in der Einsamkeit. Es ist sein gutes Recht, für einige Zeit allein zu sein, ohne daß wir uns gleich beeilen, unseren langen, harten Arm nach ihm auszustrecken. Vielleicht muß man ihn in Ruhe lassen. Schließlich ist er kein kleines Kind mehr. Oder doch? Womöglich macht er sich einen Spaß auf unser aller Kosten.

Ich weiß es nicht.

Ganz ehrlich möchte ich hier eines festhalten: Oft in meinem Leben, in einsamen Stunden, wenn ich Eier im

Hühnerstall einsammelte und sie dann stundenlang in Eier-
hürden sortierte oder wenn ich an Sommerabenden allein auf
meiner kleinen Veranda saß (und die fröhlichen Familien da
draußen auf dem Rasen schwatzen hörte) oder bis morgens
wach in meinem einsamen, knarrenden Bett lag (und die
Schakale in Scheich-Dahr heulten), während der Mond plötzlich wie ein pausbäckiger, besoffener Nazi in mein Fenster
glotzte oder draußen der Regen niederpeitschte, da habe auch
ich mir mehr als einmal so eine Utopie ausgemalt, ganz schnell
aufzustehen und meiner Wege zu gehen. Schlicht und einfach,
ohne Erklärungen oder Rechtfertigungen. Auf und weg, an
irgendeinen anderen Ort. Ein ganz neues Leben anzufangen,
allein oder mit P., die ich vor fünfundzwanzig Jahren geliebt
habe und eigentlich immer noch liebe. Alles hinter sich
zurückzulassen. Auf Nimmerwiedersehen.

Warum machen mir jetzt Gewissensbisse zu schaffen?
Warum ist das Herz so schwer? Aus welchem moralischen
Grund obliegt es mir jetzt, Jonatan Lifschitz die Polizei und
seine Spähtruppkameraden auf den Hals zu hetzen? Gerade
umgekehrt: Wenn er unbedingt gehen mußte, soll er doch in
Frieden seiner Wege gehen. Schließlich ist er sein eigener Herr.
Hoffen wir, daß morgen oder übermorgen ein Brief, eine Karte
oder ein Anruf von ihm kommt, und danach muß – zumindest
von meiner Seite aus – die Angelegenheit beendet sein.
Übrigens finde ich die Idee gar nicht so schlecht, daß Asarja sie
heiratet. Warum eigentlich nicht? Nur wegen der tödlichen
Wut einer bösen, harten Frau? Oder wegen des öffentlichen
Ansehens eines greisen Tyrannen? Soll ich wegen dieser
beiden eine Menschenjagd inszenieren? Um gewissermaßen
den entflogenen Vogel zurück in seinen Leidenskäfig zu holen?

Ich weiß absolut nichts. Nichts und wieder nichts weiß ich.
Keine Ahnung. Ich schrieb es bereits.

Übrigens ist es nicht an mir, hier als Kibbuzsekretär zu
wirken: Ich bin einfach nicht aus dem richtigen Holz
geschnitzt. Sollen sie sich doch gefälligst an den guten Stutschnik wenden. Oder an Jaschek. Oder ihren Einfluß auf Jolek
geltend machen und ihn einfach verpflichten, das Joch der

Verantwortung weiterhin auf sich zu nehmen und hier stolz zu gebieten. Ich bin nicht der passende Typ. Da liegt zweifellos ein Irrtum vor.

Um sieben Uhr abends richtete ich einen Nachtdienst am Telefon ein – falls eine Nachricht einlaufen sollte. Etan, Asarja, Jaschek und Udi werden je drei Stunden lang am Apparat sitzen bis morgen früh um sieben, wenn ich selbst wieder ins Büro komme, um zu sehen, was es Neues gibt und was sich noch unternehmen läßt.

Vielleicht kommt er ja noch heute nacht zurück.

Im Speisesaal hängte ich einen Zettel auf, mit dem ich lakonisch und ohne weitere Erklärung die Musikprobe absagte. Um 20.30 Uhr kehrte ich in mein Zimmer zurück, duschte und nahm ein Medikament ein. Um 21.15 Uhr wurde ich dringend ins Büro gerufen: Miami war endlich am Apparat.

»Yes. His personal assistant is speaking.« Mister Trotzky sei auf Reisen und leider derzeit unerreichbar. Aber man könnte ihm eine Nachricht hinterlassen.

Ich formulierte also sehr sorgfältig: Dies ist ein Anruf aus Israel. Von dem amtierenden Sekretär des Kibbuz Granot. Ein junger Mann namens Jonatan Lifschitz (»bitte buchstabieren« – »gern«) hat sich möglicherweise mit Herrn Trotzky in Verbindung gesetzt oder wird dies noch tun. Er ist der Sohn alter Freunde. Befindet sich auf Reisen. Falls er sich meldet, kann Herr Trotzky vielleicht so freundlich sein, uns das so bald wie möglich mitzuteilen? Danke. Wir sind sehr verbunden.

Noch später, in meinem Zimmer, erwartete mich wie eine treue Freundin die altbekannte Einsamkeit: Setz dich ein bißchen, Srulik. Du hast keinen leichten Tag hinter dir. Laß uns mal den Elektroofen anschalten, Wasser heiß machen, Tee trinken. Jetzt werden wir den guten alten Pullover über die Pyjamajacke ziehen. Und Brahms wird uns was vorspielen. Dann knipsen wir die Schreibtischlampe an. Das Zimmer ist fest verschlossen, und doch dringt Geruch von draußen rein: nasses Laub, Wintererde, Moder. Kindheitserinnerungen. Reste eines dumpfen Schmerzes: mein Verzicht auf P., andere

Verzichte. Hunde bellen in der Ferne. Ein Vogel der Dunkelheit flößt uns Angst ein. Statt uns selbst zu bemitleiden, haben wir hier einen Rechenschaftsbericht erstellt. Und da ist es schon nach Mitternacht. Was ist mit dir passiert, Joni? Wo wirst du heute nacht schlafen? Bitte, gib uns ein Zeichen. Wir werden nicht hinter dir herjagen.

Diese Eintragung hat sich lange hingezogen. Es ist schon sehr spät, und morgen wird auch kein leichter Tag sein. Ich werd die Nachttischlampe anschalten und die auf dem Schreibtisch ausmachen. Dann geh ich mich waschen und leg mich ins Bett und lese, bis der Schlaf kommt. Seit Monaten studiere ich ornithologische Bücher: Auf deutsch, englisch und hebräisch lerne ich, was die Vögel tun, und warum. Gute Nacht. Übrigens verstehe ich auch von diesem Gebiet nichts. Mal sehen, was morgen wird.

Donnerstag, 3. März 1966, 16 Uhr

Nichts Neues. Das Kind ist nicht da.

Die Nacht über haben die Jungs einen Telefondienst aufrechterhalten. Vom Militär hat der Offizier namens Tschupke angerufen, um nach Neuigkeiten zu fragen. Er würde sich bemühen, noch im Laufe des Tages bei uns vorbeizuschauen, meinte er.

Heute morgen ging es Jolek schlechter. Der Arzt eilte zu ihm ins Zimmer, gab ihm eine Spritze und empfahl, Jolek sollte ins Krankenhaus kommen. Wenigstens für einige Stunden, für eine gründliche Untersuchung. Aber Jolek donnerte los, schlug mit der Faust auf den Tisch und jagte alle aus dem Zimmer.

Mein Amt hat mich mutig gemacht, und so ging ich wieder zu Jolek hinein, nachdem alle geflohen waren. Er lag nicht im Bett, sondern saß – haargenau wie gestern – majestätisch auf seinem Sessel. Zwischen den Fingern hielt er eine kalte Zigarette, die er mißtrauisch betrachtete, während er ihre Enden befühlte, als würde er sie genau prüfen.

»Srulik«, sagte er, »das ist nicht gut.«

»Rauch nicht«, sagte ich. »Und meines Erachtens solltest du besser tun, was dir der Arzt rät.«

»Das kommt überhaupt nicht in Frage«, sagte Jolek ruhig, »ich rühr mich nicht von hier weg, ehe eine Nachricht eintrifft.«

»Vielleicht irren wir uns ein bißchen?« fragte ich zögernd. »Vielleicht sollten wir uns doch lieber an die Polizei wenden?«

Jolek beeilte sich nicht zu antworten. Für den Bruchteil einer Sekunde huschte wieder sein hintergründiges Lächeln übers Gesicht.

»Polizei«, sagte er schließlich, indem er die linke Augenbraue hochzog, »Polizei bedeutet auch Presse, und da haben wir schon eine Sensation. Und der Junge hat seinen Stolz. Wenn wir den verletzen, schneiden wir ihm doch quasi eigenhändig den Rückzug ab. Dann flieht er noch weiter weg oder taucht noch tiefer unter. Oder schlimmstenfalls kommt er hier im Unfallwagen an. Nein. Das ist nicht gut. Wir warten. Srulik?«

»Ja.«

»Was meinst du?«

»Sie einbeziehen. Und zwar sofort.«

»Eh?«

»Ich habe gesagt, wir sollten die Polizei einbeziehen und nicht mehr länger warten.«

»Das heißt, deiner Meinung nach stellt er schon was an?«

»Das hab ich nicht gesagt, Jolek. Gott bewahre. Nachdem du mich nach meiner Meinung gefragt hast, hab ich gesagt, daß wir's melden sollten. Heute noch.«

»Bitte schön«, sagte Jolek, worauf er lange an seiner kalten Zigarette zog, »bitte schön. Du bist der Sekretär. Tu, was du für richtig hältst. Du hast ein Recht, auch Fehler zu machen. Was hast du Chawa geantwortet?«

»In welcher Angelegenheit?«

»Asarja. Übrigens, wie geht's ihm? Warum kommt er mich nicht besuchen?«

»Soviel ich weiß, ist er die ganze Nacht wach gewesen, und jetzt haben sie ihn schlafen gelegt. Chawa hat mich überhaupt nicht auf Asarja angesprochen. Und Rimona auch nicht. Soweit ich informiert bin, ist Rimona heute wie üblich zur Arbeit in die Wäscherei gegangen.«

»Srulik, hör mal.«

»Ja.«

»Morgen ist Freitag, nicht?«

»Morgen ist Freitag.«

»Du solltest dich doch an die Polizei wenden. Aber nicht heute. Morgen. Nach Ablauf von achtundvierzig Stunden. Ich meine, es gibt da sogar eine feststehende Prozedur für Vermißtmeldungen: Üblicherweise wartet man etwa achtundvierzig Stunden lang. Von Trotzky nichts?«

»Bisher nicht, soviel ich weiß.«

»Natürlich. Ich hab's auch gar nicht anders vermutet. Hör zu, Srulik, ganz unter uns: Ich hab da einen Verdacht, ja mehr noch – fast völlige Gewißheit. Unter der Bedingung, daß du wie ein Grab zu schweigen versprichst. Einverstanden?«

Ich schwieg.

»Chawa.«

Ich schwieg weiter.

»Sie hat das ausgeheckt. Im Verein mit ihrem Trotzky. Ich will nicht in Einzelheiten gehen. Auf diese Weise rächt sie sich an mir.«

»Jolek«, sagte ich, »glaub mir: Von Herzensdingen verstehe ich absolut gar nichts und tue auch nicht so, als ob. Aber diese Annahme scheint mir doch unmöglich zu sein.«

»Naja, Srulik. Ein geistiges Genie bist du nie gewesen, aber einen aufrichtigeren Menschen als dich kann man sich kaum vorstellen. Vergiß also einfach alles, was ich gesagt habe. Vergiß es, fertig. Ein Glas Tee? Oder ein Gläschen Kognak? Nein?«

Ich lehnte dankend ab und drängte Jolek aufs neue, den Anweisungen des Arztes zu folgen und ins Krankenhaus zu gehen, wenigstens für ein paar Stunden.

Schlau und boshaft wie ein ältlicher, grundverdorbener Lebemann zwinkerte mir Jolek plötzlich, sündhaft lächelnd, zu: »Am Sonntag«, sagte er, »wenn Joni bis dahin nicht wieder aufgetaucht ist. Am Sonntag fahre ich.«

»Aber der Doktor...«

»Zum Teufel mit dem Doktor. Srulik, hör mal her. Unter

dem Siegel absoluter Verschwiegenheit. In Gottes Namen. Zwischen dir und mir und diesen vier Wänden hier gesagt: Am Sonntag geht's los. Ich hab schon provisorisch die Karte gebucht. Ich werd hinfliegen und ihn zurückholen. Der Anarchie muß Einhalt geboten werden. Übrigens habe ich im Laufe meines langen Lebens auch schon den einen oder anderen Kniff mitgekriegt. Ich weigere mich ganz einfach, auf den Jungen zu verzichten. Schluß, aus. Du brauchst gar nicht erst mit mir zu diskutieren.«

»Ich versteh nicht«, sagte ich. »Wohin willst du am Sonntag fliegen?«

»Du bist ein Schlaumeier! Hör gut zu und red mit keinem Menschen darüber. Allein und ohne ihr Wissen. Nach dort, nach Amerika. Um das Kind nach Hause zurückzuholen.«

»Aber Jolek, du . . .«

»Eh?«

»Hast du im Ernst vor . . .«

»Ja. Ich mein es immer ernst. Ich wäge lange ab, bevor ich wichtige Entscheidungen treffe, aber wenn ich erst mal zu einem Entschluß gekommen bin, ist er fest und unverrückbar. Mein Gesundheitszustand, Srulik, ist kein angenehmes Gesprächsthema. Also debattier nicht mit mir. Es hat auch keinen Sinn. Geh jetzt bitte in Frieden, Srulik. Und denk daran, daß du mir Stillschweigen geschworen hast.«

Ich entschuldigte mich also und ging.

Nach dem Mittagessen ging ich in mein Zimmer zurück. Zu all dem Kummer scheint bei mir auch eine Grippe im Anzug zu sein: Ich spüre so eine Müdigkeit in den Knien, ein Kratzen im Hals, und die Augen tränen ein bißchen. Übrigens ist mir aufgefallen, daß Jolek und Joni beide gelegentlich unter Allergie leiden.

Ich legte mich also in meiner Winterunterwäsche aufs Bett und lauschte einer Bachfuge. Schrieb einige Zeilen in dieses Tagebuch. Samstagabend wird mich die Kibbuzversammlung zum Sekretär wählen, es sei denn, mir käme bis dahin der Mut zu verkünden, ich hätte mir die Sache anders überlegt. Worauf ich dann mit Nachdruck bestehen müßte. Aber Hartnäckigkeit liegt mir fern. Die Leute würden schlecht über mich reden. Wir werden's abwarten. Jetzt bin ich ganz erschrocken wegen des häßlichen, arroganten Gedankens, daß niemand außer mir hier richtig bei Sinnen ist. Kein einziger. Der Vater und der Sohn, die Mutter und meine liebe Rimona und Asarja, von Stutschnik gar nicht erst zu reden – sie alle sind eigenartige Menschen. Allerdings bin ich, wie sie sagen, noch nie ein großes Licht gewesen. Das stimmt tatsächlich: Zweimal habe ich heute morgen im Büro den Hörer abgehoben, und einmal habe ich sogar die Nummer der Polizeistation gewählt, aber jedesmal gleich wieder aufgelegt. Ich werde doch bis morgen warten.

Inzwischen habe ich etwas Aufschlußreiches in Donald Griffins Buch über den Vogelzug gelesen: ich werde hier einige Zeilen daraus abschreiben: »Viele Vogelarten beginnen ihren Frühlingsflug, wenn das Klima völlig anders ist als jenes, das in ihrem Nistbereich herrscht. Arten, die beispielsweise auf tropischen Inseln zu überwintern pflegen, auf denen die klimatischen Bedingungen äußerst stabil sind, müssen diese Landstriche zu einem bestimmten Datum verlassen, wenn sie noch rechtzeitig zu Beginn des kurzen Sommers in den fernen Norden gelangen wollen.«

Und an anderer Stelle:

»Was zeigt dem Vogel im tropischen Regenwald Südamerikas an, daß es Zeit ist, gen Norden zu fliegen, um genau zur Schneeschmelze in der kanadischen Tundra anzukommen?«

Ich habe dies mit innerem Grinsen in mein Tagebuch übertragen: Wenn ein großer Mann wie Jolek sich in phantastische Hypothesen versteigen darf, warum kann dann nicht auch ich einmal meine bescheidenen Fähigkeiten im Zukunftraten erproben, und sei das Ergebnis noch so weit hergeholt?

Vor etwa eineinhalb Stunden, gegen 14.30 Uhr etwa, als ich gerade im Bett lag und Griffin las, klopfte es plötzlich. Noch ehe ich antworten konnte, flog die Tür auf: Chawa. Energisch, verbittert und kühl.

Sie muß ernsthaft mit mir reden. Auf der Stelle. Ohne Aufschub.

Als sie hereinkam, fand sie mich wie ein böses Gespenst verkleidet vor: lange weiße Unterhosen, langärmliges Unterhemd, einen ausgeblichenen Schal um den Hals gewickelt. Doch zeigte sie weder die geringste Verlegenheit, noch bat sie mich um Verzeihung, sondern durchquerte einfach voller Zorn das Zimmer, um sich dann auf mein zerwühltes Bett zu setzen.

Ich flüchtete also in die Dusche und schloß sogar die Tür hinter mir ab. Eilig angezogen kehrte ich zurück.

Sie muß mit mir sprechen. Jetzt. Ohne Aufschub.

Eine alternde, dürre Frau, die Haare in einem Kranz um den Kopf gewunden, von polnischer Strenge eingehüllt, mit einem dünnen Schnurrbärtchen über den ständig verkniffenen Lippen, rechtschaffen bis in die Fingerspitzen, aber aus Prinzip nachsichtig, zumal sie weiß, daß sie die häßlichen Schwächen ihrer Mitmenschen notgedrungen ertragen muß.

Und womit kann ich ihr behilflich sein?

Ja, also auch diesmal wolle sie versuchen, die Form zu wahren. Nicht einen Bruchteil dessen, was sie auf dem Herzen habe, werde sie mir heute sagen. Wenn alles vorüber sei, würden wir zwei beiden vielleicht einmal richtig abrechnen. Aber nicht jetzt. Jetzt fordere sie von mir, »zu handeln – und zwar sofort«. Wenn ich nicht bis ans Ende meiner Tage von der Schuld an dem verfolgt sein wollte, was Jolek zustoßen würde, dessen Zustand äußerst schlecht sei, dann müßte ich unbedingt noch heute diesen Urheber das ganzen Unglücks, diesen Mistkäfer da aus dem Kibbuz entfernen. Jede Stunde, die er noch hier lebe, sei ein Messerstich in ihren Rücken und in Joleks krankes Herz. Und nicht nur wegen der Öffentlichkeit – schon morgen könnten sie über uns herfallen, diese Aasgeier von der Presse, die wohl ein feines Süppchen aus der ganzen Affäre zusammenbrauen würden –, sondern auch und vor allem Jonis wegen, der bei seiner Rückkehr auf keinen Fall dieses armselige Geschöpf hier vorfinden dürfe. Ob ich denn überhaupt alle Vorgänge hier begreifen würde? Sei ich ein

Schuft oder nur ein Dummkopf wie all die anderen? »Dieser Dreckskerl, entschuldige mal, lebt hier immer noch fröhlich in Jonis Zimmer – genau dort! – und schläft in seinem Bett. Wo gibt es denn das auf der Welt, daß die Gesellschaft so einen krankhaften Zustand schweigend hinnimmt? Das gibt's doch noch nicht mal bei den Kannibalen im Urwald.« Und ich sei doch nun angeblich der Sekretär. Nicht mehr und nicht weniger. Dazu würde man auf gut hebräisch sagen: Der Sklave schwingt sich zum König auf. Aber das mache auch nichts. Alles würde in Ordnung kommen, und ich würde schon noch bezahlen dafür. Mit Zins und Zinseszins. Für das Leid, das ich Joni verursacht hätte, und für das, was Jolek zustoßen würde. Dieser Mord würde mich noch bis an mein Lebensende verfolgen. Sie warne mich: Sie überginge das nicht mit Schweigen. Es sei denn, ich machte wenigstens einen kleinen Teil von dem wieder gut, was ich bereits verbrochen hätte, und jagte den Kerl wie einen Hund raus auf die Straße. Heute noch. Übrigens fürchte der Arzt ernstlich, daß es bei Jolek diesmal das Herz sei. Aber einem finsteren Typen wie mir sei ja sowieso alles gleichgültig, ich würde mir im Gegenteil sicher noch insgeheim ins Fäustchen lachen. Aber ich solle wenigstens wissen, daß sie mich völlig durchschaue und ganz klar all meine bösen Ränke erkennen könne. Deshalb sollte ich nun wenigstens endlich aufhören, mich zu verstellen und hier den Dorfheiligen zu spielen. Denn sie, Chawa, irre sich bei Menschen nie und wisse stets haargenau, mit wem sie es zu tun habe. Nebenbei gesagt, glaube sie mir auch nicht, wirklich alles getan zu haben, um Verbindung mit Amerika zu bekommen. Schließlich kenne sie mich ja nun in- und auswendig und wisse, daß mich absolut nichts kratzen könne: wie ein Unmensch, wie ein reicher Gutsbesitzer auf dem Bett sich zu räkeln und selige Mittagsruhe zu halten. Das sei ja wieder äußerst typisch.

Mit diesen Worten stand sie auf und blieb vor mir stehen – nervös und außer Atem, eine energische kleine Frau, die in ihrem Innern alte, lange zurückliegende Demütigungen erstickt, von denen ich keine Ahnung habe, und gewissermaßen zähneknirschend auf ihr Recht verzichtet, den Feind zu schlagen, weil der Feind wie auch das Schlagen weit unter ihrer Würde sind.

»Chawa«, sagte ich, »du tust mir unrecht.«

»Schmeiß ihn raus«, zischte sie mit funkelnden Augen, »geh jetzt, in diesem Moment.«

Sagt's und wendet sich mit einer hochmütig-beleidigten Geste der Tür zu, wie eine vornehme Dame, die irrtümlich an einen unpassenden Ort geraten ist.

»Es tut mir leid«, sagte ich, »aber du mußt mir Zeit lassen, über die Sache nachzudenken. Mindestens einen oder zwei Tage. Ich muß mich auch mit anderen beraten. Andererseits nehme ich es auf mich, mit Rimona und dem jungen Mann zu sprechen. Ich glaube, ich werde ihn ohne Schwierigkeiten dazu überreden können, wieder in seine Baracke zu ziehen, wenigstens für einige Zeit. Aber vorrangig müssen wir uns auf Joni konzentrieren. Hoffen wir, daß er bald zurückkehrt. Und ich sehe durchaus Grund zur Hoffnung. Ich gebe dir mein Ehrenwort, daß ich, sobald er heil zurück ist, den Familienausschuß einberufen werde, und wenn sich dann herausstellt, daß etwas unternommen werden muß, werden wir nicht zögern. Chawa, bitte.«

»Ich möchte steeerbeeen«, heulte sie plötzlich mit häßlicher, durchdringender Stimme, wie ein verzogenes Kind, das man tief gedemütigt hat, »Srulik, ich will sterben.«

»Chawa«, sagte ich, »versuch doch bitte, dich zu beruhigen. Du weißt, daß wir alle euch zur Seite stehen. Der ganze Kibbuz. Auch ich. Obwohl ich tatsächlich kein großes Licht bin. Aber glaub mir, daß ich getan habe und weiterhin tue, was in meinen Kräften steht.«

»Ich weiß«, schluchzte sie, das Gesicht hinter einem weißen Taschentuch verborgen, »ich weiß, daß du ein wertvoller Mensch bist. Dabei bin ich nichts weiter als eine alte Schauerhexe, die jetzt völlig den Verstand verliert. Du mußt mir nicht verzeihen, Srulik, denn ich hab gar kein Recht, um Vergebung zu bitten, nachdem ich dich ohne jede Berechtigung beleidigt habe. Du sollst wissen, daß ich mich schäme und sterben möchte. Gib mir bitte ein Glas Wasser.«

Und etwas später: »Srulik, sag mir die volle Wahrheit. Ich bin stark wie ein Felsen und kann alles hören, ohne zusammenzuklappen. Sag mir, was du weißt und was du denkst: Lebt Jonatan? Ja oder nein?«

»Ja«, sagte ich ruhig, mit einer mir sonst nicht eigenen Bestimmtheit, als spräche ein fremder, starker Mann plötzlich mit meiner Zunge, »er ist heil und gesund. Er war unglücklich zuletzt und hat sich einfach aufgemacht, um einige Zeit mit sich alleine zu sein. Im Geist habe auch ich des öfteren einen ähnlichen Schritt unternommen. Und du auch. Jeder von uns.«

»In dieser ganzen Irrenanstalt hier«, begann sie, indem sie mir ihr tränenüberströmtes Gesicht zuwandte, »bist du der einzige, der sich sein Menschenantlitz bewahrt hat. Du sollst wissen, daß ich das nie vergessen werde. Daß unter all diesen Mördern eine wahre Menschenseele gewesen ist und ich wie ein böses Tier mit Schimpfworten über sie hergefallen bin.«

»Chawa«, sagte ich, »wenn du nicht böse mit mir wirst, möchte ich dir bitte vorschlagen, dich möglichst etwas auszuruhen. Du hast dich aufgeregt. Übrigens habe auch ich versucht, etwas zu ruhen. Es hat keinen Sinn, sich noch mehr Schmerzen zu bereiten. Auch ohne uns gibt es schon Schmerzen genug auf der Welt. Bemühen wir uns also, soweit wie möglich die Ruhe zu bewahren.«

»Von jetzt an«, erwiderte sie wie ein versöhntes altes Baby, »von jetzt an schwöre ich dir, daß ich alles genau so machen werde, wie du's mir sagst. Alles. Siehst du, ich geh mich jetzt ausruhen. Sofort. Aber trotzdem, Srulik«, sie zögerte, »aber trotzdem ist es meines Erachtens . . . na, laß man. Ich werd auf dich hören. Du bist wie ein Engel Gottes.«

»Was wolltest du mir sagen, Chawa?«

»Daß er vielleicht doch nicht bei Joni im Haus wohnen muß. Und in seinem Bett schlafen. Das ist doch häßlich.«

»Damit hast du vielleicht recht«, sagte ich. »Ja, so scheint es mir. Und ich habe schon gesagt, daß ich wohl sicher sein kann, daß er sich nicht weigern wird, in seine Baracke zurückzukehren, wenn ich ihn darum bitte. Danach werden wir weitersehen. Chawa?«

»Ja.«

»Bitte gib mir sofort Bescheid, sogar mitten in der Nacht, wenn es Jolek nicht gutgeht. Und versuch ihn mit aller Macht dazu zu bewegen, daß er den Rat des Arztes annimmt.«

»Von jetzt an red ich kein Wort mehr mit ihm. Er ist doch ein Mörder, Srulik. Willst du von mir verlangen, daß ich geradewegs zu diesem Mörder zurückkehre?«

Chawa ging, und ich zwang mich, mit dem Teelöffel ein halbes Glas Dickmilch zu essen, worauf ich eine Aspirintablette schluckte. Danach zog ich den Mantel an, setzte meine Mütze auf und verließ das Haus, um mit Asarja Gitlin zu sprechen.

Kaum zwei Stunden lang hatte er Schlaf gefunden, bevor Kummer und Schmerz ihn aufgeweckt und dazu getrieben hatten, zu seinem Posten zurückzukehren. Posten? Ja, da ich ihm gestern befohlen hätte, sich neben das Telefon zu setzen und aufzupassen, daß die Leitung möglichst frei bliebe.

Verängstigt, als erwartete er eine verspätete Ohrfeige, war der Junge vor mir zusammengezuckt. Er beeilte sich, mir eine Zigarette anzubieten, um gleich darauf zu sagen, ich sollte gleich die ganze Schachtel nehmen, er hätte noch eine andere in der Tasche. Ich erinnerte ihn daran, daß ich nicht rauche.

»Verzeihung, Genosse Srulik, ich wollte dir nicht weh tun. Um Himmels willen. Zigaretten sind Gift und Galle. Entschuldige bitte. ›Stepan gab Aljoscha ein goldenes Säckel, doch Aljoscha wurde bös und haute ihm eins auf den Deckel.‹ Auf russisch heißt es eigentlich, daß Stepan Aljoscha einen silbernen Löffel gibt. Nur wegen des Reims hab ich ›goldenes Säckel‹ gesagt. Ich schäme mich, Genosse Srulik, wegen all dem Schlechten, das ich euch hier eingebrockt habe, nachdem ihr mir ein Zuhause und Wärme und einen neuen Sinn im Leben gegeben habt. Jonatan ist der einzige Freund, den ich je gehabt habe. Mitten durchs Feuer wär ich für ihn gegangen. Und das werd ich auch tun. Aber daß er weggegangen ist, auf Fahrt, auf Reisen vielmehr – daran bin ich nicht schuld. Das bestreite ich! Alles, was ihr hier denkt, ist das genaue Gegenteil der Wahrheit. Du mußt wissen, Genosse Srulik, daß Joni mich selber – wie man sagt – hereingeholt hat. Schlicht und einfach. Das kannst du allen Genossen sagen, sogar mit lauter Stimme auf der Versammlung. Was wahr ist, bleibt wahr und ist keine Schande. Joni wollte, daß ich im Haus bin. Er wollte kein leeres Haus zurücklassen. Das ist die ganze Wahrheit. Sogar das Handwerkszeug und die Gartengeräte hat er mir genau gezeigt, damit ich ihn ablösen kann. So wie du jetzt Jolek ablöst, der wirklich wie ein Vater für mich ist. Obwohl es so ein Sprichwort gibt: ›Ein Vergleich ohne Grund verbrennt einem den Mund.‹ Vielleicht red ich wie ein Idiot. Ich sag nicht, daß das nicht stimmt. Aber im Hinblick auf Joni ist der ganze Kibbuz im Irrtum, und ich und Joni sind im Recht. Ihr macht da einen Fehler, den Spinoza als Verwechslung von Ursache und Wirkung bezeichnet. Joni hat, wenn man so sagen darf, mich an seine Stelle gesetzt, weil er beschlossen hatte zu fahren. Und nicht, wie hier geredet wird, daß er sich entschieden hat wegzufahren, weil ich mich an seine Stelle gedrängt hätte. Das ist ein klassisches Beispiel für die Verwechslung von Ursache und Wirkung. Stehst du, Genosse Srulik, Spinoza positiv gegenüber?«

»Ja«, sagte ich, »sicher. Aber wenn du gestattest, wollen wir Spinoza auf etwas leichtere Zeiten verschieben. Nun möchte ich dich erst mal was fragen, etwas Wichtiges, und vielleicht auch eine Bitte vorbringen.«

»Selbstverständlich, Genosse Srulik. Alles. Ich hab nichts zu verbergen, und jede Bitte von dir ist mir Befehl.«

»Asarja. Und wenn es nur ist, um gewissen Menschen Kummer und Schmerzen zu ersparen: Wärst du bereit, wieder in die Firseurbaracke neben Bolognesi zu ziehen, bis sich die Lage geklärt hat?«

Ein böswillig-verschlagener Funke blitzte in seinen Augen auf und verlosch wieder. Er glich einem kleinen Tier, das plötzlich zu beißen wagt: »Aber sie ist doch schon meine Frau. Nicht seine. Im Prinzip, meine ich.«

»Asarja. Hör mal zu. Dies ist eine Bitte. Und nur vorübergehend. Du kennst doch sicher Joleks Zustand.«

»Das heißt, du gibst mir auch daran noch die Schuld?«

»Nein. Nicht ganz. Vielleicht nur zu einem gewissen Grad.«

»Jolek?« platzte Asarja mit dreister Siegesfreude los – wie ein Häftling, dem es gelungen ist, seinen Wärter zu hintergehen und ihn in Handschellen zu legen. »Hör mal, Genosse Srulik, hör gut zu, denn ich hab Neuigkeiten für dich: Jolek selber hat mir ausrichten lassen, daß ich ihn heute abend besuchen kommen soll, um über dies und das zu reden. Ja. Und auch auf der Gitarre soll ich ihm was vorspielen. Vor zehn Minuten war das. Jaschek ist zu mir gekommen und hat gesagt, Jolek würde mich einladen. Und auch ein Gläschen Kognak hätte er zugesagt. Außerdem bist du nach allen Regeln des Anstands, wenn man mal so sagen darf, verpflichtet, Joni selber zu fragen, ob ich aus dem Haus soll, das mal seines gewesen ist. Und wenn nicht Joni, dann Rimona. Da wirst du eine Überraschung erleben. Meiner Ansicht nach habt ihr das volle Recht, mich aus dem Kibbuz zu jagen. Wann immer du willst. Bitte schön. Aber nicht von meiner Frau weg: Das verstößt gegen das Gesetz.«

Ich möchte hier wieder einmal notieren, was ich schon gestern und vorgestern geschrieben habe und sicher auch morgen schreiben werde: Nichts begreife ich. Ein großes Licht bin ich nie gewesen. Es ist mir alles schleierhaft.

Jetzt ist es 22 Uhr. Etan R. ist mit dem Telefondienst dran. Asarja und Rimona sind Jolek besuchen gegangen. Vielleicht spielt Asarja dort auf der Gitarre. Alles ist möglich auf der Welt. Von Joni haben wir immer noch kein Zeichen. Morgen werden wir uns an die Polizei wenden. Morgen bitten wir auch Tschupke und seine Kameraden, sich auf die Suche nach unserem verlorenen Sohn zu machen.

Chawa Lifschitz sitzt bei mir. Sie hat für uns beide Tee aufgebrüht, hat mir Honig gebracht, weil meine Kehle brennt. Nun sitzt sie auf meinem Bett. Wir hören Musik. Wieder Brahms. Es ist Jahre her, daß sich eine Frau zu solcher Stunde in meinem Zimmer aufgehalten hat. Ich werde hier eine weitere Stelle aus dem Vogelbuch anführen: »Auf langen Flugstrecken werden daher enorme Mengen an Körperfett verbraucht, genau wie in sehr kalten Winternächten, in denen ein kleiner Vogel oft den größten Teil seines Fettgewebes aufzehrt, um seine Körperwärme bis zum Morgen zu erhalten.«

Und das heißt?

Genug für heute abend. Ich werde hier schließen.

Freitag, 4. März 1966

Es ist Abend. Der Regen hat wieder eingesetzt. Im Speisesaal haben sich offenbar nur wenige Zuhörer eingefunden, um den Gastreferenten über jemenitische Folklore reden zu hören. Von Jonatan gibt's keine Nachricht. Bei der Polizei haben sie mich heute morgen ordentlich abgekanzelt, weil ich erst so spät Meldung gemacht habe. Ich hätte eine schwere Verantwortung auf mich geladen, sagten sie. Sie seien schon in Aktion getreten, aber bisher noch ohne Erfolg. Auch Tschupke war heute hier, hörte sich aufmerksam an, was ich zu sagen hatte, trank zwei Tassen schwarzen Kaffee bei Udi Schneor, ließ nicht mehr als neun, zehn Worte verlauten, machte auch keine Versprechungen und fuhr wieder ab. Am Nachmittag traf ein Telegramm aus Miami ein: Trotzky teilt mit, er habe die Absicht, bald zu uns zu kommen, vielleicht schon in der nächsten Woche.

Ich habe heute ein merkwürdiges Gespräch mit Rimona geführt. Was sie meinen würde: Wenn Joni gesund und munter zurückkehrte, wie wir alle hofften, dann wäre es, wie soll man sagen, vielleicht doch besser, daß Asarja in seinem eigenen Raum wohnte? »Aber ich hab doch Raum für beide. Und beide lieben sie, und ich auch. Beide.« Ob sie wüßte, welche Folgen das möglicherweise haben könnte? Sie lächelte. Und drehte meine Frage um: »Was sind die Folgen?«

Ich bin verlegen und auch ein bißchen durcheinander. Vielleicht wegen ihrer Schönheit. Oder vielleicht bin ich nicht der richtige Mann für dieses Amt.

Zum Beispiel habe ich nicht die seelische Kraft gefunden, Jolek zu besuchen. Heute war ich nicht bei ihm. Es heißt, der Arzt hätte eine Besserung festgestellt. Man erzählt mir, daß

Asarja Jolek wieder Gesellschaft leistet: Er musiziert, philosophiert, diskutiert die politische Lage mit ihm, ich weiß nicht, was. Ist es denn meine Aufgabe, alles zu wissen?

Außerdem bin ich krank. Hohes Fieber, Schüttelfrost, Husten, starke Ohrenschmerzen, verschwommene Sicht. Chawa paßt auf mich auf: Ich darf auf keinen Fall draußen rumrennen. Diesem Nichtsnutz da, Stutschnik, würde es gar nicht schaden, sich mal ein, zwei Tage an meiner Stelle abzumühen. Und am Sonntag kommt ja Trotzky. Oder Montag. Oder Dienstag. Oder überhaupt nicht.

Aus eigenem Antrieb habe ich mich heute abend entschieden, Levi Eschkol davon in Kenntnis zu setzen, daß Joleks Sohn weggefahren ist, ohne eine Nachricht zu hinterlassen, und wir uns alle Sorgen um ihn machen. Ich werde mich kurz fassen mit meinen Notizen, weil ich krank bin. Sogar ein bißchen betäubt. Schreckensvisionen überfallen mich, sobald ich nur die Augen schließe: Jonatan ist vielleicht in Not, und wir haben fast nichts getan.

Samstagabend, 12 Uhr, Mitternacht

Joni hat uns keinerlei Zeichen gegeben. Auch nicht die Polizei oder jener allseits gerühmte Tschupke. Der Ministerpräsident hat gegen Abend angerufen und sich mit Jolek am Telefon unterhalten. Er versprach jede nur mögliche Hilfe. Eventuell kommt er sogar in ein, zwei Tagen auf einen kurzen Besuch zu uns.

Den ganzen Tag habe ich mit vierzig Grad Fieber und allerlei sonstigen Beschwerden im Bett gelegen. Heute abend hat mich die Generalversammlung des Kibbuz in meiner Abwesenheit zum Sekretär gewählt. Stutschnik machte großes Aufheben darum und erzählte mir, wie gut man auf der Versammlung von mir geredet hätte. In den Himmel gelobt hätte man mich. Und die Wahl sei fast einstimmig erfolgt.

Chawa schweigt die meiste Zeit. Sie weiß von dem Telegramm aus Miami. Auch Jolek weiß es. Aber sie reden nicht darüber. Mir scheint, sie sprechen seit gestern nicht mehr miteinander. Der gute Stutschnik berichtet mir, daß Rimona und der junge Mann sich nett um Jolek kümmern. Dagegen bleibt Chawa bis zu sehr später Stunde bei mir, um mich gesund zu pflegen. Ich bin völlig umnebelt, verfolge immer nur in Gedanken Joni, wie er da umherwandert in den Feldern, am Rand der Haifaer Unterstadt, in der Wüste, an der Buszentrale, vielleicht schon in Übersee. Mein Herz sagt mir, daß kein Unglück geschehen ist. Und das versichere ich Chawa ohne Zögern. Warum? Ich weiß es nicht. Auch weiß ich nicht, warum ich eben die Feder abgesetzt und Chawa gesagt habe, daß Rimona vielleicht schwanger sei und einer der beiden der Vater. Hat sich denn auch mein Geist verwirrt? Als Sekretär des Kibbuz. Das ist doch ein fürchterlicher Fehltritt. Mein Fieber ist wieder sehr hoch. Vielleicht ist es nicht richtig, heute abend noch weiter am Rechenschaftsbericht zu arbeiten. Ich habe kein Selbstvertrauen. Alles ist sonderbar und kompliziert. Nichts begreife ich. Aber das schreibe ich nicht zum ersten Mal.

2

Aber was ist denn nun schließlich und endlich die Magie des
Tschad? Vielleicht dies: einige Stunden eines klaren, schönen
Wintertags in einem Straßencafé in Beer-Schewa zu sitzen und
an nichts zu denken. Eine Flasche Soda zu bestellen. Ein
belegtes Brötchen mit Ei und eines mit Käse. Danach türkischen Kaffee. Und noch eine Flasche Soda. Allein zu sein. In
aller Ruhe. Zu deinen Füßen, unter dem Tisch, ist das Gepäck:
der verblichene Rucksack und das Gewehr. Die eben im
Armeeladen gekaufte Feldflasche und der Schlafsack, den du
ohne Zögern von einem verstaubten Stapel neben dem Armee-
laster an der Ecke der Hauptstraße hast mitgehen lassen. Unter
dem Schutz des allgemeinen Soldatengewimmels dort hast du
ihn dir geschnappt und bist seelenruhig davongegangen. Was
macht das schon, ein Schlafsack mehr oder weniger? Sie
werden auch so zurechtkommen. Denn alles geht seinen Gang.

Du sitzt mit ausgestreckten Beinen da, siehst zu, wie Männer
und Frauen durch die Tür, die fast nie stillsteht, ein und aus
gehen. Sie essen, trinken, reden lautstark miteinander und
gehen. Andere kommen. Ohne Gedanken. Ruhig wie Tia.
Untätig und gelassen. Kein Mensch kennt dich hier, und auch
du kennst niemanden. Trotzdem bist du allen ähnlich: den
erschöpften Männern in Wüstenkleidung und Militärstiefeln,
in Kampfausrüstung, das Gesicht voller Bartstoppeln, zu ihren
Füßen abgewetzte Bündel. Den Soldaten in Khaki. Bauern in
Khaki. Steinhauern, Straßenarbeitern, Landvermessern, Aus-
flüglern. In abgetragenen battle-dresses. Mit vor Staub geröteten Augen. Eine mehlig-graue Staubschicht auf Gesicht und
Haaren. Und fast alle sind sie bewaffnet. Alle – und du unter
ihnen – gehören ganz offensichtlich zu ein und demselben
besonderen Stamm, der ausnahmslos unter ständigem Schlafmangel zu leiden scheint.

Was für eine Erleichterung: Noch nie in deinem ganzen
Leben ist es dir passiert, daß du aus dem Gesichtskreis bist – ein
völlig Fremder, endlich ihrem Radarschirm entschlüpft, weil es

auf der ganzen Welt niemanden gibt, der wüßte, wo du in diesem Augenblick steckst. Vom Tag deiner Geburt bis heute morgen haben sie in jeder Minute deines Lebens immer und ewig gewußt, wo du dich gerade aufhältst. Als wärst du nichts weiter als ein kleines Fähnchen auf ihrer Generalstabskarte.

Aber jetzt ist Schluß damit. Es gibt keinen Zeitplan. Es gibt keine Stunde Null. Und keinen Sammelpunkt.

Leicht. Losgelöst. Ein bißchen schläfrig.

Endlich bist du allein.

Wüstenträgheit dringt wie Wein, wie eine Droge in jede Zelle deines Körpers ein. Und ein inneres Lächeln überkommt dich hin und wieder: Ich bin ihnen entschwunden, fertig. Keiner kann mir jetzt sagen, was ich tun und lassen soll. Weil keiner was weiß. Wenn ich Lust hab aufzustehen, steh ich auf. Wenn ich lieber sitzen bleiben möchte, bleib ich sitzen. Wenn ich gern schießen will, mäh ich hier alle mit einer schönen langen Salve nieder und verschwinde für immer in der Wüste. Die genau dreihundert Meter von hier beginnt. Es gibt keine Probleme, keine Anweisungen. Magie des Tschad. Und das ist bloß der Anfang. Jetzt geht das Leben los.

Ein Beduine trat ein und stellte sich an die Theke: ein schlanker, sehniger, dunkler Mann im gestreiften Wüstengewand, über dem er ein abgewetztes Herrenjackett trug. Seine langen, dunklen, lebendigen Finger mit ihren bleichen Nägeln erinnerten an flinke Geckos. In seidenweichem Hebräisch bat er um ein Päckchen Zigaretten von der billigsten Sorte. Der Wirt, ein nervöser Rumäne in weißem, zerknittertem Hemd und mit karierter Frauenschürze, kannte ihn offenbar. Die beiden trennte der Tresen mit seiner klebrigen, von Fliegen übersäten Marmorplatte. Der Wirt streckte dem Gast die Zigaretten hin und legte eine Schachtel Streichhölzer dazu: »Nimm, nimm ruhig. Schon gut«, drängte er lächelnd, wobei ein einsamer Goldzahn in seinem Mund aufblitzte: »Nu, wus hert sich, ya Ouda, kif il-hal? Wie geht's jetzt bei euch da unten?«

Der Beduine beeilte sich nicht mit der Antwort, sondern wägte erst bedächtig die Frage ab, als sei er peinlich darauf bedacht, weder der Wahrheit noch den Regeln des Anstands

Abbruch zu tun, bis er schließlich die bescheidene Formulierung wählte: »Keine Probleme. Gott sei Dank.«

»Und eure Hirse? Alles in Ordnung mit ihr?« forschte der Gastwirt, als sei er enttäuscht über das Gehörte. »Eure Hirse, die sie beschlagnahmt haben, kriegt ihr die letzten Endes wieder?«

Der Beduine war beschäftigt: Er riß ein kleines Rechteck exakt aus der Schachteloberseite, gerade groß genug, damit eine einzelne Zigarette entnommen werden konnte, klopfte einmal taschenspielerartig mit steifem Finger von unten dagegen – und schon ragte wie ein ausgefahrenes Kanonenrohr eine Zigarette vor der Nase des Wirtes. »Die Hirse kann sein, kann auch nicht sein. Nehmt bitte, Adon Gotthelf; tfaddal, trinkt eine Zigarette.«

Anfangs wehrte der Wirt mit einer typisch jüdischen Handbewegung ab, als wollte er sagen: »Was, eine von denen?!« Doch einen Moment später ließ er sich mit einer anderen jüdischen Geste, die etwa »naja, auch recht« bedeutete, dazu herab, die Gabe anzunehmen. Er dankte, steckte sich die Zigarette hinters Ohr, zog den Hebel der Espressomaschine herunter und schob dem Beduinen eine kleine Plastiktasse über den Tresen, wobei er einen trägen Fliegenschwarm aufscheuchte. »Efschar tischrab, ya Ouda? Efschar, wir setzen uns für zwei Minuten zusammen? Un ar verzeilt mir die ganze Meisse mit eurer Hirse, damit ich bei Gelegenheit vielleicht mal ein gutes Wort bei Major Elbas für euch einleg?«

So setzten sie sich brüderlich paffend an den nächststehenden Tisch. Der Rumäne senkte seine Stimme und flüsterte, während der Beduine schweigend zuhörte. Jonatan hatte inzwischen eine glatte Serviette zu einem winzigen Boot gefaltet, das er nun mit Wucht anschnippte, so daß es bis zum Tischende sauste und dabei haargenau den Salzstreuer traf. Gott sei Dank, murmelte Jonatan tonlos vor sich hin, keine Probleme.

Dann quoll eine laute Touristengruppe in das Lokal. Obwohl es überwiegend ältere Herrschaften waren, benahmen sie sich wie Schulkinder, die der Lehrer einen Augenblick allein gelassen hat. Die meisten unter ihnen, Männlein wie Weiblein, trugen nagelneue blaue Kibbuzhüte mit den in Hebräisch und Englisch aufgedruckten Worten: »Zehnter Jahrestag Israels, der Heimstatt aller Juden«. Erst stürzten sie auf den Tresen zu, wo sie den Wirt mit geistvollem jiddischem Palaver überschütteten. Sie bräuchten dringend was Kaltes zu trinken. Und Toiletten. Dann bahnten sie sich ihren Weg zwischen den Tischen durch, um ein Plätzchen zwischen den bereits Anwesenden zu ergattern, zwischen den jungen Mädchen und verschlampten Soldaten, den Minenarbeitern und Beduinen, den Bauern in Arbeitskleidung und den Lastwagenfahrern – also unter dieser ganzen einheimischen Sippe, die damit beschäftigt war, Pommes in Fladenbrot, Lammspieße, Hühnerkeulen oder Sesampaste zu essen und alles mit Pepsi oder Limo runterzuspülen. Von Zeit zu Zeit schlug jemand mit dem Salzstreuer auf den Tisch, um verstopfte Löcher freizukriegen. Dann wieder erschallte wieherndes Gelächter aus einer Ecke, als sei gerade jemand das Opfer eines rohen Scherzes geworden.

Jonatan blickte mit Augen wie Schießscharten um sich. Dabei stellte er fest, daß der mit dem Gastwirt bekannte Beduine Sandalen aus Reifenfetzen und derber Schnur an den Füßen trug. Seine schwarzen Hände waren von feinem Wüstenstaub bedeckt. An einem Finger steckte ein funkelnder Goldring. Der Schnurrbart war sorgfältig gestutzt und der Kopf unbedeckt, so daß man das schüttere, fettige Haar sah, das mit billigem Küchenfett oder möglicherweise Kamelurin gewaschen sein mochte. Er stand jetzt mit dem Rücken an den Tresen gelehnt, während seine Knopfaugen den Eingang beobachteten, um zu prüfen, wer da noch eintreten mochte. An seinem Ledergürtel hing ein kurzer Krummdolch in einer reich verzierten Silberscheide. Dürr und knochig war der Mann wie ein schwarzes Gerippe. Seine fahle Gesichtshaut spannte sich über starke Wangenknochen, die aus Feuerstein gemeißelt zu sein schienen. Nimm dich in acht, ya Habibi, vor meinem Freund Udi, der dich als Vogelscheuche in seinen Garten stellen will, damit du ihm die Vögel fernhältst und den ganzen Kibbuz verrückt machst. Und deine Hirse kannst du auch vergessen. Jonatan bekam plötzlich Lust auf eine Zigarette, suchte vergebens alle Taschen ab, stand schließlich auf und trat an den Tresen. Dabei kratzte er sich heftig – wie immer, wenn er in Verlegenheit geriet –, ohne jedoch seinen Gepäckstapel unter dem Tisch auch nur einen Moment lang aus den Augen zu lassen, denn hier bekommt alles, was unbeaufsichtigt bleibt, sehr schnell Beine.

»Ja, Kamerad, was soll's denn noch sein?«

Herr Gotthelf war zu beschäftigt, um die Augen zu heben, da er gerade Münzen auf dem klebrigen Tresen stapelte. In dem Wandregal hinter seinem Rücken, zwischen gedrängt stehenden Glasbehältern mit diversen Süßigkeiten, sauren Gurken und Oliven, sah Jonatan ein Trauerfoto. Es zeigte eine dicke, klobige Frau in einem geschmacklos ausgeschnittenen Kleid, um den Hals eine Kette aus tränenförmigen Perlen, deren unteres Ende zwischen ihren stattlichen Brüsten verschwand. Auf ihren Knien ein kleines, sorgfältig gekämmtes Kind mit Poposcheitel, Brille und einem richtigen kleinen Anzug mit Schlips und Kavaliertaschentuch. Schräg über eine Ecke des in einen Muschelrahmen vom Typ »Souvenir aus Elat« gefaßten Bildes verlief ein schwarzes Trauerband. Warum nur erscheint uns das Unglück anderer wie einem billigen Rührstück entnommen, während wir unseren eigenen Kümmernissen so riesengroße Bedeutung beimessen? Warum verspottet man uns ständig, und warum gibt es Kummer und Leid, wo man nur hinschaut? Vielleicht, dachte Jonatan bei sich, vielleicht muß man endlich etwas Grundlegendes im Hinblick auf das Leid unternehmen. Vielleicht ist es häßlich, so einfach die Flucht zu ergreifen. Vielleicht hat mein Vater recht und sein ganzer Greisenchor ebenfalls. Vielleicht mach ich mich auf und kehr noch heute nach Hause zurück und stürz mich auf alle Aufgaben und fang an, mein Leben dem Krieg gegen das Leid zu widmen.

»Ja, Kamerad, was soll's noch sein?«

Jonatan zögerte. »Gut, gib irgend 'n Kaugummi rüber oder was«, sagte er mit seiner leisen Stimme, worauf er sich innerlich wieder vorbetete: Fertig. Reue gibt's keine. Von jetzt an rauche ich nicht mehr. Und zum Wirt gewandt fügte er hinzu: »Gieß mir man auch noch 'ne Tasse Espresso ein.«

Darauf kehrte er an seinen Tisch zurück, um sich auszuruhen. Als hätte der Sprung an den Tresen seine letzten Kräfte aufgezehrt. Macht nichts. Sogar sehr gut so. Sollen sie ruhig suchen. Sollen sie im Schlamm rumrennen. Udi. Etan. Alle. Sollen sie jeden Sack und jeden Stein umdrehen. Die Polizei mit ihren Hunden und den Grenzschutz einschalten wie damals an jenem Samstag, als wir in Scheich-Dahr Spuren von Fedajin oder von diesem Mörder gefunden hatten, der aus dem Gefängnis geflohen war. Nehmen wir mal an, ich wär umgekommen. Sollen sie alle Wadis durchkämmen. Warum nicht? Sollen sie eine Leiche suchen. Was tut's? Ich bin schon so weit weg von ihnen. Die finden mich nicht mehr. Fertig. Von nun an bezeichnen alle, die vor mir, hinter mir und neben mir stehen, den Standplatz. Denn ich bin unterwegs zu den Orten, die längst auf mich warten: über die Berge und durch die Wüste zum roten Felsen von Petra, zur Sturmbucht der Biskaya, zu Alpen, Anden, Karpaten, Apenninen, Pyrenäen, Appalachen und Himalaya. Er ist fertig mit Warten. Sein Leben hat begonnen. Eine Stimme hat ihn gerufen, und er hat sich aufgemacht und ist gegangen. Fast wäre er zu spät gekommen, aber nein, jetzt ist er schon bis hierher gelangt.

Zwei Offiziere treten ein und setzen sich an den Nebentisch. Kenne ich die? Vielleicht ja, vielleicht auch nicht. Wer kann sich jedes Gesicht aus dieser ganzen Armee merken. Oder von der Schachmeisterschaft her? Aus dem Agrartechnikkurs? Jeder sieht hier wie der andere aus. Am sichersten, den Kopf senken und schweigen. Den Espresso austrinken und abhauen. Bloß hab ich völlig vergessen, sie daheim vor der gesprungenen Steckdose neben der Verandatür zu warnen, die manchmal unter Strom steht. Noch nicht mal einen Zettel hab ich hinterlassen.

Einer der beiden Offiziere mußte ein Kibbuz-Baby sein: Ein weiblich-schöner Typ mit feiner Nase, weichen blauen Augen und einer gesunden, gut gebräunten Gesichtshaut. Er trug einen geflickten battle-dress und dazu Turnschuhe ohne Sokken. Beim Lachen zeigte er seine milchweißen Zähne, als weidete er sich an seiner eigenen Schönheit. Jetzt wandte er sich an den zweiten Offizier: »Die hau'n mich glatt um, die beiden, dieser Schiko und Awigail. Wie sie ihm gesagt hat, sie würd ihn verlassen, und ihm erzählt hat, was wirklich zwischen ihr und mir ist, und das sicher noch so um zwei Uhr nachts, nachdem sie eben von mir zurückgekommen ist und es draußen hundekalt und so neblig war, daß man seine eigene Nasenspitze nicht gesehen hat, da ist der doch aufgestanden, ohne ein Wort zu sagen, und ist aus ihrer Baracke raus direkt ins Wadi reingelaufen. Offenbar hat er gerade noch gehört, daß da ein Wolkenbruch im Anzug war . . .«

»Haben wir schon gehört, Ran, von Anfang bis Ende«, unterbrach ihn der andere Offizier, wobei er ihm seine derbe, haarige, rot und braun gesprenkelte Hand auf die Schulter legte. »Wir kennen die ganze Geschichte. Und das müßte dich jetzt nur – vielleicht zum hundertsten Mal – lehren . . .«

Was hat jener Schiko nachts im Wadi getan, nachdem er erfahren hatte, daß Awigail ihn verlassen wollte? Und warum hat sie mit ihm Schluß gemacht? Was ist bei dem Wolkenbruch passiert? Und was soll das – vielleicht zum hundertsten Mal – lehren? Jonatan war müde und verzichtete auf die Fortsetzung seiner Gedanken. Außerdem störte der Krach beim Zuhören. Auf der Straße lärmte nämlich jetzt ein vielrädriger, furchteinflößender Riesenlaster, mit einer beachtlichen Ladung Mineralien oder vielleicht Kunstdünger unter der großen Nylonplane, bei dem mit zischenden Bremsen und ausgeklügelten Manövern unternommenen Versuch, in die enge Seitenstraße einzubiegen.

Doch die Kurve war zu scharf. Die Bordsteinkante war bereits unter den mächtigen Rädern zerbröckelt, und nun wurde auch ein städtischer Papierkorb zerquetscht, der an einer grünen Metallstange gehangen hatte. Wieder zischten die Bremsen. Menschen sammelten sich an. Schreie erschallten. Der Fahrer in seiner luftigen Höhe kümmerte sich nicht weiter um die Ratschläge, Beschimpfungen, Sticheleien und abfälli-

gen Bemerkungen. Grimmig drängte der Laster in das Gäß-
chen hinein. Stoßend wie ein wutschnaubender Stier, riß er ein
Verkehrsschild um und streifte eine Hauswand. Der ange-
kratzte Sandstein rieselte körnig auf die Straße. Jetzt begann
der Fahrer offenbar seine Rückzugsmöglichkeiten abzuwägen.
Er kämpfte mit dem Schaltknüppel, traktierte das Steuerrad
mit der gesamten Kraft seiner beiden Arme, als zerrte er am
Zaum eines widerspenstigen Tieres. Das Ungetüm machte
einen Satz nach hinten, und die Menge begann zu brüllen: Um
Haaresbreite wäre das Hinterende im Schaufenster des Süßwa-
renladens auf der anderen Straßenseite gelandet. Wieder
umklammerte der Fahrer das Steuer, zwängte und drehte mit
schnaufendem Atem, bis er es ganz herum hatte, hielt es eisern
fest, damit es nicht wieder zurückspringen konnte, schaltete
mit verhaltener Wut, kam schließlich los, versuchte einen
neuen Vorstoß und saß nun endgültig fest – Rücken und Nase
des Lasters gegen je eine Wand.

Die stetig wachsende Menschenmenge hatte sich schon
lärmend hergedrängt. Da wurden fachmännische Gutachten
abgegeben, Präzedenzfälle angeführt, Schimpfkanonaden losgelassen oder Fußtritte gegen die Reifen ausgeteilt. Manche
schnalzten mit der Zunge, andere hatten Geistesblitze, prakti-
sche Ideen, kühne Einfälle oder Zauberformeln anzubieten – je
nach persönlichem Naturell. Und da war auch einer, der
plötzlich von irgendwoher vorsprang und sofort, ohne Zögern
oder Widerrede, das Kommando übernahm. Weiter hinten in
der Straße begann sich nämlich der aufgestaute Verkehr mit
einem himmelschreienden Hupkonzert bemerkbar zu machen.
Der neue Held war offenbar jener Offizier, der vorher mit
seinem schönen Kameraden zusammengesessen und ihm zum
hundertsten Mal irgendeine Lehre erteilt hatte: ein rotver-
brannter, kräftiger Bauerntyp mit derben Händen und rauher
Stimme, der Viehzüchter aus einem der alteingesessenen
Moschawim sein konnte. Er erklomm jetzt entschlossen das
Trittbrett, rüttelte an der Tür, schwang sich ins Fahrerhaus und
eroberte das Steuer, nachdem der Fahrer sich bis ans andere
Sitzende in Sicherheit gebracht hatte. Mit ruhigen, ausgreifen-

den Bewegungen streckte der Offizier nun Kopf und Nacken aus dem Fenster und prüfte die Lage. Er sieht fast wie ein Wasserbüffel aus den Hulesümpfen aus, lachte Jonatan in sich hinein, während er der Szene reglos zuschaute. Ihn kümmerte das alles nicht. Im Gegenteil: irgendwas an diesem Geschehen freute ihn sogar im stillen.

Und wie spät war es? Schwer zu sagen, denn die Uhr war stehengeblieben. Gestern und heute nicht aufgezogen. Egal. Nach dem Licht zu urteilen, mußte es gegen Mittag sein. Eine große, schöne, wohlgerundete, sonnengebräunte Frau trat ein und nahm an einem kleinen Seitentisch Platz. Allein. Mit kräftigen, üppig beringten Fingern steckte sie sich eine Zigarette an. Da kam auch schon der rumänische Wirt mit seiner Karoschürze angerannt, um ihr mit großer Geste ein Glas Tee, eine Zuckerdose und ein Tellerchen mit Zitronenschnitzen zu servieren. »Ja, Herr Gotthelf«, lachte die Frau mit leiser, aber voller Stimme, »was haben Sie denn? Sie sehen ja halb tot aus. Sie werden mir doch, Gott behüte, nicht krank sein?«

»Das Leben ist die Krankheit, an der wir alle sterben werden. Das kann ich Ihnen hundertprozentig versichern«, ulkte der Wirt. »Möchten Sie was essen, Jacqueline?«

Die Frau schüttelte ablehnend den Kopf. Ihre Aufmerksamkeit wich von Herrn Gotthelf, weil sie inzwischen Jonatans Blick aufgefangen hatte. Sie erwiderte ihn mit einem schrägen, spöttisch herausfordernden Blinzeln nach dem Motto: Na, Habibi, dann zeig mal, was du kannst. Du bist am Zug. Schieß los.

Jonatan senkte die Augen. Vor der Glasfront des Lokals ächzte das Ungetüm, ruckte einen halben Meter hierhin und dorthin, erstickte wieder mit pfeifenden Bremsen wie ein verwundeter Stier in der Arena. Auf allen Tischen tanzten die Tassen und klirrten die Gläser.

Inzwischen kamen und gingen die verschiedensten Menschen: Berufsfahrer, Angestellte, Beduinen, Bergleute aus den Kupferminen, Arbeiter der Pottaschewerke – sonnverbrannt, windgegerbt. Sie tranken und aßen und tranken wieder und redeten dabei mit lauten, heiseren Stimmen. Wie gut, hier alleine, ohne eine lebende Seele zu sein. Und gut, daß die Uhr stehengeblieben ist und ich ein bißchen müde bin. Ob es schon eins ist? Oder zwei? Halb drei? Von jetzt ab ist das egal. Unwichtig.

Draußen war eine Gefechtspause eingetreten: Die Zugmaschine stand jetzt im rechten Winkel zum Anhänger. Ein schwitzender Polizist sprang wie ein Grashüpfer umher und bemühte sich, den Verkehr in eine andere Gasse umzuleiten, während Hauptmann Wasserbüffel und der Fahrer einträchtig wie zwei besiegte Waffenbrüder rauchend neben der abgestellten Maschine standen. Offenbar beschuldigten sie nicht einer den anderen, sondern in treuer Einmütigkeit eine bösartige höhere Gewalt. Nichts zu machen. Warten wir eben. Es heißt ja sowieso, daß hier mal eine Autobahn gebaut werden soll und all die türkischen Bauten hier zu beiden Seiten der Gasse nach Gaza verfrachtet werden. Bis dahin brennt absolut nichts an.

Jonatan stand auf, zahlte, murmelte etwas vor sich hin. Mit ihm sonst nicht eigener Kühnheit rief er der schönen Frau »Schalom, Puppe« zu und lächelte dazu leicht mit gesenktem Blick, bevor er sich bückte, um sein Gepäck aufzuladen.

Er konnte sich nicht beschweren: Alles genau nach Plan. Die Wüste wartet geflissentlich. Nur keine Eile. Seinen Rucksack, das Gewehr, den adoptierten Schlafsack, die Feldflasche, die Magazine, die Windjacke, all das hängt er sich jetzt über und geht mit bleiernen Schritten nach draußen. Müde? Ein bißchen. Nicht weiter schlimm. Eigentlich eher wie nach zwanzig Stunden Schlaf ohne Unterbrechung – lässig und benommen. Schließlich hat er doch Tage und Nächte, Wochen, Monate und Jahre verpennt. Während seiner Kindheit, Jugend und Jungmännerzeit hat er dauernd geschlafen wie ein Sack, und nun ist er wach wie der Teufel, und jetzt macht er sich auf und geht. Sicher gibt's im Russischen auch dafür ein passendes Sprichwort. Was kümmert's mich? Mea nix culpa. Schalom. Das Leben fängt an.

In der überdachten Anhalterstation für Soldaten an der Ausfahrt aus der Stadt erwarteten ihn die Gerüche von Schweiß,

Rauch, Waffenöl und der säuerliche Hauch getrockneten Urins. Jemand hatte eine grobe Pornoskizze in die Asbestwand der Haltestelle geritzt: ein Paar fette, weit gespreizte Schenkel und dazwischen – kurz und dick wie ein Granatwerferrohr – ein Pimmel von imponierenden Ausmaßen in Wartestellung, geziert von einem einzelnen Auge, aus dem Tränen der Lust troffen. Die Künstlerhand hatte ein bekanntes Schlagwort über der Zeichnung eingeritzt, das allerdings gewöhnlich zum Wassersparen aufruft: SCHADE UM JEDDEN DROPPEN!

Jonatan, der als einziger und ohne jede Eile hier wartete, beschloß nach einiger Zeit, die Inschrift verbessern zu sollen, wobei ihm die Ecke des Magazins als Meißel dienen könnte. Auf das Glied müßte er FICK schreiben und über die ganze Zeichnung MEA CULPA oder vielleicht ES LEBE DIE GERECHTIGKEIT. Doch dann verzichtete er plötzlich auf diese Berichtigung. Statt dessen strich er die letzten drei Worte sowie das A und das E des ersten durch und machte schließlich aus dem C ein E, aus dem H ein I und aus dem D ein L. Gleich darauf hielt ein klappriger Befehlswagen mit zwei verlotterten Reservisten an, beide mit Windschutzbrillen auf der Nase, der eine in eine große, dicke Armeejacke gehüllt und der andere mit einer grauen Wolldecke um Kopf und Schultern – wie ein Araber oder wie ein Jude mit Gebetsschal. Ohne ein Wort zu verlieren, kletterte Jonatan von hinten auf, warf seine Sachen auf einen Haufen ähnlicher Bündel, rollte sich enger in seine Windjacke ein und machte es sich auf einem Stapel eingeölter Planen bequem. Gleich darauf schoß die Freude an der Geschwindigkeit durch all seine Venen. Er schloß die Augen und ließ den Windstoß tief in seine Brust eindringen: eine scharfe, kalte, trockene Luft. Winzige Staubkörnchen prickelten ihm im Gesicht, und seine Hände hielten die ganze Fahrt über das Magazin umklammert, das er vorher zur Verbesserung der vulgären Inschrift in der Anhalterstation benutzt hatte.

Noch eine gute Stunde nach Beer-Schewa grünte die Wüste in ausgedehnten, menschenleeren Kornfeldern, die wie mit zartem Pinsel auf die sanften Hügel gemalt schienen, so weit die vom staubigen Fahrtwind tränenden Augen nur blicken konnten. Es war ein tiefes, sattes Grün, das sich hier und da wellig im Windhauch wiegte, hin und wieder aus funkelnden Pfützen aufblitzte, um schließlich in der Ferne zu verblassen, wo es das lichte Blau des Himmels zu berühren trachtete, als ob dort irgendwo tatsächlich ein Kompromiß zwischen der Farbe des Himmels und der Farbe der Ähren erreicht worden sei. Und Versöhnung. Es gibt Liebe auf der Welt, weit, weit von hier, an dem Ort, an dem der Horizont sanft auf den Ackerboden aufsetzt. Dort endet alles vollkommen gut, in perfektem Frieden.

Von hier bis an jenen Ort heben und senken sich die Ähren in lautlosen Wogen über riesige Weiten. Kein Haus. Kein Baum. Kein Mensch. Felder über Felder, sich selbst überlassen. Sehnsüchtiges Verlangen schwingt mit in dem leisen Hauch, der weder Stimme noch Antwort herüberweht, nur das Brummen des Motors. Ebenes Land, von sanftgewellten Hügeln eingefaßt, mit glitzernden Lichtpunkten bestückt bis ans Ende der Erde, nur von der Straße wie von einem schwarzen Pfeil durchbrochen. Das ist das Leben. Das ist die Welt. Das bin ich. So sieht die Liebe aus. Leg dich nur hin, und schon wirst du erhalten, ruh dich aus, und es wird dir gegeben werden. Alles wartet, alles steht offen, alles ist möglich. Da kommt sie, die Magie.

Hier und da nahmen seine blinzelnden Augen Zeichen eines primitiven Lebens wahr: ein Ziegenfellzelt, das wie ein dunkler Fleck auf eine glänzende Leinwand getupft zu sein schien. Ein einsamer, zerbröckelnder Reifen im weiten Nichts. Oder ein verlassener, von Kugeln durchlöcherter Kanister, der friedlich in der Flut winterlichen Lichts vor sich hin rostete. Auch durchsetzte sich der Windhauch mal für Augenblicke mit dem Gestank eines Kamelkadavers oder eines verwesenden Esels oder mit dem Geruch von Rauch, verbranntem Öl und Benzin. Aber wieder und wieder gewann er seine klare Reinheit zurück: trockener Negevwind, prickelnde Staubkörner, hohes, kristallklares Licht.

Ab und zu fanden sich Spuren des in der Gegend verstreuten Militärs: eine einzelne Antenne, die auf dem Gipfel einer fernen Anhöhe aufragte. Das Gerippe eines Kleinlasters am Straßenrand. Drei, nein vier Jeeps, die, aus dem tiefen Süden kommend, vorbeifuhren, ihre Maschinengewehre in Halterungen auf der Motorhaube aufgepflanzt. Jonatans Lippen wurden immer trockener, und auch seine Kehle war ausgedörrt. Die Augen tränten und tränten. Er fühlte sich bestens. Als die Sonne sich am Horizont der Erde zuzuneigen begann, bekam auch die Ebene ihre Risse. Die Wüste fiel langsam zur großen Talsenke ab. Das Korn wurde immer spärlicher, bis nur noch schwächliche Ähren auf vereinzelten, von großen Kahlstellen durchsetzten Gerstenäckern zwischen trockenem Gestrüpp und Ödland übrigblieben. Graubraune Geröllfelder verdunkelten die scharf nach Osten abbrechenden Hänge. In einer steilen Kurve erblickten seine triefenden Augen die in einen bläulichen Dunstschleier gehüllten Bergketten von Edom – ein Rudel von Riesen, die sich von einem anderen Stern hierher verirrt hatten.

Irgendwann in der Urzeit haben diese Berge sich auf die Wanderschaft gemacht, haben endlose Weiten überwunden, bis sie schließlich hier müde niedergesunken sind angesichts des gleißenden, messerscharfen Funkelns, das auf den Wassern des Toten Meeres tanzt. In der Nacht werden diese Kämme sich aus ihrem Schlaf erheben, um sich zu voller Höhe aufzurichten und die Sternennebel des Himmels zu berühren. Jonatan lächelte den Bergen ganz, ganz leise zu, winkte dazu leicht mit der Hand und hätte ihnen beinahe auch zugezwinkert: Bald komme ich. Seht ihr, auch ich schließe mich an. Wartet ihr nur in aller Ruhe. Ich gehöre schon euch.

Er erinnerte sich an den tiefen Haß, den sein Vater der Wüste entgegenbrachte. Stets pflegte Jolek das Gesicht zu verziehen, sobald er nur das Wort »Wüste« hörte, als hätte man etwas Schmähliches gesagt. Gelegentlich schwang er daraufhin eine begeisterte Rede über die »Eroberung der Wüste«. Die Wüstenflächen waren seiner Ansicht nach Schandflecke auf der Landkarte Israels, Sündmale, Zeichen der Schmach, eine böse, gefährliche Erscheinung, ein Erzfeind, gegen den man mit Traktoren, Wasserrohren und Dünger zu Felde ziehen müsse, bis auch die letzte dräuende Felsspitze Früchte trüge: »Die Wüste und das trockene Land sollen sich freuen, die Steppe soll jubeln und blühen. Denn in der Wüste brechen Quellen hervor, und Bäche fließen in der Steppe.« Der hebräische Pflug würde die Wüste fruchtbar machen und der trockenen Steppe Wasser entlocken. »Wir werden der tobenden Wildnis ein Ende setzen und das Land wieder entzünden mit sattgrünem Licht.«

Nieder mit dem Ödland. Und ich hab schon fast einen ganzen Tag nicht mehr geraucht, nicht eine einzige Zigarette. Einen Bart lass' ich mir auch wachsen. Und es kann mir schon keiner mehr sagen, was ich zu tun und zu lassen hab.

Der Soldat neben dem Fahrer brüllte plötzlich aus den Tiefen seiner Wolldecke: »Heh, Habibi, wohin?«

»Nach Süden runter.«

»Bis En-Hussub ist recht?«

»Recht.«

Dann wieder schweigende Fahrt durch das sonderbare Abendlicht. Pfeifender Wind. Und Schweigen.

Schalom Wüste. Ahalan u-Sahalan. Ich kenn dich schon gut. Deine roten Felsen und deine schwarzen Felsen. Deine Geröll-hänge und die Öffnungen deiner Wadis. Die Felsvorsprünge und die Steilwände und das Geheimnis der im Spaltengewirr verborgenen Wassertümpel. Als ich noch ein kleiner Junge war, haben sie mir alle gesagt, ich sei gut. Mein ganzes Leben lang hab ich mich geschämt, ein »Guter« zu sein, so ein Naivling. Was heißt das denn überhaupt: gut sein? Das bedeutet doch einfach, daß man als niedliches weißes Lämm-chen am Ende seiner Herde hinzottelt. Aber jetzt wird das anders. Von jetzt an bin ich wirklich gut. Meiner Frau beispielsweise hab ich ein Jüngelchen geschenkt, einen Neuein-wanderer. Damit er seinen gesunden Spaß mit ihr hat und nicht mehr leidet. Dann hab ich mit einem Schlag ein zwanzig Jahre altes Problem meiner Eltern gelöst: Sie sind morgens aufge-wacht, und das Problem war verschwunden. Sollen sie mir gesund und munter bleiben. Fertig. Und Rimona kriegt von mir einen nagelneuen Mann, der zudem noch ein kleiner Junge ist, den man verwöhnen und großziehen kann. Tia habe ich ihnen dagelassen. Mein Bett gehört ihnen. Sogar den Schachtisch, den ich so schön aus Olivenholz geschnitzt hatte, hab ich ihnen geschenkt. So gut bin ich nämlich. Immer gewesen. Denn wir alle müssen uns bemühen, gut zu sein, damit die Leiden aufhören. Die Syrer, die ich umgebracht hab, hab ich ohne Haß und ohne irgendwelche persönlichen Erwägungen getötet: Sie sind gekommen, um uns abzumurksen, und wir waren eben schneller. Mußten es sein. Srulik, der Musikant, hat einmal gesagt, es gäbe genug Schmerzen auf der Welt, und wir hätten die Aufgabe, diese Schmerzen zu verringern und nicht noch zu vermehren. Hör doch auf mit diesem ganzen zionistischen Gelabere, hab ich zu ihm gesagt. Aber das war Quatsch. Denn das ist Zionismus, der aus dem Herzen kommt. Eschkol und mein Papa nebst Srulik und Ben Gurion sind die wunderbarsten Juden auf der Welt. Noch nicht mal in der Bibel hat's solche gegeben. Selbst die Propheten waren, bei aller Hochachtung, nichts weiter als Menschen, die sehr schöne Worte gesprochen, aber nichts getan haben. Doch unsere Alten, die haben vor fünfzig Jahren auf einmal begriffen, daß das Ende der Juden naht und eine große Katastrophe bevorsteht. Da haben sie ihr Leben in beide Hände genommen und sind alle zusammen losgelaufen – auf Leben und Tod und prall gegen die Wand. Und tatsächlich haben sie die Wand kleingekriegt und dafür gesorgt, daß wir ein Land haben, und dafür sag ich ihnen alle Achtung. Sogar laut heraus. Schrei's in die Gegend. Damit ihr es ein für allemal hört, ihr Berge und Hammadas und Wadis: alle Achtung für Jolek Lifschitz und Stutschnik und Srulik. Hoch lebe Ben Gurion und Eschkol. Ein Hoch auf den Staat Israel. Der kleine Finger von Berl Katznelson und all denen ist mehr wert als dieser ganze Scheißkerl Udi und mehr als ich mit Etan, Tschupke und Mosche Dajan. Wir sind kleine Stinker, und sie sind die Retter Israels. Auf der ganzen Welt gibt's heute keine so großen Menschen. Auch nicht in Amerika. Nimm nur mal einen Burschen wie diesen Saro, diese armselige Flasche: Die ganze Welt läuft doch mit dem Messer in der Hand hinter ihm her, seitdem er auf die Welt gekommen ist, und alle haben sie ihn umbringen wollen und hätten's beinahe auch getan – die Deutschen, die Russen, die Araber, die Polen, die Rumänen und wer nicht noch alles, Griechen, Römer, Pharaonen. Alle fallen sie wie Bestien über ihn her, um diesen feinfühligen Jungen abzuschlachten, der ein begnadeter Gitarrist ist und so schöne, gefühlvolle Gedanken hat. Wenn mein Vater und Berl und Srulik und Gordon und all die nicht gewesen wären, wohin hätte Saro denn jetzt fliehen können? Wo auf dieser ganzen dreckigen Welt hätten sie ihn so aufgenommen, ohne viel zu fragen, und hätten ihm gleich Arbeit und ein Zimmer und ein warmes Herz und eine hübsche Frau und Achtung und ein neues Leben gegeben? Ein Hoch auf Ben Gurion und Eschkol, es lebe der Kibbuz, und alle Achtung für den Staat Israel. Ich wünschte, ich wär ein Mensch, wie es sich gehört, und nicht bloß so 'n verwöhnter Scheißer, so 'n Skythen-Tatare, und wär fähig, nicht einfach abzuhauen, sondern heute abend zu meinem Vater zu gehen und ihm schlicht zu sagen: zu Befehl. Bitte schön. Fang an, mir Aufgaben zuzuweisen. Wenn's die Werkstatt sein soll, dann eben die Werkstatt. Oder wenn ihr wollt, daß ich Berufssoldat werde oder einen nagelneuen Kibbuz aufbaue, zum Beispiel gleich hier mitten in der Arava, in dieser Salzsteppe, oder daß ich mich ganz allein bis Damaskus durchschlage und dort den Gynäkologen mit dem Zahnarzt zusammen beseitige – dann bitte schön: zu Befehl, Herr Kommandant. Ich führe alles haargenau nach euren Anweisungen aus. Stehe voll zu euren Diensten. Aber das einzige, was ich jetzt noch mit mir anfangen kann, nachdem ich ihnen alles gegeben habe, was ich hatte, ist, daß ich heute oder morgen nacht nach Petra geh und zum Wohl der Sache sterbe. Genau wie es dieser beschissene Sohn von König Saul in der Bibel gemacht hat, der nicht für das Königtum getaugt hat und auch sonst für nichts, außer im Kampf zu sterben und durch seinen Tod die Fackel des Lebens an einen anderen weiterzureichen, der wirklich gut war und was leisten konnte für den Staat und auch noch höchst Wichtiges zur Bibel beigetragen hat. Alle Achtung, alter

Jonatan, der du auf seinen Höhen erschlagen liegst. Und alle Achtung, David, der einen Trauergesang frisch vom Herzen runtergeschrieben und das Volk Israel gerettet hat. Verzeiht mir, Professor Spinoza, daß ich erst nach einiger Zeit kapiert hab, wie weise Ihr gesprochen habt, als Ihr sagtet, daß jeder seine Aufgabe im Leben hat und ihm gar keine Wahl bleibt, außer der, die Aufgabe zu begreifen. Und daß man alles mit Sanftmut hinnehmen soll. Sanft wie der Negevwind mit all seinen Staubkörnern. Und diese Abenddämmerung, in der Berg und Hügel und Wadi, Felswand und schroffer Grat plötzlich wie in kaltem, dunklem Feuer erglühen und alles so still und erhaben ist, alles schweigt und auch dich still sein läßt, damit du endlich verstehst, daß das Leben nicht alles ist. Daß es noch andere Welten gibt. Welten von schwarzem Gestein, von Asphalt-Bitumen, von giftig-weißem Salz, das wie glühender Schnee ist, und von dunkelbraunem Feuerstein und von einem hellbraunem Stein, von dem ich nicht weiß, wie er heißt. Und daß es einen Purpurhimmel gibt am frühen Morgen, der am Abend violett und zitronenfarben ist und gedämpft rot auf den großen Bergkämmen im Osten. Daß es Geröllhänge gibt und Krater und spitz gezackte Felsblöcke, die im Licht der sinkenden Sonne wie schlummernde Urzeitbestien aussehen, und dann noch wild verzweigte leere Wadis und schwarze Menschen in kleinen Zelten auf den Dünen, umgeben von den Aschehäufchen ihrer Reisigfeuer und den Kotkügelchen der Esel und Kamele. Und daß alles, alles auf der Welt mit Verstand eingerichtet ist. Hervorragend gemacht. Sogar dieser Windgeruch muß dich doch lehren, dich nicht mehr wie ein verwöhnter Balg aufzuführen, sondern ein anständiger Mensch zu werden, der den sich schwarz verfärbenden Himmel ehrt und die Erscheinungen der Wüste und Vater und Mutter achtet und endlich auch gut ist, wie Asarja sagt und wie's bei Spinoza steht, wie du selbst sein wolltest, aber zu sein dich immer geschämt hast vor lauter Dummheit und lauter sinnlosen Sehnsüchten. Denn alle Sehnsüchte sind Gift. Da kommt schon gleich En-Hussub. Von da gehn wir mal ein bißchen zu Fuß. Bis wir sehen, was es gibt.

Im letzten Tageslicht gelangte Jonatan nach En-Hussub. Er dankte seinen beiden Fahrtgenossen, die sofort zwischen nur verschwommen erkennbaren Gebäuden verschwanden, lud sein Gepäck auf die Schulter und schickte sich an, Wasser und etwas Eßbares zu suchen. Die Lampen am Sicherheitszaun brannten bereits. Der Lärm des Generators vertrieb das Schweigen der Wüste. Der Ort war eine Art Zwischending zwischen Militärlager und verlotterter Grenzsiedlung. Eine Druseneinheit von Armee oder Grenzschutz benutzte ihn als Ausgangspunkt für ihre Patrouillen in der Arava-Senke. Außerdem hauste hier noch ein buntes Gemisch von Pflicht- und Reservesoldaten der verschiedensten Einheiten, Bergleute auf dem Weg von und nach Timna, alle möglichen Naturfans, Jugendgruppenmitglieder auf großer Fahrt, Beduinen, die in der einen oder anderen Form für die Sicherheitskräfte arbeiteten. Und auch ein hochgewachsener Pioniertyp, braungebrannt wie ein Araber, mit klaren blauen Augen und einem Tolstoibart, der auf die weißhaarige nackte Brust herabwallte, ging an Jonatan vorbei, während er so dastand und um sich blickte. »Ich wart auf meine Leute«, war das Motto, das er benutzen wollte, falls man ihn fragen würde, was er denn hier suche. Aber es fragte ihn kein Mensch, und auch Jonatan sprach niemanden an. Statt dessen warf er seinen Kram wieder auf den Boden, kratzte sich ausgiebig und guckte. Es eilte ja gar nichts. Heiseres Hundegebell. Irgendwo tief in der Dunkelheit singende Mädchen. Der Schatten der hohen Berge grenzte das Mondlicht ein. Die Gerüche von Lagerfeuern breiteten sich zwischen Zelten und Baracken aus. Mit hektischem Tuckern, hin und wieder durch den kleinen Knall einer Fehlzündung unterbrochen, arbeitete der Generator vor sich hin. Jonatan kannte En-Hussub von seinen Wüstentouren her: Von hier aus waren sie einmal paarweise zu einer nächtlichen Orientierungsübung ausgeschwärmt. Hierher waren sie vor zwei Jahren von einer nächtlichen Kommandoaktion zurückgekehrt, auf der sie bei As-Safi, südlich des Toten Meeres, tief auf jordanisches Gebiet vorgedrungen waren.

Sicherheitshalber, um auf keinen Fall erkannt zu werden,

setzte Jonatan seine alte Wollmütze auf, die er bis über die Augenbrauen runterzog, und stellte den Kragen der Windjacke bis fast an die Ohren hoch. Nun hätte man ihn wahlweise für einen Soldaten, einen Nomaden oder einen ermatteten Boheme-fighter halten können. Er blieb noch einige Minuten neben einem übelriechenden Graben stehen, den man zwischen zwei Baracken ausgehoben hatte. Dunkel war's. Gelbe Lampen brannten. Jonatan machte sich einen Zeitplan. Erstens: essen und die Feldflasche auffüllen. Zweitens: sich hier in einen Graben oder zwischen die Bäume verziehen und in den Schlafsack kriechen. Vielleicht mußte man auch zwei bis drei Wolldecken abstauben, weil es hier nachts sehr kalt ist. Und morgen: die Morgenstunden verbummeln. Außerdem mußte man sich auch hinsetzen und die Karte gründlich studieren, um sich ein genaues Bild von den möglichen Routen zu machen.

Am besten, ich mach mich hier so gegen 2 Uhr nachmittags auf, schnapp mir eine Mitfahrgelegenheit gen Süden, bis Bir-Maliha ungefähr, um von dort nach Osten ins Wadi-Mussa reinzufinden, Richtung Dschabel-Harun. Sicher fliegt hier irgendein Heftchen oder was rum, daß man mal sehen kann, was Petra eigentlich ist und wie man da heil rein- und wieder rauskommt. Außerdem sollte ich das Gewehr ölen. Heute nacht wird hier 'ne Hundekälte sein. Und hungrig wie ein Wolf bin ich auch. Morgen hab ich schon einen Bart. Und zweiundzwanzig Stunden lang hab ich keine einzige Zigarette geraucht. Daraus folgt, daß alles in bester Ordnung ist, genau nach Plan. Jetzt also was zu essen suchen und noch 'n paar Wolldecken. Auf geht's.

»Hallo, Puppe?«

»Ja, Schätzchen.«

»Bist du zufällig von hier?«

»Ich bin zufällig aus Haifa.«

»Bist du hier stationiert?«

»Wer genau fragt denn eigentlich?«

»Das ist unwichtig. Wichtig ist, daß ich bald sterbe vor Hunger.«

»Ja, Herr Kommandant. Aber vielleicht sagst du mir trotzdem, zu wem du gehörst?«

»Das ist eine philosophische Frage. Da muß man mal bei Spinoza nachsehen. Wenn du wirklich möchtest, und unter der Bedingung, daß du mir vorher ein bißchen was zu essen gibst, biete ich mich freiwillig an, dir einen Kurzlehrgang über die Gerechtigkeit und die grundsätzliche Zugehörigkeit des Menschen zu erteilen. Einverstanden?«

»Sag, hat man dir mal verraten, daß deine Stimme ziemlich sexy ist? Bloß sieht man in der Dunkelheit nicht, wie du sonst ausschaust. Geh bei Dschamil nachfragen, ob noch kalte Kartoffeln übrig sind. Wenn du auch noch Kaffee haben willst, bist du eher schlecht dran. Wiedersehn.«

»Wart einen Moment. Was haust du denn gleich ab. Heißt du Ruthi? Oder Etti? Ich heiß zufällig Udi. Und zu deiner Kenntnis: Offizier im Spähtrupp. Ein Meter achtundsiebzig. Gut in Schach, Philosophie und Maschinentechnik, und heute nacht hier mutterseelenallein gestrandet, mindestens bis morgen. Also Ruthi oder Etti?«

»Michal. Du bist doch sicher Kibbuznik?«

»Gewesen. Jetzt bin ich eine Art Wanderphilosoph, der nach Lebenszeichen in der Wüste sucht. Und hungrig wie ein armer Köter. Michal?«

»Zu Befehl, Kommandant.«

»Weißt du, daß du eine vorzügliche Gastgeberin bist?«

»Ich begreif nicht, wo da der Haken steckt. Und außerdem ist mir kalt.«

»Gib mir was zu essen, und schon kriegst du Wärme. Schau, ich bin ganz allein hier und hab einen halben Zentner Ausrüstung auf 'm Buckel. Hast du denn kein bißchen Mitleid im Herzen?«

»Ich hab dir doch gesagt: Geh rauf zu Dschamil, vielleicht hat er noch ein paar kalte Fritten.«

»Welch überwältigende Gastfreundschaft! Du bist ein Schatz. Wie schön von dir, einen wildfremden Menschen mitten in der Wüste freiwillig bis in die Küche zu führen und ihm da Delikatessen vorzusetzen und heißen Kaffee zu kochen.

Ich hab nämlich keine Ahnung, wo das ist, und ich kenn auch keinen Dschamil. Gehn wir? Gib mir die Hand, so, und nun führ mich mal schön zum Futter hin.«

»Was ist das denn hier? Vergewaltigung?«

»Bisher nur Unzucht. Aber wenn du mir gefällst, treiben wir's vielleicht ein bißchen weiter. Auf vollen Magen. Hast du mir nun gesagt, ich sei ungeheuer sexy, oder nicht?«

»Udi heißt du? Also hör mal, Udi. Ich nehm dich jetzt in die Küche mit und ich besorg dir auch Kaffee unter der Bedingung, daß du deine Pfote von mir runternimmst. Und zwar auf der Stelle. Und wenn du sonst noch Ideen hast, kannst du die lieber gleich vergessen.«

»Sag mal, du bist ein Rotschopf?«

»Woher weißt du das?«

»Steht alles bei Spinoza. Das ist ein Philosoph ersten Ranges. Wenn du mich gefüttert hast und mir noch heißen Kaffee hinstellst, kannst du bei mir einen Schnellkurs kriegen. Und wenn du noch andere Ideen hast, dann vergiß sie lieber nicht. Hier herrscht nämlich 'ne Hundekälte.«

Es war ein Liebesspiel, wie Jonatan es noch nie erlebt hatte. Weder demütigend noch beschämend, sondern wild und zart zugleich und von einer ausgeklügelten Präzision – die ganze Nacht hindurch bis zum frühen Morgen. Als besäße er eine Zwillingsschwester, deren Körper man zusammen mit seinem in einem Guß geformt hatte.

Nach dem Büchsenfleisch, den kalten Pommes frites und dem rußigen, ekelhaft süßen und sandigen Kaffee waren die beiden Arm in Arm zu ihrem Barackenzimmer neben dem Funkraum gegangen. Dort fand sich eine überflüssige Yvonne, der Michal, ohne mit der Wimper zu zucken, nahelegte, doch gefälligst bei Joram zu übernachten, »weil nämlich in diesem Zimmer jetzt die Liebe an der Reihe ist, und das wär sicher nicht gut für dich«. Dann war da ein schmales, hartes Feldbett. Und Hundebellen, die ganze Nacht. Und ein sonderbarer Wüstenmond ging vor dem nackten Fenster auf und wieder unter. Eine alte, erstickte Wut wallte in Jonatan auf, gefolgt von Zartheit und fieberhafter Hingabe: Was mag diesem armen Schiko passiert sein, der nachts ins Wadi rausgelaufen ist und gerade noch den Wolkenbruch gehört hat. Ich bin am Leben, und wie, noch nie bin ich so quicklebendig gewesen. Und ich halt eine Frau in den Armen.

Wegen der Kälte zogen sie sich nicht aus, sondern schlüpften lachend in voller Bekleidung zwischen die kratzigen Wolldecken. Er stützte sich auf die Ellbogen, um ihr Gesicht im Schein des aufgehenden Mondes zu betrachten, beugte sich nieder und küßte ihre offenen Augen, stemmte sich wieder hoch, senkte den Kopf und schaute sie lange an, wobei er sie sagen hörte: Du bist schön und traurig. Und ein großer Lügenbold obendrein. Mit der Fingerspitze zog er die Linien ihrer Lippen und ihres Kinns nach, langsam, bis sie seine beiden Hände nahm und ihm in jede Handfläche eine Brust drückte. Jonatan genoß schweigend Schritt für Schritt, bedächtig und aufmerksam, als müßte er sich mitten in der Nacht vorsichtig durch unbekanntes Wüstengelände vortasten. Bis Michal unter den Schichten von Decken und Uniformstücken sein Glied gefunden hatte. Sie küßte es im Mondlicht und rief lachend mit Worten, die er ihr vorher gesagt hatte: Du überspannter Wanderphilosoph, suchst wohl nach Lebenszeichen in der Wüste. Seine Finger wühlten sich bis zu ihrer Scham vor und spielten da ein besinnlich verhaltenes Andante, bis sie anfing, sich ihm entgegenzuwölben und zu krümmen, und er ihr lachend sagte: Was ist? Hast du keine Zeit? Sie antwortete mit Beißen und Kratzen. Und Jonatan erwiderte ganz leise: Dein Name ist Frau, und meiner – Mann. Dann knöpfte er ihre und seine grobe Uniform auf, streichelte ihren Bauch und ihre Schenkel und dann, mit beiden Händen, erst die eine, dann die andere Brust. Zart und doch heftig verband er Sanftheit mit Kraft in einem so ausgewogenen Verhältnis, daß sie ihn anflehte: nun komm doch, komm, du Irrer, du, ich kann schon nicht mehr, komm. Und er: still, wo brennt's dir denn, wobei sein Glied wie der Stock eines wütenden Blinden in kreisförmigen Bewegungen auf ihr herumfuchtelte, sich wie eine Schlange vorwärts unter die Schichten ihrer Kleidung wand, gegen ihren Bauch und ihren Venushügel schlug, bis es plötzlich gefangen war und mit einem Schwupp nach Hause glitt. Jetzt hielt Jonatan leicht entspannt inne, bis das Beben kam. Da begann seine Braut unter ihm zu wogen, biß ihm ins Ohr und kratzte ihm kreuz und quer über den Rücken und stöhnte: komm schnell, ich sterbe. Da entflammte Jonatan und stieß wieder und wieder zu und stöhnte und schlug und peitschte und warf um sich, als müßte er starke Wände zertrümmern, und stürmte und überwältigte sie derart, daß er ihr ein Schluchzen entlockte und dann noch eines, bis auf einmal auch er wie ein angeschossener Hund aufschrie und zu winseln begann, als ob sich all seine Wunden geöffnet hätten und sein Blut in alle Richtungen verströmte. In seinem ganzen Leben hatte er sich noch nie so geöffnet. Süße Lust erfaßte die Wurzel seines Glieds und breitete sich rasch über Bauch und Rücken aus, um von da über die Wirbelsäule bis in den Nacken, bis an den Haaransatz zu klettern und zugleich die Füße erzittern zu lassen. Und sie sagte zu ihm, du weinst mir ja Tränen, mein Kleiner, hast eine Gänsehaut und guck mal, sogar die Haare stehn dir zu Berge. Sie küßte ihn auf Mund und Gesicht, und er sagte ihr schnaubend und prustend, wir sind noch nicht fertig, ich hab noch mehr. Du bist ja verrückt, sagte sie, total durchgedreht, aber er verschloß ihr die Lippen mit seinem Mund und machte es ein zweites Mal und ein drittes. Meschuggener, ich hab nicht genug Puste für dich. Frau, antwortete er ihr, Frau, ich hab in meinem Leben noch nicht gewußt, daß sich so eine Frau anfühlt. Und sie lagen umschlungen da und schauten zu, wie sich der Mond davonmachte.

»Morgen segelst du wieder ab, Udi, zurück zu deiner Einheit?« – »Ich hab keine Einheit, und ich heiß auch nicht Udi. Aber ich hab morgen eine Aufgabe, die ich erledigen muß.« – »Und hinterher kommst du zu mir zurück?« – »Schau mal, Frau, diese Frage hasse ich zufällig außerordentlich.« – »Aber du hast eine Anschrift, ein Zuhause irgendwo?« – »Gehabt. Jetzt nicht mehr. Vielleicht im Himalaya oder in Bangkok oder auf Bali.« – »Ich würd mit dir dahin gehen; würdest du mich mitnehmen?« – »Weiß nicht. Vielleicht. Warum nicht. Michal, hör zu.« – »Was, Kindchen?« – »Du wirst mich nicht Kindchen nennen. Ich hab mal Joni geheißen, und jetzt hab ich keinen Namen. Ich hab gar nichts.« – »Genug, red jetzt nicht. Wenn du still bist, kriegst du einen Kuß.«

Danach kuschelten sie sich in die Decken, weil es noch kälter geworden war, und vielleicht schliefen sie auch ein bißchen, bis sie ihn vor Tagesanbruch weckte und ihm lachend zuflüsterte: Komm, wir schaun mal, ob du immer noch so ein Held bist. Da machte er es ihr diesmal nicht mit wütendem Bohren wie der Pflug in der Ackerkrume, sondern sehnsuchtsvoll still wie ein Kahn im spiegelnden Wasser.

Um vier oder fünf Uhr, noch bevor sich das erste blasse Licht im Fenster zeigte, stand Michal auf, brachte ihre Uniform in Ordnung und sagte: Schalom, Udi-Joni-Liebling, ich muß den Jeep schnappen, der nach Schivta rausfährt. Falls du noch da bist, wenn ich heute abend zurückkomme, versuchen wir vielleicht, ein bißchen miteinander zu reden. Er brummte oder stöhnte im Schlaf und pennte weiter, nachdem sie längst gegangen war, bis ihn die Lichtfinger im Fenster und das hartnäckige Kläffen eines Hundes weckten. Er machte Licht, zog sich an und kochte einen arabischen Kaffee. Dann befingerte er freudig seinen wachsenden Bart, brachte hastig das Bett in Ordnung und fischte aus dem Wandschränkchen eine Militärbroschüre mit dem Titel »Besondere Stätten in Wüste und Arava«. Von dem zweiten Bett nahm er ohne Skrupel eine graue Armeedecke. Nun riß er die Tür weit auf, stellte sich auf die Schwelle und pinkelte ausdauernd ins Freie, mit schräggestelltem Kopf und zusammengepreßten Lippen, als würde er immer noch schlafen und träumen.

Die morgendliche Kälte war stechend, aber angenehm. Jonatan wickelte sich in seine Jacke, legte sich die mitgenommene graue Decke wie einen Gebetsschal um, stand mit dem Gesicht gen Osten und blickte zu den Bergen auf. Dünn und matt wie antikes Glas füllte sich die Luft mit Erwartung. Die Lampen am Zaun brannten noch. Vermummte Gestalten kreuzten im Laufschritt von Baracke zu Baracke, von Zelt zu Zelt. Dahinter breiteten sich tief und gelassen die großen

Wüstenflächen aus und warteten auf das Ende der Nacht. Jonatan blinzelte in den Ostwind, zog die Mütze tiefer und schlug den Jackenkragen hoch. Seine Nüstern weiteten sich wie bei einem von Fernweh ergriffenen Tier, während sein ganzer Körper von der geheimen Begierde durchströmt wurde, jetzt sofort loszulaufen, loszurennen, mitten hinein in den Schoß der Berge, hinein zwischen die Wadis und Schluchten, hinauf zu den glatten Steilwänden, wo Steinbock und Gazelle hausen und die Wildkatze sich versteckt hält, und weiter hinauf zu den mächtigen Zinnen, an denen vielleicht Geier, Greife und Adler nisten und Vipern und Ottern sich schlängeln. Einen sonderbaren, feuchtkalten Zauber übte plötzlich die Wüste auf ihn aus – all diese Namen, die ihm vom Kartenstudium oder vorausgegangenen Wanderungen und Militärübungen bekannt waren: die Berge Ardon, Gasron und Loz. Der Hainberg, auf dem es keinen Hain gibt. Der Arif-Berg und das Zichor-Massiv. Das Meschar-Becken. Und das Schisafon-Plateau, auf dem er und Rimona vor tausend Jahren mal vier, fünf verlassene Kamele schemenhaft am Horizont entlangirren sahen. Das Je'elon-Becken und all jene in der glühenden Sonne röstenden Senken, ohne Baum und Strauch und ohne einen Menschen, der auch nur einen Schatten auf sie werfen könnte. Die Uvda- und die Späher-Senke. Die weiten Hammadas. Irgendwo nördlich des Ramon-Kraters zogen sich die einsamen Weiten eines anderen abflußlosen Beckens dahin, das den Namen Meschar-Haruchot trägt – Becken der Winde oder der Geister oder vielleicht auch der Windgeister. Was war denn mein Leben all die vielen Jahre: zwischen Zitrushain und Speisesaal, zwischen dem toten Doppelbett und diesem Ausschuß oder jener Beratung. Hier bin ich zu Hause, denn hier gehöre ich nicht ihnen. Preis und Dank für diese Schönheit. Für Michal. Für jeden Atemzug. Für den Sonnenaufgang. Eigentlich müßte ich in diesem Augenblick begeistert in die Hände klatschen. Oder so – mich tief verneigen.

Die allerersten Lichtflecken der aufgehenden Sonne tanzten bereits auf den westlichen Bergspitzen hinter Jonatans Rücken. Und da stieg der feurige Glorienschein auch schon über das

Gebirge von Edom, während gleich darauf mit gelbgrün und violett glühender Flammenschrift, mit sonderbar überirdischem Funkensprühen in mattem, furchtbarem Gold eine Zackenspitze entbrannte, der Himmel wie eine Wunde aufriß und eine blutrote Sonne hervorbrach. Das ist mein letzter Tag, morgen bei Sonnenaufgang bin ich bereits tot, und das ist sehr gut und recht für mich, weil ich mein ganzes Leben lang gewartet habe – und nun bekomm ich's. Mir ist jetzt richtig kalt in den Knochen. Vielleicht ist diese Kälte schon der Anfang des Todes: was für eine ungeheure Ehre sie mir im Himmel und in den Bergen und auf der Erde erweisen! Während der nächsten Stunde muß ich erst mal diesen Dschamil finden und etwas essen, mir den Bauch vollschlagen. Außerdem muß ich das Gewehr reinigen und ölen und auch ein bis zwei Stunden ganz still dasitzen, um mir die Karte einzuprägen und mit Verstand die beste Route auszuwählen. Es wär richtig gut, jetzt eine Zigarette zu rauchen, aber ich rauch ja nicht mehr. Oder dieser Michal ein Briefchen zu schreiben und es ihr aufs Bett zu legen. Nur, ich hab ihr ja nichts zu sagen – und auch sonst keinem Mann und keiner Frau auf der ganzen Welt. Hab ich eigentlich auch nie gehabt. Außer vielen Dank. Und das ist doch dumm. Soll Asarja das Sagen für mich übernehmen, weil das seine Aufgabe ist. Und die Aufgabe meines Vaters und Eschkols und Sruliks und so weiter. Derer, die reden können. Und auch sehr gern reden.

Ich jedenfalls hätte aus einer Entfernung von eineinhalb Metern ohne weiteres getroffen, wenn ich wirklich gewollt hätte. Aber der beiden Herz war nicht recht. Ein Bravo für den guten Benja, der keinen Tropfen Blut vergossen hat. Mein Herz ist jetzt recht. Und zwar sehr. Das Licht blendet nun schon ein bißchen. Verherrlicht? Und geheiligt? Werde sein großer Name? Sagt man so am offenen Grab? Weiter kann ich mich nicht entsinnen. Brauch ich auch nicht: mich finden sie sowieso nie. Auch keine Leiche. Nicht mal einen Schnürsenkel. Ich hab mich hier lange genug rumgetrieben, um zu sehen, daß das nichts für mich ist. Was ich nur angefaßt habe, ist falsch gelaufen. Aber diese Schönheit nehm ich mit Freuden an und sag immer wieder, wenn man so sagen darf: vielen Dank für alles. Jetzt was zu essen suchen. Dann anfangen, die Sache in Gang zu setzen. Inzwischen ist es nämlich schon sechs oder sieben, genau weiß ich's nicht. Meine Uhr ist stehengeblieben, weil ich sie vergessen hab aufzuziehen.

3

»Ein Glas Tee? Oder einen kleinen Kognak?« fragte Jolek. »Und du mußt wissen, daß das nur wieder meine alte Allergie ist. Sonst hab ich seit dem Tag, an dem es passiert ist, keine Träne vergossen. Auch will ich nicht verhehlen, daß mich – als die Tür plötzlich aufging und du reinkamst, mich umarmtest und mir diese Worte eben sagtest – für einen kleinen Augenblick so ein starkes inneres Gefühl übermannt hat. Aber jetzt hab ich mich schon wieder in der Hand. Fertig. An Chawa wirst du dich noch erinnern. Und hier zu meiner Linken, das ist Srulik, mein Nachfolger, der neue Sekretär von Kibbuz Granot. Das ist ein wahrer – verborgener – Heiliger. Wenn ich nur zehn Leute wie ihn hätte, würde ich Welten in Bewegung setzen.«

»Ein herzliches Schalom, Srulik. Bleiben Sie nur sitzen. ›Ich war jung und bin alt geworden‹, wie das Gebet sagt, und kann mich doch nicht entsinnen, aus Jolek Lifschitz' Mund jemals ein gutes Wort über irgend jemand anderen gehört zu haben. Und was dich anbetrifft, Chawa, da stockt mir die Rede: Ich umarme dich in Gedanken und bewundere deinen Heldenmut.«

»Chawa. Wenn es dir nicht zu schwerfällt: Könntest du bitte ein Glas starken Tee für Eschkol aufbrühen, ohne ihn erst groß zu fragen, und aus demselben Kessel gleich auch noch für deinen teuren Srulik und für Rimona und Asarja? Mir brauchst du nichts zu bringen; Rimonka wird so gut sein, mir einen klitzekleinen Kognak einzuschenken, und damit ist es genug.«

»Hört zu, meine lieben Freunde«, begann der Ministerpräsident, der zwar ziemlich zerknittert zwischen den Lehnen des schmalen Kibbuzstuhls saß, aber doch seine ganze Umgebung beherrschte: ein wahrer Berg von einem Mann, groß, breit und klobig, von Erosionsfurchen durchzogen, mit eigenartigen Ausbuchtungen, Speckwülsten und Hautsäcken bewachsen – ein von Felsstürzen heimgesuchter Bergkegel. »Ihr sollt wissen, daß ich schon zwei Tage lang nicht den Gedanken an das verdrängen kann, was ihr jetzt durchmacht. Das Herz krampft sich zusammen, und das Hirn ist wie von bösen Skorpionen gemartert, seit man mir von eurem Kummer berichtet hat. Und die Furcht, wie soll ich sagen, nagt an einem.«

»Danke«, rief Chawa aus der mit dem Zimmer verbundenen Kochnische, wo sie Festtagstassen auf ein Tablett stellte, Rimona eine weiße Tischdecke in die Hand drückte, Apfelsinen schälte, die Schnitze mit viel Überlegung auf einer mit einem Chrysanthemenmotiv geschmückten Platte verteilte und schließlich auch die Papierservietten nicht vergaß: »Schön von dir, daß du dir die Mühe gemacht hast, uns aufzusuchen.«

»Was heißt danke, Chawa, was gibt es denn da zu danken? Ich wünschte, ich könnte heute als Überbringer guter Nachrichten auftreten und nicht als Tröster in der Not. Vielleicht wäre es am besten, ihr würdet mir alles der Reihe nach erzählen? Wollt ihr etwa sagen, daß der Bursche sich auf und davon gemacht hat, ohne euch auch nur ein Zettelchen zu hinterlassen? Na, das ist ja eine schöne Geschichte. Im Jiddischen sagt man: Kleine Kinder – kleine Sorgen, große Kinder – große Sorgen. Bitte, Chawa, ohne Tee und großen Aufwand. Ihr habt also bis zum heutigen Tag noch keinerlei Nachricht von ihm erhalten. Na. So ein Draufgänger. Und ob unser Jolek mir nun verzeihen wird oder nicht, möchte ich hinzufügen: der draufgängerische Sohn eines Draufgängers. Gott weiß, welche Leiden ihn zu seinem Weggang getrieben haben. Aber nun erzählt mir möglichst alles von Anfang an.«

»Mein Sohn«, sagte Jolek, indem er die Zähne zusammenbiß wie jemand, der eine Eisenstange mit bloßen Händen krumm biegen möchte, »mein Sohn ist in die Irre gegangen. Durch meine Schuld.«

»Jolek, bitte«, mischte Srulik sich vorsichtig ein, »es hat doch keinen Sinn, so zu reden und damit die Schmerzen nur noch zu vermehren.«

»Recht hat er«, sagte Eschkol, »es hat keinen Sinn, Quatsch daherzureden. Auch mit solchem Dostojewski-Gehabe tust du uns keinen guten Dienst, Jolek. Ihr habt sicher schon alles getan, was getan werden konnte und mußte. Warten wir also einige Tage ab und sehen zu, wie sich die Dinge entwickeln.

Auch ich habe mich sofort an zwei, drei Vertraute in entsprechender Position gewandt und sie inständig gebeten, die Sache so zu behandeln, als würde es sich um meinen eigenen Sohn handeln. Oder um ihren. Auch den Banditen von der Presse bin ich zu Füßen gefallen und hab sie angefleht, sich zurückzuhalten und uns da keinen Zimmes zu kochen. Vielleicht erbarmen sie sich unser und halten wenigstens für einige Tage dicht, bis der Junge – wie heißt er doch noch? – heil wieder zurück ist und alles sein gutes Ende hat.«

»Hab Dank«, sagte Jolek, und Chawa fügte hinzu: »Er heißt Jonatan. Und du warst immer schon ein guter Mensch; nicht so wie die anderen.«

»Das«, scherzte Eschkol, »würd ich gern schriftlich von dir haben.«

Chawa trug das Tablett herein, und Rimona half ihr, den einfachen viereckigen Tisch zu decken, dem man ansah, daß er noch aus den Notstandszeiten stammte. Dann bot Chawa zur Wahl Tee und Kaffee, Zucker oder Saccharin, Zitrone oder frische Milch, Kekse, Grapefruit- und Orangenschnitze, hausgemachte Cremetorte und erfrischende Mandarinen. Srulik unterdrückte ein leises Lächeln, weil Chawas eifrige Bemühungen einen unausgesprochenen, aber nichtsdestoweniger entschiedenen Verdacht in ihm stärkten, den er schon lange hegte. Gegen die Fensterscheibe bumste verzweifelt eine dicke grüne Fliege. Draußen strahlte ein kristallgrüner Sonnentag, durchweht von einem kühlen Meereslüftchen. Ein altmodisches braunes Rundfunkgerät von erheblichen Ausmaßen stand diagonal auf einem niedrigen Bord in Reichweite von Joleks Sessel. Jolek schlug vor, die Nachrichten anzuhören, doch bis sich das Gerät warmgelaufen hatte, war der Sprecher schon beinahe am Ende. Abd el-Nasser hatte in Assuan den Größenwahn des zionistischen Zwerges verspottet. Oppositionsführer Begin warf der Regierung servile Gettomentalität vor und forderte sie auf, unverzüglich einer entschlossenen Nationalen Front Platz zu machen. Das Wetter würde sich weiter aufklaren. In Galiläa könnte es noch vereinzelt zu leichten Regenschauern kommen.

»Alles wie gehabt«, seufzte Eschkol, »die Araber verhöhnen den jüdischen Überlebenskampf, und die Juden beschimpfen mich. Egal. Wohl bekomm's ihnen. Sollen sie sich doch nach Herzenslust austoben. Unter uns gesagt, kann ich jedoch nicht verhehlen, daß ich heute ein sehr, sehr müder Mann bin.«

»Dann ruh dich aus«, sagte Rimona, ohne die Augen zu heben.

Die schöne Rimona trug braune Kordhosen und einen weinroten Pulli. Als wollte sie gleich ihren eigenen Rat befolgen, ließ sie ihren Kopf auf Asarjas Schulter sinken, während sie einträchtig nebeneinander auf der Couch saßen. »Genug«, meinte Chawa, »macht das Radio aus.«

In langen Reihen standen Joleks Bücher auf dem Regal und dazwischen hier und da Bilder: Amos und Jonatan. Josef Bussel, einer der Urväter des Kibbuzgedankens, mit Jolek. Jolek in Gesellschaft von Arbeiterführern aus aller Welt. Und aus einer großen Porzellanvase sprossen fünf Disteln in unsterblicher Blüte. Aufgerieben, gequält und doch ungeheuer eindrucksvoll kamen Asarja diese beiden alten Politiker vor, die die ganze Zeit über bedacht waren, sich ja nicht in die Augen zu sehen. Sie thronten einander gegenüber wie die Ruinen zweier uralter Festungen, in deren mächtigem, halb eingestürztem Gemäuer über dunklen Verliesen noch immer geheimnisvolles Leben nistet – durchweht vom Atem längst vergangener Kriege, von Hexerei, Greueltaten und ausgeklügelter Folterqual, umschwirrt von Fledermaus, Eule und Kauz. Zwischen diesen beiden Trutzburgen spannte sich vermeintliche Ruhe, dem Ysop gleich, der sich über geborstenes Mauerwerk rankt. Die Gegenwart schlummernder Macht erfüllte den Raum mit der Aura glanzvoller Majestät, und so etwas wie ein geheimnisvoller, verschlungener und schwer faßbarer Strom floß gelegentlich zwischen den beiden hin und her, wenn sie redeten, aber auch wenn sie schwiegen: die Animosität einer alten Liebe – wie fernes Donnergrollen – und die matten Überreste gewaltiger Stärke, die Asarjas ganzes Ziel war. Mit aller Macht wollte er die beiden berühren, dann wieder von ihnen berührt werden und mit List und Tücke in ihren unsichtbaren Bann-

kreis eindringen, um sie endlich aus ihrer Ruhestellung aufzu-
scheuchen.

Er kniff seine grünen Augen zusammen und begann, den
Ministerpräsidenten mit einem langen, stechenden Blick zu
fixieren. Irgendwann hatte er nämlich einmal in einem indischen Buch gelesen, ein solcher Blick könnte den anderen
zwingen, einem die Augen zuzuwenden. Er sehnte sich danach,
Eschkol diesmal so in seinen Bann zu ziehen, daß er ihn
anblickte, ihn ansprach, ihm eine alltägliche Frage stellte, um
dann eine derart bemerkenswerte Antwort zu erhalten, daß er
mehr und immer mehr würde hören wollen. Die Greifbarkeit
seiner ermüdeten Autorität, die fesselnde Häßlichkeit dieses
Mannes, den Asarja bisher nur von wohlwollenden Zeitungs-
aufnahmen und bissigen Karikaturen her gekannt hatte, seine
feisten, von braunen Altersflecken übersäten, schlaff auf der
Stuhllehne ruhenden Hände, die große goldschimmernde Uhr,
die an einem ausgeleierten Riemen am Handgelenk baumelte,
die aufgeschwemmten Leichenfinger, die schrumplige Eidech-
senhaut – all das weckte in Asarja eine fieberhafte Erregung,
die fast an körperliche Lust grenzte: eine drängende, wahnsin-
nige Sehnsucht, sich in diesem Augenblick auf den Staatschef
zu stürzen und sich stürmisch an ihn zu schmiegen, sich ganz
fest in diese unförmigen Arme zu drücken, um dann den
glühenden Kopf ohne jede Scham auf die alten Knie zu legen
und alles restlos zu beichten, aber auch seinerseits ein Sünden-
bekenntnis zu verlangen. Mit Gewalt wollte er die Sanftmut
und Barmherzigkeit spüren, die doch sicher in einem Kellerge-
wölbe dieser zerbröckelnden Festung verborgen lagen. Erlöst
werden und auch erlösen wollte er. Plötzlich ließ er jedoch
erschrocken und angewidert von seinen magischen Versuchen
ab und schwor sich insgeheim, diesmal auf jeden Fall zu
schweigen, um sich nicht wieder lächerlich zu machen. Jolek.
Papa. Srulik. Papa. Eure Leiden. Ich auch. Eure Einsamkeit. Ich
gehör auch mit dazu. Eure Liebe, die zu Schutt und Asche
geworden ist. Meine innige Liebe zu euch. Wenn ich doch nur
drei, vier einfache Worte finden könnte, um euch Liebe zu
spenden. Euch einfach zu sagen, nicht zu sagen – zu verspre-

chen, euch mein Ehrenwort darauf zu geben, daß noch nicht alles verloren ist. Ich bin euer Knappe, euer Diener und Gehilfe, der sich im Staub eurer Füße badet. Ich bitte euch: Zieht auch mich in Betracht. Auch ich bin euer Kind, nur ich bin's, und ihr – auch wenn ihr's nicht wißt: um dieses Kind habt ihr gebetet. Bitte, verachtet mich nicht. Ich flehe euch an. Laßt mich Wasser über eure häßlichen Hände gießen. Wenn ich Gefallen in euren Augen gefunden habe, dann prüft mich und überzeugt euch selbst. Ich melde mich freiwillig, Jonis Stelle einzunehmen. Und ich bin auch gern bereit, eines Tages euch abzulösen. Wenn ihr wollt. Gebt den Befehl – und ich spring ins Feuer. ›Feuer‹ hab ich nicht aus Witz gesagt, denn es ist tatsächlich ein Brand im Anzug, und ich bin der Dorfnarr, der als erster schreit: Ihr Jidden, 's brennt. Da ist das Feuer, und da ist das Holz, und dort blitzt das Messer, und ich werde – wenn ihr wollt – das Lamm fürs Brandopfer anstelle eures einzigen Sohnes sein. Nur laßt um Gottes willen von diesen Albernheiten ab. Bitte hört auf mit den jiddischen Witzen und dem Parteiklatsch, laßt Tee und Kekse stehn, damit uns die Katastrophe nicht in widerlich banaler Sorglosigkeit überrumpelt.«

»Eschkol, hör zu«, begann Jolek nach längerem Schweigen, »vielleicht ist dies nicht der passende Ort oder Zeitpunkt...«

»Was, wie, wo? Worum geht's hier plötzlich?« fuhr Eschkol aus dem Schlaf hoch und schlug die Augen auf.

»Hör zu, hab ich gesagt: Vielleicht ist dies nicht der passende Ort oder der richtige Zeitpunkt, aber ich hatte schon lange das Bedürfnis, dir zu sagen, daß ich, wie soll ich's ausdrücken, dich ein bißchen um Verzeihung bitten muß. Wegen dem, was ich auf der letzten Sitzung über dich gesagt habe. Und auch wegen anderer Dinge. Ich bin zu hart mit dir umgesprungen.«

»Wie üblich«, bemerkte Chawa trocken.

Und Srulik lächelte wieder ganz, ganz leise sein rätselhaft verschlossenes, leicht melancholisches Chinesenlächeln.

»Asoi«, sagte Eschkol, wobei seine hellwache, humorvolle Miene nicht ahnen ließ, daß man ihn gerade erst beim Schlummern ertappt hatte, »natürlich schuldest du mir eine

Rechtfertigung, Reb Jolek. Und was für eine. Während ich meinerseits, wenn man mal ganz offen sprechen darf, dir schon seit langem eine gehörige Tracht Prügel schulde. Also hör mal, du Gauner: Vielleicht treffen wir eine Abmachung und einigen uns auf einen Vergleich? Sagen wir, du verzichtest auf deine Rechtfertigungen, und ich unterlasse es dafür, dir die Zähne auszuschlagen? Was? Abgemacht, Jolek? Sind wir quitt?« Und mit veränderter Stimme setzte er hinzu: »Hör bitte auf, solchen Unsinn zu reden.«

Sie lachten. Und hörten wieder auf. Doch da setzte Srulik sein feines Lächeln auf und bemerkte höflich: »Aber bitte schön, warum nicht? Asarja und ich räumen alle Möbel zur Seite, und ihr beiden kämpft das ein für allemal zwischen euch aus. Nur frisch drauflosgedroschen nach Herzenslust. Wohl bekomm's.«

»Hört nicht auf ihn«, sagte Rimona leise, »Srulik hat es nur im Scherz gemeint.«

»Ach, Schätzchen«, dröhnte Eschkol, indem er mit einem dicken, blassen Finger auf sie wies. »Nur keine Angst, Krassaweza, schließlich sind wir, mit Verlaub gesagt, eine Bande alter Ganoven, bei denen die Kraft in der Zunge und nicht in den Lenden sitzt. Die Tage sind vorbei, an denen ich anständige Kinnhaken austeilen konnte. Und unser Jolek ist in seinem ganzen Leben noch nicht fähig gewesen, sich wirklich und wahrhaftig zu entschuldigen – ganz gleich, was er jetzt sagt. Das hat er übrigens mit Ben Gurion gemeinsam, was wiederum heißt, daß er sich in ausgezeichneter Gesellschaft befindet. Danke, ich nehme keinen Zucker. Ich trinke meinen ohne.«

Ohne Furcht und noch in dieser Sekunde werde ich sprechen. Über alles. Denn ihre Seele ist ja eingedämmert in ihnen. Sie schlafen mitten in einem brennenden Haus, diese schrecklichen Tattergreise. Albern da blöde herum, diese seichten Spießbürger, diese glückseligen Gemeindevätertypen. Mit ihren verloschenen Seelen hätten sie auch bald noch Joni ausgelöscht, wenn der sich nicht auf und davon gemacht hätte.

Geflohen ist er vor ihnen mit seiner letzten Kraft, bis in die Berge, bis in die Wadis hinein, um die hellsten und klarsten Grundsätze seiner Seele vor ihnen zu retten. Mit Recht hat er das gemacht, und hoffentlich läuft er bis ans Ende der Welt vor ihnen weg und kommt nie, nie wieder zurück. Sind ja ganz aufgefressen und verrottet vor lauter Listen, Ränke und Intrigen, diese uralten Lebemänner, die voll böser Krankheiten stecken, diese schwächlichen Halunken mit ihren aufgedunsenen Leibern, die schon in gärige Verwesung übergegangen sind vor lauter Haß. Verrostete Seelen sind das, vom Weg abgekommene Juden, die nicht einmal den Geruch des Meers aufnehmen können. Tausend Jahre sind schon vergangen, seit sie zum letzten Mal in die Sterne am Himmel geschaut haben. Tausend Jahre lang haben sie weder Sonnenaufgang noch Sonnenuntergang gesehen, keine Sommernacht und keine im Wind schwankenden Zypressenwipfel bei Mondschein. Sinnlos auf der Erde umherirrende Totengeister, deren Geruch die Erde verabscheut. Heruntergekommene Gestalten, denen das Schweigen des Bodens, die Stille von Wüste und Meer ewig fremd bleiben, fremd wie das Wispern des Laubes in der Abendluft, wie die Düfte des Winters, fremd, wie sie selbst ihrem eigenen Fleisch und Blut gegenüber sind. Tot. Tote Moloche, die ihre Kinder auffressen. Ewig berechnende, in billigen Affekten schwelgende Geister, die ihre Spinnweben über uns breiten. Armselige, grausige Ungeheuer. Tot, mausetot. Und mir obliegt es nun, ihnen die Augen zu öffnen. Noch heute muß ich das tun, jetzt, in diesem Augenblick, und wenn sie mich wieder als wahnsinnigen, geisteskranken Psychopathen ansehen, macht mir das gar nichts aus. Ich hab schon mehr als genug wie ein verlassenes Hündchen um ihre erloschene Liebe gebettelt. Es gibt keine Liebe in ihrem Herzen, keinen Gott. Finsternis und Moder herrschen dort. Tot, einfach tot. Barmherzigkeit liegt ihnen fern. Der eine ein wabbeliger Menschenberg wie der verweste Leib eines Dinosauriers, und der andere eine Art mißratener Gorilla mit verschlissenem Löwenhaupt über hängenden Schultern und Kugelbauch auf Streichholzbeinchen, die behaart sind wie beim Neandertaler.

Zwei antike Despoten, die haßerfüllt, einen Fluch auf den Lippen, dahinscheiden. Tot, nichts als tot. Nur ein blöder Hund würde sich da randrängen und Liebe von ihnen erbitten oder auch nur mit dem Schwanz wedeln. Ich werd mit der Faust auf den Tisch hauen. Ich werd auf sie einreden, bis die Wände erblassen. Ich werd ihnen Angst und Entsetzen einjagen, ihnen verkünden, daß alles längst verloren ist und Jonatan ganz schlicht und einfach vor ihnen um sein Leben geflohen ist, weil er das Schiff sinken sah. Wenn ich bloß eine Zigarette hätte. Ich glaub, er ist wieder eingepennt.

»Wenn ich meine persönliche Meinung äußern darf«, begann Srulik, »so glaube ich nicht, daß der Junge das Land wirklich schon verlassen hat. Es wäre unwahrscheinlich. Aufgrund meiner Intuition und ohne irgendwelche handfesten Beweise schätze ich, daß er hier irgendwo heil und gesund ohne festes Ziel umherwandert. Wer von uns ist denn nicht schon mal insgeheim in Versuchung gekommen, plötzlich alles stehen- und liegenzulassen und einfach loszuwandern?«

»Masel tow«, zischte Jolek angewidert, »ein neuer Psychologe ist uns erstanden. Gleich wirst du auch noch ein Plädoyer für diese Tatarenmode halten, die sich Selbstverwirklichung nennt.« Joleks Miene füllte sich mit bitterem Hohn, und das Wort »Psychologe« betonte er aus irgendeinem Grund ausgerechnet auf der zweiten Silbe: Psychooologe.

»Genosse Eschkol«, warf Chawa ein, »vielleicht sagst du uns mal: Wozu hat er eine Waffe mitgenommen?«

Der Ministerpräsident seufzte. Seine Augen schlossen sich hinter den dicken Brillengläsern, als würde Chawas Frage die Waagschale nun endgültig zugunsten von Müdigkeit und Kummer senken. Oder als müßte er sich wieder in die Tiefen des Schlummers zurückziehen. Schwerfällig auf seinem Stuhl sitzend, beherrschte er ohne Worte und ohne Bewegung den ganzen Raum. Das Hemd ein wenig aus dem nachlässig geschlossenen Hosengürtel gerutscht, die Schuhe mit Schlammspritzern bedeckt, das Gesicht einem knorrigen Astknoten in einem alten Olivenbaum gleichend, und er selber tief in die Wirren seiner Krankheit und Sorgen versunken wie eine altersschwache Meeresschildkröte, sagte er nach langem Schweigen fast im Flüsterton: »Das ist schwer, Chawa.« Und fügte hinzu: »Nicht nur das. Alles ist schwierig und kompliziert. Nicht, daß ich hier eine Analogie herstellen will, aber alle strecken sie heute gewissermaßen ihre Hand nach der Waffe aus. Irgendwas ist fehlgelaufen. Irgendwo zu Anfang des Weges hat sich womöglich ein Fehler in unsere große Grundrechnung eingeschlichen. Nein, nein, ich bin nicht gekommen, um meine Sorgen vor euch auszubreiten. Im Gegenteil: Ich wollte euch Mut machen, und nun streue ich unwillentlich noch Salz auf eure Wunden. Vielleicht sollte ich lieber aufstehen und meiner Wege gehen, statt Wehmut über euch auszugießen. Wir alle müssen jetzt die Zähne zusammenbeißen und stur an der Hoffnung festhalten. Nein danke, junge Schönheit, bitte schenk mir keinen Tee mehr ein. Auf keinen Fall trinke ich ein weiteres Glas, obwohl das erste wirklich ein Seelenwecker war. Vielmehr werd ich mich jetzt von euch verabschieden und meinen leidensreichen Pfad fortsetzen. Ich hatte nämlich nur meine Fahrt ins obere Galiläa kurz unterbrochen, um bei euch vorbeizuschauen. Die heutige Nacht werde ich in Tiberias verbringen, um mir morgen ein bißchen die syrische Grenze anzusehen und den Kommentaren meiner klugen Generäle zu lauschen. Außerdem werde ich mir anhören, was unsere guten Menschen in den Grenzsiedlungen auf dem Herzen haben, und auch – so helfe mir Gott im Himmel – ihnen etwas neuen Mut einflößen. Weiß der Teufel, womit. An der Grenze muß ich der Lage mal ein wenig auf den Puls fühlen – mit den Fingerspitzen einen unmittelbaren Eindruck ertasten. Denn es gibt schon niemanden mehr, dem man rückhaltlos glauben oder vertrauen könnte. Alle reden sie groß daher und spielen mir eine Komödie vor. Wo ich nur hingehe – eine einzige Komödie. Jolek, du Spaßvogel, hör auf, mich so anzustarren. Du bist auch so ein Schlauberger: Hast deine eigene Seele gerettet, und ich, na, hin ist hin. Wer weiß, was sie uns da in den Palästen von Damaskus zusammenbrauen, was an Verschwörungen im In- und Ausland im Gange ist, und was wir tun müssen, um ihnen nicht auf den Leim zu gehen. Meine hübschen Generäle kennen nur eine Antwort, die sie mir von morgens bis abends im Chor vorbeten, nämlich: bumm! Und ich neige trotz all meiner Zweifel und Bedenken innerlich dazu, ihnen recht zu geben und demnächst mal richtig zuzuschlagen – mit Zähnen und Klauen. Obwohl Ben Gurion und vielleicht auch ihr hier mich hinter meinem Rücken einen senilen Zauderer schimpft. Naja. Danke für deinen Tee, Chawa, den ersten wie den zweiten. Gesegnet seien deine Hände. Und gebe Gott, daß wir bald gute Nachricht erhalten. Wie alt ist der Bursche jetzt?«

»Sieben-, nein achtundzwanzig. Das ist seine Frau, Rimona. Und der junge Mann neben ihr ist... ein Freund. Unser jüngerer Sohn dient bei den Fallschirmjägern. Schön, daß du dir die Mühe gemacht hast, uns aufzusuchen.«

»Wir werden ihn augenblicklich nach Hause schicken. Den jüngeren, meine ich. Nur sei bitte so gut und schreib mir die nötigen Personalien auf einen Zettel. Noch heute abend kriegt ihr ihn. Es tut mir leid. Die Schmendriken da draußen im Auto beschimpfen mich sicher schon, weil ich nicht den ›Zeitplan‹ einhalte, wie sie es nennen. Ich bin nicht zu beneiden, Jolek. Wehe der Ehre und wehe der Herrschaft. Gleich dem geringsten Sklaven bin ich, und junge Knaben führen mich. Wenn es mir gelingt, ihre Gunst zu finden, erlauben sie mir vielleicht auch morgen abend auf der Rückfahrt von Galiläa einen kurzen Zwischenaufenthalt. Möglicherweise hat sich bis dahin schon alles bestens geregelt, und wir umarmen nur noch den Vermißten und zerbrechen uns gemeinsam den Kopf darüber, was wir mit dem Jungen machen können und noch nicht gemacht haben. Schalom und alles Gute.«

Eschkol erhob sich schwerfällig von seinem Stuhl, streckte sich umständlich wie ein massiges, leidgeprüftes Tier zu voller Höhe auf, gab einen Seufzer von sich und streckte die häßliche Hand aus, um Jolek auf die Schulter zu klopfen. Chawa strich er über die Wange. Und Rimona legte er seinen Arm um die Schulter und flüsterte ihr ins Ohr, als handelte es sich um ein Geheimnis: »Es tut mir so ungeheuer leid, meine Lieben. Vielleicht kann ich ein Siebzigstel von dem erraten, was ihr jetzt durchmachen müßt. Jedenfalls habt ihr jedoch mein festes

Versprechen, daß wir alles Menschenmögliche tun werden, um den verlorenen Sohn wiederzubringen. Und du, Krassaweza, hast du wirklich und wahrhaftig gefürchtet, daß wir uns hier schlagen würden, Jolek und ich? Na, hier umarme ich diesen Gauner. Du kannst es mit eigenen Augen sehen. Auch dir Schalom, junger Mann. Bleibt doch sitzen, in Gottes Namen, steht bitte nicht erst auf. Es tut mir in der Seele weh, daß ich jetzt schändlicherweise die Flucht ergreifen muß. Jolek, sei mutig und stark. Und auch du, Chawa, halt dich tapfer. Nur Gott weiß, was ihr nun ausstehen müßt, und das ohne irgendwelche Schuld auf eurer Seite. Sei nicht traurig, meine Hübsche: Du wirst nicht sehr lange allein bleiben. Wir werden den Verschollenen suchen und finden und dir deinen Herzallerliebsten wieder zuführen. Schalom und gute Wünsche für euch alle.«

»Exzellenz!« platzte Asarja auf einmal heraus und sprang auf die Tür zu, um dem Gast mit seinem mageren Körper den Weg zu verstellen. Dort angekommen, riß er sich wie ein Rekrut zu einem angestrengten Habacht zusammen, die Hände an der Hosennaht. Seine herausfordernde, bebende Stimme schwebte zwischen Hochmut und Verzweiflung. Mit seinem wild entschlossenen, knallroten Gesicht wirkte er wie ein kleines Tier in einer ausweglosen Ecke. »Herr Ministerpräsident, wenn Sie mir gestatten, Ihnen nur zwei Minuten von Ihrer Zeit zu stehlen, dann hab ich einen . . . einen Vorschlag. Nein, ich habe nicht vergessen, daß es in der Bibel heißt, ›das Wissen des Armen gilt nichts‹, aber Sie, werter Herr, haben doch sicher nicht vergessen, was im ersten Teil dieses Verses steht. Ich bitte Sie um zwei Minuten.«

»Nun, öffne deinen Mund und laß deine Worte leuchten«, lächelte Eschkol und blieb stehen. Bei diesem Lächeln veränderte sich sein Gesichtsausdruck, wie von einem Zauberstab berührt: Auf einmal glich er einem warmherzigen, gutmütigen, älteren slawischen Bauern, der gerade seine aderndurchzogene Hand ausstreckt, um die Mähne eines verängstigten Fohlens zu streicheln. »Du brauchst nur zu wünschen, mein Junge, bis zur Hälfte meines Reiches.«

»Herr Ministerpräsident, bitte entschuldigen Sie, aber ich muß Ihnen sagen, daß dies nicht die ganze Wahrheit ist.«

»Und das heißt?« fragte Eschkol geduldig, wobei sein freundliches Lächeln nicht von seinem Gesicht wich. Er war ganz Ohr und beugte sich sogar ein wenig zu dem zitternden Jüngling vor.

»Das heißt, man hat Sie getäuscht, Herr Ministerpräsident. Vielleicht nicht in böser Absicht, sondern vor lauter Ehrerbietung, aber eine Täuschung war es doch. Sie haben vor einer Minute Ihr Unverständnis darüber ausgedrückt, wie man sie hat allein lassen können – Rimona, meine ich.«

»Nun?«

»Das ist nicht die Wahrheit, Herr Ministerpräsident. Das ist nur die Fassade. Alles ist Fassade. Wie Sie vorher bemerkt haben, spielen alle Ihnen eine Komödie vor. In Wirklichkeit ist Rimona nicht allein zurückgeblieben. Nicht eine Minute. Wie immer lügt man Sie an, Herr Ministerpräsident. Die anderen...«

»Asarja«, rief Jolek Lifschitz, vor Wut kochend, aus den Tiefen seines Sessels mit hochrotem Gesicht wie ein alter Indianerhäuptling, von dem die Zornesfunken in die Gegend stieben, »schweig, und zwar sofort!«

Und Srulik fügte vorsichtig hinzu: »Mir scheint, der Genosse Eschkol hat es jetzt sehr eilig, seinen Weg fortzusetzen, und wir haben kein Recht, ihn noch länger aufzuhalten.«

»Herr Ministerpräsident«, beharrte Asarja, indem er sich vorlehnte, als wollte er sich verbeugen oder drohen, sich in einen Abgrund zu stürzen, »ich möchte Sie weniger als vierzig Sekunden aufhalten – genau nach der Uhr. Die Hast hat, wie man sagt, schon mehr als einen Bären umgebracht. Sie, Herr Ministerpräsident, haben das Recht und die Pflicht, alle relevanten Informationen zu erhalten, damit Sie sie vernünftig abwägen und zu einer gerechten Entscheidung kommen können. Jonatan Lifschitz ist der einzige Freund, den ich je gehabt habe. Jonatan ist mein großer Bruder. Auf russisch sagt man: ›Ein guter Freund in böser Lag' ist wie der Pelz am kalten Tag.‹ Vielleicht hat der Herr Ministerpräsident bereits vergessen, was unzertrennliche Freundschaft ist. Durch dick und dünn. Durch Feuer und Wasser. Die Geliebten und die Teuren, wie David sie besingt. Es ist jetzt nicht wichtig, wer ich bin. Sagen wir, ich bin eine Flasche. Oder – ein Clown. Das ist nicht relevant, wie man sagt. Sagen wir, ich bin ein armseliges Geschöpf. Mit solchen Worten bezeichnet man doch auch Sie, Herr Ministerpräsident. Hinter Ihrem Rücken natürlich. Was Sie wirklich wissen müssen, ist jedoch dies, daß Jonatan ausgezogen ist, die Bedeutung des Lebens zu suchen. Nicht Bedeutung. Sinn. Das heißt, jeder ist ein freier Mensch. Der einzelne ist nicht Eigentum der Allgemeinheit. Er gehört weder seinen Eltern noch seiner Frau, auch nicht dem Kibbuz. Ja, man darf ihn noch nicht einmal, verzeihen Sie, daß ich das so frech sagen muß, als Staatseigentum betrachten. Die Wahrheit hat Vorrang vor der Höflichkeit. Umgekehrt: Der einzelne gehört nur sich selbst. Und womöglich auch das nicht. So bestimmen es die Regeln der jüdischen Ethik, und eigentlich haben wir Juden diesen Grundsatz ja in ein universales Gesetz verwandelt. Der Herr Ministerpräsident wird doch sicherlich nicht die Propheten und all das vergessen haben. Also was ist denn schon, daß Jonatan eines Tages beschlossen hat, sich davonzumachen? Ist das etwa verboten? Was ist, wenn er lieber keine Adresse zurücklassen wollte? Welches Gesetz hat er damit übertreten? Welche Verordnung steht dem entgegen? Ist denn das ganze Leben nichts als Militär? Er ist abgefahren, fertig. Hört auf, hinter ihm herzujagen. Dazu ist der Staat nicht befugt. Auch Sie, Herr Ministerpräsident, haben sich in Ihrer Jugend aufgemacht, wie ich von Jolek hörte, und sind von zu Hause weggelaufen, um nach Erez-Israel auszuwandern. Verzeihen Sie das Wort ›weglaufen‹. Wenn nötig, nehme ich es zurück. Aber nur diesen Ausdruck, sonst nichts. Und in einer Debatte mit Herrn Ben Gurion haben Sie selbst ausdrücklich gesagt, der freie Wille ehre den Menschen. Es ging dabei um das Verhältnis zur Partei. Sie werden sich erinnern. Aus freiem Willen und mit klarem Verstand hat er sich aufgemacht und ist irgendwohin gefahren, und vorher hat er mir sozusagen seine Frau anvertraut, nicht anvertraut – mir übergeben. Jetzt ist sie meine Frau. Ich gebe zu, daß – moralisch gesprochen – Chawa und Jolek meine Eltern sind, und Srulik ist auch mein Vater, aber die Wahrheit geht trotzdem vor. Sie haben kein Recht, Joni nachzustellen, und sie dürfen auch nicht von mir verlangen, daß ich auf meine Frau verzichte. Auch das Verzichten hat seine Grenze. Nur bis zum roten Strich. Ich zitiere, was der Herr Ministerpräsident vorgestern in der Knesset gesagt hat, und zwar hundertprozentig zu Recht. Überhaupt sind Sie im Recht, während Herr Ben Gurion der Feind der Freiheit ist. Dies hier ist ein jüdisches Staatswesen und kein Urwald. Sie müssen konsequent in Ihrer Haltung sein, Herr Ministerpräsident, Sie müssen mir zur Seite stehen. Denn jetzt ist sie meine Frau. De facto, wenn auch noch nicht de jure. Die Polizei hat da nichts reinzureden und auch das Gesetz nicht, und – mit aller gebührenden Hochachtung – es ist nicht einmal dem Herrn Ministerpräsidenten und Verteidigungsminister gestattet, sich da zu meinen Ungunsten einzumischen. Haben Sie doch bitte die Güte und erklären Sie das denen hier, bevor Sie Ihren Weg fortsetzen. Und weil Sie jetzt zur syrischen Grenze weiterfahren, Herr Ministerpräsident, wo man Sie sicher ebenfalls von rechts und links belügen oder Ihnen alle möglichen Halbwahrheiten auftischen wird, erlaube ich mir, Ihnen vorzuschlagen...«

»Asarja. Hör auf, hier den Clown zu spielen. Genug.«

»Genosse Jolek. Genosse Srulik. Chawa. Herr Ministerpräsident. Ich bitte euch alle, mich nicht dauernd mundtot zu machen, denn bei aller gebührenden Hochachtung scheint mir doch, daß ich der einzige Mensch im ganzen Staat bin, der die volle Wahrheit sagt. Ich habe versprochen, daß ich nicht mehr als ein oder zwei Minuten stehlen werde, und ich werde es auch tatsächlich nicht tun. Was bin ich denn in euren Augen? Ein hergelaufener Gauner? Bandit? Pirat? Im Gegenteil: ein Idealist ersten Grades. Und was sind denn überhaupt ein oder zwei Minuten? Das trägt die Katze auf dem Schwanz fort, wie es heißt. Also kurz und zur Sache: Ich muß den Herrn Ministerpräsidenten warnen, daß man ihm sozusagen Fallen stellt und Sand in die Augen streut. Ich bin auf Wunsch bereit, etwas über die Syrer zu sagen und auch über Nasser und die Araber im allgemeinen und über die Russen ebenfalls. Eure Exzellenz können ja wählen, ob Sie gerne zuhören möchten. Hinterher werden Sie selbstverständlich nach eigenem Gutdünken entscheiden, was der Staat unternehmen soll.«

»Er ist ein tragischer Fall«, erklärte Chawa beflissen, »ein Holocaustüberlebender, den wir hier zu integrieren versucht haben. Natürlich mußten wir dabei auf Schwierigkeiten stoßen, aber wir wollten nicht so schnell aufgeben...«

»Chawa«, griff Jolek ein, »wenn du nichts dagegen hast: Es gibt hier nichts zu erklären. Eschkol wird ohne deine Hilfe zurechtkommen.«

Eschkol machte eine müde, wegwerfende Handbewegung, aber der Zauber seines gutmütigen Lächelns wich nicht von seinem Gesicht: »Macht nichts. Schon gut. Sollen sie ruhig ein bißchen warten, diese Schmendriken draußen im Auto. Noch bin ich nicht ihr Privateigentum. Und das obere Galiläa läuft auch nicht weg. Lassen wir den Studiosus seine Lektion zu Ende bringen, solange er nur aufhört, mich dauernd mit ›Herr Ministerpräsident‹ und ›Eure Exzellenz‹ anzureden, und seine Prophezeiungen in eine für Menschen verständliche Sprache kleidet. Nur keine Angst, junger Mann, sprich, denn dein Diener hört dich. Nur, laß die umständlichen Vorreden weg. Was heißt das, daß du ihr Ehemann bist? Das habe ich nicht begriffen. Ist das denn nicht Joleks Schwiegertochter, die...«

»Galiläa wird doch weglaufen, mein Herr!« rief Asarja höflich, aber wie in blinder Aggressivität. »Galiläa und der Negev und alles. Plötzlich wird Krieg ausbrechen. Sie werden uns überrumpeln, über uns herfallen. Wie beim Pogrom. Sie wetzen schon die Messer. Das steht, wie man so sagt, an der Wand geschrieben. Und das ist haargenau der Grund, warum Jonatan sich auf den Weg gemacht hat, mit der Waffe in der Hand. Bald wird Krieg sein. Ich bitte um Entschuldigung.«

»Saro«, sagte Rimona, »reg dich nicht auf.«

»Misch du dich nicht ein. Siehst du nicht, daß ich allein gegen die ganze Welt angetreten bin? Muß meine Liebste sich auch noch denen zugesellen? Ich habe den Genossen Eschkol gewarnt, daß ein Krieg aufzieht und daß das auch dann, wenn wir ihn gewinnen, der Anfang vom Ende ist. Das habe ich gesagt, fertig. Von jetzt ab werde ich schweigen wie ein Fisch.«

»Vielleicht ja«, sagte Eschkol, »vielleicht hat der Junge recht. Es lastet schwer auf meinem Herzen. Tief im Innern verspüre ich große Angst und keinerlei Lust, einen Krieg zu gewinnen. Naja. Was wir uns heute mal wieder so gegenseitig an Trost und Heil zusprechen... Wie war noch dein Name, junger Mann?«

»Ich? Gitlin. Gitlin, Asarja. Gitlin ist der Familienname. Und ich bemitleide euch alle.«

»Wie das? Würdest du bitte so gut sein, uns zu erklären, womit wir dieses Mitleid verdient haben?« Hinter den schweren Brillengläsern blitzte ein spitzbübischer Blick auf. Eschkol stützte sich auf seine breiten Handflächen und setzte sich schwerfällig auf die Ecke des niedrigen Tisches.

»Das ist ganz einfach, mein Herr. Ihr habt Barmherzigkeit bitter nötig. Abgründe des Hasses ringsumher. Keiner liebt den anderen. Abgrundtiefe Einsamkeit im ganzen Land. Und diese Situation ist meines Erachtens ein Vorbote des Untergangs – und dazu noch das genaue Gegenteil von Zionismus: Einsamkeit, Bosheit und Haß. Keiner hat Liebe für den Nächsten übrig, noch nicht mal für Sie, mein Herr. Man verhöhnt Sie hinter Ihrem Rücken. Sagt, Sie seien ein Weichling, nicht-Fisch-nicht-Fleisch, ein lauwarmer Kompromißler und so ein Nebbich und gerissener Händlertyp obendrein. Wie Nazis reden sie hinter Ihrem Rücken über Sie. Mit antisemitischen Ausdrücken: Wucherer, Jidd, Gettopolitiker. Auch über mich reden sie so. Unterbrich mich bloß nicht, Genosse Jolek, sonst könnte ich Eschkol erzählen, wie du hinter seinem Rücken über ihn herziehst. Nur tut es mir auch um dich leid, weil du ebenfalls von allen gehaßt wirst. Es gibt Genossen, die es schon gar nicht mehr abwarten können, daß du stirbst. Ein großer Prozentsatz unter den Mitgliedern von Granot und sogar einige der hier Anwesenden nennen dich Monster-Jolek und sagen, daß Joni eigentlich vor dir Reißaus genommen hat. Also solltest du mir lieber nicht ins Wort fallen, weil ich nämlich der einzige im Kibbuz und vielleicht im ganzen Land bin, der noch mitfühlend ist. Das ist eine grauenhafte Finsternis, sage ich euch, dieser Haß und Streit. Armselige Menschen. Unablässig lügen sie euch an und schmieren euch Honig um den Bart. Keiner liebt keinen. Sogar im Kibbuz gibt's schon fast keine Liebe mehr. Kein Wunder, daß Joni geflüchtet ist. Nur ich liebe euch alle, und Rimona liebt mich und Joni. Was ihr beiden da so geschmacklos gewitzelt habt – euch gegenseitig die Zähne ausschlagen und so weiter –, war zufällig die Wahrheit. Weil ihr euch nämlich wirklich haßt. Jolek vor lauter Neid, und Herr Eschkol – der sitzt jetzt voller Schadenfreude da, weil er so viel Klatsch von mir gehört hat. Von seinem Verhältnis zu Ben Gurion erst ganz zu schweigen. Wenn unter den Juden schon solch ein fürchterlicher Haß tobt, was wundert's dann, daß die Gojim uns hassen? Oder die Araber? Srulik wär für sein Leben gern Jolek. Jolek möchte um alles in der Welt Eschkol sein. Eschkol Ben Gurion. Chawa hätte euch längst Gift in euren Tee gegossen, wenn sie nur den Mut dazu aufbringen würde. Und dann wären da noch Udi und Etan und euer Sohn Amos, die den ganzen Tag davon reden, wie man alle Araber abschlachten könnte. Ein tiefer Morast ist das, kein Staat. Ein Dschungel, kein Kibbuz. Tod statt Zionismus. Chawa, die euch alle als Mörder betitelt, weiß schon, was sie sagt, weil sie alle kennt; nur ist sie selbst ebenso eine Mörderin. Auf der Stelle könnte sie mich jetzt umbringen. Wie eine Kakerlake. Und das bin ich ja auch tatsächlich. Aber kein Mörder. Das – nicht. Ich bin ein zionistisch eingestellter Jude. Ich glaube an den Kibbuz. Ihr habt vielleicht schon vergessen, daß Rimona und Joni ein Baby gehabt haben. Efrat hat die Kleine geheißen. Und sie ist gestorben. Die Luft war einfach von Tod erfüllt. Ich werde euch ein neues Kindchen zeugen. Weil ich und diese Rimona noch nicht die Liebe vergessen haben. Aus lauter Liebe warne ich euch – und das soll endlich mein Schlußsatz werden: Es wird bald ein Krieg ausbrechen, das steht schon an der Wand geschrieben. Jolek liebe ich, weil er mein Vater ist, und den einsamen, feinsinnigen Srulik und die gequälte Chawa und auch Sie, werter Herr, und von Joni hab ich schon gesagt, daß er mein größerer Bruder ist. Nur aus lauter Liebe hab ich mir erlaubt, hier plötzlich so frech rauszuplatzen – aus Liebe für all die Anwesenden hier und auch für Staat und Kibbuz und für das arme Volk Israel. Wenn ich die gesetzte Zeit überschritten und ein wenig länger geredet habe, bitte ich um Entschuldigung. Jetzt bin ich schon fertig. Möge Gott sich unser aller erbarmen.«

»Amen, Sela«, sagte Eschkol, dem das Lächeln auf dem eingefallenen Gesicht erstarrt war. »Glaubwürdig sind die Wunden des Liebenden. In diesem Augenblick werde ich leider auf mein Recht der Gegenrede verzichten müssen. Wenn dich der Weg einmal nach Jerusalem führt, junger Mann, dann schau bei mir rein, damit wir Gedanken austauschen können. Zur Stunde erst mal alles Gute. Falls der verlorene Sohn wieder auftauchen sollte, laßt es mich bitte sofort wissen. Sogar mitten in der Nacht. Was Inschriften an der Wand und so weiter betrifft – daran habe ich mein Leben lang nicht glauben mögen. Wir müssen diszipliniert bleiben, unsere Stärke ausbauen und weiter hoffen. Seid mir gegrüßt. Schalom.«

Beim Weggehen klopfte er Asarja Gitlin, der endlich die Tür freigegeben hatte, um den Ministerpräsidenten durchzulassen, zweimal geistesabwesend auf die Schulter. Zwei junge, gutaussehende, einander äußerst ähnlich sehende Begleiter – blond, glatt rasiert, mit amerikanischem Bürstenschnitt und breiten, unauffälligen Krawatten – nahmen ihn zwischen sich. Die Schnüre ihrer Kopfhörer verschwanden diskret unter den Kragen ihrer blauen Anzüge. Sie öffneten Eschkol den Wagenschlag, schlossen ihn hinter ihm und glitten augenblicklich mit ihm davon.

»Gehn wir, Asarja«, sagte Srulik, »ich muß sofort mit dir sprechen.«

Doch Jolek griff vergnügt, ja beinahe übermütig ein: »Was ist? Sehr gut, daß Eschkol sich das ganze Repertoire angehört hat. Schadet ihm nichts. Er ist doch sonst von einem ganzen Rudel von Schmeichlern und diplomierten Halunken umgeben. Da hat ihm Asarja nun mal ein bißchen Saures gegeben, und das Zuhören war eine wahre Lust. Da ist gar nichts dabei.

Komm, Asarja, du hast dir 'nen klitzekleinen Kognak bei mir verdient. Hier: trink. Auf das Wohl des Teufels. Still, Chawa. Misch dich nicht ein. Die Mörder trinken ein bißchen auf das Leben – lechajim! Habt ihr gesehen, wie Eschkol ausschaut? Man kriegt ja das Fürchten, wenn man ihm ins Gesicht guckt: ein einziger Trümmerhaufen. Rimonka, hör nicht auf sie. Laß die Flasche in meiner Reichweite. Und jetzt werden wir auch eine Zigarette rauchen.«

»Ihr seid ja total verrückt, alle zusammen«, fauchte Chawa.

Und Rimona sagte: »Saro hat hohes Fieber. Auch Srulik hat Temperatur. Bei Jolek ist das Herz krank. Chawa hat seit vorgestern kein Auge zugetan. Wir haben eine ganze Stunde lang geredet, und jetzt gehen wir uns ausruhen.«

Damit räumte sie das Geschirr in den Ausguß, rieb den Tisch mit einem feuchten Tuch ab und schickte sich an, zu spülen und abzutrocknen. Doch da ging die Tür auf, und ein neuer Gast trat ein.

4.

Sonntag, 6. März 1966, 22.30 Uhr

Womit soll ich heute abend meinen Bericht eröffnen? Vielleicht damit, daß ich letzte Nacht, also in der von gestern auf heute, völlig von meiner Grippe genesen bin. Heute ist mein erster offizieller Amtstag als Kibbuzsekretär. Immer noch überkommt mich ein komisches Gefühl, wenn ich diesen Titel niederschreibe: Ich bin also jetzt der Sekretär. Gestern hat mich die Versammlung fast einstimmig gewählt, und zwar in meiner Abwesenheit, weil ich noch hohes Fieber hatte. Allerdings hat mich nur Willensschwäche davon abgehalten, mir etwas überzuziehen, zur Versammlung zu gehen und dort kurz und bündig zu sagen: Genossen, es tut mir leid. Ich hab mir alles noch mal überlegt und möchte euch nun bitten, jemand anderen zu wählen. Ich bin nicht der richtige Mann.

Aber nun habe ich das Amt angenommen. Es gibt kein Zurück mehr. Deswegen werde ich eben tun, was in meinen bescheidenen Kräften steht; ich werde mich nicht drücken. Chawa Lifschitz schläft jetzt hier – natürlich im anderen Zimmer – in meinem Junggesellenbett, nachdem der Arzt ihr eine Beruhigungsspritze verpaßt hat. Wie eigenartig: eine Frau in meinem Bett. Während ich dies schreibe, muß ich fast losprusten wie ein dummer Schuljunge: Es könnte sich noch jemand Gedanken machen.

Dabei werde ich heute nacht auf einer Matratze in diesem Zimmer schlafen und auf sie aufpassen – wie auf den ganzen Kibbuz. Ich habe dafür gesorgt, daß die Krankenschwester, Rachel Stutschnik, die Nacht in Joleks Wohnung verbringt, weil der Arzt wegen seines EKG und der Blutdruckschwankungen beunruhigt ist. Jolek weigert sich immer noch mit allem Nachdruck, ins Krankenhaus zu gehen. Morgen wird entschieden, ob man ihn trotz seines Widerstands in die Aufnahme verfrachten soll. »Es wird entschieden?« Was soll das heißen, muß ich erstaunt fragen, während ich dies niederschreibe. Ich bin jetzt der Sekretär. Ich trage die Verantwortung. Morgen werd ich ihn ins Krankenhaus schleppen, ob er will oder nicht.

Aber tue ich recht daran?

Sonderbar, kompliziert und besorgniserregend ist diese neue Situation. Ich könnte sogar schreiben: lächerlich und grotesk. Aber die meisten Situationen sehen lächerlich aus, und keine erscheint grotesk: Nichts ist unmöglich. Die Menschen sind schließlich zu allem fähig. Rachel paßt heute nacht auf Jolek auf. Chawa nächtigt bei mir. Asarja liegt in Rimonas Bett und brüstet sich vor ihr sicher mit der Komödie, die er heute dem Ministerpräsidenten vorgespielt hat. Und Jonatan ist weg. Auf und davon.

Was bleibt mir noch zu tun? Wie handle ich richtig?

Noch habe ich die ganze Nacht vor mir. Wenn ich hier alles der Reihe nach aufschreibe, wird mir vielleicht manches klarwerden. Jedenfalls werde ich meinen Bericht in gewohnter Weise verfassen, nämlich klar und aufrichtig. Im folgenden also die Ereignisse des vergangenen Tages:

Er begann sehr früh für mich. Schon um halb vier Uhr wachte ich schweißüberströmt auf von all den Aspirintabletten, die ich Samstagabend geschluckt hatte. Meine Grippe war weg; nur Schwäche und leichtes Schwindelgefühl hatte sie noch zurückgelassen. Ich erhob mich also beim Licht der Nachttischlampe. Zwischen die Seiten Donald Griffins, der gestern mit mir auf der Bettdecke eingeschlafen war, steckte ich ein Lesezeichen und legte das Buch auf den Tisch. Dann zog ich den von Bolognesi gestrickten alten Pullover und meinen Hausmantel über, schaltete den elektrischen Heizofen an und sann einen Augenblick darüber nach, daß der Tod an einem Wintermorgen wie diesem zu mir kommen könnte, während ich gerade ich meine Hose steige, oder mitten beim Bettenmachen, ja vielleicht sogar jetzt, im nächsten Moment, so daß mein Leben zu Ende ginge, ohne daß ich auch nur zu einer einzigen, noch so bescheidenen Schlußfolgerung gelangt wäre. In jenem Augenblick tat es mir um meine Querflöte leid, dieses treue Instrument, das nach dreißig Jahren von mir nicht mehr als ein mittelmäßiges, anhörbares Spiel erhält, und noch nie haben wir auch nur wenige Minuten vollständiger Harmonie, höchster Ekstase gekannt. Fünfundzwanzig Jahre lang liebe ich hier P. – nicht die leiseste Andeutung hab ich ihr davon gemacht. Ich bin allein, und sie hat vier Enkelkinder. An einem Morgen wie diesem werde ich plötzlich in meinem Zimmer umfallen und sterben. Dann machte ich mir ein Glas Tee mit Honig und Zitrone und stellte mich mit der Tasse in der Hand ans Ostfenster, um den Tagesanbruch abzuwarten. Irgendeine innere Stimme sagte mir, daß Jonatan in Nöten ist, aber heil und lebendig. Einige Zeit habe ich mit dieser Stimme debattiert, hab einen logischen Beweis oder ein Zeichen gefordert, irgendwas – und sei es noch so wacklig –, das einen solchen Schluß untermauern könnte. Umsonst. Die innere Stimme blieb beharrlich bei ihrem Standpunkt: Jonatan schwirrt auf den Straßen umher. Rimona ist schwanger. Der Vater ist einer der beiden. Worauf stützt sich das? Na, wie soll man schon vernünftige Beweise von inneren Stimmen verlangen, und das noch am frühen Morgen.

Inzwischen waren die Kiefernwipfel draußen blaß geworden. Das Brüllen einer Kuh erklang fern aus der Dunkelheit, und ein langsamer Schatten bewegte sich vor meinem Fenster: Offenbar war es die Hündin Tia, die dort geduldig zwischen den Hibiskussträuchern herumschnüffelte, unruhig das Dickicht der Bougainvilleas absuchte, um dann tief in die mit duftendem Geißblatt bewachsene Gartenlaube einzudringen, wo sie meinen Blicken entschwand. Niedrige Wolken zogen im feuchten Wind vorüber. Ich schob den Heizofen näher heran, da mich ein leichter Schauder überlief, und kehrte dann wieder ans Fenster zurück. Leiser Nieselregen setzte ein. Etwa zehn Minuten lang tränten die Scheiben vor meiner angelehnten Stirn. Und hörten wieder auf. Ein Güterzug tutete aus westlicher Richtung. Hähne krähten am anderen Ende des Kibbuz. Ein Nachtvogel schrie seine Antwort. Mein schweigendes Grübeln stimmte in allem mit diesen vormorgendlichen Klängen überein. Aus dem Maulbeerfeigenbaum tropfte das Wasser, obwohl der Regen aufgehört hatte. Wie traurig wirkt doch der Garten an einem Wintermorgen vor Sonnenaufgang: fahle, leere Rasenflächen, eine Pfütze, der nasse Gartentisch, die umgekehrten Stühle mit den Beinen nach oben auf seiner Platte, das dürre Weinlaub, die nebelfeuchten Nadelbäume. Wie auf einem chinesischen Gemälde. Und keine Menschenseele.

Gegen sechs oder kurz danach war das Licht etwas stärker geworden, wenn auch immer noch blaß und grau. Im Kühlschrank fand ich ein Glas Dickmilch, das Chawa mir gestern reingestellt hatte. Also aß ich Zwieback mit Dickmilch. Machte mein Bett. Rasierte mich. Inzwischen kochte das Wasser wieder, und ich goß mir ein weiteres Glas Tee mit Honig auf. Vielleicht wäre ich besser noch ein, zwei Tage im Bett geblieben, um sicherzugehen, daß die Grippe endgültig vorbeigeht, aber an diesem Morgen zögerte ich überhaupt nicht erst. Schon vor sieben Uhr war ich auf meinem neuen Posten, im Sekretärsbüro, und beantwortete nach und nach die an Jolek gerichteten Briefe: vom Bezirksrat, vom Landwirtschaftsministerium, vom Kibbuzverband. Dann begann ich, ein bißchen Ordnung zu schaffen. Aus Joleks Schreibtischschublade zog ich einen Haufen alter Zeitungen und warf sie in den Papierkorb. Unter diesem Wust fand ich plötzlich eine kleine, gut funktionierende Taschenlampe, die ich aus irgendeinem Grund einsteckte. Danach ging ich das Protokoll der gestrigen Versammlung durch. (117 glauben offenbar, daß ich für das Sekretärsamt tauge. 3 glauben es nicht. 9 Enthaltungen. Wie hat P. abgestimmt?)

Inzwischen war der Kibbuz aufgewacht. Vor dem Bürofenster fuhr Etan R. auf dem Traktor mit einem Anhänger voll Gärfutter in Richtung Kuhställe vorbei. Der gute Stutschnik stapfte gebeugt mit lehmschweren Stiefeln von der frühmorgendlichen Melkrunde zurück, gefolgt von anderen Männern und Frauen in Arbeitskleidung.

Chawa kam reingebraust, um mich zu fragen, ob ich verrückt geworden wäre? Wie könnte man mit 40 Grad Fieber halbnackt in der Gegend rumrennen und sich mitten in der Nacht ins Büro setzen? Ob ich ein kleiner Junge wäre? Wo hätte ich nur meinen Verstand gelassen?

Ich lud sie ein, ein Glas Tee mit mir zu trinken, und stellte geduldig eins nach dem anderen richtig: Es war jetzt nicht mitten in der Nacht, sondern halb acht Uhr morgens. Mein Fieber sei schon runtergegangen, ich fühlte mich nicht schlecht. Auch sei ich nicht halbnackt hierher gerannt, sondern sei, warm angezogen, ganz langsam gegangen. Schließlich müßte ich mein Amt ausüben. Und mein Verstand, der sei in der Tat nicht gerade genial.

»Hör mal, Srulik, dir gefällt's wohl soweit ganz gut hier, was? Wie ein kleiner König auf Joleks Drehstuhl an seinem Schreibtisch zu sitzen? Seine Papiere durchzugehen? Das macht dir Spaß, nicht?«

Ihre Augen funkelten auf einmal verhalten boshaft: Sie sei überzeugt, eine kleine Schwäche bei mir entdeckt zu haben. Ich sei also doch kein Engel Gottes mehr, sondern habe ein Fehlerchen, das sie nun in irgendeinem finsteren Ordner abheften könne, um es eines Tages bei passender Gelegenheit gegen mich ins Feld zu führen.

»Wie fühlt er sich?« fragte ich. »Wie hat er die Nacht verbracht?«

»Er ist ein Scheusal«, zischte sie angewidert, »stell dir vor: Gleich als erstes in aller Herrgottsfrühe verlangt er von mir, daß ich ihm Rimona mit ihrem Mistkäfer holen geh, damit sie ihm den Morgen über Gesellschaft leisten können. Und tatsächlich bring ich ihm die beiden jetzt. Warum nicht? Meinetwegen können sie eine Vorstellung geben. Ist mir egal. Soll der Springfloh eins aufspielen, die Schwachköpfige dazu tanzen und der Mörder die Abschlußrede halten. Wohl bekomm's. Nur daß ich meinen Schlafanzug und meine Zahnbürste nehme und da ausziehe. Und zwar noch heute.«

»Chawa«, versuchte ich, aber sie schnitt mir das Wort ab: »Zu dir. Nimmst du mich auf?«

Wieder legte sich der Ausdruck eines Greisenbabys auf ihr Gesicht – eine Art Frohlocken vorm Schluchzen: »Läßt du mich?«

Großer Gott, dachte ich. Doch ich sagte: »Ja.«

»Du bist ein wunderbarer Mann. Als Mensch, meine ich. Ich hab die ganze Nacht kein Auge zugetan. Hab an dich und an

Joni gedacht. Wenn es auf der ganzen Welt noch einen einzigen Menschen außer mir gibt, der wirklich möchte, daß Joni zurückkehrt, und ihn zu retten versucht – dann bist du es. All die anderen sind Mörder; die hoffen doch bloß, ihn nie wieder zu sehen. Fang keinen Streit mit mir an. Statt zu debattieren, gib lieber noch heute morgen eine Mitteilung an Presse und Rundfunk raus. Lüg. Schreib, seine Frau wär im Irrenhaus. Schreib, seine Mutter läg im Sterben. Schwindeln muß man. Am besten verkündest du, sein Vater sei bereits tot, und er solle schnellstens zur Beerdigung kommen. Auch im Radio sollen sie das ansagen.«

»Chawa«, sagte ich mit einer mir uneigenen Bestimmtheit, »das ist unsinniges Geschwätz. Ich muß dich bitten, mich jetzt alleine zu lassen. Entschuldige. Geh nach Hause – oder geh zur Arbeit. Du bist mir hier keine Hilfe.«

So sprach ich und rechnete nun mit Feuer und Schwefel.

Zu meiner Überraschung gehorchte sie mir auf der Stelle. Sie stand auf, flehte mich an, ja nicht böse zu sein, sondern ihren Ausbruch zu vergessen. Außerdem versicherte sie mir, sie würde mir vertrauen »wie einem Engel Gottes«. Und einen stärkeren Heizofen würde sie mir auch hierher ins Büro bringen. Dann beschwor sie mich, weiter Aspirin zu schlucken, was ich versprach. Von der Tür her sagte sie rasch: »Du bist Gold wert.«

Das hätte sie nicht sagen sollen. So darf man mir nicht kommen. Nach tausend Jahren Ruhe. Nein, das darf man nicht sagen.

Nachdem sie mich allein gelassen hatte, überfiel mich die Angst: Hatte ich sie tatsächlich eingeladen, in meine Wohnung zu ziehen? Und was, wenn sie das wirklich tat? War ich denn von Sinnen? Was sollte ich mit ihr machen? Was würde Jolek sagen? Was würde der ganze Kibbuz sagen? Was sollte P. von mir denken? Verrückt.

Wie auch immer – viel Zeit für reuevolles Grübeln blieb mir nicht. Einige Minuten später hielt nämlich ein Polizeiwagen vor dem Büro an. Ein Offizier und ein Wachtmeister traten ein und wünschten, mit dem Sekretär zu sprechen.

»Der Sekretär ist krank«, sagte ich.

»Aber es ist in einer dringenden Angelegenheit«, beharrte der Offizier. »Wer ist jetzt hier verantwortlich?«

»Ach bitte, verzeihen Sie mir: Ich bin's. Ich hatte erst den vorherigen Sekretär gemeint; der ist krank. Ich bin der neue Sekretär.«

Dann müßten sie mit mir sprechen und auch mit jemandem von der Familie des verschwundenen jungen Mannes. Am gestrigen Samstag hätte man einen Burschen festgenommen, der ziellos am Strand von Atlit herumgestreunt sei. Aber wie sich herausgestellt hatte, war das nicht unser Klient. Auf der Wache in Aschkelon sei ein Unbekannter gemeldet worden, der die halbe Nacht auf der Bank einer Bushaltestelle geschlafen hätte. Als die Streife dort ankam, fehlte jedoch bereits jede Spur von ihm. Gestern und auch heute morgen würden die Ruinen von Scheich-Dahr durchkämmt. »Mir scheint, wir hatten da vor ein oder zwei Monaten mal einen Bericht; jemand von euren Leuten hatte da Lebenszeichen entdeckt. Aber das ist schon lange her. Jetzt brauchen wir genaue und vollständige Angaben: Was ist die Vorgeschichte? Familienstreit? Seelische Störungen? Andere Probleme? Ist der Betreffende, wie soll man sagen, schon früher mal verschwunden? Woher stammt die Waffe, die der Bursche mit sich führt? Könnte man gute Fotos bekommen, auf denen das ganze Gesicht zu sehen ist? Gibt es besondere Kennzeichen? Was hat er beim Weggehen angehabt? Was genau hat er mitgenommen? Hat er Feinde hier im Kibbuz oder anderswo? Wäre es möglich, eine Liste mit den Namen und Adressen von Freunden, Verwandten und Bekannten anzufertigen, bei denen er eventuell untergeschlüpft sein könnte? Besitzt er einen Reisepaß? Hat er Angehörige im Ausland?«

Ich stand auf und öffnete das Fenster. Ein scharfer, kühler Lufthauch drang ein. Den zufällig vorbeilaufenden Udi bat ich, Rimona ausfindig zu machen und sie zu mir ins Büro zu schicken. »Nur Rimona«, betonte ich.

Bis zu ihrem Eintreffen versuchte ich, einige der Fragen nach bestem Wissen zu beantworten. Der Wachtmeister schrieb alles auf, und der Inspektor sagte: »Nur streng vertraulich, zu Ihrer eigenen Information: Wir haben heute morgen einen dringenden Anruf aus dem Verteidigungsministerium erhalten. Ministerpräsident Eschkols Militärreferent hat uns persönlich aufgefordert, diesen Fall mit außergewöhnlicher Sorgfalt zu bearbeiten. Ich verstehe, der Vater ist von der Knesset? Gut befreundet mit den Größen des Staates?«

»Ich danke Ihnen«, sagte ich. »Sicher hätten Sie auch sonst getan, was Sie können.«

Der Wachtmeister nahm weiter meine Antworten zu Protokoll, bis Rimona kam: schön und langsam, von schlanker Gestalt, mit einem grundlosen, nicht an uns gerichteten Herbstlächeln und glänzenden schwarzen Augen, das blonde Haar von einem Kopftuch zusammengefaßt. Sie half mir, die beiden Gäste mit Kaffee zu bewirten, und nahm dann mir gegenüber Platz. Ihre Antworten müssen wohl einen etwas eigenartigen Eindruck auf die beiden Ordnungshüter gemacht haben.

»Lifschitz, Rimona?«

»Ja, das bin ich«, lächelte sie staunend, als wundere sie sich, woher die das erfahren hätten.

»Sehr angenehm. Mein Name ist Bechor. Inspektor Bechor. Und der da drüben – das ist Jaakow. Wir möchten Ihnen sagen, daß wir an Ihrem Kummer Anteil nehmen, und wir werden uns bemühen, daß Sie bald gute Nachrichten erhalten. Sie haben doch nichts dagegen, daß ich Ihnen einige Fragen stelle? Und Jaakow Protokoll führt?«

»Danke, daß Sie auf Besuch gekommen sind. Und daß Sie am Kummer Anteil nehmen. Kummer hat vor allem Jonatan, der jetzt nicht zu Hause ist. Und auch Asarja hat Kummer.«

»Asarja? Wer ist das?«

»Der Freund von Joni und mir. Wir sind drei.«

»Was heißt drei?«

»Wir sind drei. Freunde.«

»Bitte, Frau Lifschitz: Versuchen Sie, so weit es irgend geht, zur Sache zu antworten, damit wir Ihnen möglichst gut helfen können und Sie möglichst wenig belästigen müssen.«

»Alle sind hier hilfreich und gut: Srulik und Sie und Jaakow. Der Winter geht ja sowieso schon zu Ende, und jetzt beginnt der Frühling.«

»Gut. Ich werde Ihnen nun vorlesen, was wir bisher notiert haben, und hinterher schreibt Jaakow dann alles auf, was Sie noch hinzufügen möchten. Sie können mich auch mittendrin unterbrechen, falls sich Ungenauigkeiten eingeschlichen haben.«

Behutsam lächelte Rimona das Kalenderbild in meinem Büro an, und mir fiel plötzlich ein, wie sie mir mal bei einem gemeinsamen Speisesaaldienst gesagt hatte, ich solle nicht traurig sein, da sich alles zum Guten wende.

»Also: Das ist Lifschitz, Jonatan. Vorname des Vaters – Jisrael. Richtig? Alter 26. Verheiratet. Keine Kinder.«

»Nur Efrat.«

»Wer ist Efrat?«

»Unsere Tochter. Efrat.«

»Wie bitte?«

An diesem Punkt mußte ich eingreifen: »Gemeint ist ein Baby, das vor einem Jahr gestorben ist.«

»Wir nehmen Anteil an Ihrem Kummer. Wenn es Ihnen nicht zu schwer wird – können wir weitermachen?«

»Nicht schwer. Und Ihnen? Wird's nicht zu schwer?«

»Militärischer Dienstgrad – Hauptmann. Reserveoffizier im Spähtrupp. Erhielt eine Auszeichnung vom Bezirkskommandanten. ›Geistesgegenwart unter Feuer‹ steht hier. Arbeitete zuletzt im Landmaschinenschuppen. Kibbuzmitglied. Größe 1,80 Meter. Dunkler Teint. Keine besonderen Kennzeichen. Etwas längeres Haar. Hat das Haus ohne vorherige Ankündigung in der Nacht auf Mittwoch, den zweiten des Monats, verlassen. Ziel unbekannt. Hat keinen Brief hinterlassen. Trägt israelische Armeeuniform und ist offenbar mit einem Gewehr bewaffnet. Wissen Sie, woher er die Waffe hat? Besitzt er einen Waffenschein? Welcher Art ist das Gewehr?«

»Schwarz, glaube ich. Vom Militär. War sonst in dem verschlossenen Kasten unterm Schrank.«

»Wozu hat er Ihrer Ansicht nach die Waffe mitgenommen?«

»Die nimmt er immer mit.«

»Was heißt immer?«

»Wenn sie ihn rufen.«

»Aber diesmal hat man ihn, soviel ich weiß, doch nicht einberufen?«

»Sie haben ihn gerufen.«

»Wer?«

»Hat er nicht gesagt. Wußte er nicht genau. Er hat nur aus der Ferne gehört, daß man nach ihm ruft, und gesagt, daß er weggehen muß. Und das mußte er wirklich schon.«

»Wann hat er das gesagt?«

»Mitten in der Nacht mal, als es draußen sehr geregnet hat. Daß sie ihn an irgendeinen Ort rufen und nicht ewig warten würden.«

»Wann ist das genau gewesen?«

»Ich hab es doch gesagt. Als es geregnet hat.«

»Welchen Ort hat er gemeint?«

»Das wüßte er nicht. Weit weg. Und er müßte gehen, weil's ihm hier schwer wäre.«

»Es tut mir leid, Frau Lifschitz, daß ich Ihnen die nächste Frage stellen muß. Hat es da irgendein Problem gegeben, irgendeine . . . familiäre Auseinandersetzung?«

»Er ist weggegangen«, lächelte Rimona. »Jeder möchte gehen. Er ist dahin gegangen, wo er hinwollte. Asarja hat kommen wollen und ist tatsächlich gekommen. Dann ist er geblieben. Wir können warten. Werden nicht traurig sein. Auch Sie brauchen nicht so traurig zu sein.«

»Aber was war sein Ziel? Wohin wollte er gehen?«

»Er hat gesagt: an meinen Ort.«

»Was ist das, sein Ort?«

»Ich glaub, es kann sein.«

»Was kann sein?«

»Daß er einen Ort findet.«

»Ja, aber wo zum Beispiel?«

»Wo's ihm gut ist. Auch ihr sucht doch. Auch Srulik. Fast alle. Nehmen einen Speer und ziehen aus, einen Büffel zu töten.«

Und so weiter.

Schließlich wechselte der Inspektor einen schrägen Blick mit dem Wachtmeister, dankte Rimona und mir, bekundete erneut seine Anteilnahme, versprach, daß sicher alles in Ordnung kommen würde, weil sich nämlich erfahrungsgemäß die Mehrzahl dieser Fälle innerhalb weniger Tage regelten. Doch Rimona blieb sitzen. Es entstand eine unangenehme Pause. Plötzlich schlug sie vor, Kekse und ihre Stickerei herzubringen. So mußte ich sie also ausdrücklich bitten, uns jetzt alleine zu lassen. Als sie weg war, fragte der Inspektor vorsichtig: »Was hat sie, noch so'n bißchen im Schock, oder was?«

Ich versuchte, ihnen zur Klärung behutsam einige Grundzüge ihres Wesens zu skizzieren, aber offenbar ohne Erfolg, denn der Wachtmeister tippte sich mit dem Finger an die Stirn, blickte mich, um Bestätigung heischend, an und witzelte: »Von so einer – wär ich auch weggelaufen.«

»Und ich – nicht«, sagte ich, wobei ich mich wunderte, woher ich plötzlich diese harte Stimme genommen hatte. Sein dummes Grinsen war wie weggefegt.

»Viel schlauer sind wir nicht geworden«, faßte der Inspektor zusammen. »Komm, Jaakow. Das wichtigste sind jetzt scharfe Fotos.«

Bald stellte sich jedoch heraus, daß keine Fotos vorhanden waren. Jonatan gibt's nicht. Abgesehen von ein paar Kinderaufnahmen und einem unbrauchbaren Bild, das Jonatan mit Kefiyah auf dem Kopf neben Rimona und einem Jeep auf ihrem Wüstenausflug nach der Hochzeit zeigt. Außerdem fand sich noch ein verschwommenes Foto aus einem alten Heft der Soldatenzeitung.

Nachdem die Polizisten abgefahren waren, klingelte das Telefon: Tschupke, der Kamerad vom Spähtrupp. »Ist das Srulik? Dann also 'n paar Fakten: Wir haben hier und da Suchgruppen im Gelände verstreut. Der N. O. läuft mit einigen Spähern schon zwei Tage lang in eurer Gegend rum. Euch gegenüber, auf der andern Seite der Grenze, haben wir 'n Stinker sitzen. Mit dem werden wir heute nacht reden.« (Was ist ein N. O.? Wer ein Stinker? Irgendwie mochte ich nicht fragen.) Tschupke fuhr fort: »Sag mal, wer kennt sich bei euch 'n bißchen mit Karten aus? Du persönlich? Oder jemand von den jüngeren?«

»Das ist möglich«, sagte ich, »warum?«

»Dann geht mal in Jonis Zimmer und sucht dort sehr gründlich nach einem Karton mit Landkarten. Im letzten Herbst, vor den Feiertagen, hat er mir nämlich einen ganzen Satz 1:20000 weggeschleppt und nicht zurückgebracht. Prüft das mal nach. Oder soll ich jemanden von uns schicken?«

»Was genau sollen wir denn prüfen?«

»Vielleicht fehlt dort irgendeine Karte? Der Satz war vorher komplett.«

»Entschuldige«, sagte ich, »brauchst du die Karten ausgerechnet heute? Ist es dringend?«

»Du verstehst nicht, Habibi«, sagte Tschupke geduldig, »wenn eine Karte fehlt, dann ist das die, die Joni mitgenommen hat. Danach wissen wir vielleicht, in welcher Ecke wir mit der Suche anfangen sollen.«

»Ausgezeichnet«, rief ich, »ein großartiger Gedanke. Wir werden's noch heute nachprüfen.«

»Sind doch kleine Fische, Mann«, erwiderte Tschupke wegwerfend auf meine Lobsprüche. »Hauptsache, ihr meldet euch heute abend und teilt mir mit, ob's was Neues gibt. Geht das okay?«

»Gut«, sagte ich, um dann – meinen Stolz hinunterschluckend – hinzuzufügen: »Jawoll, geht okay.«

»Und daß ihr mir keinen Aufruhr macht.«

»Was heißt das?«

»Presse und all sowas. Kann doch sein, daß er lebt. Was soll'n wir ihn da erst groß bloßstellen.«

Wie sonderbar mir diese jungen Leute vorkommen. Wie die Söhne eines anderen Stammes. Ein fremdes Völkchen ist das. Weder Asiaten noch Europäer, weder Gojim noch Juden, so als würde unsere Rasse sich eine Art Verkleidung anlegen, in der sie auch ihre größten Feinde nicht mehr wiedererkennen. Welten trennen sie von mir. Aber ich würde auf der Stelle alles geben, was ich besitze, könnte ich nur auch einen Sohn haben:

und gerade so einen von ihrer Sorte. Alles würde ich mit Freuden geben, aber was besitze ich eigentlich? Gar nichts. Vielleicht meine Flöte. Sechs Hemden. Zwei Paar Schuhe. Einen Stapel Hefte, die dieses Tagebuch enthalten. Ich hab wirklich nichts, was ich geben könnte. Wieder möchte ich hier eine (in gewissem Sinne) religiöse Bemerkung einflechten: Dieses innere Bestreben, dieser Wille, alles zu geben für etwas, das doch nie sein kann, hat eine rätselhafte Ähnlichkeit mit den Bewegungen des Kosmos, den Umlaufbahnen der Sterne, dem Wechsel der Jahreszeiten, dem Flug der Zugvögel, über die ich gerade in Donald Griffins Buch lese. Das passende Wort ist vielleicht: Sehnsucht.

Nun komme ich auf die Ereignisse des Tages zurück.

Um zehn Uhr holte ich Chawa von der Nähstube ab, um mit ihr zusammen nach Jolek zu schauen. Rimona und Asarja saßen bereits bei ihm, er auf der Sofaecke und sie auf der Matte zu seinen Füßen. Im Dämmerlicht des Zimmers, vor seiner Bücherwand, sah man Jolek, grau umwölkt von dem ihn einhüllenden Qualm seiner Zigarette. Auch Asarja rauchte. Ob wir sie mitten in einer politischen Diskussion gestört haben? Bei einem Gespräch über Spinoza? Links neben Asarja, zwischen Sofa und Schreibtisch, lehnte seine Gitarre. Hatte er vorgehabt zu spielen?

Als wir eintraten, huschte ein vergnügtes Funkeln über Joleks Augen: »Nu, mein Zaddik, hast du jetzt ordentlich Spaß?« (Das Wort »Zaddik« betonte er auf der ersten Silbe wie im Jiddischen.)

»Spaß?«

»An deinem neuen Amt. Wie fühlt sich der Kibbuzsekretär? Hat er alles fest in der Hand?«

Doch Chawa funkte dazwischen: »Srulik hat mehr Verstand und Mitgefühl im kleinen Finger als du in deinem ganzen berühmten Kopf.«

»Na. Was sagt ihr dazu? Jetzt hat sich auch meine Frau schon in ihn verliebt. Macht nichts. Gott sei Dank. Die Sorge bin ich los, und er wird bei ihr auch noch Honig schlecken. Meiner bescheidenen Meinung nach ist das ein ausgezeichneter Grund, ein Gläschen Kognak zu heben. Rimonka, wenn es dir nicht zu viel Mühe macht: Die Flasche hat sich dort unten versteckt, hinter dem hebräischen Wörterbuch.«

»Daß du es bloß nicht wagst«, fuhr Chawa ihn an, »du hast gehört, was der Doktor gesagt hat.«

Worauf Asarja fröhlich deklamierte: »Stepan gab Aljoscha ein goldenes Säckel, doch Aljoscha wurde bös und haute ihm eins auf den Deckel.«

Ich hatte Asarja ins andere Zimmer locken und ihm dort auftragen wollen, sofort Jonis Kartensatz suchen zu gehen und ihn mir ins Büro zu bringen, aber im selben Augenblick öffnete sich die Tür, und der Ministerpräsident trat ein. Seine Begleiter hatte er draußen gelassen. Er kam allein, schwerfällig und ein wenig verschämt in seinem blauen Hemd, das ihm wieder mal aus der Hose gerutscht war, und in den vom Gartenschlamm verspritzten Schuhen. Er packte Chawa an den Schultern und gab ihr einen Kuß auf die Stirn. Dann nahm er Joleks Hände in seine breiten Pranken und drückte sie mit aller Macht, bevor er sich seufzend einen Stuhl nahm und sich umständlich zwischen Jolek und Chawa setzte. Jolek bot ihm ein Glas Tee oder ein Gläschen Kognak an und forderte Rimona auf, Eschkol einzuschenken. Ich war äußerst verblüfft, Feuchtigkeit, ja eine richtige Träne in Joleks kleinen, harten Augen zu entdecken, aber er schob das schnell auf seine Allergie. Inzwischen war Chawa von ihrem Platz aufgesprungen und in die Kochecke gestürzt, wo sie einen wahren Sturm entfachte. Sie zog eine weiße Festtagsdecke heraus, brachte kalte und warme Getränke, Obst, Gebäck, Kuchen – und das alles auf gutem Geschirr, das sie offenbar für festliche Gelegenheiten und hochgestellte Gäste aufbewahrte. Mir gelang es nicht, ein kleines Lächeln zu unterdrücken.

Schon bald fingen Jolek und der Ministerpräsident an, sich alle möglichen Sticheleien, Witzchen und sarkastische Bemerkungen an den Kopf zu werfen. Jolek stellte mich Eschkol als einen der sechsunddreißig Gerechten vor, auf denen die Welt beruht, und diesmal betonte er das Wort Zaddik nach hebräischer Aussprache auf der zweiten Silbe. Ich selbst beobachtete aus meiner Ecke, daß Asarja den Gast mit seinen Augen verschlang. Mit dem funkelnden Blick und dem leicht offenstehenden Mund wirkte er wie ein dummer Junge, der einer Frau heimlich unter den Rock schaut. Wieder mußte ich lächeln.

Als Eschkol Jolek – vielleicht im Scherz – zum Faustkampf aufforderte, konnte ich eine kleine Boshaftigkeit in mir nicht unterdrücken, sondern erbot mich freiwillig, die Möbel wegen der Schlägerei in die Zimmerecken zu räumen. Alle lachten, außer mir. Übrigens mochte ich den Ministerpräsidenten zuerst, denn ich stellte ihn mir als leidgeprüften, mitfühlenden Menschen vor. Allerdings erfüllte mich jedesmal eine unschöne Freude, wenn es ihm gelang, unserem Jolek einen kleinen Streich zu versetzen. In einem gewissen Stadium geriet ich fast in Versuchung, meine feststehende Auffassung über die uns alle auferlegte Pflicht, nicht noch zusätzliche Schmerzen zu verursachen, in die Unterhaltung einzuflechten. Aber dann hielt ich mich doch zurück.

Nicht so Asarja Gitlin.

Als der Ministerpräsident aufstand, um sich zu verabschieden und seinen Weg fortzusetzen, verblüffte Asarja uns alle, indem er hochschnellte und in eine lange, verworrene Tirade ausbrach. Vergebens versuchten Chawa und ich, seine Redeflut zu bremsen, während sowohl Jolek als auch der Ministerpräsident insgeheim ein sonderbares, gemeinsames Vergnügen daran zu haben schienen und den Jungen offenbar noch anstachelten, sich vor ihnen immer weiter lächerlich zu machen. Fremd und eigenartig kam ich mir plötzlich in ihrer Gesellschaft vor. Wie ein Nüchterner unter lauter Besoffenen. Hat denn kein Mensch außer mir Mitleid mit Asarja? Erinnert sich niemand außer mir an Jonatan? Sind sie alle drei – einschließlich Asarja – in einem mir unverständlichen Irrsinn befangen? Lösen Asarjas Leiden bei ihnen irgendein wohltuend prickelndes Hohngefühl aus? Oder umgekehrt: eine genußvolle Qual? Hat seine fieberhafte Predigt irgendeinen Widerhall in ihren Herzen gefunden, und sei es auch nur ein verzerrtes, clowneskes Echo?

Nichts versteh ich. Nichts und wieder nichts. »Unser Dorfpfarrer«, hat Stutschnik mich betitelt – ein Pfarrer, der die Querflöte und nicht die Orgel spielt.

Meine Zuneigung für Eschkol war jedenfalls vergangen. Mein Leben lang hab ich mich mit diesen Menschen schwergetan, mit ihrer versteckten Grausamkeit, ihrem Haß, ihrer Verschlagenheit, ihren Krankheiten, ihrer mit Bibelsprüchen und jiddischen Ausdrücken durchsetzten Redeweise. Seit vielen, vielen Jahren bemühe ich mich schon, wie einer von ihnen zu werden, aber tief im Innern bin ich stolz, daß es mir nicht gelungen ist. Unser Asarja wurde nun also vollends vom Wahnsinn mitgerissen, häufte Sprichwörter, Beleidigungen und Prophezeiungen aufeinander und quasselte ungebremst drauflos, während die beiden alten Freunde hin und wieder neue Kohlen auf die Glut legten. Zum Schluß versprach Eschkol, er ließe uns weiter jede Hilfe zukommen – und fuhr ab. Sofort setzte Jolek Asarja unter Kognak, trank auch selber mit und lobte den Jungen für seine Frechheit. Etwa eine Viertelstunde später traf ein neuer Gast ein: ein untersetzter, geckenhafter Typ in hellem Flanellanzug, mit kurz gestutztem Zierbärtchen, der den Eindruck eines mit allen Wassern gewaschenen Karrierekünstlers machte. Ein Flair satter Bestimmtheit ging von ihm aus, womöglich begünstigt durch ein teures Rasierwasser. Der Mann sprach mit gedämpfter, etwas näselnder Stimme und leicht amerikanischem Akzent, und obwohl er nicht rauchte, hörte er sich an, als würde er eine Pfeife zwischen den Zähnen halten.

Als erstes zückte er eine goldumrandete Visitenkarte und verkündete, die Karte hin und her wedelnd: »Arthur I. Seewald. United Enterprises. Wer von Ihnen ist Herr Lifschitz?«

»Hier«, sagte Jolek heiser, indem er sein Glas hart auf der Tischplatte abstellte. Der Gast übersah dieses Zeichen des Unwillens, überreichte Jolek seine Karte und erlaubte sich, Platz zu nehmen.

Wie sich herausstellte, vertritt er in Tel Aviv verschiedene ausländische Firmen. Unter anderem sei er auch der hiesige Bevollmächtigte von Herrn Benjamin Bernard Trotzky aus Miami, Florida. Der Name sei hier ja wohl bekannt. In einer nachts per Telex eingegangenen Nachricht sei er, Seewald, nun von Herrn Trotzky beauftragt worden, sich mit höchster Dringlichkeit hierher zu begeben, und in einem Transatlantikgespräch habe Herr Trotzky ihm heute morgen noch nähere Anweisungen erteilt. Im übrigen tue es ihm aufrichtig leid, daß er nicht im voraus einen Gesprächstermin vereinbart habe, aber es sei eben schwer, ja fast unmöglich, sich mit den Kibbuzim telefonisch in Verbindung zu setzen. So sei er also zu seinem Bedauern ohne Vorankündigung erschienen. Würden wir ihm wohl bitte glauben, daß das sonst nicht seine Gewohnheit sei? Jedenfalls habe er nun angesichts der Dringlichkeit der vorliegenden Sache...

»Welche Sache, bitte schön?« fiel Jolek ihm ins Wort, wobei sich seine weißen Bartstoppeln ein bißchen zu sträuben schienen. Sein schwerer Körper war in einen blauen Hausmantel über einem roten Pyjama gehüllt, eine Aufmachung, die Jolek etwas von dem Aussehen eines orientalischen Tyrannen verlieh. Auch auf seinem Gesicht lag ein finsterer, herrischer Ausdruck, als wollte er gleich mit einem Fingerzeig den Befehl geben, den Narren da vor ihm zu enthaupten. »Vielleicht sind Sie so gut, sich den Rest Ihrer Vorrede zu sparen und gleich zur Sache zu kommen?«

Ja, es ginge also um eine vor drei Tagen auf Herrn Trotzkys Schreibtisch eingegangene Nachricht des hiesigen Kibbuzsekretariats: Ob bei uns immer noch ein junger Mann vermißt werde?

»Mein Sohn«, sagte Jolek mit unterdrückter Wut, »ist offenbar plötzlich zu Ihrem Trotzky gereist. Psiakrew. Ist er dort? Ja oder nein?«

Herr Seewald lächelte verbindlich: Nach den bisher erhaltenen Informationen warte Herr Trotzky noch immer auf den Besuch des jungen Mannes und sei ziemlich in Sorge. Gestern morgen habe er eigentlich nach Israel fliegen wollen, aber seine Geschäfte und vor allem die Aussicht auf das baldige Eintreffen des jungen Mannes hätten ihn veranlaßt, auf die geplante Reise zu verzichten. Übrigens befinde er sich derzeit auf den Bahamas. Angesichts dessen habe er ihm, Seewald, per Telex sehr weitgehende Vollmachten erteilt, in seinem Namen zu verhandeln. Er selbst sei, nebenbei bemerkt, Rechtsanwalt von Beruf.

»Verhandeln? Worüber?«

»Joni lebt«, strahlte Chawa auf einmal. »Er ist bei ihnen. Ich sag dir, Jolek, daß er schon bei ihnen ist. Du wirst ihnen alles geben, was sie haben wollen, solange nur Joni zurückkommt. Hörst du?«

Herr Seewald war leicht verlegen: Ob er einige Minuten mit Herrn Lifschitz allein unter vier Augen sprechen dürfe? Er bedaure die Unannehmlichkeit.

»Na, hören Sie mal, Mister, wenn Sie gestatten: Dies ist meine Frau, und das da gegenüber von Ihnen ist meine Schwiegertochter. Der junge Mann am Ende des Sofas ist ein Freund der Familie, und der Mann, der dort am Fenster steht, ist mein Nachfolger im Amt des Kibbuzsekretärs. Hier gibt es keine Geheimnisse. Es bleibt alles in der Familie. Sie sind zum Verhandeln gekommen? Was haben Sie denn anzubieten? Hat Ihr Trotzky meinen Luftikus in der Hand? Ja oder nein? Reden Sie doch endlich!«

Der Gast musterte uns alle leicht skeptisch, als wolle er sich ein Bild von unserem Charakter machen, um abzuschätzen, wozu wir wohl noch fähig wären. Zum Schluß blieb sein Blick auf Chawa ruhen: »Frau Lifschitz, nehme ich an?«

»Chawa.«

»Gnädige Frau, Sie werden verzeihen, aber ich habe ausdrückliche Anweisung, erst gesondert mit Ihrem Herrn Gatten und danach – ebenfalls gesondert – mit Ihnen zu sprechen. Die Angelegenheit ist ja, wie Sie alle wissen, etwas heikel. Es tut mir wirklich leid.«

»Jetzt hören Sie doch in drei Teufels Namen auf, uns hier mit süßen Gesängen einzulullen!« donnerte Jolek wütend los, während er seinen kurzen, breiten Körper zu voller Größe aufpumpte, dabei Kopf und Schultern ruckartig nach vorne beugte und mit der Faust auf den Tisch knallte. »Wo ist mein wohlgeratener Sohn?« brüllte er. »Bei Ihrem Nebbich da, diesem Kretin, ja oder nein?«

»Nun also in diesem Stadium...«

»Äh?!«

»In diesem Stadium wohl noch nicht, fürchte ich. Aber...«

»In diesem Stadium, hä? Wohl noch nicht, hä? Die Sache fängt ja erheblich an zu stinken. Konspiration? Erpressung? Dunkle Geschäfte? Was führt er denn im Schilde, dieser schäbige Clown?« Mit voller Wucht drehte sich Jolek jetzt – vollends rasend mit blau angelaufenem Gesicht und bebend hervortretenden Schläfenadern – Chawa zu. »Was hast du von all dem schon längst gewußt, Frau Lifschitz? Was zum Teufel habt ihr Jonatan bereits hinter meinem Rücken angetan, du und dein Ganove? Rimona, Srulik, Asarja. Alle raus aus dem Zimmer! Auf der Stelle! Moment. Nein. Srulik bleibt hier.«

Ich blieb.

Beim Rausgehen bemühte Asarja sich vergeblich, ein unschönes Grinsen zu unterdrücken. Und Rimona sagte: »Ihr müßt euch nicht streiten, Chawa und Jolek. Joni ist traurig, wenn ihr damit anfangt.«

Jolek kehrte zu seinem Sessel zurück, ließ sich schwer atmend hineinfallen und wischte sich mit der Hand den Schweiß von der Stirn. Als er die Sprache wiedergefunden hatte, bellte er den Gast an: »Vielleicht setzen Sie sich endlich, Mister«, obwohl Herr Seewald überhaupt nicht aufgestanden war. »Chawa, ein Glas Wasser, meine Medizin. Mir ist nicht gut. Und gib auch diesem Advokaten da was zu trinken, damit er mit seinen Grimassen aufhört und endlich anfängt, Tacheles zu reden.«

»Vielen Dank«, lächelte Herr Seewald, dessen Gesicht freundlich verwundert aussah. »Ich bin nicht durstig. Wenn Sie gestatten, möchte ich vorschlagen, daß wir möglichst zur Sache kommen. Dies ist kein Höflichkeitsbesuch.«

»Nein, hä?« brummte Jolek, »und ich in meiner Harmlosigkeit hab gedacht, Sie wären zu einem Tanzvergnügen gekommen. In Ordnung. Ich höre. Fangen Sie an. Übrigens habe ich keinen Grund, mich einer Unterredung unter vier Augen zu widersetzen: Chawa – ins andere Zimmer. Srulik – du bleibst trotzdem hier. Ich brauch einen Ohrenzeugen. Die Sache stinkt. Chawa, ich hab gesagt: raus jetzt.«

»Auf keinen Fall«, fauchte Chawa. »Und wenn du platzt, ich geh nicht weg. Das hier ist mein Haus. Es handelt sich um meinen Sohn. Da wirst du mich nicht rausschmeißen. Hier, nimm das Glas Wasser und schluck diese zwei Pillen. Du hast ja gesagt, dir wär nicht gut.«

Jolek stieß ihre Hand mit dem Wasserglas so heftig zurück, daß es überschwappte. Dann zog er eine einzelne Zigarette aus der Rocktasche, befühlte sie, klopfte sie auf der Armlehne aus, betrachtete sie mißtrauisch, wobei seine breiten Nasenflügel ins Beben gerieten, entschied sich letzten Endes, sie doch nicht anzuzünden, und sagte völlig ruhig: »Srulik, vielleicht kann ich deine guten Dienste in Anspruch nehmen? Könntest du deinen Charme auf diese Dame da verwenden, damit sie uns gütigst für ein Weilchen verläßt?«

»Es wird mir ein Vergnügen sein, mit der gnädigen Frau hinterher getrennt zu sprechen«, bemerkte Herr Seewald zuvorkommend.

Chawa blickte mich ängstlich fragend an: »Srulik? Soll ich gehen?«

»Vielleicht doch. Aber nur ins andere Zimmer«, antwortete ich.

Am Ausgang herrschte sie Jolek plötzlich mit »ty zboju« an und knallte die Tür dann derart heftig hinter sich zu, daß die Gläser auf dem Tisch klirrten.

Der Gast zog einen länglichen weißen Umschlag und einen sorgfältig gefalteten Zettel aus der Rocktasche. »Das ist die Vollmacht, die mir Herr Trotzky per Telex geschickt hat. Und hier ist die Flugkarte, die ich laut Auftrag besorgen sollte.«

»Flugkarte? Für wen?«

»Für die Dame, Tel Aviv–New York–Miami. Hin und zurück natürlich. Morgen wird sie auch Paß und Visum erhalten. Der Name Benjamin Trotzky vermag so manche Behördengänge in zehn bis zwanzig Staaten zu verkürzen.«

Jolek beeilte sich nicht mit der Antwort. Er zog seine Brille aus der Tasche, setzte sie sehr bedächtig tief unten auf die Schrägung seiner gewaltig vorstehenden Nase, verschwendete jedoch keinen einzigen Blick auf die vor ihm ausgebreiteten

Dokumente, sondern musterte nur Herrn Seewald schräg durch die funkelnden Linsen: »Na. Massel tow. Und womit hat die Dame sich diese große Ehre verdient?«

»Falls der junge Mann tatsächlich den Weg nach Amerika einschlagen sollte, wie Herr Trotzky von ganzem Herzen hofft, wäre es doch besser, daß auch die gnädige Frau dort zugegen ist. Herr Trotzky möchte in seinem Privatquartier eine Art Gegenüberstellung arrangieren.«

»Gegenüberstellung, Mister?«

Der Gast löste den Riemen seiner Ledertasche, entnahm ihr ein Schriftstück und bat um Erlaubnis, einige Punkte vom Papier ablesen zu dürfen. Auf diese Weise könnten Mißverständnisse vermieden und unnötigen Streitigkeiten aus dem Wege gegangen werden.

Ich selbst bemühte mich, meine Anwesenheit im Zimmer so unauffällig wie möglich zu gestalten. Deshalb wandte ich den Kopf und blickte aus dem Fenster nach draußen: blauer Himmel, zwei bis drei federleichte Wölkchen, ein nackter Zweig, ein Schmetterling. Das ist der Frühling. Wo ist Jonatan jetzt? Woran denkt er in diesem Augenblick? Sieht auch er diesen Frühlingshimmel? Unwillkürlich hörte ich die selbstgefällige, näselnde Stimme, die langsam einen Absatz nach dem anderen vorlas: ». . . Herr Trotzky ist in großer Sorge über Jonatans Verschwinden. Er hofft und glaubt, daß der junge Mann sich in den nächsten Tagen oder Stunden bei ihm einfinden wird. Seit vielen Jahren ist mein Mandant schon bereit, nötigenfalls die gesetzliche Vaterschaft anzuerkennen. Dies hat er auch einmal schriftlich erklärt, und zwar in einem an Sie hier gerichteten Einschreibebrief, der leider nie beantwortet wurde. Herr Trotzky hat Grund zu der Annahme, daß der junge Mann, auf entsprechende Belehrung hin, daran interessiert sein wird – unter Umständen auch auf medizinischem Wege –, klären zu lassen, wer sein leiblicher Vater ist. Dabei möchte Herr Trotzky nachdrücklich betonen, daß er keinesfalls die Absicht hat, seinem Sohn irgend etwas aufzuzwingen. Andererseits besteht er jedoch auf seinem Recht, eine private Gegenüberstellung zwischen ihm, dem Sohn und der

Mutter herbeizuführen. Ich bin bevollmächtigt, mit Ihnen, Herr Lifschitz, sowie – gesondert – mit Ihrer Gattin darüber zu verhandeln, mit dem Ziel, eine diskrete Übereinstimmung zu erreichen. Ich darf Ihnen da ein großzügiges Angebot unterbreiten.«

»Ja?« sagte Jolek ohne Erregung, indem er den Kopf vorstreckte, als fürchte er, nicht richtig gehört zu haben. »Wirklich? Und was haben Sie mir beispielsweise anzubieten?«

»Herr Lifschitz, wenn Sie gestatten, möchte ich mündlich – als Grundlage für Ihre eventuellen Erwägungen – folgende Fakten anfügen: Herr Trotzky ist nicht mehr jung. Er war viermal verheiratet, aber jede dieser Ehen ist durch Scheidung beendet worden. Keiner dieser Verbindungen sind Nachkommen entsprungen. Es geht hier also, unter anderem, um ein Vermögen, das ich – ohne jetzt nähere Größenbestimmungen vorzunehmen – als ausreichend bezeichnen möchte, etwa zehn- bis zwanzigmal diesen ganzen werten Kibbuz aufzukaufen. Abgesehen von seinem Sohn besitzt Herr Trotzky nur noch einen einzigen weiteren Blutsverwandten, und zwar einen psychisch labilen Bruder, der praktisch seit vielen Jahren verschwunden ist, jede Verbindung abgeschnitten und keinerlei Zeichen von sich gegeben hat, so daß niemand weiß, ob er sich noch unter den Lebenden befindet. Der junge Mann, von dem wir hier sprechen, wird also nicht leer ausgehen. Darüber hinaus darf ich noch betonen, daß Herr Trotzky beschlossen hat, den jungen Mann auch dann nicht mit leeren Händen ziehen zu lassen, wenn die Vaterschaftstests kein eindeutiges Ergebnis zeitigen oder sogar – von Herrn Trotzkys Standpunkt betrachtet – negativ ausfallen sollten. Mein Mandant hat es nicht für richtig befunden, Sie – oder mich – in seine privaten Erwägungen und Motive zu diesem Punkt einzubeziehen, aber ich habe den Auftrag, Ihnen deutlichst zu versichern, daß Herr Trotzky keinerlei Gegenforderungen stellt. Dazu gehört auch, daß er keine Namensänderung in den offiziellen Papieren seines Sohnes verlangt. Andererseits steht es nicht in der Absicht meines Mandanten, schon jetzt irgendwelche endgültigen Verpflichtungen einzugehen. Vielmehr geht sein einzi-

ger Wunsch in diesem Stadium dahin, seinen Sohn kennenzulernen und eine private Gegenüberstellung in Anwesenheit der
gnädigen Frau herbeizuführen. Dies ist sein Wille und, wie ich
hinzufügen möchte, auch sein gutes Recht. Jetzt würde ich, mit
Ihrer Zustimmung, gern ein paar Worte mit Frau Lifschitz
wechseln. Und danach schlage ich vor, daß wir uns zu dritt
zusammensetzen, um festzustellen, wo wir stehen. Ich danke
Ihnen.«

Jolek schwieg grübelnd, wobei er immer noch vorsichtig die
nicht angesteckte Zigarette befingerte. Dann schob er äußerst
sorgfältig den Aschenbecher vom Rand in die Mitte des Tisches
und fragte leise: »Srulik. Hast du das gehört?«

»Ja«, sagte ich.

»Srulik. Siehst du, was ich sehe?«

»Mir scheint«, mischte sich Herr Seewald höflich ein, »die
wichtigste Erwägung auf allen Seiten müßte zweifellos das
Wohl des jungen Mannes sein, von dem wir hier sprechen.«

»Srulik, ehe ich irgendeinen Schritt unternehme, möchte ich
unbedingt ein für allemal deine Meinung hören. Richte du: Ist
sie darin verwickelt? Ist das eine Verschwörung?«

»Auf keinen Fall«, sagte ich, »Chawa hat nichts damit zu
tun.«

Herr Seewald lächelte selbstgefällig: »Nicht doch! Ich bin
überzeugt, die gnädige Frau wird höchst zufrieden sein. Ich
werde mir jetzt gestatten, mit ihr zu sprechen, und nehme an,
daß die Unterredung nicht lange dauert.«

»Mit Ihrer Erlaubnis, Mister«, sagte Jolek ruhig, »stehen Sie
auf.«

»Wie sagten Sie, bitte?«

»Aufstehen, Mister.«

Jolek nahm seine Brille ab und steckte sie bedächtig in die
Tasche. Breit, ungesund, von den Schultern abwärts einer
Versandkiste ähnelnd, darüber das graue, hier und da mit
schlaffen Hautsäcken behangene Gesicht – so streckte er jetzt
mit einer gedankenschweren Bewegung seine Hand nach dem
Tisch aus, nahm die Vollmacht, den Umschlag mit der Flugkarte und das Blatt, von dem Herr Seewald seine Angebote

abgelesen hatte, und riß alles ganz sacht mit seinen großen, blassen Fingern in kleine Fetzen, die er auf der Tischecke zu einem niedlichen Häufchen aufschichtete. »Jetzt gehen Sie weg von hier«, sagte er dann wie zu sich selbst.

»Herr Lifschitz...«

»Weg von hier, Mister. Die Tür ist genau hinter Ihnen.«

Herr Seewald wurde blaß und gleich darauf feuerrot. Dann sprang er auf, riß seine Ledertasche an sich und drückte sie eng an die Brust, offenbar aus Furcht, sie könnte noch das Schicksal der Dokumente erleiden.

»Dreckskerl«, stellte Jolek seelenruhig fest. »Sagen Sie Ihrem Herrn da...«

In diesem Augenblick kam Chawa ins Zimmer gestürzt, fuhr wie ein böser Geist zwischen dem Mann und Jolek hindurch und blieb – mit kreidebleichen Lippen – vor mir stehen: »Srulik, er schlachtet den Jungen ab! In Gottes Namen, laß es nicht zu! Kaltblütig und in voller Absicht schlachtet er jetzt Joni, damit wir ihn nie wiedersehen...«, sie umklammerte meine Hände, »...du hast selbst gehört, wie er eigenhändig das letzte Band durchschnitten hat, das noch... daß Joni fällt... das macht ihm gar nichts... Bestie!« Mit einer wilden Bewegung drehte sie sich Jolek zu, wobei ihre Augen förmlich aus den Höhlen traten und sie am ganzen Körper derart zitterte, daß ich sie eilig zurückzuhalten suchte, obwohl mir jede körperliche Berührung mit Frauen äußerst schwerfällt.

Ich kam zu spät.

Chawa sank heulend zu Joleks Füßen auf die Matte: »Hab Erbarmen mit dem Kind, du Scheusal! Mit deinem Kind! Mörder!«

»Hier, ich lasse Ihnen meine Visitenkarte da«, bemerkte Herr Seewald taktvoll. »Sie können sich mit mir in Verbindung setzen. Ich fürchte, ich muß mich jetzt verabschieden.«

»Laßt ihn nicht weg! Mörder! Renn ihm nach, Srulik, schnell, lauf doch, versprich ihm alles, was sie wollen. Eschkol wird helfen. Was sie nur möchten, gibst du ihnen, nur daß sie das Kind zurückgeben! Srulik!«

Halb erstickt würgte Jolek heraus: »Daß du es nicht wagst.

Ich verbiete dir, hinter ihm herzulaufen. Siehst du denn nicht, daß sie geisteskrank ist?«

Inzwischen hatte sich Herr Seewald verdrückt.

Nach kurzem Zögern ging auch ich. Neben seinem luxuriösen Wagen konnte ich Seewald einholen. Er blieb unwillig stehen und bemerkte kühl, daß er nichts mehr zu sagen habe und auch nicht bereit sei, in mir einen Verhandlungspartner zu sehen.

»Es geht hier nicht um Verhandlungen, Herr Seewald«, sagte ich, »aber ich habe eine kurze Mitteilung zu machen. Richten Sie Herrn Trotzky bitte gütigst aus, daß der Sekretär von Kibbuz Granot ihm folgendes für den Fall sagen möchte, daß Jonatan Lifschitz letzten Endes bei ihm auftaucht: Es steht Jonatan unsererseits frei, zu tun, was er möchte, und hinzugehen, wo immer er will. Wir legen ihm keine Fesseln an. Aber er muß sofort seine Eltern anrufen. Falls er nicht zurückkommen möchte, muß er auch seine Frau freigeben. Und auch dies sagen Sie bitte Herrn Trotzky: Wenn er etwas erfährt und es uns unterschlägt, wenn er versuchen sollte, Jonatan unter Druck zu setzen, oder wenn er sonstige krumme Wege einschlägt, dann wird dieser Kibbuz den Kampf gegen ihn aufnehmen, und der Sieg wird nicht auf Herrn Trotzkys Seite sein. Bitte richten Sie dies Ihrem Mandanten haargenau so aus, wie ich es gesagt habe.«

Ohne eine Antwort abzuwarten und ohne Händedruck wandte ich mich ab und eilte ins Haus zurück.

Mit Körperkräften, die der Mensch nur in höchster Not aufzubringen vermag, war es Chawa gelungen, Jolek von der Matte auf die Couch hochzuwuchten und gleich darauf zum Arzt zu laufen. Joleks Gesicht war blau angelaufen. Die Hände hielt er an die Brust gepreßt. Einige Schnipsel der vorher zerrissenen Papiere klebten an seinem Hausmantel. Ich brachte ihm Wasser. Aber die Schmerzen hatten nicht seine unbändige Willenskraft geschmälert. Mit tonlosen Lippen flüsterte er mir zu: »Wenn du einen Handel mit ihm geschlossen hast, wirst du das noch zu bedauern haben.«

»Beruhige dich. Es hat keinerlei Handel gegeben. Du mußt

jetzt nicht sprechen. Der Arzt ist sicher schon unterwegs. Red nicht.«

»Diese Irrsinnige«, brütete er vor sich hin, »alles ihre Schuld. Wegen ihr ist Jonatan so geworden. Haargenau wie sie.«

»Still, Jolek«, sagte ich und erschrak gleichzeitig vor meinen eigenen Worten.

Joleks Schmerzen nahmen zu. Er stöhnte. Ich nahm seine Hand in die meine. Zum ersten Mal in meinem Leben. Bis der Arzt hereinkam, gefolgt von Schwester Rachel und Chawa.

Wieder trat ich ans Fenster. Es war früher Abend. Im Westen hatte der Himmel bereits eine blaue und rote Färbung angenommen. Es ging ein leichter Wind. Im Licht der untergehenden Sonne schien die Bougainvillea im Garten in Flammen aufzugehen. Vor 39 Jahren hatte Jolek mich, noch in Polen, seiner Pioniergruppe vorgestellt, die nach ihrer Einwanderung diesen Kibbuz gründete. Einen »kultivierten Jungen« nannte er mich, und die aus Deutschland stammenden Juden allgemein bezeichnete er als »ausgezeichnetes Menschenmaterial«. Er brachte mir bei, ein Pferd anzuschirren. Er bewegte die Kibbuzversammlung dazu, mir eine Querflöte zu kaufen, obwohl man bei uns in jenen Tagen künstlerischen Tendenzen skeptisch gegenüberstand. Auch tadelte er mich oft, daß ich keine Familie gründete, und versuchte sogar einmal, mich mit einer Witwe aus einem Nachbarkibbuz zusammenzubringen. Und nun hatte ich plötzlich zum ersten Mal in meinem Leben seine Hand gehalten. Der Paternosterbaum vor dem Haus war schon grau geworden. Auf den fernen Bergen lag fahles Licht. Aus irgendwelchen inneren Tiefen strömte mir ein Gefühl des Friedens zu. Als wäre ich jemand anders. Als wäre es mir gelungen, meiner Flöte eine besonders schwere Passage zu entlocken, eine Stelle, um deren reine Wiedergabe ich mich jahrelang vergeblich bemüht habe. Und als hätte ich jetzt völlige Gewißheit, daß ich sie von nun an stets ohne Fehlklang und ohne große Anstrengung würde spielen können.

»Mit Gewalt werden wir dich nicht ins Krankenhaus verfrachten«, sagte der Arzt hinter meinem Rücken als Antwort auf Joleks heiseres Flüstern. »Aber das bedeutet Lebensgefahr, und ich kann keine Verantwortung für den möglichen Ausgang übernehmen.«

Und Chawa flehte: »Verzeihung für alles. Ich schwör dir, daß ich mich ändern werde. Nur, hör auf den Arzt. Ich fleh dich an.«

Ich drehte mich um und sah, wie Jolek mit seinen breiten Händen die Sofalehne umklammerte, als wollte man ihn tatsächlich gewaltsam fortzerren. Bittere Verachtung lag auf seinem häßlichen Gesicht. Der Schmerz ließ eine zornige Welle in ihm aufsteigen. Furchtbar und schrecklich sah er aus und war doch von einer majestätischen Ausstrahlung umgeben, die ich – warum sollte ich es leugnen – neidvoll bewunderte.

»Er muß ins Krankenhaus«, beharrte der Arzt.

»Jolek bleibt hier, wie es sein Wille ist«, hörte ich mich sagen. »Aber ein Wagen mit Fahrer wird hier draußen in Bereitschaft stehen. Die ganze Nacht über.« Mit diesen Worten wandte ich mich zum Gehen, um die Angelegenheit mit Etan R. zu regeln. Von der Tür aus bestimmte ich zu meiner Verblüffung noch: »Rachel, du bleibst hier bei Jolek. Chawa nicht. Du, Chawa, kommst mit mir. Ja, sofort.«

Sie gehorchte und folgte mir ins Freie. Als ich ihre Tränen sah, legte ich ihr den Arm um die Schultern, obwohl es mir – aus persönlichen Gründen – sehr schwerfällt, eine Frau zu berühren. Von draußen rief ich dem Arzt zu: »Wir sind im Büro. Und hinterher – bei mir zu Hause.«

Nachdem ich Etan gefunden und ihm aufgetragen hatte, am Steuer des Kleinlasters vor Joleks Haustür zu warten, sagte Chawa ängstlich: »Du bist böse mit mir, Srulik.«

»Nicht böse, nur besorgt.«

»Mir ist schon gut.«

»Du gehst jetzt in mein Zimmer und ruhst dich aus. Später schick ich dir den Arzt, damit er dir was zur Beruhigung gibt.«

»Nicht nötig. Ich fühl mich nicht schlecht.«

»Keine Widerrede.«

»Srulik, wo ist Joni?«

»Keine Ahnung. Nicht bei Trotzky. Bisher. Überhaupt scheint mir das unwahrscheinlich.«

»Und wenn er dort hinkommt?«

»Dann werde ich dafür sorgen, daß Trotzky sehr wohl einsieht, daß er uns augenblicklich benachrichtigen muß. Wir werden keine Fisimatenten dulden. Ich nehm die Sache in die Hand. Jetzt erst mal auf Wiedersehen. Geh ins Zimmer. Ich komme nach, sobald ich fertig bin.«

»Den ganzen Tag hast du nichts gegessen. Und du bist auch nicht gesund.«

»Schon gut«, sagte ich und ging zum Büro. Udi Schneor erwartete mich dort mit einer Nachricht, die mir äußerst wichtig erschien. Obwohl Asarja einen kleinen Aufruhr veranstaltet hatte, war Udi – meiner Anordnung folgend – in Rimonas Wohnung gegangen, hatte die Schränke abgesucht und dabei die Kartentasche gefunden. Wie sich herausstellte, fehlt das ganze Dreieck des Negev, von Sodom und Rafiah bis Elat. So trug ich Udi auf, am Telefon den Offizier Tschupke ausfindig zu machen und ihm diese Nachricht weiterzugeben, auch wenn er, Udi, deswegen die ganze Nacht am Apparat zu verbringen hätte. Eilsache.

Dann hängte ich mich an das Telefon der Krankenstation und konnte den Sekretär des Ministerpräsidenten in seiner Privatwohnung erreichen. Ich gab ihm die auf Seewalds Visitenkarte enthaltenen Daten sowie Trotzkys Geschäftsadresse in Miami durch. Auf seine Fragen konnte ich nur antworten, daß ein gewisser Verdacht in dieser Richtung vorliege und wir hier äußerst verbunden wären, wenn man der Sache von geeigneter Stelle aus nachgehen könnte. Über die Verschlechterung von Joleks Gesundheitszustand sagte ich lieber nichts, weil mir einfiel, daß Eschkol heute abend an der Nordgrenze sich besser ungestört den dortigen Problemen widmen sollte. Doch bat ich den Privatsekretär, das Versprechen des Ministerpräsidenten einzuhalten, Jolek Lifschitz' jüngeren Sohn, Amos, wenigstens für einige Tage vom Militärdienst beurlauben zu lassen.

Bei meiner Rückkehr ins Büro lauerte dort schon Asarja

Gitlin auf mich. Er wollte doch eine grundsätzliche Frage geklärt wissen: Dürfe Udi Schneor so ohne weiteres in seinen, Asarjas, Privatbereich eindringen? In den Schränken stöbern? Rimona und ihn selbst mit äußerst vulgären Ausdrücken belegen? Übrigens wolle er ansuchen – vielmehr den Antrag stellen –, sich als Anwärter auf die Kibbuzmitgliedschaft eintragen zu lassen. Er habe nun genug überlegt und sei zu der endgültigen Entscheidung gelangt, daß er hier zu Hause sei. Für immer. Er werde Rimona heiraten und der ganzen Gesellschaft dienen. Ohne Unterschied: »Mensch oder Wurm, was auch immer, das Schicksal wickelt's um den Finger.« Er sei am Ende seiner Wanderung angekommen und werde von jetzt ab einen Hausstand gründen. Ich solle wissen, daß der ganze Kibbuz ihm lieb und teuer sei, sogar Udi, und mich hätte er einfach schrecklich gern.

Ich unterbrach ihn. Sagte, ich hätte zu tun. Er solle mich nicht länger stören, sondern ein andermal wiederkommen.

Woher nahm ich plötzlich diese mir sonst so fremde Bestimmtheit?

Tatsächlich habe ich den ganzen Tag außer Tee, Aspirin und Gebäck nichts zu mir genommen. Aber mein Kopf ist klar. Ich fühle mich gut. Diesem Blatt Papier da vor mir will ich anvertrauen, daß eine unbekannte körperliche Freude in mir aufsteigt. Schon das Gehen ist leicht und angenehm. Die Entscheidungen kommen wie von selbst, mühelos. Sogar das Reden fällt mir nicht schwer. Ich bin der Sekretär. Mein erster Tag im Amt war kompliziert und nicht leicht; aber jetzt gegen Mitternacht, wo ich hier sitze und die wichtigsten Ereignisse des Tages der Reihe nach aufschreibe, sehe ich keinen Fehler. Mir scheint, daß alles, was ich heute getan habe, gut und richtig gewesen ist.

Mitternacht ist schon vorüber. Draußen wispert der Wind. Der Ofen brennt. Über den Schlafanzug habe ich Bolognesis Pullover gezogen und darüber – einen dicken Morgenrock.

Wo ist Joni jetzt? Sicher wandert er auf den Straßen umher. Oder schläft in seinem Schlafsack in irgendeiner abgelegenen Tankstelle. Es ist kein Unglück geschehen. In den nächsten

Tagen werden wir ein Zeichen von ihm erhalten, und vielleicht kehrt er sogar nach Hause zurück. Wenn er nicht freiwillig wiederkommt – ich finde ihn. Vom Negev-Dreieck bis nach Miami, Florida, reichen zu dieser Stunde die Fäden, die ich heute gesponnen habe. Ich werde ihn finden. Werde mich mit Geduld und Verstand um ihn kümmern. Auch um Asarja.

In meinem Bett, im andern Zimmer, liegt Chawa und schläft. Vor zwei Stunden habe ich den Arzt gebeten, ihr eine Beruhigungsspritze zu geben, und sie ist eingeschlummert wie ein Baby. Mich erwartet eine Matratze hier auf dem Fußboden. Aber ich habe keine Lust zu schlafen. Ich habe eine Platte aufgelegt und lausche nun leise – um Chawa nicht zu stören – einem Adagio von Albinoni. Fein und gut. Der ganze Kibbuz schlummert bereits. Nur da oben, nahe am Zaun, sehe ich ein erleuchtetes Fenster. Wer ist da noch wach? Der Richtung nach zu urteilen, ist das Bolognesis Fenster in der letzten Baracke. Sicher sitzt er allein da, wie ich, und murmelt seine Beschwörungen und Satzketten vor sich hin.

Wenn das Adagio zu Ende ist, ziehe ich Mantel und Schal an, setze meine Mütze auf den Kopf und drehe eine Runde im Kibbuz. Ich werde nachsehen, wie es Jolek geht. Einen Blick ins Büro werfen. Dem überraschten Bolognesi angenehme Ruhe wünschen. Denn ich habe keine Lust zum Schlafen. Mein Leitprinzip besagt – wie ich es schon mehrmals hier festgehalten habe –, daß es genug Schmerz auf der Welt gibt und man nicht noch weiteren hinzufügen darf. Wenn möglich – soll man ihn zu erleichtern suchen. Der gute Stutschnik nennt mich manchmal den Dorfpfarrer. Macht nichts. Jetzt ist der Pfarrer schon Bischof geworden. Und er hat nicht die Absicht, sich mit der Grausamkeit, dem Wahnsinn, der Lügerei und den Leiden abzufinden, die die Menschen einander zufügen. Die wahre Schwierigkeit besteht letzten Endes darin, zwischen dem Guten und dem scheinbar Guten zu unterscheiden. Denn zwischen Gut und Böse ist es nicht weiter schwer. Doch es gibt unter den Lebenskräften solche, die getarnt auftreten. Man muß die Augen offenhalten.

»In der Tierwelt gibt es Fälle – gewisse Vögel können hierfür als ausgezeichnetes Beispiel dienen –, in denen der Wandertrieb eine gefährliche, ja destruktive Ausdrucksform des Selbsterhaltungstriebes darstellt: als würde sich letzterer gewissermaßen in zwei einander tödlich bedrohende Bestandteile aufspalten« (Donald Griffin, a.a.O.). Mag sein.

Bald ist es Zeit, daß der Wächter Stutschnik zum Frühmelken weckt. Mit den Jahren hat er sein kumpelhaftes Pioniergesicht verloren und dafür den Ausdruck eines matten jüdischen Kleinhändlers angenommen – einer von denen, die in einem engen, dunklen Kurzwarenlädchen hinter ihrer wackligen Theke sitzen und ihren Talmud lernen, bis mal wieder ein Kunde eintritt. Aber er will weiter stur in aller Herrgottsfrühe seine Kühe melken und weigert sich, nun an meiner Stelle die Buchführung zu übernehmen, da ich Sekretär geworden bin. Ein großer Dickkopf ist er schon immer gewesen, aber jetzt spricht bekümmertes Staunen aus seinen Augen.

Ich geh. Jetzt ist schon Montag. Ich zieh mich warm an, wickel den Schal um den Hals, setz die Mütze auf und geh nachsehen, was sich im Kibbuz Granot tut.

P. S.: Ein Uhr morgens. Die Luft, die mir draußen entgegenschlug, war erfrischend, sehr scharf und hat mir alle meine Sinne belebt. Dichter Tau oder vielleicht leichter Regen hatte die Wege, Bänke und Beete benetzt. Alles schlief schon. Bis ans Ende des Kibbuz bin ich gegangen und habe dabei mit der kleinen Taschenlampe vor mich hin geleuchtet; das war die, die ich heute morgen aus dem Büro entwendet habe. Wie sagt Jolek? Mea culpa: Ich hab mir eine Taschenlampe angeeignet. Mit so einem Dostojewski-Gehabe erweist du uns keinen guten Dienst, hat Eschkol gesagt. Und was ist dabei? Ich weiß es nicht.

Während ich so ging, sprang plötzlich hinter mir ein Schatten aus der Dunkelheit. Ich erschrak: Bist du's, Jonatan? Aber der Schatten passierte mich und lief den ganzen Weg vor mir her. Es war Tia, die sich meinem nächtlichen Spaziergang anschließen wollte. Hier und da stoppten wir, um einen tropfenden Wasserhahn zuzudrehen oder Zeitungsfetzen aufzuheben und sie in den Papierkorb zu werfen. Tia brachte mir einen zerrissenen Schuh, den sie zwischen den Büschen gefunden hatte. Gelegentlich schaltete ich eine überflüssig brennende Lampe auf einer leeren Veranda aus.

Am Klubhaus trafen wir Udi auf seinem späten Rückweg vom Büro. Es war ihm endlich gelungen, den Offizier Tschupke telefonisch zu erreichen und ihm auftragsgemäß mitzuteilen, daß die Karten vom Negev fehlen. Das ist natürlich ein großes Gebiet, aber es gibt uns wenigstens eine allgemeine Richtungsvorstellung. Jemand, der sich umbringen will, wird kaum Karten im Maßstab 1:20000 mitschleppen, meint Udi. Ich versicherte ihm, zu hoffen und zu glauben, daß er damit recht hat, und schickte ihn ins Bett.

Jolek fand ich auf seiner Wohnzimmercouch in tiefem Schlaf. Sein Atem ging jedoch etwas röchelnd und wurde von abgehackten Schnarchern unterbrochen. Auf dem Sessel daneben saß Rachel und stickte. Alles genau nach meinem Willen. Sie erzählte mir, daß der Arzt im Laufe des Abends zweimal hereingeschaut, Jolek eine Spritze gegeben und eine leichte Besserung festgestellt habe. »Und trotzdem«, sagte ich zu ihr, »werde ich ihn morgen früh zur Untersuchung ins Krankenhaus schicken, ob er will oder nicht.« Ich hab seine Launen satt.

Vor Joleks Vorgarten parkte der Kleinlaster, in dem Etan R. selig schlummerte. Wie ich es angeordnet hatte. Nein, ich kann nichts Falsches an dem finden, was ich heute unternommen habe.

Aber in die letzte Baracke bin ich doch nicht hineingegangen; eine innere Unruhe hielt mich davon ab. Durch das gardinenlose Fenster konnte ich im gelben Schein der nackten Glühbirne Bolognesi beobachten. Um den Kopf hatte er ein windelähnliches Tuch gewickelt, das sein vergammeltes Ohr verdeckte. Den Körper ganz in eine Wolldecke gehüllt, saß er aufrecht da, strickte mit flinken Nadeln und wippte rhythmisch hin und her, während seine Lippen sich murmelnd wie zu inbrünstigen Klageliedern bewegten.

Zwei bis drei Minuten blieben wir dort stehen, die Hündin und ich, und schnupperten den Frühlingsdunst in der nächtlichen Brise: Hatte Rimona nicht versprochen, daß der Winter vorüber sei und jetzt der Frühling komme?

Eines Tages, wenn sich die Lage geklärt hat, werde ich Chawa auftragen, doch einmal zu versuchen, diesen Bolognesi auf ein Glas Tee in meine Wohnung einzuladen. Es kommt nichts Gutes heraus bei so einer tiefen Einsamkeit. Auch die vielen, vielen Nächte, die ich mit Tagebuchschreiben und Flötenspiel verbracht habe, haben nichts Gutes hervorgebracht. Fünfundzwanzig Jahre lang. Wie alt wäre jetzt mein Sohn, wenn ich nicht so ohne weiteres auf P. verzichtet hätte? Wie alt könnten meine Enkel sein?

Ich legte einen Umweg ein, um an ihrer Wohnung vorbeizukommen. Dunkel. Eine Hecke aus Myrten und Liguster. Still, flüsterte mir eine Kasuarine zu. Ich war leise. Ihre Wäsche hing am Wäschepfahl. Sie hat jetzt vier Enkelkinder, und ich – bin ein überzeugter Junggeselle. Nicht einmal habe ich ihr meine Liebe in diesen fünfundzwanzig Jahren angedeutet. Warum eigentlich? Was wäre, wenn ich ihr einen Brief schriebe? Oder ihr, eins nach dem anderen, ohne jede Vorwarnung, die achtundvierzig dicken Hefte brächte, die mein Tagebuch enthalten? Soll ich? Vielleicht gerade jetzt, wo Chawa in meiner Wohnung sitzt und ich der Sekretär bin?

Plötzlich sah ich die Scheinwerfer eines Autos, das auf dem Platz vor dem Speisesaal anhielt. Ich eilte dorthin, rannte fast, und die Hündin schoß mir voraus. Ein Militärfahrzeug. Türenknallen. Eine große, schlanke Gestalt. Mit Gewehr. In Uniform. Mein Herz setzte einen Schlag lang aus. Aber nein: Es war nicht Jonatan, sondern sein jüngerer Bruder Amos – verschwitzt, zerzaust und müde. Ich zog ihn auf eine Bank unter der Laterne an der anderen Ecke des Platzes. Mitten bei einem Routineunternehmen an der syrischen Grenze hatte man ihn plötzlich rausgeholt, in ein eigens ihm zur Verfügung gestelltes Fahrzeug gesteckt – mit dem Fahrer des Regimentskommandeurs wohlbemerkt – und auf der Stelle nach Hause abkommandiert. Ohne jede Erklärung. Nun wollte er wissen, ob ich zufällig eine Ahnung hätte, was hier eigentlich los sei und was in aller Welt man von ihm wolle.

Ich erklärte ihm alles so knapp wie möglich. Dann fragte ich, ob er etwas essen oder trinken wolle. Einen Augenblick lang überlegte ich, ob ich ihn vielleicht in meine Wohnung mitnehmen und Chawa aufwecken sollte, doch ich entschied mich dagegen: Es brennt absolut nichts an. Für einen Tag hab ich genug Szenen gehabt. Wenn er weder hungrig noch durstig ist – dann angenehme Ruhe. Soll er sich schlafen legen.

Ich kehrte nach Hause zurück. Am Eingang verabschiedete ich mich, sie ausgiebig streichelnd, von Tia. Seit wann gebe ich mich denn mit Hundestreicheln ab? dachte ich verwundert und lächelte mir eins.

Diese letzten Zeilen schreibe ich im Stehen, ohne Mantel, Schal und Mütze abzulegen. Ich bin nämlich immer noch kein bißchen schlafbedürftig, sondern will noch weiter auf dem leeren Kibbuzgelände herumlaufen. Vielleicht schließ ich mich Stutschnik an und helf ihm beim morgendlichen Melken, wie wir es vor zwanzig Jahren zusammen gemacht haben. In zweistimmigem Bariton werden wir wieder die altbekannten Lieder von Bialik oder Tschernichowski schmettern, statt miteinander zu reden, denn der Worte sind schon mehr als genug gewechselt.

Ja. Ich werd noch eine Runde drehen. Das war ein langer, schwieriger Tag. Was mich morgen erwartet, weiß ich nicht. Der heutige Rechenschaftsbericht ist fertig abgeschlossen. Und ich sag mir: angenehme Ruhe, Sekretär Srulik. Hier ist nichts mehr hinzuzufügen.

5.

Etwa eine Viertelstunde schlenderte Jonatan zwischen den Gebäuden und Zelten herum – die Waffe lässig über die Schulter gehängt, die geröteten Augen wegen des gleißenden Lichts zusammengekniffen, die Bartstoppeln mit grauem Staub überpudert –, bis er endlich die Küchenbaracke gefunden hatte. Dort aß er im Stehen vier dicke Scheiben Brot mit Margarine und Marmelade, denen er nacheinander drei hartgekochte Eier folgen ließ, und trank zwei Tassen Blümchenkaffee dazu. Nachdem er noch einen halben Laib Brot und eine Dose Sardinen als Wegzehrung abgestaubt hatte, kehrte er zu seinem Gepäck zurück, das er in Michals Zimmer gelassen hatte. Dort warf er sich auf ihr Bett und schlief – in Schweiß gebadet – rund eineinhalb Stunden, bis ihn die Fliegen und die drückende Hitze weckten. Er stand auf, trat ins Freie, zog das Hemd aus und steckte Kopf und Schulter unter den Wasserhahn, um sich lange mit der warmen, rostigbraunen Brühe abzuspülen. Danach ließ er sich mit Sack und Pack in einem leeren Wellblechhäuschen nieder, breitete im Schatten der Asbestwände zwei aneinander anschließende Karten auf dem Sandboden aus, beschwerte ihre Ecken mit Steinen und begann, sie intensiv zu studieren. Daneben las er in der Broschüre »Besondere Stätten in Wüste und Arava«, die er von Michals Bord genommen hatte.

Die Route erschien ihm leicht: bis kurz vor Bir-Meliha per Anhalter, dann in der Abenddämmerung zweieinhalb Kilometer bis zur nicht markierten Grenze in der Araba-Senke, von da an in nordöstlicher Richtung bis zum Eingang ins Wadi Mussa und weiter in schnellem Nachtmarsch dieses Wadi hinauf.

Jonatan prägte sich einige markante Orientierungspunkte entlang des Weges ein: die jordanische Straße nach Akaba, etwa fünf Kilometer östlich der Grenze. Vorsichtig überqueren. Wenn ich dann heute nacht so an die zwanzig Kilometer weiter rein schaffe, kann ich vor Sonnenaufgang an die Stelle gelangen, wo Wadi Mussa und Wadi Sil-el-Ba'a zusammenstoßen. Dort verengt sich das Tal zu einer Schlucht, in der ich im Schatten der Felsen Unterschlupf suchen sollte – womöglich gibt's da auch eine Höhle –, um dann den ganzen morgigen Tag totzuschlagen, bis es dunkel wird. Freitagabend klettere ich weiter das Tal hinauf. Nach rund zwei Kilometern knickt das Wadi Mussa um fast neunzig Grad gen Süden ab, und von dieser Biegung an sind es nur noch knappe acht Kilometer, ziemlich steil die Schlucht aufwärts, bis zur Stadt. Samstagmorgen wird man also Petra bei Sonnenaufgang sehen: Da wollen wir mal schauen, was es nun insgesamt damit auf sich hat und was man eigentlich von mir will. Rucksack, Schlafsack, Windjacke, Wolldecken, Proviant und Gewehr wiegen alles in allem so an die dreißig Kilo. Nicht weiter schlimm. Im Gegenteil: Wenn ich eine Bazooka bekommen könnte, würd ich die auch noch mitschleppen. Andererseits ist eine Feldflasche nicht genug. Man muß sich hier noch zwei bis drei weitere aneignen, denn auf der Karte ist nirgends eine Wasserstelle eingezeichnet. Wär interessant zu wissen, ob diese Michal mitgekommen wäre. Aber nein.

Was sieht man da, am roten Felsen? Asarja Alon schreibt hier in der Broschüre, daß Petra überhaupt nicht der rote Felsen der Bibel, dieser Berg Edom ist, gegen den die Propheten Jeremia und Obadja angewettert haben. Der weiß sicher, wovon er redet, aber mir ist das egal. Soll's eben ein anderer Fels sein. Der Felsen des Tschad meinetwegen. Petra heißt auf lateinisch Fels. Hauptstadt der Nabatäer. Das sind die gleichen Nabatäer, die auch bei uns hier in Avdat und Schivta gelebt haben. Kaufleute, Krieger, Baumeister, begnadete Landwirte und auch Straßenräuber. So ähnlich wie wir. In Petra hat einer namens Haritat über sie geherrscht. Dort kreuzt sich die Straße von Damaskus nach Arabien mit dem Darb-as-Sultana, dem »Königsweg« von der Wüste nach Gasa und von da weiter durch den Sinai nach Ägypten. Es gibt da eine ziemlich tiefe Kratersenke am oberen Ende des Wadi, wo diese Nabatäer ihre ganze Stadt in den Fels gemeißelt haben: steinerne Tempel, Paläste, Königsgräber, ein Kloster, das die Araber ad-Dir nennen. All das, so heißt es hier, steht nun schon 2000 Jahre da, unberührt vom Zahn der Zeit. Sehr richtig, dieser Ausdruck. »Zahn der Zeit«. Leer und menschenlos. Wie mein Leben. Bloß unzählige Generationen von Grabräubern haben in den roten Gewölben rumgestöbert und sich die Taschen gefüllt, bevor sie auch abgekratzt sind. Seit 1400 Jahren lebt keine Menschenseele mehr in Petra. Nur noch Wüstenfüchse und Nachtvögel. Und die Beduinen vom Stamm der Atalla wandern in der Gegend umher und verdienen sich ihren Unterhalt als Hirten und Räuber.

Weiter im Text der Broschüre fand Jonatan eine englische Gedichtzeile, die einen eigenartigen Zauber auf ihn ausübte: »A rose-red city, half as old as time.« Also: Eine rosenrote Stadt, halb so alt wie die Zeit. Jonatan prägte sich diese Zeile auf englisch ein und sah plötzlich in Gedanken seine Frau Rimona vor sich: nackt und kalt auf dem weißen Bettlaken in einer Sommernacht, beleuchtet von den Strahlen des vollen Mondes, der totenbleich im Fenster hängt. Er schüttelte traurig den Kopf und las weiter in der Broschüre.

Als zu Beginn des vorigen Jahrhunderts ein kühner Reisender aus der Schweiz namens Burckhardt in arabischer Verkleidung auf diese vergessene Geisterstadt stieß und sein Blick dabei unvermittelt von der steilen Felsspitze hinunter über die roten Totengewölbe glitt, wurde er von so großem Staunen ergriffen, daß er eine volle Stunde wie versteinert auf seinem Platz verharrte. In seinen Aufzeichnungen beschreibt er ungeheure, mit geheimnisvollen Reliefs geschmückte Säulen, übereinander gelagerte Felsgalerien, die in der sengenden Luft zu hängen scheinen, das zerstörte Auditorium, das Kaiser Hadrian in griechisch-römischem Stil erbauen ließ, die in den Sandstein gehauenen Paläste, Befestigungen, Arkaden, Tempel und Gräber. All das in leuchtendem Rosenrot – und zwischen den Ruinen der lodernde Oleander. Auch in der Kluft, die zu der Stadt hinaufführt, hat sich der Oleander zu ganzen Wäldern ausgebreitet. Und wenn die Sonne auf- und wieder untergeht, entflammen die Giebel und Bogen in berauschender Farbenpracht, während der behauene Stein wie in roten, violetten und purpurnen Feuerzungen erglüht.

Halbwach versuchte Jonatan, sich den Zauber dieses Totenreiches vorzustellen, das ihn da erwartete: die steilen Stufen, die man in den Fels gehauen hat, die breite Treppe, die an die zweihundert Meter von der Stadt zu dem darüber thronenden Kloster aufsteigt, dessen Mauern wie die Arme einer Medusa gebaut sind. Und weiter führen die Stufen empor zum Gipfel des Opferberges. Dort befindet sich der Blutteich, in dem das Blut der Schlachtopfer gesammelt wurde. Rechts und links von diesem Teich erheben sich zwei senkrechte Felszinnen, die – zwei riesige Phalli – als Überreste eines vergessenen orgiastischen Götzenkults in den Himmel ragen. Finstere Todesangst, so hieß es in der Broschüre weiter, befällt den Menschen, der den Gipfel des Opferberges erklimmt und von seiner Höhe auf die verlassene Schreckensstadt hinabblickt. Hier und dort zwischen den Schutthügeln wird der Besucher auf einen Schenkelknochen, einen menschlichen Schädel oder auch auf ganze, ausgeblichene Skelette stoßen, denen Hitze und Trokkenheit eine schimmernde Vollkommenheit bewahrt haben. Und über all die leeren Pfade hat sich der wilde Oleander ausgebreitet. Nur Geckos huschen über den einsamen Grund, und bei Nacht heult der Wüstenfuchs. Weihrauch und Myrrhe verströmten hier einst ihren Duft zu den Gesängen der Priesterinnen und Priester, die ekstatische Kulte und Menschenopfer zelebrierten. Und über die ganze Umgebung der Stadt erstreckten sich Obsthaine und Rebenfelder und Gärten mit Dreschplätzen und Weinpressen. Ohne Zank und Streit amtierten die alten Wüstengötter Seite an Seite mit Baal, Aphrodite und Apoll. Danach wurde alles ausgelöscht. Die Götter starben dahin. Die Menschen verwandelten sich in trockene Gerippe. Der zornige, wildwütende Gott lacht am letzten: wie immer. »Wer ist jener, der aus Edom kommt, aus Bozra in rot gefärbten Gewändern?« Es ist der Gott Zions, der hochgebauten Wüstenstadt, der gekommen ist, alles mit Todesschweigen zu bedecken.

Vierzehn Jahrhunderte ist die Geisterstadt in keinem schriftlichen Dokument erwähnt worden. Als wäre sie nie gewesen. Erst in den letzten Jahren haben tollkühne Abenteurernaturen und Wirrköpfe – unsere Leute – angefangen, sich zu ihr durchzuschlagen, und einige sind sogar heil wiedergekommen. Aber etwa zehn junge Burschen haben unterwegs den Tod gefunden, denn die Beduinen vom Stamme der Atalla sind bekannt für ihre Blutdürstigkeit.

»Er machte sich auf und ging«, sagte Jonatan laut zu sich selber – so freudetrunken, als hätte man ihm Wein eingeflößt. Dann stopfte er die Broschüre in seinen Rucksack. Die Karten rollte er auf und verstaute sie auf der nackten Brust unter dem Hemd. Bald ist Mittag. Eine Zigarette rauchen wäre jetzt prima. Aber genug damit: Ich rauch ja nicht mehr.

Er nahm sein Gewehr auseinander und reinigte es mit einem Stückchen Baumwollflanell, wobei er äußerst geduldig und genau vorging. Nachdem er die Waffe wieder zusammengesetzt hatte, streckte er sich im Schatten der Asbestwand auf dem Rücken aus. In den Lendenmuskeln spürte er noch die prickelnde Lust der vergangenen Nacht. Den Rucksack unter den Kopf geschoben, das Gewehr über die Brust gelegt, reckte er sich gähnend. Fetzen der Sätze, die er vorher in der Broschüre gefunden hatte, zogen wie Wolken durch seine Gedanken: Geister, finstere Todesangst, Wölfe und Nachtvögel. Gehen wir mal hin und sehen nach, was es da gibt, und kommen als ganzer Mensch zurück.

Dann nickte er ein. Die Fliegen spazierten auf seinem Gesicht herum. Im Halbschlaf sah er seinen für heute nacht zu erwartenden Tod – ein Kugelhagel in die Brust oder ein krummes Messer zwischen die Schulterblätter –, aber sein Sterbebild erweckte keine Angst in ihm: ganz allein auf ödem Feindesland, das Gesicht in den dunklen Sand gedrückt, sein Blut unter ihm im Staub versickernd, als wäre es ein Gift, das nun langsam aus seinem Körper läuft und endlich Erleichterung verschafft, wie damals in seiner Kinderzeit, während einer schweren Krankheit, zwischen den kühlen Laken im Bett seiner Eltern, mit Mutters Wolldecke zugedeckt, im Halbdämmer der geschlossenen Jalousien. Mit geschlossenen Augen sehnte Jonatan sich nach diesem leidensfreien Tod, der ihn zu einem weiteren Stein in der steinigen Wüste machen würde –

endlich ohne Gedanken, ohne Sehnsucht, kalt und ruhig dazuliegen. Kalt und vorhanden. In ewigem Frieden.

Dem, der Jonatan in diesem Augenblick beobachtet hätte, wäre es nicht weiter schwergefallen, unter den dreckigen Bartstoppeln, den fettigen Haarsträhnen und der dicken Staubmaske das Gesicht des feinsinnigen Achtjährigen zu sehen, der Jonatan einmal war: ein verträumter Junge mit einer stillen Trauer in den Augen, als hätten die Erwachsenen ihm etwas versprochen und er hätte ihnen vertraut, aber dann seien doch die Stunden vergangen, und sie hatten's nicht eingehalten, waren nicht gekommen. Einfach auf und davon waren sie, während der Junge alleine dalag, bis der Schlaf ihn einholte, ohne jedoch die Züge gekränkter Trauer von seinem schlummernden Gesicht zu wischen.

So erschien Jonatan dem Mann, der sich jetzt über ihn beugte und ihn einige Minuten lang höchst aufmerksam mit seinen hellblauen Augen betrachtete, langsam den Stapel mit seiner Ausrüstung, einschließlich dem am Rucksack festgebundenen Schlafsack, prüfte und auch das Sturmgewehr sah, das er mit den Armen auf der Brust umschlungen hielt. Ein müdes, mitfühlendes Lächeln breitete sich über das Gesicht des Mannes. Mit der Spitze seines Zeigefingers berührte er Jonatan Lifschitz: »He, du Tschudak, restlos austrocknen wirst du hier. Komm, wir gehen menschlich schlafen, in einem Himmelbett, wie ein König, auf meerseidenen Laken, mit Spitzen und Purpur besetzt.«

Jonatan schrak hoch, riß die Augen weit auf, rollte sich geschmeidig wie eine Katze blitzschnell zurück und umklammerte sein Sturmgewehr mit beiden Händen, als sei er auf dem Sprung, sein Leben zu verteidigen.

»Bravo«, lachte der Alte auf, »bravo, das nenn ich Reflexe! Ausgezeichnet! Aber bitte nicht schießen: Hier ist Freund und nicht Feind. Eine Mütze hast du? Sofort aufsetzen! Tlallim.«

»Wie bitte?«

»Tlallim. Alexander. Sascha. Aus einem ganz schrecklichen Traum hab ich dich geweckt, stimmt's? Komm, mein Malenkij.

Gehn wir. Als du eingepennt bist, war hier noch Schatten, aber jetzt ist das ein lodernder Feuerofen!«

Jonatan blickte auf seine stehengebliebene Uhr und fragte mit leiser Stimme: »Verzeihung, welche Uhrzeit haben wir jetzt?«

»Die beste aller Zeiten. Gib mir die Hand und steh auf, Mensch! So, ja. Von nun an legen wir dich im Königspalast schlafen. Und Leckerbissen werden deine Speise, Vogelmilch dein Getränk bei mir sein. Komm. Kuschat i spat. Dajosch!«

Jonatan erinnerte sich dunkel an diesen schlanken, großen Mann. Gestern bei seiner Ankunft in En-Hussub, noch bevor er Michal getroffen hatte, war ihm unter den Soldaten, Nomaden und Arbeitern ein schmaler, langgliedriger Pioniertyp aufgefallen: braungebrannt wie ein Beduine, mit wildwucherndem weißen Bart, weißen Löckchen auf der nackten Brust und lustigen blauen Augen, die aus einem bronzenen Gesicht herauslugten.

»Danke«, sagte Jonatan, »aber ich muß losziehen.«

»Nu, nur los, warum nicht. Zieh ab mit allen gebührenden Ehren«, grinste der Alte, schalkhaft und freundlich zwinkernd, »aber womit wohl, hä? Womit? Das einzige Auto, das es hier im ganzen großen En-Hussub gibt, ist Burlak.«

»Wie bitte?«

»Burlak. Mein geliebter Jeep. Einst war er der Busenfreund von General Allenby. Von Kairo bis Damaskus ist er geflitzt, und jetzt ist er mein Schützling. In zwei, drei Stunden geben Burlak und ich dir das Ehrengeleit bis kurz vor Bir-Meliha. Vor Einbruch der Dunkelheit wirst du dich ja sowieso nicht über die Grenze stehlen. Und Wasser, Krassawez? Was soll das denn: ein einziges Fläschchen? Willst du verdursten? Du kriegst von mir so 'n Plastikding, nu, wie heißt das – Kanister, Container, damit du Wasser für unterwegs hast. Nenn mich Tlallim oder Sascha oder Opa. Ich hab die ganze Wüste hier unter mir. Komm, gehn wir. Nur setz dir mal schleunigst deinen Tarbusch auf. Du nennst mich Tlallim und ich dich – Krassawez. Auf geht's.«

Nach und nach hatte Jonatan die Sätze des Alten verstanden

und stammelte nun erstaunt: »Was für eine Grenze? Was soll das denn? Ich wollte nur...«

»Nu, Tschudak. Geht mich ja nix an. Wenn du mich anlügen willst, dann tu's. Es heißt, sie hätten kurze Beine. Diese Idioten! Flügel haben sie! Und du, Solotoj Parzuftschik, hast dir wohl eine Liebesnacht gemacht? Das sieht man sofort deinen Augen an. Macht nichts. Willst du's abstreiten? Bitte schön. Lügen? Immer nur frisch drauflos geflunkert. Mit der kleinen Yvonne? Mit Michal? Rafaela? Was kümmert's mich, haha, tief da drinnen fließt bei allen der köstliche Honigseim. Hier wohne ich. Hineinspaziert. Tee, Datteln und Wodka stehen bereit. Ich bin Vegetarier. Ein Menschen- und Pflanzenfresser sozusagen. Sei mein Gast. Setz dich. Wir unterhalten uns ein bißchen. Du ißt und trinkst was und dann – tschort jewo snajet. Zieh in Frieden. Oder geh zum Teufel, wenn dir das mehr zusagt. Burlak und ich setzen dich heute abend vor Bir-Meliha ab, und von dort – geradewegs in die Hölle, falls das dein Ziel ist.«

Sie kletterten in einen heruntergekommenen Wohnwagen am äußersten Ende der Siedlung nahe dem Sicherheitszaun. Vor langer Zeit war dieser Wagen mal fahrtüchtig gewesen, doch nun hatten seine brüchig gewordenen Reifen längst alle Luft verloren und waren bis zu den eisernen Radnaben im Sand versunken. Im Innern war es kühl und stank etwas. Auf dem Boden lag eine mit verblichenen Lumpen bedeckte Matratze und dann noch eine aufgeplatzte, aus deren Riß dreckige Strohkringel quollen. Ferner war ein abgeblätterter Tisch zu sehen, auf dem zahlreiche leere Bierflaschen, halbleere Weinflaschen, Blechgeschirr, Konservendosen, Bücherstapel, eine Brotkruste und ein Eierkarton sich ein buntes Stelldichein gaben. Auf einem an Seilen von der Decke hängenden Holzbrett sah Jonatan zwei verschiedene Petroleumkocher, eine Teedose, ein kaputtes Akkordeon, eine Petroleumlampe, eine schwarze verbeulte Pfanne, einen rußigen Kaffeetopf und eine altehrwürdige Parabellum-Pistole zwischen Mengen von farbenfrohen Steinproben, die offenbar aus allen Ecken und Enden der Wüste stammten.

»Bitte schön, lieber Krassawez, mein Haus sei dein Haus, mein Lager dein Lager. Deine Päckalach schmeiß hin, wo du willst. Setz dich, Maltschik, mach's dir gemütlich, ruh dich aus. Ich nehm dir nichts weg. Auch das Gewehr kannst du mir hergeben, so, da legen wir's hin, damit es auch seine Ruhe hat. Der Name ist Tlallim Alexander. Diplomierter Landvermesser, Teufelskerl, Wüstenexperte, Geologe, Liebhaber und Trinker. Das Leben hat er geliebt, aber die Bösewichter gehaßt wie ein wildes Tier. Seine Seele hat er auf viele furchtbare Proben gestellt, Ruhe und Frieden niemals gefunden. Die Frauen – hat er auf Händen getragen und all seine Leiden mit Fassung erduldet. Das bin ich. Und du, Junge, wer bist du? Ein Desperado? Ein Kindskopf? Ein Dichter? Hier, das ist Gin. Trink. Soda und Eis hab ich nicht. Aber ein warmes, rechtes Herz. Trink auf dein Wohl, Krassawez, und dann – raus mit der Beichte. Ei, Mama, sieh nur, welches Schluchzen, welches herzzerreißende Weinen dieses Kind da in der Kehle hat. Mama! Du Tschudak-Durak, du. Was für ein bitterböser Teufel hat dich bloß dazu verführt, auf einmal nach Petra zu gehen?«

Der Alte brach in ein kindliches Lachen aus, wischte sich die Lachtränen aus den Augen und erhitzte sich dann plötzlich, schlug mit der Faust auf den Tisch, daß die Flaschen klingelten, und brüllte in wildem Zorn los: »Leben, du Schurke! Leben, leben und noch mal leben! Ty Smorkatsch! Verwöhnter Fratz! Heul und leb! Kriech auf dem Bauch und leb! Werd verrückt vor Leid, aber lebe! Du mußt leiden, du Schuft! Leiden!«

Jonatan schrak auf seinem geflochtenen Weidenhocker ganz in sich zusammen. Er zögerte, packte dann aber mutig die verbeulte Blechtasse, die ihm der Alte angeboten hatte, und nahm einen Schluck Gin, der ihm so in der Kehle brannte, daß er rot wurde und zu husten begann. Mit dem dreckigen Handrücken wischte er sich die aufsteigende Feuchtigkeit aus den Augen und startete einen Verteidigungsversuch: »Entschuldige, Kamerad . . .«

»Kamerad?!« brüllte der Alte. »Schämst du dich nicht? Beißt du dir nicht auf die Zunge? Wie kannst du es wagen? Du Flegel!

Ich und dein Kamerad?! Der Teufel ist dein Kamerad! Wer sein Leben wegwerfen geht, hat weder Freund noch Kamerad! Den Teufel kannst du deinen Freund nennen! Ich bin für dich Tlallim! Oder Sascha! Nicht Kamerad! Da nimm, iß Feigen! Iß! Und Datteln. Und Oliven. Fladenbrot gibt's auch. Dort unter den Socken hat sich vielleicht noch eine Tomate versteckt. Hast schon gegessen? Dann ißt du bei mir eben noch mal! Paskudnjak! Nun iß schon!«

Und, plötzlich mit veränderter Stimme, die Hände an die Wangen gedrückt, Kopf und Oberkörper übertrieben nach rechts und links schwingend wie ein bitter klagender Araber, jammerte er: »Kind! Mein Solotoj! Was haben sie dir bloß angetan, diese Schurken?!«

»Entschuldige bitte . . . du . . . ich, hab ich doch gar nicht vor, was du da redest. Ich lauf hier bloß deshalb in der Gegend rum, weil sie mich losgeschickt haben, einen Genossen zu suchen, Udi, einen von meinem Kibbuz, der vor ein paar Tagen verschwunden ist und . . .«

»Ein Seelenjammer, Krassawez. Lügen und Seelenjammer ist das alles. Es gibt keinen Udi und keinen Hudi. Hör zu. Sascha Tlallim wird jetzt einige prinzipielle Dinge sagen, und du kannst zuhören – wenn du willst. Wenn nicht – dann poschol won. Geradewegs in die Welt des Chaos. Dajosch!«

»Ich muß sowieso weg.«

»Ruhe! Jetzt redet Tlallim, und Krassawez schweigt höflich. Wo hast du denn deine Erziehung gelassen?«

Jonatan schwieg.

»Hör zu, Udi-Liebling. Ich werd dir was erklären: Der Tod – ist ein Greuel! Abstoßend! Ekelerregend! Dreckig! Unreinheit in Potenz! Und außerdem – hei, er läuft ja nicht weg. Die ganze Nacht wirst du das schwarze Wadi rauflaufen, ty Mondkalb, und dich dabei vor Wonne kringeln, wie du sie reingelegt hast, hihi, was für 'ne tolle Strafe ich mir für diese Schurken ausgedacht hab, hihi, wie die um mich weinen werden, wenn ich erst mal umgekommen bin, wie die sich verfluchen werden wegen all ihrer Bosheit. Bis an ihr Lebensende werden sie's bitter bereuen! Ich bin tot, und die haben was dazugelernt, ha?

Du ausgesuchter Dussel! Das nächste Mal werden sie schon wissen, daß sie dich mit besonderem Feingefühl anpacken müssen, ha? Daß sie dich das nächste Mal lieben müssen, wie's dir gebührt, ha? Und frühmorgens verbirgst du dich dann zwischen den Felsen, du Superschlauberger? Legst dich schlafen und bist ein stinkvergnügter Durak? Ein Idiot bist du! Du pennst da selig, und die Atalla laufen inzwischen deinen frischen Spuren im Wadi nach. Wie der Wind werden die hinter dir her sein. In der gesamten Wüste gibt's keine besseren Späher als die Atalla. Bis sie dich aus der Ferne riechen. Und willst du mir vielleicht verraten, was dann ist? Dann spielst du Josef Trumpeldor, oder was? Nach dem Motto ›gut und ehrenvoll ist es, für das Vaterland zu sterben‹, ha? Also, dann wird dir Sascha mal was sagen: Sterben ist gar nicht gut. Es ist sogar ausgesprochen schlecht. Insbesondere bei den Atalla. Wenn diese Teufel so einen Krassawez wie dich, ein liebliches Kibbuzpflänzchen wie aus Milch und Blut, zu fassen kriegen, fallen sie drüber her wie die Finsternis. Ehe du nach deinem Gewehr greifen kannst, sind sie schon über dir und fangen erst mal an, dich in den Hintern zu ficken: zehn, zwanzig mannhafte Atallas. Immer feste rein. Und danach – in deine Gosch. Na, wie gefällt dir das, Maltschik? Wenn sie mit dem Bumsen fertig sind, geht's ans Massakrieren, scheibchenweise. Die Ohren – werden abgehackt. Der Bauch – wird aufgeschlitzt. Der Pimmel – weggeschnippelt. Und erst dann wird die Gurgel ein bißchen angeschnitten. Und du, mein Herzliebchen, wirst dir die Seele aus dem Leib schreien, bis zum Himmel rauf. Wie ein Tier wirst du brüllen: Papa, Mama, Hilfe. Und wenn du nicht mehr schreien kannst, mein lieber Kleiner, dann wirst du gurgeln wie ein abgestochenes Kamel. Wie das ist, wenn so ein Kamel abgemurkst wird, hast du vielleicht schon mal gesehen? Nein? Chchchrrrrr. So hört sich das an!«

Der Alte richtete sich auf. Seine Augen rollten in dem vor Wut verzerrten Gesicht. Die weißen Löckchen auf seiner nackten, braungebrannten Brust sträubten sich wie die Stacheln eines Igels. Ein schäumender Greis war er, nicht ganz bei

sich, ungewaschen: Der wilde Bart funkelte wie eine schneebedeckte Bergkuppe in der Mittagssonne, die Lippen waren mit
abstoßendem Schaum bedeckt. So beugte er sich jetzt tief über
Jonatan, dem eine Welle von Knoblauch-, Alkohol- und
Schweißgestank entgegenschlug, brachte sein Gesicht so nahe
an Jonatans, daß sich beider Lippen fast berührten, und stieß
aus tiefster Seele einen markerschütternden Schrei aus:
»Chchchrrrr!«

Jonatan wich schaudernd zurück, schlug die Hände vors
Gesicht und kniff die Augen fest zusammen. Als er sie wieder
öffnete, lachte der Alte vergnügt vor sich hin. In seinen blauen
Augen saß der Schalk. Er verteilte den restlichen Gin aus der
Flasche auf die beiden verbeulten Blechtassen. »Genug damit«,
sagte er gutmütig. Jetzt trink ein bißchen lechajim. Schlag dir
den Unsinn aus dem Kopf. Beruhig dich und ruh dich aus. Und
danach – weinen, mein Herzchen. Ei, Mamuschka, weinen
mußt du, mein Junge, nicht sterben, sondern nur dich gesund
heulen die halbe Nacht durch. Nun heul schon! Flenn alles raus
– und fertig! Job twoju mat, wo bleibt denn das Schluchzen?«

»Laß doch«, sagte Jonatan mit seiner ausdruckslosen
Stimme, wobei er den Kopf schräg nach vorn neigte, wie es sein
Vater Jolek tat, um besser hören zu können. »Laß diese
Geschichte. Ich weiß gar nicht, was du von mir willst. Ich geh
doch in kein Petra. In bin keiner von denen.«

»Bravo! Molodets! Stachanow! Du suchst bloß so einen Udi.
Was denn sonst. Der Udi da will nach Petra gehen. Während du
dich hier bloß so in der Gegend rumtreibst und uns die Michal
bumst, was? Oder die kleine Yvonne? Oder Rafaela? Unwichtig. Hauptsache, daß es da Honig gibt, bosche moi, und eine
Stange zum Umrühren. Sehr gut! Leben! Bumsen und leben!
Weinen und leben! Der Tod ist ein Greuel! Pfui Teufel! Und
weh tut er auch noch! Chchchrrrr!«

»In Ordnung. Danke. Ich hab's verstanden. Vielen Dank für
den Gin und für . . . alles. Nur, laß mich jetzt gehen«, sagte
Jonatan mit aller ihm möglichen Bestimmtheit, »ich muß
losziehen.«

»Gut, Maltschik. Komm. Auf geht's.«

»Was?«

»Du wolltest doch losziehen, nicht? Dann los, komm. Gehn wir Burlak aufzäumen. Und ab die Post. Geh nach Petra. Was kümmert's mich? Jeder ist Souverän seines eigenen Lebens. Jeder Idiot – frei wie ein König. Bitte schön: Stirb mit Vergnügen. Greif dir das da, dieses Plastikding, nu, den Kanister, den füllen wir mit kaltem Wasser. Das ist so eine Art überdimensionale Feldflasche. So, die binden wir dir jetzt schön auf den Rücken, damit du mir nicht durstig abkratzt. Wie heißt du, Kind?«

»Ich . . . ich heiße Asarja.«

»Lügner!«

»Kamerad . . . Sascha?«

»Verstanden. Ende. Ich höre. Lüg, soviel du willst.«

»Du . . . wirst mich nicht verpfeifen?«

»Ty Manjak! Schäm dich! Pfui! Sterben – das ist ein Prärogativ! Ein Konstitutionsartikel! Ein Privileg! Menschenrechte und all das! Bin ich denn Stalin? Ei, Mama, ›de wirst mir doch nich verpetzen tun, neeneenee?‹« höhnte der Alte mit weinerlicher Stimme, ein verzogenes Kind nachäffend. »Aber wenn ich dein Papa wär, würd ich dir den Popo versohlen, bis er feuerrot wär! Wie beim Affen! Darf ich vorstellen: der Schönling hier – das ist Burlak. Eine Augenweide, was?«

Der Jeep war ein uraltes Vehikel. Ein Scheinwerfer war schwarz verfärbt wie ein blindes Auge, der andere zertrümmert. Das Fenster auf der Fahrerseite bestand nur noch aus einem rostigen Rahmen ohne Scheibe. Über den beiden kaputten Sitzen und deren dreckiger Füllung lag eine Militärwolldecke ausgebreitet. Hintendrin sah Jonatan Kanister mit Benzin und Wasser, rotweiße Meßstäbe, zwei Theodoliten, ölige Taue, Lumpen, eine Kiste mit Kampfrationen, ein paar Quarz- und Bitumensteine und uralte Zeitungsblätter. Unter seinen Füßen, auf dem Boden des Jeeps, knirschten Matzenkrümel.

»Das ist Burlak«, lachte der Alte mit seinen schönen weißen Zähnen. »Burlak ist mein Herzliebchen. Einst ist Churchill auf diesem Burlak in Venedig eingefahren, und jetzt gehört er uns ganz allein.«

Beim Reden half er Jonatan, Gewehr und Ausrüstung im Fonds zu verstauen. Dann fing der Motor zu bellen und zu fauchen an, heulte einmal laut auf, räusperte sich vernehmlich und schoß dann so urplötzlich los, daß Jonatan nach vorne geschleudert wurde. Der Alte legte den Rückwärtsgang ein, manövrierte den Wagen ruckartig nach rechts und links, fuhr mit zwei Rädern eine leere Öldose platt, kam schließlich frei, und los ging die Fahrt. Der Mann steuerte mit Bravour, schnitt die Kurven, trat das Gaspedal durch, latschte ab und zu auch mal auf die Bremse; nur die Kupplung bediente er kaum. Bei alldem summte er überaus fröhlich eine getragene russische Weise.

Schweigend fuhren sie in den Abend hinein.

Wo fährt er mich hin? Womöglich direkt zur Polizei? Wie kommt das bloß, daß sich mein ganzes Leben lang Geisteskranke an mich hängen? Vater und Mutter. Asarja, Rimona. Trotzky. Aus einer Entfernung von eineinhalb Metern, so ein Clown, wie kann man aus eineinhalb Metern einen Stier verfehlen? Ohne weiteres hätte ich den tödlich getroffen. Aber der hat absichtlich danebengeschossen, weil der Tod ein Scheißdreck ist. Kriech und leb! Leide und lebe! Wozu? Die Hauptsache ist, daß ich nicht umgekippt bin. Nicht einmal meinen Namen hab ich ihm preisgegeben. Aber vielleicht hat er auch den noch aus seinem Wahnsinn heraus erraten. Gleich wird er den Jeep umkippen und uns beide auf der Stelle töten. Wie spät ist es jetzt? Es wird langsam dunkel. Wenn morgen die Sonne aufgeht, bin ich ja sowieso schon tot. Das ist mein letzter Abend. Gut so. Chchchrrrrr! Auch eine kaputte Uhr geht zweimal am Tag richtig. Sie warten dort auf mich. Und werden nicht endlos warten. Bald komme ich. Kalt und vorhanden sein.

»Wie spät ist es?«

»Kind, du hast Zeit«, sagte Tlallim. »Die Atalla laufen nicht weg. Ich selbst bin zufällig vor acht Jahren dahin gekommen, nach Petra. Nichts weiter als Trümmer. Steine, wie bei allen Ruinen. Petra ist nicht Petersburg. Eine ›Hirbe‹, wie die Araber sagen, und das ist alles.«

»Und wieso haben sie dich nicht abgeschlachtet?« platzte Jonatan heraus.

»Du kleiner Dummkopf!« lachte der Alte. »Beim Stamm der Atalla gelte ich überhaupt nicht als Jude. Und das bin ich tatsächlich schon nicht mehr. Bei ihnen bin ich so ein, nu, ein heiliger Mann, ein Derwisch, ein Jurodiwy. Und auch bei den Unsrigen: Du brauchst hier bloß nach Sascha zu fragen, wie der auf dem Kamel bis Petra geritten ist wie der Stammvater Abraham, während die Atalla ihn von hinten und vorn mit Speis und Trank bewirtet haben und ihre Töchter den ganzen Weg vor ihm hergetanzt sind. Ich, mein Herzliebchen, bin schon ganz und gar kein Jude mehr. Und auch kein Mensch mehr. Einfach ein Teufelskerl. Ein Wüstenexperte. Das Leben – hat er in vollen Zügen genossen. Und die Frauen – hat er verehrt. Wodka soff er wie ein Gaul. Bösewichter haben ihm Fallen gestellt und Blödiane ihm das Leben versauert, aber er hat sich nicht unterkriegen lassen. Nikogda! Hör mal, mein Solotoy, du gehst mir nicht zum Teufel. Sollen wir zwei mal eine kleine Spritztour einlegen und uns ein bißchen austoben?«

»Vor Bir-Meliha setz mich bitte ab«, sagte Jonatan. »Und vergiß, daß du mich je getroffen hast. Ich bin niemandem irgendeine Erklärung schuldig. Mein Leben gehört mir.«

»Ein Philosoph!« jubelte der Mann triumphierend los – wie ein professioneller Gedankenleser, der gerade die Bestätigung für eine besonders kühne Voraussage erhalten hat und sich nun vor einem unsichtbaren, begeistert applaudierenden Publikum verneigt. »Dein Leben gehört dir! Originell! Äußerst scharfsinnig! Wem soll es denn sonst gehören? Mir vielleicht? Dem Teufel? Natürlich gehört es dir, Krassawez. Geh in Frieden, du Leidensmensch. Ei, Mama, was für ein Verbrechen haben diese Schurken an dir begangen, daß du so ein Gesicht gekriegt hast! Diese Schufte! Ausgelöscht sei ihr Name! Und du gehst nun also zum Teufel. Aber hör bitte mal her: Komm noch heute nacht zurück. Zu Sascha. Stiehl dich ein bißchen über die Grenze, geh nach Transjordanien rein. Das macht nichts weiter, aber sonst? Ihre Straße da – auf der anderen Seite –, die überquer auf keinen Fall. Da machst du einfach kehrt und kommst zurück. Ha? Schön so? Molodets! Behältst du den Namen? Tlallim! Ganz einfach! Sascha! Komm mitten in der Nacht in meinen Königspalast zurück, bleib bei mir, solange du willst, ohne großen Lärm: einen Tag, eine Woche, zwei Jahre, bis du das Gefühl hast, daß diese Halunken ihre Lektion gelernt und so bitterlich um dich geweint haben, daß sie sich beim zweiten Mal dir gegenüber schon richtig benehmen werden. Bis dahin hab ich Oliven, Feigen und Datteln für dich. Und eine Matratze mit Purpur und Spitzen, und an ein bißchen was zu trinken wird's uns auch nicht fehlen. Ich bin Vegetarier aus Prinzip. Kannibale – aber Vegetarier. Und ein ganz neues Gesicht wirst du bei mir kriegen. Den Bart läßt du dir schon wachsen. Kein Mensch wird dich erkennen. Wenn du willst, kannst du mit mir rumstromern, wirst mein Vermessungsassistent. Hoch zu Burlak preschen wir beide dann über die Wüstenpfade, und du bist der Vizekönig. Wenn du nicht willst, auch egal. Bei mir darf man sich den ganzen Tag auf den faulen Pelz legen, und nachts schwirrst du dann aus – die Stange hoch, um süßen Honig umzurühren. Kein Mensch auf der Welt wird erfahren, daß du bei mir lebst. Kommst du zurück?«

»Halt bitte hier an und laß mich aussteigen«, sagte Jonatan.

»Ei, Mama«, seufzte der Alte, »schon wieder hat mir der Teufel ein Schnippchen geschlagen.«

Der Jeep stoppte, nicht wild diesmal, sondern sanft und präzise. Jonatan kletterte von seinem Sitz nach hinten und begann, seine Sachen auf den Sandstreifen am Straßenrand zu werfen: den Rucksack, die Wolldecken, Windjacke, Wasserbehälter und Schlafsack. Dann sprang er mit seiner Kalaschnikow hinaus. Der Alte würdigte ihn keines Blickes mehr. Er saß schlapp hinter dem Steuerrad, das Kinn mit seinem Bartgewirr tief gesenkt, unbeweglich, als trüge er die Leiden der ganzen Welt: ein großer, schlanker Mann, prächtig in seiner weißen Mähne und mit dem dichten weißen Bart.

Erst als Jonatan sich entfernte und – leicht gebeugt unter seiner Last – die dunkler werdende Böschung hinunterstapfte, erst da hob der Mann sein herrliches Haupt und rief traurig: »Gib auf dich acht, Kind.« Und dann plötzlich kam aus tiefster

Tiefe bis an das Ende des wüsten Ödlands ein mächtiger Schrei aus seiner Brust: »Armer Kerl!«

In diesem Augenblick lief durch Jonatan eine Welle der Zuneigung. Seine Kehle zog sich zusammen. Ein Schleier legte sich über seine Augen. Mit letzter Kraft biß er sich auf die Unterlippe, um alles zurückzuwürgen.

Der Jeep entfernte sich. Wurde sofort von der Dämmerung aufgesogen. Gleichzeitig verklang auch das Dröhnen des Motors. Wind wehte von Norden her. Die Wüste versank in Dunkel. Endlich war Jonatan wirklich allein. Und hörte ein sanftes, leises Säuseln.

6.

Es war Nacht. Ein lauer Wüstenwind wehte von Nord nach Süd und brachte salzigen Staub mit. Die ersten Sterne standen bereits am Himmel, aber ein letztes Licht hielt sich noch auf der Kammlinie. Ferner Rauchgeruch stieg Jonatan in die Nase und war wieder weg. Ein wenig gebeugt unter seiner Last stand er da, als wartete er auf jemanden, der sich ihm anschließen würde. Dann pinkelte er lange, füllte seine Lungen prall mit Luft und rechnete freudig aus, daß er schon fünfundvierzig Stunden keine Zigarette mehr geraucht hatte. Er lud sein Gewehr mit einem der drei Magazine und verstaute die beiden anderen in den Hosentaschen. Dabei genoß er so richtig den Gedanken, daß er noch nie in seinem Leben derart allein, weit weg von jeder lebenden Seele gewesen war. Sogar En-Hussub, das er eben hinter sich gelassen hatte, erschien ihm plötzlich wie ein lauter, ermüdender Ort, an dem man ihm unerwünschte Aufgaben aufgehalst hatte. Aber jetzt war Schluß damit. Eine Bodenwelle verdeckte ihm den Blick auf die Straße Sodom – Elat. Der schreiende Alte war weggefahren. Und die Nacht war angebrochen. Schluß damit, sagte sich Jonatan immer wieder, als sei dies sein Motto. Irgendwo weit drüben, auf den langsam dunkler werdenden Bergen, die das Firmament im Osten begrenzten, flackerte ein schwaches Licht: ein Wachtposten? Oder ein Beduinenlager in einer Bodensenke am Hang des Wadis? Dort liegt das Land Edom. Dort liegt das Königreich Transjordanien. Dort wartet die Felsenstadt. Und dort ist der Feind.

Kein Laut war zu hören. Nicht das leiseste Rascheln. Wie um die Tiefe des Schweigens auszuloten, sagte Jonatan mit seiner leisen Stimme: »Ruhe.«

Leichter, dunkler Dunst schwebte zu seinen Füßen. Der Wind hatte sich gelegt. Auf der Straße hinter ihm sauste ein Fahrzeug vorbei. Das Motorengeräusch stachelte Jonatan an, seine Stimme erneut auszuprobieren: »Los.«

Beim Klang dieses Wortes setzten sich seine Füße in Bewegung. So leicht waren seine Schritte, daß er sie kaum hören konnte. Trotz Gepäck und Gewehr ging Jonatan, als würde er den Boden nur streicheln. Die Sohlen seiner Fallschirmspringerstiefel trugen ihn wie von selbst über das bequeme, leicht abfallende Gelände. Langsam breitete sich wohlige Erleichterung über seine Glieder aus. Sogar der Schweiß auf seiner Stirn erschien ihm angenehm wie die Berührung einer kühlen Hand. Der Boden unter seinen Füßen fühlte sich eigenartig weich an, als schritte er über den leichten Aschenteppich eines verloschenen Brandes. Auch dünner Rauchgeruch lag wieder in der Luft. Hier und da trat er auf niedriges Buschwerk. Hier und da zeichnete sich ein schwärzlicher Stein ab. Die Finsternis dieser Nacht war anders als alles, was er bisher je an Dunkelheit gesehen hatte. Die Sterne des Himmels entlockten der Wüstenerde einen bläulich düsteren Glanz. Wie magisch wurde Jonatan ostwärts getrieben, aller Gedanken und Sehnsüchte ledig, in einem sanften Rausch befangen: als würden seine starken Muskeln den Körper singend vorwärts ziehen, als würde er auf Flügeln getragen.

Was bin ich die ganzen Jahre über gewesen? Wer ruft mich jetzt zu sich? Ich komm ja, ich komm. Jetzt. Kalt und vorhanden. Ich komm. Hatte ich nicht in ein anderes Land fahren wollen? In eine große fremde Stadt? Um ein neues Leben zu beginnen? Um zu arbeiten und zu studieren und über Kontrolltafeln zu herrschen? Um fremde Frauen kennenzulernen? Aber hier und jetzt bin ich frei. Wer braucht Kontrolle und Frauen. Mir fehlt nichts mehr. Freiheit hab ich und keine Probleme. Was würd's schon ausmachen, wenn jetzt all diese Beduinen kämen? Sollen sie! Ich schalt auf Automatik und mäh sie alle um, tak-tak-tak. Was Asarja da über seinen Rechenlehrer erzählt, der einen Fehlschuß in den Kopf gekriegt hat, das ist nicht wirklich gewesen. Asarja selbst ist nicht wirklich gewesen. Und das Haus. Und all die Jahre. Oder Michal und der verrückte Alte. Erst jetzt fängt das Leben wirklich an. In der Wirklichkeit gibt's nur Sterne und Dunkelheit. Und diesen Wind, der mir von links entgegenweht – da, weg, nun wieder. Das ist meine ganze Gerechtigkeit: allein durch die Nacht zu laufen. Der Stille zu gehören. Nach meinem eigenen Rhythmus zu gehen, Grundrichtung ostwärts. Ein altes Lied summt im Kopf herum: »Was noch kannst du wünschen von uns, o Heimat, das du doch nicht schon bekommen hast?«

Auf die Frage dieses Liedes fand Jonatan keinerlei Antwort. Suchte auch nicht danach. Aber er ertappte sich dabei, wie er die Melodie vor sich hinbrummte, und bemühte sich nun, damit aufzuhören. »Voll sind unsere Scheuern, unsere Häuser mit Leben erfüllt.« Damit sind wir fertig. Wir haben kein Haus. Dort im Wadi zwischen den Bergen Edoms ziehen die Nomaden umher. Auch ich bin schon ein Nomade. Alles, was es sonst noch gibt, ist ein Irrtum oder ein Witz. Oder eine Falle. Mein Vater. Meine Frau. Das Militär. Der Zitrushain. Die Werkstatt. Wie bloß die Jahre vergangen sind. Wie ich gewartet hab wie ein Stein. Der Lehrer Jehoschafat da, dessen Herz war nicht recht; wieso hat er sich denn plötzlich auf die Veranda gesetzt und darauf gewartet, 'ne Kugel abzukriegen? Warum hat er sich nicht aufgemacht und ist gegangen? Auch ich bin schon tot für die, aber für mich – bin ich quicklebendig. Keiner wird mir je mehr sagen, was ich tun soll. Wer in meine Nähe kommt – kriegt 'ne Salve. Ich bin tot geboren worden. Wie das Baby, das Rimona vor einem Jahr gehabt hat. Ich hab nicht einmal gefragt, was dieser Syrer, dieser Frauenarzt in Haifa, mit der Leiche der Kleinen angefangen hat. Was macht man mit Kindern, die leblos auf die Welt kommen? Vielleicht sammelt man sie alle in einer Geisterstadt in den Bergen? Vielleicht gibt's ein Versteck für Kinder? Tempel, Paläste, Felsenhäuser? Tief, tief in der Todesfinsternis, wie es in der Broschüre über Petra steht? Ja, Rimonas Efrat. Die Tochter? Die ich gehabt hab? Meine Tochter? Ich bin ihr Vater? Großer Gott, was für ein beängstigendes Wort: Vater. Ich. Wie soll ich ein Mädchen wiedererkennen, das ich noch nie gesehen hab? In dieser Dunkelheit? Zwischen lauter anderen Kindern? Soll ich ganz laut Efrat rufen? Kommt sie dann angelaufen? Fällt mir um den Hals? Wie damals, als ich noch ein kleiner Junge war und alle mich gut genannt haben?

Etwas Feuchtes, Salziges berührte plötzlich seine Lippen. Er wischte sich mit dem Handrücken über die Stirn und lockerte, ohne anzuhalten, die Tragriemen seines Rucksacks. Sie hat immer meine Hand auf ihren Bauch gelegt – ich sollte spüren, wie sich das Baby bewegt – und hat mich dabei so angeguckt, als ob mich das tatsächlich kratzen würde. Ich? Vater? Von Efrat? Von dem Baby davor, das sie abgetrieben hat? Irrsinn. Auf rätselhafte Weise glaubte er jetzt das Baby in seinem eigenen Bauch zu spüren. Doch im selben Augenblick begann es unter seinen Sohlen zu knirschen: Er lief über Kiesboden. War das nicht das Bett eines Wadis? Einige Zeit später hörte das Knirschen wieder auf, und er spürte erneut Sandboden unter den Füßen. Er sog die Tiefe der Einsamkeit in sich ein, das Schweigen der weiten, leeren Nacht. Dann hob er den Blick zur Höhenkette hinauf und entdeckte dort einen matten Lichtschimmer. Sind das schon die Lichter der Stadt? Gestern war eine Mondnacht. Jetzt bereitet sich der Mond da hinter den Bergen wieder auf seinen Auftritt vor. Vorerst erreicht uns nur ein glänzender Widerschein. Als sei einer der Sternennebel vom Himmel heruntergekommen, sei fern im Osten jenseits des Gebirges von Edom gelandet und erleuchte nun mit furchtbarem Glanz die ganze verlassene Hochmulde wie eine riesige menschenleere Felsenbühne.

Bald geht der Mond auf. Das Wadi, das ich vor einigen Minuten oder einer Stunde überquert hab, ohne überhaupt darauf zu achten, war doch sicher die Araba-Senke. Dann bin ich jetzt jenseits der Grenze. Nicht mehr in Israel. Fertig. Hier ist das Königreich Jordanien. Das Gebiet der blutdürstigen Nomaden. Da muß man höllisch aufpassen. Ich hätte Tia mitnehmen können, aber nein: Sie gehört mir schon nicht mehr. Wieso hab ich eigentlich nie um sie geweint? Wieso hab ich gar nichts empfunden? Warum mußte ich jedesmal, wenn Rimona sie anzusprechen versuchte, dazwischenfahren und sie anschreien, sofort damit aufzuhören? Sie war mein Baby. Wie konnte ich vergessen, daß ich eine Tochter habe? Wieso vergaß ich, wollte vergessen, daß Rimona zwei Jahre vor Efrat schwanger gewesen ist? Laß doch erst mal mit Kindern, das ist noch zu früh für uns, hab ich ihr gesagt. Und mich aufgeregt: Wir sind allein, und das ist gut so. Ich bin nicht verpflichtet, meinem Vater 'ne Dynastie zu errichten. Ich will unsere Eltern nicht hier mitten zwischen uns haben. Kinder, nee. Eines Morgens ist sie nach Haifa gefahren. Und kam leer wieder. Ganz blaß. Ich hab ihr dafür eine Schallplatte gekauft. Sie hat mich nicht gehaßt. Im Gegenteil. Fünf Tage lang hat sie sich dauernd die Platte angehört, die ich ihr geschenkt hatte, sicher tausendmal. Wegen dieser Abtreibung ist Efrat tot auf die Welt gekommen. So hat es dieser Syrer da, der Arzt, uns erklärt und empfohlen, vorerst von weiteren Versuchen abzusehen, weil Rimona diese Geburt selber nur durch ein Wunder überstanden hatte. Meine beiden Kinder hab ich selbst ermordet. Und Rimona hab ich verrückt gemacht. Ihre Magie des Tschad – das ist seit damals. Was war das? Ein Schakal? Ein Fuchs? Gar nichts. Nur Sterne und Stille. Ich muß ein bißchen Wasser trinken, auch wenn ich nicht durstig bin. So um diese Zeit könnten wir doch Efrat schon zu Bett bringen. Ihr einen Pyjama mit kleinen Elefanten darauf anziehen. Ihr ein oder zwei Schlaflieder vorsingen. Geschichten erzählen und Tierstimmen nachahmen. Darin bin ich gut. Hör mal her: So macht der Fuchs. Und so die Hyäne. Mein Töchterchen Efrat ist tot. Ihr verrückter Vater hat sie einfach umgebracht. Wie mein Vater – mich. Um diese Stunde etwa könnten wir ihr ein Fläschchen mit warmer Milch füllen. Mit Zucker oder ein bißchen Honig. Ihr einen Teddy oder eine Stoffgiraffe unter die Wolldecke legen. Guck mal, so macht der Bär: Buuuu. Hab keine Angst, Efrat. Papi legt sich auf die Matte neben dein Bettchen und gibt dir seine Hand. Schlaf schön ein. Mami deckt dich gut zu. Und hinterher könnten wir beide still im anderen Zimmer sitzen, ich mit der Abendzeitung und Rimona mit ihrer Stickerei oder 'nem Buch. Vielleicht würde sie uns was vorsingen, denn bevor Efrat gestorben ist, hat Rimona manchmal gesungen. Ich und Saro könnten Schach spielen. Eine Tasse Kaffee trinken. Rimona könnte ein blaues Röckchen für Efrat bügeln, statt sich mit ihrer schwarzen Magie des Tschad abzugeben. Und beim allerersten Pieps würden wir alle drei zu Efrat springen, um ihr die Windel zu wechseln. Sie zudecken. Ihr Fläschchen füllen. Warum mußte ich meine Tochter umbringen? Meine Eltern, die jetzt Opa und Oma sein könnten. Rimona, deren Leib sich seit dem Mord in einen Leichnam verwandelt hat? Warum hab ich sie alle ermordet? Warum morde ich jetzt weiter? Worüber hatte ich mich zu beschweren? Was hab ich denn gewollt und nicht gekriegt? Wen hasse ich denn? Wen suche ich hier? Völlig verrückt. Der alte Mann aus En-Hussub hat mich einen armen Kerl genannt. Arm dran ist meine Mutter. Und mein Vater. Denen ich Efrat und vorher noch ein Baby und jetzt auch noch ihren Sohn umgebracht hab. Und dieser Saro ist arm dran. Aber mir geht's dafür ausgezeichnet, wie ich da so hellwach und fröhlich direkt zum Teufel geh. Daß Saro ihr ein Baby macht? Daß mein Vater stirbt? Mich kümmert nichts mehr, und ich brauch nichts mehr. Ein Nachtfalter fliegt ins Feuer. Was hab ich in jenen Regennächten gesucht, als ich mich aufmachen und davongehen wollte? Wärme? Leben? Liebe? Das heißt Schmerz und Wut, vermischt mit überwältigender Lust? War es das, was mir gefehlt hat? Töten? Getötet werden? Nein, er ist schon kein armer Kerl mehr. Im Gegenteil: Er läuft und ist guter Dinge. Geht Efrat holen. Sein ganzes Leben lang haben sie ihn gut genannt, und er war schlecht. Aber genug damit. Jetzt ist er allein, und keiner wird ihm je mehr gut oder schlecht sagen. Vorsicht, hier ist eine Schrägung: Es geht ein bißchen aufwärts. Anscheinend ist hier der Sand zu Ende, und jetzt beginnt der Felsboden. Stehenbleiben. Lauschen. Vielleicht liegen diese Mörder da in einem Hinterhalt. Eine Salve, und sofort ist alles wieder in bester Ordnung. Man hört nichts.

Jonatan hielt an. Wischte sich wieder mit der Hand übers Gesicht. Befühlte seine Bartstoppeln. Trank die Feldflasche halb aus und lauschte. Die Hitze hatte der nächtlichen Kühle Platz gemacht. Kein Laut war ringsum zu hören. Das Schweigen der Wüste. Eine leichte Brise von Norden her. Bergschatten. Sterne. Und Dunkelheit. Aber zwischen den Sternen vollzog sich blitzartig eine stumme Bewegung: Einer löste sich von seinem Platz, zeichnete eine Flammenlinie fast bis an den

Rand des Himmels und verschwand am südlichen Horizont. Alle anderen funkelten weiter in kühlem Schein.

Jonatan verlagerte das Gepäck von einer Schulter auf die andere und ließ das Gewehr von der rechten in die linke Hand wandern. Dann schnupperte er kurz und entschied, sich etwas weiter nach Norden zu wenden. Es fragt sich, ob der nahe Berg da rechts der Dschabel-Butayir oder schon der Dschabel-et-Teybe ist. Bald geht der Mond auf. Aber was ist dieses Rascheln? Ein schwarzer Schatten huschte vorbei und war verschwunden. Ein Nachtvogel? Oder nur eine Täuschung? Kalte, tiefe Stille über allem. Schnauf bloß ich hier? Oder geht da noch ein Atem hinter mir? Liegt irgendwo einer im Hinterhalt und beobachtet mich? Schon hatte Jonatan mit einem leisen Klick sein Gewehr gespannt. Verharrte eine Weile reglos wie ein Stein. Kein Staubkörnchen bewegte sich. Sein Herz klopfte wie wild. Und doch ließ er die Sicherung seiner Waffe wieder einschnappen und zwang sich zum Weitergehen. Wieder ragte in der Ferne die dunkle Silhouette des hohen Dschabel-Harun auf. Es gibt keinerlei Probleme. Das ist der Weg. Ich hab schon genau die Richtung auf das Wadi-Mussa. Angst hab ich keine, weil mich absolut nichts kümmert. Weder müde noch hungrig, auch nicht durstig. Efrat hat einen heldenhaften Vater. Und diese Nacht fängt erst an.

Wie spät ist es jetzt? Die Uhr hilft mir nichts. Nach den Sternen – noch früh. Aber was regt sich da vorne? Wer richtet seine Lampe auf mich? Ist das der Scheinwerfer einer feindlichen Stellung? Eine Beduinenfackel? Bin ich ihnen schon in die Arme gelaufen? Ende meiner Geschichte?

Es war ein weiches, gedämpftes, überirdisches Licht. Ein leichtes Beben schien die Kammlinie des Gebirges zu erschüttern: die Bühne war für den Auftritt bereit. Und da schob sich auch schon rotglühend und riesengroß der Mond über den Rand des Berges Se'ir. Mit einem Handstreich hatte sich die Welt verwandelt. Über die dunklen Hänge tanzten schimmernde Streifen. Auf den ebenen Flächen kräuselte sich das Licht in neckischen Wellen. Totes Silber ergoß sich lautlos über die tote Erde. Die Umrisse der Berge traten deutlich hervor.

Hier und da warfen Felsbrocken ihre schwarzen Schatten auf den Grund des Wadis, hier und da lauerte finsteres Buschwerk mit heimlicher Gefahr. Vergebens beschleunigte Jonatan seine Schritte, um zu entkommen. So schnell er nur gehen mochte: Sie wollten nicht aufhören, die flackernden Schattensprenkel, die – von seinem Körper abspringend – flink über die ganze Gegend huschten und ihm das Blut in den Adern gerinnen ließen.

Das sind die Geister der Toten. Die Syrer, die wir umgebracht haben. Die Legionäre, die mein Bruder erstochen hat. Rimonas Gesicht auf dem weißen Laken. Mit ihrem toten Herbstlächeln, dem bleichen, steinernen Gesicht. Mondsilber überströmt ihren nackten Leib, der ihr Leichnam ist. Die Gesichter von Vater und Mutter in der Todesfinsternis: ihr Kopf gewaltsam nach hinten gedrückt, der geäderte Hals hochgewölbt, und Vater neben ihr, sitzend, den Kopf auf der Brust. In der Majestät ihres traurigen Sinnens hocken glanzüberströmte Tote in diesem Tauchbecken aus reinstem Silber. Auch die Trümmer von Scheich-Dahr in den Klauen der wildwuchernden Pflanzen werden jetzt vom Mondlicht überflutet, aber da ist keine lebende Seele mehr übriggeblieben, nur Leichen liegen hier und da auf dem schimmernden Staub. Mit grauenvoll geweiteten Augen begriff Jonatan plötzlich: Bloß ich bin noch übrig, also muß ich der Mörder sein. Ich hab sie alle umgebracht.

Als wäre er mit den Füßen an die Leiche des Babys gestoßen, fiel Jonatan auf die Erde. Das Gesicht auf den versengten, salzigen Boden gedrückt, blieb er blind und verzweifelt und vom Scheitel bis zur Sohle zitternd dort liegen, ohne die spitzen Steinchen unter ihm zu spüren. Was hast du nur getan, du Irrer, was tust du denn, das ist dein Tod, du Verrückter. Du hast sie ermordet und die beiden Kinder, die sie dir gebären wollte, und deine Mutter und deinen Vater, und jetzt wirst du auch noch sterben. In seinem ihn überwältigenden Leid riß er das Gewehr an sich, hob es auf die Schulter und an die Wange, stieß ein hundeähnliches Winseln aus, löste die Sicherung und drückte mit ganzer Kraft auf den Abzug. Der Kolben schlug gegen seine Schulter, der Feuer- und Rußgeruch drehte ihm die Eingeweide um, und plötzlich verschmolz das lange Geknaller mit seinen rasenden Herzschlägen, während schnelle Funken, glühende Feuerstreifen wie winzige Lichtpartikel aus der Mündung stoben.

Die Wüste, die Felsen und die Wände des Wadis erwiderten das Feuer augenblicklich, Kugel für Kugel, und nach dem ersten Echo rollte eine zweite mattere Welle in der Ferne, gefolgt von immer weiteren, als würden die Berge aus allen Richtungen in erbittertem Kampf zurückschießen. Als die schwarze Stille endlich auch die letzten Echos verschluckt hatte, begriff Jonatan, daß die Sache unwiderruflich verloren war. Er legte das zweite Magazin ein und schoß es in einer langen Dauersalve leer. Beim dritten Magazin richtete er den Gewehrlauf etwas weiter seitlich nach oben, drückte das linke Auge fest zu, holte den Mond voll ins Visier und feuerte seine ganze restliche Munition auf ihn ab.

Die Stille danach senkte sich wie ein eiskalter Schauer über ihn. Er klapperte mit den Zähnen, zitterte an Händen und Füßen. Endlich faßte er sich ein wenig und knöpfte – immer noch vom Schreck geschüttelt – seine Hose auf. Schnelle, starke Schwindelanfälle ließen ihn nicht gleichmäßig, sondern nur mit Unterbrechungen pinkeln und kotzen und kotzen und pinkeln und wieder laut aufstoßen. Die Beine zitterten, der Magen stülpte sich um, seine Hose war naß vom Urin, das Erbrochene hatte ihm die Schuhe bekleckert.

Als er sich etwas beruhigt hatte, wurde ihm auf einmal bewußt, daß er hier, in ganzer Länge bei heller Vollmondnacht, weithin sichtbar tief im feindlichen Gelände stand, und das in einer Gegend, in der schon viele Burschen wie er niedergemetzelt worden waren. Und da verharrte er einfach wie ein Wahnsinniger, nachdem er die ganze Wüste vollgeballert und keine einzige Kugel mehr übrig hatte, falls ihn ein Raubtier anfallen würde, oder falls sie jetzt kämen, um ihn hier auf der Stelle abzuschlachten.

Jonatan wirbelte herum, um in panischer Angst und wilder Eile den Rückweg anzutreten. Er rannte, wie er noch nie in seinem Leben gerannt war, rannte mit langen Sätzen, rannte und stolperte, ohne zu fallen, rannte blindlings den Abhang hinunter, rannte mit lautem Atem, rannte wimmernd, rannte, obwohl ihm die Luft ausging und ein grausames Stechen zwischen seinen Rippen einsetzte, rannte, ohne langsamer zu werden, rannte mit hervorquellenden Augen. Nach tausend Jahren erkannten seine Füße endlich den Kiesboden des Wadis, aber er hörte nicht auf zu rennen, obwohl sein Kopf mit Nebel erfüllt schien. Dabei hielt er das Gewehr ständig mit beiden Händen vor sich wie bei einem Sturmangriff. Und die ganze Zeit umfing ihn das Gespinst des Mondes, das ihn immer wieder täuschte und foppte, bis er schließlich auf der Erde zusammenbrach und sein glühendes Gesicht in den silbrigen Sand eintauchte.

Gegen drei Uhr morgens erreichte er den Wohnwagen am Rand des Lagers von En-Hussub. Mit dreckigen, in Gin und Eiswasser getauchten Handtuchfetzen wischte der Alte ihm das Gesicht ab. Und um halb vier begann Jonatan zu weinen.

Am nächsten Tag schlief er bis abends durch. Der Alte machte ihm Salat, gab ihm Mischbrot mit Marmelade. Nach ein, zwei Tagen bereitete dann Jonatan dem Alten seine Mahlzeiten zu. Ab Ende der Woche begann er, mit ihm in dem uralten Jeep hinauszufahren, um Messungen vorzunehmen und Gesteinsproben oder Mineralien in allen Teilen der Wüste zu sammeln. Er wurde sein Diener und Gehilfe. Schuf etwas Ordnung im Wohnwagen. Polierte die Theodoliten. Der Alte nannte ihn Maltschik. Wenn er in schallendes Lachen ausbrach und »poschol won«, »ty Tschudak« zu ihm sagte, reagierte Jonatan mit verlegenem Lächeln. Eine Spiegelscherbe in der einen Ecke des Wagens zeigte ihm eines Tages zu seiner Verblüffung, daß es sehr dem Lächeln Rimonas glich, die seine Frau gewesen war.

»Weißt du, ich hatte mal einen kleinen Freund, der mir so ein russisches Sprichwort beigebracht hat: ›Ein guter Freund in böser Lag' ist wie der Pelz am kalten Tag.‹«

»Lüge!« brauste der Alte auf. »Es gibt kein solches Sprichwort im Russischen und kann's auch nicht geben! Nie und nimmer! Nichts als Lug und Trug!«

Aber hier sind die Lügen zu Ende, sagte Jonatan sich im stillen. Hier bin ich meine Allergie völlig losgeworden. Rauchen tu ich auch nicht mehr. Und der Bart ist gut gewachsen. Ich beginne zu verstehen. Und unser Herz ist recht, weil sich alles zum Guten wendet. Ich bin da.

Vielleicht sollte ich heute nacht Michal suchen gehen? Was ist dabei? Warum nicht?

7

Endlich zog sich der Winter zurück. Die Regenfälle hörten auf, die Wolken verschwanden, die heftigen Winde verwandelten sich in sanft streichelnde Brisen. In der letzten Märzwoche konnte Srulik jeden Abend auf seiner kleinen Veranda sitzen und mit den Augen den Vogelschwärmen folgen, die über den rötlich gefärbten Himmel nach Nordwesten flogen.

Trotz der winterlichen Überschwemmungen stand es gut mit der Saat. Im April breitete sich das helle Grün der Gersten- und Weizenfelder bis zum Fuß der östlichen Berge aus. Es war ein später Frühling: Erst jetzt entfalteten die Apfelbäume ihre volle Blüte, legten die Birnbäume ihr weißes Brautkleid an, fächelte der Westwind dem Kibbuz ihren erregenden Duft zu. Die Feldwege waren schon abgetrocknet. Walnuß-, Feigen- und Mandelbäume überzogen sich mit neuem Laub. Auch die Weinlauben in den Vorgärten erwachten ganz langsam wieder zu dunkelgrünem Leben. Die Rosenbüsche, die im Winter beschnitten worden waren, setzten pralle Knospen an. In aller Frühe, noch lange vor Sonnenaufgang, erschallte der ganze Kibbuz jeden Morgen von dem lauten Tschirpen der Spatzen in den Baumkronen, der Wiedehopf wiederholte dauernd sein Tagesmotto, und unter den Dächern der Häuser gurrten die Tauben mit aller Kraft. Bei einem Sabbatausflug zu den Ruinen von Scheich-Dahr entdeckte Anat ganz plötzlich – und zeigte es schnell auch Rimona, Saro und Udi –, daß auf dem Bergkamm fünf Gazellen standen. Im Nu waren sie weg.

In den Höfen des zerstörten arabischen Dorfes loderten die Bougainvilleas, über die zertrümmerten Bögen und Kuppeln rankte sich der wilde Wein. Und der berauschende Akazienduft überfiel den ganzen Hügel wie eine vielköpfige Räuberbande.

Mit Traktor und Anhänger schleifte Udi aus Scheich-Dahr einen großen Mühlstein, einen steinernen Türsturz und einen Dreschschlitten aus geschwärztem Holz herbei – und alle drei Beutestücke baute er in seinem Garten auf. Früher einmal hatte Udi an einem Wintersamstag zwischen den Regenschauern die Absicht geäußert, aus dem Friedhof von Scheich-Dahr ein Skelett zu holen, das ihm als Vogelscheuche dienen und die gesamte ältere Generation des Kibbuz ärgern sollte. Aber vielleicht hatte er nur so gewitzelt, oder die Freuden des Frühlings hatten ihn seinen Plan vergessen lassen.

Asarja brachte einen großen gesprungenen Tonkrug als Geschenk für Rimona aus Scheich-Dahr mit. Er füllte ihn mit Erde, pflanzte rote Geranien hinein und stellte ihn vor die Haustür. »Das wird Joni sehr gefallen«, sagte Rimona zu ihm, doch hörte er dabei weder Freude noch Trauer in ihrer Stimme.

Jeden Morgen um vier Uhr trieb der kleine Schimon seine Schafherde zur Weide auf die Hänge der östlichen Berge. Ebenso regelmäßig um sechs oder sieben kehrte der gute Stutschnik vom nächtlichen Melken aus dem Kuhstall zurück und ging schweigend an Sruliks Sekretariatsfenster vorbei. Srulik begann seinen Tag mit der anfallenden Korrespondenz und bemühte sich, diese Arbeit zu beenden, bevor das Telefon zum Leben erwachte. Chawa Lifschitz saß Tag für Tag mit zusammengepreßten Lippen an die fünf Stunden in der Näh-stube, um die Arbeitskleidung zu flicken. Und Etan R. mähte einmal täglich eine Wagenladung Luzerne, die er dann über den Hof kutschierte, um sie auf die Futterkrippen der Rinder-ställe zu verteilen.

In den Nachmittagsstunden, nach einer kurzen Ruhepause, waren alle in den kleinen Gärten rings um die Häuser mit Hacken, Schneiden und Mähen beschäftigt. In den Rundfunk-nachrichten sprach man erneut über Spannungen an der Nordgrenze, über die Kriegsgefahr, über die Fedajin, die immer wieder die Grenze überquerten, oder über die eindringlichen Proteste und Warnungen, die Ministerpräsident Eschkol den Botschaftern der vier Mächte übermittelt hatte. Zwischen den stündlichen Nachrichtensendungen spielte das Radio manch-mal die alten hebräischen Pionierlieder, bis einem das Herz schwer wurde.

Das Leben ging weiter wie immer, ohne etwas Neues zu bringen. Doch dann starb Stutschnik plötzlich Mitte April.

Eines Morgens, auf dem Rückweg vom Melken, war er mit

seinen hohen Stiefeln in Sruliks Büro gestapft, hatte den Raum mit Stallgeruch angefüllt und seinen alten Freund verlegen gebeten, sofort ein Telegramm aufgeben zu dürfen – oder besser noch sollte Srulik das in eigenem Namen tun –, und zwar nach Kirjat-Gat: Er wollte, daß seine einzige Tochter mit Mann und Kindern, seinen Enkeln, alles stehen- und liegenließen, um noch heute nach Granot zu kommen. Als der Sekretär fragte, was denn der freudige Anlaß sei, erbleichte Stutschnik plötzlich, als habe man ihn bei einer Lüge ertappt, und stützte sich mit beiden Armen auf dem Tisch ab. Dann murmelte er einen nebulösen Satz über irgendeine Familienangelegenheit, etwas Privates oder vielmehr Persönliches, wobei Srulik sich über Stutschniks bedrückte Stimme wunderte. Vorbei waren die Tage, in denen Stutschnik sich gern in hitzige Auseinandersetzungen verwickelte, zu überschwenglichen Gefühlsausbrüchen und lautem Pathos neigte und alle möglichen Erscheinungen mit dem jiddischen Satz »'s is mukze mechamass miuss« abtat, was etwa soviel heißt wie: »Es ist alles ein absoluter Greuel«. Ein streitliebender, ganz und gar rechthaberischer Bursche war er einst gewesen. So hatte er einmal sechs Monate lang mit Srulik nicht gesprochen, weil Srulik ihm anhand der Enzyklopädie bewiesen hatte, daß Dänemark nicht zu den Benelux-Staaten gehört. Nach Ablauf dieses halben Jahres hatte Stutschnik ihm zwar verziehen, aber doch mit der Begründung auf seiner Meinung beharrt, daß Sruliks Atlas »ja nun wirklich längst überholt« sei. Seitdem hatten die Jahre den kumpelhaften Ausdruck des Pioniers von seinem Gesicht gewischt und ihm statt dessen die Züge eines jüdischen Kleinhändlers verliehen – er glich einem von denen, die den ganzen Tag in ihren winzigen Kurzwarenlädchen hinter der wackligen Theke zu sitzen pflegen und ihren Talmud lernen, bis mal wieder ein Kunde eintritt. Sein Leben lang war er ein Dickkopf gewesen, und nun stand er verlegen und irgendwie tief bekümmert da.

Den angebotenen Tee lehnte er ab. Sprach überhaupt wenig. Diesmal war ihm nicht nach Diskussion zumute. Und auf einmal streckte er schüchtern seine Hand aus. Srulik begriff zunächst nicht, drückte ihm dann aber doch überrascht die angebotene Rechte. Danach hatte sich Stutschnik wortlos abgewandt und war in seiner gebückten Haltung rausgestapft, den Stallgeruch zurücklassend.

Srulik wurde nachdenklich, überlegte ein Weilchen und entschied schließlich, das Telegramm nach dem Frühstück aufzugeben. Erst wollte er ein paar Worte mit Rachel wechseln.

Doch diesmal kam er zu spät.

Stutschnik war nach Hause gegangen, hatte sich auf der Veranda Stiefel und Stallkleidung ausgezogen und war unter die Dusche gegangen. Rachel fand ihn dort mehrere Stunden später, bei ihrer Heimkehr von der Arbeit, wie einen Denker auf dem Boden sitzend, den Rücken an die gekachelte Wand gelehnt, die friedlichen Augen geöffnet. Sein geschundener, von jahrelanger Schwerarbeit gebeugter Körper war in all den Stunden unter dem unaufhörlich fließenden Wasserstrahl schon blau geworden. Ruhe und Frieden lagen auf seinem tropfnassen Gesicht, als habe er viel geweint – und als sei ihm nun sehr viel wohler.

Srulik hielt die Trauerrede am offenen Grab: Stutschnik sei ein bescheidener Mensch und ein guter Freund gewesen, sagte er, aber äußerst bestimmt in seiner Haltung. »Bei aller Kameradschaftlichkeit ist er doch nie von seinem Standpunkt abgerückt. Bis zum letzten Tag, ja bis zur letzten Stunde, hat er gearbeitet und am Joch der kollektiven Verantwortung mitgetragen. Und gestorben ist er so, wie er gelebt hat – bescheiden und mit reinem Herzen. Sein feines Herz werden wir alle in dankbarer Erinnerung behalten, bis auch unser Tag gekommen sein wird.«

Rachel Stutschnik und ihre Tochter schluchzten. Einige starke Männer wie Etan und Udi schaufelten Erde auf das Grab. Auch Asarja griff sich einen Spaten, um ihnen zu helfen. Als das Werk beendet war, blieben alle noch fünf Minuten lang stehen, als müsse man auf irgend etwas warten, das noch nicht gesagt worden war, auf einen weiteren Satz, ein Wort, eine Erklärung. Aber niemand redete nach Srulik. Nur der Wind wehte von der Küste her. Und die mächtigen Friedhofskiefern rauschten leise, als antworteten sie dem Meer in seiner Sprache.

Jolek konnte man während der meisten Stunden des Tages auf seinem Liegestuhl unter dem Feigenbaum vor seiner Veranda sitzen sehen. Seit seiner Rückkehr aus dem Krankenhaus war er sehr still geworden. Donnergrollen und Zornesausbrüche hatten sich gelegt. Nun saß er stundenlang da, die Arme schlaff auf den Lehnen, und bestaunte die Zauberkünste des Frühlings, als sei er der erste seines Lebens. Auf einem kleinen Hocker neben ihm lagen ein Stapel Zeitungen und Zeitschriften, ein aufgeklapptes Buch mit der Schriftseite nach unten und noch ein Buch, und zuoberst thronte seine Lesebrille, denn Jolek schaute das alles nicht an. Nur die Frühlingsszenen ringsum und vielleicht auch der Blütenduft schienen ihn noch zu berühren. Wenn etwa ein kleines Kind, das seinen weggesprungenen Ball verfolgte, in die Nähe von Joleks Stuhl kam, pflegte er drei- oder viermal tiefernst mit dem Kopf zu nicken, als würde er gerade ein besonders kniffliges Problem überdenken, um dann schließlich zu verkünden: »Ein Kind.«

Wenn Chawa ihm seine Medizin nebst Wasserglas auf einem Tablett brachte, nahm er das widerstandslos aus ihrer Hand entgegen und sagte dazu, seine Worte sorgfältig abwägend: »Es ist schon alles in Ordnung. Schoin.«

Kam dann der Sekretär gegen Abend, um sich ein Stündchen zu ihm zu setzen und ihm von Problemen und Lösungen zu berichten, bemerkte Jolek zuweilen: »Aber Srulik, wirklich, 's ist doch a ganz leichte Sach.«

Oder: »Das regelt sich schon. Wus brennt?«

Da gab es keinen Blitz und Donner mehr, kein »mea culpa«, keinen heiseren biblischen Zorn. Jolek erholte sich den ganzen Tag im Schatten des Feigenbaums in seinem Garten und beobachtete die Wunder des Frühlings. Der Arzt hielt seinen Zustand für stabil. Jolek war ein guter, gefügiger Patient geworden. Von Zeit zu Zeit schaute Rimona bei ihm vorbei und immer brachte sie ihm eine Oleanderblüte oder einen Myrtenzweig. Dann legte Jolek ganz langsam und bedächtig seine breite, häßliche Hand auf ihren Kopf und sagte: »Danke. Das ist schön.«

Oder: »Mejdale, du bist a heilige Neschame.«

Aber sein Gehör war schlechter geworden: Er verstand kaum noch etwas. Was Srulik ihm bei seinen häufigen Besuchen erzählte, plätscherte als verschwommenes Gemurmel über ihn hinweg. Nicht einmal die Düsenjäger, die mit wildem Getöse fast im Tiefflug den Luftraum durchquerten, brachten ihn dazu, den Kopf zu heben und ihnen nachzusehen. Rimonas Blumen blieben meist den ganzen Tag in seinem Schoß liegen, bis der Abend anbrach.

Nach Absprache mit Chawa, dem Arzt und der Krankenschwester bestellte der Sekretär ein leistungsfähiges Hörgerät, so daß die Hoffnung bestand, daß Jolek vielleicht bald jeden wieder verstehen würde. Inzwischen ruhte er sich aus. Tia lag stundenlang dösend zu seinen Füßen. Selbst die Fliegen verjagte sie kaum noch mal.

Jedes Wochenende kam sein jüngerer Sohn Amos auf Urlaub, den ihm die Armee aufgrund eines Befehls von oben gewährte. Einmal brachte er dabei Leiter, Bürste und einen Eimer Farbe ins Elternhaus mit und strich die Küchenecke neu. Chawa kaufte ein kleines Transistorradio. Asarja seinerseits rollte eines Tages mit einer Schubkarre voll Beton heran, um sämtliche Risse in den Bodenplatten und Treppenstufen auszugleichen, damit Jolek beim Gehen nicht stolperte. Samstagabend tranken alle zusammen Kaffee und lauschten den Sportnachrichten aus dem Munde von Alexander Alexandroni. Einmal nahm Amos Asarja Gitlins Gitarre und entlockte ihr zu unserer Verwunderung drei einfache Weisen. Wann hatte der denn Gitarrespielen gelernt?

Und noch ein kleines Wunder ereignete sich: Eines Tages erschien Bolognesi mit einer blauen Strickdecke für Jolek: einem Schutz für seine Knie gegen die Abendkühle im Garten. Chawa schenkte Bolognesi zwei Kognakflaschen, eine volle und eine halbleere, denn seit seiner Rückkehr aus dem Krankenhaus trank Jolek nicht mehr. »Gemelobt sei Gott, der die Tränen des Elenden trocknet«, bemerkte Bolognesi kummervoll. Und hinterher fügte er ein wenig verschmitzt hinzu – als würde er andeutungsweise einen äußerst gefährlichen Gedanken ausdrücken: »Tief sind die Verwimicklungen der Herzenserforschung, wie das Meer mit Wasser gefülüllt ist.«

Srulik, der Sekretär, führte nach und nach verschiedene kleine Veränderungen ein. Nach Vorgesprächen, wohlgezielten Überzeugungsversuchen und gründlicher, systematischer Öffentlichkeitsarbeit gelang es ihm, in der Generalversammlung eine Mehrheit für einen Satzungsantrag in Sachen Auslandsreisen zusammenzutrommeln: Innerhalb der nächsten fünfzehn Jahre konnten nun alle reihum einmal eine dreiwöchige Reise in die große weite Welt unternehmen. Auch den Jugendausschuß erweckte Srulik zu neuem Leben. Ferner begann er erste Berechnungen und Pläne für die schrittweise Vergrößerung aller Familienwohnungen durchzusehen. Er reaktivierte den Ausschuß für die Betreuung Alleinstehender. Und schließlich gründete er eine besondere Projektgruppe, die sich mit Voruntersuchungen über die Rentabilität eines eventuell im Kibbuz zu errichtenden Industriebetriebs beschäftigen sollte. Srulik war nämlich zu der Überzeugung gelangt, daß junge Leute wie Udi, Amos und Etan zukünftig ein »weit gefächertes Betätigungsfeld« bräuchten.

Trotz allem vernachlässigte Srulik nicht sein Quintett. Jede Woche setzte er eine Probe an. Im Namen der Fünfergruppe kündigte er an, im Speisesaal eines Nachbarkibbuz erstmals öffentlich aufzutreten. Bei Erfolg würden sie eines Tages vielleicht auch vor den Mitgliedern hier spielen.

Nacht für Nacht konnte man Sruliks zerbrechliche Gestalt im erleuchteten Viereck seines Fensters am Schreibtisch sitzen und beim Licht der Leselampe schreiben, durchstreichen und wieder schreiben sehen. Manche sagten, Srulik verfasse eine Studie. Andere sagten: eine Sinfonie. Und wieder andere meinten lachend: vielleicht arbeitet er an einem Roman.

Udis Anat war schwanger. Und Rimona ebenfalls. Dr. Schillinger, ihr Frauenarzt aus dem Haifaer Krankenhaus, äußerte sich achselzuckend dahingehend, daß schließlich alles möglich sei. Zwar habe er keineswegs zu dieser Schwangerschaft geraten, aber trotzdem dürfe man ja dieses Mal für einen glücklichen Ausgang beten. Nichts sei unmöglich. Die Statistik sei eine primitive Wissenschaft. Er selbst wolle keinerlei Verantwortung für die Entscheidung übernehmen, ob die Schwangerschaft unterbrochen oder fortgeführt werden solle. Vielleicht würde sie gut ausgehen. Man könne es nicht wissen. Aber man dürfe hoffen. Auch gab er Rimona verschiedene Ratschläge und Anweisungen. All dies erfuhr Srulik von Chawa, die nachdrücklich darauf bestanden hatte, Rimona zu begleiten, bei der Untersuchung zugegen zu sein und alles mit eigenen Ohren zu hören, da Rimona ja so zerstreut sei.

Bei ihrer Rückkehr aus der Wäscherei fand Rimona nun täglich auf der Marmorplatte in der Küchenecke irgend etwas Leckeres, das Chawa zuvor ins Haus geschmuggelt hatte: frische Orangen oder Grapefruits, ein Glas Honig, Datteln oder saure Sahne. Als einmal statt dessen eine neue Schallplatte mit Negro-Spirituals vom Mississippi dort lag, erinnerte sie sich, daß heute Jonis Geburtstag war.

Rimona wiederum buk jeden Donnerstag einen Kuchen für Chawa und Jolek, damit sie Amos' Wochenendurlaub gebührend feiern konnten. Samstag abends erschien auch Major Tschupke einige Male. Er saß dann mit der Familie – Jolek, Chawa, Rimona, Asarja und Amos – zusammen, trank ein oder zwei Tassen Kaffee, futterte ein paar belegte Brote und sprach sehr wenig, als wäre er zu der stillen Überzeugung gelangt, daß Worte eine vertrackte Sache seien.

Von Jonatan sprach man nicht oft. Vielleicht hatte er sich inzwischen irgendeine Ruine in Galiläa ausgesucht. Vielleicht verkaufte er Benzin in einer abgelegenen Tankstelle. Oder war an Bord eines Frachtschiffes in ferne Länder abgesegelt. Eines Tages würde man ein Lebenszeichen von ihm erhalten. Tschupke und Amos, Rimona, Asarja und Srulik hatten jeder auf seine Weise inzwischen das Gefühl, daß ihm nichts Schlimmes zugestoßen sei.

Jolek wachte eines Tages plötzlich aus seinem Dämmerzustand auf und bemerkte mit leichtem Unwillen: »Was, dieser Luftikus ist immer noch beschäftigt? Auch heute kommt er nicht? Höchste Zeit, daß der mal erwachsen wird!« Sagte es und versank von neuem in den Tiefen seiner Schwerhörigkeit.

An einem Samstag verzog sich Tschupke kurz aus der Lifschitzschen Wohnung, um sich für etwa fünfzehn Minuten mit Srulik einzuschließen. Er hatte nämlich eine Nachricht, ein Gerücht, irgendeinen Anhaltspunkt, wollte darüber aber lieber nicht mit der Familie, sondern mit Srulik allein sprechen. »Also folgendermaßen: Einer von unseren Leuten, Jotam aus Kfar Bilu, genau gesagt, ist Anfang letzter Woche mit noch zwei Kumpels in die Wüste abgedampft, um irgend 'nen Abkürzungsweg zu überprüfen, den die Beduinen vom Eselsfüllenberg zum Dudelsackberg gelegt haben. Sobald man da die Ruine des Skorpionenbachs überquert, kommt man auch über einen vernachlässigten Pfad, den kein Mensch benutzt. Was man bei uns ›von Blechdorf zur Pforte Allahs‹ nennt. Und genau auf diesem Weg haben sie plötzlich einen liegengebliebenen zivilen Jeep gesehen und daneben einen halbnackten Juden mit weißem Rauschebart, und der war nun schwitzend dabei, den Reifen zu wechseln. Er wollte sich auf keinen Fall helfen lassen, sondern hat angefangen zu fluchen. Da haben sie eben Schalom gesagt und sind weitergefahren.«

»Na und?«

»Warte. Hör zu. Dieser Jotam hat geschworen, er hätt da einen Burschen gesehen, der ein bißchen an Lifschitz erinnert hätte, bloß mit längeren Haaren und schwarzem Bart.«

»Entschuldige: Was heißt ›von fern‹?«

»Als sie näher gekommen sind, ist nur der Opa übriggeblieben. Der zweite ist weggerannt wie ein Gecko und hat sich zwischen die Felsen verdrückt.«

»Und was hat sich dann rausgestellt?«

»Nichts. Der Opa hat angefangen, sie als Psychopathen zu betiteln, hat sich einen abgeschrien, da wär kein Mensch bei ihm, könnte ja auch gar nicht sein. Dann hat er mit der Pistole rumgefuchtelt und ihre sämtlichen Ahnen verflucht.«

»Nu?«

»Weiter nichts. Das ist alles. Sie haben ihn stehengelassen und sind weitergefahren.«

»Und dein Mann da? Ist er sicher, daß er Jonatan gesehen hat?«

»Nö. Es schien ihm nur so, als ob er's gewesen wär.«

»Und was werdet ihr jetzt machen?«

»Nichts. Ein bißchen suchen. Wenn er lebt und im Lande ist, dann verlaß dich drauf, daß wir ihn letzten Endes erwischen. Nur keine Sorge.«

»Und der andere, der Alte? Woher stammt der?«

»Laß man, Srulik. Die ganze Wüste wimmelt doch von Ausgeflippten. Genaugenommen das ganze Land. Wer soll sich da auskennen? Eigentlich ist auch dieser Jotam ein bißchen verdreht im Kopf. Erzählt gern Geschichten. Vor einem Jahr wollte er plötzlich einen Löwen in der Rinne des Schotterbachs gesehen haben. Und mit Gläserrücken und Geistern und all so was hat er's auch. Ich sag dir, Srulik, dieser Staat hier hat den höchsten Prozentsatz an Spinnern auf der ganzen Welt. Sei mir gesund. Und daß du den Eltern kein Sterbenswörtchen verrätst.«

Nachdem der Mann gegangen war, blieb Srulik noch ein Weilchen alleine im leeren Büro sitzen. Fliegen summten. Es war heiß. Ein Tal, Olivenbäume, überragt von einem Höhenzug, ein gewundener Ziegenpfad am Abhang – das berühmte Bild des Malers Reuben blickte ihn vom Wandkalender an. Wenn es eine höhere Macht gibt, sei es Gott oder sonst wer, dann bin ich in vielen – darunter auch grundsätzlichen – Dingen nicht mit ihm einverstanden, dachte Srulik. Meines Erachtens wäre es besser, die Dinge ganz anders zu ordnen. Am schlimmsten finde ich jedoch seinen billigen, vulgären Humor, wenn man das mal so nennen darf. Was ihm Spaß macht, bereitet uns unerträgliche Schmerzen. Ist unser Leid denn sein Vergnügen? Wenn das zutrifft, wie es den Anschein hat, muß ich ihm fast in allen Dingen widersprechen. Und heute abend werde ich in meinem Heft notieren, damit das auch schriftlich niedergelegt ist: Ich kann seinen sonderbaren Geschmack nicht teilen. Aber jetzt ist es schon fast acht Uhr. Samstagabend. Und um neun muß ich die Generalversammlung eröffnen. Da geh ich besser noch mal Absatz für Absatz die heutige Tagesordnung durch.

Am 4. Mai um zwei Uhr nachts faßten Tschupkes Leute zwischen den Ruinen von Scheich-Dahr den gefährlichen Mörder, der im Januar aus dem naheliegenden Gefängnis ausgebrochen war. Sie fanden ihn, tief schlummernd wie ein Baby, in dem zerstörten Haus des Scheichs, fesselten ihm mit einem Hemd die Hände auf dem Rücken und schleppten ihn auf die Polizeiwache von Afula. Nach eingehendem Verhör war Inspektor Bechor überzeugt, daß dieser Klient nie auf Jonatan Lifschitz gestoßen war. Drei Monate lang war er wie ein Tier in der Gegend herumgestreunt, hatte Orangen vom Feld geklaut, Hühner gestohlen und Wasser aus den Hähnen der Bewässerungsanlagen getrunken. Außerdem gestand er, daß Bolognesi, den er noch vom Gefängnis her kannte, ihm ab und zu Kleidung, Streichhölzer oder eine Flasche Arrak gebracht hatte. »Sollen wir uns diesen Verrückten auch mal vorknöpfen?« fragte Bechor. Aber Srulik meinte nur: »Nicht nötig. Bolognesi ist ungefährlich. Laßt ihn in Ruhe.«

Die Werkstatt wurde jetzt von Asarja Gitlin geleitet, dem ein Lohnarbeiter zur Seite stand. Seine fieberhafte Redewut hatte sich ein wenig gelegt, nachdem es Srulik unter Einsatz all seiner Überredungskünste gelungen war, eine Mehrheit in der Generalversammlung zusammenzubringen, die für Asarja als Kandidaten für die Aufnahme in den Kibbuz votierte. Nur gelegentlich sagte er noch mal am Frühstückstisch zu Jaschek oder dem kleinen Schimon vom Schafsstall: »Ein Vergleich ohne Grund verbrennt einem den Mund.« Oder er erinnerte Etan R. lachend an das, was Spinoza schon vor mehreren hundert Jahren gewußt hatte: nämlich daß man alles gelassen und mit leichtem Herzen hinzunehmen hat, weil das Schicksal in all seinen Erscheinungsformen auf einer ewigen Bestimmung beruht, genauso wie bei jedem Dreieck die Gesamtsumme der Winkel immer 180 Grad ergibt.

Wenn man Asarja drängte, eilends die Mähdrescher startklar zu machen, weil man bald mit der Gerstenernte beginnen müsse, bemerkte Asarja – Hände in den Hosentaschen – nur wegwerfend in dem lässig gedehnten Tonfall, den er von Udi gelernt hatte: »Hast und Eile haben schon mehr als einen Bären umgebracht. Wird schon alles in Ordnung gehen.«

Aber sein Tagewerk begann er frühmorgens, noch vor allen, beim ersten Sonnenlicht um vier Uhr. Gegen die morgendliche Kühle schützte er sich mit der schäbigen braunen Jacke, die Rimona mitten im Winter für Jonatan geflickt hatte, obwohl sie ihm um einige Nummern zu groß war. Abends ging er ab und an mit Rimona in die Wohnung von Anat und Udi Schneor oder auf das Zimmer von Etan und seinen Freundinnen. Dann spielte er ein wenig auf seiner Gitarre und gab seine politischen Ansichten zum besten. Außerdem hatte er Zeit gefunden, die Erde in den Blumenbeeten hinter dem Haus umzuhacken und dort duftende Wicken zu sähen. Auch den Garten von Chawa und Jolek hatte er unter seine Obhut genommen: Er grub und jätete, mähte und beschnitt, brachte chemischen und organischen Dünger, setzte junge Kakteenpflanzen und Nelken und schmückte das Ganze noch hier und da mit allen möglichen Schrottstücken, Kolben und Zahnrädern, die in der Werkstatt abfielen. Jeden Morgen nach dem Frühstück, bevor er zur Arbeit zurückkehrte, verweilte er rund zehn Minuten bei Jolek im Schatten des Feigenbaums, brachte ihm die Morgenzeitung mit und las ihm die Überschriften vor: Drohungen aus Damaskus. Fedajin. Auseinandersetzungen zwischen den einzelnen Knessetfraktionen. Klagen über Eschkols Schwäche. Aber Jolek verstand nichts. Seit dem Anfall hatte er den Rest seines Hörsinns verloren, und das moderne Hörgerät wollte er absolut nicht benutzen. So legte Jolek eben seine große runzlige Hand auf Asarja Gitlins Arm und fragte etwa leicht verwundert: »Nu? Was? Also was gibt's denn Neues?«

Oder er stellte plötzlich traurig fest: »Alles in allem ist Berl sein Leben lang ein schlauer Fuchs gewesen.«

Oder auch: »Gar keine Frage: Stalin hat uns niemals verstanden oder gemocht.«

Asarja rückte dann Jolek die Strickdecke zurecht, damit sich seine Knie nicht erkälteten, und ging wieder zur Werkstatt. Mit aller Kraft bemühte er sich, von Nutzen zu sein. So hatte er dafür gesorgt, daß der Tierarzt, der alle zwei Wochen vorbeikommt, nicht Tia ihre jährliche Impfspritze zu geben vergaß. Einen alten Rollstuhl hatte er ausgebessert und frisch gestrichen für den Fall, daß Jolek mal darauf angewiesen sein könnte. Und mit Rimona war er nach Haifa gefahren, um ein Umstandskleid auszusuchen, wobei er ihr gleich auch ein kleines indisches Büchlein in englischer Sprache über die Seelenwanderung und den Weg zur inneren Ruhe gekauft hatte.

Jeden Abend spielte er ihr etwas vor, und die Werkstatt leitete er mit Fleiß und Verstand. Zu Beginn der Gerstenernte standen die Mähdrescher nicht nur einsatzbereit, sondern auch noch frisch gewaschen und gestrichen da, so daß sie richtig glänzten. In der ersten Maiwoche schrieb er einen kurzen Brief an Ministerpräsident Eschkol, in dem er betonte, daß es trotz der häßlichen Witze und des Spotts im Volk auch viele einfache Leute gebe, die dem Genossen Eschkol Liebe entgegenbrächten. Eschkol antwortete unverzüglich auf einer normalen Postkarte: »Hab vielen Dank, junger Mann. Deine herzerfrischenden Worte haben mich sehr aufgerichtet. Vergiß nicht, Jolek und seiner Kameradin meine Grüße zu übermitteln. Und sei du mir gesegnet.«

Auch Srulik spielte in seinen freien Stunden – bei Nacht – auf seiner Querflöte. Chawa hatte seine Wohnung verlassen und fiel ihm nun nicht mehr zur Last. Den ganzen Tag über hielten ihn jedoch Leute draußen auf den Pfaden an oder suchten ihn in seinem Büro auf, um kleine Probleme anzusprechen, seine Fürsprache für eine Änderung des Arbeitsplans zu erbitten oder ihn für die eine oder andere Stellungnahme in einer Wirtschafts- oder Erziehungsangelegenheit zu gewinnen. Srulik hatte sich daraufhin ein kleines Notizbuch angelegt, in das er jede Beschwerde, jede Frage, jeden Vorschlag notierte und nicht eher durchstrich, als er eine Lösung oder Regelung gefunden hatte. Nur nachts fand er Muße zum Schreiben, Durchstreichen und Musizieren. Und von Zeit zu

Zeit geschahen weitere kleine Wunder: So erzählte man sich, daß Paula Lewin, die noch zur Gründergruppe des Kibbuz gehörte und seit vielen Jahren den Kindergarten und den Ausschuß für Vorschulkinder leitete, plötzlich aus heiterem Himmel von Srulik einen Kunstband mit Bildern des Malers Alfred Dürer bekommen hatte. Was hatte das zu bedeuten? Die Meinungen gingen auseinander. Bei aller Hochachtung, die man Jolek entgegenzubringen pflegte, sagten doch viele, daß es noch nie einen so fähigen und emsigen Sekretär wie Srulik gegeben hatte.

Wie schade, daß Joleks modernes Hörgerät nun unnütz in der Schublade lag – zusammen mit seiner Brille: er wollte einfach nicht hören. Und lesen auch nicht. Den ganzen Tag saß er in seinem Liegestuhl unter dem Feigenbaum und guckte vor sich hin, auf Bäume und Steine. Oder vielleicht bestaunte er die Vögel und die Schmetterlinge und die Fliegen, die in der Luft umherschwirrten. Wie sehr doch sein Gesicht verfallen war! Der schöne Frühling hatte Joleks allergisch bedingtes Asthma noch erheblich verschlimmert. Sein Atem ging schwer und keuchend. Mit dem Rauchen hatte er schon ganz aufgehört, aber die Allergie trieb ihm manchmal Tränen in die alten Augen. Auch als ihm sein jüngerer Sohn Amos verkündete, daß er im Herbst seine Freundin heiraten würde und nun endgültig beschlossen hätte, den Kibbuz zu verlassen und Berufssoldat zu werden, fielen Jolek nicht mehr als fünf Worte ein: »Schoin. Schon gut. Macht nichts.«

Von Trotzky kam ein Brief, aber diesmal nicht an Jolek gerichtet, sondern ausdrücklich an den neuen Sekretär. Leider müsse er mitteilen, daß er bis heute keinerlei Zeichen von seinem Sohn erhalten habe, schrieb Benja Trotzky. Vergebens säße er da und wartete, ob er vielleicht doch plötzlich auftauchen würde. Aber er hätte die Hoffnung nicht aufgegeben und würde sie auch zukünftig nicht verlieren. Schließlich sei ja auch sein einziger Bruder schon vor zwanzig Jahren spurlos verschwunden, und doch hätte ihn die Zuversicht auf ein Wiedersehen nie verlassen. Im Leben sei alles möglich. Ob Srulik im Namen des Kibbuz eine Geldspende annehmen würde, um etwa ein Musikzimmer einzurichten? Oder vielleicht eine Bibliothek? Ein Kulturhaus? Man möge ihm bitte diesen Wunsch nicht abschlagen. Auch er sei sehr einsam und längst kein junger Mann mehr, so daß man nicht wissen könne, wieviel Zeit ihm noch bliebe. Und hier, in Granot, hätte er trotz allem die schönsten Tage seines Lebens verbracht – und hier sei auch sein einziger Sohn zur Welt gekommen.

Srulik antwortete schriftlich: »Danke für Dein Angebot. In zwei bis drei Wochen werde ich es dem Lenkungsausschuß zur Beratung vorlegen. Ich persönlich bin dafür.«

Ein Vogel auf roten Backsteinen. Der Vogel ist merkwürdig, nicht von hier. Eine Fasanenart? Eine Wildente? Nebulöser Schatten erfüllt den Bildhintergrund: könnte Nieselregen sein. Doch wie ein blanker Pfeil durchschneidet ein schräger Sonnenstrahl Schatten und Nebel und entzündet einen tanzenden Lichtkringel auf einem verblüfften Backstein in der unteren Bildecke, fern von dem Vogel, dessen Schnabel, wie Asarja entdeckte, dürstend geöffnet ist. Aber die Augen hält er geschlossen.

Tia liegt auf dem Teppich. Reinigt sich mit den Zähnen ihren Pelz. Hört wieder auf. Hechelt ein bißchen. Plötzliche Unruhe bringt sie auf die Beine. Sie läuft das Zimmer der Länge nach ab, kriecht unter die Couch, kommt mit winselndem Gähnen wieder zum Vorschein, tapst gemächlich auf die Tür zu, überlegt sich's anders und legt sich erneut auf den Teppich, aber diesmal auf die näher am Fenster gelegene Ecke.

Asarja hatte bereits den Petroleumofen in den Deckenschrank über der Dusche verstaut und dafür den Ventilator runtergeholt. Der Winter war vorüber, der Sommer stand bevor. Auch auf dem Bücherregal hatte er fein säuberlich umgeräumt: Auf dem oberen Bord befanden sich nun Jonatans sämtliche Schachbücher und der Stapel mit Landwirtschaftszeitschriften, auf dem unteren Rimonas Afrikabücher in alphabetischer Reihenfolge.

Halb elf Uhr abends. Im Schlafzimmer ist das Doppelbett schon aufgeschlagen. Rimona sitzt im Sessel. Wegen ihrer schlanken Gestalt ist ihre Schwangerschaft schon deutlich sichtbar. Sie trägt einen blauen Sommermorgenrock und hat die Hände in den Schoß gelegt. Mattes Licht in ihren Augen: Was mag sie da sehen in den Falten des braunen Vorhangs? Woher stammt dieses sanfte Licht, das ihre Augen erfüllt? Vielleicht sieht sie die Formen der Musik. Eine Schallplatte dreht sich auf dem Plattenteller: nicht mehr die Magie des Tschad, auch nicht die Negergesänge vom Mississippi, sondern ein Violinkonzert von Bach. Asarja betrachtet sie und sieht ihre ruhende Gestalt im Sessel: die kleinen Brüste, den anschwellenden Bauch, die mageren, leicht gespreizten Knie im Morgenrock, die blonden Haare, die ihr auf die Schultern fallen, auf die linke etwas mehr als auf die rechte. Sie spürt seinen Blick nicht, ist völlig in sich gekehrt. Der Glanz ihres Gesichtes umgibt sie ganz und gar, als wäre er ein Duft.

Sie hat längst damit aufgehört, die Beschreibungen afrikanischer Zauberriten aus Büchern auf kleine Kärtchen zu übertragen. Auch rasiert sie sich nicht mehr die weichen Haarbüschel, die in ihren Achselhöhlen wachsen. Worauf wartet Rimona? Vielleicht auf den Kuchen, der in der Kochecke vor sich hin backt. Oder auf Asarja, der still und konzentriert – fast schon ein Mann – über dem kleinen Schachtisch brütet, den Joni letztes Jahr aus Olivenholz geschnitzt hat. Nur wenige Figuren sind noch auf dem Brett: der schwarze König, die Königin, ein Turm, ein Springer und zwei Bauern, dann der weiße König mit Königin, zwei Türme und ein Bauer. Asarja schweigt. Er hat Zeit. Und es ist still. In der Pappschachtel auf der Veranda kratzt manchmal die Schildkröte, die sie bei ihrem ersten Ausflug nach Scheich-Dahr gefunden hatten. Einmal hatte Asarja diese Schildkröte insgeheim Joni genannt. Jetzt nennt er sie einfach Schildkröte. Einst pflegte er sich beim Schach ganz auf seine Intuition zu verlassen, auf seine eigenartigen Geistesblitze, die ihn manchmal überkommen; nun studiert er angestrengt die Hefte, die Joni ihm dagelassen hat. Früher reparierte er die Maschinen in der Werkstatt aufgrund dessen, was er während seines Militärdienstes in der Zentralwerkstatt seines Befehlsbereichs gelernt hatte; jetzt vertieft er sich in die

Betriebs- und Wartungsanleitungen von Ferguson, John Deere und Massey-Harris. Einst saß er hier Jonatan gegenüber und paffte eine Zigarette nach der anderen; nun bemüht er sich, das Rauchen zu reduzieren, weil er in der Zeitung gelesen hat, daß Zigarettenqualm für Schwangere störend ist und dem Embryo in ihrem Schoß schaden kann.

Sie schweigen. Als Rimona plötzlich aufsteht und Asarja die Augen hebt, um sie anzuschauen, lächelt sie ihn wie ein kleines Mädchen an, dem man verziehen hat, und geht in die Küche, um mit Hilfe eines Streichholzes zu prüfen, wie weit der Kuchen ist: Es hat noch Zeit damit.

»Setz dich, Rimona.«

»Hier neben dich, daß du mir Schach erklären kannst? Oder wie vorhin?«

»Setz dich neben mich.«

»Du bist sehr gut.«

»Wieso? Was hab ich denn gemacht?«

»Daß du ihr Salat mitgebracht hast.«

»Ich? Was? Wem?«

»Der Schildkröte. Und den Wasserhahn hast du auch repariert.«

»Weil mir die Tropferei schon auf die Nerven gegangen ist. Da hab ich ihn eben auseinandergenommen und 'nen neuen Gummiring eingelegt. Eine Dichtungsscheibe nennt man das.«

»Und jetzt kriegst du Tee zu trinken, und gleich gibt's auch Kuchen. Ich trink mit dir. Keinen heißen Tee, sondern kalten.«

»Ich hab zufällig schon vorhin getrunken. Bei Etan und seinen zwei Volontärinnen. Weißt du, daß eine gegangen ist? Wenn du dich an Brigitte erinnern kannst – die ist schon weg. Jetzt hat er Diana. Aber Semadar ist geblieben.«

»Das stimmt nicht«, sagte Rimona vorsichtig.

»Was?«

»Das mit zufällig, was du eben gesagt hast. Du hast mir mal erklärt, daß es nie Zufälle gibt. Spinoza hätte das entdeckt. Du hast uns von deinem Lehrer Jehoschafat erzählt, und ich hab dir geglaubt, aber Joni ist traurig geworden.«

Asarja nahm einen der weißen Türme vom Brett und ersetzte ihn durch einen Springer. Dann sagte er mit möglichst voller Stimme: »Du behältst auch alles. Nichts vergißt du.«

Dann schwiegen sie. Das Violinkonzert war zu Ende, und im Zimmer blieben Sehnsüchte zurück. In dem Musikstück hatte am Ende des Sehnens Verzicht gestanden. Der Kuchen war fertig. Rimona schnitt ihn auf und trug ihn herein. Dann brachte sie kalten Tee für beide. »Ich habe heute nacht von Joni geträumt«, sagte sie, »daß er in einer Militärbaracke allen auf deiner Gitarre vorspielt. Im Traum hat man gesehen, daß das Musizieren gut für ihn ist, und auch ich hab mich gut gefühlt und all die Soldaten dort. Du hast mit in derselben Baracke gesessen und Joni einen Pullover gestrickt.«

Die kalten Tage sind vorüber. Rimona zieht nicht mehr ihre Hände in die Ärmel ein. Ihr Morgenrock hat gar keine Ärmel. Aber sie umklammert das Glas immer noch mit den Fingern, als ob ihr kalt wäre.

Vom Boden steigt der feine Geruch von Sauberkeit auf. Das Zimmer liegt ruhig im rötlichbraunen Licht, das durch den matten Lampenschirm fällt. Am Ende des Regals steht ein gerahmtes Foto, ein graues Bild von Rimona und Joni während ihres Hochzeitsausflugs in die Wüste. Komisch, denkt Asarja, wie konnte ich nur bis zum heutigen Abend übersehen, daß sie nicht allein auf diesem Bild sind. In der Ecke hinter Rimona sieht man ein haariges fremdes Bein in kurzen Hosen und Fallschirmspringerstiefeln, und vor ihnen im Sand liegt ein zerquetschter Kanister neben dem Hinterteil eines Jeeps.

»Zehn oder zwanzig Kinder hat er gehabt, und dabei war er ein ziemlich armer Mann. Hat die Orgel in der Kirche gespielt und nicht so viel verdient. Frau Bach hatte keine Zeit, sich um ihn zu kümmern, bei all den Kindern. Sicher mußte er ihr beim Waschen und Kochen helfen und Geld leihen, um Kohlen kaufen zu können im Winter in Deutschland. Sehr schwer hat er's gehabt, und trotzdem kommt bei ihm manchmal so eine starke Freude durch.«

»Ich hab fast überhaupt niemanden gehabt, von Kind an«, sagte Asarja.

Rimona fragte, ob sie das Radio einschalten sollte, um die Elf-Uhr-Nachrichten zu hören.

»Nicht nötig«, meinte Asarja. »Die reden bloß endlos und begreifen nicht, daß bald Krieg sein wird. Alles lenkt darauf hin: die Russen, die Situation, das Kräfteverhältnis, ihr Eindruck, daß Eschkol schwach und ängstlich ist und wir schon müde sind.«

»Er ist gut«, sagte Rimona.

»Eschkol? Ja. Stimmt. Nur versteht sogar einer wie ich die Lage sehr viel besser als er. Aber was soll's? Ich hab beschlossen zu schweigen. Was ich zu sagen hab, bringt ja doch bloß jeden zum Lachen.«

»Wart ab«, erwiderte Rimona und fuhr ihm leicht über die Wange, als wäre er ihr Sohn, »warte, Saro. Die Zeit vergeht. Du wirst groß werden, und sie werden anfangen, all deinen Erklärungen zu lauschen. Du bist nämlich klug. Sei nicht traurig.«

»Wer ist traurig?« fragte Asarja. »Nur ein bißchen müde. Um vier Uhr muß ich wieder aufstehen. Laß uns schlafen gehen.«

Im Bett, beim Schein des Radios, das Spätmusik brachte, küßte er sie einige Male. Und weil der Haifaer Arzt ihr erklärt hatte, daß ihre Schwangerschaft schwierig sei und sie auf keinen Fall körperliche Beziehungen haben dürfe, befeuchtete sie beide Hände mit Speichel, streichelte sein Glied, und fast augenblicklich überschwemmte Saro ihre Finger, während er seinen hohen schrillen Aufschrei in ihren Haaren erstickte. Dann küßte er sie wieder auf die Augenwinkel. Als Rimona vom Waschen zurückkam, schlummerte er schon fest wie ein Kind. Bald danach schlief auch Rimona – ebenso wie Tia im anderen Zimmer und die Schildkröte in ihrem Karton auf der Veranda. Später, so gegen Mitternacht, kam Srulik bei seinem nächtlichen Spaziergang vorbei und drehte den Wassersprinkler auf dem Rasen ab – was Asarja vergessen hatte.

8

Um vier Uhr früh war er schon in der Werkstatt, arbeitete umsichtig und flink, wechselte den Kühler eines D-6 aus, behob den Ölschaden in einem der Mähdrescher. Dann kam es ihm in den Sinn, das Illustriertenfoto des Wohlfahrtsministers wieder von seinem luftigen Platz an der blechernen Trennwand wegzunehmen, wo er es im Winter befestigt hatte. Anstelle von Dr. Burg klebte Asarja jetzt ein farbiges Meeresbild an die Wand, denn der Gedanke an das Meer beschäftigte ihn angesichts der zunehmenden Sommerhitze immer stärker.

Zwei Stunden nach Asarja stand Rimona auf, duschte sich, zog ein weites Arbeitskleid über und ging zur Arbeit in die Wäscherei.

»Nu, was ist? Alles in Ordnung?« fragte Chawa. »Keine Schmerzen? Keine Blutungen? Denk bloß daran, daß du nichts Schweres tragen darfst. Hörst du, was man dir sagt? Absolut nichts hochheben!«

Worauf Rimona erwiderte: »Aber gestern hab ich euch Orangenmarmelade gekocht. Nimm dir, sie steht auf der Marmorplatte.«

In der Schlosserei stülpte Bolognesi sich seine Lötmaske über und reparierte Hühnerkäfige. Das Eisen glühte. Funken stoben in alle Richtungen. Bolognesi arbeitete barfuß und murmelte vor sich hin: »Bei Tag framaß mich die Hitze, der Frost bei der Nacht, und das lodernde Flammenschwert, das aufblimitzt von dem Ackerboden, den der Herr verflucht hat.«

Im Kuhstall hatte Etan R. inzwischen neue Arbeitsweisen und weitgehende Veränderungen eingeführt. Jetzt, da der störrische Stutschnik das Feld geräumt hatte und kein Mensch Etan mehr daran hinderte, mit der Zeit zu gehen, hatte dieser ganze Wirtschaftszweig einen modernen, effizienten Anstrich bekommen. Etans zwei Freundinnen gehörten nun mit zu seinem Team. Und mit der Melkerei zu verrückter Stunde war es auch vorbei: Jetzt wurde zu menschlicher Zeit um neun Uhr abends angefangen, so daß man gegen Mitternacht mit der

Arbeit fertig war. Dann ging's zum nächtlichen Bad ins Schwimmbecken, und hinterher machte man eine Flasche auf und begann zu leben.

Jaschek hatte sich nach langem Hin und Her dazu überreden lassen, die Buchhaltung anstelle des zum Sekretär gewählten Srulik zu übernehmen. Und da es zu dieser Zeit im Zitrushain kaum etwas zu tun gab, hatte Udi Schneor sich der für den Ackerbau zuständigen Arbeitsgruppe angeschlossen und geschworen, da nun endlich Ordnung reinzubringen. Seine Frau Anat sollte im Dezember niederkommen. Auch bei Rimona würde es Anfang des Winters soweit sein. Manchmal trafen sie sich alle in der Wohnung von Anat und Udi, um zwischen den Korbtellern, Pistolen, arabischen Kaffeekannen und Krummdolchen an den Wänden und den als Blumentöpfe dienenden Handgranatenhülsen auf Korbhockern zu sitzen und mit Kardamom gewürzten Kaffee aus arabischen Täßchen zu trinken. Nur Anat und Rimona, für die diese Stühlchen unbequem waren, saßen auf dem niedrigen Sofa. Man redete über gewesene und künftige Kriege, um dann Asarja in ebenso logischen wie scharfsinnigen Worten Nassers heikle Verwicklung im Jemen, die Finsternis der russischen Seele, das akute Dilemma König Husseins oder die Blindheit Eschkols und seiner Minister darlegen zu lassen. Längst löste Asarjas Rede kein hämisches Grinsen oder spöttisches Augenzwinkern mehr aus. Die Neigung zu heillosem Wortsalat hatte ihn endlich verlassen, und zuweilen gelang es ihm sogar, eine derart geschliffene Definition oder einen so treffenden Vergleich anzubringen, daß seine Zuhörer eine Art elektrisches Knistern verspürten und einfach gezwungen waren, ihn anzulächeln – aber jetzt nicht höhnisch, sondern voll bewundernder Zuneigung: Recht hat er. Daran hatten wir gar nicht gedacht. Dabei ist es doch eigentlich glasklar.

Er hatte es nicht nur gelernt, ein, zwei Minuten zwischen einem Satz und dem nächsten innezuhalten, sondern er konnte die anderen jetzt auch, wie er wollte, zu Heiterkeitsausbrüchen anstacheln. Und er verstand es, seinen Redefluß durch eine unerwartete Frage zu unterbrechen, um in der Luft zu spüren, wie diese Frage langsam in alle Herzen eindrang, dort verblüffte, Vorurteile ausräumte und einer neuen Betrachtungsweise Platz machte.

Auch lief Asarja längst nicht mehr in Gabardinehosen mit scharfer Bügelfalte zwischen den Zimmern der Oberschülerinnen herum, um sich mit telepathischen oder telekinetischen Fähigkeiten zu brüsten, und er überfiel auch Srulik und andere nicht mehr mit fieberhaften Liebeserklärungen. Beim Verlassen des Speisesaals nach dem Abendessen pflegte er Rimona den Arm um die Hüften zu legen, wobei ein Ausdruck stiller Arroganz in seinen grünen Augen funkelte – das Hochgefühl eines Mannes, der sich kämpfend die Frau eines anderen erobert hat und das beliebig jederzeit wiederholen könnte. Sein Garten war geschmackvoll gepflegt. Auch der von Chawa und Jolek hatte sich unter seiner Obhut zu einem wahren Schmuckstück entwickelt. Der ganze Kibbuz sah das. Alles staunte über die Leistungsfähigkeit der Werkstatt trotz saisonbedingten Hochdrucks. Jetzt wußten sie's. Aber das war noch gar nichts. Eines Tages würden sich nur noch Historiker daran erinnern, daß es mal einen Jolek Lifschitz gegeben hatte, aber jedes Kind im Staat würde wissen, daß Granot Asarja Gitlins Kibbuz war. Gitlin? Sollte er das vielleicht hebraisieren, in Gat etwa oder in Getal?

Er war bester Stimmung. Vierzehn Stunden lang arbeitete er jeden Tag in der Werkstatt, und doch blieb ihm noch genug Muße, mit Rimona zusammenzusein, am Gemeinschaftsleben teilzunehmen, Chawa ein wenig zu helfen, Gitarre zu spielen, sich mit Srulik zu unterhalten, technische Literatur zu studieren, sich im Schachspiel fortzubilden, die Staats- und Weltpolitik zu verfolgen, hin und wieder einen Gedichtband aufzuschlagen oder eine von Spinozas Schriften in die Hand zu nehmen.

Zudem hatte Asarja Farbe bekommen, während die Sommersonne seinen Schopf noch ein bißchen gebleicht hatte. Im Winter war er kurz geschoren wie ein Igel angekommen, aber jetzt sprossen die Haare üppig. Seinem festen Vorsatz gemäß wollte er im August nun auch endlich schwimmen lernen und sich auf den Führerschein vorbereiten. Seine feinen Musikerfinger waren an den Knöcheln und unter den Nägeln öl- und rußgeschwärzt. Eine kleine Narbe auf dem Kinn, die von einem siedenden Maschinenölspritzer herrührte, verlieh ihm das Aussehen eines gestandenen Burschen. Und er besaß jetzt die Fähigkeit, einem niedergeschlagenen Mitmenschen wieder etwas auf die Beine zu helfen. Einmal kam Anat mit Tränen in den Augen zu ihm in die Werkstatt gelaufen: sie müsse ihn unbedingt einen Augenblick sprechen. Asarja führte sie an einen abgelegenen Ort hinter der Scheune – eine Ecke, die wegen jenes verzweifelten Wirrkopfs bekannt ist, der vor zig Jahren in aller Herrgottsfrühe hierhergelaufen war, um mit der Pistole auf alles und jeden zu schießen. Sie hätte genug von Udi, diesem Schwein, platzte Anat heraus: »Jetzt, wo ich schwanger bin, rennt er nachts mit Etan und seinen Nutten ins Schwimmbad und kommt kaum vor drei Uhr morgens wieder.«

Asarja erinnerte sich, wie diese Frau einst, vor ihrer Schwangerschaft, ihn mutwillig und kaltblütig mit ihren neckischen Spielchen an Rocksaum, Knien und Blusenausschnitt gequält hatte. Voll Vergnügen hatte sie ihn halb verrückt gemacht, um ihn dann der Trübsal unerfüllter Begierden zu überlassen. Fast jede Nacht war ihre Gestalt in seine Phantasien eingedrungen und hatte ihm seine einsamen Stunden in der Dunkelheit vergällt, als sein Bett noch in der alten Baracke – neben Bolognesi – stand.

Er legte ihr die Hand auf den Nacken, überwand sein Zögern und erinnerte Anat an die alte Angelegenheit. Sie wurde rot. Dann redete er längere Zeit über die Wildheit des Fleisches, darüber, daß »es bei Männern vielleicht anders ist als bei Frauen, manchmal weit entfernt von jedem Gefühl, mit fast schmerzhaftem Bohren«. Danach versuchte er ihr zu erklären, daß Udi eigentlich noch ein halbes Kind sei: seine Kriegspsrahlerei, seine Schieß- und Mordwut, sein freches Machogehabe und seine demonstrative Rauheit beruhten vielleicht in Wirklichkeit auf einer inneren Furcht vor Weichheit und Zartgefühl. Als sich ihre Augen mit Tränen füllten und sie ihn bat, ihr doch zu sagen, was sie tun solle – einstecken? Streit anfangen? Abhauen? –, antwortete ihr Asarja: »Anat, du weißt, daß er Angst hat. Bemüh dich, daß er sie los wird, aber frag mich nicht, wie. Du kennst ihn selber am besten.« Danach weinte sie bald zehn Minuten lang, während Asarja neben ihr stand und sie einfach am Arm festhielt, bis es ihr etwas leichter geworden war.

Auch mit Chawa sprach er gelegentlich. Während Jolek in seinem Sessel saß, reglos mit weit offenen, aber kaum mal zwinkernden Augen vor sich hinstarrte und dazu leicht pfeifend atmete, pflegte Asarja mit Chawa in dem sich langsam mit Dämmerlicht füllenden Zimmer über seine Kindheit zu reden. Aus irgendeinem Grund empfand er das Bedürfnis, Dinge, die er Joni, Jolek, Srulik und sogar Rimona nicht hatte erzählen können oder wollen, nun Chawa anzuvertrauen. Er sprach über die langen Fußmärsche auf der Flucht, den Hunger in den verschneiten Wäldern und Dörfern, die Fahrt in Güterwagen bis über den Ural, die asiatische Stadt inmitten von glutheißen Steppen. Eltern waren keine da. Dafür hatte ihn eine bärbeißige Tante unter ihre Fuchtel genommen, bis sich ihr Geist im Übergangslager nach der Ankunft in Israel endgültig verwirrte. Dann der Militärdienst, in dessen Verlauf man ihn gedemütigt und geschunden hatte, ohne daß er sich unterkriegen ließ, weil er nämlich von klein auf daran geglaubt hatte, eine Art besondere Aufgabe zu besitzen – nicht Aufgabe, sondern Absicht, nein, das auch wieder nicht. Und wie nun, als er hier in einer Winternacht angekommen war, Jolek ihn so nett empfangen hatte, »und du, Chawa, mich das erste Mal in den Speisesaal mitgenommen hast und Joni am nächsten Tag gekommen ist, um mich zur Arbeit abzuholen. Immer hat er sich über den Ausdruck ›es gibt keine Wahl‹ aufgeregt und darüber, daß hier nichts passiert, sondern ein Tag wie der andere verläuft. Dann hat er mit mir über Reisen nach Bangkok und Karatschi und solche Orte gesprochen und hat sich gewundert, daß ich immer nur an ein und demselben Ort sein möchte. Deswegen hat er mich verspottet und einmal auch beinah geschlagen, und doch sind wir Brüder.«

Mit lauter Stimme platzte Jolek plötzlich heraus: »'s ist gornischt! Alles bloß Worte!« und entschwand wieder in seine fernen Weiten.

Als Chawa Asarja fragte, wo Joni seiner Ansicht nach jetzt sei, wußte er ihr zu antworten, daß er sich bei uns hier nicht gut gefühlt hätte und deshalb weggegangen sei, um allein zu sein und uns vielleicht auch zu bestrafen. Sobald es ihm besser wäre, käme er wohl zurück.

»Reden kannst du, das – ja«, sagte Chawa, aber diesmal nicht boshaft, sondern traurig. Dann brachte sie ihm ein Glas kalten Sprudel und bat ihn – weil es vielleicht Jolek freuen würde –, doch etwas auf der Gitarre zu spielen, die auf seinen Knien lag. Asarja zupfte die einfühlsame Melodie zu Tschernichowskis »Lach, nur lach über die Träume«, aber Jolek ließ keinerlei Reaktion erkennen. Srulik trat ein, um guten Abend zu sagen und nach dem Rechten zu sehen. Auch er bekam Sprudel, denn der Abend war heiß und feucht. Als Asarja mit ihm hinausging, beauftragte ihn Srulik, als Koordinator und Leiter der Jugendgruppe zu fungieren, die bald zum jährlichen Sommerarbeitslager bei uns eintreffen würde. Obwohl Asarja hell begeistert war, tat er zunächst so, als ob er dem wirklich schwer nur nachkommen könne, da er mit Arbeit und anderen Verpflichtungen überlastet sei. Geschlagene fünf Minuten ließ er sich von Srulik bereden, ehe er schließlich nachzugeben geruhte – als ob es ein Opfer für ihn sei. Am gleichen Abend zu später Stunde fand Asarja bei Etan einen kaputten Ventilator, den die Mädchen hatten wegwerfen wollen. Nachdem er ihn auseinandergenommen, repariert und wieder zusammengesetzt hatte, schleppte er ihn vor dem Schlafengehen zur Baracke am Zaun, um ihn Bolognesi zu schenken, weil es in warmen Nächten in der niedrigen Baracke so stickig war.

Eines Nachts schrieb Srulik, neben den übrigen Tagesangelegenheiten, folgendes in sein Tagebuch: Offenbar gibt es kein soziopolitisches Heilmittel gegen die einfachen, alltäglichen Leiden. Man kann versuchen, das Herren-Sklaven-Verhältnis im sichtbaren materiellen Bereich abzuschaffen. Wir können

Hunger, Blutvergießen und Grausamkeit in ihrer gröbsten Form aus unserem Leben verbannen. Und ich bin stolz, daß wir darin nicht nachgegeben, sondern uns bisher tapfer geschlagen und somit gezeigt haben, daß dieser Kampf nicht von vornherein verloren ist. Soweit schön und gut, aber hier beginnt die Schwierigkeit.

»Kampf« habe ich geschrieben, und angesichts dieses Wortes starren mich durch den dünnen Schleier der Ideen plötzlich die beängstigenden Wildzacken weit ursprünglicherer Leiden an – Leiden, die wir nicht zu lindern vermögen. Denn was können wir gegen diesen Urtrieb ausrichten, der uns alle unaufhörlich dazu antreibt, neue Schlachtfelder und »Bewährungsproben« zu suchen, zu kämpfen, zu unterjochen, zu erobern und zu besiegen? Was sollen wir dem altbekannten Drang entgegensetzen, einen Speer oder ein Schwert zu ergreifen und – in Rimonas Worten – einem Büffel nachzustellen, damit wir in sein Fleisch stechen, ihn töten und dann das Ganze feiern können? Und was vermögen wir gegen die Herzensträgheit auszurichten, gegen die versteckte, nicht direkt sadistische Grausamkeit in ihrer feinen, listigen Form, die sogar imstande ist, in »positivem«, durchaus akzeptablem Gewande aufzutreten? Wie sollen wir der in uns nistenden Bosheit begegnen, dieser heimlichen Stumpfheit, die unsere Vorväter als »Unbeschnittenheit des Herzens« bezeichnet haben, wenn sogar einer wie ich – ein logisch denkender, zurückhaltender, mönchisch lebender Dorfpfarrer und Musikant – zuweilen diese versteckte Bosheit in seiner Seele entdeckt? Womit sollen wir die öden Wüsten in unserem Innern zurückdrängen? Wie diese finstere Lust überwinden, andere herumzukommandieren, zu demütigen, zu unterwerfen, Abhängigkeiten zu schaffen und unseren Nächsten mit den feinen, durchsichtigen Spinnennetzen von Schuld, Scham und sogar Dankbarkeit zu fesseln und zu versklaven?

Ich schau mir die letzten Zeilen an, die ich hier gschrieben habe, und lese da »womit zurückdrängen« oder »wie überwinden«. Während ich mich also noch frage, wie man dem Grauen ausweichen kann, schleicht sich dieses Grauen in meine Worte ein. Zurückdrängen. Überwinden. Da wird mir angst und bange.

Die Berge und Wüsten schweigen. Die Erde ist stumm. Dumpf rauscht das Meer. Der Himmel glüht bei Tag und ist dunkel und kühl bei Nacht. Der Winter jagt den Sommer, und auf den Sommer folgt der Winter. Menschen werden geboren und sterben, und alles löst sich langsam auf: der Körper, der Ort, die Gedanken. Meine Hand, die dies niederschreibt, der Federhalter, das Papier und der Tisch. Religiöse und weltliche Anschauungen. Familien. Alles fällt unaufhörlich der Auflösung anheim, weil der Krebs der Zeit alles von innen her zerfrißt. Alles vergeht. Wie die Klänge meiner Flöte in den einsamen Nächten dieses Zimmers: hervorgebracht, zerstreut, verklungen. Alles zerfällt, bis es weg ist. Noch besteht es – und schon nicht mehr ganz. Starke Gefühle. Worte. Steinbauten. Staaten und befestigte Städte. Vielleicht auch die Sterne des Himmels. Die Zeit läßt alles zerbröckeln. Und inzwischen bemüht sich die menschliche Einsicht ihrerseits, zwischen Gut und Böse, Lüge und Wahrheit zu unterscheiden. Aber auch die Einsicht zerfällt, und die Zeit in ihrem Fluß zerreibt all unsere Etiketten von Gut und Böse, Richtig und Falsch, Häßlich und Hübsch, die wir den Dingen anzuheften gedachten. Alles ist in Verfall begriffen. Wenn ich hier eines Morgens umfalle und wie ein Insekt allein auf dem Fußboden sterbe, wird alles ausgelöscht: Ein Ton war da und ist verklungen. »Gemelobt sei der Name des Herrn, der den rechten Frieden erfunden hat.« Aber es gibt keinen rechten Frieden. Die Zeit, die dich zerlegt, wird nach dir auch jede Erinnerung zerlegen. Bolognesi sagt: »wie Wasser das Meer bedeckt«. Und wenn ich die Liebe einer Frau genossen hätte? Wenn ich Kinder und Enkel besäße? Auch dann: wie Wasser das Meer bedeckt. Angst überfällt mich.

Und was ist mir denn jetzt passiert? Ein kleines Wunder: An der Schwelle des Alters habe ich plötzlich angefangen, mir etwas Macht und Ehre zu wünschen. Gesucht und gefunden hab ich's, aber lächerlich erscheint es mir trotzdem. Ich sehe hier doch das Paradebeispiel namens Jolek vor mir: ein mit Macht und Ehren überhäufter Mann. Wie habe ich ihn mein

Leben lang beneidet, wie habe ich mich danach gesehnt, seine Schmach, seine Leiden, seine Qual, ja seinen Tod mitzuerleben, um – warum sollte ich mich belügen – seinen Platz einzunehmen. Wozu? Der Liebe wegen? Weder Jolek noch Eschkol erfahren sie. Wer dann? Bialik fragt in einem seiner Gedichte, was Liebe ist. Und ich antworte ihm hier schriftlich: Sehr geehrter Herr Poet, verzeihen Sie mir, auch ich weiß es nicht. Ein Gerücht. Ein flüchtiger Schatten. Eine Illusion. Ist es das, was Joni suchen gegangen ist? Und ist Asarja auf ebenderselben Suche ausgerechnet bei uns hier gelandet? Gibt es Liebe auf der Welt? Ich schreibe dies nieder und grinse: Ein Mann von meinem Alter und Stand schwatzt wie ein Gymnasiast darüber, ob es Liebe gibt oder nicht. Aber trotzdem: Gibt es sie nun, oder gibt es sie nicht? Und wenn ja – wie ist das möglich, wo doch alles im Widerspruch zu ihr steht?

Wenn ich zum Beispiel mal Vater und Sohn nehme. Oder zwei Geschwister. Oder Mann und Frau. Sie alle tragen, gleich einem mysteriösen Bazillus, gegenseitige Fremdheit, Einsamkeit, Schmerz und den düsteren Wunsch, Schmerz zuzufügen, in sich. Und wenn sie dem anderen nicht direkt weh tun, dann benutzen, verwandeln, gestalten sie ihn doch. Was ihnen lieb und teuer ist, möchten sie formen, als sei es ein Lehmklumpen in ihrer Hand. Wie Wasser das Meer bedeckt. Sohn oder Tochter habe ich nicht gehabt, keine Rimona, keinen Joni oder Asarja. Sonst wäre wohl auch in mir – wie ein böser Schatten aus der Finsternis – plötzlich der grausame innere Tyrann hervorgebrochen, dieses Scheusal, das seine haarigen Arme ausgestreckt hätte, um meine Kinder zu kneten, zu drücken und zu modeln, damit sie meine Gestalt oder die Gestalt meines heimlichen Wunschbilds annehmen. Oder wenn ich es in meiner Jugend gewagt hätte, P. meine Liebe zu gestehen und sie ihr Jawort gegeben hätte, dann wäre doch sicher sofort der Fünfzigjährige Krieg ausgebrochen. Drache und Gorilla. Wer wen unterbuttert. Wer der Lehm und wer der Töpfer ist. Und selbst wenn dieses Grauen noch auf einigermaßen feine, kultivierte Art und Weise vor sich gegangen wäre – ohne Fäuste und Krallen, ja sogar ohne Schreierei: Wäre das ein

Trost gewesen? Wo bleibt da die Überwindung des Schmerzes? Was kann denn ein Mann, der nicht aufs Große geht, überhaupt tun, um das Leid zumindest in seiner näheren Umgebung zu vermindern?

Ich, der ich mein Leben mit steriler Beobachtung durch die Scheiben meines Fensters verbracht habe, weiß, daß es letztendlich keine Möglichkeit dazu gibt: daß der Schmerz einfach zu tief in der Natur der Dinge steckt. Daß wir zu ihm hingezogen werden wie der Falter zur Flamme, und zwar bei allen unseren Taten, den guten wie den bösen. In unseren sexuellen Begierden und heimlichen erotischen Phantasien, unseren Ideen, Elternrollen und Freundschaften, in der Kunst und sogar in unserem ausdrücklichen Bestreben, den Schmerz um uns herum zu lindern, verbirgt sich der geheime Wunsch, Schmerzen zu bereiten und selbst zu erleiden. Das, was da im ersten Buch Mose steht: ». . . so lauert die Sünde vor der Tür, und nach dir hat sie Verlangen; du aber herrsche über sie« – diesen düsteren Halbvers müßte man vielleicht so auslegen: Schmerzen leiden; Schmerzen bereiten; sich erbarmen; Schmerzen bereiten, um sich dann zu erbarmen. »Nach dem Schmerz hast du Verlangen; du aber herrsche über ihn.« – Na, sagen wir mal so.

»Herrsche«? Da ist doch grausigerweise sogar ins Herz dieses guten und richtigen Imperativs schon das Scheusal eingedrungen. Der Imperativ selbst ist infiziert: herrsche. Aber was bedeutet denn dieses: herrsche? Doch nichts anderes als: beherrsche, unterdrücke, zerschlage und richte wieder auf, befreie sozusagen nur, um erneut, aber diesmal auf feinere Art zu erobern. Herrschen? Über den Schmerz? Der doch die Herrschaft selber innehat?

Welchen Schabernack man da mit uns treibt. Wie rauh der Humor doch ist. Gemein, vulgär, langweilig und ewig wiederkehrend – bis zum Erbrechen. Es gibt keinen Ausweg: wie Wasser das Meer bedeckt.

Asarja hat so einen Spruch, daß nur der, der mit demütigender Niederlage wurd beladen, auch wert ist der Erlösung Gnaden. Demütigende Niederlage? Erlösung? Nein danke. Ich wünsche mir weniger als das. Ich frage noch einmal: Womit lindert man Schmerzen, und sei es auch nur ein wenig und für begrenzte Zeit? Durch Einsamkeit? Durch Askese? Mit Worten? Oder umgekehrt durch rasende Ekstase, durch wilden Sinnestaumel, dadurch, daß man alles um sich herum vergißt, abgesehen von den Wallungen des Blutes? Wie sehnlich würde ich mir darauf eine Antwort wünschen. Hier will ich eindeutig festhalten: In diesem Punkt weigere ich mich zu verzichten. Ich werde weiterhin auf Antwort warten.

»Matthews hat diese Form als ›grundlose Zugbewegung‹ bezeichnet, womit er nicht etwa sagen will, daß hier keinerlei biologischer Nutzen vorliege, sondern nur darauf hindeutet, daß wir nicht im geringsten wissen, welche Funktion sie erfüllt« (Donald Griffin, »Der Vogelflug«, S. 159).

Übrigens möchte ich auch dies hier notieren: Jolek hat recht gehabt. Wie immer. Dieser harte, verwöhnte, machtbesessene Mann hat an jenem Winterabend sofort erkannt, daß dieser fremde Bursche, der da aus der Dunkelheit kam – dieser sonderbare, verdächtig wirkende, etwas durchgedrehte, von hysterischer Redewut befallene Jüngling –, irgendeinen Funken in sich hatte und daß man ihn deshalb fördern müßte, weil er eines Tages möglicherweise noch Großes vollbringen und uns vielleicht zum Segen gereichen könnte. Aber wie hat Jolek das entdeckt? Ehrlich, ich muß zugeben, daß ich an seiner Stelle – falls ich damals schon der Sekretär gewesen wäre – den Burschen sich wieder in die Dunkelheit zurückgeschickt hätte: sei es aus Vorsicht, Engstirnigkeit, innerem Achselzucken oder mangelnder Risikobereitschaft.

Welche Zauberkraft hat also Jolek auf seine Weise und Rimona – vielleicht auf völlig umgekehrtem Wege – dazu getrieben, Asarja zu adoptieren? Das möchte ich gern wissen. Aber ich begreif's nicht. Und das tut mir leid. Doch ich werde hier aufhören, denn es ist schon spät.

9

In der Landwirtschaft herrschte Hochsaison. Die Tage waren lang und heiß und die Nächte kurz. Kein Wind. Das Getreide wurde in drei Schichten geerntet, auch nachts beim Scheinwerferlicht der Mähdrescher. Die Obstreife stand unmittelbar bevor, und gleich darauf würde die Weinlese folgen und dann – die Baumwollernte. An der Nordgrenze kam es fast täglich zu Schußwechseln. Auch auf das Gebiet des Kibbuz waren Fedajin eingedrungen, die die Wasserpumpen beschädigten und den leeren Blechverschlag im Zitrushain in die Luft sprengten, ehe sie noch in derselben Nacht wieder über die Grenze zurückschlüpfen konnten. Aber die Feldarbeit ging unvermindert weiter. Jeder, der nur irgend helfen konnte, stellte sich dafür zur Verfügung. Fast alle Männer, Frauen und Kinder standen früher auf als sonst, um vor ihrem normalen Arbeitstag noch ein bis zwei Stunden beim Jäten und Ausdünnen auf den Baumwollfeldern mit anzupacken. Auch im Gemüsegarten rückte man dem Unkraut zu Leibe.

Asarja arbeitete jetzt täglich vierzehn Stunden, damit ja keine landwirtschaftliche Maschine ausfiel, kein Traktor stehenblieb. Ein Lohnarbeiter half ihm dabei und zudem noch ein begeisterter Junge aus dem Sommerarbeitslager. Diese Jugendlichen waren nämlich inzwischen eingetroffen, und trotz seiner vielen Beschäftigungen fand Asarja jeden Abend noch Zeit, um sich mit ihnen auf einer der Rasenflächen zu unterhalten, das Kibbuzleben zu erklären, dessen Grundsätze zu rechtfertigen und die Mondnächte zuweilen auch für ein paar gemeinsame Lieder zu nutzen. Am 14. Mai töteten die Wächter einen arabischen Eindringling nahe an unserem Zaun. Am 17. war die Gerstenernte beendet, und man begann den Weizen zu schneiden. Am nächsten Tag gab das Quintett ein bescheidenes Rezital im Speisesaal eines Nachbarkibbuz. Gegen Abend des 20. Mai kehrte Jonatan Lifschitz zurück, und am nächsten Morgen trat er bereits in Arbeitskleidung in der Werkstatt an, als ob er nie weggewesen wäre. Er trug jetzt einen schwarzen

Bart, wirkte besonders groß und schlank, war braun gebrannt wie ein Araber und alles andere als redselig. Wir hörten, daß Tschupke persönlich ihn an einem Kiosk in Jerucham aufgegabelt und schlicht gesagt hatte: nach Hause, Habibi, Schluß mit dem Quatsch. Auf in den Befehlswagen. Worauf Jonatan geantwortet hatte: In Ordnung. Laß mich nur noch die Sachen holen. Heut abend bin ich da. Und gegen Abend war es tatsächlich soweit. Er kam in den Kibbuz geschlendert, küßte etwas lustlos Mutter und Vater, faßte seinen Bruder kurz am Arm und schleifte dann Rucksack, Gewehr und Windjacke nebst all den Wolldecken und dem verdreckten Schlafsack hinter sich her in sein Haus. Dort duschte er ausgiebig. Durch die Tür hindurch bat er Asarja, ihm einen Gefallen zu tun und das ganze Zeug auf den Hängeboden zu stopfen beziehungsweise das Gewehr in dem Kasten unterm Schrank zu verstauen. Er fragte, wie es so ginge, und verfiel wieder in Schweigen. Als Rimona kam, sagte er: »Okay, ich bin wieder da.«

Und Rimona sagte: »Steht dir gut, der Bart. Und diese tiefe Bräune auch. Du möchtest doch sicher was essen.«

In jener Nacht schliefen beide, Asarja und Joni, im großen Zimmer, während Rimona das Schlafzimmer für sich hatte. Und so hielten sie es auch in den folgenden Nächten: Joni auf der Couch, Asarja auf einer Matratze, die er auf dem Teppich ausgelegt hatte. Das Radio holten sie zu sich, um Nachrichten hören zu können. »Tia sieht recht gut aus«, sagte Joni einmal vor dem Einschlafen, »und du hast dich schön um den Garten gekümmert.«

»Wie ich dir's versprochen hatte«, antwortete Asarja.

Jeden Morgen gingen sie in aller Frühe in die Werkstatt und kamen wegen der vielen Arbeit erst bei Einbruch der Dunkelheit zurück. Danach duschten sie. Tranken kalten Tee oder Kaffee. Manchmal spielten sie Schach. Meistens gewann Asarja, aber gelegentlich brachen sie mitten im Spiel ab. Mit seinem schwarzen Bart, dem langen, schmalen Gesicht, den etwas tiefliegenden Augen und dem neuen ernsten Zug um die Lippen ähnelte Jonatan Lifschitz einem jüdischen Talmudschüler aus einer hochangesehenen Rabbinerfamilie, der sich jetzt ebenfalls auf das Rabbineramt vorbereitete. Doch Jolek verzog in einem seiner seltenen klaren Momente das Gesicht und murmelte: »Jo. Asoi wie a wilde Chaje.«

Sein Hörgerät und die alte Brille verstaubten in der Schublade. Die meiste Zeit des Tages saß er im Garten, bis man ihn abends auf dem Rollstuhl ins Zimmer fuhr und ihn in den Sessel setzte. Die Nachrichten verfolgte er nicht mehr. So fand man eine neue Beschäftigung für ihn, und zwei, drei Tage schien es, als ob Jolek Spaß daran finden würde: Bolognesi kam und brachte ihm das Stricken bei. Aber nach zehn, zwanzig Reihen hatte Jolek auch davon genug. Immer wieder versank er in eine Art Dämmerzustand, verwechselte Srulik mit Stutschnik, döste im Sitzen. Auch nachts weigerte er sich, ins Bett zu gehen. Mit der Strickdecke auf den Knien, einem Tropfen unter der Nasenspitze und etwas weißem, halb angetrocknetem Schaum in den Mundwinkeln schlief Jolek fast Tag und Nacht im Sitzen.

An diesen Sommerabenden pflegte Ministerpräsident Eschkol gelegentlich bis lange nach Mitternacht in seinem Jerusalemer Büro zu sitzen. Die Sekretärinnen waren längst nach Hause gegangen, die Nachtdienstler an den Telefonen eingenickt und der Leibwächter auf einer Bank im Vorzimmer ebenfalls. Während draußen die Lichter der Stadt flimmerten und zuweilen ein schwerer Laster vorbeibrummte, stützte der Ministerpräsident beide Ellbogen auf die mit Dokumenten und Briefen übersäte Schreibtischplatte, vergrub das Gesicht in den Händen und versank in langwieriges Grübeln. Bis der Fahrer heraufkam und höflich fragte: »Verzeihung. Vielleicht ist es besser, jetzt doch langsam nach Hause zu fahren?«

Worauf Eschkol dann antwortete: »Ja, junger Mann, ganz recht. Schluß damit. Gehn wir nach Hause. Was bleibt denn hier schon noch zu tun?«

Gegen Ende des Sommers beschlossen Asarja und Joni, eigenhändig ein Fäßchen Wein für die kommenden Wintertage zu füllen. Joni schleppte zehn Kästen Muskattrauben aus dem Weinberg an. Asarja rollte ein altes Faß herbei, das er bei Bolognesi in einer Ecke der Schlosserei gefunden hatte. Und beide zusammen kelterten nun die Trauben, klärten den Saft und fügten Zucker hinzu. Der Most kam zur Gärung und wurde wieder ruhig. Dann füllte Asarja den Wein auf leere Sprudelflaschen ab, die er aus dem Speicherraum neben der Küche geholt hatte.

Zweimal pro Woche kam Chawa, um das Haus zu putzen und aufzuräumen, weil der Arzt Rimona verboten hatte, sich zu bücken oder auch nur einen Stuhl herumzutragen. Rimona war schwer, und auch ihre Bewegungen wirkten schwerfällig: Sie stieß mit der Schulter an die Tür, lief an die Tischkante. Manchmal wollte sie um etwas bitten und vergaß dann, worum. Chawa kümmerte sich um alles im Haus. Sie buk Hefekuchen, warf die schmutzige Kleidung in den Wäschekorb und holte das Bündel mit der sauberen Wäsche aus der Kleiderkammer ab. Manchmal setzte sie sich hinterher noch ein wenig zu ihnen, wußte dann aber nicht recht was zu sagen. Nachdem sie gegangen war, blieben die anderen noch sitzen und spielten Schach, meist jedoch ohne die Partie zu beenden, weil die Müdigkeit überhandnahm. Es war still zwischen den dreien.

Im November brachte Anat ihren erstgeborenen Sohn, Nimrod, zur Welt. Im Dezember wurde Rimona von einem Mädchen entbunden. Das Baby war zwar etwas leicht geraten, aber die Geburt verlief normal und ohne besondere Komplikationen. Asarja schlug vor, die Kleine Naama zu nennen, worauf Joni meinte: »Das geht.«

Sie stellten das Kinderbettchen zu Rimona ins Schlafzimmer, während die beiden Männer weiterhin im großen Zimmer schliefen. Wieder begann die regnerische Jahreszeit. Jeden Tag goß es draußen, und nachts rollten die Donner. In der Werkstatt war kaum etwas zu tun. So standen sie spät auf und kamen früh wieder heim. Manchmal schenkten sie sich ein Gläschen von dem Wein ein, den sie im Sommer gemacht hatten. So ging das Jahr 1966 zu Ende, und 1967 begann. Wieder wurde Rachel

Stutschnik gebeten, Chawa bei Joleks Pflege etwas zu entlasten, damit sie sich mehr den Kindern widmen konnte. Rachel legte also eine Schürze oder eine Windel über seinen Hausmantel und fütterte ihn Löffel für Löffel mit einem weichen Ei, Tomatensaft und lauwarmem Tee. Außerdem mußte sie ihn waschen und rasieren, denn Jolek war völlig teilnahmslos geworden. Manchmal zog sich Chawa einen Stuhl zu ihm heran, setzte sich ein Viertelstündchen an seine Seite und hielt seine Hand in der ihren, aber es war zweifelhaft, ob Jolek das überhaupt merkte. Dafür lief sie x-mal am Tag zu ihrer Enkelin, überschüttete die zuständigen Hausmütter mit Ratschlägen, Anweisungen, Rüffeln und Standpauken und schob den Kinderwagen durch den Kibbuz, wenn der Regen für kurze Zeit aufhörte.

»Srulik, du mußt sie dir anschauen!« rief sie, wenn sie dem Sekretär unterwegs begegnete. Und Srulik beugte sich dann etwas verlegen über den Wagen und bemerkte vorsichtig, als müsse er dabei ein wenig von seinen Grundsätzen abweichen: »Ja, wirklich reizend.«

Chawas Gesicht leuchtete, und dieses Licht hielt sich die meiste Zeit auf ihren Zügen. Auch dann, wenn sie Fläschchen sterilisierte, Fruchtbrei zubereitete, Windeln und Bettwäsche aufkochte, mit Seife und Chlor den Fußboden scheuerte oder mit starken Detergenzien noch den letzten Bazillus in der Kloschüssel vernichtete.

Und Rimona saß da – unberührt von dem ganzen Umtrieb, blind für die Gegenwart der beiden Männer, taub gegenüber dem Wintersturm draußen – und stillte Naama. Sie war jetzt nicht mehr so schlank, die Brüste waren schwer und voll geworden, die Schenkel hatten sich etwas gerundet, und die Augen hielt sie nur halb geöffnet. Manchmal saßen Joni und Asarja zu zweit ihr auf der Couch gegenüber und schauten in schweigendem Staunen zu. Rimona lehnte dann mit gespreizten Beinen im Sessel, öffnete den mit deutlich sichtbaren Milchflecken bedeckten Büstenhalter, brachte schwere Brüste zum Vorschein und massierte mit den Fingern den ersten Nippel, bis die Milch kam. Das Baby saugte erst an der einen, dann an der anderen Brust – der jeweils freigewordene Nippel war länglich und dunkel wie ein Finger und tropfte noch weiter. Aber auf ihrem runder gewordenen Gesicht leuchtete ein feiner Glanz wie der Strahlenkranz um den vollen Mond. Von Zeit zu Zeit hob sie die Kleine hoch, damit sie ein Bäuerchen machen konnte, und Rimona tat es ihr schon auch mal nach, ohne aber die Hand vor den Mund zu nehmen.

Sie schrubbte sich auch nicht mehr den ganzen Tag mit bitterer Mandelseife, sondern ihr Körper verströmte jetzt seinen eigenen Geruch, den Duft reifer Birnen. Keinen Blick hatte sie für das Schachspiel der beiden übrig. Noch schenkte sie Tee ein oder bat die zwei, doch nicht traurig zu sein. Aber manchmal gab sie einem eine saubere Windel und reichte ihm Naama, damit er sie ein bißchen im Zimmer herumtrug. Dann legte sich Rimona mit angewinkelten Knien auf die Couch, unbekümmert über den zur Seite rutschenden Morgenrock, der ihre Schenkel entblößte, und betrachtete den Mann, der gerade ihre Tochter hielt, wie man etwa das Meer oder die Berge anschaut. Oder wie uns die unbelebten Gegenstände selber angucken.

Jonatan und Asarja hatten draußen im Garten eine Hundehütte für Tia gebaut, damit sie nicht im Haus herumlief, solange Naama noch klein war. Wenn Chawa, die jetzt im Haus und vor allem in der Küchenecke regierte, Rimona aufforderte, dies oder jenes zu tun oder zu lassen, antwortete Rimona ohne ein Lächeln: »In Ordnung. Danke. Das ist gut.«

Den ganzen Tag über mühte sich Chawa ab, es allen anderen leichter zu machen, ihnen behilflich zu sein, wobei sie eine ungeheure Energie entwickelte. Einmal ließ sie alles stehen und liegen und fuhr für zwei Tage nach Haifa, um eigenhändig die neue Wohnung von Amos und seiner jungen Frau einzurichten, weil Amos fast nie Urlaub vom Militär bekam. Die Lage an den Grenzen verschlechterte sich. Eliteeinheiten mußten sich praktisch ständig in Bereitschaft halten. Nach ihrer Rückkehr aus Haifa nähte Chawa vier kleine Anzüge für ihre Enkelin. Strickte winzige Wollschühchen. Strickte einen Pulli. Als Asarja an Angina erkrankte und vor lauter Fieber zu phantasieren begann, verlegte sie ihn, ohne vorher um Erlaubnis zu bitten, in Sruliks Schlafzimmer und pflegte ihn wie ein Baby. Nachdem Jonatan sich in der Werkstatt einen Finger der linken Hand gebrochen hatte, fuhr sie mit ihm zur Behandlung und wich nicht von seiner Seite, bis der Gips angelegt war. Als Rimona einmal zu ihr sagte, sie solle sich doch ein wenig ausruhen, brach Chawa in schallendes Gelächter aus, nahm mit verbissenem Gesicht alle Fliegengitter von den Fenstern und schrubbte sie gründlich ab. Ende Mai wurden beide eingezogen. Dann begann der Krieg, den Asarja vorausgesehen hatte. Er wurde gewonnen – und das Land vergrößert. Etan R. kam auf den Golanhöhen um. Seine beiden Freundinnen, Semadar und Diana, blieben weiter in seinem Zimmer am Schwimmbad wohnen. Jonatan kämpfte in den Reihen seines Spähtrupps im Sinai, wo er am letzten Tag die Stelle Tschupkes einnahm, den ein Volltreffer zerrissen hatte. Asarja diente in der Zentralwerkstatt seines Befehlsbereichs und arbeitete wie ein Teufel. Major Slotkin bezeichnete ihn als »unseren Engel« und beförderte ihn nach dem Sieg zum Feldwebel. Bei der Rückkehr der beiden buk Chawa einen Kuchen. Srulik veranstaltete eine bescheidene Empfangsparty für alle, die heil aus dem Feld zurückgekehrt waren. Außerdem wurde beschlossen, die Sporthalle, die gerade von den Spendengeldern eines zionistischen Freundes aus Miami gebaut wurde, nach Etan Ravid zu benennen. Jonatan und Asarja stellten bei ihrer Rückkehr fest, daß das Baby inzwischen gelernt hatte, sich ohne Hilfe vom Bauch auf den Rücken zu drehen. Bald würde die Kleine auf der Matte herumkrabbeln. »Seht nur, wie sie lacht«, sagte Rimona. Und Chawa antwortete: »Weil sie jetzt schon versteht.«

Wenn jemand es wagte, in Chawas Gegenwart auf das fröhliche Dreigespann anzuspielen oder auch nur süffisant zu grinsen, pflegte Chawa wie eine alte Wölfin die Zähne zu zeigen und beispielsweise folgendes zu antworten: »Du, Paula, brauchst ja wohl gar nichts zu sagen, mit deiner Tochter da, nebbich, zwei Scheidungen innerhalb von zwei Jahren.«

Aber am nächsten Tag konnte sie dann schon einlenken:

»Du wirst mir verzeihen. Ich bin gestern zu weit gegangen. Hab mich aufgeregt. Entschuldige bitte.«

Und in Sruliks Tagebuch steht unter vielen anderen Dingen auch dies: »Die Erde ist gleichgültig. Der Himmel ist weit und rätselhaft, das Meer voller Geheimnisse. Ebenso die Pflanzen und der Vogelflug. Der Stein schweigt ewig. Der Tod ist äußerst stark und lauert an jedem Ort. Die Grausamkeit sitzt in uns allen. Jeder mordet ein bißchen: wenn nicht andere, dann seine eigene Seele. Die Liebe ist mir immer noch unbegreiflich; vermutlich werd ich's auch nicht mehr begreifen. Der Schmerz ist eine Tatsache. Aber trotz alledem ist mir klar, daß wir hier zwei, drei Dinge tun können und damit auch tun müssen. Alles übrige – wer weiß? Warten wir's ab. Statt noch lange zu schreiben, werde ich heute abend auf meiner Querflöte spielen. Sicher hat auch das seine Berechtigung. Welchen Sinn das hat? Ich weiß es nicht.«

1970
1976–1981